U0501330

新解读

上册

重思1942—1965年的文学 思想 历史

20世纪中国文学经典新解读丛书

贺照田　何浩◎主编

河北出版传媒集团
河北教育出版社

图书在版编目（CIP）数据

新解读：重思 1942-1965 年的文学、思想、历史：上、下册 / 贺照田，何浩主编．-- 石家庄：河北教育出版社，2023.7

ISBN 978-7-5545-7464-5

Ⅰ．①新… Ⅱ．①贺… ②何… Ⅲ．①中国文学－当代文学－文学研究 Ⅳ．① I206.7

中国国家版本馆 CIP 数据核字 (2023) 第 019063 号

书　　名　**新解读**——重思 1942—1965 年的文学、思想、历史（上、下册）
主　　编　贺照田　何　浩

策　　划　丁　伟
出 版 人　董素山
责任编辑　刘宇阳　杨　乐
装帧设计　李关栋
出版发行　河北出版传媒集团
　　　　　河北教育出版社　http://www.hbep.com
　　　　　（石家庄市联盟路 705 号，050061）
印　　制　河北新华第一印刷有限责任公司
开　　本　787 mm × 1092 mm　1/16
印　　张　42
字　　数　542 千字
版　　次　2023 年 7 月第 1 版
印　　次　2023 年 7 月第 1 次印刷
书　　号　ISBN 978-7-5545-7464-5
定　　价　130.00 元（全二册）

想象历史？不，与历史缠斗！（代序）[1]

◎何浩

一、“戴眼镜”与“配镜师”

写这篇序时，我又看了一遍王晓明先生1997年3月为《二十世纪中国文学史论》写的序言，其中写道：

> 譬如我这样年龄的一代人，从牙牙学语的时候起，就一直浸泡在白话文——更正式的名称是“现代汉语”——的空气里，是呼吸着这样的空气长大成人的。因此，我们对文学的第一批感觉，就一定是取自那些用白话文排印的作品。我十岁时读的第一部小说，说来惭愧，是浩然的长篇小说《艳阳天》，我正是从它那儿知道了什么叫小说，什么是小说中的故事和人物。几乎同时，也正是家中

[1]本文写作基于当下现实—知识状况，更基于十二年来与北京·当代中国史读书会的朋友们一起成长中的生活—学习—思考经验。而正文的打磨，特别感谢薛毅、程凯、符鹏、李哲、辛智慧、张华、冷霜、姜涛诸位师友对初稿的诸多指正，尤其感谢贺照田对全文的仔细打磨和修改。

老书橱中那一册薄薄的《朝花夕拾》，给了我对于散文的最初的认识。我接触诗歌的时间比较迟，差不多是在三年以后，而我仔细读的第一首诗，正是一首白话诗，一首刊登在人民日报上的“大批判”诗。一个人最初会遇上什么样的文学作品，当然有很大的偶然性，但就大多数情形而言，我们这代人大概都是从二十世纪的中国文学作品中，获得对文学的最初印象的。尽管我接着读的第二部小说，就是父母放在床头的托尔斯泰的《战争与和平》，又很快趴在被窝里读起了《三国演义》；由毛泽东的诗词引路，我更迷上了《唐诗一百首》之类的小册子，一口气能背出好多来；但是，一直到现在，无论我在欧洲和中国古典文学的世界里走得多远，也无论这路上的景致多么长久地使我迷醉，那最初的语言起点，那由此赋予我的对二十世纪中国文学的最初的体会，仍然像空气一样包裹着我，就仿佛戴上了一副眼镜，它永远都会隔在我和我所看到的一切之间。我想，这应该不只是我个人的特殊经验，随着现代汉语愈益广泛地覆盖整个社会的出版物，充满从幼儿园到研究院的各种教室，不但我们这一代人，就是以后的两代乃至更多代的人，都难免会成为我这样的“戴眼镜”者吧。

当然，二十世纪中国文学中毕竟有比《艳阳天》好得多的作品，也还有大量比它更不如的东西，你在这当中选择哪一类来酝酿你的基本的文学经验，这将在很大程度上决定你日后面对中国古典和外国文学时的感应状态。不用说，这“选择”只是个比喻的说法，在很大程度上，人的这种“选择”其实是相当被动的，出版状况、教育制度、思想文化潮流、官方的文化政策，等等，常常就是这些因素充当了你的配镜师。而正是从这选择的被动性上，我看到了二十世纪中国文学的一种堪称重大的责任。

王晓明主编的《二十世纪中国文学史论》1997年10月初版，分上、中、下三册，收录论文八十多篇，与《批评空间的开创》一起合为四卷，在当时中文系对中国现当代文学感兴趣的高年级学生、攻读中国现当代文学的研究生和在大学教中国现当代文学的年轻学者中间影响巨大。王晓明的序并非对四卷书内容的归纳和整理，它更多关涉他自己的时代意识、知识意识。这种历史中人谈历史的方式往往自带张力，内含一般学术性文章不会呈现的紧张感。他在此文中谈20世纪中国文学研究，实际上也是对自我的解剖。这是20世纪中国文学研究的特别之处，其研究者自身的境遇变化容易影响对研究对象的认识。正因为这种相当紧密的关联性，使得这种研究容易具有不确定性。王晓明此文揭示了这一点。问题在于，如何面对这种人在历史中的基本境遇，如何面对和承托“变”境中人的哀乐情绪、感受，并竭力掌控这种“变”所带来的生机或险境。大多时候这并未成为当代中国人文活动的基本反思意识。

在这种人与历史的“变”境当中，在诸多人文活动当中，文学到底处于什么位置？对于人与历史的关系而言，文学的功能又是什么？王晓明1997年序言的“戴眼镜”和“配镜师”表达真是很妙，虽然他用之谈的是现代汉语文学和对现代汉语文学的接受问题，但显然“戴眼镜”和“配镜师”也突显了文学和文学研究对于人与历史的作用与功能，将文学和文学研究在“变”境中的重要位置勾勒了出来，敏锐，明晰，深入浅出，又极具时代回应意识。

说王晓明的如上表达极具时代意识特点，是指他如一直浸泡在50至60年代那种白话文空气里，未必会觉得文学阅读是“戴眼镜”，也未必会意识到还有一个“配镜师”。是以他这里的“戴眼镜”“配镜师”表达，首先是他对他自己如下经验的反思性把握：虽然他初阅读后很快就开始读《战争与和平》和《三国演义》等，但他对20世纪中国文学的最初感受却是被不够好的《艳阳天》、“大批判”诗等塑造的。而他之

“从二十世纪的中国文学作品中，获得对文学的最初印象”的如上经验，则看似偶然，实则是被历史决定的。也即这种让他遗憾的文学初体验“眼镜”，是由不良历史时代的“配镜师”带给他的。

而他意识到这样的塑造实则是“误导”，应该要到“文革”后期，甚至可能要到比如20世纪80年代、人们反思之前历史所展开的关于1949年以前三十年的文学成就和1949年以后三十年的文学成就孰高孰低之时。换句话说，王晓明关于“戴眼镜”和“配镜师”的理解，背后有着因历史巨变而在认知层面上展开的历史反省与自觉。在王晓明的反省与自觉中，文学并不能仅仅凭决定自身是否能被作为“眼镜”而被选中，也无法决定自身被作为哪种“眼镜”、被“配置”于何时何处、“配”给哪些人？而是“出版状况、教育制度、思想文化潮流、官方的文化政策，等等，常常就是这些因素充当了你的‘配镜师’”。

王晓明紧接着说：“而正是从这选择的被动性上，我看到了二十世纪中国文学的一种堪称重大的责任。”也就是，既然充当“配镜师”的常常是“出版状况、教育制度、思想文化潮流、官方的文化政策，等等”，而这些方面如何能内在于当代中国人、中国文化建设、中国社会建设需要来“配镜”，需要好的文学研究的进展来指引、充实，若没有好的20世纪中国文学研究充实、校正，它们更容易按自己的运行惯性，按政治、商业、社会、传媒等的要求、影响，推动出和王晓明期待的20世纪中国文学认识、接受不相合的文学“眼镜”。

由“戴眼镜”和“配镜师”的思考，王晓明希望从20世纪中国文学中选拔出“最优秀的作品”作为“配镜师”塑造中国人的文学趣味、人文品质的标配：

自五十年代以来，二十世纪中国文学的教学已逐渐发展为大学文学教育的主干之一；到今天，二十世纪中国文学的研究也日益占据了文学研究领域里最引人注目的位置。它们事实上已经构成当代中国人文学环境的一个非常重要的方面，成为铸造人的基本文学趣味，决定他佩戴什么“眼镜”的重要力量。因此，它们有责任将二十世纪中国文学的最优秀的作品推荐给学生和读者，也有责任将这些作品的诗意和魅力，尽可能动人地揭示出来。它们更有责任用这样的推荐和揭示激发当代中国人的艺术潜能，帮助他们形成敏锐而开阔的审美能力。

现实总在流变。如果决定给20世纪的中国人配什么“眼镜”的重要因素常常是“出版状况、教育制度、思想文化潮流、官方的文化政策”等更为外围的力量，那20世纪中国文学的研究要通过阐述20世纪中国文学的最优秀作品来落实自身的充实、力量的校正，便涉及：如何选择“最优秀的作品”？如何揭示这些作品的“诗意和魅力”，以让时代中人们能感受到其重要而切己的魅力？而且既然涉及塑造接受者，那么文学研究者在选择和揭示时，所面对的就不仅仅是文学作品本身，还涉及当下历史—现实结构中人真正所需的文化认知、审美教育为何的问题。

王晓明的如上这些思考显然对中国现当代文学研究者是非常重要的，但亦不必讳言，王晓明1997年的如上重要思考又带有过深的时代印痕，即他是不自觉地在90年代中后期特定的历史状态所形塑出的意识空间中来界定哪些是20世纪中国文学“最优秀的作品”，具备哪些要素才属于“最优秀的作品”。在这篇序言中，王晓明对于他所经历的50年代以来尤其是80、90年代以来，中国社会中所出现的种种相关精神状况有如下整理：

有很长一段时间，通行的文学史教材甚至是把一些比《艳阳天》都差得远的作品，供奉在最醒目的位置上，而将譬如沈从文的小说像破布一样塞在角落里。就连对鲁迅也是如此，不是将《一件小事》抬到吓人的高度，就是用几根干巴巴的政治教条，将《阿Q正传》和《孤独者》扭扯得支离破碎、面目全非。在一系列无知和偏狭的文学理论教条的支持下，在那同样偏狭的出版制度的配合下，从二十世纪中国文学研究中升起的这一股昏乱之气还日渐蔓延，在整个文学教育领域里盘成了一个持续不散的氛围。直到七十年代末，我们这一代人有机会接受正规的大学教育了，我依然从课堂上感受到它的刺鼻的气味。倘若一个人长久地陷在这样的氛围里，他对文学的基本的知觉能力怎么可能不遭受严重的损害？事实上，我们这一代人就正是这样的不幸者，我或许终生都难以完全洗去这受损的痕迹。更不幸的是，同样的后果也开始在更年轻的一代人身上暴露出来。在今天，你所以会读到那样的年轻的诗人和小说家，才智平平，却俨然以大师自居；所以会遇见那样的年轻的评论家，他会将一段分明是极其粗劣的描写，郑重其事地引在文章中，盛赞它的“诗意的光辉”；你更所以会听到那样的消息，说一所著名学府的中文系的学生，竟有许多将《飘》奉为美国文学的经典作品，我想，除了个性缺陷和阅读范围太窄之类的原因外，那文学评判上的昏乱氛围的持续伤害，是否也是非常重要的原因呢？

这些沉痛经验让人怵目。一个社会审美品位的败坏，常常对应着社会文化生活和教育中的粗劣和简陋。这样的文化生活和教育状况无疑必须被反拨、校正，新的文学理解、文学教育必须被认真、谨慎建立。在相当的意义上，王晓明序言的后半部分就是对该建立什么样的20世纪中国文学认知、理解与教育的扼要回答。而他的这一回答在今天的我看来，无疑具有过于鲜明的时代症候特征。也就是，我赞同王晓明赋予

20世纪中国文学研究者的积极责任意识，但对20世纪中国文学研究者如何才能很好地承担起这一责任的认识则与他不同。

王晓明认为：

> 我曾经说过这样一个看法：清末民初三十年间，经过康有为和陈独秀这两代人的持续努力，在一部分文化人中间，逐渐产生出一整套以欧美和日本为榜样，以救世为宗旨，深具乐观主义色彩的思想观念；由于中国社会所遭遇的复杂的历史境遇的刺激，也由于当时中国文化人的特别的认识能力的制约，到二十年代中期，这套观念已经明显推挤开其他的思想观念，占据了社会流行思潮的主导位置；进入四十年代以后，它更逐渐生长为一个覆盖都市社会的新的文化传统，这就是通常所说的"中国现代文化"；这是一个相当功利化的文化，它的那些最基本的观念，几乎都是针对现实的政治危机提出来的，而对另一些看上去与这类危机远离的精神问题，它却很少有深入的描述；五十年代以后，随着国家意识形态对社会精神生活的整理日益细密，这个新的文化传统也被删削得日渐整齐，而它越是被删削、被简化，它的影响反而越扩大，以至到今天，它仍然强有力地制约着大多数文化人的思想和精神活动。倘若上面这样的描述大致不错，我就觉得，主要正是这个延续至今的"中国现代文化"，和那个既刺激它的产生，又不断强化和简化它的历史环境一起，造成了一百多年来中国社会在精神上越走越窄的状况。这"窄"是相当深刻的，它不但体现在人们对眼前现实的感知和理解上，也不但体现在人们对历史变迁的体认和把握上，它更体现在人们对"人"的基本境遇的理解上，对整个世界和宇宙的意义的领悟上。你想想，背负着这样一段精神历史的当代中国人，怎么可能不两手空空，四顾茫然，陷入深刻的精神危机？

恰恰是在这样的危机面前，二十世纪的中国文学显出了自己独特的价值。就创造的规模和影响的程度而言，在二十世纪的绝大多数时候，文学都堪称是中国人精神生活的最主要的形式。它当然深受"中国现代文化"的影响，白话新文学本身便是这个文化的产物，至少到八十年代初为止，它也是走了一条日益狭窄的道路。但是，文学家毕竟是社会中精神最为特别的一类人，即便身处主导性文化的严密限制之中，只要他拥有足够强大的艺术才能，他就终有可能在文学创造中冲破这种限制，显示出这个社会的精神的丰富性。中国社会这样大，历史和现实的纠缠又那样复杂，"现代文化"就是再膨胀，也终难一手遮天，总会有一些与它并不相合的精神因素，以各种方式表达出来。与二十世纪中国人的其他精神活动相比，文学大概是这种因素保留得最多的一个领域吧。鲁迅的作品自不用说，就是沈从文、老舍、曹禺、萧红、沙汀和李劼人，周作人和张爱玲，他们都能让你看到某种对于人生的特别的感受，某种对于历史的特别的理解。这些感受和理解当然并不系统，经常都很凌乱，但是，它们却都是你用"现代文化"的框架难以包容的。它们就仿佛在愈益狭窄的文学和文化之河的两岸拓出了几条支流，正是这些支流的延伸和交叉，在"现代文化"所忽略的那些精神领域里，为我们展开了一片不小的天地。只要看看鲁迅的小说和散文，看看《边城》和《鸠摩罗什》,《雷雨》和《原野》，看看冯至的《十四行集》吧，它们对于时间的意义、人的生存的可能，对于性、自然、政治和历史，事实上是表达了怎样敏锐的感觉，又拥有怎样深广的疑虑！正是这些各不相同的体会和疑虑，透露出了二十世纪中国人对于现实功利以外的广大世界的感受和关注，对个人和人生的基本生存意义的苦苦寻求。[1]

王晓明认为中国文化生活审美品位的败坏，根源在于20世纪初开始的以救世为宗旨的现实功利化的中国现代文化越来越窄化的发展，和它过度教条、排他的笼罩性影响，这导致中国社会在精神层面越走越窄。他认为“白话新文学本身便是这个文化的产物”。这样，站在这个越走越窄的历史地平上回看20世纪中国文学，整个20世纪中国人在文学中最有价值的表现，就在于与这个功利化的“现代文化”不相合的部分，比如鲁迅、沈从文、老舍、曹禺、萧红、沙汀、李劼人、周作人、张爱玲。尤其值得特别挖掘和注意的，是他们“对于时间的意义、人的生存的可能，对于性、自然、政治和历史，事实上是表达了怎样敏锐的感觉，又拥有怎样深广的疑虑！”正是20世纪中国文学中的这些部分，透露出了整个“二十世纪中国人对于现实功利以外的广大世界的感受和关注，对个人和人生的基本生存意义的苦苦寻求”。

我当然同意，王晓明这些文学视野和感知——“只要看看鲁迅的小说和散文，看看《边城》和《鸠摩罗什》，《雷雨》和《原野》，看看冯至的《十四行集》吧，它们对于时间的意义、人的生存的可能，对于性、自然、政治和历史，事实上是表达了怎样敏锐的感觉，又拥有怎样深广的疑虑！”显然这些文学，包括他谈到的《卡拉玛佐夫兄弟》给予他的震撼，等等——都是校正50至70年代文学塑造机制引发的严重历史后果所亟需的；我想，王晓明配置这样的文学视野所渴望达到的目标，也会为关心和担忧社会文化生活样态的大多数现当代文学研究者所认同。

我不同意的地方在于，这样的配置方式的认知前提是过快将整个

[1] 王晓明：《二十世纪中国文学史论》序，王晓明主编：《二十世纪中国文学史论》第1卷，东方出版中心，1997年版，第6—9页。

20世纪界定为是以现实功利化为主的“现代文化”，这样实则是过快将太多历史经验、思想文化经验直接打包评定为现实功利化，而这种过快打包评定又是过快、过于直接将对20世纪表现糟糕的历史时段的简化认知扩展为对整个20世纪革命实践的简化认知。显然，这样的认知状态不可能对与革命相关的文学和历史的存在作足够耐心的审视、细查；而这样的历史笼统认知，一方面会因为认知的过于笼统性过滤掉复杂的历史经验、思想文化经验中的诸多有意义资源，且无助于对实则深深困扰包括王晓明自己在内的80至90年代的文化生活机制、文学塑造机制的深入认知提供更为有帮助的历史理解背景，当然也无助于对实则规定和塑造了当代中国人切身现实处境的历史—观念机制进行准确且展开的剖析。其后果则是，整个20世纪复杂而曲折的历史经验中，只有某些看上去直接符合其期待的文学实践才会被纳入20世纪中国文学的“最优秀”作品的考察视野，他原本想用来校正社会文化生活和教育状况的新的文学配置方式本身也会因历史认知的笼统导致的现实认知不准而失去他期待的精准建设作用。

这种对王晓明所说的现代中国“现实功利”文化的理解所会导致的文学认知问题，我们可以从王晓明当年的《一份杂志与一个“社团”》一文清楚看到。这篇文章也被选入《批评空间的开创》(1998)。在其中，王晓明细腻而敏锐地辨析了《新青年》杂志和“文学研究会”的生产机制和编织过程，但《新青年》和“文学研究会”所包含的非常丰富的思想文化实践经验、文学经验被压缩到了“压制性”和“中心化”的把握中。王晓明希望抓住“五四”文学机制中的某些内在特征，以重新打通20世纪中国文学，校正80年代现当代文学研究中过于割裂现代文学和当代文学的论述倾向。但问题是，这样的整理恰恰过于被80至90年代逐渐形成的非功利文学视野所牵制。而这种对文学机制中的功利主义的批判，正是王晓明在《二十世纪中国文学史论》序言中对导致后来出现严重文化后果和教育后果的现代主流文化的批判。正因为王晓明过于被这样的历史认识和文学观念意识所牵制，其对《新青年》和“文学研究会”本身蕴含的丰富经验便无法不缺少耐心，过快聚焦到相当配合他批判意图的那些方面，而非真正回到历史实际展开的脉络之中分析《新青年》和“文学研究会”的有关经验。比如，王晓明也谈到《新青年》一开始销量不大，读者甚少。那与之相关的具有重要历史意涵的问题便是，这份读者不多且以青年学生为主的杂志，为什么能在中国文学史、政治史上发挥这么巨大的作用？为什么《新青年》的陈独秀、李大钊、胡适恰恰会选择这样的方向？其所造成的历史主体的塑造方式为什么会是“五四”的特定方式？其历史后果到底是什么？其和后来发生的中国共产党领导的革命关系是什么？中国共产党领导的革命以我们所见的历史样貌展开和新文化运动的关系是什么？等等[1]。也就是，真正回到中国近现代历史实际展开的内在脉络，我们才有可能透视表面的压制性和中心化的内部，其构成和困境何在？脱如上脉络提出历史中的压制性和中心化问题，虽然对于反思历史中特定阶段的问题具有相当的价值和意义，但由于其忽略了对历史具体情境中的现实状况的深入把握，也就回避了回答——诸如20世纪中国历史实践中为什么必然会形成这种特定的中心化的权力形态？其具体历史机制为何？这种权力的具体机制和具体形态如何构想中国社会和理解时代压力？它又如何影响到文化生活和教育机制等真正牵制和塑造着现实中国人文学感知的层面和方向？——这样一些对我们20世纪认知非常重要的问题。

就60至70年代大量出现比《艳阳天》还糟糕的文学作品的历史

[1]贺照田2008年在中国台湾东海大学关于《历史的挫折与中国现代性的发生》的18次课程，以及2009年在中国台湾成功大学《现代中国革命与现代中国文学——以毛泽东〈在延安文艺座谈会上的讲话〉的理解为中心》的6次课程，对这些问题有基于中国近代以来深层社会困境的脉络分析。

时期来说，在反省和追问这一问题的同时，王晓明或应将他认为并不太好的《艳阳天》为什么会在 1965 年前后这一特定时期成为文学要角这一现象纳入进来讨论。王晓明生于 1955 年，他十岁时即 1965 年。而《艳阳天》1964 年 9 月第一卷出版，立刻成为当时文化潮流力推的作品，这是它所以能成为王晓明阅读的第一部小说的时代条件（1966 年 3 月和 5 月《艳阳天》分别出版第二卷、第三卷）。不过这一时代“配镜”背后，是 1949 年新中国成立以来，并不一直是使“《艳阳天》”式的文学得到特别推崇的“配镜”机制，于是，要历史地理解——为什么 60 年代中后期的这个时候恰恰是《艳阳天》《欧阳海之歌》等成了当时文学阅读塑造机制中的要角——这一问题，就要去历史地理解：为什么王晓明眼里“比《艳阳天》好得多的作品”（应该包括茅盾、巴金、老舍等，应该也包括了赵树理、丁玲、柳青、周立波等革命文学作家的众多现代文学），这个时候或被否定，或即便能被阅读也不再成为当时官方文化政策着力推动阅读的作品？就需要去追问：为什么新中国成立才十五年，却在文学“配镜”机制方面发生了这么巨大的变化？因为只有如此，才能更准确、展开地把握和意识，这一时期的“配镜”机制实则在新中国成立以来的历史发展中，已经在文学观念、文学实践及文学批评层面都发生了巨大变化。就是，50 年代、60 年代初期被认为有助于相当有效发挥文学积极作用的理解，这时都被抛到了一边[1]；而《艳阳天》出版时在主导的那种文学理解，其反映的 50 年代农村社会生活又与当时的现实脱节严重。而这些变化的内在机制和脉络形态在八九十年代并未得到自认自己有“配镜”责任的文学研究者的认真研究。[2] 意识

[1]可参见本书中多篇相关文章，以及《20 世纪中国革命与中国现当代文学》《重读李准》《重读周立波》及《重读柳青》（即出）等书中的相关文章。

[2]常被学界引用的是钱理群 1999 年于《矛盾与困惑中的写作》中谈到的其师王瑶当年对“二十世纪中国文学”回避了 20 世纪诸多重要视域的提醒。

到这些，我们也才能更历史内在地追问，为什么作为“配镜师”的国家政治—文化机制在 1980 年代明明自己也强调要物质文明和精神文明两手抓，但实际结果却导致物质文明在推进，精神文明却日渐溃散？为什么人文知识分子，包括文学研究者和文学批评家，在这一过程中起到的建设性作用也极其有限？

王晓明提到的人文研究应聚焦的“时间的意义”“人的生存的可能”“敏锐的感觉”“深广的疑虑”，如何能切实细腻地扎根到实际现实生命的脉络之中——这是特别需要着力，也特别需要反复体察才能真正被打开——反而没有被人文研究界广泛讨论。换句话说，既然众多时代都需要深广的疑虑，那 90 年代中国社会现实所需的特别的“深广的疑虑”是什么？具体到诸如 90 年代的“人的生存的可能”究竟为何？这样的人文精神视野要如何准确切入中国社会？缺乏对这些问题的有力把握，就很可能出现如下悖论：看起来精神视野更加开阔了，但与现实生活更隔膜了。也即，精神强度的要求和现实秩序的妥帖安排，始终被处理为割裂的两节。

将人文精神与现实秩序打为两节，实际上在 1979—1983 年期间李泽厚的思想规划中已经发生。李泽厚在 1979 年出版的第一版《批判哲学的批判》中，认为中国革命虽然遭受“文革”时期的挫折，但当它以李泽厚《批判》一书中的实践论重构马克思主义哲学之后，就会纠正自己在历史实践中的偏差，并批判各种现代资本主义和修正主义哲学，重新掌握住世界哲学的大旗，再次巩固世界革命的中心地位。第一版《批判》的宗旨，就是以使用—制造工具的、具有客观规律性的生产活动重构“实践”（针对主观意志论），以这种社会实践论重构马克思主义哲学，再以马克思主义实践论哲学重构和消化康德的唯心主义，以此批判和吸纳西方现代各种资本主义和修正主义哲学流派，并批判以“四人帮”为代表的错误路线和实践。一版《批判》仍是以中国革命作为主体和基体来展开建构和规划的，它目标是社会主义的自我修复和完善。虽然李泽厚批判“四人帮”，但他认为展开社会主义建设的中国革命仍处于世界历史舞台的中心，他还没有将世界历史进程的中心移向资本主义，也没有将中国革命定位为“封建主义复辟”，从而将之划离中国历史基体的主流。在第一版中，李泽厚说，研究康德哲学的意义仅仅在于，用马克思主义实践论重构康德，批判西方资产阶级哲学的不彻底性。

而在 1984 年第二版《批判哲学的批判》中，李泽厚认为，研究康德哲学的意义在于：马克思主义哲学的历史实践本身现在被分割为两部分：革命和建设。康德哲学恰恰可以帮助马克思主义哲学重构“建设”部分。这就是说，1949 年至 1976 年的中国社会主义实践，主要是一个以“革命”逻辑展开的历史实践，它缺乏或忽视了主体“建设”这部分，从而导致了一系列的严重后果。这与李泽厚在第一版《批判哲学的批判》出版后对中国革命进行的历史再定位，将它指认为世界历史中的封建主义复辟阶段互为因果。所以，虽然中国革命一定程度上完成了革命的任务，但它现在却面临着严峻的建设重担，尤其是主体建设问题。在李泽厚的这一历史再定位前提下，康德哲学被重组到中国革命的历史观之中，从第一版的从属位置上升为马克思主义哲学历史任务的核心部分。又由于中国革命的革命阶段已然随着“四人帮”的倒台而结束，现在中国革命的任务是建设。所以，第二版中康德主体哲学的意义其实在于代替阶级论成为马克思主义哲学的内在构架。而阶级论所具有的社会分析及其对应的大量实践内容，也被源自康德的文化—心理结构的哲学分析代替了。早年李泽厚的客观性社会性美学中通过主体与现实的反复搏斗来建立主体精神结构的方式，现在也变成了“积淀论”美学中主体可以脱离现实、直接从人类文明成果中构建自身的方式。也就是说，在修订后二版《批判》里，中国革命的去中心化，意味着在哲学和美学上，主体的构成方式同时也必须随之而变。

在这种历史—时代认知中，“实践”一词的内涵也被重构了。早期李泽厚是在“实践与意识”的反复互动结构关系中来确认“实践”的内涵；而在“革命与建设”的时代结构关系中，“实践”（使用—制造工具），与“积淀”（文化—心理结构）则形成了结构上的分工和对应关系。“实践”概念从强调“与外部世界反复互动”到强调“使用—制造工具”，这种内涵上的不同侧重，表明李泽厚在中国革命与外部世界的根本关系方面，态度上已经发生了根本变化。这一改变涉及对一个社会主义实践最根本问题的不同理解：人如何通过革命实践与外部世界建立关联从而建立自身的主体？在不同实践形态中，这个主体会呈现出什么样的不同状态？在第一版《批判》中，主体与实践还保持着直接的反复循环辩证的连带关系，而在1984年第二版里，在实践与主体之间，就有了一个漫长的历史“积淀”提供着具有关键规定性的内容。

这实际上一方面改变了新中国成立以来的知识逻辑。早至延安时期，革命的知识逻辑之一是，主体的历史内涵不能以抽象的人性方式获得，而必须在一个具体的集体实践活动中才能与世界发生深切的关联。可现在，主体不是直接依赖于与实践的反复互动来塑造、组织和纠正自己，而是依赖于“积淀”所形成的文化—心理结构。实践对于主体的塑造意义就变得越来越间接。相应的，主体内在结构的形成也就越来越不依赖于历史实践活动，它现在最主要的来源是传自远古的形式积淀（美的历程）。这个主体对自身状态的调整和纠正，也同样不需要对社会现实结构状况的深度介入，彼此在反复循环中互相校准。这里发生的最大改变是，这个主体仍然是实践的，他可以选择所有人类文化艺术遗产，但他却不再与任何具体的集体有关。这个主体的道德建立依赖于每个个体与人类总体规律在知识上的直接对接，而不再依赖于一个彼此靠近、团结友爱，同时你必须为他人付出的集体。可这样的主体，若要保持一个良好状态，需要一个什么样的社会结构条件呢？并且，现实总需要主体的介入，而若这个主体又对现实缺乏热情，那现实推进所需要的动力又来自哪里呢？李泽厚的知识架构中，主体屏蔽了这些现实问题。他原本是希望以这样的知识架构安排，来让主体避免遭受集体权威的压抑。但如果在历史实践中，会发生集体压抑个人的状况，可能的路径之一是反省如何重构这样的集体。如果直接在知识架构中放弃对集体构成形态的反省，那就会变成主体只需要通过教育将人类文明“积淀”于内心，形成心理结构即可，而不是需要培养非常敏感的现实感。[1]

另一方面，这里的关键还不在于是否要以之前“集体”的方式来重组个人、重组社会，是否要回到革命时代的知识逻辑。不以之前“集体”的方式来组织个人和社会，未必不可行。既然关键是现实感，那这个现实是否必须以之前的集体方式来重组，是可以根据现实状况的变化来重新讨论和构想的。所以即便不回到革命时代的知识架构，在新时期对现实的历史构成的深入把握基础上，李泽厚的哲学知识规划也仍有机会成立。但关键在于他这样的哲学理解、知识分配方案如何能落实到中国自身的历史身体之中，并能以最小伤害的方式激发这一具体历史身体自身的活力。这就涉及如何准确理解中国近现代史的内在构成，基于此准确理解，再来构想适合这一基体的知识架构。正是在这一问题上，我们看到李泽厚《启蒙与救亡的双重变奏》中所隐含的问题。[2]贺照田在《启蒙与革命的双重变奏》一文中，指出了李泽厚在历史感、现实感这一关键环节上的偏失所可能导致的社会后果。

[1]何浩:《1979—1984：李泽厚对马克思主义的历史重构及其与中国革命遗产的关系》,《文艺理论与批评》2016年第11期。

[2]关于李泽厚历史感、现实感的精彩分析，参见贺照田:《启蒙与革命的双重变奏》,《革命—后革命：中国崛起的历史、思想、文化省思》，台湾交通大学出版社，2020年版。

本文的核心质疑不在此（本文注：指李泽厚《启蒙与救亡的双重变奏》一文）启蒙的正面观念展开，而在此启蒙的自我感、中国社会感构造（横线为本文加）。如我上节所指出的：以启蒙责任自认的多数新文化运动知识分子，由于不认为其时中国社会蕴有相当可在中国现代历程中发挥重要作用的品质与能量，导致他们自觉不自觉地把现实中国社会不能跟他们理解的现代配合绝对化，从而把现实中国社会单纯当成他们批判、灌输、改造的对象，而这一感觉、看法，又反过来影响他们对自己的社会意义位置作过度评估，对自己所拥有的现代认识理解对中国所具有的意义作过度评估。

也就是，重点不仅仅在于重新给出何种哲学知识架构，重点还在于，我们的这种知识架构和知识分配，本身所含摄的历史感、现实感、自我感和社会感，是否能准确回到历史实际展开的逻辑之中，是否能准确诊断和判别我们的历史—现实问题何在、所需为何。

当李泽厚将中国社会改判为尚未完成封建革命、社会中小农意识浓厚时，他对时代最核心且迫切任务的判断也会受影响，“既然中国封建主义的问题没有真正解决，中国现实仍然存在着封建主义发生强烈危害的危险，那时代最核心且迫切的问题就应该是反封建”。

而为了有效地反封建，在他们看来，在经济上当然就应该大大增强——他们认为可最有效破坏小生产者所赖以存在的社会经济样态的——商品经济（后来是市场经济）的地位与作用；在思想文化上则不仅要大批封建主义，更重要的是要接续当年新文化运动未完成的启蒙，对中国社会进行一场彻底、全面的现代启蒙；相比经济、思想文化方面态度和看法上的更为清朗，政治方面新启蒙思潮对民主的强调则强烈中又有某种暧昧。如此是因为新启蒙思潮当

> 然强调民主，但这强调由于它对中国社会主要由小生产者构成而产生的对广大中国社会阶层的深刻不信任，使得它对什么人适合民主实际上有很强的设定。就是在八十年代新启蒙思潮的推动者和领受者意识深处，只有那些受过启蒙深刻洗礼而成为了“现代人”的民主，才是真正理想的、可信任的民主。
>
> ……
>
> 而也正是这样一些理解和认定，才会推动中国大陆八十年代的思想文化文学艺术界不仅致力于批判封建主义，而且越来越弥漫着唯恐自己不能充分摆脱封建影响，不能真正跨入“现代”、成为“现代”货真价实一员的焦虑。特别是其中的年轻激进者，越来越强烈认为：只有使自己彻底摆脱封建的影响，成为真正的“现代”人，自己对封建主义的批判，自己对社会的启蒙，对社会的国民性改造，才可能是充分正确和彻底的；且只有一大批人于此决绝行动，才可能使中国彻底祛除封建主义体质，彻底摆脱封建主义梦魇，彻底现代。[1]

而这样的时代现实感，使得李泽厚改为以“革命 / 建设”的历史意识来规划知识分配，并重新启用康德，实际在强化他对中国社会的如上认知，并进一步无视这一社会中实际潜存的活力。如贺照田所说，“在这样一些感觉、理解中，中国社会便由于其主要构成者被认定为骨子里是小生产者，而被视为实际是使封建主义在中国存活不灭的社会载体；这些，加上认定小生产者无论是其理想性冲动，还是其日常性格，都是非现代，乃至反现代的，因此当然也不会被新启蒙思潮的推动者、拥戴者认为有向其社会实践，特别是向其文化生活、精神生活实践寻求资源

[1]贺照田：《启蒙与革命的双重变奏》，《革命—后革命：中国崛起的历史、思想、文化省思》，台湾交通大学出版社，2020年版，第66页。

的可能。”

李泽厚知识架构中对人文精神和物质世界进行了分工，这种分工对后来的中国知识界影响巨大。与之相应，当文学研究按照类似这样的人文理解、社会理解、时代理解择选出特定的“最优秀的作品”后，实际上它会不自觉与此时代有问题的构造形成合谋，与此时代的历史感、社会感、知识感共同制造出一种对人助益不够，甚至误导时代中人的“眼镜”。如此一来，王晓明所希望拓展的这个精神文明本身的高雅品位实际上也容易丧失对这一关键历史时期文学“配镜”功能之变迁逻辑的内在反思，而没有这种反思作中介，新配出的“眼镜”是否能真正把握和抵达当代中国人的现实生活层面里的感觉意识肌理，真有助于其现实生活的充实饱满，就相当可疑。[1]或者说，当身处 90 年代后期历史意识结构中的研究者自身没有对他所占据位置之下的地层有准确、深入地清理，对自己所处身的历史、社会、文化、观念空间的产生没有足够深入的反思性理解，其在配置新“眼镜”时，如何精准判断“镜片”所需“度数”以廓清其所处身的现实，就会是大问题。王晓明在 1997 年对于 20 世纪中国文学研究给予厚望，希望它能“激发当代中国人的艺术潜能，帮助他们形成敏锐而开阔的审美能力”，但这样的艺术潜能和审美能力因其在生成结构中就缺乏对当代中国人现实境遇足够有力的观照，也就很难在其具体展开中切实地帮助当下中国人理解、辨析他们自己在时代中的历史—现实遭遇。当 80 年代政治层面的历史感和现实感也相对被知识界的论述牵引，压缩了对人的现实境遇中的思想精神领域的细腻探索，并对经济发展的人文意义赋予过多期待后，实则官方和知识界在看似不同的路径中，共同打造了 90 年代的有关图景：人文的视线不

[1] 参见贺照田《时势抑或人事：简说当下文学困境的历史与观念成因》（载《开放时代》2003 年第 3 期），及《当前中国精神伦理困境：一个思想的考察》（载《开放时代》2016 年第 6 期）两文。

断高蹈，而对人文有真切需求的现实则越来越被经济逻辑笼罩。

二、《再解读》

新时期以来，中国现当代文学研究有诸多学者以多种方式在推进。不过在反省"配镜师"这一问题意识上较有代表性的，是最早于1993年出版的《再解读》从西方学术脉络出发重新聚焦于20世纪40—70年代文艺作品所提出的问题意识。[1]与此书相近的，学界一般还会提到1993年由时代文艺出版社出版的李杨的《抗争宿命之路——"社会主义现实主义"（1942—1976）研究》、1996年由香港牛津大学出版社出版的黄子平的《革命·历史·小说》等，尽管内在差异颇大。1993年《再解读》在香港出版时，大陆尚未从"反现代性现代先锋派"视角重审革命文学、重启资本主义/社会主义的理解架构来整理20世纪中国文学，尚未将革命现实主义实践经验纳入20世纪文学研究之中加以深入讨论，尚未由此深入反省现代世界发展道路。90年代初期，大陆学界更多仍是从社会主义内部政治对于文学的过度压制的反弹，来不断推进自己的研究道路。这个时候大陆学界对于"配镜师"的反省，也更多是从如何扩大、丰富自身的感知视野来把握20世纪中国文学，不自觉地配合着西方现代确定出来的现代文学形态，很少思考要为西方现代世界"配眼镜"。当时学界对《再解读》的阅读和接受也大多因其在方法论和知识论层面打开了新局面而好奇、欣喜。直到90年代后期，中国市场经济大发展，引发一系列社会问题，知识界开始新左派和自由主义论争，部分学人才大力重新反思西方现代性发展方案。中国到底往何处去，成为需要在政治—经济—文化层面重新被讨论的问题。不只是中

[1]本文无意在中国当代文学史或思想史脉络中全面讨论《再解读》一书的价值，仅侧重于《再解读》一书中唐小兵的导言和其中几篇代表性文章。

国何去何从，如果西方现代性方案问题重重，那西方何去何从也需重思。在这一问题意识下，大陆知识界在新的理解架构中重新打量了革命文学。此时的打量，虽然仍有从社会主义内部如何扩大、丰富自身的感知视野的意识，但这一问题意识实际上更多被组织和结构到非常不同的时代架构当中。简单来说，之前是中国需要参照现代世界来“配眼镜”，现在是现代世界的未来也需要中国的“眼镜”才能看清。而这个“中国”，往往又被过快地确定为与西方现代资本主义形态对立的某些社会主义实践形态特征，或直接与现代对反的传统社会形态。

在这一现实社会—学术知识思想的变化中，《再解读》所提的“反现代性现代先锋派”实际上部分被吸纳到汪晖提出的“反现代的现代性”[1]之中。学界被新的现实巨变和新的问题意识激活后，进一步调整《再解读》的方法论和知识论，“反现代的现代性”的思想史命题也因之在文学界得到方法论和知识论的拓展和进一步探索。被大陆新的时代氛围—意识氛围改造之后的《再解读》由此成为重审革命文学的重要对话对象和思考起点。

迟至2007年，北京大学出版社才在中国大陆增订出版《再解读》，但大陆学界早在1993年该书香港版出版之后就开始阅读，90年代中后期在新的问题意识下又有进一步扩展理解。1993年港版《再解读》选文主旨并不统一，有的文章更彰显方法论意义，影响程度也不一。大陆学界基于90年代中后期对于现代中国何去何从的思考，又对《再解读》更早就提及的类似反思“配镜师”的历史自觉更为重视。该书2007年大陆增订版的导言甚至沿用了主编唐小兵1993年的题目《我们怎样想

[1]这一表达由汪晖1994年发表于韩国、1997年发表于天涯杂志的《当代中国的思想状况与现代性问题》一文提出。“反现代性现代先锋派”则是唐小兵1993年在《再解读》导言中借用西方学术界的反现代性思潮，来指认延安文艺。这两者在立场、对应的历史情境、问题指向上都有很大差异。

象历史》。在导言中，唐小兵不无夸张地认为：

> 延安文艺是一场含有深刻现代意义的文化革命，这不仅仅是因为我们可以从中看到“大众”作为政治力量和历史主体的具体浮现，并且同时获得嗓音，而且也是因为这场运动隐约地反衬出对以现代城市为具体象征的市场经济方式的一种集体性抵抗意识，尤其是对资本主义生产方式所带来的“感性分离”、价值与意义的分割所催发的无机生存的下意识恐慌和否定。[1]

唐小兵在反思西方现代性方案的问题意识下，以“反现代性现代先锋派”为中心，重提资本主义 / 社会主义之争，以此为理解框架来阐释20世纪文艺状况所带来的诸多问题。我们可以看到此书在多方面对20世纪中国文学研究所具有的开创性，以及90年代中后期左右之争之后，它所发挥出的影响力。首先，虽然与《再解读》在诸多价值立场上差异明显，但当大陆学界面临90年代后的现实—知识思想巨变时，唐小兵引入的这一架构，实际上在方法论和知识论层面便于当时的部分现当代文学研究界在学科内部借力，将之作为一个明确的对话对象，以更加内在于自身历史经验脉络，来进一步打开20世纪革命史和革命文学的讨论，并将这种讨论提到现代世界何去何从的构想层面。

唐小兵直接将焦点聚集到“大众文艺”上，他希望通过指向“大众文艺”的实践性，通过指出其生活与艺术的同一性特征，来破除“五四”以来，也是西方资本市场下现代文学在生产和流通环节上的特性。他想用“大众文艺”来关联社会运动和历史主体，破除“五四”文学的“象牙塔”。尤其是他以瞿秋白1934年2月从上海到瑞金、从城市

[1]唐小兵主编:《再解读》，第6页。

到农村、从国统区到苏区、从知识精英到群众领袖、从创作思辨到文艺运动、从间接影响读者到直接实现政治效益为例，认为瞿秋白典范性地体现了中国现当代文学史中“大众文艺”区别于“五四”及欧美的现代文学发展范式。而延安文艺，则集中呈现和实现了这种“大众文艺”的诸多历史特征与被期待的功能（这一点也成为后来大陆现当代文学研究界讨论延安文艺时被广泛接受的一个结论）。这里所隐含的唐小兵对于西方“现代性”发展方案的批评与反思，对大陆 20 世纪中国文学研究界重新纳入之前被排除的革命现实主义文学打开了方便之门。

《再解读》以理论预设为出发点的论述，在认识论、方法论上打开了新的问题域。历史被官方叙述过于板结、被知识界过于简化后，这样的“解构”的确有助于重新拆散被板结、被简化的历史，将之还原到历史如何被结构的过程之中，更有可能释放出历史结构过程中被压缩和整形了的经验。《再解读》之所以在 1993 年出版后很快引起大陆学界的兴趣，并激发了巨大热情，跟他们找到这样一种方式重新打开“红色经典”文本密切相关。尤其是这些“红色经典”文本与革命历史经验高度关联，打开这些文本，实际上意味着重新打开无法回避却一直苦于无门来定位其历史与美学位置，但在历史过程中显然颇为重要的诸多现当代文学努力、文学现象。被高度接受的孟悦《〈白毛女〉演变的启示——兼论延安文艺的历史多质性》一文，可以看作《再解读》一书在这方面的代表。她开篇谈道：

> 延安时期的文学通常被不言而喻地看做是纯粹的政治运作的产物，研究这个时期的文学多少被视为某种政治表态，于是不大有人对其更复杂的内容作学术性的分析。当政治环境许可时，人们首先想到去做的往往是揭示其中的政治话语运作方式，以求对主宰了中国内地文化界几十年的话语专制系统表示一种拒绝和批判。这

种拒绝和批判无疑有相当深刻的意义，它不仅提供了政治立场，而且提供了历史的立场。但这种批评却有自身的局限性，比如，它容易流于一种简单的贬斥。这种贬斥的简单性甚至可以通过套用西方一些理论的“批评”视点和语汇，从而获得正当性。比如，福柯（Michel Foucault）的“话语”概念就常常被抽象化成一个功能结构或一种压迫机制，于是我们不用像福柯本人那样进行什么历史的知识考古学的研究，也就可以将“延安文学”作为一个严丝合缝的压抑和统治机制进行批判。福柯的权威形象反倒成了对批判者自身“话语”背景的庇护。在这种情况下，延安文学与“五四”以来新文化之间的关系，以及包含在其中的许多非政治层面的问题，依然不能拿到桌面上讨论。因此，这篇文章的目的之一可以说是为研究延安文学和现代文化史寻找另一些可能性。我想通过对延安文学的代表作《白毛女》中文化因素的讨论，把对“解放区”文艺的研究尽量放在一个复杂的视野和背景上。毕竟《白毛女》所代表的政治文化并不是一个绝缘体，它和整个“五四”以来新文化的历史上下文有着千丝万缕、曲曲折折的关系。

此外，《白毛女》及延安文艺实际上还关系到在新文化圈内看不大清的另一些问题，比如它对“现代”与“传统”关系的处理就与“五四”以来的激进阵营有相当的差别。怎样看待这种差别，它有没有政治之外的文化的意义？如今已有不少人对于“传统”和“现代”达成了一点共识，即“传统”与“现代”并不是两个不可拆解的、按时序排列的板块。那种把“传统”与“现代”当做截然对立的两个时代的看法，作为一种思维和修辞模式，往往投合着一种功利目的论的话语机制。从这种看法中可以引申出另一个十分重要但没有深入讨论的问题：即“传统”与“传统”之间的区别以及它们在“五四”以来的新文化中扮演的不同角色。迄今为止我们所谈的“传统”多是指在政治和伦理意义上的儒家和新儒家的传统。没有多少人过问其他可能存在的传统，比如30年代民粹主义者关注过的一些民间形式和民间艺术等。不同“传统”在不同话语中占有不同的位置，这一点我们把延安文艺与“五四”新文化对照来看就会更为清晰。“五四”新文化体现出这样一个尴尬：为了建立一个既是“现代”的，又是“中国”的新文化，它既要排斥“本土资源”，又要吸引“本土大众”。倒是往往只被看成一种政治强制文化的延安文艺把一些“本土资源”与“大众”连在了一起，而且这种对民间文艺的发掘早在毛泽东的《在延安文艺座谈会上的讲话》之前就已开始。本文力图以这样一些问题为背景，考察所谓“新文化”“通俗文化”，以及新的政治权威三者之间的相互关系在几个《白毛女》文本中的曲折体现，以及它们在《白毛女》几次修改中的演变。[1]

孟悦通过还原经验实际发生过程，将过于被之前叙述所压缩了的经验层拆开，不仅打开了对红色经典文本的理解面向，而且也因努力对政治实际发生语境的还原，必然会面对历史各因素在纠缠、碰撞中的生成机制和脉络，这也就会将板结和简化了的历史叙述撕裂，露出被善与恶、好与坏、对与错等二元结构简化之下的历史，被遮蔽了的灰色地带。这自然也将被旧民主主义/新民主主义、新民主主义/社会主义等叙述过度分裂的现代文学和当代文学重新打通，让这些被用来理解、命名历史的范畴之间的关系重新被放回历史中去讨论和思考。这些范畴所指称的历史间的相互纠葛关系本是深入认识革命文学不能回避的历史部分，但却被后来的历史叙述板结为截然断裂的局面。单就打破这一历史

[1] 孟悦：《〈白毛女〉演变的启示——兼论延安文艺的历史多质性》，《再解读》（增订版），2007年版，第48—50页。

叙述和文学研究格局而言，《再解读》对于20世纪中国文学研究的启发性功不可没。

唐小兵还意在以后现代、后结构主义为方法论和思想资源，讨论中国“革命历史”的虚构叙述如何在历史中形成“一套弥漫性基奠性的‘话语’”。这种“解构”意识一方面打开了新的观照革命文学的空间，同时也被后来的研究者批评。无论是“解构”者还是回应者，都需要面对一个问题：这套弥散性奠基性的“话语”是如何在特定历史时期形成的？这需要回到中共革命实践经验本身来考察。而这又涉及《再解读》是以何种特定的研究方式来展开它的问题意识，后来的革命文学研究对《再解读》的批评又存在哪些问题。

三、“想象历史”

学界意识到唐小兵理论先行所带来的对实践经验和文学文本的过度解读，呼吁要回到经验自身来展开历史叙述。学界在这些相应层面也的确有所批评和推进，但“回到经验”若不经过与历史的多番缠斗，似乎就免不了因“回到”的浅尝辄止，而被挑剔者视为仍只是一种障眼法，实际上还是各种理论、立场、价值观暗行其道，以致大量关涉到革命文艺的关键性问题不能得到深入阐发。后来的诸多革命文艺研究虽然在价值立场上更加期望突显《讲话》及其文艺体制的创造性，但其对《讲话》的讨论也仍多从价值立场出发，而不是回到历史实践经验本身。

其次，学界过于先入为主地将延安文艺界定为“大众文艺”特质，在讨论《讲话》时，便不自觉将其对文艺形式的重心放在了《讲话》对于“工农兵文艺”的强调上。后来学界对革命文艺的研究，实际上与唐小兵共享了这一认识。可这种过受理论或立场预设的影响所带来的对于历史材料的过快把握，相当妨碍我们将《讲话》认真放置回历史实践脉络之中来体察其更深层面所需要应对的问题，和中共革命实践所展开的诸多文艺探索。按照唐小兵及其批评者或后续者所建立的文艺序列，我们很难深入解释为什么中共在推出“赵树理方向”之后，从40年代后期开始，还有大量作家经由深入实践、仍坚持以更多从“五四”以来形成的小说形式展开文学书写，并获得相当丰富的成就。另外，将延安文艺界定为“大众文艺”无法帮助我们理解，《讲话》之后有大量国统区来的作家深受触动，比如丁玲、周立波等；也无法帮助我们理解，有些作家开始时并不认为《讲话》中所倡导的“深入群众”“与工农兵相结合”是在针对自己，比如杜鹏程、草明，甚至柳青。他们认为自己早就完成了《讲话》字面上所要求的这一切，接下来只需要继续推进，但到40年代后期（柳青要到50年代初中期），他们才真的意识到，《讲话》实际上给他们的主体感知方式、现实把握方式等带来的挑战是什么。

不充分重视“回到经验”的复杂性和艰难性所可能导致的问题，还可以以唐小兵《暴力的辩证法——重读〈暴风骤雨〉》一文为例。唐小兵甚至没有区分周立波自己参与的土改实践经验和小说所叙述的土改之间的差异，就将小说中的土改等同于历史中的土改。唐小兵对《暴风骤雨》开头两段风景描写的分析就很有代表性，他没有区分周立波对农村的理解与当时中共政策中对农村的理解的不一致，而直接将周立波的叙述构造当成了历史实际打造。周立波参加东北土改时，东北局政策文件中明确提醒，东北农村实际上是经过了伪满政权和土匪横行所打造过的农村，社会关系复杂。周立波实际上知道这一点，却在小说中有意将工作队的感知方式叙述为一种对“自然村庄”的感知。这里面就有周立波对实践经验的有意扭曲。如果我们不回到这些经验，我们就很难进一步追问，周立波为什么要在一部现实主义小说中有意违反“现实主义”创作原则？他在接受《讲话》之后主体的内在紧张和面临的挑战是什么？为什么会这样？就暴力问题来说，暴力在东北土改中的确存在，必须严肃检讨。问题在于，我们需要辨析，小说中的暴力是被怎样的周立波编织到叙述结构中的，他当时为何以这样的方式来编织？中共东北土改实际展开过程是如何推进的？当发生暴力时，中共如何理解和处理？这些周立波都曾亲身经历，但他在叙述时，为什么仍有意重新对自己的经验进行特别的编码？周立波为什么会如此改写自己所参与过的土改经验，甚至会违反当时中共诸多政策文件的要求，来简化处理土改过程？《讲话》带给周立波这样的左翼作家的内在感知、理解方式等方面的挑战到底是什么？为什么他写作《山乡巨变》时又有巨大变化？我们需要“回到经验”中来看暴力的形成，才能更好检讨并遏止暴力在历史中的发生。这都是必须抛开理论预设或价值立场预设、深入回到经验之中，方能更好揭示、呈现和检讨革命实践中极其复杂的层面。

不只是唐小兵脱经验、脱历史脉络地解读历史和文学，《再解读》中黄子平的《病的隐喻与文学生产》一文对丁玲《在医院中》的解读，也有这样的问题，丧失了真正既充分地内在于历史又批判性地解读革命文学的机会。黄子平一方面在小说与诸多历史语境和政治话语之间建立关联，来打开文学—社会—道德—民族—国家等诸多层面的历史纠缠，非常有启发性；另一方面他还是太急于要破解政治 / 文学的编码方式，急于在这诸多历史因素之间建立关联性理解，从而使得一些在不同历史情境中彼此搭配非常纠缠的因素被脱脉络地组织在一起。而如此也便意味着是在将丁玲 1940 年的小说过快切割进自己期望讨论的问题视野中。

如他文章第一节将鲁迅的“弃医从文”与陆萍的“弃文从医”对接，忽略了这两者间隔着从“建国”到“卫国”的三十年历史结构性差异。黄子平看似要考察“‘五四’所界定的文学的社会功能、文学家的社会角色、文学的写作方式等等，势必接受新的历史语境（‘现代版的农民革命战争’）的重新编码”，但由于他过于集中在文学符号对于现实的象征、比喻特性，并过快将这种历史经验的重新编码浓缩为语言中的行为方式，缺乏对历史的编码过程环节的细致考察。当然，这样做问题不仅在于不够细致，还在于这种“过快”所导致的后果——错失了对这一过程和环节的细致考察中所可能蕴含的诸多可能性的洞察，从而错失了对此时的历史为何会以特定的方式展开这样编码的把握，也错失了对内在于历史编码过程中的人的诸种困境和活力的辨析，错失了在认真进入历史后对历史编码的内在问题的揭示和批判。

这就很难解释，为什么丁玲在刻画《在医院中》的陆萍时，会强调陆萍是“被迫”“弃文从医”。为什么鲁迅的“弃医从文”所在的“五四”一代作家和二三十年代作家等所开展出来的“文”无法帮助陆萍所处的社会更好地理解“医”和“文”，而使得陆萍无法在“从医”时从“文”多所借力。而如果我们理解到“五四”一代作家和二三十年代作家所开展出来的“文”实际上无法有力地帮到陆萍，我们就可以看到，丁玲所反复强调的陆萍过于感性，缺乏理性，实际上应该视为“五四”以来的特定文学形态的一种历史—社会后果。陆萍（丁玲）所承受的，恰恰是“五四”以来的“文”没能安顿的现代中国人的特定历史状态。如果不过度围绕“编码”这一意识来回应历史，而是在耐心“回到历史经验”的努力中认真审视历史过程，来打开文学的各种喻体中所形成的编码，将这种编码中被高度折叠起来的历史信息重新展开，对应到相应的历史过程之中，来观察历史过程中各种因素的搭配机制，我们更有可能内在于陆萍的具体历史状态，从而相对准确把握陆萍的“感性”和“理性”的历史内涵，及其所对应的历史状况。黄子平没有充分打开历史经验中的这些信息，就快速认为，“丁玲似乎执意要把这种‘文学气质’作为正面的、明亮的因素加以强调”，而没有（也无法）看到，丁玲作为叙述者与陆萍作为被叙述者之间的文学叙事学意义上的差异。[1] 黄子平要拆解本质化叙述，但他不回到历史经验中的具体文学形态，却固守于80年代对文学的本质化理解，将丁玲与陆萍强行等同，如此略过丁玲与陆萍的差异性，我们实际上无法理解：为什么丁玲从国统区到延安后，她会特别在"别样人生""别样道路"中塑造陆萍这一镜像，来反观自己也曾深陷其中的这一观念意识和思想精神状态？为什么小说最后"无腿的人"仅仅说了一些并不高深的话，却能一下子命中陆萍的软肋？如此一来，我们也就无法理解"五四"以来的现代青年的特定状态和他们到了延安之后，所遭遇到的具体触动和冲击到底是什么形态？也就无法由此进一步追问：丁玲为什么在延安被严厉批评之后，还能接受《讲话》？也容易将丁玲的这种接受理解为是政治对文学的"疗治"（或压抑）。这不但将延安时期的《讲话》与新中国成立后的文艺状况混为一谈，也无法内在辨析《讲话》实际有对"五四"文艺中的关于人的历史主体状态的回应，当然也就无法进一步辨析：中共革命在具体历史情境中，曾探索出以何种历史主体状态来面对现代世界的挑战？这种特定历史主体状态的潜能和危机是什么？延安时期，尤其是《讲话》所打造的这种主体形态在历史中为何又发生剧烈形变？这种历史主体状态要如何被剥离，如何转化，才能与西方现代主体构想形成对峙，这些历史实践经验中的资源又是否足以为我们今天重新构想现代世界的未来提供新的思考资源？这种脱历史脉络地过度集中于"编码—解码"环节，不充分回到历史经验之中，反而丢失了王晓明所念兹在兹的对于历史中人的努力与挣扎的关切。

无论是急于给出批判立场，还是出于认识论预设，抑或出于对历史的直观理解，唐小兵将延安文艺直接界定为"大众文艺"，对话者从价值立场出发肯定延安文艺的创造性，也都因为没有回到历史经验中的认

[1]李晨在其论文《〈在医院中〉再解读》中辨析了这一点，载《中国现代文学研究丛刊》2012年第4期。

真努力，当然也就很难帮助我们分辨延安文艺历史经验内涵中的诸多差异，并通过对这种差异的深入辨析，来探究《讲话》的内在逻辑构成，深入认识《讲话》实际上给文学所带来的内在冲击所在，当然我们也就很难深入区分《讲话》之前的政治对于文学的作用力和《讲话》之后的政治对于文学的作用力，是非常不同的。同样，我们也很难区分，上海时期的左翼文艺与《讲话》后的左翼文艺的真正区别，也很难区分中国现代文学和以《讲话》为中心的中国当代文学的真正区别。以此，笼统地将作为“大众文艺”的延安文艺当做是中国“反现代的现代先锋派”或“反现代的现代性”文学，以此作为抗衡西方现代性发展方案的另一种选择，实际上无助于我们真正把握，中国革命实践经验中，到底在哪些问题上对于“现代文艺往何处去”“现代世界往何处去”具有启发意义。难道现代世界文艺的未来，都只能是“大众文艺”的形态吗？即便以此形态为核心，那这一形态的打造者本身需要如何被打造？即便后来的对话者们更强调《讲话》对作家主体的正面改造，也随即将这种改造方式和路径回收到“工农兵文艺”之中。似乎只要深入工农兵生活，现代文艺就能获得正确道路的保证。这就忽略了不是笼统的延安文艺，而是《讲话》对于人与社会的双重理解和重构[1]，《讲话》及其文艺实践对人与社会关系的重构，特别塑造了中国现当代文学的特定面貌和形态。而这才是其文艺实践经验中特别值得我们重新挖掘和讨论，同时又具有与西方现代性发展方案相对峙力量的关键性资源所在。

在反思西方现代性发展方案时，《再解读》和后来的研究者都从不同立场期待重新进入中国革命文学来寻找新的可能，并检讨其中的挫折。他们在进入历史经验时，或过多受制于西方检讨自身时所依赖的一些认识论，比如语言问题；或过于强调自身价值立场的当下意义，忽略

[1] 关于《讲话》对中国近现代以来历史—时代课题的深度回应，可参见贺照田 2009 年的“毛六讲”讲课录音，未发表。

历史经验本身的特别性，也忽略文本材料中语言的历史特征。不回到历史实践经验中语言的具体存在形态，实际上容易脱历史、脱经验地理解语言所对应的经验内涵。

比如过于直接接受西方后现代、后结构主义的语言论预设，将语言与现实、人与历史的关系，过快确定为一种“想象性”关系，使得《再解读》中不少文章虽然想回到历史经验，但实则没有真的对历史经验有一种努力逼近的探索，却因急于去破解政治 / 文学对经验的过度压缩和编码，而对经验的处理多停留于直观索取、过快定位其意义的方式。也即《再解读》格外重视语言的中介性，但实际上却抽象地理解语言的中介性问题。唐小兵还会抽象理解“暴力”，黄子平也会将小说中的言辞快速抽离出其具体脉络来建立关联。如果我们对于中共和革命作家们在特定时期对于语言的特别使用不做特别的处理，如果我们不穿透历史材料中语言文字的特定形态，洞察历史当事人的实际观念意识感觉状态，如果不与特定历史时期的特定社会—文学—政治—语言等形态反复体察、琢磨，不与之缠斗，仅仅在某些问题意识的开启下直观把握历史，这种“再解读”也很难承担它所期待的通过重审历史经验来为现代世界何去何从提供思想资源的重任。与此相关的问题是，这样认定的“想象性”关系为何会在20世纪80年代的西方知识界被突出为人与世界的决定性关系，而为何在中国大陆要到了90年代后期开始，才会被普遍接受为理解语言与现实、人与历史的决定性关系。为何2007年《再解读》出修订版时，唐小兵及诸多大陆读者仍会觉得《我们如何想象历史》中的如此“想象历史”相当自然、有力。

在“想象历史”中，文学与现实之间的“想象性”关系是确定的，需要讨论的是“怎样”，是路径、方式、角度、明暗、装饰。作者与历史的关系被确定为“想象”，作者需要发挥主动性去想象，但只能想象。想象当然并非纯然被动，它也是一种对历史的介入，甚至可以是一种扭转性的介入。但这种扭转性只能发生在特定的领域。“想象”预先设定了作者与历史之间发生关联的路径、方式、范围。但文学研究者与历史之间，真的只能依赖于揭示如何“想象”、为何如此“想象”吗？如果不是，那就需要追问，为什么文学—作者—历史—现实之间的关系会在这一历史时期被确定为一种“想象”关系？“想象性”为什么被当成了真理？文学研究者与历史（现实）之间的关系，还可以是哪种形态？这些可能性的讨论在唐小兵的导言里完全没有出现。

后来的对话者看似相比《再解读》有更贴近历史经验的探索，但其视野仍过于被自己论争对象的视野所牵制、规定。这些对话者虽然批评和校正《再解读》对延安文艺的解构，认为作者们的关怀有着历史真实性支撑，但这些对话者仍过于从自身价值立场出发来进入经验，实际上不自觉会以自身的立场为中心形成一个吸力旋涡，使得历史经验在他们立场的需要中才能被使用。如果说《再解读》的“想象历史”是以西方理论为中心，对话者的“想象历史”则是以自己的论敌为中心来展开。

“想象”并不是人文知识思想与历史现实之间的唯一关系。毋宁说，这种对“想象”“历史”的强调，是特定的知识架构在特定历史时期从众多的人文知识与历史现实诸种关系中选择性地突显出来的关联关系。但把文学与历史之间的这种“想象性”关系确定为决定性的认知关系，这样的知识认定背后有着特定的知识感觉和现实感觉：即现实政治过于强大，文学只能展开想象性编码。这种知识认定并没有穿透这一时代氛围。可是，这样的时代氛围是必然的，还是在某些特定历史阶段和条件下发展形成，进而又被某些知识感觉所强化？这其实是需要讨论的。如果在知识工作展开之前，感觉意识、理解认知已经预设了这一点，那《再解读》的“想象历史”，实际上就是在一些既定感觉、理解结构之下展开的知识工作。如果我们找不到打开和突破这些既定观念意识结构的方式和路径，那其所展开的工作也很难有助于我们真正推进困扰着 20 世纪 90 年代中后期以来的诸多思想界和知识界的难题，也无助于我们突破学界长期以来形成的政治与文学对峙关系理解革命文学。相应,《再解读》所期待的“配镜师”的反省，实际上仍是反省不够的“戴眼镜”。

也即，“配镜师”的反省工作原本可以在认识论层面发展出思考知识与现实如何重新形成更为复杂的互动和辩证的关系，而重新确定人文知识工作与现实发展之间的关系。但 90 年代大陆的特定现实状况，使得很多人文知识分子看不到既定的知识形态与现实有效互动的更多可能，又没有努力反省自己的知识思想意识，没有努力探索有效深入现实的途径。后来的对话者对《再解读》的批评虽然没有纠缠在语言认识论的想象性层面，力图回到延安文艺打造现实的真实经验形态中，但它过于从新左派与自由主义、社会主义与资本主义、西方与非西方思想—社会对峙格局中来展开这种回溯，其对延安文艺经验面向、内在构成的理解虽有新的开掘，但也往往具有高度选择性，或抽象强调延安文艺的某些特质，以高度配合其与对方的论争所需。

诸多《再解读》的对话者基于自身价值立场的“想象”，虽然并非基于认识论，但在认识论层面上没有认真警省，仍会对它所期待展开的工作带来干扰。比如在新左派和自由主义论争的知识氛围中，不少革命文学研究却过于以自己所处论争环境来对革命文学经验展开想象，其对中共革命经验的挖掘主要焦点也大多在于分配公正和经济民主，其对文艺经验的讨论也多集中在与此紧密关联的问题脉络中，如对“人民性”的讨论。“人民性”本是革命文学经验中极重要的议题，但论者过于从当下论争所需的立论逻辑出发，便不能充分挖掘 40—50 年代“人民性”的生成机制和活力内涵。也即过于围绕当下自身直接的价值立场对历史和现实的把握，不仅很难在一个更开阔丰富的视野中对现实中的困扰作充分认知，也很难通过进入历史经验的内在构成，从中发现可供自身成长的资源。

贺照田2005年《时代的认知要求与人文知识思想再出发》一文也谈到这一点：

> 由于没有找到合适方式检讨他们所关切问题形成的历史过程，因此也就不可能真正把握其所关切问题所以如此形成、如此存在的深层历史和现实机制。这种情况下，他们对所以形成问题的解释与批判，便很大程度植基于对现实和历史的直观反映，然后去选择自己认为合适的批判的武器。却未深究直观反映在多数情况下其实并不能真的帮我们洞识使一问题所以如此形成、如此存在的深层历史与现实机制。而一旦一批判真的植基于此不稳固基础，则此批判必将沦入实际效力极为有限的治标不治本的境地。因为此种治标不治本的批判，不仅一般无与对所批判问题实际深层生产机制的揭示与破除，而且更无与——如何转化、改造、重新安排原有问题机制的组成要素于一新建设性机制——这对认识、实践都极重要的知识思想工作。

贺照田当年的提醒实则可以理解为知识重审工作“回到经验”之必要，和“回到经验”之困难。与这样的要求和期待相悖，《再解读》及其对话者的这两种处理经验的方式实则都没有真正以经验为中心，努力重建知识形态。

四、《新解读》

细致、谨慎地面对和辨析革命文艺实践经验，重新讨论和打开现代文学发展形态的多种可能性，为整理和构想当代中国文学、文化发展形态提供思想资源，这些可以看作是《新解读》一书在之前革命文学研究基础上的再探索。不过很清楚，努力学习先行研究的另一面，是在观念意识前提上，《新解读》对于《再解读》的诸多问题意识和立场，持悬置态度。《新解读》尊重这些意识和立场，但认为它们本身的历史性也需要被检讨、被撬动、被重构，并力图不以立场先行、价值判断先行的方式正面进入历史经验。

意识到《再解读》的展开实际上背负和笼罩着特定时代感知和知识意识的前提，我们就需要将这样的时代感知和知识意识相对化。就是看到，文学与历史不只是被特定时代感知和知识意识塑造出的“想象性”关系，它还可以更加积极地介入到现实之中。从具体研究实践来看，承认语言的中介性，承认文学与历史的想象性，但又不固守于此，较好的办法是尽量回到文学经验处身的历史实践过程之中，紧贴历史事件发展逻辑。从历史事件的酝酿、聚集、发生、发展过程来说，“想象性”关系只是实践环节中的某一个因素，常常需要与其他众多因素配合起来发生作用，并在实践中不断被表述、整理、反思、检讨、校正。这些环节，有时为明确的政策文字思想观念的推动，有时则依赖不容易被清楚表述或无从察觉的、在实践中建立起来的直觉、意识、判断等来引导。也可以说，文学或实践中所有环节都内在隐含着“想象性”的推助力和构造力，但这些“想象性”会与每个实践环节中的其他因素一起，不断在实践往复过程中被反复多次的“外化”“显形”“落实”，也就会不断被看见、被观照、被调整、被再打造。这都要求我们，在考察历史事件中的某一个环节时，包括考察革命文学的“想象性”环节时，我们都不能静态地固定在某一个环节来考察。我们在判断历史当事人为什么会在某一时刻如此这般去“想象”，是需要结合当时情境中的诸多因素、当事人对诸多要素的感知和理解，同样还需考虑不同历史当事人在不同时期其内在构成的差异性，以及他们在此时所洞察和感知到的历史结构困境等因素，来综合性甄别和体认。就围绕《讲话》的诸多人事而言，我们至少需要区分毛泽东对历史的认知和丁玲、周立波、杜鹏程等对历史的认知的差异性，其各自与何种现实状况形成何种互动，进而形成何种不同的主体状态，展开何种“想象”，又随后对这样的“想象”进行何种调整，并以新的调整再次投入实践之中。这样我们才有可能不以自己的想象和逻辑来切割历史，而是进入历史当事人和历史事件的内部逻辑，来照射历史当事人面临的困局和他们的创造性，以及历史当事人的认知盲点和潜在的危机。即便当我们发现某个历史时期中，现实不容易被文学实践撬动时，也不能因此直接将认知回收到强化某个阶段或环节中的文学的想象性特征，将之普遍化为这阶段文学的本质特征，不能在我们的认知结构中轻易放弃文学介入现实的多种可能性。这种特定的历史境况反应该促使我们更努力地将文学放置在具体历史脉络中，观察诸多环节中的诸种因素在哪里出了滞涩和堵塞，构造出特定的僵固结构，以致引发了文学的艰难困境。

还以周立波创作《暴风骤雨》为例。周立波之所以在小说一开始刻意从一个政治工作队的视野观看一个自然朴实的村子——而不是按照当时东北政府在撤退时对于东北地方社会的理解来刻画农村——所形成的“革命时间”，跟周立波30年代所接受的特定的现实主义理解以及在《讲话》后面临如何重新面对现实的困难有关。恰恰不是共享而是周立波的小说叙述与当时中共历史实践之间的差异，才会出现唐小兵在小说中发现的“革命时间”。唐小兵的分析正是没有回到“历史事件发展逻辑”，由此过快在各种因素间“想象性”地建立“革命时间”的关联。他后来把这一点理解为是他当时工作的粗糙，而没有意识到，实际上恰恰可能是他太急于批判和检讨左翼实践经验，急于破解革命文学中的“编码”，使得他的分析工作意识中带着强烈立场先行、理论先行，使他的历史感、知识论偏离周立波文学经验内部的逻辑。这反而无助于他深入革命经验内部来检讨其得失，再慎重给出对作家、对历史更内在、更公平、更准确的把握、分析。

要进入“历史事件发展逻辑”，也可以理解为要进入“配镜师”的内在结构之中。这需要我们警惕我们自认为摆脱了、可实际上仍被自己所在的特定时代感知和知识意识所笼罩的处境，以及在这种处境中不自觉地、无意识地携带着的诸多价值立场或感知意识。要进入“配镜师”的内在结构，我们需要在对实践经验的反复参照中，建立起多个互相观照的视点。如果我们大致仍可以将唐小兵的工作架构看作是力图重塑“配镜师”，那他则过于将自己的这一“配镜师”工作，聚焦或限定在了某一些环节，而历史构造中的另一些同样重要且需要展开分析的环节，或对这些环节具有历史构造性的因素，却因他的观念意识感觉的预设而被摒弃。这提醒我们，我们需要在进入“历史事件发展逻辑”中，一次一次反复校准、勘测，屏息洞审，才可能既在历史之中又跳出历史之外来反省“配镜师”的问题。这也是我们把《新解读》看作是这种工作的开始和尝试，而不是完成的原因。一方面现时代的发展状况要求我们必须重审历史，力图自己把握自己的历史命运，另一方面这重任要求我们的认知探索必须付出十足的艰辛，要求我们与历史反复缠斗。也即，历史不能在“想象”中被把握，历史需要被“缠斗”才能向我们显露更多的面向、更多的层次。

也正是在《新解读》诸篇论文反复缠斗的努力中，我们有所发现。我们发现，不能直接在政治与文学的二元框架中来理解历史中的《讲话》。也可以说，“社会史视野”是《新解读》诸文大致共享的明确意识。之所以在进入历史之后，提出以“社会史视野”为中心来考察革命文学，是由于我们发现，《讲话》中政治对文学所提出的要求，并不是无中介地抵达的，也不只是通过语言的中介来抵达的。《讲话》文本中看似只提及“政治与艺术的统一”，但此时的“政治”所实际指涉为何，却需要特别将它与其实践中的具体展开来对应性理解，才能具体把握其历史内涵。尤其是在40—50年代，这一“政治”实际上常常以“社会”为中介形成，并含摄了“语言”在这一过程中的中介性。这里的“社会”，又不是一般社会学所谈论的“社会”，不是被既定社会学知识体系所呈现的“社会”，而是不断被不同时期的政治所打造，但又在不同时期配合或拒绝（甚至反抗）政治的存在。如我们要打开丁玲《在医院中》的丰富性，打开小说与延安时期政治的关系，首先需要回到丁玲自身的历史经验之中，把握她青年时代的成长是被何种特定历史—文化机制所塑造，形成了何种特定状态。从丁玲早期的《莎菲女士的日记》到延安时期的《在医院中》来看，丁玲不是固守于“五四”的自我观念形态来反省，也不是固守于文学的立场来反省，丁玲是从自身主体状态在历史中的感受和遭遇来反省。她并非直接反省政治、批判政治。在小说中，陆萍在与医院的病员、同事、朋友相处中一路受挫、退却。但这并非与政治遭遇中的挫败，而是在与社会生活、与他人相处中的节节败退。陆萍对文学的坚持，对“五四”这种特定文学观念的坚持，以及丁玲所指出的，这种文学所塑造出来的她的“感性”，恰恰让她难以面对现实—社会—他人，难以承受因此带来的困扰。而小说最后“无腿的人”所指出来的，恰恰是陆萍的主体自我构成里最缺乏的部分：快速且依赖自己的感觉来给他人、现实定性，不进入他人和现实的具体状况，不积极在他人和现实的具体状况基础上思考解决办法。而延安时期的政治之所以能吸引丁玲，并在丁玲被严厉批评之后，还能被丁玲接受，首先在于延安时期的政治实践方式、《讲话》所引导的主体改造方式，恰恰针对了丁玲通过陆萍所呈现出来的，大量“五四”以来的青年人都面临的主体困境。在这个意义上，延安时期的政治，正是在摸索如何重新打造现代中国青年和现代中国社会这一层面上，它为丁玲的自我困境和探索打开了新的可能。延安时期的政治在这一层面上回应了丁玲所遭遇的主体困境，回应了这种有责任感的主体如果想在中国社会有效落实自己的责任感，又该如何调整自己，如何面对和进入中国社会。

简略来说，《讲话》所提供的特别方向，恰恰是推动被时代新文化启蒙的青年进入、翻转和推动社会现实状况的实践过程中来重构自我。就陆萍来说，之前陆萍的自我过于固守于自己在特定历史—社会中形成的既定感性，以此为基准来判断社会现实和他人，也因此处处不满。但《讲话》延续和推进的“无腿的人”的逻辑，是建议陆萍先进入他人—社会，看到他人—社会面临的困境，再基于他人—社会的可能性，来推进和翻转困境。在这当中，陆萍之前的“感性”会被具体落实到对他人—社会的感知相对化，并被对他人—社会的认知所扩充，也即在对他人—社会的积极性、可能性有相当认知的基础上重构自己的“感性”。这样，陆萍的自我就可以是在一个与他人—社会互动过程中形成的自我，而无需预设一个自我，再根据这样一个脱离具体社会形态的自我来构想现代社会。这样的主体构成方式，不是西方现代哲学所讨论的其自身被视为原则、根据、本原的主体性，而是在一个不固执“自我”的形态中通过充分与他人—社会的开放性互动，不断重构自我。而这样的自我构成过程中，社会也不再是抽象的秩序和机制，而是由不断被重构着的自我打造和重构着的社会。如果我们从中共革命实践经验中的这种自我构成方式出发，再进一步细化、深化，是否有可能发展出一种与西方现代主体构成方式不一样的道路？以此与他人—社会互动形成的自我，是否也可以进一步讨论与西方社会构成不一样的现代社会如何重组的问题？

中共的现代政治实践往往并非直接作用于文学，它首先更多以打造社会与人为视野。基于延安时期政治实践所开启的对人和社会的双重重构，当中共政治实践有效作用于社会的特定状态，社会也焕发出相当的活力和状态，文学也被激发。在40—50年代，作家常常因为政治打造社会的有效性而积极回应政治。在回应政治打造社会时，作家甚至发现了政治所打造的，但未能及时呈现或发现的人的构成方式和社会的构成方式。在这种构成方式中，人可以越投入社会，越能获得活力。尤其是在某些时期，革命文学（如王蒙《青春万岁》、柳青《创业史》中的部分内容等等）曾呈现了其时中国社会的特别构成形态：人在集体中不觉得压抑，反而更有活力（当然，社会在历史实践中被压抑的内容，也可以从这一角度被检讨）。那问题在于，这一历史时期的集体为什么不会让人觉得压抑，为什么反而会更有活力？为什么这样的“集体”形态在随后又会变得让人压抑？其内在的构成发生了什么变化？这一问题之所以特别值得追问，是因为它涉及现代社会构成中的难题和困境（个人与社会、个人与集体的关系），涉及“反现代的现代性”是否能提供重新正面重组现代社会的理解，涉及如何在西方现代政治哲学之外，重新构想现代人和现代社会。这实际上也可以启发我们重新思考中国“反现代的现代性”的具体内容，除了反资本主义的分配公正和经济民主等面向外，还能对现代世界的既有理解和构想提供什么思想资源。

如果说柳青《创业史》中梁生宝的经验状态，有着作家基于现实逻辑的构造痕迹，那我们还可以以王蒙的《青春万岁》为例。王蒙生于1934年，写《青春万岁》时年方十九。他在几乎没有创作经验基础时，对50年代初期新中国青年学生内在主体状态的刻画，很能帮助我们透视新中国初期人与社会的某些内在形态特质。比如，通过王蒙在小说中所描述的郑波和李春，可以简化地看到当年社会风尚中，人们对于个人、对于他人、对于社会的感知、理解、反应方式。尤其是当李春只顾追求个人学习成绩，不顾及他人感受和班级荣誉所带来的后果，是她自己也难以承受的。相反，郑波越是投入对他人的帮助之中，越是投入对集体荣誉的维护之中，她的自我因深入他人的生命困扰并帮助他人克服困扰，由此形成亲密性集体，反而更加感觉到自身生命的充实、饱满和扩展。他人不仅不是地狱，深入他人的生命世界反而是成就郑波自我充实感的一个机缘。

大致来说，这正是我们看到的《讲话》以来文学最有活力的时期之一。在这个时期，《讲话》所带来的文学各形态的活力，实则是以人与社会的活力的焕发为基础和前提的。我们大致也是从这个视角来考察《讲话》及中共政治实践所打造的中国社会的特定形态和面向。但我们的工作也包括通过追踪这些作家不同时期的作品，来考察随后为何又会出现各种形态变化，并检讨其为何在不同时期会出现严重后果。而这种检讨也仍大多围绕特定时期人和社会的活力状态的丧失这些维度。

以人与社会的双重构造为重心，打破以政治与文学对峙关系来理解革命文学，重新整理 20 世纪中国革命历史实践经验，为我们今天重新理解中国现当代文学为什么会走到今天、重新构想现代世界的未来提供思想资源和参考，正是《新解读》一书的明确意识之一。我们想尝试把历史中人的身心变化与历史—观念—社会机制结合起来考察。用贺照田的话说：

> 显然，强调对身心感觉变化的历史—观念分析，是一种试图把我们的身心遭遇和社会、历史、语言、文化、教育遭遇连结起来思考的努力。这一努力，要求以内在于历史和现实中认知、把握的方式，去确立不能被社会价值化约的人文价值，而此在社会价值一维之外确立起的人文价值本身由于是内在于此历史被认识和分析，故又可为从此人文角度出发审视、批判社会，提供新的认知出发点、批判着力点。就此层面言，此一人文工作方式的确立，不仅不会削弱社会批判，而且反会因人文敏感的介入，确立出更多的社会、文化、教育、制度的分析批判角度，从而既增加着社会批判的广度，又加大着社会批判对重要问题的真实涵括能力。

我们希望经由“与历史缠斗”后的“回到经验”，希望重审革命文学在人与社会层面的经验呈现，来为我们今天理解中国文学、中国社会，甚至理解我们今天仍身处其中的现代世界，提供新的思想资源。换句话说，问题的关键不在于从左派或右派或保守派等的观念立场出发，在革命文学、革命经验中寻找证词。关键在于，中国在面对现代世界的挑战时，曾经探索过的路径和经验，其可贵之处不只是在于某种立场出发的探索，它还在于是否真正焕发出了中国社会和中国人的内在活力，其焕发的内在机制是什么；我们是否能通过与历史的缠斗去体察、把握和呈现这些经验；哪些经验通过我们谨慎而认真的辨析和剥离，具有作为启发我们重新认识自身、重新反思性认识西方现代道路资源的能量。我们检讨和反省西方现代性方案的种种问题时，不是简单因为我们是不同于西方的中国，而是中国的实践经验中经过艰难摸索后被深刻体认，在帮助我们重新理解自己、理解世界。

五、与历史缠斗

我还是想回到王晓明在《批评空间的开创》序言里谈到的一段话。每次重读，我都会被他这句话深深触动：

> 时代的重压，内心的迷惘，隐隐约约的不甘心，还来不及淡薄的责任感：正是这些聚成了一股强大的冲动，使现代文学研究不惮于手忙脚乱，依然勉力出击。我从心底里敬重这一份热忱，我简直想说，它正是这个学科的精魂所在。别的东西：知识、理论、方法，诸如此类，都是可以通过耐心的训练逐步掌握的，但是，这一份面对真实的人生的热忱，却直通人文学术的底蕴，一旦枯竭，就

很难完全恢复的。在根本上，学术的洞见也罢，理论的创造力也罢，其实都来自直面人生的热忱，和这热忱所熔炼的智慧。只要这热忱之火不熄，就是这一次努力失败了，它也完全可能转化为下一次成功的基础。

但“直面人生的热忱”如何能熔炼出智慧，并不是一个简单的问题。如同《新解读》所强调要关注人的身心，也不等于要把人的身心感觉、心理胶固化、本质化。把人的身心感觉、心理胶固化、本质化，实际等于把身心和世界、历史打成了两截。我更愿意在王晓明的话中加上一句：以直面人生的热忱，与历史缠斗，以此热忱和缠斗，熔炼出人文学术的智慧和底蕴。

仍以丁玲《在医院中》为例。陆萍被迫“弃文从医”，又出走延安，想寻找新生活。但她并不知道，她的感知方式和理解方式是在历史中被特定的“五四”文学塑造出来的。这种主体构成方式并不能引导她积极认知和改造自己所处身的社会现实。作为普通青年，她被动和消极适应着这个社会氛围。“她现在很惯于用这种声调了，她以为不管到什么机关去，总得先同这些事务工作人员弄好。在学校的时候，每逢到厨房打水，到收发科取信，上灯油，拿炭，就总是拿出这么一副讨好的声音，可是倒并不显得卑屈，只见其轻松的。”她开始“惯于”稳定在某个“声调”，对“讨好”的分寸拿捏也日渐娴熟，不“卑屈”，还“轻松”。但这种被动和消极的适应所带来的后果是，“她不敢把太愉快的理想安置得太多，却也不敢把生活想得太坏，失望和颓丧都是她所怕的，所以不管遇着怎样的环境，她都好好的替它做一个宽容的恰当的解释”。日子一长，她看似活在人间，却“与现世脱离了似的”。

丁玲在小说第二节简单回顾了陆萍的青春史，我们大致可以把陆萍理解为是莎菲女士到了延安。“她理性的批判了那一切。她又非常有原气的跳了起来，她自己觉得她有太多的精力，她能担当一切。她说，让新的生活好好的开始吧。”但丁玲马上就让陆萍呈现她如何把新生活搞砸的。丁玲在小说第三节再次给了陆萍机会，让陆萍开始新生活，不过新生活并不容易。丁玲给了陆萍机会，让陆萍到妇产医院工作，“深入生活”，“为工农兵服务”，重新生长。但这一次的成长从始至终没有改变陆萍既定的主体构成方式。在新的决心和新的环境中，陆萍不再去“讨好”，但她实际上仍复制着之前她对他人和社会现实的感知方式。作为“接生婆”，医院的产妇们把“希望都寄托在她身上”。陆萍关心她们的卫生情况，别人没注意到的角落，她主动打扫。陆萍感受到她们“每个人都用担心的，谨慎的眼睛来望她，亲热的喊着她的名字，琐碎的提出许多关于病症的问题，有时还在她面前发着小小的脾气，女人的爱娇。”但陆萍没有透过产妇们的这些“担心”“谨慎”“亲热”“琐碎”去理解和把握她们真正处境和所需，只是简单在自我感觉层面上看着听着，觉得“像这样的情形在刚开始，也许可以给人一些兴奋和安慰，可是日子长了，天天是这样，而且她们并不听她的话”。她完全不懂如何从这些看似细微之处开始不断延伸，就能开掘出新的生活的可能。陆萍期待着“新生活”，但她期待着的是符合她之前感知结构的“新生活”。当“新生活”中出现新的人新的事时，她却又觉得这些新的人新的事无非“天天是这样”。她没意识到，其实每一位产妇的“担心”并不相同，每一位产妇的“谨慎”或“亲热”，很可能跟她们各自的家庭状况夫妻状况相关。在“生孩子等于过鬼门关”的时代，这些农村产妇又是到新式医院中待产，她们实际上相当于把自身性命交到陆萍手里。她们的每一个反应，“担心”，“谨慎”，“琐碎”，“发着小小的脾气”，都不是简单的“天天是这样”，而是有着大量的需要陆萍的关切来介入，才能铺填上的让她们心里的“担心”在医院中被切实落地的沟壑。可陆萍的“理性”中好像对她们内心的惶恐不安没有认知的热情，即便是“感知”

里，也仅仅将她们的担忧感知为常态。她渴望的令人“兴奋”和“安慰”的新生活，其实已经被她的感知排斥了很多去向和可能。“新的生活”就这样在医院里被陆萍一层层隔离、剥落，最后只剩下她自己，摇摇欲坠。

陆萍自以为寻找到了新的政治环境，新的生活机会。她不但依旧直观理解她所看所感的一切现实，也仍以被“五四”文化塑造结构所塑造的自我感觉方式来把握现实。她不知道她的问题其实在于她的自我是被“五四”以来的历史—文化机制构造出来的，她的新生活不仅需要她突破塑造她的历史机制，她的新生活还需要跟这机制塑造的自己缠斗，且这种新生活的现实开掘必须与自我缠斗和历史突破同时展开。她的自我过于被“五四”文学的感性感知方式塑造，而“五四”文学理解又是特定历史时期造就的。要清理历史和自我，就要在现实中重新塑造自我发展的方式、路径和方向。

这正是《讲话》为什么会强调必须“深入生活”、必须与工农兵打成一片、必须回到和进入“当下”现实。这也是为什么现实主义对于中国现当代文学、中国此一时期的历史主体的塑造来说至为关键的原因。现实主义并不是永恒的文学创作方式，更不是最高的文学创作原理。但在现代中国，它有着无可替代的作用，恰恰在于它特别针对了“五四”文学的特定方式所带来的历史后果。而为什么会出现特定的“五四”文学，又跟中国近代时期传统向现代转型时的诸多不顺利有关。而这些也是《再解读》和后来的对话者过于从立场出发来想象历史，或过于直观理解历史时所忽视的。

丁玲没有在《讲话》后续写陆萍，因此我们也不知道陆萍如何“深入生活”，与自我缠斗、与现实缠斗、与历史缠斗。不过，我们还是可以从丁玲50年代的许多论述中看到她的认知变化，比如她劝告参加抗美援朝的徐光耀，首先要投入生活中，做一个出色的人，而不应在生活中一直考虑如何做一个好作家。这里暗含着丁玲对陆萍式自我构成方式的明确告别。但丁玲当年直面人生的热忱，并未能直接熔炼成我们面对20世纪历史实践经验的智慧。比如，丁玲对陆萍自我构成方式的调整所对应的历史经验在80年代文学界的认知里，就没能被充分重视。80年代文学界对“五四”文学的重新肯定，实则重新肯定了陆萍的自我构成方式，这反而造成新时期以后，青年在感知意识和自我塑造方式上的新的困扰。其后果之一是，陆萍所存在的被历史纠缠的问题，我们在今天的不少青年学生身上，也同样可以看到类似的状况。虽然并不能将这两个不同历史时代的青年人的遭遇相等同，但我们还是可以通过粗略整理陆萍在《讲话》前后所展开和可能会展开的结构性调整，来观察现在青年人在自我—现实—历史结构中的缠斗方式，来观察青年自我主体的历史构成状况以及这些历史差异所共同面对的思想挑战。

现在很多青年学生对生活充满热情、有责任感。但在近二十年的成长中，他们也逐渐在教育氛围中变得不知该如何与他人相处，甚至到初中之后，感觉与他人相处也变得不必要。他们只需做题、获得好成绩就能得到老师、同学、家人的认可，并享受这种认可所将他们固定在的好青年的位置。他们对世界的好奇、对他人的热情、对新生活的渴望，实际上被压抑在某个角落，开始习惯按照教育规则给出来的规划路线不断努力。到了大学之后，他们终于有空间开始后撤，不再必须以这样的方式安排生活。但后撤之后的他们并没有找到更好的方式和思想资源，帮助他们重新找到路径点燃他们对生活本有的热情。他们开始按照社会既有的、呈现出来的诸多方式来锻炼自己，认为这才是校正自己过于个人化的方式。比如他们为了社会化而习惯性否定自己，习惯以看起来是社会道德所认可的谦虚让自己社会化。这些学生不自觉也会在别人的认可中，更加强化这种谦虚中的自我否定所带来的安全感。实际上这种自我否定虽然也出自他们对自己要成长为一个有深入他人能力、深入社会能力的人所需的状态的认知，但由于他们只是习惯性自我否定，并没有根据自己所处的每一具体处境中的状况——辨析和理解具体情境中所含各因素的状态和活力所需——来判断自己到底所缺为何，不会从更好的自己和更好的社会互动应该如何构成这个方向来思考，这种自我否定也就很容易变成面对困难时的妥协、退却。更糟糕的是，他们无法具体分析这种妥协，也就很难更积极地触动和推进自己朝着更具体切实的方向思考，那这样的否定即便出于真诚谦逊，实际上也很难具体帮助自己在深入他人、深入社会时的寸进，并因切实的寸进而获得信心。

这实际上会让他们内在的热情得不到一个恰当的路径，无法自然地在与他人磨合中形成有生长性的、彼此不断深入的社会性关联。“社会”不自觉成为与他们隔阂的存在，是他们无力突进、弹性丧失的存在。人与社会的关联不自觉就断成两截，即便努力进入社会，也是勉力而为，终难长久。

就这些同学的自我构成状态来说，他们的感知方式的形成与他们成长过程中的社会机制、观念意识相关，而这20年的社会为什么会是这样的特定意识形态，则与更为复杂的历史结构—意识变迁相关。仅就教育机制来说，将学生引导到“题海”之中，单纯以成绩判定学生的成长状态，这是近二三十年才愈演愈烈的状况。王安忆1982年发表于《上海文学》的短篇小说《分母》中曾敏锐察觉的社会问题，虽然屡被揭示，但知识界一直没能找到替代性的方案，最终演变为现在这些同学必须承受的社会氛围压力，并在这种压力下形成特定的自我意识结构。文学批评界不仅没有在有关现实状况已经相当触目时足够敏锐地意识到和重视王安忆的《分母》这类小说，以化解将学生越缠越紧的那些历史—现实存在，文学研究界在80年代反弹政治“配镜师”、要求回到“五四”文学传统时，也并没有在视野里开掘出与现实相当有对话性的如丁玲通过陆萍所展开的自我感觉意识和方式。

若研究界和思想界没有展开这些必要的讨论来作为思想资源，青年人要在这样的社会氛围中重建自我与他人、自我与社会的有机关联，可能付出的代价就会格外令人痛心。比如，如果他们不满足之前的状态，想在自我、他人、社会层面展开新的开掘，却又只能借用特定社会形态已有的格套来获得一种社会意识，而又希望这样的社会意识能带动他们对新生活的向往和热情，那现在就需要面临几种挑战：历史机制塑造出的社会意识和社会化方式、当下现实状况的可能发展方向、自我行动在关系空间中的挪移和切换。他们需要在面对这些因素时，重新磨炼自己。甚至生活处境中的任何一句话，都要重新经过与具体现实状况反复打磨，才能脱离之前破坏性格套，真切地说出来。在重建人与社会的实质性关联时，语言的中介性此时是需要特别被警惕和淬炼的。比如，谦虚当然是因为他们真切感到自己有种种不足，但还需要辨析具体在何种情境下需要何种谦虚，才会真的让他人意识到自己的不足，需要他人照顾到自己的这一不足，以调整对话方式，推进彼此的沟通。感谢的话也同样如此。至少需要在内心生出谢意时，停顿并体察这次的感谢是针对什么，与之前有什么不同，具体情境下的差异在哪里，这次又有哪些值得感谢之处？这样才能在每一次与现实、他人的遭遇中，彼此呈现中，挣扎着逐渐摆脱既定历史—社会所施加的、已经脱情境的感知方式和反应方式，让自己以新的触碰感、体感来呈现自己与现实、与他人相逢的新的生命时刻。如果在那一瞬间，确实尚未想好，哪怕不说话，也最好不随意应答。这样才有可能使得每一次根据事理的曲折所呈现的现实面向，都经过自己的身心，让自己每一刻的感知都重新生长，这正是在每一次具体情境的“阐明”中不断淬炼“诚”。

这个时候甚至不能过度使用大脑。当我们在与他人交往沟通时，意识到“我”的感知是在依赖成规和惯习，且这种成规和惯习并没有帮助我们获得共识或心照不宣，而是在淹没和吞噬触碰中的意外和新颖，但又没有找到恰当语言或思路来整理和表述，那他们甚至可以停止思考，停止说话。此时“我”需要意识到，“我”不能太快借用成规，即便是有效的成规，“我”也得让成规脱离它被使用的惯性路径，按照现在的新的现实状况，和面对的新的他人，重新生成出新的具体性。在一个有关“我”、有关“社会”、有关“我与社会”出了很大问题的境况中，“我”其实需要拒绝所有直接使用的客套话、成规。当“我”说不出来，“我”还可以用眼神，用手势，用拥抱，用握手，去表达“我”被对方激发出来的感受，并引导对方进入新的情境之中去更好地理解他自己的状态。如果情境恰当，当然还可以用歌声，用舞蹈。无论如何，“我”不能让此刻“我”与他人的新情境随意滑走。必须让这些意识情感语言经过“我”的内心和身体，如果经过了，“我”还找不到特定情境中特定交流所需的表述方式，“我”就想其他办法，如眼神、手势、姿体、动作、脸部肌肉等，它们往往在停止语言之后才有发挥、表达的机会，才会在新的情境、新的他人面前被不断激活。从这个意义上说，不断深入他人，就是在不断丰富、扩展、充实、成全“我”。

这不是孤立化淬炼身心，而是通过反复多次深入自己与他人所遭遇的交往困境，反复多次尝试自己对这种动态困境的克服和突破，以及反复多次深入理解和把握自己与他人共同陷入的历史—现实构造机制所形成的社会意识，来淬炼、增进自己摆脱历史—社会惯习缠绕的能力和意识。这种淬炼基于反复尝试悬置—打磨—更新惯习化的社会意识，基于对碰撞中猝不及防、也无以命名的生命新形态的体察和回味，基于对彼此生命相逢于此困境中的艰难和无助的不忍与不甘，及对此番新情境中生命感知的爱惜与体察而更加敞开对彼此生命遭际的深入探索，以及为求破局而寸进、生发的情义、信任和默契，这种情义、信任和默契或许便更能含摄自己与他人虽有涌动但彼此困于僵化惯习之中而无以名状的具体感知。这些力图疏通被困于历史—现实碰撞中的人的具体生命而生的情义、信任和默契中，并不一定总能用语言来发声，但如果我们不限于语言，而是将彼此作为受困于 / 求索于历史—现实中的生命，那我们便更有可能发现他们每时每刻都遍布全身的对感知的收发。若我们总是不断将这些信息放置在具体历史—社会构造机制中展开反复感知和辨析，不仅我们自身感受的面向可因此获得依托他人而向外的龟裂与寸进，还可获得对堵塞彼此的历史—社会机制的进一步理解和洞察，且很可能是对超出被语言表述出来的历史存在部分的洞察。那些躺在延安医院里的没有名字的产妇，也就可能会被陆萍叫出每一个人的名字，或由陆萍自己给她们取上适合她们的、好听的名字，再也无法忘记的一个个的名字。这是否才有可能让陆萍开始她的新生活：越深入他人和社会，也就越能丰富自己在具体情境中感知他人状态的能力，以及丰富自己因与他人—社会碰撞所生发出的内在感知面向和方式。对这些面向和方式的探究又可不断让陆萍反省自己之前的历史构成，以及深入了解产妇们、同事们的历史构成，并在这种反省与深入中，探索更合理的医院物质配备、制度设计、卫生条例等，再由此进入对此时革命的理解，进入革命与中国近现代历史—社会结构的相辩证、考辨之中，并经由这种辩证和考辨，重新寻求革命的根基，寻求新中国成立的根基。对现在的青年人来说，同样如此。他们渴望的新生活、新人生，可不经过这种艰难且大量的在历史—现实境遇中的日常磨砺，当其自我以一种固定意识方式进入历史、进入现实时，便很容易不自知地仍大量借用有问题的格套、惯习来言说、理解、观察。这种复制性反应既会让他人因得不到真诚的回应而放弃继续沟通，也会因自我重复而浇灭他自己内在的生命冲力和热情。每一次新情境中被激发出的感知都容易被快速回收到成规和惯习之中，尤其是每一情境中那些新颖的，往往也是冒犯性的、不容易被及时表述和掌握的，也往往是最有活力的部分，更容易被这样的社会化方式所刻意忽视，更谈不上对这些珍贵时刻特别的体味，和在自己生命成长脉络中被进一步擦亮。

之前这些青年人的状态是缺乏深入他人、深入社会中来构成自我；现在则是在深入他人、深入社会时，被历史成规裹挟，缺乏与自身的真切感受作为中介。这一点跟小说中的陆萍在结构上颇为相似。“五四”文学形态所引导的主体有其对个人精神力的塑造，但如何将这种精神热力有效转化到千差万别的现实、他人之中，却是一个时代大问题。“五四”文学形态所引导的主体有自身的真切感受，但这种真切感受也缺乏含摄他人、社会的真实状况的能力。当这样的主体缺乏开掘人与人之间互动的能力，陆萍不自觉地就把注意力转向了对医院现实条件和机制的关注当中，强化这些因素对于人的规定性。在不同历史阶段，社会发展水平总是有相对不足之处，这些可以也应该不断改进。但当这些历史条件尚不能充分发育时，身处这些有限历史条件下的我们是否就只能处于生命价值的低位，是否只能等待遥远的不知尽头的物质生产大丰富来临时，人的生命才能充分发抒？到底如何理解历史中的人的生命价值和意义？生命在不同历史条件当中，到底还有哪些空间可以展开调适？当陆萍在医院中展开新生活时，恰恰缺乏如何才能将不同产妇（他人）的真切生命、医院（现实）的具体构成含摄到自己的新生活之中，并与之反复磨砺，找到即便在有限条件下，人与人之间仍然可以活得相当舒展的可行性道路。丁玲通过陆萍实际上触碰到的是人在不依赖彼岸又不依赖天理的现代社会历史进程中如何自证自处的核心问题。

再次，即便陆萍再次激发出了对新生活的热忱，并不等于她就自然能熔炼出生命智慧和人生底蕴。对这些同学来说亦如此。当他们的热情再次被激发，需特别自我警醒的是，此时承载热情的他已经是被特定历史构造之后的他，他需要特别对历史构造机制展开自我反省、淬炼，穿透卢梭说的“社会积习”，才能将这样的生命热忱传导到他所经由的每一个地方和角落。这样的他从里到外，才能一直是他所希望的“赤子”。

由此，他才能不惧繁难，真正面对与历史、与现实、与自我、与生活缠斗中最艰涩的部分。

我们希望在新生活中直达人心。但恰恰是这些人心之外的“别的工作”，在这个时代格外压得人喘不过气。历史变动中，如果没有安顿好这些“别的工作”，它们就会像蚕茧将人包裹得越来越紧。只有抽丝剥茧，我们才能有畅快的呼吸。可当我们真的与历史缠斗，就会发现20世纪中国革命史又有着特别的挑战性。其中之一是中共的实践经验与它的语言表述之间，往往并不是直接对应关系。当我们将中共革命经验的语言表述形态直接理解为其他历史时期的经验表述形态时，我们的历史缠斗就已经被这种观念认知带偏了方向。

就《讲话》来说，学界往往会讨论《讲话》中的“经”与“权”的问题，讨论“为工农兵服务”，讨论“大众文艺”等。但我们很难想象，这样的《讲话》会长期吸引丁玲这样的作家。如果我们不能穿透性把握丁玲早期特定的思想、感知状态，我们就很难透过《讲话》表面的论述看清它的历史穿透力。如果我们深入理解丁玲的《在医院中》，深入理解1942年之前的大量作品、大量革命经验，反复推敲、比较，确定出具有结构性洞察力的材料，我们才能理解《讲话》所要面对的具体历史中的人的具体—结构状态。我们才有机会意识到，理解《讲话》，是需要将之放置在中共所面对的1939年前后大量知识青年涌入延安后，如何将类似于陆萍这样被“五四”文化机制所塑造的青年转化为能承担历史重任的历史主体，放置在中共自身面对中国近现代社会转型的挑战这一脉络中来说；我们就会发现，《讲话》所要求的特定的现实主义形态实际上是回应了陆萍式的自我构成方式和感知方式，使其更能在感性/理性、身/心两方面充分发展，充分面对中国现实和中国社会。也正是在这一重塑历史主体的路径中，陆萍式青年才能在现实实践中，重构社会，重构自身。这既是中国现代历史时刻的时代任务所需，同时也是现代中国青年的特定形态所需。[1]从这一点来说，唐小兵所指出的生活与艺术的同一性才真的具有历史具体性。但这并非如唐小兵所说是整个延安时期“大众文艺”的特征。不穿透性地把握《讲话》，我们就很难辨析，即便有些“大众文艺”在形态上具有生活与艺术的同一性特征，其内在构成方式和状态上，实际上与《讲话》后作家们在主体构成上遭遇到的巨大挑战以及在深入现实—他人—社会之后作家重构了的自我和现实—他人—社会之间，形态迥异。所以，关键不在于延安时期“大众文艺”的生活与艺术同一的这种特性，而是在于《讲话》所特指的现实主义在历史实践中所力图重塑的生活与艺术、艺术与作家、作家与历史的同一，才是延安时期文艺实践经验中，可以为我们今天重新思考反现代的现代中国往何处去提供思想资源的启发所在。而穿透了“大众文艺”这一点，我们才有机会更加深入辨析出，《讲话》及其实践经验中，所蕴含的人与社会的重构等，是否可以在一个更加深远的视野中来帮助我们今天思考现代社会如何定型的问题。

这大致可以解释为什么一定要在今天强调知识工作的“缠斗”性，且为什么一定要跟“历史”缠斗，跟历史中最搅动人心的部分缠斗，而不只是跟“思想”缠斗、跟“哲学”缠斗、跟“政治”缠斗、跟“文化”缠斗。“缠斗”此处特指直面人生时，与“直观”“想象”不同的面对方式。“缠斗”将人从孤立化的“想象”位置卷入不确定的实践变动—校正—变动的往复过程之中。这种不确定中的“缠斗”并不是一种稳定的知识工作形态。也可以说，它特别针对现代中国尚未定型的历史时期。定型之后的现代中国需要何种知识工作形态，我们无从得知。但此时的“缠斗”将决定现代中国的知识工作是否能和如何能扎根于自身

[1]这并不是说《讲话》只回应了历史中的这部分课题，也并不是说丁玲最好地理解了《讲话》。本文此处只想借丁玲《在医院中》来强调，《讲话》与中国近现代以来的历史课题之间的内在关联性。

历史—现实之中，以及是否能够定型、如何定型、定型为何种形态。或者说，之所以此时代的知识工作亟须“缠斗”，是担心如果没有经过多重“缠斗”的方式所展开的知识工作，会过于直观或过于以每一当下的思想理解为中心来把握中国，而没有足够洞察到我们每一历史时期实际上都不自觉受制于前一时期的历史构造机制。当现实发生巨变时，单纯反省文学、哲学、政治、思想或经济等某一部分已经不足以让我们的良知立足于今天了，时代更需要能够在历史—现实—自我的缠斗中充分反省“配镜师”问题的知识工作。

六、序的结语

这里仅仅是挂一漏万地谈到“与历史缠斗”所可能打开的诸多资源和启发。也仅仅是我个人的一点理解，并不能代表或囊括《新解读》一书所有同仁的努力。这本《新解读》只选取读书会同仁十年来的部分文章，也不能含括大家所有的工作，但有一点我们有共识:《新解读》的工作力求自省与拓新，但这也仅仅是开始。

如何在历史中充分自省，以获得高度扎根于现实情境中的自我意识，并将之作为我们开始远望的再出发点，这是需要随时保持警醒的。从现实状况和时代要求来说，这样的开始不知何时是尽头。

远望尽头，立足于扎根。

“与历史缠斗”，意味着在“缠斗”扎根，意味着尽最大努力在生命真诚活过的历史中尽心、尽情、尽思来扎根。

目录

上册

下　　册

“要生活在时代里”

——从《论〈保卫延安〉》追溯冯雪峰的“人民”理解[1]

◎莫艾

在冯雪峰针对现当代文学为数不多的评论中，1954年的《论〈保卫延安〉》占据了重要位置。冯赞誉这是“从红军时代一直到最近的抗美援朝战争的一切革命战争”题材中首部“真正称得上英雄史诗”的作品[2]，“可以代表我们这五年中所达到的现实主义的成就”[3]。与《保卫延安》的相遇，该使他从中看到所执念的“人民”的面貌。冯雪峰对作品面貌的最终凝结发挥了重要的引导作用，他饱含热情地参与、推动了

[1]感谢贺照田老师对关切我们自身生命存在的历史认识工作多年的心血投注，感谢他在本文的思考、写作过程中给予的鼓励、推动与指导（虽然它们被领会的程度非常有限）；还要特别感谢程凯温暖的支持与帮助，感谢北京·当代中国史读书会师友们的长期帮助。这篇笨拙、生涩的练习算是一次自我训练，并且于我有着超出知识范围的意义。有关冯雪峰对“人民”及知识分子改造的认识，这些认识在现代中国历史的意义，在革命实践中开展出来的对应经验，知识分子与社会互动的过程、环节、每一步骤产生的切实效应，以及新中国“人民”的生成等关键问题，贺照田《启蒙与革命的双重变奏》一文既内在承接了冯雪峰的把握与思考架构，又在比冯当年更为拓展的历史视野、认识架构与历史开展脉络进行了深入的阐发，还请有意探究相关问题的读者直接阅读这篇文章。

[2]冯雪峰：《论〈保卫延安〉》，《雪峰文集2》，人民文学出版社，1983年版，第281页。

[3]冯雪峰：《五年来我国文学创作的发展方向》，载《人民日报》1954年10月1日第6版。

作品最后阶段的修改与问世[1]；小说特别具历史意义与精神光彩的部分，也是评论者与作者的相互激荡中催生的。《论〈保卫延安〉》立足于冯雪峰多年贯注的历史认识与现实理解，这使得评论超越了作品的表现层次而推进到更深、更具历史意义与现实引导性的思考层面。评论出现的“人民”“史诗的精神”“历史”“现实主义的精神”等词语，在冯雪峰的思考脉络与思想表述中有着关键性的意义。

如何从冯雪峰自身的思考脉络出发，探究这篇评论所包孕的意涵与评价得以形成的原因？我想尝试从他的历史观与历史理解入手，进而认识由此历史观催生的他思想批判工作的状况、“现实主义”理解与他对于文艺的寄予、要求；在此基础上，由与《论〈保卫延安〉》具贯穿问题意识的系列评论入手，思考这篇评论所蕴含的历史认识与人民理解。

一

冯雪峰的历史、社会、文学理解难于被回收到同时代相关讨论的思路、架构中。有关文艺的历史功能（思想斗争）、现实主义、文艺与政治关系、知识分子改造等问题，他的切入、把握视角与方式，讨论层面与拉开的问题层次，乃至表述方式、语词及用法，都与同时代论述间存在不小的差距。这些理解和把握所由以生成的内核是什么？我想首先从他的历史观及连带的历史感、现实感谈起。

在《谈士节兼论周作人》（1943）一文中，冯雪峰讨论了他所体认的“历史”的构成：历史基本力量为“支配者层”与“人民”两个群

[1] 对《保卫延安》，冯雪峰不仅热情指导，而且决定在自己任社长的人民文学出版社尽快出版（包含避免其他方面干涉意见的考虑），并推荐当时最权威的《人民文学》在小说出版前先刊载部分章节与读者见面。自1953年11月到1954年夏正式出版，冯雪峰与作者数度交谈，作者数次修改作品（首先在第七稿打印稿基础上改动，而后在三次校对清样中继续修改，因此使编辑过程比预期延后了几个月，直至1954年6月小说才得以面世）。

体，“历史的矛盾……总在支配势力的利己意念与人民的意向之间所发生的裂痕上展开”[1]。在同时期另一文中，冯称：“不合理的社会支配势力……阻碍和摧残着绝大多数人的生活的幸福和发展。这该是在人类社会的发展过程上，在各个时代从各种形态上表现出来的最大的恶，及一切的社会的恶之根源。”[2]他认定这“支配者层”是“历史的空虚的一面”，根基于“广阔深厚的土地”的人民则构成历史坚实的基础。他坚信“人民的生活力，意志和欲望，创造力”决定着民族文化的价值[3]，在“我们的时代”，人民将经由革命（“历史的伟大的叛逆”）获得觉醒与成长，成为历史主宰。在这对抗性的历史之两面中，知识群体的位置可以变动。冯指出传统的士处在依靠支配者层的位置，士人持守的节操在根底上受限，无法转化为积极能量，难以逃脱“空虚与悲哀”的命运；现代知识者需要自觉改变传统士的社会位置，自觉与人民结合，加入人民的行列，与人民一道实现历史的翻转，迈向“历史的真理与德行”的实现[4]。

这才是冯雪峰的历史认识所意指的“历史真实”与历史走向。他表述语境中有关“历史”“历史真实”“历史真理”“对于历史的概括与透视”“现实主义”（看到人民主宰的历史走向的现实感与立场）“诗的真实”“艺术的真实”等语词的实际意指，或许都需要从这一基本历史观出发来进行领会。

把复杂多样的社会阶层、群体处理为“支配者层”和“人民”两个对立的基本力量，同时把历史位置可上、可下的知识者群体单独提出来

[1]冯雪峰：《谈士节兼论周作人》，《乡风与世风》，1943 年，《雪峰文集 3》，第 59 页。

[2]冯雪峰：《再谈“灵魂”》，《乡风与世风》，1943 年，《雪峰文集 3》，第 97 页。

[3]冯雪峰：《民族文化》，《乡风与世风》，1943 年，《雪峰文集 3》，第 54 页。

[4]在“我们的时代，……人民开始跑上政治舞台，……历史的真理与德行也能够和人生的要求相结合”。冯雪峰：《谈士节兼论周作人》，《乡风与世风》，1943 年，《雪峰文集 3》，第 63—64 页。

讨论——我们该如何把握这貌似简单的处理方式？这历史认识源自认识者怎样的现实理解与现实感，又该如何理解它所指向的具整体性的社会视野并释放其中所包孕的思想能量？要辨析、打开这一视野中潜藏的这诸多层面，无疑超出了我现下努力，本文尝试展开的只可视为对这些极为初步的思考。

立在人民一面审视历史与世界，以“对人民的深沉的信任”为核心而发育的现实精神、现实感，是冯雪峰理解——他所认定的中国现代最关键的历史课题之一——知识分子改造问题的基点。这一认识也参与塑造着他对于革命、政治、文艺的认识、要求、审视与矫正意识。而何谓“人民”，“人民”在革命进程中如何生成、成长，不仅反映出共产革命在实践中开展出来的社会感与社会理解的经验积累，也关联于冯对中国现代知识分子如何完成自我改造以有效承担历史责任这一时代课题的思索。只有在深入认识中国社会现实、民众的过程中，知识分子的自我改造与转变才可能展开。这样的历史视角使得冯的文艺与现实主义理解被建构在一个独特的结构与问题视域中，与认识中国社会、认识民众的历史课题密切关联。

这样的历史把握不是基于社会学或马克思主义社会科学理论的分析方法，也没有穿戴常规的“理论”外衣与系统、严密的逻辑论证方式。冯的历史把握方式立足于自身真切的历史与现实感觉，携带着认识者的精神、情感、意识、感受内容，试图穿透、冲出现实的横暴、围困而开拓伸向新的历史可能的路径。这不是一般意义的理论与知识的生产，而是以认识、以思想为媒介，伸向实际斗争的行动。这行动指向着谋求社会多数人的生活权利。正如他自己所言，“五四”一代“感于历史的现实的要求是迫切的，深刻的”，“民主主义的革命思想，在中国，一落地就是全身战斗的，赋有思想斗争的特性和擅长”。[1] 这样的方式源于认识者激烈的历史转变意识与责任意识：在冯的体认中，遭遇重重危机的中国现代（冯称为“我们的时代”）是历史的过渡期，也是需要特别用力来完成转变的历史关键时段。冯指认历史的方式是：“我们的时代”需要汇聚“浩大的精神”，需要我们全力投注于现实的战斗，以使历史走上属于它的真理的道路。在他这里，历史被凝聚于当下，这当下并非直观所见的被动现实，而是充满激烈斗争意识的搏击现场。

1927 年，在一篇具自况意味的文章中，冯借一位“肺病新愈的小学教师”之口，说选择革命，“只因这路是时代的，因为他必须发觉他自己存在在时代里……要生活在时代里”。[2] 唯有“生活在时代里”才发觉自己的“存在”，这是冯雪峰现实认识形成初期的切身感受。在后来的成长历程中，他愈发明确，“我们的时代”需要以激烈的斗争来扭转历史。这样急迫的历史—现实感催生出激烈的历史态度。冯雪峰劝告知识分子放弃对于传统的眷恋，全力投注于现实的改变：“一切过去时代都已过去了，一切古人——连我所爱的古人也都跟着他们的时代过去了。永远地过去了”，“……只有紧紧拥抱着现在而从事着现实的战斗的人，才能也拥抱过去，也拥抱将来”。[3] 历史于他不是洋洋洒洒、舒缓蜿蜒的长河，而是遭遇明岛暗礁的盘曲、阻滞而起身搏击、冲决奔腾的激流。对于冯雪峰，在“我们的时代”，历史非如此不可，历史与时间非要凝聚为激烈的搏击不可。这激进的历史—时间意识来自对现实困苦

[1]冯雪峰看到“五四”一代的理论认识朦胧幼稚，但“感于历史的现实的要求是迫切的，深刻的”，那时不是以“说教式或讲仪式的”、而是以“反击旧的反动思想营垒的一切战斗文字”“深深铭入人心”。冯雪峰：《论民主革命的文艺运动》，1946 年，《雪峰文集 2》，第 99 页。

[2]冯雪峰：《一个草稿》，最初发表于《莽原》半月刊第二卷第十八、十九期合刊（1927 年 10 月 10 日），署名“木荳”。《冯雪峰全集 一》，人民文学出版社，2016 年版，第 185 页。

[3]冯雪峰：《过去的拥抱》，《乡风与世风》，1943 年，《雪峰文集 3》，第 87、88 页。

的深切体认。[1] 越是敏感于现实的惨痛与困厄，越要把思考、实践指向冲破现实才可能通往的“历史真实”，这富于战斗特性的历史把握方式贯穿于冯 20 世纪四五十年代的思想批判与文艺批评。

二

在冯雪峰的历史观中，“人民”占据了核心位置，“人民”何以生成与成长，知识分子如何在历史过渡期通过与底层民众的结合以完成自身蜕变，并在推动人民觉醒和促发人民力量的历史过程中发挥作用，是冯雪峰最为核心的时代思考。《保卫延安》为“英雄史诗的初稿”的称赞，很大程度源于他从中看到觉醒的人民所焕发的精神品质与力量。1943 年在家乡被捕直至新中国成立的多数时间，冯生活在文人聚集的大后方（桂林、重庆），缺乏深度参与根据地、解放区社会实践的机会。故他 20 世纪 40 年代的思想批判较少直接讨论乡村社会群体，主要集中于知识群体（也涉及城市中上层）。对知识群体的审视与批判最深地体现了他的革命意识，也构成他更深检省现实政治、文艺思想问题的有力视角。冯雪峰 40 年代中期全力展开的思想批判工作（他称之为“思想斗争”）核心意图在推动知识者获得对自我种种精神缺陷的检省，更深体认底层民众的宝贵品质，获得对现实的斗争意志，对历史方向的体认与实践动力。

冯雪峰对知识分子抱持着温暖的同感、同情与期待。作为知识者的一员，他能够体贴知识者在历史变动面前的善感、脆弱、热情、执着，但更期待他们有自我改造的意志，通过与人民的结合担负历史变革的责

[1] 他说，抗战期间散落在各地乡村的战斗者的工作“虽有些可怜相，却仍是战斗，而且是非有不可的战斗”。“历史的一小部分”正是由这些散落各地“几乎涸死”的人们“在推移着”。冯雪峰：《序》，《乡风与世风》，1943 年，《雪峰文集 3》，第 6 页。

任。他对知识者的审视、批判与要求也格外严厉，对知识文化界隔膜于社会、民众，囿于自身极为有限的意识范围而发生的种种后退、堕落与混乱始终抱取毫不妥协的战斗态度。在冯的文字中，温暖明亮的挚爱与期许隐藏于峻厉无情的穿透与批判之后。

抗战初期的亢奋过后，社会矛盾加剧，权力层和中上层的腐败堕落加剧。生存日益艰难、日常生活陷入相当的物质贫困，原本希冀借助抗战契机而实行的社会、思想、意识、文化更新遭遇挫折，这些对知识分子构成很深的精神压抑。思想文化界普遍为悲观、虚无的苦痛氛围笼罩。虽在社会暴力面前软弱、乏力，却仍持守着精神操守，挣扎中存有抵抗，这是当时多数知识分子的自我感受与自我意识。这种感受、意识不仅使他们难于获得自我相对化的意识，还使他们在精神、道德方面的优越感更为稳固，难以获得自我打开契机与更为有力的精神资源，浮泛在社会之上带来的无力感与虚无感日益加深。在这样的意识状态与精神氛围中，冯雪峰从根本颠覆知识者一贯赖以立足的道德、精神的自足与优越感。他的视点不在知识群体困苦中的被困与挣扎，以及囿于知识阶层狭隘意识与情感范围的有限表达（如茅盾《清明前后》、夏衍《芳草天涯》等作[1]），而是直指知识者因不能找到坚实的现实根基而无可避免的内在“空虚”状态，指出其中包含着“恶”、包含着“作恶”的现

[1]《清明前后》《芳草天涯》分别于1945年9月、11月在重庆公演，获得重庆文化界、知识群体和市民阶层的热烈反响。据称，受到更多党内文化人批评的《芳草天涯》，引发的观众共鸣和轰动程度较《清明前后》更大。两剧也引发了争论。在胡乔木组织的讨论中，冯雪峰完全在与会者的讨论层次之上谈论问题，把问题直接引到政治性与艺术性关系的层面，体现了他一贯的批评方式。此外，从他后来的文章可见冯对两剧囿于都市中下层知识分子封闭、脆弱、无力（极易走向虚无）的现实感与精神状态的批评态度。从冯雪峰的要求看，两剧的现实认识是存在相当问题的，它们在当时获得的热烈反响（包括对于两剧的批评状况）更揭示出文化知识界缺乏反省意识的整体状态。参见《〈清明前后〉与〈芳草天涯〉两个话剧的座谈会》，载《新华日报》1945年11月28日。冯雪峰在讨论会后写就的文章名为《题外的话》，1946年，收录于《雪峰文集2》。

实可能。冯坚持在高于当时知识界普遍精神意识状况的层面工作，他的思想批判与文艺批评始终立于对现状展开审视、对之斗争、最终突破的基本意识。

对于历史上知识群体的惯有表现与社会取向，冯的观察相当严厉：传统士人的德行“单和历史的空虚的一面相联结着”，即便选择独立、不与权力者合作，士人也游离于社会而只能“消极的自守”；这些德行如被后来者“附上了庸俗的和矫揉造作以及……虚伪的面目”，则难逃“空虚与悲哀”的命运。认定“支配者层”属于“历史的空虚的一面”，是冯雪峰在中国现代的历史危机、在以他自身全力投入的现实认识与实践中获得的深刻体认。避免为这“空虚的一面”所侵蚀，需要知识者“在民族的现实之发展里把握所谓历史的真理，在社会生活的底层里建立自己对于人生的坚实的态度”[1]。该如何在我们自身所处现实中理解这一论断的思想意涵？这是我在研读过程无法放下的问题。

冯雪峰认识到历史、现实的知识群体极可能由“空虚”、悲观转向依靠种种“恶”的社会势力，一起构成“恶”、施行“恶”。如他对当时盛行的思想文化界“悲观主义”的洞察：有如乐观主义，“像浮云一般，既多变化，又轻如天鹅绒似的”，又有如麻醉神经的兴奋剂。社会压力增大，悲观主义者困难产生分化，或“卷入社会的大队里去不可，如行尸走肉之添作群魔队伍的末卒……”，或“大愤大怒”而成为“战士”。[2]在此，“空虚”是比“软弱”“无力”更具穿透力的判定，指由于自身内在缺乏与现实相联结的力量而陷入的精神空虚状态。在更多时候，这种状态极易走向虚无、利己与“恶”。被冯纳入正面批判视野的“得势”的社会中间层的“市侩主义者”，特别反映了他对知识群体的严厉。这一群不属于社会“支配者层”，却能凭借与权力的合作获取私利，

[1]冯雪峰：《“混乱”》，《乡风与世风》，1943年，《雪峰文集3》，第93页。

[2]冯雪峰：《悲观主义者》，《乡风与世风》，1943年，《雪峰文集3》，第36、37页。

与权力者共同压榨着社会的底层。冯所特别痛恨的，是这一群体以“对于一切都可以不固执”的虚无态度，配合游刃有余的处世之道实现极端的利己。[1] 对于冯雪峰，这种对社会丧失任何痛感与责任意识的虚无与自利，是特别可憎的社会恶质力量。这一群中就包含着部分知识分子。冯雪峰看到中国现代知识群体在诸社会条件下催生出的种种恶质：虚伪、自利、虚无、丧失对现实的感觉、拼命保持自我的安稳状态。这其中也包括革命内部的“市侩”群体。

对知识群体在现实困厄中暴露的种种精神特质和“空虚”的主体状态，是以对构成社会根基的民众的认识为参照的。他体会到在艰苦的生活里，底层人民与劳动维系在一起的“强毅”而“璞真”的情感与生命力量。听到乡下女人在亡夫或亡子坟边的痛哭，雪峰自省“也曾经像时髦的城市人一样，以为这是不足道的，例如她哭诉的词句总只是‘你死了，叫我怎么办啊’似的简陋，断定她对于死者的爱是细小而且‘纯经济的’”，而这不过暴露了自己的“轻浮”。他体会到，农妇“用以和人生结合的是她的劳动和她的生命！和丈夫或儿子谋共同生活，共同抵抗一切患难与灾害，对一切都以自己的劳动和生命去突击，于是，单纯而坚实的爱就从为了生活的战斗中产生……超利害的，超经济的爱和爱的力就又那样的强毅，那样地浑然而璞真”。他也感慨农民“集中于对现实生活的胶着”，同时“生活限制了他们，使他们不能走得更远一点”，因而一旦失去所黏着的据点（丈夫、孩子）就会“感到无可挽救似的凄哀”。[2]

他赞叹民众“不但单纯得善良，也单纯得勇敢”：积聚六十年的造

[1]市侩主义者的核“永远也碾不碎。核心也是软滑的，可是坚韧”。冯雪峰：《简论市侩主义》，《乡风与世风》，1943 年，《雪峰文集 3》，第 113、114 页。

[2]冯雪峰：《论乡下女人的哭》，《乡风与世风》，1943 年，《雪峰文集 3》，第 79、80 页。

房子的木材被日本人烧光，七十八岁祖父却说“重新来过”。[1]他看到乡间风气的变坏不是因为民心变坏，是社会权力层恶质化带来的后果。他还认识到，在逐步崩坏的社会趋势中，底层民众依然保有着“淳厚之风和对人的尊敬之心”，保有着对于道德、伦理与社会朴素的信念（“不会长久这样下去的，看样子，世界是总要变一变的”），不曾失去抵抗意识。[2]他体认到社会和民众的根底具有着“支配者层”和知识群体所不具备的能量、道德品质、情感品质，而这些正是中国社会内在最坚实的力量与根基，构成社会治理者与知识精英反观自身的有力参照。雪峰的文字也流露着这位农民之子与底层民众相通的精神、意识、情感与感受状态。“从那哭声里我们又知道她是完全不知有别人在听，只是不知所以然地仿佛钻入一条似乎可以通到一个什么尽头去的细小的幽道里去似的”[3]——在这样的表达中，对劳动者心境与情感的体察令人触动。《牺牲》里全村要保护的“自己的少女”，是“有着红红的两颊，珍珠一样的眼睛”的“蓬头散发的小野兔子”，这直感式的表达充满着野性与生命感。雪峰的早期诗歌与狱中诗作也荡漾着动人的质朴、清新的特质、“心心相映”的渴求，内含着深深的中国人的意识与精神感觉。[4]

抗战末期，冯雪峰呼吁“在今天，知识分子……必须有认识力与思想力”，这一方面来自“对于历史的概括与透视，一方面尤其来自他们对于现实斗争的黏着，看住与抱紧现实上的在发展生长中的光明，两脚

[1]祖父“积聚了六十年了的准备造房子的三四百根大木材，完全被日本人焚烧了的时候，据说像昏迷了似的睡了三天之后，就又恢复了精神，说道：‘重新来过！’却完全忘记他自己说这话的时候是已经七十八岁了”。冯雪峰：《善良的单纯》，《乡风与世风》，1943 年，《雪峰文集 3》，第 73 页。

[2]冯雪峰：《尊敬，畏惧，敌意》，《乡风与世风》，1943 年，《雪峰文集 3》，第 75—77 页。

[3]冯雪峰：《论乡下女人的哭》，《乡风与世风》，1943 年，《雪峰文集 2》，第 78 页。

[4]“……唉唉！怎样的虔诚的骄傲，/ 更是怎样的骄傲的虔诚！ / 好像大风刮过保育的大野，/ 是你对着我呵；/ 好像农夫弯着腰，/ 扶起被风吹倒的作物，/ 是我对着你呵。……”冯雪峰：《凝视》，《灵山歌》，1941—1942 年，《冯雪峰全集 一》，第 106 页。

坚实地踏在人民的战线上”。[1]而对于知识者，能否真的“看住与抱紧现实上的发展生长中的光明，两脚坚实地踏在人民的战线上”[2]，是以深切意识到知识者所内含的“恶”为前提之一的。他呼喊知识分子要“如伟大的托尔斯泰那样，从自己的‘恶’的阶级跳出，它便不但要替大众受苦，而且还非残酷地血淋淋地咬着自己的‘灵魂’不可。”“……从‘恶’中的个别的偶尔的分子来担当着矛盾的榨轧的声音，来反响着‘恶’所击掷着的对象（大众）的痛苦的回响，这便是‘良心’！”[3]

冯雪峰对知识群体之“空虚”与“恶”的审视，对于知识分子的转变期待，联系于他独特的现实把握方式。有关于此，冯重庆时期的朋友巴金写作于20世纪40年代中期的《寒夜》或许可以提供思考参照。《寒夜》呈现了生存线上挣扎的城市中下层知识者（职员）生活、精神的困苦状态，在这无出路的绝望中微弱、晦暗的精神感受。作品的叙述刻意保持与对象间冷静的距离感、审视性，目光始终固执在人物晦暗惨淡的心理世界，令读者感受到极端的逼迫力。表现方式的极端映衬出作者对主人公那无力但却依然坚持的挣扎与执拗的复杂判别意识。在极端

[1]冯雪峰:《对光明的拥抱力》，1944年，《有进无退》，《雪峰文集3》，第205页。

[2]冯雪峰:《论民主革命的文艺运动》，1946年，《雪峰文集2》，第205页。

[3]冯雪峰:《再谈“灵魂”》，《乡风与世风》，1943年，《雪峰文集3》，第98页。思考至此，我还想就胡风与冯雪峰知识分子理解上的差别略做妄言。有关于此，两人的论述视野、层面、视角乃至立场都存在不同程度的差异。胡风对知识分子的历史意义、革命作用、社会位置及现实理解的肯定与维护，无疑具有重要价值。与此同时，虽然呼吁知识分子对现实的投入与主观战斗精神，在对知识分子精神缺陷及改造必要，以及通过投入社会而实现知识分子现实感、社会理解的突破、矫正自觉方面，胡风的认识程度显然不及冯雪峰。冯雪峰对底层民众情感、品质、力量的体认程度，对他所肯认的“历史”走向的执着与理解深度，或许也为胡风所不及。还有一点体会是，在胡风的自我意识中，知识分子的位置在根本上是相当安稳的，他的批判工作携带着意识深处的优越感。但对于冯雪峰，知识分子的存在、其精神价值是首先需要被质疑的，知识分子的位置与价值从来不安稳。与冯激烈的现实感与历史意识相呼应，他认定思想斗争是中国现代的历史一时代课题，其中即包含着对知识分子自我改造的深切要求。就此而言，冯雪峰知识分子认识的激进程度，知识分子思想批判工作的视角与深度，在中国20世纪历史中具有的意义，就该为我们今天重新认真思考。

困厄、纠缠的现实中，为社会强力所倾轧的知识群体该如何生存下去，如何寻求精神的支撑？巴金没有答案，他似乎就以这样自始至终的极端冷静地跟随主人公走向生命终点的晦暗精神过程，作为对现实的应对。这应对当然包含着对压迫与损毁的抵抗，也因呈现于作者真实、内在的感受而具备着精神质感。但这样的意识终究限定于封闭、凝滞，难于获得突破。[1]

冯雪峰对社会现实的敏感不下于巴金，在某些方向甚至更为强烈。与《寒夜》的写作同期的《有进无退》（1944年7月—1945年7月）表现出更深的社会倾轧感，被围困后抗争的意志也越发激烈：

> 他爱和真实碰触，用自己的真实去肉搏。不畏避一切的冷酷，不屈服一切的坚硬，也不为一切的温顺所软化，偏偏要走通自己的路，从这里疯子看见自己是一个强者。
>
> ……社会就在找着强者碰击。社会在找着坚强的东西来强拆，以证明它自己的坚强。
>
> 社会在找着弱者作溃口。它压榨着一切的软弱的东西，向着软弱的地方压倒过去——一切软弱的就都是一切看得见的和看不见的

[1]对巴金在新中国成立前的作品，冯雪峰基本只提《激流三部曲》的正面意义与局限，肯定作品"鼓舞了青年从黑暗中走上斗争的道路"，没有提过其他作品。（冯雪峰：《中国现代文学作品的宣传》，1954年，《雪峰文集2》，第670页。还可参考冯雪峰：《关于巴金作品的问题》，1954年，收录于《雪峰文集2》）值得分析的是，冯雪峰在1966年写的有关巴金的外调材料中，称"1953年第二次文代会之后，茅盾等人以及其他'五四'后作家都有要出版自己这类旧作品的要求"。冯说1955年巴金《春》《秋》出版时，人民文学出版社的实际负责人已经是王任叔、楼适夷，不是他决定的。他认为"已经出版了他的《家》，别的这些旧作品是可以不出或以后再说的。对于别的作家，我当时也有同样的意见。但这只是我个人的意见，在当时已经行不通"。（冯雪峰：《关于巴金》，1966年11月18日，《外调材料 上》，《冯雪峰全集 八》，第33页）判定"五四"名家代表作的现实意义有限，但对于丁玲《太阳照在桑干河上》、杜鹏程《保卫延安》等当代文学创作寄予高度期待，这种态度具有怎样的揭示意义，是很值得思考的。

群魔所扑击的目标，也就都是种种的积脓的溃决的出口。[1]

这段表达对社会倾轧中各种力的对决状态，对“群魔”的横暴与冷酷显现出异常锐利的透视感。《寒夜》中同样横暴但却窒息、凝固的世界感，在此变为各种力相互变化、倾轧、展开无数对决的搏击场。这动的、力的对决状态的世界感与现实感及由此生发的搏斗意识，是冯雪峰所特有的。[2]在更大的历史视野里，他深信通过斗争，这激烈碰击的社会角斗场将为他所指认的历史的方向感所牵动。同时，对现在的“黏着”与对历史的“透视”这两种意识互为深化：越是黏着于现在切入肌肤的碰击，越加深着对开拓到那历史方向去的执求。围困与倾轧越激烈，越不能溺于静态的被禁锢状态，越要持有突围与搏击的意志。这是冯雪峰与巴金、与同时代多数知识者的现实感受方式、应对方式的差别。所谓“用自己的真实去肉搏”，这“真实”是只能在搏击中才可能获得的。

也是在这样的现实感与意识中，没有获得与现实坚实联结的知识者虚幻的自我意识与被历史拨弄的命运，为他所犀利的洞察：

> 自己所把握着的不过是自己的这一种意识，而稍稍将他地位一移动，便又觉得自己已被摔出世界之外去似的了。……从俨然的自信到惨然的自弃，原是这样的相近！[3]
>
> 在时代的缝隙里跳跃，在波浪所激起的浮沫里沉浮。[4]
>
> 顽固者也明明知道自己是被历史所遗弃的人，但他除了站住不

[1]冯雪峰：《发疯》，《有进无退》，1944—1945年，《雪峰文集3》，第127页。

[2]耐人寻味的是，“温软的”“市侩”被认作使疯子“看见自己是一个强者”的敌人之列。这是社会中间根基很深的一群，在时代剧变和社会倾轧中始终有能力找到存在位置。

[3]冯雪峰：《自信》，《乡风与世风》，1943年，《雪峰文集3》，第109页。

[4]冯雪峰：《谈士节兼论周作人》，《乡风与世风》，1943年，《雪峰文集3》，第66页。

动，仿佛别无更好的路……[1]

他指出，与现实发生关联才能救治虚幻的自我意识状态，“生发”出真实的自我。[2]他关注着这样的时代境况所要求于人的品格特征，关注着时代人格的养成：“我们的时代是伟大的，同时又是对于个人非常艰难的时代”，需要“养成坚强、敏感、赤诚的心胸和性格”，“养成一个寄寓得起巨大精神的强大的个性”。[3]

越在艰难的历史过渡时代，个人越不能屈从于社会强力，越要敢于进入现实社会的矛盾——生命在抗争中才会有力：“人必须……去领受一种力以抵抗另一种相反的力。人是借着这种力才获得了生命罢，但这种力是借着事，借着工作，借着无畏的战斗，才得发挥的。”[4]冯雪峰狱中诗作展现的精神感受与精神活动，让我们看到他在绝境中如何坚韧地争取着生命力的持存与展开。被“要和真实的生活脱节”的恐惧所压迫，“感情始终是粗劣而破碎”、“大部分时间”在“和紊乱的心绪搏斗”的诗作，在细微处充满了动人的生命感与生命姿态，显示作者保有着对

[1]冯雪峰：《顽固略解》，《有进无退》，1944—1945年，《雪峰文集3》，第199页。

[2]“‘自我’的被觉得的片刻，就正在自己和客观现实接上了关系的那一片刻。……这种愉快不是静止的，而是生发的……所谓生发的，是内心接受了外界的冲击，同时便是自己向外界的跃入。”冯雪峰《觉醒》，《有进无退》，《雪峰文集3》，178页。

[3]冯雪峰：《论友爱》，《有进无退》，1944—1945年，《雪峰文集3》，第170、147页。

[4]冯雪峰：《什么一种力》，《乡风与世风》，1943年，《雪峰文集3》，第112页。

生命世界相当饱满的感受、沟通能力。[1]这些诗作呈现了作者构造自我精神之展开的特别方式：通过不断寻求相对话、搏击、往复的对象，通过与对象的交错、合抱、对决，诗人回击着隔绝与空虚，展开着伸向现实生命感的精神意识运动。[2]黑暗煎熬中具相当能量与层次性的感受力与精神状态，呈现出一个自觉锻造现实敏感与抗争力的心灵所培育出的生命厚度与精神容受力。

三

知识者如何真正实现自我锻造与转变？要通过对中国社会现实，这具体的社会现实状况中的人的感同身受的认识，由此逐步达致知识者自身意识、情感的转变，社会感、现实感的不断突破、充实与调校。而文艺应该成为文艺者自我改造与现实认识的媒介，成为思想斗争的武器。

关于冯雪峰的文艺理解及这一理解与他思想批判工作间的关联，我想先尝试探究，他是在怎样的问题层面与视野结构中展开思考的？冯在新中国成立前的总结性长文《论民主革命的文艺运动》（1946）的第一部分“过去的经验”提供了启发线索。这部分所讨论的问题及问题

[1]冯雪峰:《天真之歌·序》，1943年，《冯雪峰全集 一》，第47—48页。冯雪峰1941年2月在义乌家乡被捕，关押至上饶集中营，1942年11月被营救出狱。在狱中遭受苦刑，先后患回归热、肋骨结核病，因缺乏医护条件，用图章刻刀放脓、血导致感染，后来数月中每天以开水清洗伤口、脓血。据难友回忆，他在这一时期开始写诗（1941年5月）。他在狱中还成功策划组织了两次越狱行动。（参见叶苓《冯雪峰在上饶集中营》与赖少其《永别的纪念》，包子衍、袁绍发编《回忆雪峰》，中国文史出版社，1986年版）体现着作者生命状态的诗句，如“当我想象着：曙光正穿过乳色的黑夜的余哀，/大地正升起嫩白的朝霭”“旷野是到处地灿烂，浮动，/朦胧而又明丽！”“曙光”对“黑夜”，“朝霭”对“大地”，“灿烂，浮动”对“旷野”，背后是他精神的凝聚、跃升对他生命所在环境的卓绝回应。（冯雪峰:《荒野的曙色》《落日》，收入《真实之歌》，1941—1942年，《冯雪峰全集 一》，第49、53页）

[2]参见《真实之歌》，1941—1942年，中的诗作如《夜》《分离歌》与《断章》中的《朋友，看那前面》《爱，一个接界？》《奇迹》等。

的安放次序为："民主主义的革命思想""思想斗争""统一战线""大众化""革命的现实主义"。这一讨论架构或许揭示了冯把握文艺问题的基本结构意识。他将"民主主义的革命思想"及"思想斗争"视为时代根本要求：革命思想"本身就要和这种思想斗争同时降生"，它"在中国，一落地就是全身战斗的，赋有思想斗争的特性和擅长"；同时，不同阶段的革命思想斗争贯穿的基本思想是"人民的态度与立场"[1]。这也是革命文艺所应立足与展开的基点。文艺被置于这样的历史层面和位置高度来要求：它需要承担最为根本的历史、时代思想课题，作为"思想斗争的武器"，成为"增加我们对现实的认识力""尤其是增加我们和现实肉搏的魄力的东西"。[2]在冯的论述语境中，"思想斗争"包含了"人民"在革命过程中的自我克服和自我斗争，包含了知识者在重新体认社会的过程获得淘洗与改造，包含了要在不断反思、矫正种种思想问题的过程中开掘"对现实的认识力"与实践力的探索。[3]

由此视野与结构意识出发，有关"现实主义"、"现实"、"典型"创造、"文学方法和形式"、"史诗"等问题与概念，被冯雪峰赋予了特别的意涵与机能。冯的理解中，对"现实"的认识以"人民的力量，人民的主要的一面"为出发点[4]，指向"现实人民的觉醒的思想感情，他们的英勇斗争的姿态，他们的生活风貌，活的语言及一切真实的表

[1]民族革命战争"处理文艺和一切思想问题""贯穿着的基本思想，观点和态度，仍是最进步的人民的立场和彻底的民主主义的革命思想，以及一般的进步的观点和人民的态度与立场"。冯雪峰：《论民主革命的文艺运动》，1946年，《雪峰文集2》，第97、99页。

[2]冯雪峰：《对光明的拥抱力》，1944年，《有进无退》，《雪峰文集3》，第203页。

[3]《论民主革命的文艺运动》"二 什么是主要的错误"部分意在回溯、批判"五四"之后至1946年革命文艺思想领域诸问题，冯概括以"左倾机械论""思想上的右退状态""革命宿命论和客观主义"展开讨论。

[4]冯雪峰：《论民主革命的文艺运动》，1946年，《雪峰文集2》，第156、157页。

现”[1]。而“艺术获得它的创造和独创的最先的意义”，就在于表现这觉醒人民力量的“历史的真实”。文艺运动应该“能够看到广大的社会和时代中的精神状态，并使它在革命斗争和人民的生活中得到改造、充实、提高，最后成为人民的力量和文艺”[2]。这是冯雪峰意义上的“历史性”“史诗”“史诗精神”的所指，也是他赞誉《保卫延安》的核心原因。对于他，立足于人民立场的“现实主义”不是文学场域内部的自足行为，而被视为与“政论、历史科学”具同等位置、致力于追寻、表现“历史真实”的认识形态[3]。作为深进、认识社会的路径[4]，现实主义就内在伴随着动态与生长性，不应对之做静态、实体化理解。在此认识前提下，对社会现实与人民的认识努力，而非政治概念或先在的观念，被视为文艺创作的内在动因与决定性因素。他在1946年对于文艺与政治关系的阐发耐人寻味：“政治决定文艺的原则，是现实和人民的实践决定文艺实践的原则；这原则，在实践的任务上……又变成为文艺决定政治的原则——这须在整个的人民实践的过程上才能达到。”[5]由“政治”到“现实和人民的实践”的关键性置换，以及对于“整个的人民实践的过程”的强调，显示冯雪峰认为文艺创造的过程生长于“人民实践

[1]冯雪峰在论“民族形式的可能基础”时谈到此（冯雪峰:《论民主革命的文艺运动》，1946年，《雪峰文集2》，第117页）。抗战后期，他曾解释“现实，是指重要的社会生活，时代的斗争的中心，人民的真实的要求等等”。冯雪峰:《觉醒》，《有进无退》，1944—1945年，《雪峰文集3》，第178页。

[2]冯雪峰:《论民主革命的文艺运动》，1946年，《雪峰文集2》，第152页。

[3]宣布“历史的真实”“不单是政论或历史科学等等的任务，这也是艺术本身的根本的任务”。冯雪峰:《文艺与政论》，1940年，《雪峰文集2》，第60页。

[4]“生活实践和艺术实践的一致，社会学与美学的一致……”，“这种一致，就是社会的，历史的实践”。（冯雪峰:《论典型的创造》，1940年，《雪峰文集2》，第43—44、46页）冯所谓“社会学与美学的一致”中的“社会学”，并非现代学科意义上的“社会学”概念。他在1954年解释说:“艺术形象的社会性（或者说，历史的具体性），……就是当时的社会环境或历史发展的具体情况在艺术形象（就是人物）上面的反映的意思。”（冯雪峰:《回答关于〈水浒〉的几个问题》，1954年，《雪峰文集2》，第567页）

[5]冯雪峰:《论民主革命的文艺运动》，1946年，《雪峰文集2》，第171页。

的过程”，他试图在文学与现实之间确立对应关系，而将政治予以相对化。冯期待文艺以特有的方式实现社会洞察，甚至对政治发挥参照与矫正作用：“在政治上……应有所新见和预见……这是作家应有的责任和权利”。[1]

冯关于典型问题的理解也与对文学的认识要求内在关联。塑造典型人物的路径在于认识到现实的矛盾斗争和人物所生成的具体的社会历史条件、环境：

> （艺术家）……是在生产着一个世界，现实的世界经过艺术家的复生产，将它的矛盾的斗争的状态显露得更清楚，更凸出了，而典型总是和他的矛盾地斗争着的世界而俱来的。正是这样，所以艺术的生产与现实的认识是一致的。（也只有这样去看，才能理解“典型环境中的典型性格”这名言的真意。）[2]

显然，典型的创造要求着“作家的政治思想或社会思想”具备“广阔而深刻”的社会性[3]，要求创作者需要突破以往的文学视域，培养对社会的认识力，对社会的构成与关系状态、对介入社会的政治的开展状况及其所引发的人的思想、情感、心理意识的变化具备深刻的体察力。“艺术的生产与现实的认识是一致的”，意味着艺术创造过程也是艰苦的现实认识与自我改造过程：作家要“加入那矛盾的斗争，站在矛盾的一面，由于斗争的要求和逼迫，而锻炼，改造，生长出自己来”[4]。在此意义上，冯雪峰说“典型……正应当当作典型创造（就是艺术创造的主要

[1]冯雪峰：《文艺与政论》，1940年，《雪峰文集2》，第63页。
[2]冯雪峰：《论典型的创造》，1940年，《雪峰文集2》，第45页。
[3]冯雪峰：《文艺与政论》，1940年，《雪峰文集2》，第61页。
[4]冯雪峰：《论民主革命的文艺运动》，1946年，《雪峰文集2》，第167页。

的一面）的根本方法来看。对于现实的认识，首先是从实际的社会生活的实践去达到，但也可以从艺术的追求去达到……”[1]

对文艺认识意义的高度要求，该和冯自20世纪20年代中期开始的革命、文艺经验密切相关，和教条主义、公式主义、客观主义等思想问题的斗争意识相关。值得注意的是，冯雪峰1946年之前的论述很少出现“阶级性”“阶级立场”“世界观”，而是用“社会的”“历史的”“现实的真实”“生活”“斗争”“实践”等词汇。[2]冯雪峰1936年自陕北去山西的短暂的地方工作的经验总结[3]，显示他已具备相当成熟的现实眼光与工作能力。冯看到农民不必然地积极参与革命，需要认识地方社会的复杂性（必须突破概念化的方式），善于调查、研究“当时当地的具体环境”，了解村庄各社会群体间的关系，寻求切实有效的工作方法。要从群众切身利益出发去发动、组织群众，以一定的组织形式“造成他们自己的兴趣”，有分寸地区别对待表现不同的富农、小地主，重视地方社会力量并争取之（如市镇中的商人群体）。这些经验该有助于形成他对于文艺的认识功能的理解。冯雪峰强调文艺有意识地摆脱政治教条、偏见的干扰：“主观的政治偏见和各种肤浅的成见可以妨碍作家对于现实的认识……作为政治思想，作为政论，先已经是无价值的东西了，这就先已经不合于艺术的性质。”他批评公式主义者的创作意图“来自预定的政治概念……不敢承认那和概念相违背的现实生活中的矛盾和复杂的东西……”[4]他在新中国成立后以新的表述方式重申这一主

[1]冯雪峰:《论典型的创造》，1940年，《雪峰文集2》，第43—44、46页。

[2]抗战结束后，冯的表述开始出现“无产阶级”“阶级立场”“党性”这类词语，但他尽可能在自己的论述语境中对这些词语进行语意转移或置换，以突破这些语词本身的僵化状态和对它们的抽象、教条理解。

[3]冯雪峰:《山西新苏区工作的经验和教训》，最初发表于1936年4月4日、4月11日《斗争》第九十三期、九十四期。《冯雪峰全集 七》，第334—342页。

[4]冯雪峰《论民主革命的文艺运动》（1946年），《雪峰文集2》，145页。

张。[1]

从与现实的关系出发，冯讨论现实主义的方式别具深意。在他的理解中，现实主义不是某种表现体系或艺术风格，而是“文学态度与创作方法”：

> 鲁迅创造了战斗的现实主义。……
>
> （“五四”时期）在斗争的方法和工具上，在文学方法和形式的基本方向上，也于适合思想斗争的原则下，创造了有我们中国的特色的现实主义……（按：如鲁迅式的杂文）[2]

在中国现代思想斗争的时代课题中讨论现实主义，这意味着、也要求着，“现实主义”要在与现实社会发生最内在、深入的关系努力中生长、生成。因此，中国人的探索会生长出“有我们中国的特色的现实主义”。所谓“典型是典型认识的方法”，意味着现实主义要随现实的变动而不断变化、生长，文艺须成为把握变化现实的“武器”，它因此无法获得安稳的形态。冯的论述中没有对“现实主义”创作形态、面貌、形式的具体规定。1946年谈及现实主义的发展时，他问道，“我们该怎样看待现实主义？我们是否也将它看作凝固了的东西？”“现实主义的法则……正在不断地从现实得到修正，扩充和发展……也正唯这一层，才是现实主义最根本的精神，它不同于别的艺术态度和方法的地方也就在此。”“我们执着现实主义”，是因为我们执着于“我们时代的这个战斗

[1]在为1953年第二次文代会作的大会发言稿中（后未获公开发表），冯指出“党、政策、党性，等等，都是实际生活的斗争所产生的。……认识生活总是改造生活的先决条件……不认识生活就一切无从谈起……这是唯物论的一点基本常识”。冯雪峰：《关于创作和批评》，1953年，《雪峰文集2》，第505页。

[2]现实主义是“在文学上和民主主义的革命思想相依存的，最为强健的战斗的文学态度和创作方法”。冯雪峰：《论民主革命的文艺运动》，1946年，《雪峰文集2》，第98、100页。

着的历史的现实”。“革命现实主义的生长过程，还远没有完成……”[1]这种不断的生长性与动态性也反映在形式中，形式、内容具有着互生关系：“形式是内容向形式的发展。形式也是……从形式去发展内容的。”[2]形式的创造源于生活：要“在生活实践中去实验、解决和扩充创作方法”，“民族形式的可能基础”是“现实人民的觉醒的思想感情，他们的英勇斗争的姿态，他们的生活风貌，活的语言及一切真实的表现”。[3]

耐人寻味的是，冯雪峰围绕现实主义而展开的有关文艺与现实关系、典型创造、文艺与政治关系的思考，是在1940年集中呈现的。[4]这些论述奠定了他后续认识的核心基点与方向，显示了相当成熟的思考形貌。比较同时期的讨论，冯的思考展开于更高的历史视野与意识层面，萦绕着宏阔的历史感（这宏阔感也蕴含在他后来的狱中诗作、思想批判与文艺批评中）。[5]他的思考为何会在1940年成形，又何以具备对

[1]冯雪峰:《论民主革命的文艺运动》，1946年，《雪峰文集2》，第164、165页。

[2]“大众性原则的形式，也是局限性最小的，因为它的创造的源泉和现实性是特别地富足和最大限度的”。冯雪峰:《形式问题杂记》，1940年，《雪峰文集2》，第65、67—68页。

[3]冯雪峰:《论民主革命的文艺运动》，1946年，《雪峰文集2》，第117、164页。

[4]冯雪峰在1940年写就的相关文章，包括《论典型的创造》《论形象》《文艺与政论》《形式问题杂记》《民族性与民族形式》《过渡性与独创性》与《论两个诗人及诗的精神和形式》。

[5]在《论典型的创造》（1940年3月）的后面部分，冯雪峰回应了同时期文艺批评提到的“思想力的灰白”的问题，并将鲁迅《高老夫子》与张天翼《华威先生》、陈白尘《乱世那女》予以比照，说明典型创造的历史性、思想性。胡风也几乎在同时（1940年1月）撰文批评当时几种具代表性的典型认识：如郑伯奇认为典型创造要“个别观察、综合描写”，细致记录；罗荪认为典型即“综合了某一群体里的人物特征以及习惯，风貌，语言，行为等等”，可以通过分析人物“心理的、化学的转变过程”获得。胡风批评这些理解是对社会现实采取旁观或超脱、逃避、观照、浅尝辄止的态度，新现实主义需要作家“站在改革生活的立场上去把握生活、深入生活”，突破个人的狭小感受范围，为“‘民众隔膜战争的感情’所培养，所充实”。（胡风:《今天，我们的中心问题是什么》，1940年，《胡风评论集（中）》，第107—117页）胡风所批评的理解无法找到现实认识基点，思考为直观的现实表象所牵引，无法建立对历史与现实内在的把握意识。胡风看到这些批评的核心问题，但他没有达到冯雪峰现实理解、历史意识、历史感的深入度、强度与高度。冯同时期的理论批评，显示他在现实理解和艺术创造这两方面的进展状态已与胡风拉开距离（胡风抗战阶段的诗歌创作也可作为把握他其时现实感、现实认识状况的线索）。

现实认识状况的突破能量？1940年，正值他脱离近十三年的组织生活，毅然返乡写作长征史诗的时期。与创作同时爆发的相关思考，既出于创作所朝向的历史抱负的促动，又凝结了他对十余年来政治、文艺状况的反思。

四

冯雪峰文学评论的基点在如何认识人民、人民的生成这一他历史—现实思考的核心问题。抗战胜利后，他深情地阐发对在“血斗”中走向觉醒的“人民”的信念，对人民主导的历史走向的信念：

> ……人民的觉醒的程度和范围，及其趋于组织性的力量，比起抗战前来是进步不知好多倍了……人民在自己的长期血斗中所达到的觉醒和力量，同时是在发展着，更在要求着发展的东西……。我们中国人民，到今天为止从未得到一个苏息的机会，……每一分钟的力量和胜利可说都曾付出了过高的血的代价。人民在这种长期的斗争中生长和觉醒起来，就自然带着深沉的自信，带着对于历史的深沉的感觉和认识，也自然要求着“彻底的”翻身和远大的发展。人民在这个觉醒的过程中，始终和无产阶级的领导在一起……（按：两者的）关系就不是外在的，而是人民在……深沉地体验着历史的转移，……而无产阶级及其领导，就在这历史的斗争中首先体现在全体的人民的力量中，体现在每一个被压迫的和战斗的人民的身上。[1]

[1]冯雪峰:《论民主革命的文艺运动》，1946年，《雪峰文集2》，第156页。

“人民在这种长期的斗争中生长和觉醒起来，就自然带着深沉的自信，带着对于历史的深沉的感觉和认识”——这是冯雪峰对于他所全身心投入的革命最深切的期许。革命是为了成就使多数民众真正成为主人的新的历史。“每一个被压迫的和战斗的人民”都在觉醒、生长，都在展开着新的精神与力量——唯有如此，“历史”才真正获得它自身的意义。唯有表现出这样的内容的文学，才可能真的碰触到“历史真实”、具备“史诗”的品质。这样的理解构成冯雪峰的文学要求。

在冯关于革命历史题材作品的少量评论中，对《种谷记》《太阳照在桑干河上》《保卫延安》的评论分量最重。三篇作品分别表现了抗战期间陕北农村的变工互助运动，解放战争期间在不稳固的革命形势下新解放区的土改斗争和解放战争西北战场转入战略进攻的关键阶段的战斗。三部作品最核心的主角，都是农民（包括农民干部、农民群众、农民战士）与革命知识分子这两个群体。如何理解具体历史条件下的社会现实，如何认识与表现这些人的心理、意识、情感状态、他们的转变与成长，特别如何把握从抗战到新中国这一历史阶段“人民”的生成问题，是其中贯穿的批评意识。将这三篇评论相互参照，有助于更清楚呈现《论〈保卫延安〉》所潜藏的意涵。

如何理解农民，特别是农民的“落后”意识，认识这一群体的品质、力量与转变可能，构成冯雪峰最为核心的社会认识。他的基本思路是，农民的心理意识、性格、行为特征是被具体的社会历史条件所塑造的，将会随着塑造条件的变化而发生变化。新的历史条件会生成新的人物性格特质。在抗战中后期社会上层、中层的虚无与腐坏中，冯看到底层民众的善良、单纯、坚忍、力量构成了社会中坚与历史的希望。他剖析社会历史条件给农民带来的限制，更体认到底层民众潜藏的宝贵品质，他们强韧的生活力、“单纯而坚实”的情感与“淳厚之风”。他指出，表现“人民在落后生活中的在原始形态上的力量”，这正是新文艺的任务，文艺者需要认识到这力量“是他们在压迫与落后中所赖以斗争和生存下来的东西，也正是要求着无产阶级的进步的领导和组织的基础力量”[1]。同时，革命知识分子如何与社会、农民互动，在这互动过程中知识分子发生了怎样的转变；抗战契机带来的社会各群体间的互动（这三部作品主要表现了农民和革命知识分子的互动）造就了怎样的新的意识、情感的连带关系与新的人民认同，也是冯的观察重点。

冯雪峰对于柳青《种谷记》的看法显示了他高于一般水准的现实理解力。1950年年初在上海举行的作品座谈会上，冯的评价与其他与会者存在明显差别。冯之外的与会者形成的基本共识为：肯定作者熟悉农村生活，但认为描写王克俭这样的旧式农民缺乏现实意义，王加扶表现太弱、在变工过程没有发挥积极作用，“没有把党的领导贯穿在整个作品中……典型性不够”（周而复），对工农兵的“政治教育意义不大”。此外的批评集中于叙事结构平铺直叙、人物描写过于琐碎细致。冯则明确肯定了作品的认识价值：将“当时共产党抗日根据地陕北的一个村庄的面貌”，“改革的性质，和进步中的问题”及“改革运动中的农民”表现得“真实到非常精确的地步”，可作为“研究和理解革命中的农村关系和农村生活的可靠的真实材料”。[2]冯的评论凝练而切中要害，他理解到作者的创作意图。革命知识分子该如何体认农民的情感、意识状态及其中包含的新的变化可能，在怎样的现实认识与工作方式下这种转变将成为可能，是《种谷记》的核心主题。

王加扶对乡村状况、群众、干部的认识、思考，集中体现着作者柳青的现实认识。本村农民干部王加扶起初被外来的小学教员赵德铭（富

[1]冯雪峰：《论民主革命的文艺运动》，1946年，《雪峰文集2》，第154页。

[2]许杰认为“农会”“行政”的性格“不明显突出”。魏金枝评价“王加扶写得特别坏”，“像写高干大就写得好多了”。《〈种谷记〉座谈会》，1950年，孟广来、牛运清编：《中国当代文学研究资料 柳青专集》，福建人民出版社，1982年版，第125、131、127页。

农出身的革命知识分子）认为窝囊、老实、缺乏立场（“妥协”）和办法，但他能认识到乡村的复杂现实：“人真是千般万种，……干部里边尚且如此，群众中更是多种多样了”，“王家沟一个村还这样参差不齐，全边区，全中国那便不知要复杂几千万万倍了”[1]，在工作中努力认识村庄不同人的现实处境、困难，他们的心理、意识状态与品质、经验、能力。王克俭这一人物及围绕他的相关情节处理，最集中地体现出作者的意图。王克俭的确私心重、懦弱、缺少责任心和主动转变意识，但柳青并不认为这一人物缺乏现实意义。作品中程区长的评价：王克俭“人并不坏，他的思想行为是他的阶级、他的经历和社会关系凑合着促成的；但这些都可以随着时代和环境起变化”，其他地区的中农、富农有不同（更好的）表现“是因为他们的上述条件不同”[2]，表达了柳青对于乡村各个群体的理解思路。这与冯雪峰要在具体的社会历史条件中认识农民的观点契合。

柳青表现了王克俭的多重面向：勤俭、劳动经验丰富、劳动技术精细，自尊、荣誉感（珍惜政府奖励精耕细作的奖状），对弱者具同情心，持守着基本的乡村传统道德。作者还特别表现了乡村社会其他群体对这位落后富农的态度：王加扶为代表的村干部、觉醒的贫农六老汉与多数农民预言“人会糊涂一时，不会糊涂一辈子”，相信王克俭会变化。王加扶对王克俭的认识与关系把握（与赵德铭形成对照）也耐人寻味：“农会”对“行政”既爱又恨，对行政的摇摆始终保持尊重、克制态度，肯定“行政”的财务能力与他对乡村现实状况的熟悉，在新的生活构想里留有他的位置。天佑和王克俭的矛盾设计也意味深长：在变工中不爱惜富农的牲畜、以贫被富欺来回应富农，并在村民大会上借机发泄私愤——对这位年轻贫农的自私、偏狭，多数村民都不认同，作者也显然

[1] 柳青：《种谷记》，《柳青文集 1》，人民文学出版社，2002 年版，第 121 页。
[2] 柳青：《种谷记》，《柳青文集 1》，人民文学出版社，2002 年版，第 219 页。

持批评态度。借助这一人物，柳青对以从经济视角出发的阶级意识对乡村群体进行简单定性的做法提出疑问。[1]冯雪峰该对柳青这一观察持肯定态度。他曾在1946年批评“客观主义”（革命宿命论）认为“阶级意识或阶级根性决定人物的一切”的观点，体现出“对于小资知识分子和落后的农民”“悲观的态度”，怀疑“人民的力量”能否“在战斗中生长起来”。[2]

《种谷记》花费不少笔墨呈现农村干部在与乡村民众的互动过程中，如何摸索细致、实际、有效的工作方法及其具体的开展过程。如，王加扶在党支部会议、村民大会前如何做干部群众的思想工作，如何依次找人谈话动员。党员、劳动模范王存起的品质、现实理解力和工作能力也是作品的表现亮点。存起有一特别的政治身份——参议员，他领导的变工小组是依靠传统乡村关系组成的（近邻、一门中关系近的族人），条件不好，有因地少必须靠外出贩炭维持生活的贫农成员，还有两家有宿怨纠葛。柳青表现了这位劳模对乡村弱势、落后群体的责任感与他善良宽厚的品质，表现他如何尽力灵活、妥帖地组织、安置这些人，调适他们的关系，维系变工小组。

冯雪峰在评论中表扬的妇女主任郭香兰这位“新人”[3]，作品关于她的一处情节表现相当精彩：农会老婆对丈夫（王加扶）充满怨怒而不接受他的建议，郭香兰带着挂面作为“礼当”，以乡村的礼数和女人柔和的劝解方式达到了目的。由于村干部能够细腻体贴到对象心理，也出于

[1]王加扶、天佑父亲和村中多数人都认为天佑在村大会上攻击王克俭的行为是过分的。在决议撤换行政的大会上，柳青意味深长地让获得新生的贫农六老汉说：“要是从此进步起来……众人还举他（按：王克俭）当乡长”。（柳青：《种谷记》，《柳青文集1》，人民文学出版社，2002年版，第209、223页）

[2]冯雪峰：《论民主革命的文艺运动》，1946年，《雪峰文集2》，第143—144页。

[3]冯雪峰夸赞妇女主任郭香兰的刻画“用笔经济而能达到‘传神’的效果”，表现出“革命中产生的新人”。《〈种谷记〉座谈会》，1950年，孟广来、牛运清编：《中国当代文学研究资料 柳青专集》，第127页。

亲人被救治而产生的切身的信赖感，这位令农会束手无策的农妇终于开始了转变。柳青特意设置的赵德铭与王加扶的比照关系也别具深意。本地干部能够认识到社会、人的复杂性，尽力深切、体贴地把握乡村社会，从生活中看到农民能力、品质的宝贵面向，并摸索恰当的工作方法。知识分子需要破除自身的优越感，向农民干部、农民学习，在此过程中突破此前的现实理解，获得深入在地社会的能力。柳青借程区长说出这一关键理解："王家沟的群众条件很好……工作的好坏全看领导……必须学习他们看人、看事、看问题的立场，王加扶他们就是你的先生……"[1]

王克俭和王加扶这两个"人物及其家庭"的描写是"真实"的——从冯雪峰这一评语引申开来，可以看到作品更深的表现层面。革命影响深入到日常生活状态、家庭关系这直接关乎人的生存层面，是《种谷记》的一个独特视角。柳青致力表现社会变动、意识差距产生的家庭成员关系、情感、心理状态与生活气氛的变化，王克俭、王加扶及其家庭为贯穿的线索。[2]作品开场即从因为要和变工队竞赛而导致的行政家庭的日常紧张状态起笔。同时，富于新的革命意识、责任感与奉献精神的农村干部的家庭困扰是当时重要的现实问题。革命干部该怎样看待尚处于落后意识中的家人？农会因为老婆的不理解而产生很大的精神苦恼，对她的"落后"感到恼怒、痛苦、无奈，但又怜惜、感激她为生活与家庭付出的辛劳（农会为公事牺牲家事，她肩负比一般贫农妇女更多的生活重负）。这对夫妻间的情感关系体现着作者的态度。柳青还认识到农民的落后意识、"私"夹杂于要求平等、回报他人等可被转化的伦理、道德意识。农会老婆意识落后、迷信，不能理解农会的工作意义，但她

---

[1]柳青:《种谷记》,《柳青文集 1》，人民文学出版社，2002 年版，217—218 页。

[2]冯雪峰之外，多数讨论者感到前几章烦琐、沉闷、难读，是对作者这一视角与写作思路没有认识。

会因丈夫无法给互助组其他成员代工而感到歉疚（“互助也得互啊”）。不能理解超出自己认识范围的“公”的意义，却在身边具体的人际交往中恪守着人与人之间要相互帮助、互以对方为重的准则——这“私”里面是否也蕴含着通向扩大的社会视野，进而理解“公”的契机呢？对于人物意识层次如此细腻地揭示，显示了作家的理解视角与深度。

通过对乡村人群的意识状态、他们彼此间的相互认识和关系的体察，《种谷记》揭示出这样一幅图景：抗战阶段的乡村社会各群体间的关系不是不可以调试的，人的意识、情感在发生着变化，革命需要突破单一的阶级视角，在社会、历史、文化等立体纵深中认识村民的意识、情感、心理状态，探索更具包容力的社会、生活组织形式，以使乡村各群体在此过程中形成彼此更深的认识、尊重与心理、情感连带。而这是在抗战统一战线平台上社会各群体获得更深认同感、更为开阔的社会感，开始走向“人民”的情感—意识认同的关键历史过程。[1]冯雪峰的基本概括：真实表现了“共产党抗日根据地陕北的一个村庄的面貌”，他对作品人物的真实性及相互关系的肯定，认为作者“对新的和旧的社会（陕北农村）是都熟悉的”[2]，显示他看到柳青现实认识中可贵的部分。

在新中国成立初期公式化、概念化现象严重的创作语境中，冯雪峰

[1]中共在抗战期间能够获得“更稳固且相当具社会普遍性支持的社会基础”，与“把阶级不只从经济关系出发理解，而是还置入具体的历史—社会—文化—心理方面去把握的——认识积累、经验积累高度相关”。这些经验“对中国革命跃进至一个历史新局面极端重要”。经过在这些认识下所开展的种种实践环节，抗战的一个关键结果，是促成了“参与革命或与革命紧密相关的多样社会群体自身内部与彼此之间的新的情感—意识—心理感觉状态的生成，和与这一新的情感—意识—心理状态生成紧密相关的一种更为开阔和充分的中国感觉的生成”。贺照田：《启蒙与革命的双重变奏》，高士明、贺照田主编：《人间思想第四辑：亚洲思想运动报告》，人间出版社，2016年版，第181页。

[2]《〈种谷记〉座谈会》，1950年，孟广来、牛运清编：《中国当代文学研究资料 柳青专集》，第127页。

特别肯定了《种谷记》的价值，肯定文学需要呈现对现实复杂性、对具体社会历史状况的认识。同时，这部作品显然与冯的文艺要求存在不小的距离。文学不能停留在史料的层面、应该比现实更高，而《种谷记》没有达到他所期待的艺术性与思想性的高度。[1]他指出王克俭、王加扶等人物、事件都是真实的、都"富有典型性"，但却是"不曾被典型化过的"，典型化不能停留于对现实进行"平面的加工"，需要"深掘的、推广的、概括和透视的发展的加工"。[2]何谓"概括和透视"？1944年在抗战的艰苦形势中呼吁"紧抱""现实上的光明"时，冯指出："知识分子一般地都是更有思想能力的人，他们能够借对于历史的概括与透视而转移自己的地位加入民众的战线，深入的思想斗争也使他们接近与深入历史的真理。"[3]在冯的表述中，"概括和透视"意指知识分子要穿透现实表象而把握到历史的内在走向：由觉醒的人民所开创、主导。由此，我更为清晰地体会到冯所要求的现实的"深掘"有着强烈的指向性：须是朝向那"人民"成为主体的历史和朝向这历史的实现的"现实"。在具体的社会历史境况、条件的动态中把握社会现实，与朝向历史真实的透视而对现实的"深掘"、"概括"、拉动意识，这两个层面交

[1]冯称可以从《种谷记》中"得到一些我们研究和理解在革命中的农村关系和农民生活的可靠的这是的材料。这种材料，虽然我们可以在文学作品以外去更多地得到，但在现在，这在文学上是更可贵的。假如它能够取得文学的更久的生命而流传得更久，在将来也自然还有意义"。《〈种谷记〉座谈会》，1950年，孟广来、牛运清编：《中国当代文学研究资料 柳青专集》，第127页。

[2]《〈种谷记〉座谈会》，1950年，孟广来、牛运清编：《中国当代文学研究资料 柳青专集》，第126—128页。

[3]冯雪峰：《对光明的拥抱力》，1944年，《有进无退》，《雪峰文集3》，第205页。

叠于冯的典型化要求。[1]

在此意义上，冯雪峰爱护地说明“作者是一个革命的人，从事着实际工作，忠诚地为人民服务”，在“思想观点上”不可被归为自然主义、“客观现实的宿命论”，同时，我认为他实际看到作者的问题是在意识深处还没有真正确立起（出于对人民成为历史主宰的深沉信念而）面对现实时应有的战斗意识与精神强度。所谓“对于现实也好像处于被动的地位”，指作者在面对现实时，缺乏与之对抗、对之进行牵引、搅动的意识。所谓现实理解不够“透入和深广”，对事件的矛盾发展和对人物的思想意识的分析不够，手法有“近似自然主义的倾向”[2]——这些也不该仅仅被视为现实主义、典型化的规定要求，而是基于对现实感、历史意识的要求所萌生的创作理解。柳青在《种谷记》后决意脱胎换骨。从《种谷记》到《铜墙铁壁》，再到《创业史》，在柳青创作道路的转变与发展中，冯雪峰的意见该产生了深远的影响。[3]

---

[1]在这一理解架构中，冯雪峰还阐述了典型化所要求的“概括”与真实的关系：“‘典型化’决不会失去真实和精确。并且，概括也决不和详尽与生活上的细节相冲突”，“典型化是更大的真实”，而是“使内容和人物性格更丰厚、更深刻和更广阔”。(《〈种谷记〉座谈会》，1950年，孟广来、牛运清编:《中国当代文学研究资料 柳青专集》，第128页）在随后几年中，典型性与真实性的关系成为冯的阐释重点之一。

[2]冯雪峰认为“作者服从于事实的情景，就显然超过了他服从于主题应有的积极性的展开”；作品缺乏“足以引导和鼓舞我们的强大的力量”。《〈种谷记〉座谈会》，1950年，孟广来、牛运清编:《中国当代文学研究资料 柳青专集》，第129—130页。

[3]柳青在1951年检讨说，《种谷记》中的“歌颂、谴责和鞭挞，都是有限量的。……我所尊敬的一位同志曾经对我说：‘党和人民向你这个有了一些生活经验的共产党员作家要求的，比你在《种谷记》里所给的要更多。’这个批评使我读起那本小说就难过。在这一点上，我在新的小说《铜墙铁壁》里作了最大的努力……”柳青:《毛泽东思想教导着我——〈湖南农民运动考察报告〉给我的启示》（原载《人民日报》1951年9月10日），孟广来、牛运清编:《中国当代文学研究资料 柳青专集》，第18页。

五

在 1951 年的创作随感中，冯雪峰继续深化上述认识，指出典型化要求人物性格与“主题思想的具体社会性与历史性”间的依存关系，“主题思想和人物形象的……一致性”（即“人物发展的高度能动性”），指向“高度的思想性和真实性”。[1] 自《种谷记》开始，在新中国成立初期概念化创作方式日益严重的状况下，冯雪峰围绕如何认识现实、典型化、真实性等现实主义的关键议题（同时指向“人民”理解这一核心意识）展开了持续思考与论辩。这些思考体现在 1952 年对丁玲《太阳照在桑干河上》的评论，同年关于“社会主义现实主义”的长文[2]、1953 年《关于创作和批评》（手稿）及 1954 年《论〈保卫延安〉》等系列文章中。

《太阳照在桑干河上》1948 年初版，在冯雪峰之前已有评论。冯的评论包含了回应此前的作品理解、矫正其时文坛创作弊病与引导创作发展的意图（“在我们文学发展上的意义”）。参照陈涌作于 1950 年的评论，有助于更好理解冯评的视角与深意。陈对丁玲此作体现的现实主义精神予以肯定，称它“表现了农村各个阶级之间的错综复杂的社会联系”，具体表现出地主阶级内部的差别和矛盾、地主和农民关系的复杂性、革命干部队伍的状况，以及地主、富农家庭内部的矛盾与复杂性，突破了公式化的套路。不过，虽肯定作品整体的表现重心在“写农民反封建的斗争”，所表现的农村干部也基本上是“好干部”，还是难以掩饰作者认为农民的表现薄弱、地主阶级的表现更为精彩的整体观感。在人物刻画方面，陈肯定对程仁的心理斗争的表现真实、可信，但批评张裕

[1]冯雪峰:《创作随感》，1951 年 1 月，《雪峰文集 2》，第 401 页。

[2]指冯雪峰《中国文学从古典现实主义到社会主义现实主义的发展的一个轮廓》一文（1952 年）。

民这样的“新人物”“行动的积极性”不够，人物色彩也不够丰富、鲜明（他认为《暴风骤雨》中的赵玉林的形象表现较为鲜明）。陈称赞作者“深刻细致”的人物心理分析能力，肯定对阶级敌人（以地主钱文贵为代表）的描写突破了简单化的模式，体现了“严肃的现实主义”态度；认为李子俊女人的性格、心理刻画真实、深刻，“显示了作者……无可置疑的创作才能”。陈评还结合中共的土改政策与实践摸索过程，批评作品在对富农、中农问题的处理上缺乏对现实的批判态度，指出文艺作品“要想深刻地反映一个历史运动”，就应该“表现到我们运动中的错误和偏向”。[1]

冯雪峰认同陈涌对于作品现实主义品质的肯定（现实的复杂性、人物性格与心理过程的描写等），但无法同意陈评认为农民群体刻画单薄的评价。冯评的参照、论辩对象，还包括竹可羽作于1949年、但在当时未获公开发表的评论。竹评对农民干部、农民群众的表现基本予以否定，指责侯忠全外的农民形象刻画大多存在严重问题（体现了丁玲自己小资产阶级知识分子意识，而非农民阶级的意识），但对地主阶级的力量及内部复杂性的表现予以肯定。竹可羽认为作品的中心问题在于“只能从地主阶级相互关系中”，“不能从地主和农民的矛盾斗争关系中直

[1]陈涌：《丁玲的〈太阳照在桑干河上〉》（原载《人民文学》1950年9月1日第2卷第5期），袁良骏编《丁玲研究资料》，《中国现代文学史资料汇编（乙种）》，天津人民出版社，第303—321页。

接看到农民运动或农民的威势”。[1]陈涌与竹可羽的基本评判全然不同，但在有关农民群体的表现上，两人的认识存在不同程度的一致性。而这正是冯雪峰试图更深打开的核心问题。在评论中，他就如何表现“真实的人”，即如何在具体的社会、历史语境中认识社会、农民，如何理解现实主义的典型创作问题，如何认识农民的觉醒过程与历史意义等关键问题展开阐发。

在《文艺报》1952年的版本中，冯数次批评其时文艺界对典型问题的错误认识，肯定作者能够“时时注意自己人物的真实性，即现实性”。他还反复强调，作品“是以写农民为主的（村干部当然在内并为其代表者）”，表现了“农民如何克服自己思想的弱点而成长和发展起来，……在社会的深广的基础上写了农民因自觉而发展的力量”。如何写出真实的人，如何认识现实？冯的一句表述具关键意义：“在社会的，历史的深广基础上和生活的复杂关系中，去看阶级斗争及农民自身思想斗争的展开，于是农民群众的面目及其很实际的力量就亲切地展开在我

[1]竹可羽1956年的论稿认为“三个主要的村干部”（指张裕民、张正典、程仁），“一个动摇了，一个……叛变了，一个……忘本了”。在作于1957年9月的评论“附记”中，竹可羽称评论的“第一次稿”作于1949年10月间，但《人民文学》编辑部当时不同意他的看法、不予发表，在1950、1951年间也未获发表机会。“批评界如冯雪峰，曾经激烈地反对我的看法。”1956年7月，在陆定一发文《百花齐放 百家争鸣》后，他再次修改文章并获公开发表。[竹可羽:《论〈太阳照在桑干河上〉》（1949年初稿，1956年重写）（节录），袁良骏编:《丁玲研究资料》，第398页]从冯雪峰与《人民文学》编辑当时的反应，及竹可羽1956年版文章面貌推测，竹关于文章“整个论点，对小说人物的看法，都没有变动”的表述大体可信。因此，本文暂据他1957年的文本推测他1949年的观点。另一方面，从文章再次写作时（1956年）的文坛状况及丁玲、冯雪峰当时的政治处境看，竹可羽1956年的写作有可能具备更强的攻击意图，在观点表述上也可能比1949年更为激烈。

们面前了。”[1]在社会、历史的视角和语境中认识现实，需要突破单一的阶级视角与概念化的成见。在此，冯延续了他的一贯理解。

在人物表现上，冯雪峰肯定作者能够“从写真实的生活和社会的要求出发，对社会的内在的矛盾斗争的复杂关系进行具体的分析，同时也这样地分析人的思想与行动及相互关系”[2]。他肯定作品表现出“人们对于土地的依存性的深刻，……地主阶级从各方面对于农民的影响和束缚,……各阶级各阶层的人们相互关系的复杂性”[3]。他认同陈涌的判断，夸赞作者对地主钱文贵的表现“严守着严格的现实主义的态度”，体现出“对农村有深刻的观察与分析”。比陈更进一步，冯分析这位具备“政治意识和谋略才能”、只能算是“中等的恶霸地主”的“威势”不仅仅在于占有的土地和剥削，更在他在变化的政治局势中始终保持的“应变”能力及在农民心理上造成的“威势”。[4]冯称这一人物代表了“地主阶级几千年来的统治权力的缩影”，是农民个人顾虑、变天思想、革命宿命论的“现实根据”。对“白娘娘”的角色分析也相当深刻：这个人物同时联系着地主与农民，写她不仅为了表示这是“旧社会的一角”，

[1]这几句引文见冯雪峰《〈太阳照在桑干河上〉在我们文学发展上的意义》，1952年，载《文艺报》1952年第10期，第26、27页。1983年版《雪峰文集》所收录的，是作者为编《文集》“作过较大改动的修订稿”（《雪峰文集2》，第405页）。1983年版的改动以删除为主。删除部分关涉的两个问题为：典型性和真实性的关系；有关农民阶级与工人阶级、与共产党领导的内在历史联系。改动部分是结尾关于社会主义现实主义起源的表述。比照后来的修改版，评论初版“多出”的两个部分，更能体现作者当年的用意与苦心。（2016年版《冯雪峰全集 五》收录的是1952年《文艺报》的版本。）

[2]冯雪峰:《〈太阳照在桑干河上〉在我们文学发展上的意义》，1952年，载《文艺报》1952年第10期，第29页。

[3]冯雪峰:《〈太阳照在桑干河上〉在我们文学发展上的意义》，1952年，载《文艺报》1952年第10期，第26页。

[4]钱文贵在不同时期变动的政治局势中能够采取有效的应变措施，在抗战前、抗战中和中共土改初期相对稳固地保存了自己在村庄的权势与地位。

也“为了写斗争，为了写农民群众”，她在作品中是“有机的存在”。[1]

冯评价的关键，还在点明“要斗倒地主阶级真不是一件简单的事情”，不能由人代替，首先“要农民亲自动手”，并且农民“必须在自己脑子里进行阶级斗争……才算真的觉悟了”。他肯定“作者把农民这个思想斗争的胜利，看得和对地主斗争的胜利同样重要”，作品表现出“农民如何克服自己思想的弱点而成长和发展起来”而获得自觉的力量。[2]

土改过程中干部、群众心理意识的细腻起伏、变动与思想斗争过程，是《太阳照在桑干河上》特别着力的层面。作品以较大篇幅表现土改风暴来临时农民混杂着观望、期待、恐惧、担忧、欲望、斗争的心理意识，不是以预先设定的概念化视角，而是力图细腻、真实地表现处于不自觉的萌芽状态、需要适时引导的群众心理、意识状态及随着斗争发展而变化的过程。冯着重揭示的钱文贵对农民心理造成的“威势”，以及农民和钱文贵在最后的“面对面的斗争”前长期的心理较量过程，是展现农民思想斗争的重要线索。再如，农民听到二次土改消息后产生的心理变化，以及村干部对于革命不真正理解时，想要斗争又缺乏动力的自我打算心理，通过妇联主任董桂花细腻地表现出来。作品对刘满和张正典吵架后群众的心理、反映状态的表现也相当精彩：不同于土改初期的观望态度，农民开始认识到斗争的关键在钱文贵，因而紧张地等待、观察村干部如何处理与村庄权势的关系（这是土改斗争进一步展开的关键前提）。冯还敏锐地看到土改工作组属于作品的次要线索，作者意在借之“展开农民群众斗争的步骤”，以工作组成员的意见分歧来“烘托

[1]冯雪峰：《〈太阳照在桑干河上〉在我们文学发展上的意义》，1952年，载《文艺报》1952年第10期，第25—26页。

[2]冯雪峰：《〈太阳照在桑干河上〉在我们文学发展上的意义》，1952年，载《文艺报》1952年第10期，第26页。

农民群众的思想与情绪以及斗争的困难与阻碍的症结之所在”。[1]

冯对“张裕民、程仁、赵德禄、张正国、李昌”等人物表现的肯定值得特别分析。[2] 我认为农民干部对乡村斗争形势与群众状态的把握，他们在复杂多变的形势中不断自我省思、纠错的状态，是丁玲努力把握的核心主题（如作品几次描写张裕民认识群众状态的困难性、他的观察与困惑；如赵德禄对江世荣、程仁对钱文贵的认识变化过程）。作者力求展现对干部状况的种种观察：既包含对本地成长起来的干部品质和现实理解力的肯定（如张裕民、张正国）、对他们意识斗争和成长过程的表现（如程仁、赵德禄），也有对其农民意识与思想问题的揭示（如村干部在分土地过程中的表现，如张正典、老董的思想意识）。张裕民这一形象有着与王加扶相近的品质，他的“保守”来自他深谙乡村内部的复杂性：干部和村里权势的关系及所引发的内部矛盾、干部与村民的纠葛、干部（如赵德禄、周月英等人）面临的生活困难对于他们行为、心理的影响。张裕民与文采的形象对照，也令人联想到《种谷记》中“农会”王加扶与小学教员赵德铭的角色设计。

陈涌看到作品表现了村干部的“不纯”与腐化，却没有认识到农民干部、群众的问题状态，正是他们必须经过思想斗争来克服的，也是人物的成长所必需的；他也没有认识到其中包含着作者对农民干部能力、品质的肯定，对他们在社会变革中将不断变化、成长状态的深切体会。在 1954 年谈创作经验时，丁玲强调，要想真正了解、把握对象是极其艰苦的工作，作家需要长期追随他心中的人物，不断“体会人家的变化、变化的艰难”。她也认识到艺术的“提高”要求：想要表现人物

[1] 冯雪峰：《〈太阳照在桑干河上〉在我们文学发展上的意义》，1952 年，载《文艺报》1952 年第 10 期，第 26 页。

[2] 冯肯定主要农民角色的性格刻画“真实”而“有各自的特色”，没有展开更为具体的分析。冯雪峰：《〈太阳照在桑干河上〉在我们文学发展上的意义》，1952 年，载《文艺报》1952 年第 10 期，第 26 页。

"有一种坚强的战斗力，一种生活力，……（不能主观臆造）必定要熟悉比他更高的人，特别是要熟悉人如何在生活中，在复杂变化的生活中受锻炼受影响而提高他的品质"[1]。《太阳照在桑干河上》反映出作者想要运用现实主义方法把握现实的极大努力。冯雪峰也特别肯定丁玲此方面的进展，评价作品能够"从社会和生活的基础上，从斗争的发展上，去写人"[2]。

"从写真实的生活和社会出发"来写人，也该包含着对"人民的新的生活意识"的表现层面。他在 1947 年称赞丁玲真正走进并拥有了"这个（新的）世界及其意识和心灵"，"完满的表现"了"过渡期中的一个意识世界""人民的新的生活意识"。[3]"生活意识"是丁玲捕捉人物、社会的有力视角。《太阳照在桑干河上》体现了这样的层面。（冯所盛赞的）"果树园闹腾起来了"一章洋溢着作者伸进农民新的意识、精神世界的饱满感受[4]；对没有土地的羊倌内心的孤苦，羊倌老婆周月英因得不到正常的家庭关爱而产生的扭曲与刻薄及分得土改果实后的精神变化的表现富于精神深度；通过对钱文贵、顾涌、赵德禄等的"家"的描写，作者带领读者深进农民的日常生活样貌与家庭气氛中体察人物的精神、心理。

[1]丁玲:《生活、思想、人物——在电影剧作讲习会上的讲话》，1954 年，袁良骏编:《丁玲研究资料》，第 154、147 页。

[2]因而"作者已经基本走上现实主义的道路了"。冯雪峰:《〈太阳照在桑干河上〉在我们文学发展上的意义》，1952 年，载《文艺报》1952 年第 10 期，第 27 页。

[3]这是冯雪峰对丁玲思想转变的肯定和对于她的短篇《夜》的评价（冯雪峰:《〈丁玲文集〉后记》，1947 年，《雪峰文集 2》，第 211、212 页）。在 1949 年对《高干大》的评论中，冯雪峰指出"作者还没有把人民的生活和意识的历史、对新的生活的渴望和理想，当作主题的必要的背景和作品的生力的重要来源加以充分的掘发和反映"，认为没有表现出这一层面，是《高干大》"生活力""艺术力量"不足的重要原因。冯雪峰:《欧阳山的〈高干大〉》，1949 年，《雪峰文集 2》，第 384 页。

[4]这夸赞也显示了对丁玲能够经受革命与自我改造，在对中国社会现实、农民的认识上实现突破、获得自我成长的肯定与更深的期待。

力求突破概念化的理解，具体、真实地展现村庄复杂的社会关系与农民细腻的心理意识状态，是《太阳照在桑干河上》与《种谷记》的共同特点。但丁玲的现实感、她对于现实的认识更具斗争意识与动态感，她笔下的农民处于更为浓烈的意识、心理斗争状态与精神状态。冯雪峰评价《太阳照在桑干河上》是一部“带来了一定高度的真实性的、史诗似的作品”“已经现实主义地写出了真实的人”。但他也指出，作品还没有创造出“非常成功的典型人物”，他期待“更综合的，更高瞻远瞩的反映它（按：土改斗争）的全部的纵横关系和它的全貌的作品的出现”[1]，期待文学走向更高的发展。

借助评论，冯还对公式化、概念化状况提出了态度激烈的批评。接续《种谷记》中的阐述，冯指出现实主义的典型性要以真实性为基础，不能把典型视为“文学的目的”而“脱离社会目的也脱离实际生活地谈典型”，[2]呼吁突破概念化的认识与创作方法，“在社会的，历史的深广基础上和生活的复杂关系中”认识现实。在稍后有关社会主义现实主义的长文中，冯对典型问题进行了进一步阐发：“……要通过实践（即典型创造）来实现全部的认识。……典型化决不是从表现阶段才开始的，而是从认识（生活的体验、观察、研究）、从创作行动的最初阶段即开始的。典型化是从最初阶段连贯到最终阶段的，正如认识也是从始到终的一样。”[3]在此，他透过典型问题所讨论的，还是如何认识现实这一文艺的根本目标。

我认为这篇评论分量最重的部分，还在有关如何理解农民阶级革命

[1]冯雪峰：《〈太阳照在桑干河上〉在我们文学发展上的意义》，1952年，载《文艺报》1952年第10期，第28页。

[2]冯雪峰：《〈太阳照在桑干河上〉在我们文学发展上的意义》，1952年，载《文艺报》1952年第10期，第27页。这句引文被1983年版《雪峰文集》删除。

[3]冯雪峰：《从古典现实主义到社会主义现实主义的一个发展轮廓》，1952年，《雪峰文集2》，第466页。

性的阐述：

（农民不是）纯粹的被解放者……农民阶级是革命的，斗争的阶级，无产阶级——共产党的领导就是农民阶级在这时代所以起来斗争的一个历史条件，所以（两者）……是有内在的历史联系的。这样，要认识共产党的领导的必要性，就必须认识工农两阶级相互间的这种内在的历史联系……不可以认识为两种相互没有内在的历史联系的外在力量的加入。

1952年的《文艺报》还刊载了接下来的话：

于是，有的人离开阶级去看个别农民，这是缺少阶级观点；有的人不从历史的发展及相互关系上去看革命及工农的关系，这是缺少历史观点，因此都可以发生错误……但实际上是：工人阶级是把农民的革命力量算在自己的革命力量之内的，农民也把共产党的领导当作自己的力量的；共产党解放了农民，同时又是农民解放了自己。[1]

"农民阶级是革命的、斗争的阶级，无产阶级——共产党的领导就是农民阶级在这时代所以起来斗争的一个历史条件"——这是冯雪峰最为郑重的历史判断。若能结合新中国成立及1952年的历史背景展开解读，这一段落（特别后来删除的部分）对于农民阶级与共产党、与工人阶级关系的反复强调，可以被释放出非常丰富的信息。在新中国的政权表述中，工农联盟是基础，工人阶级居领导地位，比农民占优。但在中

[1]冯雪峰：《〈太阳照在桑干河上〉在我们文学发展上的意义》，1952年，载《文艺报》1952年第10期，第28页。

国社会现实、中国革命的历史经验里（“从历史的发展及相互关系上去看革命及工农的关系”），占社会最大力量、革命根基最深的群体是农民，革命能够取得胜利，也特别依靠它所成功调动出来的农民群体的巨大力量。冯雪峰在此强调的“历史观点”“工人阶级是把农民的革命力量算在自己的革命力量之内的，农民也把共产党的领导当作自己的力量的”，是中国革命历史进程的真实经验，也是对抗战阶段开始的“人民”生成的历史过程的认识。[1]在新中国社会主义道路的构想与实践中，农民究竟该占据怎样的位置，该如何在历史—社会脉络中理解这一群体的特性、能量和历史可能？这是冯雪峰所持续思考的问题。在最后的总结中，他将表述由“农民”变为“人民”。[2]这样的处理是意味深长的。

六

《论〈保卫延安〉》接续着上述思考。通过介入创作与在评论中进行思想提升，冯雪峰试图对作品发挥更深层次的影响与引导作用。《保卫延安》重点刻画了四类群体：“现代新型的革命家”（农民出身的彭德怀）、农民出身的人民战士（周大勇等），由知识分子转变而来的政治工作者（李诚、方毅等）及根据地英勇的老百姓。其中，觉醒的农民和转变后的知识分子是表现的重点。相较《种谷记》与《太阳照在桑干河上》，《保卫延安》对主题所依托的社会历史图景与社会纵深的把握，对人物思想转变与成长过程的表现，都显示出单薄与欠缺，缺乏前两作的表现深度与厚度，但它更为饱满、有力地表现出革命知识分子与农民在

[1]作品“从对于人民的生活与斗争的深入的观察、体验与研究出发……”冯雪峰：《〈太阳照在桑干河上〉在我们文学发展上的意义》，1952年，载《文艺报》1952年第10期，第29页。
[2]冯雪峰：《〈太阳照在桑干河上〉在我们文学发展上的意义》，1952年，载《文艺报》1952年第10期，第29页。

革命中开展出的新的精神品质与状态。冯雪峰该从中看到（并参与表现了）那凝聚为“人民”的巨大力量。这构成《保卫延安》相当特别的价值。

冯雪峰评论的核心意识，首先还在如何理解中国人的精神根基。他强调，战斗英雄的精神品质“是普通人所不可企及然而却是普通人在革命斗争中所表现出来的，因而它也最能感动人和鼓舞人”。他将彭德怀这样的高级将领产生的历史根基，表述为“把中国劳动人民的优良精神和共产主义的党性结合起来的一个模范的人民英雄”；周大勇、王老虎等战斗英雄，则“体现着一个普通人怎样成为一个不能摧毁的坚强的革命战士的成长”；他相信“老炊事员孙全厚和周大勇连的许多老战士……李明山和宁二子，甚至连宁金山，也正在逐步被教育和锤炼成为这样的战士。”[1] 在冯的阐发中，从人民军队的高级将领、战斗英雄到普通的战士生长自共同的社会根基：中国社会底层劳动人民及他们所携带的精神品质。

评论强调，彭德怀为代表的“新型的革命家”具有“劳动人民的朴厚，博大，真诚和正直，天然地甘于清苦的物质生活和‘人饥己饥’的精神……”在和人民的关系上，他是“伟大的人民勤务员”，“象扫帚一样供人民使用”；对于普通战士、同志，他是严父、慈母、严师、“最可靠、最可信的赤诚朋友”。他还特别指出，这些精神品质对“党员的修养”和“部队的优良精神传统的培养”发挥着巨大影响。[2] 他还指出对彭德怀这一人物“人民性”的表现不够充分。有关核心人物周大勇，冯指出他“成长的具体历史，反映着人民革命的一长段艰苦斗争的历史”，这样的战斗英雄最突出的品质是在于“最深刻和最密切地联系着人民的苦难与希望”，对人民的内在的“信仰力”。革命的根基与动力，来源于

[1]此段引文见冯雪峰：《论〈保卫延安〉》，1954年，《雪峰文集2》，第279、266、272、273页。
[2]此段引文见冯雪峰：《论〈保卫延安〉》，1954年，《雪峰文集2》，第265、266页。

对“人民的苦难与希望”的深刻联系与背负，这其中的更深意涵是，革命、革命知识分子特别需要建立对于底层人民的信念，深切认识他们的情感、意识、心理与生活要求。共产革命所以能够真正扎根社会以实现革命目标，是以成功召唤出不同社会群体更高的品质、精神能量为基础的。

“人民不能是一个概念的名词，……人民怎样地战胜敌人，怎样才能战胜敌人呢？这才是最要紧的问题。”[1]冯称赞《保卫延安》的意义之一，在相对成功地表现出农民战士的性格、品质在不断克服困难的过程中获得锻造与提高。战斗英雄“不是仅仅立了一两次功的英雄”，而是“千锤百炼出来的英雄”，是经过不断的自我斗争才能成长起来的。[2]他也因而肯定小说第五章有助于“真实地表现……这次战争的精神”，使人物性格“确实能够最充分地展开了”。他指导作者强化对人物典型性格的塑造，对人物在斗争过程开展出的精神状态予以更为饱满、提高的表现。《保安延安》第七稿修改稿增加的有关周大勇在严酷而连续的战斗考验中的神勇与意志力量的生动描绘，显示了这一指导意图。[3]冯雪峰在评论中将人物的典型性即他们的精神品质与生命状态推进到更深、

---

[1]冯雪峰:《论民主革命的文艺运动》，1946年，《雪峰文集2》，第142、143页。

[2]冯雪峰:《论〈保卫延安〉》，1954年，《雪峰文集2》，第273页。

[3]《保卫延安》“第七稿修改稿”指1953年12月至1954年春，作者在小说第七稿（打印稿）基础上的修改手迹。此后，杜鹏程又在三次编辑校样中继续修改。这是在1954年夏小说正式出版前，冯雪峰与杜鹏程就写作展开集中交流、指导的时段。整体而言，冯雪峰指导下的小说第七稿修改稿的改动幅度不大，但相当关键追踪冯的指导与影响，需要同时分析改动部分和被认同、保留、加强的部分。此外，因为作者后来继续改动了三次校样，第七稿修改稿不能显示冯完整的指导印迹。在此，特别感谢姚丹老师在资料方面的帮助。

这里所指增加的内容在作品第五章:“战争中，这种自己的意志力量使人干出了连自己都惊讶的奇迹。有一次战斗中，周大勇从四丈多高的城墙上跳下去，接着又蹦过一条小河，随即又一口气用枪托撂倒了两个敌人。战斗打罢，他望望城墙跟小河，独自失笑了:‘出奇！打仗的时候，人从哪里来了那么股子劲头呢？’”杜鹏程:《保卫延安》第七稿修改稿，（五）第33页；杜鹏程:《保卫延安》，《杜鹏程文集 卷一》，陕西人民出版社，1993年版，第340页。

更为饱满的程度。对周大勇的状态描绘："时刻能够接受人民的教育，党的教育，部队的教育，时刻在提高自己，时刻在成长中"[1]，显然具有升华意义与更高的典型性。

《保卫延安》的农民战士的表现呈现出不同的层次。不同于周大勇，王老虎这一角色携带着鲜明的农民性格与习惯，被冯称为"不曾加过怎样夸大的写真"。在作品里，这位乡村"手艺精巧的泥水匠"有着"有趣的形样"，不善言谈，平日慢性子、"稳稳当当"，却含着坚毅的信念，在关键时刻爆发出超凡神勇。作品相当精彩地表现了这位老战士对战友的体贴、对困苦的超然态度与乐观开阔的精神境界[2]，这位农民战士经由革命锻造，获得更为扩大的现实视野与责任意识。冯雪峰评价这位农民战斗英雄的"性格中有最可贵的纯朴和坚毅的精神；他还在成长着，还要更坚强起来"。[3]第七稿修改稿特别增加了王老虎"最能理解别人心情"，"有力地吸引人"，为普通战士深深信任的品质描绘，表现出这位农民战斗英雄在部队基层组织生活中的亲和力与感召作用[4]，以及这些品质对新战士的思想转变所发挥的关键作用。

评论中一笔点到的宁金山实为作者精心刻画的人物，关于他的改动属于冯雪峰指导下第七稿修改稿中最为精彩的部分。这一人物体现了携带浓重落后意识的农民走向觉醒与转变的可能。惧怕战争、胆怯、贪生、缺乏反抗意识、数次逃跑，这样的农民士兵在解放战争期间相当普

[1]冯雪峰:《论〈保卫延安〉》，1954年，《雪峰文集2》，第273页。

[2]王老虎："老觉乎心眼里挺痛快，是嘛？好战士他总是痛快乐和的。"宁金山觉得"实在说，就是天边上发生了什么事情，也就像他家里发生了什么事情一样，他统关心……"杜鹏程:《保卫延安》，《杜鹏程文集 卷一》，第232、233页。

[3]冯雪峰:《论〈保卫延安〉》，1954年，《雪峰文集2》，第275页。

[4]增加的部分描述为："……他身上有一种高尚的品质，很有力地吸引人，不论谁看见他，就跟他亲近了。"杜鹏程:《保卫延安》第七稿修改稿，（二）第13页；杜鹏程:《保卫延安》，《杜鹏程文集 卷一》，第72—73页。原稿中王老虎反驳李江国说他是"农民意识"的情节也被保留下来。

遍。在对抗激烈、条件艰苦的运动战中，我军新兵的重要来源是国民党军队的“解放战士”，这些背井离乡的农民渴望返回家乡，有些又为国民党部队的腐坏风气所熏染，不易在短期内形成革命自觉和集体认同；加之缺乏必要的战斗技术训练，又须面对极高的战斗要求和艰苦的作战条件，这些都导致“解放战士”的逃跑现象严重。小说描写宁金山几次从国民党军队逃跑，来到革命队伍再次逃跑，最终为战友间的关爱、无私、勇敢无畏的精神所感召，在战斗的磨炼中由羞愧走向自觉、坚强的过程。第七稿修改稿保留了宁逃跑归队后，连队干部“认为没有什么政治问题”的关键情节，同时将宁家兄弟相认的情节放置到后面全连战士集体诉说身世的场景，获得动人的情感效果和深刻的教育作用。宁金山转变后的思想描写令人感动：“‘就算党员们同意我入党……’……‘我自己不答应我自己入党。看看，咱们连队上的共产党员都是些什么人啊！……可是我的思想不够做个党员，我就不入党，哪怕我心里很难过！’他擤鼻子。”[1]相较《种谷记》《太阳照在桑干河上》《铜墙铁壁》《平原烈火》等作中的农民形象，宁金山的落后意识相当强，而即便这样的农民也可以“逐步被教育和锤炼成为”周大勇般的战斗英雄，这样的判断是意味深长的。

如何认识农民的落后性与“自私”意识，是冯雪峰在1933年到江西苏区后持续思考的核心问题。[2]1954年上半年，几乎在与杜鹏程密集交流的同一时期，他撰写了关于《水浒传》的长文，结合具体的社会历史状况，就封建社会农民阶级的社会属性、精神品质、性格、行为特

[1]杜鹏程：《保卫延安》，《杜鹏程文集 卷一》，第141、311页。

[2]据骆宾基的记述，冯雪峰的长征题材作品《卢代之死》重点刻画的一类战士即苏区在地农民，冯谈及他们对于土地和故乡的留恋态度和对长征的顾虑心理。这表明他在江西苏区即已经开始对农民展开观察、思考。《卢代之死》的构思及冯雪峰其时的写作、生命状态，参骆宾基《初访“神坛”（第一夜）——回忆乡居的冯雪峰同志》（一）、（二）（《新文学史料》，1983年第2、3期）。

征及历史上农民斗争的意义、局限展开剖析。其中，有关农民意识的分析相当深刻。冯指出，农民“不可能不自私”，因为在封建社会，农民“是创造了一切和负担了一切的一个阶级，换言之，这个阶级是拿出了或被拿出了一切的”；但这自私“总是极有限的”，因为“作为生产者的阶级特性”，农民的主要精神是无私的（他们“也不能不无私”）。同时，这“无私”伴随着“也就要公平，在觉得不公平的时候也就要反抗”的内在要求。[1] 他夸赞农民群体有着“旷野一般的博大，大地一般的仁厚”。农民的自私之后更为深层的精神品质是无私，这无私又要求着公平，不公平就要反抗——这是相当深刻的认识。在中国革命开展农村社会运动的各个阶段，如何认识、如何在具体的社会条件中妥帖安置、引导农民的意识特性，以使他们在更能配合变革要求的同时，在生活和精神层面获得更好的展开、发舒，是非常关键的问题。这里的思考让人想到冯对《太阳照在桑干河上》的评论中有关农民阶级革命作用的论述。考虑到 1954 年国家已确立第一个五年计划与工业化的发展目标，这些政策导向及相应的实践举措对农民、农村发展的影响，新中国成立后农村在社会发展结构中的弱势位置等种种状况，冯的思考具有超出文艺范围的意义。

与农民的觉醒相呼应，知识分子如何在革命中转变为“新的人”、成为可肩负起社会改造重任的核心力量，这不仅是中国革命历史实践的重要内容，也关乎冯所全力倾注的中国现代知识分子改造的时代课题。《保卫延安》的重要贡献，还在于具相当高度地表现出转变后的革命知识分子所发挥的核心政治作用，他们的工作状态与生命状态。冯雪峰评价说，对李诚这一角色的刻画“在艺术上真正体现出了……一个革命英雄主义者的性格，一个党的政治工作者的性格，……这是这部作品的一

[1]冯雪峰:《回答关于〈水浒〉的几个问题》（1954 年 2 月 15 日至 6 月 15 日期间分五次刊载于《文艺报》),《雪峰文集 2》，第 635、636 页。

个重要成就"[1]。冯对李诚的精神、性格也进行了提炼与升华，赋予这一人物以重要的历史意义。他指出，李诚为代表的政治工作者既是战士们的"首长、教师"，又是他们"亲密的同志、朋友、保姆和勤务员"，具备着"不知辛苦、不知疲倦的……非凡的工作精神"："一个人能够注意和知道那么多的事情，战士们随时发生的任何一个小问题，一件小事情，任何一个战士的情绪的变化，他都注意到……"[2]冯还强调这一人物具有"新的革命者的性格"，能够"以坚决的态度去克服自己和别人的缺点和弱点"，他的严厉显示着"革命者的热情和爱"。[3]

对李诚的"严厉"的重点阐发，体现着冯所要求的革命知识分子自我改造的自觉意志。作品中，李诚是"一二·九运动"的学生精英。在现实中，这批学运精英经过深入社会基层（大多去革命根据地从事地方工作）的锻炼而逐步成长为革命骨干。从李诚身上可以看到冯所指认的知识分子的历史道路：与人民结合才能获得坚实的现实根基与力量。小说没有对李诚这一人物的成长过程予以表现。但革命知识分子是如何实现自身转变的？这是李诚这一人物形象隐含的重要问题。有关于此，贺照田《启蒙与革命的双重变奏》一文有着精彩的阐发：在革命实践中，知识分子与民众之间不是单向的，而是"非常双向辩证的启蒙关系"，知识分子"需要有意识地把自己作为一个被教育者、被启蒙者"，"通过……坚信对象当中存在对当下和此后中国历史、对自己的成长都有根本性意义的品质与能量"，通过"现代知识分子对中国社会、这社会众多个体生命经验的投入"，革命知识分子得以"不断调校扩展充实自己的中国、中国社会、中国人理解；并以这些理解进展为前提，而不断调

[1]冯雪峰：《论〈保卫延安〉》，1954年，《雪峰文集2》，第278页。

[2]冯雪峰：《论〈保卫延安〉》，1954年，《雪峰文集2》，第277页。

[3]冯描述说，李诚严厉到"简直不让同志们对工作能有稍稍马虎一下或偷懒一会儿的可能"。冯雪峰：《论〈保卫延安〉》，1954年，《雪峰文集2》，第278页。

校、修正、充实自己的现实感和实践设计”，并在此实践过程中“获致一种踏实感、意义感”。[1]

第七稿修改稿增加的一段描写：“李诚一动也不动地靠着树干听着、思量着。这些普通的话，让他感情涌动，让他脑子翻腾起了很多想法。（像他在战斗生活中，千百次体验过的情形一样：从战士们说的话中，有很多高贵的思想，这些思想是闪闪发光的，具体的，仿佛伸手就可以摸到似的）”[2]；以及李诚对部下的要求：“严格地说，如果你在一天的生活中，没有任何新的感觉，那么你这一天便算过得糊涂；如果你根本感觉不到那不断涌现的推动自己向上的思想，或者说失掉了对新鲜事物敏锐的感觉，那你的脑筋就快要干枯啦！”[3]——都让我们看到革命知识分子从农民战士中获得的教育，他们经由革命锻造而获得的不断生长、充实而饱满的主体状态。冯雪峰的评语：从这一人物身上可以看到“从红军时代起在长期中所创造出来和积累起来的部队中政治工作的传统和一些模范的图型”，点明革命军队与新人的打造基于中国共产党在直接面对中国社会时长期摸索的实践经验积累。[4]对李诚的精神特质与工作状态的描述，显示革命知识分子在实践中需要练就准确回应复杂多变的现实状况的能力，能够细微体察对象（老百姓、部队官兵）的意识、经验、心理状况，在思想引导、组织方法、部队生活建设等多方面不断探索具现实效力的方法。

《保卫延安》的光彩，还在人物在不断的斗争、挫折中获得的精神强度与饱满度。这是《种谷记》《太阳照在桑干河上》都未曾达到的。

[1]贺照田：《启蒙与革命的双重变奏》，高士明、贺照田主编：《人间思想第四辑：亚洲思想运动报告》，人间出版社，2016年版，第178、188页。

[2]引文中的（ ）部分为《保卫延安》第七稿修改稿（三）第16页增加的部分（见杜鹏程：《保卫延安》，《杜鹏程文集1》，第156页）。

[3]杜鹏程：《保卫延安》，《杜鹏程文集 卷一》，第155页。

[4]冯雪峰：《论〈保卫延安〉》，1954年，《雪峰文集2》，第276页。

冯雪峰更在评论中“提高”了人物的精神充实与生长的状态。这永不停息地汲取、斗争、自我克服与成长的热情、意志与心灵状态，也体现着他对于革命知识分子的期许。相信他是在此意义上强调李诚的人物表现是“最真实的”[1]。1940年，在《论典型的创造》中，冯雪峰充满激情地写道：创作是“一种战斗的过程，艺术家和他的人物搏斗，他的人物和艺术家搏斗，在这种博斗中艺术家又将他的人物被送回实生活或历史中去和他们自己的运命搏斗，而且艺术家也跟着一同去搏斗”。如此，“典型才能获得它的生命，扩大它的生命和展开它的特征，正和一个社会上的人在他和社会的矛盾的奋斗中才露出了他的生气，展开了他的性格一样”。[2]洋溢着勃勃生机与身体感的表达，映射出《卢代之死》创作者的生命状态与创造体验。《论〈保卫延安〉》也透射出评论者精神的开阔与明亮感。

冯关于革命对开创新生活的责任在思想层面进行了深刻的升华：“我们的军队……是一支政治力量、思想力量和新道德的伟大力量”[3]；部队的政治工作“是使战士们的思想感情和整个灵魂活跃起来、发展起来、提高起来、相互团结起来和相互友爱的力量；……是部队的深刻、活泼、愉快的生活的组织者，是战士们的自觉和一切生活的意义、一切力量的启发者”[4]。而这新的生活、精神、组织状态与社会关系，是革命知识分子与战士、民众结合所共同焕发出来的新的面貌：以抗战阶段各社会群体相互的“情感—意识—心理感觉的生成为前提，中国革命所扫到召唤到的各社会阶级……不再是过去意义上自己所在阶级的一份子，

[1]冯雪峰：《论〈保卫延安〉》，1954年，《雪峰文集2》，第277页。

[2]冯雪峰：《论典型的创造》，1940年，《雪峰文集2》，第42—43、45页。

[3]“新道德的伟大力量”为第七稿修改稿所添加。杜鹏程《保卫延安》第七稿修改稿，（四）第13页；杜鹏程：《保卫延安》，《杜鹏程文集 卷一》，第227页。

[4]冯雪峰：《论〈保卫延安〉》，1954年，《雪峰文集2》，第275—276页。

而还是彼此同中有异，但异中又有很强认同和连带的‘人民’”[1]。在这新的情感、精神、意识连带中，革命知识分子和农民获得重塑与新生。这对于新生的“人民”的信念、认同与期待，深植于20世纪50年代的新中国：

> （战士们）都是些普通的人，……在他们那朴实的外表下面隐藏着多么深刻的思想和感情！……那一个个平凡的脸膛，也都是一部人民斗争的活历史。中国革命最伟大的成就，不就是培养出了这些人么？[2]

正是在这样的历史图景中，冯雪峰赞颂《保卫延安》的每一个战士都是革命战争“伟大精神的突出的体现者、胜利的突出的创造者、战争的最强的脉搏”。把握到这样的历史与人民面貌的文学，才具备“现实主义的精神和史诗的精神”，才可能踏上通向“史诗”的道路。[3]

写作到了暂告一段落的时刻，我不禁想，在今天，冯雪峰这样一个人对于我们意味着什么？他如果活在今天，会以怎样的态度面对我们所在的现实？他所执念的“历史”、那历史中的“人民”，在今天、在以后，该被我们如何认识？他的召唤：知识分子要以最大的热情、意志来认识社会，经由自我改造完成与人民的结合——这于他关乎性命的时代

---

[1]“……1949年前后，乃至整个50年代，不是‘阶级’（哪怕是当时被认为最高的工人阶级），而是‘人民’的使用，更能表达人们这一时期的时代感受，更能唤起一种与踏实感、温暖感、认同感、责任感和国家民族自豪感相伴随的对现实的热情，对未来的憧憬。”贺照田：《启蒙与革命的双重变奏》，高士明、贺照田主编：《人间思想第四辑：亚洲思想运动报告》，人间出版社，2016年版，第184页。

[2]杜鹏程：《保卫延安》，《杜鹏程文集 卷一》，陕西人民出版社，1993年版，第398页。

[3]冯雪峰：《论〈保卫延安〉》，《雪峰文集2》，第264页。

课题，在后来的历史演变中遭遇怎样的处境？他所那样痛感的知识者的“空虚”，已经从我们身边走开了么？如何理解20世纪80年代至今知识者与社会民众的关系、知识者的自我认知与精神状态，与他当年全力搏杀的状况间存在的历史的近似与关联？

我们该如何寻找知识工作的目的与意义？我们的认识如何能与我们的历史、现实、这现实中的人们和我们自己发生真实的关系？要经过怎样的道路，才能更深抵达中国社会、抵达我们自己？今天，当我们渴求生命的打开与扩大时，与这样一个人的相遇将令我们获得意外但却温暖的护持与力量……期待自己能携带着他那过了大半个世纪仍难以被稀释的刻骨的痛感，和那痛感背后殷切的寄望，开启未来的认识之路。

延安文艺之赵树理

——从《有个人》到《李家庄的变迁》：赵树理创作主题的形成

◎萨支山

20世纪50年代初期的两套丛书，“中国人民文艺丛书”和“新文学选集”，前者主要选自解放区的文艺创作，后者主要选自“五四”新文学的创作。某种程度上，这两套丛书的编选呈现了当时中国共产党所领导的文艺界对“五四”新文化运动以来的文学历史的整体判断。丁玲、艾青、赵树理分别同时入选这两套丛书，丁玲和艾青30年代就已成名，在解放区也有有影响的创作，故入选理所当然；而赵树理的主要创作都是在1942年之后，他入选“新文学选集”的原因颇堪玩味。[1]考虑到赵树理是当时最热门的代表着人民文艺的作家，入选“新文学选集”或许有拉抬“新文学”正面效应。周扬曾说过赵树理是“成名之前已经相当成熟的作家”[2]，而在解放区，赵又被称为“方向”，故而在展

[1]赵树理入选“新文学选集”的原因，袁洪权做过考证，认为一开始赵树理并不在考虑之列。参见袁洪权：《开明版〈赵树理选集〉梳考》，载《文学评论》2013年第1期。

[2]参见周扬：《论赵树理的创作》，载《解放日报》1946年8月26日。

示“新文学”从“批判现实主义”向“革命现实主义”发展成果的“新文学选集”[1]中似乎应当占据一个位置。

在这样的文学史叙述的脉络中，赵树理就像是“新文学”向“人民文艺”发展的一个关键枢纽。如果从这个角度来理解周扬所说的成名前已经相当成熟，那么，这个“成熟”应该不是从普通的文学创作论意义上谈论一个作家的成熟，而是特指赵树理从“新文学”转向“人民文艺”的成熟。不过周扬又的确说过赵树理是“一个新人”，那么，该如何理解这样一个新人，突然间成为“具有新颖独创的大众风格的人民艺术家”[2]呢？或许，我们要把笔触伸向赵树理的30年代，并进而重新解读他40年代的创作。

一、赵树理的30年代

30年代对赵树理来说，是一个流浪的十年。从1928年被学校开除，到1937年重新入党前，可以说是“萍草一样的漂泊”。在这十年里，他亲历并见证了中国政治和社会的动荡、农村的衰败以及乡村知识分子的走投无路，而最终，这种走投无路导致了精神上的极度压抑乃至崩溃。杰克·贝尔登同赵树理谈了两天，说这是一个有着奇特经历不寻常的人，“他的身世也许更能说明乡村知识分子为什么抛弃蒋介石而投向共产党”[3]。有意思的是，赵树理向贝尔登详细讲述了1934年他从河南回山西途中的遭遇，以及他后来在太原投湖自杀的故事。据董大中先

[1]“新文学选集”的《编辑凡例》是这么描述“新文学”的发展过程的：“新文学的历史就是批判的现实主义到革命的现实主义的发展过程。1942年毛主席《在延安文艺座谈会上的讲话》发表以后，革命的现实主义文学便有了一个新的更大的发展，并建立了自己完整的理论体系和最高指导原则。”

[2]周扬：《论赵树理的创作》，载《解放日报》1946年8月26日。

[3]杰克·贝尔登：《中国震撼世界》，邱应觉等译，北京出版社，1980年版，第109页。

生考证，此事除了几个当事人知道，赵树理只向两个人透露过，一个是贝尔登，一个是严文井（50 年代初同住在东总布胡同时）。[1] 这么隐私的事情反而向一个从未谋面的外国人透露，只能说明这件事一直压抑着赵树理。现在应该可以判断赵树理那时患有重度抑郁症，这当然是长期的生活困顿和精神压抑造成的。更早的时候，他就向曾是长治四师的同学杨蕉圃、史纪言、赵培乐透露自己的精神压抑，"精神上等于长眠了一年多，身体上好像已上了五十岁"，"不但你也，不但我也，生乎现在的人们，头脑在一个集团里，而经济生活在另一个集团里，本是自寻苦恼。'苦恼'既经自己寻来了，其处理方法有二：一，向一个集团里合并。二，咬紧了牙关受下去。其结果有三：一，'进'。二，'退'。三，'作难'。我现在是用第二种方法，得的是第三种结果，不料（其实也料）你和我相同。"[2] 在咬紧牙关仍然忍受不下去的时候，精神崩溃就成了必然。

从这个角度入手，我们可以解读赵树理 30 年代的一个重要作品《有个人》，这部作品以令人惊异的准确呈现了 30 年代中国农村的凋敝衰败，几乎所有经济学和社会学方面有关 30 年代中国农村衰败原因的研究结论都可以在这个小说中找到细节性的呈现。在这方面，可以让我们联想到茅盾的农村三部曲，吴组缃 30 年代相关的创作，它们在 80 年代被严家炎先生归纳为"社会剖析派"小说，由此亦可证明赵树理 30 年代的写作与新文学的内在关联。甚至我们可以设想，如果赵树理彼时是在北平或上海的文学场域中，未始不会被推举为一个有独特风格的文坛新星，那样，或许赵树理所谓的头脑在一个集团，经济生活在另一个集团的矛盾就能够得到缓解。值得注意的是，茅盾、吴组缃他们尽管也

[1] 董大中：《赵树理被劫始末》，载《山西文史资料》2000 年第 5 期。

[2] 赵树理：《野小君来函择录》，《赵树理全集》第 1 卷，大众文艺出版社，2006 年版，第 44—45 页。

有直接间接的农村经验，但他们的写作很大程度上要借助于马克思主义的社会学理论的提点[1]，而赵树理对中国农村状况的体认，却完全出于自身的经验与观察。这种细微的不同导致了写法的差异，前者会倾向于在更广阔的社会结构中来展开故事，比如吴组缃的《一千八百担》，不但呈现了农村不分阶级的绝对贫困，更强调了其中的阶级对立和冲突，因而小说结尾的农民抢粮暴动就成为这个逻辑结构展开的必然的情节设置，而且，还是以一种无名群体的方式来呈现。

《有个人》则不同，就像小说名字所提示的那样，是一个单个的人。这个人有名字，叫宋秉颖，而我们知道，赵树理是经常以人名或职业做小说的名字的，如《福贵》《刘二和与王继圣》《小经理》《小二黑结婚》《李有才板话》等，但赵树理并不将小说起名为“宋秉颖”，而是虚指“有个人”，似乎有让这个人的悲剧指向所有人的意图。但不管怎样，毕竟还是单个的人。单个的人没有力量，为生活所逼，结果只能是逃亡。《有个人》的故事很简单，就如小说开头所写：“有个人姓宋名秉颖：他父亲是个秀才。起先他家也还过得不错，后来秀才死了，秉颖弄得一天不如一天，最后被债主逼的没法，只得逃走。”接下来是非常具体的过程。因贫困而逃亡的第一步是“分家”。因为妯娌关系不睦，兄弟们分开过，财产土地都摊薄了，抵抗风险的能力就下降了。然后是“婚丧嫁娶”和“捐税”，分家前是秀才“这几年来给孩子娶媳妇，送老婆的终，也花了几个钱——除把手中几个现钱花了外，还欠了百把元零星外债”；然后是秀才死了，“殡葬秀才时所费的款，自然是五亩地作抵，但一时卖不了地，还是秉颖出名借来的。借了一百元，倒也够了。但这年年景不好，直到腊月，地还没有卖出去。”一年后，地卖出去了，

[1] 有关吴组缃写作中借助马克思主义社会、经济分析理论的论述，可参见尹捷的论文《“山穷水尽疑无路”——〈一千八百担〉的荒年叙事与皖南农村社会分析》，载《清华大学学报》（哲学社会科学版）2009年增2期。

“五亩地卖了一百元，价钱倒还公道。可是殡葬秀才时的一百元借款，算来已一年半了，利息是四十五元”；“捐税”方面，“公款的名目比上年多，数目也比上年大，次数又比上年密”，“半年工夫就欠下了二十五元公款”，而下半年“公款次数半年之间，不下数十次，所以不到腊月就又累了三十元。自知非卖地不行。而这年的小米只卖两角钱一斗，通年的花销又那样大，算来每亩地要赔二三元。加以现钱缺乏，所以卖地也没人要”。

“婚丧嫁娶”和“捐税”当然不必然导致贫困，它只是反映了农村购买力的降低，农民“现钱缺乏”，而“现钱缺乏”的原因是因为农产品价格低，“小米只卖两角钱一斗”，农民就只能卖地。但因为粮价实在太低，种粮都亏本，所以地也卖不出去，唯一的出路便只有借高利贷。这是30年代中国农村受到全世界大经济危机的波及而导致普遍性的绝对衰败的状况。[1]

赵树理小说精彩的地方，是像田野调查、会计做账一样解剖宋秉颖的所有经济活动，既能呈现上述农村普遍衰败的情形，又能有个别的细节来丰富它们，比如秉颖，是一个很有头脑也很会算账的人，他根据用途和收益假设，决定要多种经济作物芝麻，“因为以吃为主，种谷子比较合适，以卖为主，种芝麻就合得来了：一亩地可收一石芝麻，以现在的价格看起来，是要超过谷子的——可以卖十元”。这样种十亩小麦地“顾自己吃”，“十五亩早秋地都种芝麻”，他想着这样五六年工夫就能把债给还清了。但这种看似有计划的理性行为却有许多是他无法计算得到

[1]有关30年代中国农村衰败的研究，在当时和当下，都有许多研究可参考。其实赵树理的《有个人》文本，本身就可算作一个极好的实证研究。与之印证的研究可参考徐畅《1929—1933年世界经济大危机对中国农村经济影响散论》，载《江海学刊》(南京)2003年第4期。其结论为：“我们认为经济大危机造成中国出口市场萎缩、工农业产品价格剪刀差扩大和白银外流造成通货紧缩引起农产品价格跌价与购买力下降，农户收入减少，而支出却不但不能减少甚至还要增加，才是30年代前期农家普遍负债和高利贷猖獗的最主要原因。”

的，因为商品要交换，而市场价格的变动因素却是远远超过他的计算能力，他无法掌控其中的风险。果然，到收获的时候价格就从之前的十元落到四元，原因是种芝麻的人不约而同地多了起来。据研究，20世纪二三十年代，中国农民已经深深地卷入了市场，为了应付各种日常开支，农民必须将总价值54%左右的农作物通过市场出售，因而市场价格波动对农民的生活影响极大，特别是像芝麻这样的经济作物，因其价值较高，所以其价格变动对农民的影响更大。而二三十年代农产品价格下跌的最主要原因，就是世界经济大危机。[1]对于秉颖这样的个体农民来说，尽管他再能计算，终究无法抗拒世界市场的影响，毕竟那是一个他的知识和想象力都无法抵达的存在。

另一个让秉颖的计算破产的地方则是高利贷和地方基层政权败坏，他们互相勾结反过来算计了秉颖，使他彻底破产并逃亡。事实上，这是赵树理对30年代农村最为深刻的感受和观察。秉颖欠了钱，没办法还，只能卖地。但受到了村长和债主的设计，在村长把控的息讼会的“调解”下，可见的结果只能是让债主们分自己的产业。无奈之下秉颖最后只能别妻离子逃亡他乡。

某种程度上，秉颖的故事也是赵树理的故事。赵树理被关在自新院一年多，他的父亲为他上下打点，卖了不少地，欠了不少钱，等他出来时家里已从中农坠入贫困中了。他也像秉颖一样，种过一阵地，不过他会算账，知道如果一直种下去，永不会还清欠账。所以当他父亲抱怨他的落魄时，他说：“这不能怪我。非得整个社会变了，咱们的家运才能好转。”[2]由此看来，《有个人》的结局正是赵树理对自己另一种选择（当农民种地）的预想，所以他才要出来，教书、写文章，但这也仍

[1]参见徐畅：《1929—1933年世界经济大危机对中国农村经济影响散论》，载《江海学刊》（南京）2003年第4期。

[2]杰克·贝尔登：《中国震撼世界》，邱应觉等译，北京出版社，1980年版，第111页。

然维持不了生计。当然，这也是一种逃亡。赵树理和宋秉颖，算是殊途同归了。逃亡的故事在赵树理的小说中很常见，一直延续到40年代的《福贵》《李家庄的变迁》《王二和与刘继圣》等，他们的逃亡虽然都各有各的原因，但和《有个人》不同的是，福贵、铁锁和聚宝都有重获新生"归来"的情节，他们的故事就像是秉颖故事的继续。当然，赵树理也在40年代获得新生。

总体上说，赵树理是带着对30年代中国农村的深刻认识进入40年代的，这种深刻认识既包括经济层面的整体衰败，更包含基层政权的道德败坏。更值得注意的是，赵树理是以一种直接的、会计记账式的经济理性方式来达到这些认知些的，我们可以在《有个人》中随处可见精确到分角的算账细节（即便是呈现基层政权的道德败坏，比如村长的阴谋诡计，其中也包含着精确的数字计算）。这种行为认知方式成为赵树理区别于其他作家的一个重要方面，毕竟文学不是会计，读者也不是审计人员，即使再自然主义的作家，也会拒绝在小说中出现如此多的烦琐的数字计算，而这个特点，赵树理甚至一直保持到《三里湾》《"锻炼锻炼"》的写作中。这种非文学的认知方式显示了他与新文学其他作家切入现实方式的不同，或许他认为这种方式才能实现新文学所无法实现的文学与大众的连结，而这种方式也间接地在40年代催生出他的"问题小说"。

二、重新发现阎恒元

事实上，说赵树理对30年代以来中国农村有着深刻的认识，这个结论的得出某种程度上是基于我们已有的关于30年代中国农村的知识话语。因为如果没有这些知识的话，我们从《有个人》那里所读出的、能概括出来的主要内容，大概就是小说开头的那句话，讲一个人起先过得还不错，后来一天不如一天，最后被债主逼得逃走。而有了这些知识，我们才能读出赵树理的深刻。从这个角度，我们可以说《有个人》印证了这个知识。这使得我们在解读赵树理的时候，需要关注他的小说主题包含着的显性和隐性的两个层面。显性的层面是指故事的内容，隐性的层面是指超越故事内容（有时候也包含在故事内容中）所达到的对历史内容的深刻把握，就像在《有个人》中所显示的那样。

大致是在1933年，赵树理发下弘誓大愿，“要为百分之九十的群众写点东西”[1]，1937年从事抗日工作后，赵树理创作主题的产生方式发生了变化，同时，为老百姓而写的写作方式也得到成功的实现。这是因为政治环境的变化（也包括出版方式的变化），在农民因抗战被动员起来的环境中，原本一直处于假想状态的读者，现在终于有可能在现实中阅读到他的作品。[2]赵树理逐渐形成了“老百姓喜欢看，政治上起作用”的创作理念。“政治上起作用”表现在创作的主题选择上就是所谓的“问题小说”，赵树理自己说：“我在作群众工作的过程中，遇到非解决不可而又不是轻易能解决了的问题，往往就变成所要写的主题。这在我写的几个小册子中，……还没有例外。如有些很热心的青年同事，不了解农村中的实际情况，为表面上的工作成绩所迷惑，我便写《李有才板话》；农村习惯上误以为出租土地也不纯是剥削，我便写了《地板》。”[3]这是很有意思、也很困惑人的说法，因为很难想象这样一个为解决工作中存在的问题而写作的作家，会被推举为“方向”性的作家，毕竟这些问题太过具体，而文学的意识形态功能应该诉诸更为抽象的形而上层面。不过，这也促使我们思考，赵树理小说中，那些具体问题背后，会

[1]荣安：《人民作家赵树理》，原载1949年10月1日《天津日报》，收入黄修己编：《赵树理研究资料》，北岳文艺出版社，1985年版，第30页。

[2]事实上这也不是一个自然的过程。这种愿望在宣传抗战的小报上容易实现，但要在正式发行的书店出版他的小说，并不容易，比如《小二黑结婚》的出版就颇为不易。

[3]赵树理：《也算经验》，《赵树理全集》第3卷，大众文艺出版社，2006年版，第350页。

隐含着哪些更为深刻的问题意识和主题内容。这里的关键是“农村中的实际情况”以及“非解决不可而又不是轻易能解决的问题”，这需要作者有在工作中发现深层问题的能力，而这种能力的获得，这些更为深刻的主题内容的揭示，又是根基于30年代以来赵树理就形成的对中国农村的深刻理解。

赵树理曾说“生于万象楼，死于十里店”，《万象楼》可以看成是40年代他实践他的创作理念的第一个大篇幅的作品，这部梆子戏写农村旧势力和地方流氓组织古佛道愚弄乡民，勾结汉奸，鼓动教徒暴动最终失败的故事。表面上看主题是教育农民反对封建迷信，但这出戏背后所呈现的现实背景和透露出来的问题，却是极为重要的。那就是在敌我交错的复杂环境中如何建设并巩固抗日政权和抗日根据地的问题。《万象楼》的题材直接应对1941年10月太行地区黎城的离卦道暴乱事件。此事件在当时被定性为日军策动离卦道，在汉奸的鼓动率领下，举行暴动，袭击我黎城县政府，阴谋破坏根据地之秩序。[1]黎城属中共太行区太南专区，抗战以来除短暂被日军袭扰劫掠过外，一直都是在共产党的控制之下。在暴动前一年多，中共北方局才在黎城召开过讨论根据地建设的会议，转眼间就出现暴动，不能不引起中共的高度重视。而日军也借此攻击共产党、八路军，大肆宣传民众“受不了共产党压迫”[2]。中共北方局为加强宣传工作，将赵树理调至中共太北区党委宣传部，从事文化普及工作。1942年1月，中共太北区和八路军一二九师政治部在涉县联合召开文化界座谈会，因群众受离卦道蒙蔽，讨论“群众文化宣传

[1]一直以来对离卦道暴乱事件性质的认定没有太多异议，唯近年有学者提出不同看法，认为“所谓‘离卦道暴乱’，其实是民兵‘平暴’在前，离卦道‘暴动’于后的一个虚构事件”。参见孙江:《文本中的虚构——关于“黎城离卦道事件调查报告”之阅读》，载《开放时代》2011年第4期。

[2]参见日军传单:《告亲爱的黎城地区民众们》，山西长治杨宏伟个人收藏，复印件见于晋城赵树理文学馆。

工作脱离群众的严重缺点"[1]。赵树理在会上痛陈占领农村文化阵地的都是像《秦雪梅吊孝唱本》《洞房归山》《麻衣神相》《推背图》等这样一些封建文化。其间，领导问他能否写反迷信的戏，他就把迷信和反迷信的材料，做了剧本的主要来源。当然，《万象楼》也并非奉命之作，其中更包含着赵树理的"政治热情、责任感"。[2]

《万象楼》的主题是反对封建迷信，写那些虔诚的教徒受到愚弄，被裹挟参与暴动，最后觉醒。从这个角度来总结离卦道暴动的教训，自然说得通。但除此之外，更应引起注意的应该是根据地基层政权建设中出现的问题，比如，党组织工作异常薄弱、地方乡绅被排挤出政权后对中共的反抗、大量以贫农党员为主的村干部的素质问题等等，这些矛盾都是导致离卦道暴动的一些内在因素。[3]

赵树理对这方面的关注也是逐渐深入的。《有个人》中就关注了农村基层政权的败坏。在《万象楼》中将何有德、何有功角色设定为旧官僚和地方流氓。何有德一开场的唱词是："想当年在税局瞒上欺下，都说我何有德会把钱抓。到老来回本县威名甚大，不论是什么钱我都敢花。共产党讲民主我心害怕，小百姓齐出头叫我无法。从今后再不能凭空讹诈，气得我何有德咬碎钢牙。"可见尽管主题是反迷信，但赵树理还是点出了人物背后的政治基础。1942年《万象楼》之后，是创作于1943年的《小二黑结婚》，这篇小说的主题，表面上是反对封建迷信，要婚姻自由，但作者的意图是要揭露像金旺兄弟这样的流氓干部

[1]《赵树理年谱》，收入黄修己编：《赵树理研究资料》，北岳文艺出版社，1985年版，第575页。

[2]参见赵树理：《运用传统形式写现代戏的几点体会》，《赵树理全集》第6卷，第190—191页，大众文艺出版社2006年版。

[3]具体论述可参见大卫·古德曼：《中国革命中的太行抗日根据地社会变迁》第八章，"黎城：抗战与暴乱"，中央文献出版社，2003年版，第238—260页；孙江：《文本中的虚构——关于"黎城离卦道事件调查报告"之阅读》，载《开放时代》2011年第4期。

把持权力，“抗战初期，老实的农民对新政权还摸不着底子，不敢出头露面，这些流氓分子便乘机表现积极，常为我们没有经验的工作同志认为积极分子，提拔为村干部”。[1]或许是二诸葛和三仙姑太出彩了，以致读者忽略了金旺兄弟的存在，不过周扬就准确地指出，“作者是在这里讴歌自由恋爱的胜利吗？不是的！他是在讴歌新社会的胜利，讴歌农民的胜利，讴歌农民中开明、进步的因素对愚昧、落后、迷信等等因素的胜利，最后也最关重要，讴歌农民对封建恶霸势力的胜利。”[2]在《小二黑结婚》中，金旺兄弟是作为篡取基层权力的流氓分子来处理的，小说尽管也写了金旺的父亲“当过几十年老社首”，“捆人打人是他的拿手好戏”，但抗战前就已死了。赵树理还没有将金旺兄弟的存在与几十年来山西农村基层政权的败坏做连结。事实上，后来赵树理发现“村长的父亲是那地方原来的统治者，叫他孩子当村长不过是名义，实权还在他手，跟其他的地主政权差不多”，赵树理说他“很久以后才发现了这一点，如果发现得早的话，全盘的布置就要另做一番打算，可以完全与现在这个作品不同”[3]。由此亦可见出赵树理关注的重点是什么。这对于赵树理来说，是一个极为重要的发现，它打通了30年代（抗战前旧政权）与40年代（抗战后新政权）的隔断，这样他就可以充分地调动30年代的农村经验资源，来写40年代的故事，使之具有穿透性的历史深度，而这样的作品就是差不多半年之后的《李有才板话》。

关于《李有才板话》，赵树理不止一次说过，写这篇小说，是因为“那时我们的工作有些地方不深入，特别对于狡猾地主还发现不够，章

[1]董均伦:《赵树理怎样处理〈小二黑结婚〉的材料》，载《文艺报》第10期，1949年7月。收入黄修己编:《赵树理研究资料》，北岳文艺出版社，1985年版，第211页。

[2]周扬:《论赵树理的创作》，载《解放日报》1946年8月26日。

[3]董均伦:《赵树理怎样处理〈小二黑结婚〉的材料》，载《文艺报》第10期，1949年7月。收入黄修己编:《赵树理研究资料》，北岳文艺出版社，1985年版，第212页。

工作员式的人多，老杨式的人少，应该提倡老杨式的作法”[1]。许多研究据此将小说的主题理解为农村工作要调查研究，走群众路线，反对形式主义等等，这也没错，符合赵树理的问题小说，而且群众路线也是党的生命线和根本的工作路线，但这样的理解显然过于表面。这里的关键是，只有走群众路线才能在工作中掌握农村的实际情况、发现深层问题。在《李有才板话》中它呈现为对特别复杂的农村基层政权的生态的了解，特别是对阎恒元这样人把持农村基层的现象的认识——这既是老杨同志的认识，也是赵树理的认识。事实上，这对于中共在抗战时期能够在山西太行根据地站住脚扎下根并发展壮大是非常关键的。如果不处理这些深层次的问题，那么，所谓的“减租减息”“合理负担”就不可能获得成功，贫农就无法摆脱贫困，中共也就无法获得农村基层的支持。赵树理说他1937年“重新入党后，开始仍凭热情办事，对革命的基本理论、策略、路线都不求甚解，其中最重要的是不了解民族斗争与阶级斗争的关系和统一战线中团结与斗争的关系。由于这个原因，对党分配的具体任务往往不能全面完成而只完成其自己认为重要的部分——例如在做抗日动员工作的时候，因为怕妨碍统一战线，便不敢结合着广大群众的阶级利益来宣传动员，而只讲一些抗日救国的大道理，结果在遭到国民党反动势力进攻的时候，便找不到自己依靠的群众基础——这样理论水平的人在当时相当多，所以才造成失败。从这种失败中才认识到地主阶级和蒋阎匪军在抗日阵营中的反动性，认识到群众基础的重要性”[2]。因此，表面上看，《李有才板话》的主题是章工作员和老杨同志不同的工作方法的问题，但深层上看，则是通过这种具体的一时一地的问题揭示和解决，来达致更深层的、更大的、更抽象的中国农村革命

[1]赵树理：《当前创作中的几个问题》，《赵树理全集》第5卷，大众文艺出版社，2006年版，第303页。

[2]赵树理：《自传》，《赵树理全集》第4卷，大众文艺出版社，2006年版，第408页。

中基层政权问题的主题的呈现。而对这个深层问题的关注，可以说是赵树理在40年代创作中所关注的最重要的主题。从这个角度看，《李有才板话》是赵树理40年代最为出色的作品，其最重要的价值就在于对阎恒元的重新发现，说重新，是因为这个人物最早就活在30年代的《有个人》中，他是导致秉颖逃亡的最直接原因，在《万象楼》里这个人物只留下标签一闪而过，在《小二黑结婚》里他被忽略了，只有在《李有才板话》中这个人物才终于被重新激活，并得到最为鲜活生动的出色描绘，仿佛是积攒了十多年的生活经验化为一股生气灌注其中。

尽管《李有才板话》中的阎恒元复活了《有个人》中的村长，但他还不是一个贯通性的人物，只有到了稍后的《李家庄的变迁》，我们才看到从民国十七八年（1928、1929年）一直“贯通”到抗战时期的长期把持基层政权的地主李如珍，当然，秉颖的故事也延伸到了铁锁。《李家庄的变迁》是配合上党战役的，“是经上级号召揭发阎锡山统治下的黑暗之后才写出来”[1]，赵树理终于有机会将他的30年代的农村经验与文学经验整合进一个长时段的叙述中了。《李家庄的变迁》实现了这种贯穿性的叙述，小说前六章，写铁锁如何被逼得远走他乡，这是《有个人》的升级版。第七到第九章，写抗战时期李家庄基础政权的争夺，这部分可以说是《李有才板话》的精简版，小常就像老杨，王同志就像章工作员。第十章以后写李如珍投靠日本人，最后被处死，李家庄人民彻底掌握了权力，“这里的世界不是他们的世界了，这里的世界完全成了我们的了”。从这个角度，我们可以说《李家庄的变迁》是赵树理小说创作的一个集大成，尽管，如周扬所说，它还没有达到它所应有的完成的程度。

[1]黎南:《赵树理谈“赶任务”》，载《文汇报》1951年2月22日。

将赵树理30年代的创作纳入研究视野，同时又有效地剥离出隐藏在“问题小说”表层之下的深层问题，我们会发现赵树理在40年代所关注的农村基层政权的问题，乃是根基于他30年代形成的对中国农村政治经济文化诸多方面的深刻认识。从《有个人》到《李家庄的变迁》，形成了一条清晰可见的发展脉络。正是因为有这样一条脉络，周扬才会将赵树理的小说放在“现阶段中国社会最大最深刻的变化，一种由旧中国到新中国的变化”中讨论，认为它们是“农村中发生的伟大变革的庄严美妙的图画”[1]。而对于新文学史来说，这样的变化也是从新文学到人民文艺的变化。因此，回到论文开头，尽管赵树理的主要创作都在1942年之后，但将他同时纳入代表“五四”新文学的“新文学选集”和代表人民文艺的“中国人民文艺丛书”中，却是恰如其分的。

[1]周扬:《论赵树理的创作》，载《解放日报》1946年8月26日。

“流动”的主体和知识分子改造的“典型”

——40—50年代转变之际的丁玲

◎何吉贤

1936年11月中，挣脱“魍魉世界”的丁玲，辗转进入苏区“红都”保安，从此开始了人生的一个新阶段。1945年10月，丁玲离开延安，与杨朔、陈明等组成延安文艺通讯团，前往东北。后因国共战事，先后在张家口、晋察冀根据地等地停留，参加土改，从事写作，直至1948年7月离开华北，经东北赴匈牙利参加世界民主妇联第二次代表大会，此后回国，从东北进北京[1]，又跨入她人生的另一个“新时代”。

陕北九年（包括山西、西安的一年），河北两年半有余，在丁玲的人生和文学历程中，是特殊的、具有重要意义的经历。经过这十一年多的时间，丁玲从一位都市“亭子间”里的时髦女作家，激进左翼文化组织上海“左联”的组织者之一，成长为一位中国共产党革命事业中的有机工作者和革命作家。这一巨大而艰难的转变过程，究竟包含了怎样的

[1]到1949年6月初赴京参加全国文代会筹备止，丁玲两度往返东北与苏联、东欧。对于是选择赴京从事行政领导工作，还是居留东北，专门从事创作，丁玲曾有犹豫。参看《丁玲年谱长编》，天津人民出版社，2006年版，第231、250页。

内容？尤其是，它在丁玲的生命、创作和思想、精神上，如何具体而微地体现出来？近年来，由于文学风潮的转变，丁玲在延安时期的创作经历虽颇受关注，但多集中于一些有争议性的作品如《我在霞村的时候》《在医院中》《三八节有感》《夜》等，并以此作为丁玲与革命龃龉、抵牾的佐证。而丁玲在这个阶段中“与革命相向而行”[1]所产生的真正精神、思想上的转变，以及由这些转变而引起的关于自我、关于知识分子与工农群众，关于知识与实践关系等认识的转变，却无法得到细致的展开。丁玲被称为“20 世纪中国革命的肉身形态”[2]，在相当的程度上，丁玲在 20 世纪 40—50 年代初的经历、思考和创作，也奠定了她一生“变与不变”的基础，深入这一过程中的一些核心内容，不仅可以有助于恰当理解对丁玲一生的“左”“右”变动的评价，而且，对理解 40—50 年代转变之际知识分子的精神变动，乃至 20 世纪中国革命中的一些核心命题也是一个非常具有挑战性的例子。

丁玲的“黄金时代”

1977 年年初，幽居太行山麓山西长治嶂头村的丁玲向前来探望的儿子蒋祖林谈到了 1936 年年底进入苏区至 1938 年 10 月离开西战团的经历，她感叹道：“那两年是我一生中的黄金时代。”[3]这两年中，丁玲初进“红区”，辗转陕北，北上、南下，曾随红军总政治部到前线；她任中央警卫团政治部副主任，深入部队，开始接触实际的领导和组织工作。尤其是在抗战全面爆发后，又组织了西北战地服务团，成为这一独

[1]解志熙：《与革命相向而行——〈丁玲传〉及革命文艺的现代性序论》，载《文艺争鸣》2014 年第 8 期。

[2]贺桂梅：《丁玲的逻辑》，载《读书》2015 年第 3 期。

[3]蒋祖林：《丁玲传》，人民文学出版社，2016 年版，第 249 页。

立行动的准军事组织的负责人，同时，作为一位成名的作家，在实际工作的背后，她并没有丢掉作家的身份和自我要求，时时抱有创作目的。丁玲这一时期的创作以通讯、报告文学、戏剧、散文为主，值得注意的是，通讯和报告文学等创作中开始脱离基于个人经验的、以第一人称为主的方式，试图去叙述“他人”。

这个时段中，“西战团”一年是特别值得重视的经历。“西战团”是一个准军事性的流动宣传队，活动于乡村、城镇，前线、后方，进行流动演剧和宣传动员。在山西的六个月中，“西战团”辗转三千余里，历经十六个县市，在大小六十多个村子驻留、宣传和表演。西安驻留的四个半月中，除在易俗社舞台公演外，还进行大量歌咏、演讲、书写街头漫画标语等形式的宣传。[1]对于一支主要由文人和青年知识分子组成的流动宣传队，在延安组队一开始，他们就面临了一系列挑战，诸如军事性的组织生活与个人性、较散漫的文人习性的矛盾；有目的的事务性工作与个人艺术创作工作的协调；宣传、艺术工作与地方势力和团体的关系；集体性、流动性的宣传工作与固定的、日常性的创作之间的差别等等。丁玲主编的“西北战地服务团丛书”[2]比较全面地展示了“西战团”此期的创作、生活和工作状况。丁玲除了主持“西战团”的工作[3]外，

[1]参见《西北战地服务团出外十月来之工作报告》，载西北战地服务团集体创作《西线生活》，生活书店，1939年版，第223—229页。

[2]共十种，包括：劫夫、史轮、敏夫等编《战地歌声》(一)；丁玲著《一颗未出膛的枪弹》；张可、史轮、醒知等编《杂技》；丁玲著《河内一郎》(三幕剧)；西北战地服务团集体创作《西线生活》；劫夫、田间、史轮等编《战地歌声》(二)；张可、史轮、醒知等编《杂耍》；田间著《呈在大风砂里奔走的冈卫们》；丁玲著《一年》；史轮等著《白山黑水》。由生活书店总发行。

[3]丁玲任“西战团”主任之初，心里不愿意，“说不出的懊丧”，“的确我曾写过一点文章，但以一个写文章的人来带队伍，我认为是不适宜的。加之我对于这些事不特没有经验，简直没有兴趣，什么演剧唱歌，行行军，开会，弄粮草，弄柴灰，……但是我人就被说服了，拿了大的勇气把责任扔上肩头了”。《成立之前》，见丁玲著《一年》，第5页，生活书店1939年版。

还编写了《西线生活》，撰写了三幕话剧《河内一郎》和独幕话剧《重逢》，以及近三十篇散文特写[1]，从《西北战地服务团成立之前》到《战地服务团再度出发前应有之注意》的近三十篇散文、特写、戏剧，表现了丁玲这一时段从都市文人转变为肩负具体领导职责，从事实际工作的革命作家的经历细节，在相当程度上，这一阶段的经历和体验，也为之后，尤其是延安的创作高峰期奠定了思想、生活和经验的基础。[2]

《一年》中有两组文章，可进行有意思的比对阅读。第一组是《第一次欢送会》和《忆天山》。这两篇文章分别记述了进出"西战团"的两位青年知识分子。王琪是一个年龄偏大、思想和性格上都有问题的团员。他思想上来源比较杂乱，有无政府主义的、社会民主党的、三民主义的，也有唯物论的。他"甚至在我们如此紧张积极的集团之中，仍不能有对革命工作有极大的热情"，越来越感到感伤和孤独，时常抱怨，常常与人吵架，甚至几乎动武。在月底的生活会，同志们对他进行了直言不讳的批评，批评了他的思想，"……我极承认王琪同志比我的书读得多，同时我相信他是非常热心于救亡工作，可是他的头脑里却跑进了很多危险的思想，现在连托派的思想都钻进去了，这真是可惜的事"[3]。生活会后，王琪慢慢发生转变。后来他要离团去军队，团里给他开欢送会，又进行了热烈的批评。"一个一个的轮流说话，坦白，直率，热情，亲爱，王琪总是用心的听，贪馋的更多的要求着。"[4]天山进"西战团"时已是一位小有名气的青年作家，也在抗大受过培训。"西战团"成立后入团，"因为工作的关系，直率的话是不免的，互相之间也许有过不满之处，我常常觉得他多疑，度量不大，他也曾批评我对人冷热无常，

[1]主要收于《一年》，生活书店，1939年版。

[2]《新的信念》《我在霞村的时候》等都有与"西战团"生活的关联和印记，写于1939年9月的《县长家庭》更是直接出现了关于"西战团"的叙述。

[3]《第一次的欢送会》，载丁玲著《一年》，生活书店，1939年版，第74页。

[4]《第一次的欢送会》，载丁玲著《一年》，生活书店，1939年版，第78页。

我听了又嫌他不从工作上着眼，只注意人事”[1]，团里的生活会上，大家对他的批评也比较多。后来找他谈话，他“脸上盖满了木然的忧郁”，认为大家批评他，是有意要打击他，两人发生吵架，不欢而散。后来天山要调走，团里的欢送会上，他很动感情，但团里部分同志还是感到“天山的意识太知识分子气，不舒服”。到汉口后天山给丁玲来信，消除了一些误解。丁玲感叹：“我每一想到他，就不免想到我们过去的争执，做工作负责，在集体中受磨炼，克服自己，真是不容易的事啊！”[2]这是两个青年知识分子在具体工作中发生摩擦、碰撞，并获得进步的具体事例。与此形成对照的是另一组文章中的两位青年知识分子。《马辉》记述的是“牺盟会”巡视员马辉，他不是“西战团”团员，但给“西战团”的住、吃、联络地方部门等，办了不少实事。马辉的工作具有高度的流动性，他乐观、随和、能干，个性与流动性的工作具有高度的配合。丁玲写这篇文章的时候，马辉已牺牲，她这样评价马辉：“现在是我们，无数的马辉，以血、肉、骨、灰去抵抗强权，葬埋丑恶的时候，就用这些血、肉、骨、灰堆积在旧的，脏的中华国土上，而新的，光明的国家就在血、肉、骨、灰的基石上建立。”[3]《序〈呈在大风砂里奔走的岗卫们〉》写的是田间。田间在临汾加入“西战团”前，已是一位有颇有名气的“牧歌诗人”，所以丁玲在犹豫是否吸收他入团。丁玲希望作家们能取得一些实际的工作经验，但又“常常顾忌着对于我们这末一个纪律严谨，生活劳苦的集团，这些在上海逍遥过了的文化人是否可能勉强一阵。所有的大部分的团员都是热情认真，已经习惯了思想斗争和生活检讨，而作家的工作和生活的自由性似乎总要范围大一点”[4]。田间

[1]《忆天山》，载丁玲著《一年》，生活书店，1939年版，第89页。

[2]《忆天山》，载丁玲著《一年》，生活书店，1939年版，第93页。

[3]《忆天山》，载丁玲著《一年》，生活书店，1939年版，第99—100页。

[4]《序〈呈在大风砂里奔走的岗卫们〉》，载丁玲著《一年》，生活书店，1939年版，第107—108页。

个性温良纯厚，又使丁玲怀疑他的工作能力；演讲、接头、组织民众工作，以及处理对内对外的一切事物，对田间沉稳寡言的个性都是严重的挑战，但最后他都坚持了下来，“他克制着自己同许多个性并不相同的人相处得很好”，“他对工作是不惮烦的认真，虚心无骄气”，“田间脑子虽说很活泼，人却不活泼，于是有了同志给他的批评，说他不接近群众，不求健康”。于是田间在球场上出现了，也出现在了歌咏班的后边歌唱。[1] 田间的例子是一个知识分子作家适应抗战宣传团体生活需要而努力改造自己的范例，丁玲特意将其作为一个例子提出来，应有其用意所在。在相当的程度上，这也是丁玲的某种夫子自道。

史轮在《丁玲同志》一文中以许多具体事例说明了丁玲在处理“西战团”团内事务中的方法和态度，也可以由此理解丁玲在“西战团”的工作方式和状态。史轮如此评价：“就我个人的观察（诸同志们也一致承认的），就是她和我们每一个工作人员，事务人员一样地在——‘学习，学习，再学习！’一样地在抗日工作中，在战场上，在集体的生活里艰苦地学习着，也就是——‘从实践中学习’着。”[2]“我觉得她的确把过去写小说的天才如今完全献给眼前的工作了，她把观察力、透视力完全应用到团里来了，她想使她领导着的团成为一件艺术品，一件天衣无缝的艺术品。她了解我们每一个人的个性，知道对待某一个人用某一种方法。”[3] 史轮认为丁玲是将“西战团”当作一件“活的艺术品”来经营的，支撑她如此孜孜以求的是“抗日高于一切”的信念，对此她比别人有更透彻的理解，“因为别人只不过做到在信仰上，把这个口号施用。她却更进一步地把这口号推广到生活上、工作中、思想里……即‘一

[1]《序〈呈在大风砂里奔走的岗卫们〉》，载丁玲著《一年》，生活书店，1939年版，第110页。

[2]史轮：《丁玲同志》，载西北战地服务团集体创作：《西线生活》，生活书店，1939年版，第176页。

[3]史轮：《丁玲同志》，载西北战地服务团集体创作：《西线生活》，生活书店，1939年版，第196页。

切’之中了”[1]。值得注意的是，史轮和田间在《西线生活》中都撰文写到了“西战团”中的“生活检讨会”。史轮详细描述了一次“生活检讨会”，展示了受批评者在检讨会上受到的冲击和折磨，以及痛苦转变的过程。史轮文中这个代号叫“隆”的例子让人想起丁玲文章中提到的王琪或天山，具体情况极类似，只是前者描写更为详细，内心变化的叙述也更为详尽。田间则将“生活检讨会”的场景与珂勒惠支木刻《商议》中众人把脸扭向真理的场面相类比，对其进行了诗意化的描写。面对面的批评使人痛苦，但确也促人进步，“人是害怕批评的。但在大风沙里锻炼过的，一定能觉醒着”[2]！田间的自我认识与丁玲的描述和分析具有深刻的关联，它们包含了40年代民族解放战争中优秀知识分子自我改造的一些共同的主题。

不过，无论是随部队上前线还是带领“西战团”活跃于城市/乡村、战地/后方，都是一种短暂的经历，这种短暂而强烈的经验给丁玲带来的冲击是前所未有的，但由于其短暂，并处于不断变化中，这些经验要落实为塑造其主体的因素，或者转化为其创作的动力和素材，可能还需要沉淀的时间或转化的契机，对于丁玲而言，经验的短暂、进出延安的心境的起伏，既是外在要求所至，在相当的程度上，却也符合了她内心的需要。也是因为这个，我们可以将“西战团”经历之后，她所写的《新的信念》《我在霞村的时候》《在医院中时》《三八节有感》《夜》等，看作是这一转变期的停留、沉淀、怀疑、思索后的作品。

[1]史轮:《丁玲同志》，载西北战地服务团集体创作:《西线生活》，生活书店，1939年版，第197页。

[2]田间:《生活检讨会底场面——凡是一个人物要批评别人他必须检讨自己……》，载《西线生活》，生活书店，1939年版，第125页。

战争、“流动性”与主体的位移和重组

1947年年底，受上海出版商春明书店之托，冯雪峰编了《丁玲文集》，并写了名为《从〈梦珂〉到〈夜〉》的后记。这本文集收入丁玲1941年前止的七篇小说，尽管不完整，但也大致可以反映丁玲此期之前小说创作的成就。在这篇后记中，冯雪峰试图从丁玲的小说文本中概括其精神的蜕变历程。冯雪峰说，如果将《莎菲女士的日记》等与从《新的信念》到《夜》等一系列到延安以后的作品加以比较，可以发现一个极大的距离，这个距离，是“作者跟着人民革命的发展，不仅作为一个参与实际工作的实践者，并且作为一个艺术家，在长期艰苦而曲折的斗争中，改造和生长”[1]而带来的结果。在后面这些作品中，丁玲开始“深入现实人物的意识领域”，对于这些人物，“作者必须在新的对象的世界中生活很久，并用这新的世界的意识和所谓心灵，才能走得进去。作者并且必须拥有这个世界及其意识和心灵，才能够把这世界和人物塑造成令人心惊肉跳的形象，用感动力而不是用概念或公式的说教去感服读者，使他们也走进新世界”[2]。

从“意识和心灵”的再造，也即新的主体的再造，解读丁玲及其作品，冯雪峰可谓丁玲的“解人”。

丁玲到延安后，处在一个战争和频繁流动的条件和状态下，战争带来的组织化、军事化要求，流动状态下对经验和主体生成的冲击和重组需引起重视。另外还需要强调的是，丁玲在战争环境下的流动，也是

[1]冯雪峰:《从〈梦珂〉到〈夜〉》，原载《中国作家》1948年第1卷第2期。此处转引自袁良骏编:《丁玲研究资料》，知识产权出版社，2011年版，第253页。

[2]冯雪峰:《从〈梦珂〉到〈夜〉》，原载《中国作家》1948年第1卷第2期。此处转引自袁良骏编:《丁玲研究资料》，知识产权出版社，2011年版，第254页。

一种相对的状态。她并不总是处于简单的流动中，流动之后，还会有一段停留、稳定，学习、总结的时间，如 1938 年年中率“西战团”返回延安后，一直到 1939 年年底，有一年多在马列学院学习的经历；而 1943 年则几乎整年都在中央党校参加整风学习和审干。据现有材料披露，1943 年也被称为“丁玲最难挨的一年”[1]。这些较为安定但也并不平静的时间，可供丁玲学习新理论，反刍经验，总结思想，进行“批评与自我批评”，当然也是进行创作的时间。这种流动——停留（学习、总结、“整风”等）——流动——停留的经历，对丁玲而言，是极为独特的，它对一种稳定性的主体状态带来的冲击和改变值得进一步思考。

丁玲是从“国统区”进入解放区的，有脱离南京被囚的特殊经历，在她 40 年代的“改造”乃至她之后的整个人生历程中，信仰和忠诚的问题一直像悬在头上的达摩克利斯之剑一样，挥之不去，在不同的话语氛围和历史条件下，成为挑战和考验她的“利器”。丁玲进入延安，未经审查。1940 年，丁玲听到康生在 1938 年就说她在南京的那段历史有问题，便写信给中组部部长陈云，要求对她的历史问题作出结论。同年 10 月，中组部作出《审查丁玲同志被捕被禁经过的结论》，认为丁玲被捕被禁南京期间，虽然没有利用可能条件及早离开南京，存在问题，但“丁玲同志自首传说并无根据，这种传说即不能成立，因此应该认为丁玲同志仍然是一个对党对革命忠实的共产党员”[2]。这一“结论”虽然在一定时间内可成为当事人的“定心丸”，但随着历史条件的变化，历史问题（也即对她的信仰和忠诚的质疑）一再浮现。1943 年，在延安“整风”“审干”期间，“丁玲由于南京被捕那段经历，思想压力很大”，这年 8 月，她补充交代了离开南京前，曾写过一个字条的材料。[3] 丁玲在

[1]李向东:《丁玲最难挨的一年》，载《新文学史料》，2007 年第 4 期。
[2]李向东、王增如:《丁玲年谱长编》（上），天津人民出版社，2006 年版，第 154—156 页。
[3]李向东、王增如:《丁玲年谱长编》（上），天津人民出版社，2006 年版，第 179 页。

“整风”“审干”期间，并没有获得结论[1]，她在审干后期，是属于有问题暂时未弄清的人，不能和其他党校同学一起参加学习党的路线[2]，为此也背上了沉重的思想负担。丁玲1945年10月离开延安前，曾找任弼时提出“审干”中没有甄别结论该怎么办的问题，任鼓励她放心走之类的话。丁玲去往河北之时，心理上应该还背负着这一沉重的负担。

关于丁玲的历史问题，相关当事人和学界已有颇多叙述和分析，此不赘述。与本文相关的问题是，信仰和忠诚的问题，在丁玲的“改造”过程中，发生了怎样的作用？历史经历和记忆，为丁玲这样的革命知识分子的“改造”提供了一个特殊的背景，在丁玲的叙述和论述中，她是怎样从心理和认识层面上触及这一问题的呢？丁玲40年代的创作中，尽管没有直接处理这一问题，但如果有这一问题作为背景，对于她此一阶段的一些作品，无论是话剧《重逢》里的情报工作者，《我在霞村的时候》里的贞贞，甚至《新的信念》里的老太婆，对这些承受着巨大的苦难和误解，背离了常人的理解和生活道路，但心中深藏信念的悲剧女性的理解就会不同了。

1945年年底离开延安时的丁玲，在经验、认识和人生阅历上，已不是初入延安时的状态。她再一次开始流动性的生活，但作为一位具有比较明确的专业作家意识的革命作家，此时的丁玲已不满足于流动状态下的碎片化经验表达，所以，如果说“西战团”“一年”是其表达新的“意识和心灵”的开始阶段，之后延安的六年是她反刍、沉淀甚至表达疑惑、痛苦反省的阶段，再之后两年半的河北“过路”，则是其积聚经

---

[1]1945年8月，其实有一个《复查小组对丁玲历史问题初步结论》，指出丁玲被捕后“政治上消极，失了气节”，到延安后“思想上的严重毛病是否受国民党被捕后软化的影响，丁玲同志应自己深刻反省”，但“整风后有进步”。但由于此“结论”没有组织的意见和盖章，故不能作为正式的组织结论，也未与本人见面。李向东、王增如:《丁玲年谱长编》(上)，天津人民出版社，2006年版，第190页。

[2]李向东、王增如:《丁玲年谱长编》(上)，天津人民出版社，2006年版，第180页。

验，集中表达其转变后的“意识和心灵”的努力的结晶。这一时段中，丁玲的努力是自觉的，它也与经过抗战“惨胜”后，文学界一些自觉者力图以“较巨型”的作品来书写新的“意识和心灵”的努力，在形式和内容上都具有同构性。

河北的两年半，丁玲本拟赴东北，是个“过客”，从张家口到阜平，从温泉屯到抬头湾到宋村，丁玲也一直处于一种相对流动的状态中。此时的丁玲，历经了延安“整风”运动的磨炼，用冯雪峰的话说，“你工作了多年，生活了多年，斗争了（也被斗争了）多年”[1]，已经有可能“准备从事比较概括性的、历史性的、思想性的较巨型的作品的写作”[2]工作。同时，作为一位较为成熟的党的工作者，丁玲参加了多支土改工作队，在张家口、冀中、正定等地的不同村庄从事了大量具体的土改工作和群众动员工作，在这一阶段，她既是一位党的工作者、社会活动家，同时又是一位孜孜以求的文学写作者，土改工作、群众动员工作和写作工作交错进行，互相促进。如果说“西战团”时期的丁玲尚是一位一定程度上的具体事务和群众工作的“生手”的话，河北时期的丁玲已是一位成熟的党的工作者，具备了“无论什么人，我都能和他聊天，好像都能说到一块儿”[3]的本事，而且特别能与村里的妇女尤其是老太太们聊天。更为重要的，作为一位党的工作者，一位力图通过自己的创作表现新的政治最新进展的“老作家”，丁玲的创作也触及了新政治中最为核心的一些问题，如土地问题、阶级划分问题，群众路线中干部的作用问题等，从而也触及了当代文学中长期存在的一个重大问题：党的具体政策与文学创作的关系问题。丁玲在河北的两年半中，最终完

[1]见冯雪峰1946年夏写给丁玲的信。此处引自王增如、李向东：《丁玲传》，中国大百科全书出版社，2014年版，第353页。

[2]王增如、李向东：《丁玲传》，中国大百科全书出版社，2014年版，第353页。

[3]丁玲：《谈自己的创作》，《丁玲全集》第8卷，河北人民出版社，2001年版，第81页。

成了她一生中最重要的“一本书”《太阳照在桑干河上》(以下简称《桑干河》)。

《桑干河》在河北创作完成，主要基于丁玲在河北，尤其是张家口地区的具体工作和生活经验，当然也是其此前经验和精神积累的结果。写完《桑干河》后，张家口和冀中也成了丁玲的“文学根据地”，也就是说，一种流动的状态，在经验和主体上，仍然需要暂时性或相对较长时期地走向某种稳定的状态。新中国成立后为了创作《桑干河》续集《在严寒的日子里》，她多次回返河北，回返温泉屯，甚至在她被打成右派，陷入人生“低谷”时，也有回到河北，回到她的“文学根据地”的想法。[1]因此，我们也可以说，丁玲在河北的文学活动，正如她在“西战团”时的活动一样，是一种“行走在路上的文学”，是扎根于大地的活的文学。

作为知识分子“改造”“典型”的丁玲的内涵

丁玲《桑干河》一书的出版，曾一度受阻[2]，后在离华北赴东北的途中，在西北坡得到毛泽东的支持和鼓励，最终得以出版。在与丁玲的见面中，毛泽东肯定了丁玲这些年的“成长”:“你是了解人民的，同人民有结合。”并鼓励她:“历史是几十年的，不是几年的。究竟是发展，

[1]1955年受批判以及80年代初复出后，丁玲都曾想回到河北，重续她的创作。

[2]《桑干河》1947年8月基本完成初稿后，丁玲曾誊写了一份给周扬，请其提意见。但周扬反应冷淡，并无回音。两个月后，彭真在晋察冀边区土地会议上批评“有些作家有‘地(主)、富(农)’思想。写起文章来就看到农民家里怎么脏，地主家里的女孩子很漂亮，就同情地主富农”。对丁玲进行了不点名批评。见蒋祖林:《丁玲传》，人民文学出版社，2016年版，第305页。

是停止，是倒退，历史会说明的。”[1]

1949年中华人民共和国成立前后，丁玲除了作为文艺界的重要领导人出现之外，在文艺界和知识分子中，她还作为知识分子“改造的典型”得到褒扬。1949年8月初版的《论知识分子改造》一书中，丁玲的《同青年朋友谈谈旧影响》被收作第一篇。40年代末期和50年代初，丁玲的大量文章和讲话中，都涉及知识分子改造的内容。如《从群众中来，到群众中去》（1949年夏）、《“五四”杂谈》（1950年）、《知识分子下乡中的问题》（1950年7月）、《跨到新的时代来——谈知识分子的旧兴趣与工农兵文艺》（1950年）、《作为一种倾向来看——给萧也牧同志的一封信》（1951年）、《谈新事物》（1952年）、《到群众中去落户》（1953年）等，甚至在一些谈读书、创作或青年恋爱问题的文章和讲话中，也大量涉及知识分子的改造问题，进行现身说法、介绍经验。

中华人民共和国成立后，知识分子改造作为一个重要的社会运动全面展开。毛泽东在中国人民政治协商会议第一届全国委员会第三次会议的开幕词中说：“思想改造，首先是各种知识分子的思想改造，是我国在各方面彻底实现民主改革和逐步实行工业化的重要条件之一。”[2]把知识分子的改造提到了“国家发展战略”的高度。不过从20世纪中国历史的角度观察，知识分子的改造并不是一个全新的命题。在现代知识体系、现代社会结构变化的背景下，从晚清到“五四”，新的知识人一直面临如何调整自己的知识构成、调整知识分子与民众的关系、处理知识与实践、知识分子自我改造与社会改造关系等问题。20年代现代政党政治兴起后，知识分子更在现代启蒙与社会革命、“先锋队”成员与群

[1]丁玲1948年6月15日日记。见《丁玲全集》第11卷。丁玲一直将毛泽东对她的态度视为一种策略性的保护措施，1944年7月1日，毛泽东看到丁玲写的《田保霖》，特地给她和欧阳山写信约见，这使处于整风后心理重压的丁玲大受鼓舞，丁玲认为，“至少是为我个人在群众中恢复声誉”起了很大的作用。

[2]转引自光明日报社编印：《思想改造文选》（第一集），1951年12月版。

众代表性之间面临着尖锐的挑战，因而成为现代政党政治的核心内容。丁玲的“改造”过程与这一历史进程具有相当的一致性，用冯雪峰的话说，丁玲的精神发展肇始于“五四”脱胎而来的“感伤主义的绝望与空虚”，这种带着“颓废和空虚性质的东西”“固然也是时代的产物，却并没有拥有时代的前进的力量”[1]，而要“深入现实人物的意识领域”，则须将“作者自己的意识改造及成长的记录”与对“人民大众的斗争和意识改造及成长的记录”结合起来。当然，作为知识分子改造“典型”的丁玲的自我批评和自我改造中，除了与时代相关的命题外，又包含着自身经验而来的特殊的命题。按丁玲自己的表述，它们具体表现为：如何处理知识分子成长过程中留下的旧影响、旧趣味？如何认识“五四”新文学的传统？如何处理知识分子与群众的关系？如何处理具体工作与文学创作的关系？如何理解新政治下出现的新事物？等等。在丁玲这里，这些问题在不同的时间和背景下表现出不同的针对性和迫切性，需要在不同的历史背景下具体展开。

丁玲到达张家口后的首个重要公开演讲是1946年1月6日在“青年讲座”上的讲话《青年知识分子的修养》，谈的问题即是抗战以来左翼知识分子中一直思考和讨论的关于知识分子改造的问题。丁玲从中国的特殊历史条件和知识分子的处境出发，认为中国的知识分子有一种特殊的使命，在现代中国的革命中要起一种“媒介的作用”。这要求现代知识分子考虑“我们的修养和如何修养”的问题，比如要清除旧式教育中养成的一些思想，像帝王崇拜、权威崇拜，及由此造成的名誉、金钱、地位等对革命者的动摇，革命中的软弱和幻想情绪和思想，以及清高思想等等。她认为：“我们知识青年最容易犯的是理智不强，感情脆

[1]冯雪峰：《从〈梦珂〉到〈夜〉》，原载《中国作家》1948年第1卷第2期。转引自袁良骏编：《丁玲研究资料》，知识产权出版社，2011年版，第251页。

弱，稍受挫折，便丧气灰心，一灰心，便无视现实。”[1]由此提出，“我们必须向人民大众学习。向他们学习知识，也学习他们的优良品质。”值得注意的是，这里丁玲没有直接谈知识分子的“改造”问题，而是从青年的“自我修养”及“修养养成”的道路的角度来谈这个问题。在她这里，抗战以来从各种方向上形成的知识分子“自我改造”潮流中或隐或显存在的关于民众、知识分子的等级序列，也即相比于人民大众，知识分子的自惭形秽、“自我贬低”的叙述和心态并不明显[2]；在丁玲这里，知识分子与民众仍处于一种相对的、辩证的关系中，知识分子要向人民大众学习，并成为人民大众的有机的部分，进一步，同群众结合后的知识分子还是可以承担引领者的作用。因此，在这个演讲的最后，丁玲说：“知识分子如不同群众运动、群众生活相结合，最好，也只可以写点小小的作品；但如果一到群众中去，和群众生活结合，则立即可以成为英雄人物。”应该看到，在自抗战以后逐渐强化，并在延安整风运动后成为某种政策的“知识分子改造”潮流中，丁玲是一个有代表性的人物，她处在这个潮流中，但是作为一位具有鲜明个性和高度自觉性的作家，她始终有自己进入这个问题的特殊角度，因而也无法为这一潮流所彻底囊括。

在这一问题上，丁玲显然与赵树理、柳青等有不同的取径。后者以自己家乡或与家乡相近的地域作为自己的“文学根据地”，在对地域民俗、人情、语言、历史的了解乃至人脉关系上，具有先天的优势，所以，作为一位深入生活的作家和工作干部，其身份与丁玲这样的纯粹“外来者”具有本质差别。如果说赵树理和柳青是一种“回家”的文学，

[1]丁玲：《青年知识分子的修养》，《丁玲全集》第7卷，第85页。以下出自该文的引文不一一另注。

[2]关于这一问题的论述，可参看秦林芳：《论解放区前期文学中知识分子的自我批判》，载《文学评论》2016年第5期。应该注意的是，秦关于知识分子自我批判的历史背景的分析似过于简化。

在丁玲这里，则是一种“在路上的文学”。由此，在深入生活和做群众工作中，丁玲面临着更大的困难。但在这一问题上，丁玲体现了一位优秀作家和成熟的革命者扬长避短的能力，一方面，她施展了自己已经练就的“与什么人都能聊到一块儿去”的本事，通过与不同人的聊天，从各种家长里短的琐事中，了解到村庄里错综复杂的关系，以及由这种关系构成的村庄的基本结构，通过张家口、冀中所做的新的群众工作，又使得“脑子里原来储存的那些陕北的人物和故事激活了，陕北的农民移植到了察南农民身上，这些新人物便似曾相似了”[1]，“他们是在我脑子中生了根的人，许多许多熟人，老远的，甚至我小时看见的一些张三李四都在他们身上复活了、集中了”[2]。我们也可以说，丁玲的独特文学才能和革命工作的锻炼，发挥了“在路上的文学”的独特优势。另一方面，丁玲在具体工作中所做的是与人聊天、交农民朋友。在她的作品中，无论是《桑干河》还是其续集《在严寒的日子里》，贯穿起来的是一个个的人物画廊，对不同人物的命运的关注是这些作品的核心。也正因此，群众工作、作为外来知识分子的自我改造以及文学创作这三者之间，得到了统一。丁玲对于这种“行走在路上的文学”的局限性也是有认识的，在1949年夏召开的中华全国文学艺术工作者代表大会的书面发言中，她谈到了这一问题，认为在深入生活上，要有“较长期的生活，集中在一点”。过去由于战争的环境，流动太多，不可能在一点上长期深入生活，由于全国的解放，以后就有可能了。[3]

丁玲写作和出版《桑干河》的纠缠和曲折过程已广为人知，除了外在的一些因素（如和周扬等的个人关系），对丁玲本人而言，文学创作如何把握和体现党的新的政策问题，也是一个重大的内在制约因素。丁

[1]转引自王增如、李向东：《丁玲传》，第363页。

[2]丁玲：《一点经验》，《丁玲全集》第7卷，第417页。

[3]丁玲：《从群众中来，到群众中去》，《丁玲全集》第7卷，第113页。

玲抗战胜利后不久进入张家口，此时中国革命已进入一个新的阶段，即将迎来全面胜利。无论是党的领导人、理论工作者还是文艺工作者，都面临着总结多年的革命历史经验，同时又要出台新的政策，并对新的政策提供理论和文学阐释和表达的迫切需要。应该说，丁玲对此是有相当自觉的，《桑干河》如冯雪峰所愿，是一部“比较概括性的，历史性的，思想性的较巨型”的具有“史诗”性质的作品。冯雪峰从现实主义和新的人民文艺的角度高度肯定了这部作品，而并没有回答“外间”对于它与一些官员脑中的“政策”思考相矛盾的质疑。这既是从丁玲创作小说开始即纠缠她的问题，也是深埋在当代文学史中的难题。具体而言，即是与当时的“阶级划分政策”的不尽一致，尤其是丁玲最有心得的黑妮和顾涌这两个人物的塑造。在写完小说并获得肯定的1949年2月，丁玲在沈阳告诉胡风，描写“新人物”不光需要生活、技巧，还需要对于党的政策的把握，自己在这方面“把握不住”[1]。王中忱说：“丁玲在写作《太阳照在桑干河上》的苦恼，说明作家投身群众斗争生活之后，还会遭遇许多新的问题，在大众生活中获得的经验和情感，如何纳入党的意识形态、工作政策轨道上来，并不像丁玲原来想的那么简单，那么容易解决。”[2]

这里，值得进一步讨论的是丁玲在这一问题上的坚持和调整，及其背后包含的原因。在获知周扬、彭真等领导人对小说的意见后，丁玲又参加了冀中几个村庄的土改工作，但并未对小说人物设置和叙述作根本性的改动，只是将黑妮从地主钱文贵的女儿改为其侄女。这一坚持和妥协的背后，既反映了当时关于阶级划分的认识状况以及丁玲本人对此的经验和思考，也体现了丁玲对于文学表达在如何处理诸如阶级划分这

[1]转引自王增如、李向东：《丁玲传》，第373页。

[2]王中忱：《丁玲与〈莎菲女士的日记〉（文学史之一章）》，载《新气象，新开拓——第十次丁玲国际学术研讨会文集》，同济大学出版社，2009年版，第31页。

样的政策性问题时的尝试性努力。中国革命中尤其是农村革命中阶级划分的问题，并不是一个预先有清晰的理论界定，接着再有明确的政策可供执行的过程，农村中的阶级问题，既是一个以土地占有、经济结构为基础的认定过程，同时也是一个与变动性的政治力量密切相关的能动过程[1]，阶级划分既是新的政治的一个结果，同时也是新的政治的构成部分，因此，阶级划分并不是一个固定的、本质化的结果，而是一个政治动能的变动过程。在这点上，丁玲从一位成熟的革命工作者的经验、优秀作家的感受出发，深入了阶级问题的核心。从历史发展过程来看，政策的制定本身，也处于一个动态的变化过程中，而且，政策的执行过程也是一个复杂的互动和调整的过程。丁玲在写作《桑干河》时，任弼时关于农村阶级成分的报告还没出来，还没有富裕中农这一阶级成分，而关于地主、资本家子女与其家庭阶级成分在政策和意识上的认定问题，一直到50年代初仍是一个有纷争的问题。从这一意义上说，丁玲通过《桑干河》小说的写作及出版，在一定程度上，使得文学写作、文学写作的过程，也成为制定和调整政策的组成部分。

关于"写政策"的问题，丁玲在1949年夏召开第一次"文代会"的书面发言中有进一步阐述，她谈到了作家要深入生活，要写真人真事，但"我们并非满足于真人真事，我们要求更典型、更完整的人物与事迹，我们也向着这方面努力"。她认为作家应该加强理论的学习，但"作家应该较一般工作者政治水平高，较当时当地的工作者有进一步的比较深刻的看法，他不仅能反映当时生活的战斗的情况，而且要指出那生活的本质是什么，加以分析批评，对正确面，对光明面有无限的

[1]关于中国革命中农村的阶级划分及其分析，参看黄宗智:《中国革命中的农村阶级斗争——从土改到"文革"时期的表达性现实与客观性现实》,《中国乡村研究》(第2辑)，商务印书馆，2003年版。以及汪晖:《去政治化的政治、霸权的多重构成与六十年代的消逝》,《去政治化的政治——短20世纪的终结与90年代》，三联书店，2009年版。

热情，这样才能达到教育人，感化人，把人们的理想和情感更提高一步”[1]。相比于同期同类作家的相关发言，丁玲关于理论的自信，关于党的政策与文学创作之间关系的看法是值得注意的。在谈到“五四”时代的文学经验时，丁玲有一个观察也颇有意味。她认为“五四”时代的文学作品，大半都是在说明一个问题，并且要解决这个问题的，尽管这个问题以今天的标准看也许并不复杂，“但却充满了强烈的政治情绪，有不解决不罢休之势。我们很强调作品的政治的社会价值，而今天我们作品里的那种政治的勇敢、热情，总觉得还没有‘五四’时代的磅礴……”相比于处于军事、政治、经济大变革的时代，文艺反映现实未免落后。在丁玲看来，导致这种情况的原因可能主要在于创作者限于具体的工作中，缺乏从实际经验和工作中提炼出来的政治感觉和视野。“我们在实际工作中脑子里有一件东西，是当时当地一般干部都可以有的感觉、认识和经验，我们还没有养成我们自己的较深刻的，较敏锐的，较远大正确的见解，所以我们不能表现出比当时一般干部更高的政治思想来。”[2]也就是说，相比于三十年前的“五四”时期的新文学，文学的政治性，文学与政治的关系到了50年代初反而减弱了，因为在后者那里，问题意识消失了，政治视野减弱了，作家成了一般干部的“尾巴”。

在张家口期间，丁玲收到了冯雪峰的一封信，这是两人分别将近十年之后的一次重要通信，对于理解丁玲此一阶段前后的思想和工作状态有重要的参考价值。这是冯收到丁玲信后的一封回信，丁玲在信中谈到了自己这些年的情况，谈到了自己的“进步”。冯雪峰在回信中为此感到高兴，他接着说：“‘平静’是和‘热情’一样需要，无论写文，无论做别的事情。我们所要注意的，大抵‘平静’须是见到深广，沉着

[1]丁玲：《从群众中来，到群众中去》，《丁玲全集》第7卷，第113—114页。

[2]丁玲：《“五四”杂谈》，《丁玲全集》第7卷，第156页。

而坚毅地工作的意思，所以这是‘热情’之最高级的表现。否则，‘平静’往往是开始枯萎或停滞，对革命或创作的探求力，冲动性减退了的表现。……我相信你在长期的磨炼中已逐渐达到了深广明快的地步，并且能够沉着和坚毅的缘故，我很羡慕，因而我觉得我们在个人方面说，都才开始走路。”[1] 丁玲即是在这种“平静”下蕴含着“热情”的饱满情绪中，“沉着、坚毅而又深广明快地”投入土改工作和文学创作活动中去的。当然，这种情绪和工作状态也并不是一种固定的状态，仍处在一种调动、充实的状态中。1948年4月18日，即将结束在宋村土改工作的丁玲在给蒋祖林的信中谈到：“这几年我东奔西走，常常下乡，生活较苦，心也不闲，但对于创作兴趣更浓，一生能写点，觉得才不惭愧呢。”[2] 这应该是一种真实心境的透露。冯雪峰敏锐地捕捉到了丁玲的这种状态，并认识到了这种心境和状态的重要性，要求丁玲给他寄近年来的全部作品，他“想写一篇论文，专论你在十五六年间的‘心’的经历”。这当然不仅是丁玲的“心”的经历，也是一代知识分子在动荡的十五六年间——从30年代一直到抗战结束——的“心史”。冯雪峰“心史”的概念对丁玲非常恰当。因为这些年丁玲的转变和“进步”，不仅是一种理论学习和政治改造的结果，而更是一种经验性、身体性的体验。张家口期间，她写过几篇纪念性的文章，在关于瞿秋白的文章[3]中，她提到在上海的时候，没有理解瞿秋白对文艺大众化的论述，经过那么多年的实际革命工作，才有真正的理解。可以说，丁玲是用自己十多年的文学实践和生命体验体会了瞿秋白关于文艺大众化的吁求和批评，她不只是从纸面上去理解的，更是从实践中去“身体性”地理解

[1]转引自王增如、李向东：《丁玲传》。据首次披露这封信的《丁玲传》说，这是至今发现的丁玲和冯雪峰通信中唯一保存下来的。

[2]《丁玲全集》第11卷，第57页。

[3]丁玲：《纪念瞿秋白同志被难十一周年》，《丁玲全集》第5卷，第266—269页。

的。冯雪峰把握住了这一点，也是从这一认识出发，冯雪峰鼓励丁玲开始创作总结性的大作品。“你‘平静’是我所希望的，但在写作上引起‘野心’和燃烧起‘热情’则更为我所希望！”而正如冯雪峰所希望，这年年底，丁玲就开始了《桑干河》的写作。在这一点上，冯雪峰与毛泽东的意见有相当的一致性。1948年年中，在完成了《桑干河》的写作后，丁玲为参加世界妇女大会事赴西北坡，并征求相关人士对小说的意见。6月16日，丁玲致信陈明，引用了毛泽东跟她说一段话：“他说我已经到了农村，找到了‘母亲’，写‘母亲’，我了解土地……”“他并且说我同人民有结合的，我是以作家去参加世界妇女大会的，我是代表，代表中国人民。”[1]

40年代中后期，经历了长期的战争流离，现代时期的许多重要作家都进入了一个创作的爆发期，出现了很多重要的作品，小说如老舍的《四世同堂》，路翎的《财主底儿女们》，钱锺书的《围城》，以及赵树理、张爱玲的创作等；诗歌中穆旦的写作和李季的《王贵与李香香》等；戏剧中的郭沫若和曹禺的创作等。战争中的流散经验，逐渐沉淀为更趋近民间、日常生活和民族文化、心理的叙事，艺术上也表现出雄浑、沉郁或明快的特色，现代汉语也更趋成熟。冯雪峰之鼓励丁玲写作“总结性”的大作品，是在这一大背景下作出的，丁玲也以其创作，汇入了这一大潮流之中。

在1949年夏召开的“文代会”书面发言中，丁玲还谈到了具体工作与文学创作的关系。丁玲说，在下乡参加具体工作，同群众结合时，要与群众一同做主人，“我们下去，是为写作，但必须先有把工作做好的精神，不是单纯为写作；要以工作为重，结果也是为了写作”。[2]也就是说，在下去进行工作时，身份是一位作家干部，是为了“体验生

[1]《丁玲全集》第11卷，第60页。

[2]丁玲:《从群众中来，到群众中去》,《丁玲全集》第7卷，第109页。

活”而与群众结合，但作为一位干部，先要有把工作做好的态度和精神，以工作为重，甚至一度脱离自己的“作家”身份，不过最终还是要回归到写作这一目的上。这是一个不断进出、变换身份的过程，但其中有中心，有不变的基点。这一态度取向使她的群众工作有了着力点，有了作为“作家/干部”的特色。宋村是丁玲在河北期间最后一个深入参与土改的村庄。陈明在回忆丁玲领导和参与宋村土改的经历时说，“丁玲在这个土改点工作做得很深入，走张家，进李家，与老百姓同吃同住。对那些被认为落后的群众，总是她去做工作。……分浮财时，她比那些当地的干部还要熟悉当地的情况，谁家有几口人，有多少地，谁家有多少房子，质量怎么样，她都一清二楚，能做到公平合理，所以她在宋村的人缘非常好。”[1]这段叙述清楚地呈现了丁玲既作为土改工作干部，又作为作家的工作方式和工作状态。这段经历不仅让她对《桑干河》有了更大的自信，也为之后创作续集《在严寒的日子里》奠定了素材和经验的基础。上文已谈到，丁玲在做群众工作时，其基本的工作兴趣和工作方式是关注人，与人聊天，关注人的命运。这与作为文学创作者的作家丁玲的兴趣和关注点也是一致的。阅读《桑干河》及其续集可以注意到，作品的构成基本是故事和人物，其中不同人物的命运及其变化所关联的社会关系、历史情境，更是构成作品的基本要素，在《桑干河》的续集《在严寒的日子里》，这种写法更为突出。这种写作形式上的变化不仅与丁玲因对大众化的追求而产生的文学形式的嬗变有关，也与她在河北进行土改工作时的基本工作方式有关。

离开河北后，丁玲在1949年曾写过一篇文章，回忆她在宋村结交的一位朋友——陈满。[2]这位一生充满苦难的农村老太太是宋村土改中自发涌现的积极分子，虽然最终没能成为贫农团的小组长，但她与丁玲

[1]陈明：《我与丁玲五十年——陈明回忆录》，中国大百科全书出版社，2010年版，第105页。
[2]丁玲：《永远活在我心中的人们——关于陈满的记载》，《丁玲全集》第5卷。

的交往却给了后者极大的冲击。这个人物与《在严寒的日子里》的陈满不仅名字相同，经历也基本相似，而且，她的个性、言行也散布到了小说中的陈满和万福娘身上。丁玲的小说中，女性人物的塑造具有一般人难以企及的特殊深刻之处，即使在战争、革命的环境下，她那种特殊的女性的视角也没有磨损，甚至散发出别样的光芒。在这篇文章的结尾，丁玲写道："到如今，当我每次脑子中有空的时候，或者当我需要感情的时候，就会想起许多人们，而陈满就是其中的一个。可惜我现在还只能为她做些简单的记载，但这些永远活在我心中的人们，我总希望我能使她们永远在一切人们的心中。"[1] 这就是她要在《在严寒的日子里》要做的工作。这些人物构成的画廊并不是路上的风景，作为"行走在路上的文学"，因为其特殊的感情和工作的连结，也活在了行走在路上的人们心中。

[1] 丁玲:《永远活在我心中的人们——关于陈满的记载》,《丁玲全集》第5卷，第275页。

“搅动”—“煨制”：《暴风骤雨》的观念前提和展开路径

◎何浩

一、周立波20世纪30年代对现实主义的观念认知

1943年10月《解放日报》正式发表1942年5月毛泽东《在延安文艺座谈会上的讲话》，之后几年，解放区的长篇小说并没有爆发式增长。直至20世纪40年代末期，以《讲话》为创作原则的长篇小说才大量涌现。如1947年，周立波和柳青几乎同时完成各自的第一部长篇小说。周立波从接受和吸收20世纪30年代左翼现实主义文学理念出发，逐步深入革命实践，并以他所理解的《讲话》为指导，以他所投身的东北土改为经验基础，于1947年创作出配合政治的《暴风骤雨》；柳青同样自觉以《讲话》为指导原则，抛弃早期受“五四”文学传统影响的创作方式，自我革新，同样于1947年创作出《种谷记》。不过，为何当时几乎与周立波、柳青有着同样实践经历和观念意识的文艺工作者，却会相当激烈地批评《暴风骤雨》和《种谷记》？《暴风骤雨》在以自己的文学方式配合政治时，有着什么样的独特性，这种独特性为什么又会遭

到颇为激烈的反弹？它到底具有何种创新性，为何难以得到有着丰富文艺阅读经验的作家和评论家们的认同？

我们先从周立波的文学脉络以及《讲话》之后的政治要求来看《暴风骤雨》的独特性。

周立波的文学创作和他的文学观念在30年代并不统一。他在30年代上海时期集中学习和接触到现实主义理论，可他在现实主义理论方面很难说有独创性理解。不过他难言新意的理解恰恰也反映出现实主义理论在左翼文艺中被普遍理解的构架和形态。

在《文艺的特性》(1935年5月25日)一文中，周立波讲到了文艺与科学的区别：

> 不从抽象的观念出发，不从数字和概念出发，用艺术家的彩笔涂出生活的颜色，用艺术的手段表现自然和思想，使思想和自然在形象的系列中活生生地再现着社会的本质，矛盾和发展也在这里透露出来。透过这形象，我们认识了世界，认识了世界的矛盾和发展。这便是文学。文学和科学，同样是从具体的现实出发，同样抱着认识世界的目的，不同的地方是在认识的形式上，“科学在概念上认识世界……艺术是用形象的形式（用形象的思维的形式）同样反映和认识世界。”(米定)“艺术，是始于人将在围绕着他的现实的影响之下，他便经验了的感情和思想，再在自己的内部唤起，而对于这些，给以一定的形象底表现的时候的。”(普氏《艺术论》)[1]

如何在与科学的关系中重新界定文学是20世纪初西方文学思潮的一大特点，本文此处无意梳理和辨析周立波的文学理解与之的关联。本

[1]《周立波文集》第5卷，上海文艺出版社，1985年版，第16页。

文想讨论的是周立波着意的层面，他在此处所强调的重点是：文学与科学面对同一个世界，它们的差异在于，文学与科学的不同实际上是认识世界的形式手段的不同。科学用概念，文学用形象。但是，周立波没有追问，如果我们最终认识到的世界是大致一致的，那这个形式的差异又有什么重要性呢？周立波没有进一步辨析，关键在于文学的这个形式、形象，它包含着科学的抽象方式含摄不了的世界的内容。文学可以是在不断叠加新知之后生成的新感知，而这些新感知有可能让我们更加深入世界和现实。而通过这些认知方式和认知步骤对世界和现实的更加深入的认知，是科学无法替代的，也是可以与科学发现的世界形成对峙的。而且，周立波自己的创作中通过文学所把握到的世界的深度和层面，也未必就是科学所把握到的世界的深度和层面。不过此时周立波的创作尚未推进至足以令他感受和认知到这一区别的程度，他的反省也未到这一环节。如周立波举例展开叙述文学由于生动而来的特别性，也能看到他此时侧重的层面：

> 一个青年拿了自己一篇描写乞丐讨钱的稿子给朵斯托益夫斯基告诉他不应当这样地投，应当说：他把一个小钱向乞丐投下，钱落在地上，叮叮当当地滚到了乞丐的脚边。看了这个故事，我们可以明了文学形式的特点。我们更可以随便举出许多的例：在普通的新闻记事上简索地写着："一女人病死。"屠格涅夫在《猎人日记》中却这样写道："她的眼睛并没有完全闭合起来，一个苍蝇打从眼睛上爬过。"这样，把那女人的死的情状——幽凄的光景，用两句话表现出来，使我们感觉到这女人好像是死在我们的眼前。[1]

[1]《周立波文集》第5卷，上海文艺出版社，1985年版，第17页。

周立波找到了很好的案例，但他只使用了案例一半的能量，也许还是案例并不重要的能量。周立波没有深入辨析，这两个案例之所以是文学性的，不仅在于陌生化，也不仅在于生动，而在于文学由于特殊的观察和体认而对世界的深入程度和认知能力。比如，即便我们可以说钱“叮叮当当滚到乞丐脚边”的世界跟乞丐讨钱是同一个世界，但这两个路径揭示出的世界又并不一样。世界这个角落的“叮叮当当”性是不能被省略的。它是一个充满被侮辱与被损害的、惊心动魄的世界，不能被忍受的世界。乞丐讨钱可以是一个社会学、人类学、政治学、经济学的命题，是一个无关这样的生活是否值得过的世界；但钱以“叮叮当当”的方式滚到乞丐脚边的世界，却是一个不忍直视却又被残忍听到的、不该发生且应被谴责的世界。这一世界面向是俄罗斯文学对于人性无比敏锐的洞察和发现才得以呈现出来的。但这一世界被发现和揭示不是因为文学的“生动”，而是因为文学对此世界中人的存在状态的性质有着独特的洞察，它以自己独特的洞察力将这个世界隐秘的或以其他方式无法显现的层面显现出来。在这个意义上，它与科学所描述的乞丐讨钱就不能直接说是同一个世界。至于这样的不忍直视的世界是如何被构造出来、应该如何改变，不是这样的文学方式所能够揭示。可关键是，一旦周立波把文学的这一特别能力归因于生动，文学的重心就可能变成强调修辞。这种强调有可能使得文学的感知力滑向另一层面，而这个修辞就可能变成自为的环节，原本文学修辞所指向世界深处的方向性就可能偏移。

而周立波此时的认知结构是，世界是唯一的，文学和科学是抵达世界的不同方式。他这一认知结构的关键问题在于，这些不同方式对于认知和抵达现实世界来说，是否会存在优先性？如果不存在优先性，那不同认知方式经由自身路径所认识到的世界又呈现出不同，且彼此差异巨大，那如何解释其预设的世界的唯一性？如果存在优先性，那谁更优先？为什么？

这涉及怎么理解现实世界的构成。在《理论检讨——评苏汶先生的〈作家的主观与社会的客观〉》(1935年6月17日)一文中，周立波阐述了他所理解的现实主义的“现实”是什么：

> 苏汶先生对于“客观”的认识也是非常浅薄的。他以为只有摄像机能够摄出来的事物的表面才是“客观”，但是我们知道凡是独立存在于人的脑子以外的东西，都是“客观”的东西，在现实中，除了事实的表面以外，还有现实的内在的矛盾和发展；事实的关系与因果；这虽然是需要经过抽象的思维和分析才能认识的东西，但是这是“客观”，因为它们并不是经过了思维以后的产物，而是独立于人类意识以外的东西。[1]

这里的关键是，周立波理解的现实主义的现实之特质在于，它有一个结构：除了表面的，还有内在的矛盾和发展，还有关系和因果。而这一特质的特殊要求是，它需要经过抽象的思维和分析才能认识。那这就意味着，在周立波的理解里，现实世界的内在结构只能经过科学(也可以是系统的哲学和社会科学)才能被认知，文学自身无法揭示和抵达“现实”的内部结构。现实的内在构造既然是这样的结构形态，文学又没法儿具备抽象思维和分析的能力，那它就只能借助或等待哲学、宗教或政治对现实的分析的结论。最关键的地方在于，文学对于现实的这一结构是无能为力的，这预设了文学只能是以形象去反映被揭示出来的现实，文学只能以生动性去图解现实结构的结论性概念。这并不是30年代左翼文论的全部结论，但却是周立波理解的左翼文论特别有征候性的

[1]《周立波文集》第5卷，上海文艺出版社，1985年版，第77页。

环节。

这种征候性还表现在1934年苏联社会主义现实主义的文学口号传入中国之后，周立波对现实主义的强调，是在突出“提高现实”这一层面。在《艺术的幻想》（1935年3月7日）一文中，周立波认为：

环绕着浪漫主义者的周围世界，常常是充满了丑恶和平凡，一切作为艺术的原料的境遇和事物，差不多总是无价值，无色泽的杂质的堆积，在这表面，看不出任何艺术美，更没有人类的梦；只有经过创造底提炼和夸大，才能成为包含着这一切的浪漫的产品，如果把这产品当作艺术的溶液，把创造的主体当做熔炉，那末幻想就是这熔炉的主要的炭火。

但是，艺术的幻想决不只是对于浪漫主义如此重要，就是在极端的“自然主义”和严格的现实主义的创造活动中也演着最重要的角色。主张用文件上的忠实来处理现实的“自然主义”大师左拉也说过他的所谓现实是“以感情的三棱镜所窥见的现实。”通过这三棱镜所见的多芒的，辉煌的东西不是等于我们的幻想的一部分吗？[1]

幻想常常使自然现象和人类生活，反映到人的脑里，成为比实际的存在更鲜明，更尖利的东西，这一点，在诗和漫画上，表现得更加明白。

在现实主义的范围中，常常地，因为有了幻想，我们可以更坚固地把握现实，更有力地影响现实。不理解这一点，对于许多伟大写实主义者的奇幻的构想——如哥郭尔的常常出现的鬼怪等——是

[1]《周立波文集》第5卷，上海文艺出版社，1985年版，第11页。

> 不能解释的。……实际上，没有幻想的成份的现实主义决不能满足新的社会层的需要。……进步的现实主义者不但要表现现实，把握现实，最要紧的是要提高现实：要使“我们的关于人类和生活的认识深化，扩大”，要“补足那尚未发见的事实的连锁之环”。[1]

周立波在这里实际上接受了苏联现实主义的理解，把重点倾斜到如何提高现实上。这与他在讲典型时，强调“敏锐的眼光”“灵敏的感觉”有内在一致性，但又不尽相同。为了在众多现实现象中塑造典型，需要眼光敏锐，感觉灵敏，去芜存菁。从某种程度上来说，这也是对现实的“提高”。但从敏锐眼光和灵敏感觉去发掘现实，发展到“提高现实”这一环节，并不是自然而然的过程。这中间有一个对“现实”的不同理解以及谁来提高的问题。比如，“提高现实”中的“现实”变得具有了要“更高”的方向性，而且，这一方向性常常还是由作家之外的方向推动的。

“提高现实”的问题实际上将典型塑造中的两个看似一致的过程分成了两个领域。比如周立波常举例的法国现实主义，就并没有发展出苏联文学中的提高现实的文学观念。这当中的关键差异是，现实主义可以相对在文学理解中将现实设定为是稳定的；而提高现实中的现实由于有了一个“提高”，实际上总是在结构性地变动，让理解现实和呈现现实都具有了新的难度。不过在周立波这里，文学中的这个困难又提前被哲学或政治解决了。接下来的工作，周立波认为是以文学的形式将之提炼和夸大，使之鲜明、尖利。

周立波30年代关于现实主义的理解方式和方向重心实际上为他在40年代接受《讲话》奠定了观念基础。在他看来，无论是现实的内在

[1]《周立波文集》第5卷，上海文艺出版社，1985年版，第12页。

结构必须依赖科学，还是提高现实中对于方向的敞开和渴望，都是文学自身所无法提供的。文学对于社会的抱负，需要等待某种科学对现实深度的揭示。在这种观念意识中，他在文学实践上侧重于探索文学的生动性和丰富性。当这个现实的内在结构尚未被阐述至能使他信服时，他在等待。这一等待时期中他的创作大多朝向一个处于黑暗渊薮的大众，为底层抱不平。此时他笔下的大众是模糊的，但他用文学的生动努力表达着自己感知方式的清晰度。这一特征，体现在他 30 年代的散文里，尤其体现在他 1941 年创作的小说《牛》之中。

而当 1942 年 5 月 23 日毛泽东《讲话》之后，周立波于 6 月 12 日发表了一篇《生活、思想和形式》的文章。这篇关于文学基本结构关系的文章中，思想已经排在了生活的后面。[1] 这并不是说，思想不再具有发现现实的优先性。而是说，他从 1939 年 12 月到延安开始，逐渐信服地接受了中共关于中国社会现实的政治理解。换句话说，周立波对 1942 年《讲话》的接受，在思想结构上，早在他 30 年代的观念意识中就已经奠定了基础。对《讲话》的接受意味着中共此时的政治理念和政治实践填补了周立波在 30 年代观念意识中期待着的思想位置，也更改了他关于文学知识结构中的位置：以前的现实—思想—文学，变为了生活—思想—形式。在这一改变中，现实的复杂度已经被中共的政治理念和政治实践所提前抵达，现实的内在复杂深度已经被揭示，不再是有难度的现实，而是变成了需要去熟悉的“生活”。所以周立波此时的反省里会说：“我们是从旧世界里来的，还带着许多思想上的毛病。”这个毛病就是不熟悉生活。之前需要依赖被科学揭示的“现实”，变成了已经被中共政治所揭示出内在结构的“生活”，且是工农群众都感兴趣的生活。那文学的问题只是在于，我们对于政治理念和思想所要求抵达的生

[1] 这篇文章的题目是后来再次修改过的，但在 1942 年《讲话》后，周立波的思想认知位置的变化已经完成。

活不熟悉而已，现在，我们去熟悉它就可以了。

二、《讲话》前夜的周立波

周立波30年代的观念意识形态和文学创作经验，很大程度上决定了他在1942年理解和接受《讲话》的方式和重心，决定了他在接受《讲话》时不同于柳青、丁玲、草明、杜鹏程等作家的方式。作家自身接受条件的差异，再叠加上《讲话》后中共政治实践落实于中国社会时所要求的差异性，也决定了看似同一的《讲话》文学体制，实际上变得具有多形态性。

周立波这一观念意识的路径特征在他30年代至1941年的创作方式中也会体现出来，尤其在1941年的小说《牛》的叙述节奏、情绪重心方面。这篇小说是周立波1928年离开益阳老家进入大都市后，第一次有意识下乡的结果。1941年春，他到鲁艺附近的碾庄住了五十多天。此时周立波的文学理解可以从他创作形态的方式中窥见。虽然在行动上他看似与1942年《讲话》后政治所要求的深入生活一致，但实际上周立波此时对农村现实的内在感知和把握方式与1942年后的方式截然不同。

比如，他在小说中写人、写景、写童趣、写留恋，都掩盖不了他在个人与现实、事件与情绪、公事与私情中叙述节奏变化上的独特性。他看似写农民，实际上他处理农民的方式，却不是《暴风骤雨》的方式。这些变化恰恰呈现了周立波内在感知的松紧张弛的方式，以及这些松紧关系中他通过远近疏离、进退尺度的把握所体现出的他的感知方式。

> 你们碰到过这样的晚上么？坐在一个生活很好的乡村的炉火边，忘记了过去和远方，忘记了远处的人们的不幸，和旧时的生活

的悲惨，让绯红的炉火照着你的脸，你的心里盈满了温暖和安宁的感觉，一声不响地听一些乡村的人们，完全用他们自己的看法和说法，谈说着天时、鲁艺、共产党的福气、统一战线的掌柜和北欧艺术里面的不穿裤子的婆姨。你们碰到过这样的晚上么？这是很有意味的。

张启南也在，他坐在炉火边，还是不快乐，一句话不说，只是低头吸他的烟管。在大家笑着的时候，他站起来，像影子一样轻轻地走出了窑洞。大家也动身要走，这一半是因为时候不早了，明天大家很早要起来；一半也可以说是受了张启南的不快乐的影响，没有兴致再坐了。外面的月光很明朗，照出了院子里好几堆残雪，放射着耀眼的光辉。北方的月夜是好的，特别是没有风沙、有些残雪的春天的晚上；明澈欲流的光辉，会使人感到一种清新和明净。院子里的槐树的影子，静静地伸在地面上，人从树底下走过，一个一个的人影子，嵌镶在树影的枝条间，又迅速地移去。人走尽以后，我也要回自己的窑洞去，经过张家的牛栏时，看见从那月光照不到的牛栏的幽暗处，闪出一个黑色的人，向着我走来。走到我面前，他兴奋地连连地说："吃了，吃奶了。"这是张启南，月光里，我又隐约地看见了他的快乐的微笑，我也觉得很快乐。常常地，人的心是可以被别人的一滴眼泪，或是一丝微笑撼动的。

回到房间里，立即吹了灯睡觉。但是很久没有睡得着。从微微明亮的纸窗的外面，清楚地传来了远处的小溪里面的一些青蛙叫，和近边的牛嚼草料的声音，此外是十分地寂静。寂静有时是好的，那会让人清晰地想到许多事。我想起了牛、微笑和革命政权的意义。在这一向落后的陕北的农村里，因为有了共产党所领导的新政权，人和人间，已经有了一种只有生活的圆满和快乐才能带来的亲

切的温暖的东西。……[1]

他在引文中的第一段写村庄夜晚文人们和村民小聚闲聊中他的走神。跟后来的《山乡巨变》不同，周立波此时还不太能找到融抒情于叙事的途径。他需要直接跳出叙事脉络的节奏，才能感叹“温暖”与“安宁”，似乎他内心有一口气息不能在与他人的交谈中顺接舒缓，需要另辟一个途径才能吐尽。周立波另起一行，好像询问另一群朋友：“你们碰到过这样的晚上么？”此刻乡村远离不幸和悲惨，而被这乡村夜晚的温暖和安宁感染的他沉浸于此。但这种情境虽然热烈而令人沉浸，其实也令他有点儿不安和不适。这群人和环境都不太是他习惯和自然能找到逐渐平息方式的处所。

（所以）在对村庄群众火炉小聚的描写之后，他紧接着写了两长段落的情绪如何借空间来转移。这个转移并不是他情绪的回落，而是他要寻找另一种他更自在和习惯的方式，来形式化地释放这些被激发出来的热情。对于周立波来说，热情的形式感并不存在于与村民共同生活的时空之中。这种情境能激发他，但激发出来的热情似乎仍旧只能储存于他内心，无法依凭这一情境中的人和物来外化释放。他不写炉火，不写炉火映照下的窑洞里的农具、灶台，不写农夫脸上褶皱阴影下的光泽感，这是他1957年在短篇小说《山那边人家》里的写法。他此时还无法将自己内心的热情自然扩展到这些现实中的物的色泽中。他当然懂“托物寄情”，但必须是能够被他的感知方式所捕捉和深入的“物”。而现在碾庄的窑洞和农具都是从未被文学感知方式描述和规定的物，是陌生的物，情无法萦绕、寄托于其身。这时我们看周立波寻找什么方式、途径，借助什么来给情绪赋形，往往能看到周立波此时作为文学家的感知

[1]周立波：《牛》，《周立波文集》第2卷，上海文艺出版社，1985年版，第305—306页。

方式。虽然已经在延安，并且也跟随大家下乡深入农村，但此时周立波更加稳定和常用的感知方式仍是他自幼熟读古典和30年代在上海阅读文学而来的方式。

比如周立波开始写大家的散。从炉火边走到窑洞外，周立波似乎才找到了令他各种感官舒展的空间，情绪也从各感官疏散出来："外面的月光很明朗，照出了院子里好几堆残雪，放射着耀眼的光辉。北方的月夜是好的，特别是没有风沙、有些残雪的春天的晚上；明澈欲流的光辉，会使人感到一种清新和明净。院子里的槐树的影子，静静地伸在地面上，人从树底下走过，一个一个的人影子，嵌镶在树影的枝条间，又迅速地移去。"先是弥散的月光，又拉回来照映着具体空间中的残雪，再反复在院子中视线推移，天空、地面、人影叠加着树影，塑造出空间的动静层次。这些描写实际上是脱离窑洞人群情境逻辑肌理的。既脱离农村的现实结构，也脱离张启南的状态。但对于周立波来说，这些疏离于人群的树影、月光、残雪，空气的清新明净，以及人影的动静，才是他感知方式中能够将内在情感外挂的形式物。只有呈现出这些在古典诗词中常见的意象，塑造出这种意象间疏离与动静的方式和尺度，才让他整个人有了呼吸的透气性，他整个人与现实世界才获得某种隐秘的通途。

对此时的周立波来说，越是疏离，越是有透气性。而疏离之后，周立波反而感觉与村民是切近的。他回到家，听着蛙鸣，"觉得寂静有时是好的"。抒情距离上的疏离不等于被抒发的情感与激发对象上的疏远。相反，因为他内心对这种情感的笃定和信任，让他可以安心保持疏远的距离，不需要急切去攫取。距离上的疏离反而可以让他的情感扩展为阔大、包容，并以弥散的方式反过来萦绕激发他亲近感的人世。这种亲近感的构造方式也许跟中国传统文人的感知方式有关，但亲近感本身却是延安政治打造的氛围所带来的。只是，这种构造方式并没有让周立波更接近他这次的碾庄之行所希望了解的乡村和深深触动了他的村民，或者说，周立波一方面在观念意识中渴望为大众、为现实，但他内在的现实感知方式和表述机制却并没有跟随现代社会的新要求而打破重建。他的努力方向，不是揭示现实，而是探寻丰富的“生动”性。不过，他的这种表面努力接近现实、内在却需要疏离现实才能呼吸的感知状态马上就会受到《讲话》的冲击了。但这个冲击首先是来自理论层面，而不是感知方式层面。他的回应方式，则在很大程度上决定了他对于《讲话》原则的拓展方式，也是《暴风骤雨》的展开方式。

周立波这种感知现实的方式并不能直接套用他30年代对现实主义的理解结构来解释。周立波此时的这种感知方式和理解结构虽然与30年代他的感知方式和理解结构确有相似之处，但历史实质内容的差异以及不同历史内容所形成的新关系，会对周立波此时的感知状态和具体形态造成重要影响。比如，他在30年代上海时期的创作中，虽然也存在文学侧重赋予现实生动性的惯性，但那时的生动性，从未有如此的透气和亮泽。这种透气和亮泽跟中共在延安所打造出的整个思想、社会氛围有关。不强调这一层面，我们就会简单化地认为周立波有一个源自30年代的内在不变的观念意识构架，而此后的历史变化都不曾令其改色。但实际上的情况可能是，周立波的这一观念意识构架是在不同历史时期与不同历史条件不断交叉搭配，并不一直处于决定他状态的唯一核心位置。比如，在30和40年代，周立波对“现实主义”内在结构的理解并没有变，仍是文学无法揭示现实的深层结构。但在30年代，国民党实际上也提供了对于中国现实的种种思想理解，但这种理解并不能得到周立波的认同。而在40年代的延安，不仅仅是《讲话》对于文学的政治要求，而且还有着周立波在碾庄所感受到的氛围，还有他1938年行走晋察冀根据地时的见闻，以及中共此时期对于中国社会和中国革命的诸多具有创造力的论述和实践经验，共同激发着周立波的这一“现实主义”观念结构涌动出新的力量和方向。比如这一晚的小聚，如果大家不是“谈说着天时、鲁艺、共产党的福气、统一战线的掌柜和北欧艺术里面的不穿裤子的婆姨”，如果大家是在阅读蒋介石的新生活运动文件，阅读四书五经，我们无法想象周立波会觉得这样的夜晚温暖而安宁，并从内心不断涌动出将这种热情外化的冲动。周立波以自己的感知方式确认着革命实践所打造出的、因对中国现实的深度理解而展开的活跃局面，确认着革命实践的观念—思想—政治—社会—生活等层面的高度活力，以及对于一个作家的感召力和说服力。换句话说，周立波关于现实主义文学的理解构架的活力，以及他的感知方式和活跃度，是被中共革命政治实践对中国社会深度揭示和打造再度激活的。

如果没有随即而来的《讲话》，周立波或许就会沿着这样的文学观念方式与革命政治的现实实践互动和呼应。但在这种互动方式中，周立波的感知方式和疏离方式很大程度上仍然是被动的。他的感知赋形能力更多需要被某种情境牵动和激发。可这样的现实主义文学很难达到它实际上所渴望的对社会现实进程的深度介入。尤其对于“提高现实”的内在要求来说，周立波这种感知方式在结构方向上就基本不可能完成内在于“现实”的历史结构要求来推动、展望和提升。

这或许也是周立波了解《讲话》之后，很快便说，“近来使我思索最多的，是我们的生活和思想的问题。我们这些有点写作知识的人，都还能够适当地表现自己的思想和情感，都还能够清清楚楚地说一点道理，讲一个故事，有时说得很轻松，有时很沉重。但要提出时代的重要的问题，写出广大的工农群众都能感到兴趣的生活，那就为难了。我们对于那样的生活不熟悉。”[1]《讲话》给周立波提出的新挑战是，“提出时代重要问题，写出群众感兴趣的生活”。周立波明白，在这一新挑战下，

[1]《周立波文集》第5卷，上海文艺出版社，1985年版，第280页。

表现自己的思想情感——无论是否生动（或轻松沉重）——那就远远不够了，因为那可能会流于“修辞”。而现在，《讲话》将周立波推到了更艰巨更有分量的工作之中：文学要能够介入现实，并提出时代的重要问题。

这实际上是要推动周立波认知时代现实状况，并把握其内在结构的构成脉络，提炼其混杂焦灼的关节，推动问题的生成与解决，成为掌控历史的主体。周立波敏感意识到了这一内在压力。他承认，“我们对于那样的生活不熟悉。我们是从旧世界里来的，还带着许多思想上的毛病。”“那样的生活”是指广大工农群众都能感到兴趣的生活。这是来自亭子间的周立波不熟悉的。周立波其实并非不熟悉工农群众的生活，但并不熟悉他们“感到兴趣”的生活，那是革命政治通过对社会现实的深度认知和实践所（将）带来的新时代的新生活。从一定程度上说，之前周立波没有深入想过要主动去认知时代，并提出时代重要问题。左翼文学观念带给他的认知结构是，文学关注现实，表现现实；虽然在观念层面也提出要提高现实，但这就要先认知现实。可第一，文学自身又并不能揭示现实内在的深度；第二，国民党关于中国的现实叙述没有说服力；第三，中共当时也没有发展出有说服力的中国现实叙述，这使得文学实际上就没有可凭借的中介去抵达现实的内在深度结构。左翼文学虽然也叙述时代现实，但更多是观念层面的现实，并非时代现实的具体构成，也很难提出“时代”重要问题。茅盾曾在《子夜》里尝试去认知时代，提出时代重要问题的文学。但周立波没有。现在《讲话》要求，在政治助推下文学应当去揭示和提高现实。这实际上与周立波的观念意识并不矛盾，并不是外在于他的政治强求，而是内在于周立波的观念意识。这个内在逻辑此时又配合着中共在延安的整个思想—实践活跃探索和生活氛围，一起推动着周立波的观念意识此刻愿意尝试去展开新的试探，并在1947年尝试第一次以新的方式写作，即《暴风骤雨》。

三、《暴风骤雨》的观念前提（一）

不过周立波并没有在《讲话》之后马上写长篇小说。事实上，1942—1947年期间，他很少创作。这一时期他的小说诗歌散文及文艺评论都非常少。1944年，他随王震359旅南下，1946年写出报告文学《南下记》。1947年5月的短篇小说《金戒指》。周立波实际上并不缺乏军旅经验，1938年他就穿行晋察冀根据地，并写出报告文学《晋察冀边区印象记》。但他一直没有创作军事题材小说。也可能，从周立波的内在感知方式来说，从他深入世界的方式来说，军旅生涯过于紧迫了，他无法抽身回旋。军旅生涯过于惊心动魄，周立波并不擅长刘白羽式汪洋恣肆的直抒胸臆，这种方式反而会让他无法呈现他的内在感知，也无法与现实自在互动以编织出一个生动舒展、形式精巧的作品。一旦他以自己熟悉的、疏离的方式来描述八路军，他在军旅中被激荡出的激情与这种疏离的感知方式又很难融合。从某种程度上说，周立波的感知方式和创作方式有一定的封闭性。周立波的内在构成方式不是“五四”为文学而文学的封闭式，但左翼文艺也并非意味着自然地向现实无条件开放。对周立波来说，他的开放度仅限于内在情绪被底层大众的命运激荡；一旦被激发，他就需要某种程度对现实或对象的抽离，以疏远的距离将之重置于某种空间中按照他的感知方式来编码。或者说，一旦被激发，他就需要调动他的感知方式来选择敏感点，将现实封闭在这种感知方式之中进行编织。而军旅的密集行程以及对军人的高度征用，使得这种疏离实际上是与军事要求相违背的。军人的自我必须全神贯注投入生死存亡的每一个瞬间，而他的这种疏离和打量至少会让双方不适，而且在道德上也会给彼此托付彼此信任的战友带来不适。无论是在苏联还是中共的军旅作家中，这种状态的战士或知识分子都常常是被批评的对象。

周立波1941年的监狱系列小说中常让情绪内在于人物现实情境而抒发。但那些小说多是以他自身经验为基础。一旦写他人、写社会、写现实，周立波的感知方式就发挥着更强的与现实疏离、编码现实的作用。作为有社会责任感的左翼作家，一个自觉编织和叙述自身之外的现实世界的作家，我们也可以说，周立波一直没有充分"社会化"。或者说，他很长时间内都是面向大众、但更多以自我感知为中心创作的作家。这一特点也许也可以看作他的小说诗歌等和他的报告文学之间的关键性区别。他早期诗歌和散文均多有面向大众、又以自我感知为中心组织和编码现实的特征。从他的报告文学开始，他才更多尝试练习如何在感知方式中（而不是题材选择）直接呈现他人和世界。但报告文学这种方式还无法充分让他练习如何"提出时代重要问题"，无法让他充分发挥超越个别性、描述普遍性的文学特质。他在1939年的报告文学中可能尚未思考这一问题，而在1946年的《南下记》中也没有更多探索。相对来说，周立波此时更习惯在被现实情境激发后，以与现实对象保持疏离、以自己熟悉的感知和编码方式组织意象来直抒胸臆，而不是紧贴对象的状态来寻找或开掘抒发路径。1942年之后，当《讲话》提出面对现实的新要求时，周立波意识到自己"思想"上出了问题。他尝试改变。如何与《讲话》的要求磨合，需要一个探索的过程。而报告文学，包括小说《金戒指》，其实可以看作周立波练习如何将自身社会化的尝试。

从这样的角度来看，也可以说《暴风骤雨》是周立波的一次全新尝试。对他来说，这种"新"，首先在于要将自己在尚未被激发和被触动之前，或在被激发之后，抽离出某一具体现实情境，依赖于政治理念重新建立整理自我和此具体情境之间的关系。这与他之前所习惯的——必须依赖于具体现实、却又围绕自我感知的——触发机制、感觉方式相当不同。比如他在 1946 年 8 月会主动选择去东北，而当他在 1946 年 10 月参加东北土改，被整个运动所震动之后，他就不能再直接反映为他所熟悉的疏离的抒情。他需要在实践中被触动之后，抽离出这一实践和触动，抽离出自我所熟悉的感知路径，从一个政治理念的角度来重新整理和理解这一实践经验和自己的被触动。周立波遭遇的挑战性在于，要克服他所习惯的——被现实情境触动后，与现实保持疏离，进入以自我感知为中心的——编码方式，现在他要进入政治理念和政治政策所理解的现实逻辑关系中来重建自己的感知方式，展开编码。周立波要克服的是过于以自我感知为中心（后来的教条主义则是不止不能以自我为中心，还不能以现实具体状况为中心，而必须以当时的政治理念或某种文学规则为中心）。

关键还在于这一抽离出来之后应该如何确定对实践经验的新的观察点。因为抽离之后，这个实践经验的位置会因为观察者位置的不确定而变得不确定。之前周立波的感知方式是位置确定的：他面对现实，依赖现实状况中的某一点，再适当疏离，选择现实中的山月树影雾气或某种关系性，编织为某种叙述或抒情空间。位置中心在他自己这里，而现实在他身旁。他从 30 年代开始的创作一直是以这种方式展开的。一定程度上，这也是 30 年代的左翼现实主义可以接受的。但《讲话》后的政治对现实主义有新要求，现在这种新文艺要求周立波在被现实触动激发后，不能停留于自我，而是要返回到这一切现实经验（包括他自己）背后的历史构造条件中。他实际上在重新练习如何面对一个直观经验世界背后的历史暗影，即时代的历史构造机制。

周立波现在的抽离方式是，通过政治政策去把握时代的历史暗影。他的感知中心从自我转到了政治。这种转移在逻辑上延续了他 30 年代就形成的现实主义观念结构的理解方式：文学本身无法解释这些现实实践经验背后的深层结构，需要思想（现在是政治，为什么政治在 40 年代能发挥这种作用，也是值得讨论的问题）来揭示现实结构，文学在此基础上再发挥自己的作用。这并不是《讲话》所带来的唯一可能，比如周立波的这一方式跟柳青就非常不一样。周立波对《讲话》的接受角度跟他30年代的文学观念有关。正是《讲话》后整个文学观念的变化所带来的文学创作方式的变化，使得周立波需要重建自己的感知方式与现实世界的连结方式，而这个重建的方式、途径、角度又被他之前观念意识中对"现实"的理解方式牵引着。

这也是周立波的创作自述中谈到的，他在创作《暴风骤雨》时，需要抽离出自己投身于其中的经验，大量查阅政治文件和相关典型人物的报道，重建认知经验的基点。这是《讲话》之后的文学依托于政治为中介理解现实来建立基本感知方式所带来的认知程序的变化。这一变化其实对所有接受《讲话》指导的作家都是挑战，周立波的回应中特别性又在什么地方？

我们可以通过1948年《暴风骤雨》座谈会的一些信息来分析。《暴风骤雨》座谈会上的诸多评论家指责周立波过度依赖了政治文件，而没有回到现实事件本身，从而改写了真实事件的历史生成语境。这一指责的背后是对这种改写的担忧，也是对周立波写作方式特别性的一种辨认。周立波自述创作过程时说：

> 动笔之先，我把所有材料都温习了一遍。在研究和回想的当中，人物逐渐的浮起，故事慢慢的形成。往后我就研究中央和东北局的文件，追忆松江省委（1954年8月撤销）召开的县书联席会议以及好多次的区村干部会议。借着这些文件和会议的指示和帮助，重新检验了材料和构思，不当的删削，不够的添加。
>
> 但是所用的材料，都是个人的经历和见闻，不知是不是典型？我借了《东北日报》登载土改消息最多的几本合订本，把半年多

的二版上的文章和消息全部阅读了，把构思中的人物和故事，又加了一回修正，稀奇的删削，典型的留存。这样，下卷里的情节和人物，虽说不是东北各地一致的典型，至少也是北满农村普遍的事例。[1]

周立波反复掂量的重点是文学的形式编织和情节人物设置如何才能借助文件和会议的指示，通过拣选材料和构思，来达到“普遍性”和“典型”。这与《讲话》所要求的“提出时代重要问题”施与文学的压力有关。但实际上，这里存在着一个“普遍性”和“典型”如何才能具备揭示现实深度结构的能力的张力问题。比如，周立波1947年的困扰背后，隐藏着的问题是，一个地方现实的深度结构，是否必然不具有普遍性？如何才能具备政治的普遍性？这个普遍性必须排斥地方现实的深度结构吗？普遍性是历史时刻当下的普遍性，还是具有超历史的普遍性？排斥非典型的典型形象是要针对什么问题？

与其说这是必然的矛盾结构，不如说这一定程度上是周立波的特定理解方式构造出来的困境。30年代的周立波不会面临这些问题。当时他还没有自觉去探索和落实左翼现实主义所要求的对现实深度的揭示，他是在理论观念层面敞开这一问题，但由于这一观念结构预设了文学没有揭示深度现实的能力，他也就没有动力探究这一方向的可能性。《讲话》前后，中共给出了关于中国现实状况的历史叙述，这实际上帮助周立波解决了他既有文学观念中的结构难题，所以他会在创作《暴风骤雨》时研究中央文件和追忆各种会议，以切实把握现实的深层结构。但周立波的特定路径是，直接用文件和会议的指示来裁剪和择选经验，而不是紧贴实践经验的起伏变化来观察这一文件指示在何种条件下才具备

[1]周立波：《现在想到的几点——〈暴风骤雨〉下卷的创作情形》，李华盛、胡光凡编：《周立波研究资料》，湖南人民出版社，1983年版，第286—287页。

普遍性，哪些经验可以成为什么状态的典型案例？他过快就接受了政治对于现实的深度揭示。可，哪种文件才具有这种普遍性呢？

即便《讲话》已经发表五年，但文学如何才能服务于政治，的确尚未有固定标准。对于周立波来说，他对《讲话》的理解、对普遍性的理解，还是借助了他在30年代对于革命现实主义的理解。比如他谈道：

> 北满的土改，好多地方曾经发生过偏向，但是这点不适宜在艺术上表现。我只顺便的捎了几笔，没有着重的描写。没有发生大的偏向的地区也还是有的。我就省略了前者，选择了后者，作为表现的模型。关于题材，根据主题，作者是要有所取舍的。因为革命的现实主义的反映现实，不是自然主义式的单纯的对于事实的模写。革命的现实主义的写作，应该是作者站在无产阶级立场上站在党性和阶级性的观点上所看到的一切真实之上的现实的再现。在这再现的过程里，对于现实中发生的一切，容许选择，而且必须集中，还要典型化，一般的说，典型化的程度越高，艺术的价值就越大。

周立波直接把《讲话》的政治要求衔接到他30年代对革命现实主义"提高现实"的理解之中。这一步他推进太快了。周立波在理解《讲话》时，一方面因为他30年代的现实主义观念中，文学缺乏对现实深度揭示的能力，需要由哲学、政治、思想的牵引，《讲话》的政治要求提供了他观念结构中的需要。另一方面，周立波又急切调动他30年代革命现实主义中对"提高现实"的理解来配合《讲话》的政治要求。这就使得他在创作《暴风骤雨》时，会急切征用中央文件和会议指示来裁剪经验，而他自身内在的感知方式的重建实际上并没有完成。政治的普遍性成了一个外在于他经验的套娃。

不仅如此，在周立波以文学配合政治时，他30年代关于典型的理解也影响到他此时对经验的处理方式。比如,《讲话》的确带来一个张力，政治实践需要文艺配合写政治所需要的普遍性和典型性，但政治也需要这种普遍性具有当下性，要求典型性具有及时性、精准性。文学也需要。可二者各有内在要求，其所需并不一定任何时候任何情境下都能保持一致。周立波从自己的状态出发，在创作《暴风骤雨》时，他虽然拥有当下性和及时性的实践鲜活经验，但他此时最为焦虑不安的是如何获得普遍性和典型性，克服这种当下性和及时性与普遍性的干扰。可获得普遍性和典型性的同时，如何才能不丧失现实的丰富性？在这一过程中，文学的特别功能到底是什么？政治可以作为文学抵达现实深处的中介，但它仅仅是认知的中介，并不能等于（或永远等于）现实的内在结构。也就是说，文学以政治为中介，但仍可以（也应该）揭示政治所没有揭示的现实深处。如果我们说古代中国的现实深层结构被相对稳定地表达为“道”，那现代中国社会的现实结构的内在核心到底是什么，仍是一个需要政治—文学—哲学—历史等等学科探索和发现的未显物。中共政治在 40 年代虽有活力，但它自身也尚在努力探索中国社会良好运转的奥秘。文学服务于政治，并不等于文学复写政治。这需要周立波重新探索文学如何以政治为中介去认知现实，且塑造出的典型性不丧失现实的丰富性。

四、《讲话》对现实主义典型问题的新挑战及周立波的处理方式

如果对照周立波 30 年代对于现实主义典型的理解，就可以更清楚看出他对《讲话》的接受的特定方式和层面。典型问题周立波早在 30 年代就有整理。他在 30 年代认为：

典型人物不是抽象的，理想的，典型人物的生产过程，是精密

> 的科学过程。如果说“一再的观察”是科学的主要精神，那一切不朽的典型人物的创造者，差不多都有这种精神。我们知道阿布罗莫夫的创造，是龚察洛夫用了多年的功夫，观察了几百个阿布罗莫夫气质的人的结论，巴扎罗夫的诞生，是屠格涅夫用了锐利的眼光，灵敏的感觉，把医生D当作主要标本而产生的，谁都知道《铁流》里的郭如鹤，是绥纳菲莫维支对许多军人用了极精密慎重的调查盘诘而绘成的，格拉德柯夫更说：“我特别欢喜观察人们的面部，姿势，步态，欢笑的容颜和谈话的癖性，”而“达沙这人物的胚胎是当我还在南方的时候，但是直到我在莫斯科和许多活动的女工及新的女性接触，观察了她们丰富的生活之后，它才正式诞生。”文学典型的制作者，是用敏感代替了显微镜，用深入的眼力代替了X光线，在社会环境这个庞大的实验室里检出她们的结论，在这里，去概括一切不同范畴的人类的抽象的企图，固然不会成功，而一切太依作者的理想的努力，也常常成了失败，沙宁的伟构，也因为阿志巴绥夫把对于自己十分中意的特质赋予了沙宁，而有着做作之嫌（沃洛夫斯基）。[1]

在典型塑造问题上，周立波在30年代强调要基于观察。周立波在这里又对“观察”的方式进行特别界定：一般的观察实际上是没用的，需要的是“锐利的眼光”“灵敏的感觉”式的观察。这就使得文学跟科学实际上不一样，实际上并不精密。他一直用主观能力来界定观察，用敏感代替显微镜，用深入的眼力代替X光线等等。这里的行动主体是作家自己，且看不到其他外在援助。当典型制作出来之后，它还需要被“社会环境”检测，是否是成功的“典型”。过于抽象或过于主观特

[1]《周立波文集》第5卷，上海文艺出版社，1985年版，第7—8页。

殊，都不属于成功之作。周立波实际上是力图在理智中求得一种能兼顾的，稳定或稳妥的“典型”。至于这种“典型”是否具有、如何才能具有实践形态和价值，他并没有仔细考虑。比如，如果这个社会环境并不是稳定的，是处于历史动荡时期呢？它如何能具有类似于实验室的稳定的检测能力？社会环境与实验室之间的差异在于，实验室是被设定的，而社会环境大多时候是不确定的。尤其是对于 20 世纪的现代中国来说，一切都尚未有定论，现代中国社会的深层结构到底是什么，国民党的叙述没有说服力，中共此时也没有对之发展出充分说明。这个社会环境就并没有充分显现，那此时如何衡量典型之为典型呢？对这种社会环境来说，哪种典型属于过度抽象？哪种典型又属于过度主观化？人们对于哪种形象属于哪个时代的有代表性的典型，其标准一直在变，或者说，“典型”总是处在社会各方力量的争夺的状态之中。

周立波这里的社会环境缺乏历史具体性，则其属性就相对静止。这种检测就会很奇怪，它其实无法准确探测出，《萨宁》对于阿尔志跋绥夫的重要性，以及对于 1905 年前后俄国社会环境的重要性，也无法解释为什么这么不够典型的作品在那个时刻却比《战争与和平》更能获得人们的关注。如果从这个角度来说，周立波说的这个“社会环境”，实际上会在特定历史状况下变成一个平均数，切割机，变成一个为了保证特定的被他选中的作品具有典型性而具有高度排斥性的、脱离于历史现实的抽象环境。它更多是被构想出来的——如期待出现某个稳定的历史时期——意在作为永恒艺术殿堂存放不朽艺术品而存在的。它似乎能自动检测出过于理想化或过于琐碎化的作品，比如《萨宁》就被检测出来了。但实际上鲁迅却非常喜欢。

我们当然不能把鲁迅是否喜欢《萨宁》作为它是否是高水准典型的标准，可《萨宁》至少将 1905 年革命失败后俄国知识分子中显而易见的情绪具体化了。它在 1905 年是具有普遍性和及时性的，且它的这种普遍性和及时性比《战争与和平》更加能够突显这一时期俄国知识分子精神状态。我们可以说，在社会历史变革时期，这样的小说同样具有典型性。可由于周立波的观念结构中，预设了一个稳定且抽象的社会环境作为检测所有文艺作品普遍性和永恒性的场所，周立波也就弱化了判断文学作品在社会道德层面的敏感性和敏锐的现实感。如果现实主义文学的普遍性要基于典型形象来体现，那周立波实际上对现实主义文学典型的历史性和及时性考虑得不够充分，至少周立波在1934年时对这一点不够敏感。他对典型的理解中，更多侧重静态的艺术性，而不是现实性。周立波此时的文学理解中没有强烈意识要让艺术形式充分而敏锐地含摄现实。本来具体性是典型塑造的题中之义，但在周立波这里实际上恰恰是丧失了历史具体性。

在周立波这里，典型的普遍性与“提高现实”相配合后，典型的认知方式和塑造方式以及“提高现实”中的方向性共同强化了认知在提炼材料过程中的“抽取”行为。比如它强调从某一社会群里面抽出最具性格化的特征，习惯、趣味、欲望、行动、语言等，将这些抽象出来的材料体现在某一个人物身上，以提高不够理想的、充满杂质的现实。周立波的认知和塑造方式是，“抽取”出很多特征赋予某一个人物身上。这个人物在相对于他所处的实际环境来说，就发生了变形。而这个变形后的典型人物，周立波认为它可以满足“提高现实”的认知要求。但周立波此时似乎无暇顾及，这个典型人物本身在混杂现实中的鲜活性和饱满度很可能会因此受到损伤，或只能有一种概念性的饱满度。

这也是周立波在《讲话》后持续运用的认知方式。在《暴风骤雨》的创作谈里，他对革命现实主义的理解实际上就是以这种认知方式来展开的（但这并不是《讲话》所规定和要求的方式，柳青的方式就与此不同）。我们再重复一下这句话：“革命的现实主义的写作，应该是作者站在无产阶级立场上、站在党性和阶级性的观点上所看到的一切真实之上的现实的再现。在这再现的过程里，对于现实中发生的一切，容许选择，而且必须集中，还要典型化，一般地说，典型化的程度越高，艺术的价值就越大。”周立波实际上并没有因为接受《讲话》而发展出新的塑造典型的认知方式和表现机制。从政治的党性和阶级性观点到典型塑造之间，的确需要对经验材料的选择、集中。但如何选择经验材料、以何种路径和角度来集中这些材料，却涉及非常复杂的“手术”过程。这一过程恰恰是艺术活动的关键所在，也是如何才能发展出以政治为中介的文学自身的感知方式、认知方式、叙述机制乃至节奏、气息、风格的关键所在。可周立波1947年对典型化的认知并没有因为政治的中介而对30年代的认知层面有所突破。相反，《暴风骤雨》的叙述形态反而让人看到，政治中介带给周立波的，更多是认知层面的便利。萧祥、郭全海、韩老六等主要人物更多不是饱含生活现实气息的典型人物，而是被政治文件所规定了的类型化人物。

周立波在30年代就认为，“典型”并不是类型，但他还是过度强调了为了提高现实而必须采取“抽取”的方式来塑造典型，这实际上会带来类型化的后果。他对这一过程的内部复杂性没有展开充分的文学创作上的探索，也没有积累足以充分处理相应实践材料的文学叙述经验。如果我们认同典型的内部是由个别性和共同性构成，那典型的构成是需要这两者在某一时刻达成相互交融的动线平衡来完成。在这两者中，个别性和共同性都不是既定的，大多数情况下是待构成的。文学如果以政治为中介，在这样不稳定的历史时期，政治实践即便能在某一时刻深入且有效地抵达社会环境，但政治也会处于不稳定之中。文学对政治的依托就不能是凭信，而是需要经由政治眼光进入实践后，文学自身再与现实展开磨炼、缠斗，与之对应的典型塑造实际上也就很可能是处于高度不稳定状态中的。此时典型塑造过程中的这个共同性如何能在“抽取”材料中，还能含摄和容纳处于不稳定状态中的个别性，且使其饱有丰富度就是一个具有高度挑战性的问题。

周立波30年代尚未在创作实践中去触碰这一挑战。他当时的文学理解和感知方式、叙述方式都隐隐指向一个静态的、永恒性的艺术性。上文分析的1941年短篇小说《牛》里的抒情方式也可以说是这一观念意识的某种延展，他1941年《鲁艺讲稿》也是侧重分析西方小说的超历史的艺术性。而《讲话》将政治引入文学—现实—作品这一过程之后，实际上是迫使或推动文学重新寻找和建立对于现实的敏感性和具体性。换句话说，《讲话》将周立波之前由抽象的“社会环境”来检测作品的典型性改为由“政治”来检测。不再是静态的“社会环境”的检测，而是由动态的“政治理念”“政治实践”检测。这里的“政治实践”就承担了很多功能。比如，之前整个文学活动过程的核心是由敏锐的观察来发动和组织的，观察的动力核心是作家本人，标准是作家根据自身文艺修养水准和道德水准来判断；而现在，文学活动过程需要围绕政治实践来组织对于文学材料的选择、文学叙述角度的调整，作家需要参照政治政策来确定普遍性和具体性等等。文学在整个现实世界中的位置在移动，而且需要持续移动，它需要重新获得一个可以积蓄能量以便有效介入现实的位置。

周立波一直期待文学典型具备普遍性和具体性。30年代他没有找到合适方式深入认知现实结构，他侧重在文学上追求典型的具体性生动性。当40年代他在延安时期被中共政治实践所打造的诸多方面的氛围所感召，愿意文学配合政治时，实际上他的整个感知方式都受到冲击，又来不及一一重建。在这个意义上，《讲话》不是给他带来了文学的规范性，而是给他带来希望的同时又带来无措感。即便当他投入政治所推动的东北土改实践之后，他应该如何整理所获的经验，并赋予其普遍性和具体性，仍没有可供模仿的现成模型。当他1947年构思《暴风骤雨》时，当他期待依托于政治来寻找和整理出东北土改经验中的普遍性和具体性时，他面临着如何理解政治实践中的普遍性，以及政治实践中的具体性，文学如何设置人物和情节来呈现这种普遍性与具体性等问题。

五、《暴风骤雨》的观念前提（二）

《讲话》后的革命文学以政治为中介，中共政治就对文学具有高度规约性，但也并不等于此时文学只能直接挪用政治观念作为文学理解现实的工具。延安时期中共政治政策或文件的形成本身，之所以对周立波具有说服力，并不只是因为它是政治的，更是因为它来自这一时期中共政治实践与中国社会现实的有效互动，政治对社会现实的有效打造方式和途径。正是中共（而不是国民党）在这一时期找到更多政治与现实之间的有效互动路径，并打造出更具活力的新的社会氛围，才会在延安时期吸引包括周立波在内的诸多知识分子。40 年代中共政治吸引力本身主要是来自它与中国社会的这种深入互动过程。周立波在接受《讲话》时，他感受到的、被感召的，正是这整个思想—观念—社会—组织氛围。可他在认知层面的整理中，恰恰忽略了中共政治实践过程中与中国社会现实的碰撞、受阻、挫折、纠偏与再探索和再深入。周立波在东北时对政策文件的过度重视，正可看出在他认知中政治理念和政治实践分处的不同位置。问题是，即便是接受中共政治文件，实际上也需要分级，中央级文件、地方级文件和县级文件有政策上的一致性，但也有不同层面的侧重，以处理不同地方状况。周立波在依赖文件时，没有充分注意到这些差异性文件中对政治实践经验的不同获得方式和过程，他还是在认知中高度选择性地择取了他所需要的政治对现实的定性，且将之作为既定的结论运用于他的现实理解和文学机制之中。

更重要的是，中共的政治文件和政策与中共自身的政治实践之间，并不总是紧密扣合的，比如很多实践经验并没有被整理和总结到政治文件之中。当中共自身的文件不能充分整理自己的实践经验，周立波却又过快依赖文件来理解现实，那即便他能投入生活，投身于土改，他对现实的理解和叙述很大程度上也会被政治这个中介截留。《讲话》后，文学以政治为中介，但当东北土改时政治自身也在摸索之中，文学仍可以政治为中介后自己再度深入探索，以抵达现实深度为自身目标，并以此开拓和丰富政治的摸索。这时候的政治就更多被作为一种认知的指引，而不是决定文学认知现实的构架。当政治自身的整理不够充分时，文学还是可以以之为中介，但通过自身的摸索抵达现实实践经验的深度。当周立波过快地以政治文件为准、认同政治对于现实的深度揭示，他甚至难以理解中共政治经验的内部构成方式为何会出现变化。比如他可能既理解不了中共政治自身为何会在30年代和40年代出现如此巨大的变化，也无法理解和充分叙述自己曾投身其中的东北土改的现实实践经验。那此时的文学到底处于什么位置呢？

比如周立波在构思《暴风骤雨》时，寻找报纸文件会议决议中关于政治实践的叙述，"借着这些文件和会议的指示和帮助，重新检验了材料和构思，不当的删削，不够的添加"。这导致了《暴风骤雨》中很多特定状态。比如座谈会上李一黎就谈到当时东北土改的实际过程，以反驳周立波在《暴风骤雨》中的叙述：

> ……（小说）写开始发动不起来群众，群众开会就走，其实，这种情形在初期还比较少。因为那时群众不了解我们，所以也怕我们，叫他开会来，他是不敢溜掉的。[1]

当时批评周立波的还有不少评论家，如韩进在《我读了〈暴风骤

[1]《〈暴风骤雨〉座谈会记录摘要》，李华盛、胡光凡编：《周立波研究资料》，湖南人民出版社，1983年版，第297页。

雨〉》一文中说：

> 第一是没有"突出地"表现当时运动的特点。当时运动的特点是群众的觉悟程度不足，党的领导作用，是运动的主要因素，运动的胜利或挫折，主要的决定于领导的强或弱，决定于领导方针的正确或错误，决定于领导上采取群众路线或包办代替，而包办代替的领导方式，有一个时期曾成为普遍的现象，当时土地改革的成绩，主要是从我党进行自我批评，克服包办代替，执行群众路线而获得的，所以介绍马斌式的人物，提倡马斌式的作风，曾是当时一个重要的领导方法，其后的"煮夹生饭"也是贯彻了这一精神的。……第二是农民群众的贫苦生活与阶级仇恨二者之间结合得还不够，仇恨多半通过诉苦、回忆，以及作品中的叙述表达出来，而对于当时农民群众惊人的贫困状态，及由此贫困状态所激发的阶级仇恨，刻画得稍嫌不够。……第四是未能多方表现丰富的农村生活，这也使得主人翁的性格与特征不能在多方面显露。一个长篇是有条件这样做的。如《静静的顿河》就写得很好。[1]

蔡天心在《从〈暴风骤雨〉里看东北农村新人物底成长》中也认为：

> 作者在作品里回避了土改中许多比较重要的问题，部分地修改了现实斗争生活，这就不能不减低作品对现实的指导意义。在土改运动当中，最初曾有过照顾地富阶级的右倾思想，而在接近后期也曾经出现过"放手就是政策""运动就是一切""贫雇农当家""彻

[1]韩进：《我读了〈暴风骤雨〉》，李华盛、胡光凡编：《周立波研究资料》，湖南人民出版社，1983年版，第300—301页。

底满足贫雇要求”，农业社会主义以及侵犯中农利益等过左的思想和行动，这种先右后左的偏差，在各地都或多或少发生过。我以为作者如能加以正确的描写，深刻地暴露现实中本质事物的冲突，加以形象地批判，这就能更完整地表现农民思想底成长，而使作品更富于典型意义。在土改以前农村的农民，一般是有着比较浓厚的宿命，迷信，封建等落后观念，经过工作队的教育启发，开始觉悟，但仍不敢和地主撕破脸进行斗争，动摇、犹豫，又经领导上的撑腰，农民才逐渐打破顾虑和地主讲理，后又因为对政策的掌握不够，发展成为一种小资产阶级平均主义思想，出现了严重的侵犯中农利益和在打杀人问题上过左的行动，然后由领导上予以纠正。启发农民如何团结中农与如何对待地富阶级，领导农民自己动手纠偏……这是东北农民在土改运动中思想发展所经过的道路，抽掉这过程中间的任何一部分，都难以了解农村的新人物如何在思想上逐渐成长起来，并如何从实际斗争中学会以主人的姿态，掌握农村政权。[1]

当时诸多评论家的关注点都在于周立波小说中的情节和人物设置与实际经验过程不符。的确，周立波在《暴风骤雨》中，将工作队队长萧祥设置为稳重、成熟的干部，将群众中的积极分子设置为思想进步、醒悟快、觉悟高的农民，从而“回避了土改中许多比较重要的问题，部分地修改了现实斗争生活，这就不能不减低作品对现实的指导意义”。周立波的自我辩护是革命现实主义需要对经验材料进行“集中”和“典型”化处理。一个要求紧贴实践经验，一个要求提高现实。

革命现实主义文学此时的这两种理解方向，对应着《讲话》给文

[1]蔡天心:《从〈暴风骤雨〉里看东北农村新人物底成长》，李华盛、胡光凡编:《周立波研究资料》，湖南人民出版社，1983年版，第309页。

学观念带来的冲击，以及《讲话》后革命现实主义文学的内在张力。如若我们暂时将这两种理解方向看作真实性与倾向性的张力，那它们如何在具体创作中协调和平衡，则不只是一个党性优先就能解决的问题。实际上，《暴风骤雨》座谈会的诸位和周立波都可以说是在维护党性利益。在 40 年代后期，党的利益的一个目标是解放全中国。周立波及各位评论家当然都同意。但以什么样的方式才能更好地推进这一党性利益？

周立波以 30 年代他的文学观念为基础，接受《讲话》“提出时代重大问题”的政治要求，希望在文学中作出新的尝试，这一定程度上导致他会在没有将政治文件内化为自己的经验体认之前，在没有将之内化为自己独特的感知方式之前，就试图通过选择、裁剪材料来寻找到这种方向性和普遍性。当他没有从现实实践经验中经过感知方式的消化和塑型就借助政治来叙述时，这实际上相当于是从外部借道具，虽然这个政治的道具是他内在认同的。但从内在认同到落实于实践经验，并在实践经验中重塑自己的感知方式，这中间还有诸多环节和巨大裂缝。没有完成这些环节的转变和生成，就展开对现实实践的叙述，则会在小说中引发诸多问题。如周立波会直接将工作队萧队长设置为一个有着成熟经验的干部，将韩老六设置为一个集地主、恶霸、汉奸为一身的阶级敌人，将积极分子设置为道德无瑕疵的贫农，以配合某一级的政治文件（当时东北局的文件也被周立波高度筛选了）。这种设置的简化程度甚至超过了当时政治文件对于实践经验中各种状况的整理和反思（评论家们也讲到了政治上的反思和纠偏）。小说的这些设置看起来直接体现了“无产阶级立场上的党性和阶级性”，可它实际上取消了文学在认知中国社会现实方面的特别能力。

也因为周立波过于依赖了政治文件作为认知中介，过快从经验材料中抽取、拣选出“典型”，实际上他也就错失了原本可以探索在《讲话》原则下的诸多可能道路以及诸多可能空间，如此时革命文学逻辑中“政治—社会—文学—现实”环节里的“社会”环节。探索这一环节之所以重要，恰恰在于这是文学以政治为中介，但并不以政治为标的的关键。也是文学形成自身独特感知方式，并对政治具有协助或对峙力量的关键环节之一。

从当时评论家们的质疑来看[1]，1946年的东北土改远不是《暴风骤雨》中叙述的以动员群众为主。恰恰相反，此时的土改实践过程是前期过多照顾地主、普遍包办代替，和蔡天心所说的后期为克服包办代替时出现的“放手就是政策”“运动就是一切”“贫雇农当家”“彻底满足贫雇要求”、农业社会主义以及侵犯中农利益等过左的思想和行动等等。且“这种先右后左的偏差，在各地都或多或少发生过”。

这样的政治实践过程实际上会给以特定状态接受《讲话》的周立波带来困扰。没接受《讲话》之前，周立波面对这样的实践现实，由于不需要考虑直接配合政治，他可以面对现实中诸多状况来选择切入的角度。可当他要考虑配合政治时，文学对于现实的理解，实际上需要位移到一个新的结构关系中的特定位置，且是凭借文学自身很难获得的认知点，比如叙述者需要移动到一个以工作队发动群众、打倒地主为轴心的视野点，来带动所有人物和情节。而之前他可能会选择一个路过的知识分子或一个大学生的视野点。虽然周立波实际上建立起来的叙述构架仍然需要检讨，但这个理解现实和结构现实的构架本身是他之前的观念意识中很难具备的。这个新的政治—社会结构关系中的视野点是需要他的文学观念发生位移才能获得的。比如对于地主问题，之前的文学视野中，可以批判和揭露地主生活以及封建社会家庭的种种不堪。但这种揭

[1]如韩进认为的“当时运动的特点是群众的觉悟程度不足，党的领导作用，是运动的主要因素，运动的胜利或挫折，主要的决定于领导的强或弱，决定于领导方针的正确或错误，决定于领导上采取群众路线或包办代替，而包办代替的领导方式，有一个时期曾成为普遍的现象，当时土地改革的成绩，主要是从我党进行自我批评，克服包办代替，执行群众路线而获得的”。

露对于现代中国的前途命运到底意味着什么？是否能由此确定现代中国的内在性质？这是新的结构关系视野带给周立波的新的可能。

周立波在《暴风骤雨》中的选择是一个由中共政治确定出来的、关于现代中国内在构成的理解方案和规划。问题的复杂性在于，中共的这一理解方案与其成功实践的经验并不吻合。比如，中共在抗战时期由小变大、由弱变强，就并非仅依赖于这一理解方案，还有其大量且丰富的实践经验。但这一经验的成功之处并未被充分整理和表述到它的方案之中。其次，在历史实践中何时、以何种方式对待某个地方社会中的地主，如何理解中国社会具体现实结构（不只是在阶级论的观念层面，同时还能将阶级论有效落实于中国社会现实状况，比如工作队干部的作风、自我意识、群众路线等等，这都是阶级论能有效落实于中国社会的具体路径），并在具体实践方式、路径、工作方法等层面有切实构想和推进，也是现实主义文学视野自身很难构想、却是《讲话》后的作家必然会面临的。这正是中共政治对于文学来说的不可替代之处。

也许我们可以从这个角度说，《暴风骤雨》是第一次在小说中尝试正面描述如何以历史主体方式确定现代中国的性质，这一历史主体的实践将决定千千万万同胞的命运和民族的命运，既荣耀又危险。这也是周立波为什么会征用毛泽东《湖南农民运动考察报告》中的这段话："很短的时间内，将有几万万农民从中国中部、南部和北部的各省起来，气势如暴风骤雨，迅猛异常，无论什么大的力量都将压抑不住。"周立波征用这句话并非只为保证作品的政治正确性，他可以有很多种选择来保证作品的政治正确性，但周立波为什么会选择这段话来展开《暴风骤雨》的叙述？以政治正确性来解释对这段话的征用，无法具体说明《暴风骤雨》在周立波这个具体作家自身脉络中的生成机制。对于 1947 年的周立波来说，更主要的问题是如何以政治为中介叙述具有深度的现实内在结构。

但周立波在以政治为中介时，面临着以哪个“政治”为中介的问题。中共自身关于中国历史现实的叙述处在变化之中。比如，对于理解40年代整个中国局势走向和1946年前后的东北局势来说，中共最直接的叙述是毛泽东的《新民主主义论》《中国革命与中国共产党》以及《中国土地法大纲》等文献。这些认识和表述与毛泽东1927年《湖南农民运动考察报告》中的感觉意识和认知判断都不尽相同。这些变化意味着，中共在不同历史时期对中国历史现实的认知和实践在不断调整。比如中共的这些不同叙述以及以这些不同叙述为基础的实践在不同历史时期落实于中国社会时，有不同的效力；且当政治实践不能有效落实于中国社会、出现曲折波折挫折时，中共在不同历史时期所做出的不同校正和再推进，其所获得的军事效果政治效果社会效果都不一样。这内在的历史实践经验都是需要细致分辨甄别，才能在历史中辨认出诸如为什么当时国民党关于中国社会历史现状的叙述不能导致更深入的实践，而中共的政治叙述和实践却更加在实践中具有效力，并对周立波具有说服力。在这样的历史辨析中才有可能反复磨炼和建立起某些认知意识和能力，当《讲话》后的文学以政治为中介去认知现实时，以这种意识和能力去辨认政治实践真正与现实建立起结构性关联的政治内涵的多层次和多层面。文学在这种复杂的政治实践—政治表述过程中深度投入、体会、辨识，才有可能准确把握和拿捏所叙述事件需要以哪种政治为中介。

而周立波在《讲话》之后，其观念意识和创作状态中最渴望的是“提出时代重要问题”，“提高现实”，而与他这种新的认知状态相配合的感知方式又并没有充分得到磨炼和展开，这会造成他在观念意识中不会强化自己在以政治为中介时，其思想敏感点必须要探究和突进到中共政治在有效翻转中国社会现实的过程中所开展出来的有效互动和打造方式，才能真正获得作为中介的政治所提供和打开的可能性。正是政治的这些多层次多层面性，引导文学重新回到对现实的认知结构的位置之中，文学才可能走出既定的对现实的观测点，顺着此时政治实践所深入现实的程度，再依据文学的能力去抵达现实的深度，这对于文学突破认知现实的深度具有高度重要性。或者说，周立波虽然在《讲话》之后移动了文学的位置，但他现实感的重心仍然在于试图快速以文学的方式把握政治所中介出来的社会现实，而不是内在地把握政治实践如何以及为何能以如此方式将中国社会现实中介性地呈现出来。相应地，他对现实主义中对于真实性等层面的要求就不足够重视。

我们也就可以理解，周立波对于现实的理解方向为什么不会过多为实践过程的曲径而分心。《讲话》之后文学位置的移动并没有带动周立波暂时放置文学的感知，重新回到新的结构关系中来直面现实实践中的复杂曲折过程。他的选择重心和角度恰恰表明，他的感觉意识没有经受与复杂现实缠斗磨合，没有建立起与现实的新的感知方式，并以新的感知方式扩展、丰富、校正作为中介的政治。这也就让他即便在位置移动之后，仍然无法回旋侧身，他的眼光和敏感性仍然在于如何征用政治叙述来直接帮助他看见新的现实。而当他透过政治叙述看见新的现实状况之后，如何感知到这些新现实状况的内在肌理和活力，则是此时的周立波没有充分展开和发展出来的。在《讲话》之后，他急切想回应《讲话》所要求的以现实主义文学直接叙述、参与历史现实进程：如果政治对于中国社会现实结构的理解是需要继续完成民主主义革命中第一步的反帝反封建任务，文学就需要以此为基础来架构对于现实的叙述逻辑，而这一社会认识所推动的政治实践则是如何在农村处理地主问题（且1946年的土改也正是要处理土地关系和地主问题）。这是以政治为中介所带给周立波的新认知（这个中介中的政治实际上也是周立波选择的“政治”）。所以周立波所参与的这一阶段土改虽然在发动群众、工作队、中农问题等层面出现了诸多波折，甚至一开始还出现过多照顾地主，但从他的认知来说，他必须抓住“反封建”中的地主问题，才能抓住他所认为的《讲话》现实主义所要求的对现实的深度认知这一要害。不是地主问题在东北土改政治实践中的位置和性质，而是地主问题在整个政治对于中国现代社会的定性叙述中的位置，才是周立波此时的感觉意识重心。也是从这一角度来说，我们不能简单将《暴风骤雨》解释为对政治的配合或迎合。换句话说，周立波可以有很多种配合政治的角度和层面，但他为什么放弃了诸多熟悉的经验材料，放弃了他实际上擅长的感知方式，而单单为他的第一部长篇《暴风骤雨》选择了作为党的政治代表的工作队进入村庄处理地主问题这样的主题？当周立波宁愿选择他并不格外熟悉的打倒地主为认知现实结构中的重心，那相应地，诸如过多照顾地主、包办代替等工作问题，就在他的认知意识里不再被作为塑造典型形象的必须材料。这些实践中的曲折，虽然是周立波所亲身经历，在现实认知结构和情节构造中也会变得可有可无。

当周立波将文学面对现实经验时的观测位置移动到政治的视野点来建立理解框架时，他又对政治的视野进行了高度选择，这种观念意识上的选择性会带来一些文学展开路径上的后果。《暴风骤雨》的展开路径即是周立波以此为基础对革命现实主义可能性做出的非常重要的探索，虽然我们不能说它是成功的。那应该如何来历史化地理解和检讨周立波的这一尝试？

六、《暴风骤雨》的展开路径（一）

中共政治在40年代获得的观测中国社会现实的视野点，实际上带动了诸多领域观测现实视野点的变化，文学是其中之一。这既打破了以“知情意”的知识分工结构对文学观测点的分配，也推进了左翼文学对中国现实的观测。不过，问题的复杂还在于，中共政治所提供的观测点，并不只是中共在观念层面所呈现出来的这些叙述。中共自身从 30 年代到 40 年代的变化，其实意味着，政治力量对于中国社会的内在运转方式和要素有超出政治阶级论观念化的、深入社会现实的认知，在实践中对这一特定社会的现实活力建立起诸多方面的敏感性和洞察力。中共政治面对整个社会中的各个阶层，需要对这些阶层的构成方式、历史脉络、利益趋向、风土习俗有深入理解和把握。中共政治恰恰是在这种深入中国社会的实践中积累和发展出了很多特定的视野和感知。中共在延安时期之所以能对诸多知识分子具有感召力和吸引力的原因之一，正是因为中共政治在这一时期对中国社会的诸多重要层面探索和整理出了深度理解和叙述。而周立波以政治为中介的文学，只选择了以中共政治中的某一特定观测点，且并非是中共政治实践经验中对中国社会最具有洞察力的观测点来作为自己理解现实的结构，并以此展开对于元茂屯的叙述。

这意味着，周立波简化了在新的结构关系中对观测点的获知。中共政治的多层次性和复杂性本身意味着《讲话》所打开的观测点并不容易获得，并非因为政治具有感召力就会自然引导出政治观测点的呈现。《讲话》要求知识分子深入生活、深入革命实践，正是推动知识分子重新投入政治所开启的实践方向中去再次探寻。换句话说，政治只是给出了现代中国到底往何处去，如何重建的方向，并没有给出面对众多具体现实状况的观测点。

现代中国到底往何处去，如何重建的问题，是周立波创作《暴风骤雨》之前的几十年里现代中国人一直以多种方式从多个层面开展追问和探索的问题。从“五四”文学来说，它并不承认哪一个领域（包括政治）的探索方式对这一问题的叙述和解决具有优先性。尤其是在袁世凯复辟帝制之后，大多数知识分子更是对政治不抱希望，选择从文化层面揭示现实、唤醒国民。从整个 20 年代的各领域发展来说，也并没有某一领域预先就获得绝对话语权的局面。对于中国社会现实状况的揭示，现代中国如何翻转困局，各方一直处于对这一问题的分散又竞争的格局。在社会历史状况不稳定的这一时期，分散又竞争本身也并不稳定，而是在竞争中期待着对认知中国社会现实状况的突破。左翼文艺与中共政治革命在二三十年代的发展也并非定于一尊，而是在不同现实情境下各自应对摸索，左翼文艺并未有意识地以此时中共政治实践所真正碰到的问题作为自己的开掘主题。比如中共此时碰到的问题可能有召唤出农民之后，如何能让农民进入自己所希望的运动方向中来。这是1927年毛泽东在湖南农民运动中所意识到的问题，农民被召唤出来之后，整个社会秩序的运转会失控。而30年代初左翼文艺中如丁玲的《水》或周立波早期的散文随笔中，主题仍然聚焦于如何唤起农民。[1]也正是在这一背景下，30年代周立波虽然认为现实主义文学需要"提高现实"，但此时他的现实认知只能停留于观念层面，并没有能力结合中国社会现实的内在构成要求来"提高现实"。革命文学虽然有自己明确的倾向，且对于呈现中国问题有自己的贡献，但对于中国社会现实的内在构成，以及这一形态在近现代变迁中遭遇了何种困境，如何带动其翻转等问题，在认知层面上推进不大。此时的革命文学没有以政治实践为中介去推进这一问题，也没有具有说服力的关于中国社会现实状况的政治叙述可以被文学作为依凭。包括此时的中共政治实践本身也还在探索与中国社会有效互动的途径之中。但就周立波的观念意识来说，30年代的革命文学观念本身就已经预设了对于"五四"文学的一个变化，即文学对于现实深层结构的认知能力弱于哲学、政治、思想。这不是一个从"人的文学"到革命文学的问题，而是如何深入认知中国社会现实的问题。在20世纪的中国，这一问题的突破是伴随着中共政治实践在深入中国社

[1]丁玲唤起农民的感知方式和表述路径参见潘炜旻:《正向渗透：新感知结构的再造——对〈太阳照在桑干河上〉乡村图景的考察》，未刊稿。

会现实层面的突破而来的。中共政治能够在40年代找到具有说服力的关于中国社会现实及其前世今生的叙述，是有着中共自身从30年代的土地革命时期到40年代抗战时期的创造性理解和实践。周立波对《讲话》的接受，是以中共政治和左翼文艺的这些历史状况作为前提的。

正是在现代中国往何处去的问题上，中共政治在40年代积累和探索出了一系列重要经验（这些经验当然还有很多层面需要进一步检讨）。这是在“五四”以来各领域面对新的现实状况时，从各自领域出发的探索中，中共政治的独特贡献之一。中共政治在深入认知中国社会现实状况，并基于其实践经验提出多种打造方案方面，有着“五四”以来的现代文学和左翼文学不可替代之处，以及有着文学在面对历史进程时，不容易把握到的既宏观又深入现实的历史观察点。从这一角度来说，我们不能简单说因为中共政治在40年代具备了绝对权力，迫使文学必须遵从政治的理解和叙述。周立波接受中共政治的叙述，且在创作《暴风骤雨》时力图寻找与这一叙述的关联性，这背后有着更多深层面的中国现代历史发展特定状况作为它的构造机制。从这一层面来说，《暴风骤雨》座谈会诸位评论家的质疑并没有意识到周立波这部小说的挑战性所在：

文学如何正面书写时代构造机制中的主要牵引性因素。[1]

对于现代社会来说，既有的传统认知方式不能再直接挪用，各种认知途径都需要重新摸索。在这一过程中，深入认知现实的途径和角度可以有很多种，不一定必然依赖政治。但中国现代历史进程中的特定状态是，中共政治在40年代对中国社会现实的认知、理解、打造说服了以现实主义为观念基础的周立波。可当他借助于政治文件的视野来叙述地方社会现实时，政治实践过程如果又不是如文件表述的那样干净和扣合，周立波就会为选择哪种政治文件而困扰。这个时候，他直接面对的是政治自身在认知和经验层面上的差异，而作为文学原本的目的地的社会现实反而隐身其后。从文学以政治为中介认知现实来说，并不必然会

[1]这一表述是想强调，政治并不能认知现实的全部或整体，也不是唯一方式。但社会在历史中的行动进展，政治又往往起着主导作用。戈德曼在《隐蔽的上帝》中谈到相关问题，我们可在此基础上进一步展开理解。他说，现代哲学往往把个人当作绝对主体，他人和世界是他思考和行动的客体。但从行动或实践来说，几乎任何人的任何行动都不是以孤立的个人为主体的。行动的主体往往是一个群体。在人与人之间，除了主客、“你我”关系之外，还有一种以“我们”作为主体的共同行动。现代社会里，几乎每个人都被卷入许多这种共同行动，这些行动会对个人的全部意识和行为产生重要影响。这样共同行动的群体有很多，可以是经济或职业组合、家庭、知识界或宗教团体、民族等等。特别是还有些对于精神和艺术生活与创作最为重要的群体，即与经济基础相联系的各个社会阶级。并不是所有以共同经济利益为基础的群体都构成社会阶级。这种经济利益必须以全面变革社会结构为目标（对“反动”阶级来说，就是要全面维护现有的结构）；这种经济利益还必须通过对现代人的优点、缺点的全面评价，通过一种理想，关于未来的人类、人与人、人与世界应当具有的关系的理想，在思想意识方面也这样表现出来。世界观正是使一个群体（往往是一个社会阶级）的成员聚合起来并使他们与其他诸群体相对抗的全部愿望、感情和思想。个人虽然很少真正全面地意识到他的愿望、感情、行为的意义和方向，但他终归有一种相对的意识。人与人的觉悟程度各不相同，只有某些突出的个人或处在某种特别适当形势下（如战争形势下的民族意识、革命形势下的阶级意识等等）的群体中的大多数成员才能达到最高度的觉悟。由此而产生的突出的个人比群体的其他成员能更好地、更确切地表达集体意识的情况，由特殊的个人达到或至少接近于达到全面的协调，这种情况是少见的。能够在概念或想象力方面表现这种协调的是哲学家或作家，因为他们的作品更接近世界观的概括的协调，他们所表现的是社会群体的最大可能限度的意识，因此也就更为重要。戈德曼:《隐蔽的上帝》，百花文艺出版社，2002年版，第19—23页。

导致《暴风骤雨》在叙述东北土改时过于以处理地主为主导线索，且地主又被设置为韩老六这样的集各种恶于一身的恶霸典型。但周立波急于确立起关于现代中国的叙述，且过于关注政治叙述中的历史阶段论部分（当前处于反帝反封建的民主主义革命阶段），使得他直接略过了政治实践实际过程中的复杂性，尤其是略过了中共政治的叙述之所以具有说服力的、对应于其实践经验中的关于中国社会现实的深度打造过程。比如，中共政治实践对于现代中国社会现实的深入和有效经验部分，当然不只是“反封建”，也不是打倒地主，而是它在三四十年代实践中逐渐积累和探索出如何能有效处理诸多中国社会结构方面的问题：精英阶层的转换，中国人如何以新的方式重新组织起来，干部的改造和培养，争取更多阶层的配合，对农村各阶层的理解和认识等等。这些都被周立波此时的认知机制过虑了，他要“表现我党二十多年领导人民反帝反封建的斗争的雄伟和艰苦”[1]。

这也可以解释，《暴风骤雨》呈现实际土改中的“社会”层面的丰富度，为什么会远远弱于《种谷记》，也远远弱于后来的《山乡巨变》和《创业史》。比如当时评论者提到的“在土改以前农村的农民，一般是有着比较浓厚的宿命、迷信、封建等落后观念，经过工作队的教育启发，开始觉悟，但仍不敢和地主撕破脸进行斗争，动摇、犹豫，又经领导上的撑腰，农民才逐渐打破顾虑和地主讲理，后又因为对政策的掌握不够，发展成为一种小资产阶级平均主义思想，出现了严重的侵犯中农利益和在打杀人问题上过左的行动，然后由领导上予以纠正。启发农民如何团结中农与如何对待地富阶级，领导农民自己动手纠偏……这是东北农民在土改运动中思想发展所经过的道路，抽掉这过程中间的任何一部分，都难以了解农村的新人物如何在思想上逐渐成长起来，并如何从

[1] 周立波：《〈暴风骤雨〉的创作经过》，华中师范学院中文系编：《中国当代文学研究资料 周立波专集》，1979 年版，第 94 页。

实际斗争中学会以主人的姿态掌握农村政权”等问题，实际上这些分叉和曲折恰恰是政治展开有效社会实践的路标，也是通往中国社会丰富层面和肌理的洞口。但对于周立波来说，这些都会成为干扰他所选择出来的叙述主线，也会干扰他希望在小说中实现的巨大抱负。

周立波基于这种认知架构对经验材料的裁剪，我们可以从《暴风骤雨》里的一些场景调度、衔接、情节节奏变化和分配等等，看它对小说内部形式感的影响。或者说，周立波当然可以写地主，地主在当时东北社会中的确出现了诸多状况。对于周立波来说，解决地主问题，的确就是解释了中国社会现实的深层问题。问题在于怎么写土改中的地主？以及如何由此展开关于农民成长为主体性的叙述？

上文提到周立波在1942年之前的特定感知方式和抒情方式（如《牛》中所体现的），这种方式是他确定自我与现实关系的路径，也是《讲话》之前文学确定自身与现实位置的观测点。在《暴风骤雨》中，周立波要以政治为中介，以新的文学位置来观测，他叙述新人物的政治性时，就很难在政治逻辑下以这些他熟悉的方式来确认自我与现实的深度关联。比如小说一开始，看似周立波熟悉的节奏和质感：

> 七月里的一个清早，太阳刚出来。地里，苞米和高粱的确青的叶子上，抹上了金子的颜色。豆叶和西蔓谷上的露水，好像无数银珠似的晃眼睛。道旁屯落里，做早饭的淡青色的柴烟，正从土黄屋顶上高高地飘起。一群群牛马，从屯子里出来，往草甸子走去。一个戴尖顶草帽的牛倌，骑在一匹儿马的光背上，用鞭子吆喝牲口，不让它们走近庄稼地。这时候，从县城那面，来了一挂四轱辘大车。轱辘滚动的声音，杂着赶车人的吆喝，惊动了牛倌。他望着车上的人们，忘了自己的牲口。前边一头大牤子趁着这个空，在地边上吃起苞米棵来了。

"牛吃庄稼啦。"车上的人叫嚷。牛倌慌忙从马背上跳下，气乎乎地把那钻空子的贪吃的牤子，狠狠地抽了一鞭。

一九四六年七月下旬的这个清早，在东北松江省境内，在哈尔滨东南的一条公路上，牛倌看见的这挂四马拉的四轱辘大车，是从珠河县动身，到元茂屯去的。[1]

唐小兵在《暴力的辩证法》一文中对小说的这一开头有精彩分析：

就在这样一个和谐的农家情景里（也即当时土改工作队称为"空白地区"的东北农村），突然轰轰驶进一辆四轱辘大马车，惊动了看牛人，也搅乱了四下的宁静。紧接着读者被告知一个具体的历史时间："1946年7月下旬"。马车拉来的是县里派来的土改工作队。"工作队的到来，确实是元茂屯翻天覆地的事情的开始。"（12页）全书明白无误地把"到来"这一刻表现成了历史的真正开端，突然间过去的一切完全成了痛苦的记忆，历史不再有任何连续性，成了猝然的断裂。我们刚刚目睹的"自然景色"（"空白地区"）便也被摔进了"历史"的漩涡作品表现历史新"起始"的同时，也抹杀了历史，构出一个再生的神话。

在这里"历史时间"取代并且压制了"自然空间由此小说的叙述得以展开，由此空间所体现的并存和张力被卷进单质同向的时间流，由此乌托邦在空间意义上的不可追寻，被转化为时间意义上的必然终结"。在这个意义上，这样一个转换具有深刻的普遍意义，是现代小说的必然形式，也隐约表达出"现代性"这一叙述模式、论述传统的"时间情意结"。

[1]周立波：《暴风骤雨》，《周立波文集》第1卷，上海文艺出版社，1985年版，第1页。

> 也可以说大马车的驶入及工作队的到来隐喻了新“象征秩序”的强行插入。表达这一新“象征秩序”的行为正好是对田园景色所传达的和睦平静的否定，是唤起“暴风骤雨”，是点燃“报仇的大火”，是激扬“大河里的汹涌的波浪”亦即发动以否定、破坏一切既成的规范、秩序和伦理为特色的群众运动。维系这一新“象征秩序”的基本策略则是暴力。暴力的内容是仇恨，暴力的形式则是肉体的痛苦甚至消灭，而暴力的存在则是依靠不断促发新的暴力。这也就是《暴风骤雨》的意义逻辑和结构方式。[1]

但是，这实际上不是唐小兵理解的自然空间，而是周立波将混杂的时空浓缩到具体的几种植物形态和色泽之上，形成的具有特定形式感的地方时空。这是周立波构造出来的空间，并不是元茂屯附近的自然时空。革命时间也是周立波理解和形塑出来的开始形态，并不是革命实际展开的形态（座谈会上评论家们对周立波的批评和诸多材料都能够表明这一点）。这个“时间开始了”是在周立波的时空构造基础之上展开的。《暴风骤雨》这一开头的形式感并不能直接说明革命与地方社会的实际关系，而是周立波构建出来的、他所理解的革命与他的感知方式所把握到的现实形态之间的关系。“和睦平静的田园景色”恰恰是周立波以他熟悉的感知方式对地方社会的把握，也恰恰反映了他对于地方社会的隔膜。1946年中共的革命力量进入元宝屯时，本就不是将之理解为田园景色的未开垦地，而是明知这里曾是被伪满和国民党统治、土匪横行的待建设的根据地。我们需要辨析和廓清周立波对于革命和地方社会的认知和表述这一中介，而不能直接用于论述革命与地方社会的关系。

换句话说，我们在讨论革命和地方社会之前，需要讨论周立波转

[1]唐小兵：《暴力的辩证法》，《再解读：大众文艺与意识形态》，北京大学出版社，2007年版，第120页。

译的中介性。毋宁说，这里存在两个周立波，一个是周立波以他革命展开之前的、以他熟悉的感知方式所构造出的特定地方时空，一个是进入革命后的周立波，以“提出时代重要问题”为志向、选择中共政治中的某部分叙述为把握社会现实结构的方式。这两种方式此刻并不协调。唐小兵感觉到的差异和对立，我们可以理解为是周立波自身内部的冲突和断裂。

比如，小说一开始，周立波塑造的空间视角交错，颗粒清晰，层次分明。叙述者先以场景展示时间，“七月”“清早”“太阳”“刚”出来。然后时间停顿，展开空间铺陈，视野落在“地里”的“苞米”和“高粱”上，空间没有马上推移，而是随叙述者停下，辨认出叶子的“确青”色，又再次停顿，辨认出确青色上面还有一层“金子的颜色”。叙述者的意识状态非常耐心，稳定。随后空间又平移推开，发现“豆叶”和“西蔓谷”上的露水，像无数银珠，晃眼睛。这些农作物及其颜色和光泽等等的陈列，以及“像无数银珠”“晃眼睛”，并非贴近故事情节场景状态的实写，可周立波不严格按照摹写现实的方式，而是将之从混杂视觉中拣选出来，构图清晰，密集而有序，反而以虚写的方式体现出叙述者在投入叙述时，还能将感觉意识抽离、旁观的悠游不迫。周立波没有从萧队长兴奋而忐忑不安的情绪来写，也不是从老孙头的视角感觉来写。他没有从他们在历史时刻中的主观情态来呈现客观。似乎周立波还不会、不能从被政治界定的人物视野来体察和建构感知方式。视野再次推远，“道旁屯落里”，有做早饭的“淡青色”“柴烟”，正从“土黄屋顶上飘起”。这一视野推移跳动颇大，不对视野所见一一实描，而是选择景物构造空间层次和内部动感。这原本是周立波熟悉的感知方式（比如《牛》），且并非文学中非常独特的洞察。这一场景描写并没有与故事人物情节的结构力形成配合。之前，周立波的这种感知方式有一个积极推动自我对所见所感进行定性和拓展的功能。但我们在《暴风骤雨》中看到，周立波的这种感知方式的建构能力在小说中基本上看不到。我们还能看到这种与情节具有疏离感的写景，但它变成了单纯的写景，与情节逻辑中人物感情的波荡基本上不再有内在关联性。

跟1941年的小说《牛》里的感知方式相比，《暴风骤雨》里的这些感知意识的塑造功能在弱化，变成了陪衬，用于烘托整个故事展开的情境，而不是对情境的动态方向给予塑造和品质定性。周立波在新的文学位置中并没有伴随着生成新的感知方式，这些还需要他展开新的探索。周立波曾经翻译肖洛霍夫的《被开垦的处女地》。肖洛霍夫以这样的景物描写来一开场：

> 在正月末尾，在最初融雪的气息的包围里，樱桃园发散着优美的香气。正午，当太阳温暖的时候，在各处隐蔽的角落里，一种令人不快而几乎感觉不到的樱桃树皮的气味，和融雪的淡薄的湿气，和雪与朽叶里透露出来的大地的强烈陈旧的芳香混杂在一起。这种清丽的混杂的香气，顽强的漂荡在果园上面，直到青色的薄暮降临，直到月亮的绿色尖角穿过了赤裸的树枝，直到肥大的野兔在雪上散布着它们的足迹的羽状的小点的时候。
>
> 但是以后，风从草原的丘顶上把寒霜烧坏了的苦蓬的苦的气息吹进了果园，白天的气味和声息被吞没了，而在那蒌蒿上面，在那丛林上面，在那收割以后的田里枯萎了的露珠草上面，在那起伏不平的耕地上面，夜像一只灰色的狼，静静的从东方出来，把拉长了的黄昏阴影，足迹一般的留在草原上。[1]

这两段风景的铺陈也是建立在对叙述时空的控制之上。肖洛霍夫不

---

[1]肖洛霍夫:《被开垦的处女地》，周立波译，《周立波选集》第7卷，湖南人民出版社，1983年版，第1—2页。

是直接写原本静谧的植物，而是侧重于捕捉各种植物气息的动态。由于各种气息和流动的风，植物变得彼此之间交错混杂，樱桃园的香气混杂着融雪的气息，樱桃树皮的气味和融雪的湿气，以及大地的强烈而陈旧的气息彼此冲荡碎裂再混杂起来。这些气息被叙述为是一场争夺，一方的“顽强”和不甘最终因为薄暮、月色和野兔在雪地的痕迹而败北。这些叙述将混杂的场景刻画为一个有具体动向，且不能被叙述者穿透、他必须时时在场的场所。他必须经受“令人不快”或接受“强烈陈旧”气息的冲击。这不是属于在视觉上可以一掠而过的感知方式，而是必须经受，且被其改变味觉体感的存在空间，且这一空间形态的倾向性隐隐对应着小说即将展开的社会斗争。俄国学者 H. 基谢利指出肖洛霍夫《静静的顿河》里风景描写具有伦理性，如哥萨克的世界上有天空（包括太阳、星辰、月亮、云朵等），下有土地（包括草地、道路、顿河、原野等），地平线贯连其间，形成了一个巨大的十字架，该“十字架”绝非单纯的物理结构，而是将伦理、价值融入其中。[1] 一定程度上，《被开垦的处女地》亦是如此。

周立波虽然翻译了《被开垦的处女地》，但他此时没有建立起如同肖洛霍夫那种在历史现场内部拓展个人感知意识，并将这种现实感知与更深厚的民族文化伦理糅合的书写方式。肖洛霍夫的景物描写本身具有与小说故事的内在逻辑高度相关的叙述性和情节性。就周立波希望《暴风骤雨》所承担的重任来说，他在《暴风骤雨》中没有找到或建立起这样的感知途径。每个地方社会的风物有自身的结构力，风景描写是对其的再结构。我们当然可以说周立波和肖洛霍夫这两种描写都是以语言制造出新风景，是被发现的风景，但发现和构造方式的差异却也决定着叙述者与被叙述实践之间的内在关联密度。在《牛》中，周立波的这种主

[1] 转引自王逸群：《肖洛霍夫研究的新成果——俄罗斯〈维约申斯克学报〉第九期评述》，载《外国文学动态》2010 年第 5 期。

动疏离可以积极推进他与现实的紧密度，但在《暴风骤雨》里，周立波似乎找不到能与土改进程、中国社会历史进程相对应的感知方式和赋形方式。周立波此时再次调用这种穿透风景历史性（姑且这么界定）的感知方式，本身并不存在优劣好坏问题，只是看它的生成过程是否能在《讲话》为背景的时代理解中，重新构造出自我与现实的独特关系，是否能充分发挥文学这种独特认知方式的潜能，介入掌控、矫正历史航向的命运搏斗中。如此，周立波不仅可以叙述作为历史主体的人民群众，而且作为叙述者的作者本人命运也将身处其中，成为历史主体。这原本也是周立波内在愿意配合中共政治的动力之一。

可从周立波所希望的把握和呈现现实内在深度来说，如果一开始他就预设了他的习惯方式，沿用《讲话》之前他习惯的感知结构，而这一方式却并不是他在根据《讲话》要求所选择的时代重大问题中重新感知现实、体会况味、拣选材料、磨炼文字而来，他的叙述重心又在于建立理解中国社会现实的时代问题，他就不容易将自己带入具体现实自身的结构力之中，也就不容易把握社会中被政治对时代的实践和打造塑型的中国人的身心感受。实际上周立波在延安时期能够接受《讲话》，并不仅仅是因为《讲话》的原则本身，而是因为他在延安时期对中共开展出的社会氛围的多方面感受，包括他在碾庄对解放区村庄生活的实感，中共1938年以来关于中国现实的诸多论述，他在革命军队中的所见所闻等等。这些诸多方面的共同作用一并形成了周立波接受《讲话》的基础和前提。他真诚拥护革命，也力图在创作《暴风骤雨》时运用革命对中国社会的诸多理解结构，但中共政治所对应的诸多社会形态以及他自己在革命氛围中迎面感知到的诸多风气、情绪、触动，实际上还没有被他很好消化和糅合成某种特别的洞察力和观察力（30年代周立波特别强调现实主义文学的观察力）。他还没有找到新的、属于他自己的革命文学表达方式，所以一方面他要运用革命政治的理解概念，让革命时间开始，让新时代开始，另一方面他又没找到基于自延安以来的诸多体会的新的感知路径，让这个革命时间从其自身的历史脉络中开始。于是，我们看到，《暴风骤雨》里的革命时间，只能从周立波自己的感知时间里开始。

中共革命实际上当然不是从这里开始。即便从《讲话》来说，中共也已经在与中国社会的碰撞、磨合中积累了十几年的经验，才逐渐形成延安时期的诸多状态。要叙述革命史，要叙述时代重大问题，实际状况和要面对处理的层次，比周立波理解的复杂得多。

七、《暴风骤雨》的展开路径（二）

周立波在《暴风骤雨》中要重置中共革命的开始时间，实际上是要通过自身的文学叙述来改变中共革命的历史生成语境和内在逻辑，由于这一改写实际上将改变中共政治的内在构成逻辑，它也将影响到中共政治对于文学的打开方式和路径，同时也将影响到文学对于政治实践所搅动的社会层面的感知角度和呈现面向。

比如前文讨论到，周立波实际上被40年代中共政治实践所打造的诸多社会氛围所感染，并对中共政治关于中国社会现实的理解表示认同。这些因素共同作用于他对《讲话》的接受。而他接受的角度和层面又与周立波自己在30年代就已经形成的现实主义观念相关。中共关于中国此时代课题的叙述是民主主义革命第一阶段中的“反帝反封建”，而1946年中共的具体政治理解也一改抗战时期的减租减息温和政策，在农村执行更为激进的打倒地主阶级。周立波据此放弃在实践中获知的实际复杂过程，而集中叙述土改中斗地主，并基于这一现实结构的理解，将如何处理地主问题确定为他小说主题（同样参加东北土改的作家马加的中篇小说《江山村十日》则并非如此，其小说主题侧重在“夹生饭”问题，柳青《种谷记》的主题也非如此），以此裁剪其经验材料，则既顺理成章，又过度删减了革命和自身经验的形成过程。他过于将小说主题扣连到中共政治叙述中的革命纲领，删掉了革命纲领的历史内涵和自身经验的生成过程。《暴风骤雨》座谈会的诸位评论家没有充分意识到周立波重置革命时间对于现实主义文学的挑战性，不过他们对周立波的质疑实际上也是在追问，文学对政治实践过程的改写和删减，对于文学所希望的认知现实意味着什么，对于文学自身的影响是什么。

周立波的顺理成章中，包含着他希望文学能提出时代重大问题，正面介入、掌控历史进程，成长为历史主体。这与之前现实主义小说不同之处在于，这样的主体，需要高度以政治为中介。当政治与现实有效互动时，文学也许能够判断出此时的政治实践是有效的，对其作为认知现实的中介性的把握需要掌握到何种分寸；当政治与现实的互动出现扞格，文学更需要高度注意。而这都要求文学不能直接将政治作为理所当然，需要对社会现实的状况及发展方向做出自己的理解和判断，并建立起这几者之间的动态中的平衡感。但对于周立波来说，实际上他无法在以政治为中介之前，就预先对社会现实状况获得深度认知。以政治为中介和深度认知现实是同步的。所以实际上这一方案又不能是一个先天设定的计划，文学只能是伴随着政治实践的波动而伺机而动。

这就对文学提出了历史当下性的问题。文学是否具备足够精准的“伺机而动”的敏感性？文学并不是在以政治为中介后就一劳永逸。恰恰相反，以政治为中介，反而增加了文学的现实责任感，也对文学的历史精准性提出了更大挑战。正是对于文学的历史当下性，1948年《暴风骤雨》座谈会的评论家们有着诸多不满，而对于周立波确定出的《暴风骤雨》的政治主题，大家没有异议。在诸多不满中，草明认为：

……作为开辟工作的第一个阶段来看，这个村子的成绩是过于好的。是否在第一阶段，工作就会搞得这样健全呢？如果真如此，那么煮夹生、砍挖、平分土地等运动又怎样产生？是否仅因为换了队长，又“回生”的缘故？[1]

李一黎认为：

……写开始发动不起来群众，群众开会就走，其实，这种情形在初期还比较少。因为那时群众不了解我们，所以也怕我们，叫他开会来，他是不敢溜掉的。[2]

草明和李一黎实际上在问《讲话》之后文学的历史当下性问题。在草明和李一黎的评论中，他们强调只有贴着政治实践过程的精准度才能增强文学的有效性和当下性，增强文学的现实责任感。对于政治原则的泛泛书写实际上缺乏政治本身所要求的现实有效性。历史当下性实际上涉及历史实践中的方方面面，这个精准度到底指称哪一部分呢？周立波过快地，也过于直接地要树立政治所希望的典型，但他也会在树立政治所需的典型时以他的意识去捕捉和抵达他认为的精准性。但草明、李一黎和周立波对精准性的理解显然又不一样。周立波恰恰撇弃了草明和李一黎所看重的当下性和精准性。

草明和李一黎强调的是，看起来《暴风骤雨》写开会时写到群众一开会就走，是写出了实践中的曲折，但这种曲折的内里恰恰没有写出东北土改时所处历史情境中社会现实和人心复杂的内涵，反而是政治实践

[1]《〈暴风骤雨〉座谈会记录摘要》，李华盛，胡光凡编：《周立波研究资料》，湖南人民出版社，1983年版，第292页。

[2]《〈暴风骤雨〉座谈会记录摘要》，李华盛，胡光凡编：《周立波研究资料》，湖南人民出版社，1983年版，第297页。

过程中所碰到的开会时群众不敢走，但内心害怕、拒绝、观望、犹疑，却都不明说，才会导致工作更艰难。如果政治无法看到社会现实中群众的真实状况，也就无法施展有效对策。障碍全在暗里。这时政治实践所遭遇到的困境会更加复杂艰巨。而中共政治实践经验中的有效部分正是在有效处理这些具体艰难中开展出来的。对文学的这种当下性、有效性和精准性的要求就不是可有可无的，不是文学叙述可以根据主题来随意裁剪的。当周立波的文学设置将工作队的成绩拔高，将群众设置为一开会就走，或如郭全海般积极配合，这些情节人物设置都是脱离周立波实际参与的、所熟知的政治实践过程，人物的行为和情感是被他放置在了一个预先被规定了的维度里。这个维度是周立波所希望强化的政治理念维度，其人物在这个维度里更便于展示周立波所希望强化的政治性，至于实践过程方面的准确性周立波也就不会过多留意。换句话说，周立波在《讲话》后，虽然移动了文学的观测位置，但他在创作《暴风骤雨》时，仍把人物情节放置在了一个过于被他设置好各种检测条件（以他选中的政治为中介）的实验室里，但这也就改写和脱离了政治实践本身，脱离了实践自身真正遭遇的现实困境。

文学实际上也可以如周立波此时这样，以政治理念为逻辑，设置人物情节，展开自己的叙述。但这种方式展开的文学如何能与现实发生深度互动就是个问题。周立波原本的困境是希望深入中国社会现实。他在《讲话》后愿意以政治为中介，也是因为中共政治在实践中比其他领域比如文学更加能够深入中国社会现实之中，打造出让文学也深感触动的社会氛围，作为作家的周立波被这种新社会生活触动才写出了《牛》。他也愿意将文学的目标设定为为了打造这样的社会生活而让文学以政治推动的实践工作为中介。但以政治为中介后，他此时却又偏离了政治实践过程。

文学以政治为中介，但又偏离政治实践过程也并非不可以。如果作家本身具有高度社会观察力和穿透力，当他偏离政治实践过程也仍然可能在小说中叙述出具有高度认知性的社会现实观察点。这可能也是周立波不顾草明和李一黎等反对的理由之一。但当作家偏离实践后的叙述并没有提供出有助于实践者理解社会现实实践的复杂性或盲点，这样的偏离就会被质疑。草明和李一黎等人的质疑背后，也基于这样的认识：没有政治实践的推动，这些村庄群众很难呈现出如东北土改时的这些新变化，文学也很难进入村庄后，在波澜不兴的炊烟和羊群中透视出群众的这些人性可能和历史方向。政治进入村庄后所推动的实践搅动群众生活，激起各种反应，再加上政治实践本身具有自身的历史性，实践工作者本身也是历史机制打造出的工作者，他们对于社会现实的理解和把握往往也在根据不同地方实践经验而不断调整。如此一来，政治—社会—现实均在这一搅动中处于动荡和不确定之中，一个良好社会到底要通过何种具体实践中工作方式的调整、现实感知敏锐度的加强、对村庄真实社会构成要素的准确把握等才能获得，就必须得紧抓住政治实践中各因素的脉动变化不可。这是单凭文学自身很难构想出来的。这也是文学位移到以政治为中介的必要性之一，经由政治在村庄中的工作推动实际上就可以感知到一个村庄社会的新形态新动态，而这个新形态的内在构成和运转肌理，恰恰是文学和政治共同交错展开工作的平台。

当周立波避开实践工作中的这些曲折，他也就让自己的文学洞察力错开了最丰富的深入社会现实肌理的机会和路径，丧失了贴着村庄群众本身的情绪变化来追踪其人性形态的丰富变化，从而也避开了最精准击中政治实践的历史当下性的位置。他的现实主义文学也就无法提供校正政治实践在村庄落下时，其对村庄社会的推动是伤害还是修复的症断。在草明和李一黎等人的评论意见中，也可能蕴含着这样的对精准性的感觉意识。

周立波并非不知道现实主义关于准确性的要求。但他对准确性的理解是在另一个层面。他说：

参加土地改革的期间，因为常常看报纸、读文件、参加会议，我对于整个东北的土地改革进行的情景，大致摸熟了，对此类事件知道越多，塑造人物、构思情节，就越方便。我在《暴风骤雨》里所写的人物和事件，大都是有真人真事做模特的。比方农工联合会主任赵玉林的牺牲和赵大嫂子的恸哭，以及全屯农民的哀痛和悲悼等情景，都是有事实的根据的。有位新干部，名叫温凤山，是共产党员。那年秋天，他被一个恶霸地主出身的胡子打死了，这事感动了我们。我就把他当作赵玉林的主要模特。我为什么要把他的牺牲写得那样详细呢？这是因为描写一个革命干部英勇的壮烈的牺牲，以及由此引起的农民的觉悟和怀念，可以教育新中国的年轻一代，让他们学习革命先烈的崇高的品格。

文艺工作者决不能够关在房子里只凭借主观空想写东西。胡风的所谓“主观战斗精神”是反动的胡说。没有实际体验和事实根据的空想，常常会闹出笑话。比方在《暴风骤雨》上部的初稿上，我写了小王开枪打路边的野鸡，时令是7月，写完一看，我发生了怀疑；7月间的大路上有野鸡吗？为了调查这点和其他许多我所描写的不能确定是否真实的细节，我又下乡去。到了乡下，一问农民，我才知道，在夏天野鸡都待在山里，不大飞到路边来，只在冬天，在雪封山野的时候，它们才常常飞到路边来找食吃。于是我就把野鸡改成了跳猫（兔子）。那次下乡，我还搜集和研究了其他许多宝贵的素材，使我能够把初稿上的一些不真实、不合理的细节作了重大的修改。[1]

[1]周立波：《〈暴风骤雨〉的创作经过》，华中师范学院中文系编：《中国当代文学研究资料 周立波专集》，1979年版，第95页。

周立波这篇文章发表于1952年4月28日的《中国青年报》。此时离周立波创作《暴风骤雨》的经验感受不远，一些用词也已经更加有政治所需的色彩和倾向，但还是可以呈现周立波的一些构思过程。比如他细述赵玉林的牺牲，即便当时不会如此明确为了教育新中国的年轻一代，可浓墨重彩地铺陈这一情节，在叙述节奏上如重鼓般停顿，还是表明他期待以此强化革命对于农民的冲击、震动和触发。周立波认为，这样的情节设置有真实事件作为依据，再结合进政治理念之中，且又极具抒情性，便可以成立。周立波实际上没有意识到，《讲话》的真正挑战性恰在于此。《讲话》要求文学配合政治，如果仅仅是将如牺牲这种极端激烈事件抽离事件自身脉络、将政治理念抽离政治实践脉络，这样的文学既不能真正服务于政治所需要的深入现实、打造新社会，也不能满足文学服务于人民群众的要求。正如当时有读者所疑惑的，将牺牲如此孤立化描写和渲染，真的会有周立波所期待的效果吗？这不会引起群众对于革命的害怕和担心吗？如果没有关于赵玉林在村庄中是如何曲折成长、内心品质如何逐渐在磨难中成熟等等方面的刻画，渲染赵玉林为了革命而牺牲就显得脱离人民的感受范围。毕竟，人民对于革命理念的切身感受并不丰富。若要激发人民群众的震动，需要扎根于人民群众的生活世界和情感世界。而正是在这一点上，周立波朝着他理解的政治理念推进太快。实际上，政治实践也要面对人民群众的真实生活和情感需求。周立波的改写和提升，既脱离了政治实践，也抑制了文学的功能。他把准确性瞄准7月的野鸡，这当然也是真实性所需，但这样的准确性仍然是脱离政治实践打造村庄社会生活的实践脉络的准确性。野鸡出现的季节即便再精准，如果无法与村庄社会生活的其他脉络相衔接，也仍然难以调动读者的情感关联性。

蔡天心当年的文章《从〈暴风骤雨〉里看东北农村新人物底成长》

同样指出了这一问题：

> 作者在作品里回避了土改中许多比较重要的问题，部分地修改了现实斗争生活，这就不能不减低作品对现实的指导意义。在土改运动当中，最初曾有过照顾地富阶级的右倾思想，而在接近后期也曾经出现过“放手就是政策”“运动就是一切”“贫雇农当家”“彻底满足贫雇要求”，农业社会主义以及侵犯中农利益等过左的思想和行动，这种先右后左的偏差，在各地都或多或少发生过。我以为作者如能加以正确的描写，深刻地暴露现实中本质事物的冲突，加以形象地批判，这就能更完整地表现农民思想底成长，而使作品更富于典型意义。在土改以前农村的农民，一般是有着比较浓厚的宿命、迷信、封建等落后观念，经过工作队的教育启发，开始觉悟，但仍不敢和地主撕破脸进行斗争，动摇、犹豫，又经领导上的撑腰，农民才逐渐打破顾虑和地主讲理，后又因为对政策的掌握不够，发展成为一种小资产阶级平均主义思想，出现了严重的侵犯中农利益和在打杀人问题上过左的行动，然后由领导上予以纠正。启发农民如何团结中农与如何对待地富阶级，领导农民自己动手纠偏……这是东北农民在土改运动中思想发展所经过的道路，抽掉这过程中间的任何一部分，都难以了解农村的新人物如何在思想上逐渐成长起来，并如何从实际斗争中学会以主人的姿态掌握农村政权。[1]

蔡天心从历史主体的成长角度来看待周立波对革命生成语境的改写，准确击中周立波在创作《暴风骤雨》时这种创作方式的要害。他的

[1]蔡天心：《从〈暴风骤雨〉里看东北农村新人物底成长》，李华盛，胡光凡编：《周立波研究资料》，湖南人民出版社，1983年版，第309页。

重点是，如果现实主义文学只回应政治理念是不够的。要想提出时代重大问题，就不能回避政治实践中的实际曲折过程；恰恰要在实践中的曲折变化里，在其当下性中，提出时代重大问题。不能轻易修改现实斗争生活，不能丧失历史当下性、敏感性，否则我们就无法真正叙述新人物“如何在思想上逐渐成长起来，并如何从实际斗争中学会以主人的姿态掌握农村政权”。历史主体的生成是在政治推动的社会现实实践中生成，而不是只凭理念生成主体。文学若要介入这一过程，就不能回避他们具体、真实的遭遇和处境。农民如何出现动摇，为什么在当地社会中会出现这种动摇，激活他们的方式和途径是什么？这些都是如何才能在实际工作中打造出新人物所必须正面回应和解决的问题。文学若要真切有效地作用于现实，就需要紧贴政治实践的过程脉络，展开对政治打造地方社会时各种构成脉络的探索，体会和理解其内在活力，训练和培养作家对于地方社会活力的敏感性。

但现实，即便是周立波熟悉的现实，要想被现实主义作家作为“现实”本身呈现出来，也仍然不是一件自然而然的事情。不过现实主义本就不必然要求作家呈现“现实”本身（也可以说现实主义本就没有一个本质性要求，它的性质和任务是被不同历史状况所规定的）。周立波理解的现实主义是要在展现现实的基础上提高现实。正是这个要往高处提升的意念、又被革命政治规定了的意念，主导了周立波对现实的理解范围和感觉边界。比如在视觉上，叙述者让工作队萧队长快进村时的视野所望见的，是“黑糊糊的”元茂屯，一长列土黄色的房子，夹杂在“绿得发黑”的树木之中。这些土黄色的房子虽然是必经之地，但被萧队长视而不见，略下不表，叙述者直接将他的视觉焦点引向一个高大的“黑门楼”：

这黑大门楼是个四脚落地屋脊起龙的门楼，大门用铁皮包着，上面还密密层层地钉着铁钉子。房子周围是庄稼地和园子地。灰砖高墙的下边，是柳树障子和水濠。房子四角是四座高耸的炮楼，黑洞洞的枪眼，像妖怪的眼睛似的瞅着全屯的草屋和车道，和四围的车马与行人。

叙述者不断强化萧队长对黑色、金属铁的视觉感，甚至将黑洞洞的枪眼比作人魔之间的“妖怪的眼睛”，引导身体和精神上的不适。在工作队刚进入村子时就对现实建立起如此强烈的对立结构，没有摸索、收集、辨析、整理的过程。小说随即还写道：

这挂车子的到来，给韩家大院带来了老大的不安，同时也打破了全屯居民生活的平静。草屋里和瓦房里的所有的人们都给惊动了。穿着露肉的裤子，披着麻布片的男人和女人，从各个草房里出来，跑到路旁，惊奇地瞅着车上的向他们微笑的人们。[1]

把“韩家大院”孤立出来（似乎除了韩家大院，元茂屯就没有别人会不安，那韩世才呢？），再以“全屯”“所有的人们”这种全称修辞指代所有群众（似乎这一刻大家便已经无差别的明白了什么），表露着叙述者急切地想建立围绕工作队形成的村庄社会结构。这是叙述者自己理解的村庄社会结构，并非村庄的社会现实结构。他要快速控制对现实的理解，却反而暴露出他控制不了现实。现实没有机会展开，就被收束了。他着急对无序的现实定性，没有展开摸索就急于理解和赋形。快到元茂屯时，萧队长没有心思跟大家一起唱歌、唠嗑，独自“想起了党中央的《五四指示》，想起了松江省委的传达报告。他也想起了昨儿下晚

[1]周立波:《暴风骤雨》,《周立波文集》第1卷，上海文艺出版社，1985年版，第13页。

县委的争论，他是完全同意张政委的说法的：群众还没有发动起来，或没有真正发动起来时，太早地说到照顾，是不妥当的。废除几千年来的封建制度，要一场暴风骤雨。这不是一件平平常常的事情。害怕群众起来整乱套，群众还没动，就给他们先画上个圈子，叫他们只能在这圈子里走，那是不行的。可是，事情到底该怎么起头？”[1]要在政治上推动一场暴风骤雨预先规定了萧队长的思想意识，而这种思想意识又以特定方向推动和生成了他的感知机制。萧祥的犹疑并没有对他的感知有所牵制和缓阻，他的犹疑是真实的，而他的感知方向和边界也非常清晰、透明。我们不如说，萧祥思想上的“事情该怎么起头”实际上起于叙述者对他感知机制的控制和引导，而叙述者的引导又被周立波的更明确的政治理念所规定：反帝反封建，直逼村庄罪恶的核心。

但这并不是必然。即便要在政治上推动一场暴风骤雨，也并不必然会推导出这样的感知机制。这一感知机制的形成，并不必然是政治的结果，还有赖于周立波自己的现实主义文学观念所塑造出的理解现实的方式和途径。政治并没有穿透周立波，相反，周立波不但并非透明，他在此处有着高度的中介性。在他这种现实主义的理解之中，提高现实成为他的意识核心。而展现现实，一直只是处于配合“生动性”的修辞需要。在他对“典型”的内在构成结构的理解中，普遍性的思想是核心，个别性也重要，但主要是承担生动的修辞功能。可对于《讲话》的内在要求（《讲话》并不一直这样要求）来说，对现实复杂性的减损，实际上也是对政治实践丰富性和有效性的损伤。蔡天心的批评重心即是这一点。如果我们对照中共在40年代的许多（并非全部）实践经验来说，这样的现实主义文学理解，反而是非政治的。萧祥自己也说“中国社会复杂得很。中国老百姓，特别是住在分散的农村，过去长期遭受封建压

[1]周立波:《暴风骤雨》,《周立波文集》第1卷，上海文艺出版社，1985年版，第11—12页。

迫的农民，常常要在你跟他们混熟以后，跟你有了感情，随便唠嗑时，才会相信你，才会透露他们的心事，说出掏心肺腑的话来。”[1]但这是萧祥说出来的话，这些话我们不知道是他自己的经验总结，还是来自对中共实践经验总结报告的阅读，扎根于他自身有多深。但至少，这样的理解并没有转换成他自己对现实的感知方式和耐心，并将之转换为更为耐心的文学叙述方式，并向农民敞开。

周立波后来的确有转换和生成。这一转换在周立波这里大致发生在他1954年回到湖南益阳之后，尤其是到1957年写作《山乡巨变》，我们能看到周立波对于革命政治的理解层次和逻辑出现了新的变化。在《山乡巨变》上卷第24节，当邓秀梅要求找“恰当”的人去说服顽固不入社的农民入社，组织上安排了上村互助组组长、常青农业社未来社长刘雨生去说服实际上已经被离婚的盛佳秀。周立波不再将政治只理解为政治理念，他的情节和人物设置体现出远超《暴风骤雨》时他对于政治所对应的社会脉络的理解，比如他要叙述1955年10月中国最为紧张的农业社高潮，这是紧锣密鼓、气氛紧张的时刻。如何说服坚持不入社的农民，也是政治工作任务的关键。

从选择叙述时代重大问题的角度来说，周立波也可以将那些坚持不入社的农民简单化地理解为各类顽固分子、残余分子等等，塑造优秀干部先进人物。可周立波此时同样正面处理时代重大问题，并选择政治主题为小说主题时，反而让这一最严肃紧迫的政治工作的展开，滑向儿女私情的温柔乡。他让政治的控制力向生活世界滑落和瓦解。萧祥那种基于政治意识边界而生成感知意识的方式，在刘雨生这里消失了。刘雨生的感知意识不是被政治控制的，而是没有边界的。比如在一场对话中，这两个婚姻失败者早就暗生情愫，周立波让他们的对话从一本正经的政

[1]周立波:《暴风骤雨》,《周立波文集》第1卷，上海文艺出版社，1985年版，第27页。

治偏移到潆洄缠绕的爱情：

> 第二天，吃过夜饭，刘雨生摆脱了别的事情，换了一件素素净净的半新不旧的青布罩褂子，如约按时，到了盛佳秀家里。坐在灶门口，他穿心破胆，细细密密地向她解释、计算和劝说。道理无非是这些："小农经济受不起风吹雨打"罗，"个体经济没得出路"罗，"合作化的道路是大家富裕，共同上升的大路"罗，等等，他在互助合作训练班里学来的这些，和肚子都翻出来了。盛佳秀手脚不停地收拾碗筷和锅灶，后来又坐下来织毛衣。她的话也无非是这些现成话：怕吃饭谷收不回来；怕田多劳力少，要减少收入；怕股份基金要得太多了。在言语之间，两个人没有靠拢，但他们的心好像是接近得多了。不知为什么，双方都愿在一起多待一会儿，多说几句话，纵令是说过的现话也好。
>
> "请你明朝再来跟我谈谈吧。"刘雨生走时，盛佳秀又说。[1]

竟然还要。周立波似乎完全放弃了政治所需的明确和决断，将政治工作谈话的尾声让渡给盛佳秀来主导，给政治工作平添心事，却也让政治工作延伸到个人生活的最底处。他此时对于政治的理解远远超过了1947年时对政治边界的感知。《暴风骤雨》里的人物基本上不会从政治滑向生活各处，而是指向特定的方向，与政治形成直接的相互印证：地主—汉奸—恶霸—土匪，贫农—受压迫—被剥削—妻离子散。由于《暴风骤雨》里的政治指向性过强，人物的地方社会生活面貌没有机会被呈现和组织到周立波的叙述之中。当这些更为丰富，且是中共政治实际与社会发生作用力的因素不能得到呈现时，周立波既难以形成他自己的独

[1]周立波：《山乡巨变》，《周立波文集》第3卷，上海文艺出版社，1985年版，第319页。

特的观察点和观察力，也很难让文学形成与政治实践具有对峙力的视野。文学很容易变成对政治的复写。周立波30年代所强调的，文学之为文学的能量，也很难有机会磨炼、发挥出来。而《山乡巨变》里的周立波面对时代重大问题时，不用再叙述“反帝反封建”，不用再叙述打倒地主阶级。他当然还是需要确立政治主题，即快速推动互助组成立合作社。与《暴风骤雨》相比，《山乡巨变》的一个调整是，周立波仍会改写政治实践的实际过程，但他的改写是尽量将政治实践植入地方社会的内在构成和风土人情之中，而不是将小说人物抽离出地方社会脉络，强调其政治化的层面。比如在推动合作化过程中，周立波会让刘雨生的政治工作自然延展到他的个人生活之中。那从周立波的文学观察来说，政治工作的成败，就不只是政治政策的得失，而是需要考察政治工作深入村庄社会生活的程度。而这样的深入，不只是安顿村民的个人生活，还需要考察是以什么样的方式去安顿、调理。这就需要理解和认识村庄的经济生产—家庭构成—社会风俗—道德伦理等等社会层面的特质，以及在历史当下中的变化，并基于此来调整工作思路和方法，内在于村庄的构成肌理去推动其更进一步变化。

《山乡巨变》精准的历史当下性恰恰来自这里。政治所希望推动的合作化若要有效推动、打造社会，需要回应周立波通过文学所敏锐探查和捕捉到的社会活力信息。尤其是在1955年7月底之后，中共中央要如此快速完成合作化，对地方社会的压力非常大。周立波不只是直接叙述中共政治的合理性和时代性，而是大量篇幅和叙述枝蔓都将政治逻辑推延到政治所搅动的社会生活之中。正是在对社会的展开中，《山乡巨变》逐渐变得丰盈摇曳。与周立波改写政治实践的角度相应，历史主体的成长，也不只是对于政治理念的信奉、执行和牺牲，而是要成长为一个既具有政治眼光，又内在于地方社会的风情的干部或青年。这样的叙述方式，叙述人物的地方性、社会性和丰富性，本身也让周立波自己向着地方社会多方面地敞开，并越来越确立出多个对政治实践有效路径的校正点，他自己也由此变得越来越丰富，成为一个具有潜在转换可能的、对政治有着多重撬动支点的行动主体。

周立波在小说中所展开的对这些层次的观察和呈现，若对应于实践，政治若想充分发展自己，有效地将合作化落实于农村社会，也必须要面对社会现实中的这些内在层次和因素；同时，农民的社会生活层面若在政治实践中被如此顾及和铺展，农民既可能获得立足于自身社会根基的历史主体性，自其内部生发出与这种政治理解和政治实践相配合的愿望，又可能避免被政治的观念理解所直接穿透。与之相应，通过小说对于政治实践所指向的社会史层面的多方位开掘，作家可以磨炼、养成及获得观察政治现实感变化的纵深维度，也可反复观察社会现实形态在政治实践中的变化（比如检验其对峙政治实践的精准性），借此发展出具有结构性的敏感度。并不是说《山乡巨变》已经将这一工作发展至极致，但《山乡巨变》的展开方式，的确已经与《暴风骤雨》的展开方式差异颇大了。

八、结语:“搅动”—“煨制”社会

对《暴风骤雨》观念前提、展开路径的描述，实际上是想重返周立波创作《暴风骤雨》过程中的一些关键环节，以探究 20 世纪 40 年代政治—文学交锋时内在的碰撞、扞插与再生机制。从表面上看，《暴风骤雨》呈现出的是政治与文学之间的关系，而这一形态却是经由背后的政治—社会—文学—现实等诸多因素在实践中的肉搏战之后所得。若要辨析《讲话》后现实主义文学的形态变化，就需要追踪其形态背后的历史生成机制。《讲话》并非直接生成了《讲话》后的文学形态。恰恰是在中共政治搅动社会的新局面中，革命作家们携带各自观念意识、感觉机制与中共政治不同层面（理念、政策、实践经验等）的碰撞、磨合，才摸索出了革命文学的千姿百态。在这种碰撞、磨合中，革命文学配合政治实践搅动社会，又以自己的方式探索着应对社会问题的方式。周立波在这一探索过程中的变化之一，或者说从《暴风骤雨》到《山乡巨变》的变化之一，则是从“搅动”社会到“煨制”社会。正是周立波在这些因素的纠缠角力所形成的结构关系中判断取舍，存乎一心，才最终确定出了《暴风骤雨》的特殊面貌；也正是在配合革命实践逐步摸索面对—处理社会的过程中，周立波以自己的方式最终在《山乡巨变》中（更准确说是从1955年的《盖满爹》开始）呈现出了“煨制”社会的方式。这一探索变化的关键，既与周立波观念意识中对诸多思想资源的重新编排组合有关，又与实践中对打造现实形态的事态的掂量拿捏有关。

周立波在《讲话》后接过中共政治要求文学提出时代重大问题的叙述主题。他的接受中，内联着他30年代以来的文学观念意识，以及他一直娴熟的感知方式、对现实再赋形的方式；他所接的中共政治主题，又层叠着中共自30年代以来的实践经验积累和变化，以及1946年中共东北土改时遭遇的曲折。且周立波并非在上海亭子间完成创作，他自身还参与了土改初期对东北农村的改造，并将时代重大问题落于东北农村中展开。进一步来说，《讲话》当然裹挟政治威势，对30年代确立起来的周立波现实主义文学观念提出挑战，也提供契机。《讲话》的政治原则将周立波的文学观念从相对静态的观察、从容的书写状态拉入动态的、瞬息万变的决断之中。但最终形成《暴风骤雨》的叙述主题、情节走向、人物言行，却又有着周立波自己的裁决。周立波不自觉地要面对着几方面的牵制力，不仅有中共政治自20年代以来在实践中反复探索中国社会所积累出的丰富经验，还有中共政治尚未完全掌握的东北社会具体状况，以及他自身的感知方式和表达机制等等。周立波从什么角度，在何时出手、切入，背后都隐含着诸多因素的共同作用力。强调这一点，恰恰是想强调不可化约的周立波的中介性。如前文讨论《暴风骤雨》的观念前提即是试图对这些塑造周立波的历史因素展开辨析，而《暴风骤雨》的展开路径则是想要讨论周立波在这些历史牵制力中的判断和裁决。

从这一点来说，《暴风骤雨》所呈现的，不能直接认为是此时政治的问题，也不能直接认为是此时社会的真实状况，而是周立波自身的文学观念（当然又跟此时的政治 / 社会状况相关）所引发出来的特定形态。一定程度上来说，唐小兵的解释是对的，《暴风骤雨》中的文学相当程度上被政治结论所规定，并复写了政治。但唐小兵过于直接地认定，小说中农民的语言被政治压抑，无法构成小说的结构性逻辑；唐小兵又有意无意将这一形态直接对应于革命实际状态。我们如果强调周立波自身的转译和中介性，就可以看到，是周立波此时特定的文学感知机制所选择的特定的农民语言无法参与小说的结构性逻辑。但是，周立波的这种文学机制并不是《讲话》政治规定的唯一方式。更准确地说，是周立波自己此时的特定的现实主义文学观念塑造和规定了《暴风骤雨》的特定形态。

《暴风骤雨》并不是只有唐小兵谈到的这种人物、语言等过于被政治规定的情况，《暴风骤雨》中还有另一种形态。这种形态似乎相反，恰恰体现了周立波以自己的文学感知方式和表述方式在对政治化瘀，这即是他在 30 年代就强调的生动性。比如小说中村民之间的生动对话，这是周立波着力之处；不过这些生动对话很多时候又是被高度分配好了的，承担特定的功能。白玉山和他媳妇之间的有些对话就是如此，承担周立波所期待的小说中的群众语言、生动性等等。这样被选择了的群众语言，是否能进入小说叙事语法，就是一个需要细致辨析的问题。从周立波自身的文学观念来说，原本也没设想让这些细节部分进入小说叙事语法。如白玉山跟他媳妇的这一段对话：

"跟你算是倒霉一辈子。"

"跟别人你也不能富，你命里招穷。"

"你是个懒鬼，怨不得你穷一辈子。"

"你勤快，该发家了？你的小鸡子呢？不是瘟死了？你的壳囊呢？"[1]

这段话在情节中的位置，我们完全可以找其他对话来替换。这意味着这段话并不必然属于白玉山和他媳妇；白玉山和他媳妇之间的真正关系属性，不会在这段话中被呈现。也可以说这段话的振动是自为的。可情况也可能是，越是生动，词语自身的振动性就越强，它要求呈现自身此刻的魅力，而延迟对意义的展示。只有当词语的振动同时牵连着对现实意义的呈现时，这种生动才可能与现实意义达成一致，获得同一频率。而这时对词语生动性的追求，就可与现实深度的抵达同步。

周立波虽然特别讨论到方言问题，但他没有对语言赋予这么高的重任。对他来说，文学即便可以自己寻求现实深度，且通过词语自身振动性的方式来寻求现实深度。可词语自身振动性如何就能抵达现实深度，它所抵达的深度又能够回应中国社会在40年代所遭遇的历史变化中的现实状况，这本身可能都是难以想象的。周立波没有从这个方向展开文学尝试，此处存而不论。这里要讨论的是另一种状况，即，当文学自身没有发展出这样的途径，依凭于其他方式——如哲学、政治、宗教等等——获得现实深度的认知之后，文学还能寻找到这种现实深度的生动性，并能敏感捕捉现实深度的生动性，寻找到恰当词语，这个时候的词语的生动性，就是独属于文学的意义生动性。它与哲学、政治、宗教

[1]周立波:《暴风骤雨》,《周立波文集》第1卷，上海文艺出版社，1985年版，第97—98页。

等等共享现实深度，却又独具慧眼，呈现这一深度的重要层面。那这就是与其他层面的深度现实具有同样重要性，且能与众多认知途径所呈现的现实面向相对峙的点。这是哲学思想等所难以抵达，又同样核心的现实世界，这时的文学生动性所对应的现实意义就能与思想所发现的现实意义形成对峙。不过，这就要求在寻求词语生动性之前，需要对现实意义有一个事先的认知。这也是文学依赖思想或哲学或政治的地方。在这方面，在同一创作原则下，《山乡巨变》中的周立波发展出了比《暴风骤雨》时更为丰富的形态和能量，而这一朝向丰富性的变化，则主要是通过顺承政治逻辑，又独自对社会生活展开开掘而来。换句话说，是顺承政治对社会的“搅动”，又开掘出对社会的“煨制”。我们也可以说，《讲话》后的文学“社会”视野即生成于此。

这里的“搅动”社会，是指政治在面对历史困境时，在历史紧迫性和压力下，基于在实践中摸索出的现实感和政治感，凝聚起多方面力量，发动、催动社会变化。周立波《暴风骤雨》大致可以放在这样的历史势能中来理解；而“煨制”社会是指当政治凝聚多方面力量搅动社会之后，面临一个如何处理—运转社会的问题。本文借用“煨制”一词，想描述革命文学如《山乡巨变》（实际上也是50年代初中期政治实践经验中存在的）中面对被搅动起来的社会的方式，这是一种仍依托于政治，但方式却有所改变的状态。它是用“文火”来调制、打磨、调动社会各因素。比如《山乡巨变》中处理和构想刘雨生和盛佳秀关系时的耐心、铺成、迂回、试探，都是《暴风骤雨》中所缺乏的。我们时常会将革命笼统地理解为暴风骤雨式的社会运动，也常会见到为了区别于过度强调革命中的政治因素，而突出和彰显革命中的“情感”问题。“煨制”社会是想突显革命实践经验和革命文学经验中的某种特别状态和方式，并将之与革命史和革命文学研究中的诸多论述区分、剥离出来。“煨制”社会并未脱离政治，而是想强调在特定的政治实践逻辑之下，面对一个被这种逻辑所搅动、呈现出来的社会，革命者或作家以更加审慎的方式来理解、把握和打造社会。“煨制”意味着需要调制，调制也意味着如果要让中国社会运转更加良好，不仅需要考虑在政治的搅动中，中国社会呈现出来的因素如何搭配，还需要观察、理解和考虑中国社会的构成中尚未被政治充分看见的、潜在的活力因素。

本文在试图深入周立波的创作观念变化和写作实践变化过程中，问题在慢慢聚集、浮现。比如周立波为什么会这样设置《暴风骤雨》中的情节、人物和主题？而到《山乡巨变》时他的创作状态变化巨大，怎样发生的？《讲话》到底对周立波提出了什么样的挑战？周立波如何应对和调整？《讲话》逻辑中的政治内涵与周立波文学观念、感知方式之间，到底如何在小说构思和叙述时发生碰撞和磨合？这当中只有政治和文学吗？还有哪些因素被带入和被搅动？“社会”如何被引入？它到底指涉的是什么？在什么结构关系中生成的？它是无所不包的吗？文学在政治—社会—现实中的位置在哪里？文学以政治为中介，为什么反而需要艺术的精准性？等等。而要讨论这些问题在中国革命史中的出现，实际上还需要讨论中国左翼文学的特殊性，以及中国革命史的特殊性。正是在诸多特定因素的共同构造中，中国革命现实主义文学才开展出了如此特别的形态。如何理解这些特定的文学形态在历史中的意义？对于已经成为历史的这些遗产是否还有剥离、转换为理解和构想当下文学的新可能？则非本文能回答，只能期待学界同仁共同讨论。

政治、生活与自我感知的历史形变
——重省《铁水奔流》作为失败之作的认识意涵

◎符鹏

引 言

工业题材文学在当代文学史中偏居于悖论性位置。一方面，工业化进程是新中国构造现代社会的核心实践，但呈现这一进程之意涵的创作，无论其体量还是实绩都远不及农村题材文学。另一方面，工业问题并非当代文学史叙述的主导线索，既有史识对自身之当代性的追问，很少从整体上辨识并界定工业题材文学的意义位置。因此，如何内在地准确理解这种类型创作之意义，仍然是当代文学史研究有待被认真对待的关键难题。

面对这一文学史难题的方式有很多，比如，选择代表性的作品入手，或者以某一典型问题、人物类型为视角，等等。但选择周立波的《铁水奔流》作为认识的入口，不免让人顿生疑虑。的确，最显而易见的事实是，作为一部工业题材长篇小说，《铁水奔流》几乎被大家彻底遗忘，当代学界鲜有对它的专门讨论。[1]但这样说并不是责怪遗忘本身包含着偏见。就周立波的创作本身而言，这部小说谈不上成功。

1954年，小说前四章最初交给《人民文学》杂志时，主编严文井和编辑葛洛经过反复斟酌，一致认为作品质量不高，不适合发表。后来在周扬的坚持下，杂志最终才勉强刊发。[2]次年出版的单行本，反响寥寥。经此过程，周立波逐渐意识到自己的局限。1962年，他与一位工人业余作者谈话时，听到对方对工厂生活的生动讲述，不无感慨地说："你谈得多有味道！可惜我们许多老同志不熟悉工人生活，现在年纪大了，深入工厂也有困难。不熟悉生活是写不出好作品的。我试过，可没成功……"这位工友明白他指的是《铁水奔流》，便表达了赞美之情。但周立波坚持认为，自己的尝试并没有真的成功。[3]可以说，无论是评论界还是作者自己，都认定这是一部失败之作，那么，它被遗忘的命运似乎早已注定。既然如此，为什么要旧事重提，选择一部失败之作作为认识工业题材文学的入口呢？要解释这一点，便需要了解工业题材文学研究的现状，以及这部小说在其中的认识位置。

就"十七年"文学史而言，目前对工业题材文学的有限研究主要集中在草明、艾芜、胡万春等少数作家的个别作品。比如，艾芜的《百炼成钢》和草明的《乘风破浪》是学界关注较多的两部长篇小说。但细察既有的讨论，现代性、科层制、工业主义、效率主义等关键词是建立分析框架的基本概念，由此组合而成的认识资源及其批判意旨，构成作品

[1]《铁水奔流》的单行本在1955年出版后，基本上没有再版。1981年上海文艺出版社的《周立波文集》收录了这部作品，但到1983年湖南人民出版社出版《周立波选集》的时候，便不再收录这部作品。此后出版的各种作家选集或单行本，都没有这部作品。而对于这部小说的评论，只有刚发表时的两三篇短评，在此之后，学术界不再关注这部作品。

[2]详细情况参见涂光群：《严文井——一个真正的人》，《新文学史料》，2006年第3期。

[3]参见肖育轩：《怀念周立波同志》，见李华盛、胡光凡编：《周立波研究资料》，湖南人民出版社，1983年版，第186—187页。

解读的基础方法论。而研究的结论基本上共同指向对社会主义工业经验的检讨与工人主体状态的反思。显然，这些概念主要来自西方的现代性批判话语，尤其是韦伯开启的科层制分析。

深究起来，在西方语境，十八世纪以来的现代工业大生产在相当程度上挑战了以往的文明经验和文明理解，上述理论话语的形成正是为了应对工业化和理性化带来的现代社会难题。[1] 如果从现代西方的社会理解及其现实道路来看，迄今为止，人类尚未构想出不以工业化进程为主要方式的现代社会形态。在此意义上，上述检讨西方工业体制经验的理论话语，在非西方语境中自然也有其批判效力。不过，问题的关键在于，即便工业生产有其自身的规定性，这种体制的组织方式与过程仍然依赖具体的人，更准确地说是具体的民族—国家处境中的人。因此，有效进入工业题材文学的必要前提，便是能否内在理解不同民族—国家的历史脉络与现实处境中的社会与人，尤其是对工业组织的重新构想，能否打造新的人与机器，人与人的有机互动的可能。

然而，回到上述工业题材文学研究，不难发现，这些判断过于直接依赖西方的批判话语建立结构性认识，而并未真正深入新中国特定的政治、经济、文化、社会状况。比如，我们时常见到这样的判断：科层制的现代官僚体制（技术管理、效率主义）与社会主义的政治理想（工人的主体精神、民主诉求）之间的矛盾，构成工业题材小说的核心问题。此种论断看似具有结构性视野，其实对社会主义政治的理解是外在的、抽象的。如此批评并不是说持此论者凭空虚造，而是要强调其脱历史的理解方式。追溯起来，这种论断起源于毛泽东在 1957 年整风运动中反官僚主义的政治诉求。此后随着阶级政治的激进化，官僚主义与群众积极性的二元对立矛盾，成为中共政治理解的核心结构。但考诸史

[1] 对此的讨论参见威廉斯：《文化与社会》，高晓玲译，商务印书馆，2018 年版。

实，官僚主义批判作为认识装置，并非对政治现实的经验表述，乃是毛泽东为了推动现实转变的观念构造。[1] 无论是艾芜在1958年出版的《百炼成钢》，还是草明在1959年出版的《乘风破浪》，都是为了配合这种观念构造的认识方向。因此，此时文学提供的把握现实的方式当然有其内在的限制。但上述讨论方式对此认识结构的辨识，在相当程度上受到1980年以来大陆"韦伯热"在学术界形成的科层制分析话语的影响，而并非真正从1957年之后中共激进政治理解的内在演进逻辑出发。由此建立的以中西比较为基本结构的批判性论述，往往直接将文学依赖上述观念构造形成的历史叙述，误认为工业现实中真实存在的结构性问题，至于它的观念起源、现实动力及其实践意旨的历史针对性，则很少有人在当代史的演进脉络中认真追问。在此意义上，这种看似普遍的结构性判断，实际上是外在的，简化了工业问题在当代史中的复杂性，尤其是1957年之前中共工业实践经验的丰富性。

更具体地说，在新中国成立初期的工业语境中，中共的政治构想与实践尚未定型为上述二元认识结构，工业经验的实际展开包含着更多层次和面向。与之相应，此时的文学书写无法直接借助上述观念构造把握工业现实。在此创作处境下，作家如何进入工业经验，如何呈现工人的身心状态与互动关系，构成理解工业题材文学的核心问题。而本文要讨论的《铁水奔流》，是周立波为了配合七届二中全会决议精神而创作，1951年动笔，1955年完成。尽管作品并不成功，但仍然是作家面对此问题的难得努力，甚至可以说是这一时段少有的工业题材长篇小说写作尝试。

一旦我们将《铁水奔流》置于以上问题语境重新审视，便不仅可能摆脱观念化分析脱历史的局限，而且可以破除其背后隐含的题材论认

[1] 对此的初步讨论，参见拙文《历史激荡中的组织再造（下）：民主改革的尝试与工会论争的疑难》（未刊稿）。

识执念。如前所述，从工业主义、效率主义、科层制等观念指标出发的判断，正是研究者认定的工业题材小说写作的特质。在“十七年”文学研究中，这些特质时常被视为工业题材小说区别于农村题材小说的独特内涵。因此，对这两种题材文学的讨论成为文学史中各自独立的不同领域，很少出现交集。只有个别学者在讨论工业题材文学时，会将农村题材小说作为对比对象，强调人物形象上的工农之别，以及不同题材故事构造方式的分殊。比如，一种典型的对比解释是这样的：农村题材小说常常将农民意识的集体塑造作为故事的主要内容。集体主义可以使梁生宝（《创业史》的主人公）成为新农民，但不能使李少祥（《百炼成钢》的主人公）成为新工人。因为农业政治需要建立农民对国家的认同，而工人本来就是国家的主人，不需要这种常规的人物主体构造过程。工业题材小说的不成功正与此有关。[1] 对于这种题材决定论的判断，暂时不着急具体回应。不过，只要将《铁水奔流》的创作回置到周立波创作生涯的具体环节，便不难看到与此不同的认识面向。

在周立波研究中，长篇小说《暴风骤雨》和《山乡巨变》是学界讨论最多的作品。两部作品得到的评价颇有差别，前者的土改叙述被批评有概念化写作的毛病，而后者的合作化叙述通常被视为“十七年”最有成就的农村书写之一。同是农村题材，作者创作两部作品的状态为何有这样明显的差别？对于《暴风骤雨》，过去的论述曾从文本层面指出作者创作的内在限制，但对于《山乡巨变》，学界始终未能正面解释：周立波何以能够“突然”达至如此的创造性状态？或者进一步说，《暴风骤雨》是如何通向《山乡巨变》的？似乎很难解释这条对周立波来说真实存在的创作通路何以可能。不过，在我看来，这种提问逻辑完全忽视了《铁水奔流》的意义。从时间线索上看，它正处于这两部作品之间。

[1]参见李扬：《工业题材、工业主义与“社会主义现代性”——〈乘风破浪〉再解读》，载《文学评论》2010 年第 6 期。

如果以创作的成败论，《铁水奔流》当然无法和《山乡巨变》相提并论，甚至也不及《暴风骤雨》把握现实的程度。不过，从写作时间上来看，《铁水奔流》乃是《暴风骤雨》和《山乡巨变》的连接地带。后两部小说分别出版于1948年和1957年，相距将近十年。1951年年初，周立波为了创作工业题材小说到石景山钢铁厂深入生活，此时他仍然处在反思《暴风骤雨》创作经验的状态之中。[1]1954年11月，周立波回到家乡益阳参加合作化运动时，《铁水奔流》尚未修改完毕，而最初这段返乡经历对他此后创作《山乡巨变》至关重要。换言之，他是经由作为连接地带的《铁水奔流》的创作，才走向文学的巅峰的。那么，处于两部农村题材长篇小说之间的这部工业题材长篇小说，对他最后的创作自觉究竟意味着什么？在他由《暴风骤雨》走向《山乡巨变》的路上，这个创作上的滑铁卢时刻是否包含着理解其创作演变之未解逻辑的关键意义？深入追问这些问题脉络，便可能突破题材论的狭隘眼光，释放《铁水奔流》对于理解周立波创作的特定意义，进而重新在当代史演进中探索工业题材小说的写作可能及其思想意涵。

一、现实主义的感知机制：周立波早期文学观的构成及其变化

《铁水奔流》是一部容易阅读，但不容易解读的小说。由于写作上的不成功，读者往往没有细致阅读的耐心，并很快将之与《暴风骤雨》联系起来，批评它同样有故事和人物概念化的缺点。这种阅读直感，至少表明两部作品在写作意识上的延续性。但仅止于表面化的类比，便无法辨识这部小说的写作特质。换言之，只有真正回到作品的文学形式，才能真正触及周立波把握工业问题的特定路径。因此，我们首先需要追

[1]周立波在1952年发表《〈暴风骤雨〉的创作过程》载（《中国青年报》1952年4月28日），回顾并检讨自己的创作局限。

问的是:《铁水奔流》的文本究竟是如何组织起来的？如果从文学研究的一般原则出发，接下来我们便应该具体分析小说的故事构成、叙事节奏、人物形象等形式要素。但对这部小说，我们还不能马上进入这些分析维度。这不仅是因为它与《暴风骤雨》的写作延续性，而且与周立波的文学生产机制有关。

如果追溯周立波个人创作的起源，会发现文学认知在其中扮演着极为重要的角色。20世纪30年代，周立波以西方文学翻译走上文学道路。在此早期阶段，他最值得关注的文学写作是现实主义理论和批评文章，而非受到这个时期文学思考影响的散文创作。而且，在他此后创作生涯的大部分时间，这些早期的现实主义认识都贯穿其中，并在不同时刻以不同的方式发挥作用。因此，要分析《铁水奔流》的写法，首先需要回到周立波早期的现实主义思考。

周立波早期的现实主义论述，是30年代左翼文论的组成部分。在当时的左翼文论中，巴尔扎克的文学论是特别被看重的理论资源。毫无疑问，在十九世纪现实主义作家中，巴尔扎克是在理论层面对现实主义思考最多的作家。但三十年代左翼对这些思考的接受，并不是建立在他的完整论述之上，而是借助了恩格斯对巴尔扎克的著名论断。[1]1933年，瞿秋白在《马克思、恩格斯和文学上的现实主义》一文中，特别通过这一线索强调巴尔扎克的现实主义创作的重要性。[2]由此形成了左翼文论在无产阶级革命视野中理解巴尔扎克的思想氛围。周立波正是在此氛围中开始自己的理论写作的。不过，与瞿秋白不同的是，他选择从巴尔扎克的现实主义论述出发，而非他的创作。从早期的几篇论文来看，他特

[1]对此相关论述参见钱林森:《社会总体性想象的东方表征——巴尔扎克与中国》，载《思想战线》2021年第6期。

[2]瞿秋白:《马克思、恩格斯和文学上的现实主义》(1933)，鲁迅编:《海上述林》(上卷)，瞿秋白译，四川人民出版社，1983年版，第5—21页。

别关心的是现实主义文学的特性及其创作环节。

周立波在1935年写作的《文艺的特性》一文，是进入其文学理解的方便入口。他在这篇文章中特别将文学与科学区分开来，认为前者借助形象，后者使用概念，由此强调作家是通过形象来表现思想，或者说使思想形象化。[1]何浩曾敏锐地指出，他这种认识过于表面，实际上两者差别的关键在于，“文学的这个形式、形象，它包含着科学的抽象方式涵摄不了的世界的内容”。[2]的确，周立波此时轻看了形象对于文学的根本意义。不过，深究起来，他的这种说法其实是对巴尔扎克现实主义论述的直接转化。巴尔扎克诸多的文学思考中，都显示出“思想”在其中的重要位置。比如，他在《〈驴皮记〉初版序言》（1830）中，明确强调：“文学艺术以借助于思想重现人的本性为目标，在所有的艺术中最复杂。”[3]那么，为什么巴尔扎克在现实主义理解中赋予“思想”如此重要？“思想”在其中究竟怎样起作用？

要理解巴尔扎克的这种观点，就首先需要了解现实主义的文学意涵。瓦特在《小说的兴起》中对现实主义的定义，特别能帮助我们建立认识坐标。在他看来，小说在18世纪的兴起，在根本上意味着一种新的把握世界之形式的出现。18世纪是资产阶级社会的上升时期，宗教建立的世界认知逐渐衰落，人们开始相信通过个人本真的感知就能够直接把握世界，而小说的出现正是要负载这种个人面对世界的新欲求。在当时的语境中，个体的本真感知之所以能够担负把握世界的使命，乃是因为这个时期的资产阶级社会的构型，正是个人主义的行动、意义和世

[1]周立波：《文艺的特性》（1935），《周立波选集》第6卷，湖南人民出版社，1984年版，第10—15页。

[2]何浩：《“搅动”—“调治”——〈暴风骤雨〉的观念前提和展开路径》，载《中国现代文学研究丛刊》2021年第7期。

[3]巴尔扎克：《〈驴皮记〉初版序言》（1830），袁树仁译，《巴尔扎克论文艺》，人民文学出版社，2003年版，第279页。

界观的实现。[1]也就是，个人的感知与社会的形态具有高度的同构性。但这种同构性在18世纪末开始面临危机，最显著的标志便是法国大革命的爆发。大革命失败之后，原有的现实主义方式开始面临挑战。巴尔扎克正是在这种语境中开始创作的。在当时的语境中，影响最广泛、最有力面对革命失败的知识和思想并不来自文学，而是社会科学（社会学）。这种新的知识类型通过经验实证的方式重新发现并解释法国"社会"的构成。[2]巴尔扎克对法国社会的批判性思考，从这种知识和思想方式中获益颇多。他将《人间喜剧》界定为从整体上对法国社会的"风俗研究"，乃是一种社会科学式的抱负。可以说，他的小说就是他的社会学。正是因此，巴尔扎克才会特别强调"思想"对于现实主义创作的重要意义。换言之，直接通过个人的本真感知，便可能停留于经验和形象的表面，无法从整体上把握法国社会，必须借助于"思想"，也就是对法国社会的有效分析。不过，这样说并非意味着文学只是思想的附庸、只是思想的手段。巴尔扎克认为，自己对法国"风俗史"的书写在相当程度上高于政治家的认识和历史学家的研究，有着既有的知识和思想不能取代的意义位置。[3]

由此重新回到周立波的论述，可以说，他非常敏锐地意识到巴尔扎克的这种认识的重要性，认为只有通过那些内含着社会认知的思想环节，作家的"主观的观念和客观的现实"才能达到完全一致。[4]也就是，作家这样才能重新建立把握世界的现实主义方式。基于这样的理解，周

[1]相关论述参见瓦特:《小说的兴起》，刘建刚、闫建华译，中国人民大学出版社，2020年版。

[2]对这个问题相关讨论参见戈尔迪、沃克勒主编:《剑桥十八世纪政治思想史》第二十四章"观念学与社会科学的起源"，刘北城等译，商务印书馆，2017年版，第654—672页。倪玉珍特别关注了这一问题，参见其论文《法国大革命与"社会科学"的诞生——19世纪上半叶法国思想家重建社会的努力》载（《社会科学》2016年第10期），《从"社会"的角度思考政治——19世纪上半叶法国政治话语的重要转变》（载《世界历史》2017年第6期）。

[3]参见巴尔扎克:《〈人间喜剧〉前言》（1842），《巴尔扎克论文艺》，第253—270页。

[4]周立波:《文艺的特性》（1935），《周立波选集》第6卷，第16页。

立波批评现代主义作家缺乏"思想"，认为他们"在现实中，只摄取了一些不相连续的形象，把形象的相互间的联系去掉，剩下一些无意识的独立的东西，他们所看到的现实，是静止的现实，他们看不到历史的动的姿态，更看不出现象的本质的关联，他们只是把艺术的形象作为消遣的玩具，作为静的照片使用着，（只）是没有思想的内容……"[1] 当然，这种从左翼视野出发的批评，在当时的语境中并无新意，但从这些表述中，我们能够明确把握周立波从巴尔扎克那里汲取的"思想"意识的特定意旨。不过，对巴尔扎克具有历史自明性的"思想"，无法被周立波直接征用——无论是社会处境还是知识状况，20世纪30年代的中国与19世纪上半叶的法国都相当不同。

对周立波来说，"思想"仍然指向一套社会科学的知识，但在30年代的左翼认识语境中，这种知识乃是马克思主义从阶级论出发的社会分析。在此意义上，巴尔扎克的现实主义走向了苏联的现实主义（"新现实主义"），意识形态、社会矛盾分析、世界观成为一套新的建立现实主义理解的"思想"。也就是说，只有以左翼的社会分析为中介，作家才能重新将自身的本真感知熔铸为对世界的把握。通过这种方式，周立波将巴尔扎克现实主义理解中的"思想"问题左翼化，形成自己的现实主义表述方式。不过，就其实质而言，这种方式在30年代的左翼理论认知中并无特别之处。真正值得特别关注的是，周立波由此重新回到巴尔扎克那里，建立了自己对新现实主义创作过程的思考。

在《观察》（1935）一文中，周立波希望借助巴尔扎克的思考，反驳"天才论""灵感说"，将文学创作过程去神秘化。他强调，在巴尔扎克的理解中，现实主义创作包含着一套切实可行的步骤。其中，最为重要的方法是观察，它是现实主义作家"最实际的'门槛'"。对他来说：

---

[1] 周立波：《文艺的特性》（1935），《周立波选集》第6卷，第14页。

> 观察甚至于成了直觉；它不会忽视肉体，而且更进一步，它会透进灵魂，或者可以说，它把握外表的细节是这样的透彻，竟立即超过了外表，它给了我一种能力，使我仿佛度着被我观察的人的生活。让我自己，化为了观察的对象，像《天方夜谭》里面的那位向人念不到几句咒语就把人的肉体和灵魂都占据了的回教僧人一样。[1]

可以说，巴尔扎克赋予“观察”体认并洞察对象的功能，这个过程的本质是作家以个人的本真感知向对象移情，与对象感同身受。如前所述，这种方法正是18世纪以来现实主义创作的基本原理。而在19世纪以来的社会变迁中，观察法遇到了根本难题，即处于社会危机中的个人，如何通过有限经验感知达至对不同对象的内在体认与洞察？

周立波认为，这需要两个条件，其一是“实际生活经验的力量”，亦即运用观察所得的能力。更通俗地说，便是作家个人的生活阅历与见识。作家越是能够洞察世态人情，便越有可能理解和进入具体对象的处境。但仅此仍然不够，现实中仍然存在超出作家观察与感知范围的事实，也就是“尚未发见的事实的连锁之环”。而“要补足这个未知之数”，便需要第二个条件，即之前巴尔扎克反复强调的“思想”的力量。“没有正确的思想，不仅不能推察情势和人物的未知的数目，就是已知的数目也不能正确把握的……”[2] 换言之，“思想”乃是扩充个人感知边界，深入理解已知部分，并连接已知与未知的必要意识通道。可以说，无论是观察还是经验的力量，都依赖思想对其不足的补充，对那些超出经验范围的对象的应然状态的构想。而这种构想最终以文学形象呈

[1]周立波:《观察》(1935),《周立波选集》第6卷，第32页。

[2]周立波:《观察》(1935),《周立波选集》第6卷，第36页。

现，则离不开作家的“丰富想象力乃至幻想”。也就是，这最终在文学中呈现的想象（幻想）的秩序，乃是经过思想的推察与构造的。周立波将这个环节视为新现实主义创作最重要的任务，即在“表现现实、把握现实”的基础上“提高现实”。[1]

由此，周立波将巴尔扎克的思考重新整合为从自我感知出发的三个环节：观察、思想和幻想，为 20 世纪 30 年代的新现实主义创作提供了一种实践方案。但这种整合的努力仍然没有真正揭示现实主义文学的原理。如何浩所言，周立波始终没有揭示文学到底如何建立不可被替代的抵达世界的方式，现实主义的根本特质究竟何在。他希望现实主义能够“提高现实”，但又将这种“提高”的难度通过“思想”轻易解决。[2]当然这并不只是周立波思考方式的不足，而是更深地根植于现实主义理论的表述难题。事实上，巴尔扎克在 19 世纪已经意识到这些问题对界定现实主义的重要性，但他未能建立真正具有洞察力的论述。比如，他强调作家的思想应该“包罗万象、更为广阔”，“他不得不在身上藏着一面无以名之的集中一切事物的镜子，整个宇宙就按照他的想象反映在镜中”。[3]显然，他无法准确而具体地描述这面“集中一切事物的镜子”，不能界定“思想”在其中发挥作用的方式。而如何描述和界定，关乎现实主义把握世界的根本原理。周立波此时努力将巴尔扎克的理解纳入新现实主义的认识构架，但这些悬而未决的问题依然隐含其中，并没有真正得到解决。在相当程度上，此时周立波对现实主义的认识状态是外在的、观念化的。一方面他自己尚未开始小说创作，缺乏现实处境中的真问题与这些有待被修正的现实主义知识形成有效的互动和辩证；另一方

[1]周立波：《艺术的幻想》（1935），《周立波选集》第 6 卷，第 8 页。

[2]参见何浩：《“搅动”—“调治”——〈暴风骤雨〉的观念前提和展开路径》，载《中国现代文学研究丛刊》2021 年第 7 期。

[3]巴尔扎克：《〈驴皮记〉初版序言》（1830），《巴尔扎克论文艺》，第 279 页。

面，30年代左翼文学的主流同样存在概念化和公式化的毛病，个别有突破的写作（如茅盾的《子夜》等）的认识意涵尚未得到充分的整理和消化。因此，巴尔扎克意识到但未能充分处理的现实主义原理，此时并未成为周立波接受过程中的敏感意识。我们看到的只是他以方便把握的方式整合的现实主义写作构架。这种构架作为他早期现实主义理解的核心，对其后来的创作产生了深远影响。

如果对照周立波在30年代的散文写作，会发现这些作品的自我感知模式，正是观察、思想和幻想。比如，他1934年发表的《向瓜子》，写了作者三次与向瓜子有关，但彼此之间看似不相关的经历，这些经历通过作者对底层农民追求光明的思索获得了共同的主旨，最后以个人的遐思结束："带着我故人的记忆的向瓜子，带着斯拉夫飞跃精神的染指的向瓜子，带着对于我们的生活有深深刺激性的向瓜子，我祝你好！我祝你永远不要让那红艳的唇和纤弱的手玷污了你！永远在那些知道珍重你，知道敬爱你的粗而有力的男女手上徘徊罢。"[1]不难看出，从个人观察到思索和遐想，都局限在自我意识的内部，并未进入对象的意识、经验与情感空间，并与之产生真正的互动。

周立波的写作真正介入现实，出现在抗战开始之后。1937年9月，他以记者和翻译身份进入晋察冀抗战前线，此后两年他随部队转战各地，并写下一系列的报告文学作品。周立波第一次踏入真正的战争，既兴奋好奇又高度投入，他力图详细记录战争过程，并捕捉将士艰苦战斗的形象。但面对宏大、残酷的战场，剧烈、紧张的战势，以及随见随散的将士，他并不知道如何从整体上叙述战争，如何把握八路军的组织工作与军事经验，如何捕捉其中的问题及其转变。他后来到延安后检讨自己的这段经历时曾说：

[1]周立波：《向瓜子》（1934），《周立波选集》第4卷，湖南人民出版社，1983年版，第3页。

> 在前方，我敬爱战士，但止于敬爱，对于他们的生活，心理和感情，我是毫不熟悉的。我只晓得他们会打仗，很艰苦，总之是不到前方也能知道的一般的情形。而我又错过了许多和他们结识，了解他们的机会。离开前方，有人要我写前方，我就只能写出一些表面的断片，写不出伟大的场面和英雄的人物。[1]

周立波之所以不能深入战争，跟他之前形成的自我感知机制有关。他习惯于将自己置于观察者的位置，以自我的理解逻辑面对对象。而面对从未面对过的战争经验，原有的意识习惯、情感心理、理解逻辑都显示出相当的局限性，无法穿透战争中的组织与人心。如果我们对比杜鹏程的《战争日记》，便能够发现，后者对中共战争组织、士兵教育等问题的洞察[2]，实际上正是他特别缺乏的。由于周立波尚未获得现实经验层面的突破性认识，没有形成把握现实构成脉络的自觉意识，此时的报告文学创作在相当程度上遵循的是此前他翻译基希的《秘密的中国》时所获得的写作规则，即正确的事实、锐利的眼光（来自正确的世界观）、抒情诗的幻想。他认为，报告文学正是“由精密的科学的社会调查所获得的活生生的事实和正确的世界观和抒情诗人的喜怒与力”结合而成的文体类型。[3] 稍微对照他此前对现实主义文学写作构架的认识，不难发现，这里强调的报告文学的三个写作要素，与之一脉相承，并无实质差别。可以说，此时的周立波，尽管怀着高度的主观热情投入抗战前线，但现实感知尚未在他身上累积出松动早期理论认识的力量，文学写作的

---

[1] 周立波：《后悔与前瞻》（1943），《周立波研究资料》，第 65 页。

[2] 参见杜鹏程：《战争日记》（1947—1949），解放军文艺出版社，1998 年版。对这个文本的精彩讨论，参见何浩：《从杜鹏程〈战争日记〉看中国当代文学生成的“社会”维度》，载《文艺理论与批评》2019 年第 3 期。

[3] 参见周立波：《谈谈报告文学》（1936），《周立波选集》第 6 卷，第 50、52 页。

意识仍在原有的观念轨道上滑行。

周立波文艺观的最初改变，要等到1939年到达延安后。刚到延安时，他仍然是按照之前的现实主义理解，在鲁艺讲授“名著选读”课程。比如，他在课上对于巴尔扎克的讲解方式，便延续了30年代的基本认识。[1]1941年，他跟着工作队下乡一个月，但“不接近农民，不接近环境”，主要精力在写作与当时的农村生活并无关系的《铁门里》系列小说。而后来应约根据下乡经历创作的小说《牛》，按他的说法，只能写“牛生小牛”的故事，“对于当时生动的生产运动，运盐和纳公粮的大事”，“都能不写”。[2]这里所说的“大事”，并不是他深入现实之后的自我判断，而是初到延安的直观印象。相对于大事，“牛生小牛”的小事是不是就不重要？当然不是。关键的问题在于，小事在现实中的位置，尤其是小事和大事的关系，需要作家在现实的动态过程中捕捉和体认，不能直接依赖笼统的直观印象。因为缺少这些认识维度，周立波对小事的写作，仍然是从自我感知的观察机制展开。他知道观察是有限的感知，无法真正掌握对象，因此便将观察所能捕捉的对象生活带回自我意识内部，通过反思和抒情的方式建立自我与对象的关系。在这部小说中，他特别借助风景描写为自我意识创造余裕的空间：

> 他坐在炉火边，还是不快乐，一句话不说，只是低头吸他的烟管。在大家笑着的时候，他站起来，象影子一样轻轻地走出了窑洞。大家也动身要走，这一半是因为时候不早了，明天大家很早要起来；一半也可以说是受了张启南的不快乐的影响，没有兴致再坐了。外面的月光很明朗，照出了院子里好几堆残雪，放射着耀眼

[1]周立波:《在延安鲁迅文艺学院的〈名著选读〉讲授提纲》(1939),《周立波选集》第6卷，第270—279页。

[2]周立波:《后悔与前瞻》(1943年),《周立波研究资料》，第65页。

> 的光辉。北方的月夜是好的，特别是没有风沙、有些残雪的春天的晚上；明澈欲流的光辉，会使人感到一种清新和明净。院子里的槐树的影子，静静地伸在地面上，人从树底下走过，一个一个的人影子，嵌镶在树影的枝条间，又迅速地移去。[1]

周立波希望和笔下的人物共处，但又不知道如何在具体而微的互动中把握每个具体的人，与他们分别建立关系。他从感情上希望进入他们的生活空间，但在意识上又感到局促，只好以观察者的眼光打量他们直观可见的意识、情感、行动。在这里，风景描写成为自我疏离的场域，而不是人物活动的空间。也就是，人物意识不到风景的存在，人物和风景之间是分离的，缺乏有机性关系。当周立波进入风景描写时，那个处于观看位置的自我便退回到个体意识的内部，不再尝试进入和理解对象。一旦以这种方式将自我意识隔断，情感与思绪的发抒便失去具体的生命对象，为此，他需要找回以往以自我意识的高度选择性与对象建立自由关系的感觉，那种自在感是自我从容抒情和思考的前提。在小说的结尾，他回到熟悉的思想与幻想的轨道寻找自我的寄托：

> 回到房间里，立即吹了灯睡觉。但是很久没有睡得着。从微微明亮的纸窗的外面，清楚地传来了远处的小溪里面的一些青蛙叫，和近边的牛嚼草料的声音，此外是十分地寂静。寂静有时是好的，那会让人清晰地想到许多事。我想起了牛、微笑和革命政权的意义。在这一向落后的陕北的农村里，因为有了共产党所领导的新政权，人和人间，已经有了一种只有生活的圆满和快乐才能带来的亲切的温暖的东西。为了对付我们的残暴下流的民族敌人和阶级敌人

[1]周立波:《牛》(1941),《周立波选集》第1卷，第51页。

的包围和暗害，代替着温暖的人间爱，我们也还是要填塞一些仇恨和警惕到我们的心里。代替着我们所乐于看到的微笑，我们会时常想起我们的黑暗的家乡和别的许多的人们的很多的泪水，很多很多的。[1]

此时，寂静让他感到舒适，“想起了牛、微笑和革命政权的意义”。这种意义不是在真实的、具体的生活处境中，通过体认具体的人的身心获得的，而是被外在的革命论述赋予的。也就是，他还不能直面笔下的“牛”和“微笑”，不知道它们之于自我的意义，而是绕到它们之外的确定性知识中寻找。生活的圆满、快乐以及由此带来的亲切和温暖，这些他通过观察捕获的生活表象的意义，被过于急迫地置于确定的革命论述中加以提升和界定。当然，革命论述不同于他过去依赖的“思想”，它促动了抒情主体的变化：由“我”转变为“我们”。尽管初到延安的他还不能理解新的集体经验的实际构成，但这种观念转变带来的新的抒情形式，仍然在一定程度松动了30年代形成的自我感知机制。

经过这个初入延安的文学练习阶段，周立波参加了1942年的延安文艺座谈会，听到毛泽东的讲话。如果结合他早期形成的左翼现实主义理解，可以想见，讲话最初对他的冲击不会非常强烈。毛泽东在讲话中谈到作家的创作时，有这样的论述：

中国的革命的文学家艺术家，有出息的文学家艺术家，必须到群众中去，必须长期地无条件地全心全意地到工农兵群众中去，到火热的斗争中去，到唯一的最广大最丰富的源泉中去，观察、体验、研究、分析一切人，一切阶级，一切群众，一切生动的生活形

[1]周立波:《牛》(1941),《周立波选集》第1卷，第52页。

式和斗争形式，一切文学和艺术的原始材料，然后才有可能进入创作过程。[1]

当周立波看到毛泽东这里所说的“观察、体验、研究、分析”，必定会想到自己之前从观察出发建立的自我感知机制，这些创作环节的意义自己在几年前不都讨论过吗？而且毛泽东在这里强调的阶级、斗争形式问题，他在30年代左翼理论中也已熟悉。当然，他在延安看到了火热的群众生活，原来对群众的抽象认知此时获得了实感。对他来说，真正的问题是如何转变思想，找到把握眼前可见群众的方式。因此，当时真正让他震动的反而是整风运动，不是毛泽东的讲话。1942年，他在座谈会结束后，写了一篇题为《思想、生活和形式》[2]的学习文章。不难从标题中看出，他将“思想”置于首要位置。他在文章的开头反省，对于过去的自己来说，谈点自己的思想和感情是相对容易的，而现在“要提出时代的重要的问题，写出广大的工农群众都能感到的兴趣的生活，那就为难了”。因此，他特别认同整风运动对思想改造的强调，认为这是当时作家面临的首要任务：

对于我们，思想的改造，立场的确定，是最要紧的事。我不同意这样的说法：‘到生活中去，不但解决了艺术问题，也解决了思想问题。’事情完全不是这样的。我看到好多写文章的同志，到生活里去了，不但去了，而且现在也还在那里，但他们的思想还是一样的糊涂，立场还是一样不明确，写不出东西。或者可以说，没有

[1]毛泽东：《在延安文艺座谈会上的讲话》（1942），《毛泽东选集》第3卷，人民出版社，1991年版，第860—861页。

[2]1959年，周立波将这篇文章收入论文集《文学浅论》时，将题目改为《生活、思想和形式》。从“生活”与“思想”两个词先后位置的调整，不难看出他文学认识的微妙变化。

> 思想的光辉的照耀，看不见生活里值得上书的东西。[1]

对周立波来说，没有正确的思想立场，就不能“提出时代的重要的问题”，即便进入眼前的群众生活，也不能把握和理解他们。也就是，只有思想的光辉才能照亮生活，只有正确的思想分析，才能把握时代的核心问题，界定生活对于作家的意义，从而裁定作家和生活中具体的人的关系。因此，“思想”（立场）相对于“生活”，具有优先位置，是现实主义创作的决定因素。为了突出这一点，他将“思想改造”与“生活改造”区分为两个环节。对他来说，思想改造更有迫切性，而非生活改造，后者乃是对前者的实现。对于这两个环节，尽管他从认识逻辑上强调它们不可分开，但这种区分意识其实是对讲话的误读。毛泽东的本意是希望作家通过深入生活，与群众打成一片，在生活改造中改造思想，从而重构自我，而并非在认识层面区分出先后次序，将思想改造视为决定性的前提。

事实上，周立波上述反省主要指向当时的延安作家，并不特别针对自己的状态。他将反省的矛头指向自我的契机，是 1943 年 3 月听到凯丰的讲话《关于文艺工作者下乡的问题》。凯丰批评了文艺工作者下乡的“做客”心态。这让周立波很受触动，他反省自己在随军参战时对战士了解不够，在延安下乡时不能融入环境，接近农民，因而生出的“寂寞”情绪是“小资产阶级的尾巴”。因此，他希望自己“能够很快被派到实际工作去，住到群众中间去，脱胎换骨，‘成为群众的一份子’”。[2] 但这种反省还是思想改造的逻辑，他并未意识到，“寂寞”情绪背后隐含的乃是过去形成的自我感知机制。1944 年他很快投入实际工作，以总司令秘书身份随王震部队南下，一路记录战争经过。从 1946 年结集

[1]周立波：《思想、生活和形式》，《周立波选集》第 6 卷，第 214 页。

[2]周立波：《后悔与前瞻》（1943 年），《周立波研究资料》，第 65—66 页。

出版的报告文学《南下记》来看，他此时叙述战争的方式与1939年的状态仍然有很大相似性，但也有区别。比如，他不再过于从自我感知出发抒情，而是更努力深入战争过程，也有意识捕捉中共遇到的组织问题及其应对，尤其是战士与将领的个人状态。[1]但他还是没有找到从整体上叙述战争的方式，在延安接受的革命论述不能直接提供把握战争的内在眼光，因此这些带有速写和特写色彩的记录，基本上是相对孤立的局部呈现，是片段化的印象。对周立波来说，真正的变化要到写作《暴风骤雨》才出现。

二、《铁水奔流》的认识前提：从周立波对《暴风骤雨》的反思谈起

1946年，周立波随李德仲的部队到哈尔滨尚志县元宝村调研时，主动要求留下参加土改。根据半年的土改经历，他创作了《暴风骤雨》。相比他此前不知如何从整体上把握的战争题材，土改题材则是直接能够依托政治来处理的写作对象。在此之前，他的创作都是依赖思想，从来没有直接依赖政治。换言之，过去他从观察出发的自我感知，最终以“思想”（以及“幻想”）为中介确立自身与世界之间的关系，而现在“政治”取代了“思想”原来的位置。一方面，在讲话之后，周立波经过思想改造，将自己过去过于依赖“思想”的意识状态定性为“小资产阶级的尾巴”，自我感知的状态开始动摇。[2]但由于他在延安的主要任务是教授文学，而且是沿用过去的理解方式，并没有具体介入实际的群众工作，因此，一开始虽然对中共当时的政治认识充满信赖，但并不知道怎样通过政治来理解群众、把握现实。直到他亲自介入土改的具

[1]周立波:《南下记》(1946),《周立波选集》第5卷，第215—289页。

[2]周立波:《后悔与前瞻》(1943年),《周立波研究资料》，第65页。

体工作，政治才得以联通他的自我。另一方面，当周立波面对具体的工作时，开始意识到中共的政治不是对马克思主义理论的直接使用，不同于他 30 年代接受的左翼的抽象观念。这种政治不仅是一种理念，而且还是面向现实的实际政策，更是改变现实的具体行动。因此，相对于自己以往从自我感知出发，借助思想和幻想将对象回收到自我意识内部加以反思和抒情的做法，中共政治理解则是从自我感知出发，以理念—政策—行动的不断向外展开，突破自我意识的边界，与他人建立真实连接。在此意义上，对周立波来说，政治对思想的取代，不是一种简单的观念置换，而是自我与世界连接方式的根本改变。

基于对中共政治的理解与信任，周立波对叙述土改问题颇有信心。动笔之初，他希望写出东北土改的编年史，以四部、八十万字的篇幅，全面呈现运动全貌。但最后因为准备不足，只完成了上下部的《暴风骤雨》。整部小说是通过他在写作之前就明确的主题——反帝反封建的观念组织起来的。这个主题是中共对土改运动的基本定性。可以说，周立波借助这个政治理念建立认识现实的眼光，并以此来安排小说的情节，塑造典型人物。在此之前，他无法凭借思想的中介整体把握现实，现在政治为之赋予这种可能。这种可能落在写作层面，仍然会变成他之前遇到的问题，比如，个人的感知是有限的，哪些经验对象重要，哪些对象不重要，如何选择表现的对象，对于超出感知范围的问题，应该如何把握，等等。

周立波在介绍创作过程时坦然承认，自己没有参加第一阶段“开辟群众工作”的过程。等他参与其中时，工作已经进入比较成熟的阶段。因此，最后的作品便围绕这个阶段的有限经验展开。在 1948 年召开的《暴风骤雨》座谈会上，草明特别批评周立波的这种选择完全没有处理第一阶段的问题，忽视了运动的复杂性。[1]但问题的根本并不在于，他一定要写出运动的全过程，必须从最初曲折的群众运动写起。重要的是，如果周立波不顾土改经验作为政治实践的内在连续性，将成熟阶段处理为孤立的过程，那么，他便不能理解这个阶段的成熟何以成为可能，它的前提和条件是如何奠定的，干部良好的工作状态是怎么打造的，群众身心的配合状态又是如何形塑的？换言之，如何不能充分理解成熟本身依赖的诸多条件的支持、配合和转化关系，那么，这种书写本身就不能充分释放土改实践的认识能量，从而使之在其他区域的土改工作中有效转化、再造。因此，看上去周立波是从政治出发的，但一旦落在具体的感知对象，他便主观截断了政治的完整性，将理念—政策—行动向外的实际展开过程回收到理念的抽象形态。可以说，此时的周立波尚未理解中共的政治究竟是什么，其究竟是如何把握、推动并打造现实的。

事实上，处于这种认识状态的周立波，并不认同草明的批评。他在介绍《暴风骤雨》下半部创作过程时，曾回应了这种批评：

> 北满的土改，好多地方曾经发生过偏向。但是这点不适宜在艺术上表现。我只顺便的捎了几笔，没有着重的描写。没有发生大的偏向的地区也还是有的，我就省略了前者，选择了后者，作为表现的模型。关于题材、根据主题，作者是要有所取舍的。因为革命的现实主义的反映现实，不是自然主义式的单纯的对事实的模写。革命的现实主义的写作，应该是作者站在无产阶级立场上，站在党性和阶级性的观点上，所看到的一切真实之上的现实的再现。在这再现的过程里，对于现实中发生的一切，容许选择，而且必须集

[1]参见《〈暴风骤雨〉座谈会记录摘要》(1948)，《周立波研究资料》，第292页。

中，还要典型化，一般的说，典型化的程度越高，艺术的价值就越大。[1]

周立波在这里强调，他并非不了解土改中的运动偏向，之所以不选择偏向作为表现对象，是因为它不够典型。那么，什么样的对象才够典型？他特别强调要“站在无产阶级立场，站在党性和阶级性的观点上”“所看到的一切真实之上的现实”。换言之，典型是被政治理念塑造的眼光辨识出来的。这样说，周立波的问题似乎是过于从理念出发，而不考虑现实本身的状况。但仔细辨认会发现，他的这种表述其实是对毛泽东在讲话中论述“典型”问题的直接转化。毛泽东认为：

文艺作品中反映出来的生活却可以而且应该比普通的实际生活更高，更强烈，更有集中性，更典型，更理想，因此就更带普遍性。革命的文艺，应当根据实际生活创造出各种各样的人物来，帮助群众推动历史的前进。例如一方面是人们受饿、受冻、受压迫，一方面是人剥削人、人压迫人，这个事实到处存在着，人们也看得很平淡；文艺就把这种日常的现象集中起来，把其中的矛盾和斗争典型化，造成文学作品或艺术作品，就能使人民群众惊醒起来，感奋起来，推动人民群众走向团结和斗争，实行改造自己的环境。如果没有这样的文艺，那末这个任务就不能完成，或者不能有力地迅速地完成。[2]

通过对照不难看出，周立波正是以这种论述为自己的选择辩护。在

[1]周立波：《现在想到的几点——〈暴风骤雨〉下卷的创作情形》（1949），《周立波研究资料》，第287页。

[2]毛泽东：《在延安文艺座谈会上的讲话》（1942），《毛泽东选集》第3卷，第860—861页。

毛泽东的理解中，典型的塑造，要能够唤醒群众，推动现实斗争朝着理想的方向转化。周立波自己也是怀着“教育和鼓舞广大的革命群众”的目标来写作，之所以选择土改成熟阶段的经验作为书写对象，原因正在于，只有这部分经验被视为能够推动土改完成、教育和鼓舞群众的认识资源。而那部分曲折甚至失败的前期尝试，因为未能真正改变现实，实现教育和鼓舞群众的目标，在他眼中便没有呈现的必要。对其他地区的土改而言，要学的是东北土改的正面经验，而不是失败经历。在周立波眼中，曲折和失败的尝试是个别的、特定的情况，只有成熟的过程及其经验，才能配合他所理解的中共的政治理念，才具有普遍的可传递性。因此，从理念出发把握现实，以现实实践解释理念，构成了他写作《暴风骤雨》的基本认识过程，也是他认为的革命现实主义的典型化要义。显然，政治和现实的关系，在周立波这里变成了互为阐释、相互佐证的死循环。对于这种现实主义和典型的解释，蔡天心提出针锋相对的批评：

> 我认为土改的偏向，是可以在艺术上反映，问题是在于作家如何去反映：站在偏向的立场上，自然主义的、纯客观、鼓励赞扬偏向是错误的；但，如能站在现实主义的立场上，揭示现实斗争中所发生偏向，通过艺术的形象，加以批判，则是一个革命的现实主义作家最应该选择的题材和主题。由于作者对于革命的现实主义的认识有偏差，只注意反对自然主义单纯的事实的模写，没有充分理解与掌握党的政策的精神；因而也就不能正确地选取农民在土改斗争思想上本质冲突的问题，集中起来，形象地予以解决，这就丧失作品对现实的更大的教育作用。这一点不能不说是一个缺陷。[1]

[1]蔡天心:《从〈暴风骤雨〉看东北农村新人物的成长》(1950),《周立波研究资料》，第310—311页。

蔡天心不赞同周立波的选择，他认为应该从现实主义出发，而非从抽象的政治理念。如果承认偏向是土改现实的一部分，就首先应该直面这种经验本身。蔡天心非常敏锐地指出，周立波的问题出在“没有充分理解与掌握党的政策的精神”。也就是，他对政治的理解出了问题：只看到了政策的规定性，而没有捕捉到这种规定性背后对应的意图与判断。周立波在参加土改和开始创作的过程中，其实非常重视对政策的掌握，“常常看报纸，读文件，参加会议”。[1]但他并不追问：政策从何而来？它是在什么样的现实基底上发挥作用的？政策的调整背后对应着怎样的现实感变化？干部的现实感从何而来？他们在调整政策时依据什么样的现实尺度及其相应理解？

中共决定在东北开展土改运动，是基于对当时革命形势的判断，但如何开展，开展会遇到什么问题，遇到问题应该怎么解决，一开始并没有周全考虑到每个现实环节。因此，土改初期的过快推进带来局部的偏差。在快速变化的形势中调整政策，特别要求实践者既有敏锐的针对性，有效扎根在乡村自身的生活脉络与感知结构，又有高度的灵活性，能够根据具体处境的变化灵活调整行动的方向感。因为，政治的变化可能牵一发而动全身，一个好的政策需要考虑诸多层面的现实关系脉络和不同群众的身心感受，而调整的动作包含着极为微妙的认识敏感性和实践分寸感。此时周立波缺乏把握政策所需要的敏感性和分寸感，只看到了政策正面处理问题的有效性，看不到这个问题背后连带的生活脉络和感受结构。当然，这并不是说周立波是教条主义者，只关心政策的要求，不关心群众的身心。其实，他自己也希望在呈现反帝反封建斗争的同时，触及“当代农民的苦乐与悲喜”。[2]但如果对照《暴风骤雨》的

[1]周立波:《〈暴风骤雨〉的写作经过》(1952),《周立波选集》第6卷，第515页。

[2]周立波:《〈暴风骤雨〉的写作经过》(1952),《周立波选集》第6卷，第515页。

写作，会发现小说叙述的农民的苦乐与悲喜，只是他从阶级斗争眼光中看到的。这些苦乐与悲喜的含义被限定在剥削 / 反抗的意义构架之中，所有的生活故事都是这个意义构架的实现。显然，他还没有触及农民实际的生活质地和自我感知，尤其是那些不能被回收到这个意义构架的苦乐和悲喜。事实上，东北土改前期的偏差，恰恰是因为中共未能充分意识到这些不能被阶级论界定的生活层次，而后期工作的相对成熟，则是因为这些层次开始进入实践者的感知与行动视野，并被置于与阶级论对应的情感与认知紧密相关的意义位置重新打开、调动和安顿。但这些生活层次和感知形态往往不会直接出现在政策的表述之中，而是表现在实践者面对现实、处理问题的价值感觉和经验感觉。而周立波过于直观地将政策看作政治理念的现实对应物，并未深思中共政治实践的活力究竟从何而来。

可以说，周立波此时是以静止的眼光看待政治和生活的关系。他在观念上意识到政治对于把握现实的重要性，但还不能准确理解其认识—实践逻辑，更不可能突破政策的观念表象，深进乡村空间的生机与脉络。因此，尽管他不再满足于自己过去的现实主义理解，希望通过政治的中介重新界定它的含义，但又不懂得如何从中有效借力，一旦进入创作的具体环节，过去形塑他的那些感知机制便重新浮现。他曾这样描述《暴风骤雨》的创作过程：

> 在乡下前后只有八个月。在元宝时，醉心于当时的工作，对所见所闻，没有好好的详细做笔记。印象深的，还留在脑瓜子里，印象浅的，就都忘了。一动笔，就感到材料不够。
>
> 深深地感动了自己的亲身经历，是第一等的文学材料。这种材料往往是极为珍贵，但又不易得的。占有这种材料的人，还得细细的回味和咀嚼，才能涌出文章来。

所见所闻，是文学的第二位的材料，但要是观察细致，体味深刻，从阶级观点去周密的分析研究，这样也能把所得的材料转化为第一等材料。[1]

从这番自述可以看到，他将自己写作所用材料分为两级。第一等是“深深地感动了自己的亲身经历”。对于作家来说，这类材料构成自我感知的直接内容。一个人为什么人、什么事而感动，并不仅仅是情感体验的倾向而已，背后隐含着不同的身心状况和认知取向。对于文学来说，作家的自我感动并不必然重要，重要的是这种情感体验能否唤起读者的同感、共鸣。因此，作家将什么处境、什么性质的感动作为书写对象，取决于他在何种意义上、以何种方式感知社会的构成，体贴他人的身心脉络。在《暴风骤雨》中，赵玉林的牺牲，是周立波有意识从这个角度处理的对象。他在创作谈中特别说起，土改中共产党员温凤山被地主打死的故事，让他非常感动。依据这个原型，他创作了赵玉林这个人物，并花费不少笔墨来渲染其牺牲的悲惨状况，希望“引起农民的觉悟和追怀”，“教育新中国的年青一代，叫他们向英雄的革命先烈学习”。[2]但以自我把握的阶级情感逻辑书写这个故事，是否真的能如其所愿唤起读者的认同与觉悟，其实是有待追问的。也就是，即便是相同的阶级情感逻辑，处于不同身心脉络的个人，是否以及如何能够从自身处境找到连通阶级情感的支点？即便能够找到，他们体验和认知这种阶级情感的方式仍然可能会有差别。因此，在《暴风骤雨》的座谈会上，不止一位评论者担心，周立波对赵玉林牺牲的书写过于沉痛，会对农民和基层干部产生负面影响，而非正面激励。[3]可以说，此时周立波处理自我感知

[1]周立波:《〈暴风骤雨〉是怎样写的》(1948),《周立波选集》第6卷，第243页。

[2]周立波:《〈暴风骤雨〉的写作经过》(1952),《周立波选集》第6卷，第515页。

[3]参见《〈暴风骤雨〉座谈会记录摘要》(1948),《周立波研究资料》，第294、296、297页。

的方式，即便以阶级感情为媒介，也仍然未能真正通达对象的身心。

与第一位材料相对，周立波将个人并未真正参与的“所见所闻”，称为第二位材料。不难看出，他对这类材料的理解，其实回到了早期现实主义认识中的“观察”与“思想”视点，只不过将之前的“正确的思想意识”更明确地界定为“从阶级观点去周密地分析研究”。经过这样的认识程序，便可以将第二位材料转化为第一等材料。比如，他这样回顾小说对“打胡子”场面的叙述。其实自己并没有亲身参与，但“听取别人的详述，吸取他们的经验，加以正确的分析和推想，再渗进自己的经验”，便将间接材料转变为直接材料。[1]除此之外，早期认识中“想象”的意义，也并没有被他丢弃。他同时强调，只要有“细密的观察得来的事实的根据”“对于人物性格和事物规律的细心考察和揣摩”，便可以发挥“想象”的作用。[2]也就是早期现实主义认识中的观察、思想和想象，此时仍然是周立波创作的基本程序。无论是他强调阶级情感的连通作用，还是突出阶级观点的分析功能，都不过是“思想”之功能的变体。

可以说，写作《暴风骤雨》时的周立波，尽管已经真诚地信赖并投入中共的政治筹划，但自己的感知状态仍然在早期的知识习惯中徘徊，过于依赖单一的阶级论视野结构叙事线索与人物形象，还不能准确捕捉政治与现实之间丰富的关系层次。这种认识无意识在相当程度上左右他对自己创作的判断。比如，关于《暴风骤雨》的不少评论都指出，他力图塑造的典型人物萧队长、郭全海和赵玉林，都有过于从阶级逻辑出发，缺少生活实感的缺点。反而是并不直接从这种逻辑出发塑造的老孙头形象，充满生活气息，给读者留下很深的印象。但周立波对这些批评

[1]周立波:《〈暴风骤雨〉的写作经过》(1952),《周立波选集》第6卷，第515页。

[2]周立波:《现在想到的几点——〈暴风骤雨〉下卷的创作情形》(1949),《周立波研究资料》,第287页。

的接受，仅仅停留在塑造人物的笔墨多寡层面，认为自己对次要人物花费笔墨太多，使其性格塑造过于突出，未能突出主角的性格。基于这种反省，他在之后的《铁水奔流》中，“有意地突出主角李大贵，使他的形象特别的鲜明，其他配角的活动和性格的描绘，不超过他，这样，就宾主分明了”[1]。可以说，直到周立波写作《铁水奔流》，他对典型塑造的认识仍然是外在的、简化的。在这个阶段，他相信，只要沿着政治理念的阶级规定性塑造人物就能够实现典型化，而要突出典型人物，只要进一步增加笔墨就够了。这样塑造的典型人物，具有高度的稳定性，但现实是快速变化的，政治本身也跌宕起伏，人的状态也升降流转，这种外在设定的稳定性是否足以涵括政治、穿透现实、呼应人心，当然是值得怀疑的。但此时周立波并没有这样的紧张感，因为他笔下的现实已经过阶级观念的严格筛选，人物只在阶级生活中感受、思考和行动，一切行动都指向反帝反封建的完成。除此之外的生活，都不具有值得典型化的意义。

20世纪30年代，周立波曾认为，“文学典型的制造者”应该“在社会环境这个庞大的实验室里检出他们的结论”。[2]不过，他当时理解的作为“实验室”的“社会环境”，其实是静态的、抽象的。[3]他心中既没有一个社会环境的具体形态，也没有检测“典型”的办法、步骤的具体构想。即便经过讲话、参与战争，他仍然不知道中共的政治究竟是什么。而直到1946年参加土改，他才真正按照中共的政治筹划，介入具体的社会环境。但土改作为阶级斗争，又直接塑造了他的感知意识。此时的“社会环境”不再是静止的、抽象的，但它的具体性、动态性被

[1]周立波：《〈铁水奔流〉的创作》（1955年），《周立波选集》第6卷，第520—521页。

[2]周立波：《观察》（1935），《周立波选集》第6卷，第36页。

[3]对于周立波这种认识的局限性的精彩展开，可参见何浩：《“搅动”—“调治”——〈暴风骤雨〉的观念前提和展开路径》，载《中国现代文学研究丛刊》2021年第7期。

限定在阶级生活的现实之中。因此，检测“典型”的“社会环境”实际上只是阶级认识、阶级觉悟、阶级斗争的孤立过程。在这种意义上，《暴风骤雨》并没有建立起检测“典型”的“社会环境”的视野，其中的典型人物受到读者质疑当然也不奇怪。

尽管此时的周立波还有上述种种意识与能力的局限，但《暴风骤雨》的创作对他仍然至关重要。正是通过这部小说尝试直接面对政治的努力，他才得以将其早期现实主义的认知相对化，即便其中的“思想”暗影仍然拖在他的身后。周立波怀着由此激发的政治热情和行动决心，开始《铁水奔流》的创作。而他尚未真正理解的政治，是否仍然制约着他的写作意识？政治的展开所依赖的生活的涌流，是否有可能激荡他的内心，校准他的文学感知方式？这是接下来我们通过这部工业题材小说需要回答的问题。

三、《铁水奔流》的文本编码：周立波的政治感及其限制

1951年2月，周立波第一次走进石景山钢铁厂，这家华北最大的钢铁企业带最初带给他的震动、兴奋和新奇，与他之前参与军队、农村的经验颇为不同。如何把握这个体量庞大的钢铁空间中的人和机器，对他来说是全新的挑战。最终完成的小说呈现的是两年前中共的工厂接管，叙述的时间是从1948年12月解放军进驻工厂，到1949年7月高炉修复开工。如果我们将这段工业叙述还原到历史展开的实际过程，不难发现，石景山钢铁厂接管过程中出现的重大事件，诸如军管会接管、职工大会召开、职工会成立、党支部成立、公开党组织、高炉维修、工厂失火，等等，依次全都成为小说叙述的对象。周立波试图以此尝试自己未竟的编年史写作志愿，从整体上呈现中共接管工厂的各个实践维度与问题层次的历史状况。但这样照顾到各个方面的历史叙述，为什么最

终并不成功？周立波把握历史的方式究竟在哪些环节出了问题？

中共在接管工厂之前，缺乏管理工业的成熟经验。中国革命长期以农村作为根据地，革命经验也主要围绕军队和农村工作，与工人群体长期疏于联系，没有条件养成处理工业管理、工人问题的意识和能力。以这样严重不足的准备条件，面对错综复杂的国民党工厂处境，中共最终通过半年左右的时间，顺利实现工厂的接管并恢复生产，这不能不说是惊人的历史过程。不同于周立波创作《暴风骤雨》基于个人亲身经历，他进入工厂时，接管工作早已完成，工厂进入生产常态。因此，他需要找到合适的方式重新打捞接管过程中中共积累的诸多历史经验。拉开时间距离的好处是，他有更多的余裕空间来从容面对历史，而非如其参与土改时自我处于间不容发的激荡状态。当然，由此带来的困难是，如何重新进入历史，找到贴近接管实践脉络、个体身心变动的路径。

对周立波来说，工业生产的特殊性是他首先要面对的问题。相较于农业经验的直观性及乡土伦理的地缘性，大机器生产所规定的人与机器的配合方式，以及人与人之间互动关系的复杂性，超出了个体意识直观能够把握的时空体量。因此，他进入工厂后，不少时间花在参观、访谈、熟悉工业生产的基本知识和流程方面。在《铁水奔流》中，他用不少篇幅叙述工厂的生产环境、技术革新、高炉大修，甚至手术场面也不厌其详。但这些场景呈现是否都有必要，或者哪些对于叙事重要，哪些则并不必要，周立波对这些问题的考虑并不多，有时过于陷入技术细节的还原，反而忽视了对操作技术的工人的叙述。从他的自述来看，小说中不少技术叙述，在相当程度上是他作为外来者好奇心的无意识流露，并非对于情节和人物有内在的必要。

周立波在技术叙事方面不够审慎，并非这部小说的核心问题，但这折射出他在叙事方面隐含的取舍难题。如前所论，在《暴风骤雨》中，他努力按照政治要求的方式和政策展开的过程来写作，通过中共提供的

“反帝反封建”主题，找到了叙述的中心和重心，形成了呈现土改运动的方式。在写作《铁水奔流》时，他仍然试图沿着政治的轨道来把握工厂，但缺少这种主题性的叙述凭借。最显著的差别是，中共此时尚未形成工业政治的核心观念与视野，只是宏观地对文学提出表现工人政治觉悟与主体性的要求。一方面，接管工厂的过程尽管很成功，但接管经验并没有得到充分的整理；另一方面，1952年之前工厂的政治运动不断，新问题、新导向、新方案持续出现，不同的应对措施根植于特定的运动语境，缺少一眼可见的直观主题和连贯方针。这意味着，政治并不能直接给周立波提供把握现实的视野，而他自己也没有足够稳定和内在的接管经验作为进入工厂问题的前提，因此，工业叙事的构建变得更加困难，周立波只能试着以有限的个人感知直面历史，辨识并定夺历史实践在叙事层面的轻与重。

从整体上看，《铁水奔流》的叙事结构，延续了《暴风骤雨》的章回体式，也就是在一章解决一个问题，结尾处留下悬念，引入下一章要解决的新问题，如此环环相扣，向前推进。但实际上，这种叙述技巧在相当程度上限制了周立波表达的空间。尤其是那些在中共接管过程中实际出现的重要事件，并非每一件都可以在一章的篇幅内获得充分呈现，有时为了形式的需要，他不得不简化叙述的历史含量。不仅于此，作为技巧出现的过渡性悬念，几乎很难呈现不同事件之间的关系，甚至有时候它的设定完全脱出故事情节的脉络。例如，第十五章写完苏联专家参与锅炉爆破事件后，非常突兀地插入工程师杨子美的出场，目的只是为了引出下一场对他与于松的关系。[1]可以说，整部小说叙事技术上的娴熟，无法掩饰结构组织上的松散。但对周立波来说，这个缺点反而使得他不必过度被之前主题性的预设束缚，更有可能探寻伸向历史脉动的触

[1]周立波:《铁水奔流》，作家出版社，1955年版，第252—253页。

手。如果他能够在历史的细部做充分叙述展开，仍然有可能构造定位工业经验的可靠的认识支点。

周立波非常清楚，自己的叙事目标主要是配合中共的要求，呈现工人阶级的主体状态。因此，他在考量接管叙述的详略轻重时，着力呈现能够达到这一目标的典型事件和典型人物。比如，他特别看重接管中的诉苦斗争会。从小说第五章开始铺垫，然后用第六章整章内容来叙述这一事件。诉苦斗争这种群众运动形式，周立波并不陌生。在《暴风骤雨》中，他花了大量笔墨叙述农民对地主的诉苦斗争，到了《铁水奔流》，故事版本改为工人对伪工会主任的诉苦斗争。从场面的描写来看，周立波显然调动了之前的叙述经验，包括安排情节的基本方式。在第六章，他集中笔墨描述斗争的过程，尤其是斗争语言的交锋。这些语言以斗争逻辑连成整体，但具体工人的形象反而模糊，仿佛不是工人作为主体在诉苦，而是斗争语言作为主体在支配工人。为什么这章会给人这样异样的阅读体验？问题的根本在于，周立波是从诉苦斗争的叙述需要结构情节，而不是从工人的个人身心出发来组织语言。进一步说，他知道诉苦对于中共召唤工人的主体性重要，但并不清楚它为什么重要，它在工人身心转变的哪个时刻才变得重要。因此，这个环节的叙述方式，实际上表明他高估了它能够单独发挥作用的潜能。换言之，诉苦之所以能够发挥作用，实际上依赖中共之前的诸多工人工作作为前提。

中共进入工厂时，大多数工人的状态并不理想。尽管 1945 年国民党接管石钢后的懈怠、停滞与腐败一度引发工人的罢工和抗议，但在此过程中，国民党通过施压和诱变，基本打垮了中共的地下党组织，只剩下“黄色工会”对工人的笼罩性影响。[1] 在这种情况下，中共在工厂内部缺少可以依赖的骨干力量，接管工作面临巨大困难。按照当时一位接

[1]参见首钢党委组织部、首钢档案馆编：《首钢足迹：1919—2009》（上册），中央文献出版社，2009 年版，第 63—68 页。

管干部的描述：

1. 粮食供给不上；2. 国民党黄色工会在工人中影响不小，需抓紧时间进行教育，我们的工作要在工人中生根才能产生出新工会来；3. 职工因北平未下而不安定；4. 工资未完，金融又乱，影响其生活不安；5. 现在车厂的临时工太多，须即做适当遣散。[1]

不难看出，当时中共面临的最有挑战的问题全都与工人有关。这些错综复杂的组织与意识状况，使得中共最初的工人工作颇为受挫："试图将如此众多工人组织起来的过程中遇到的困难"，"在理解工人心理状况问题上的失败"，"工人对他们至今仍然有的根深蒂固的疑虑。"[2] 然而，仅仅四个月时间，中共便改变了工作局面，取得工人的信任。在这一过程中，特别重要的一个环节是，如何将工人从对国民党"黄色工会"的认同，扭转到对中共的认同？这种认同的建立，一方面依赖中共有效深入工人不同的问题处境，采取经济、组织、政治等多种方式对其生活的改善、心理的抚慰、劳动的调整、组织的重建等等，另一方面，则通过在此基础上开展的工人教育，尤其是诉苦斗争。那么，诉苦在此过程中是如何顺承工人的身心，扭转其自我认同的逻辑呢？在周立波的叙述中，对伪工会主任胡殿文的批判，乃是转变的关键。但从第六章的内容来看，批判的内容实际上指向胡殿文个人道德品质的败坏，并不包含阶级批判的意涵。因此，诉苦实际上被叙述为具有个人色彩的激烈复仇。在这里，周立波套用了《暴风骤雨》中农村诉苦斗争的模式。但工

[1]《石景山企业处接管石景山钢铁厂、石景山发电所的工作报告》，民国 37 年（1948 年 12 月 27 日），北京档案馆藏，1-14-63，第 7 页。转引自李洋：《初进大工厂——1949 年前后中共对石景山钢铁厂的接管与改造》，《北京大学史学论坛论文集》，第 2 页。

[2]赖朴吾：《一位外国人目睹的北平解放》，晨锋译，载《北京党史研究》1991 年第 4 期。

人的身心状态及其阶级关系不同于农民，比如，在诉苦动员初期，究竟是应该将工人的愤怒引向反蒋反美还是指向资本家，实际上存在争议。换言之，工人的诉苦斗争不能就事论事，需要将之视为有待揭示其特定阶级内涵的社会问题表征，才有可能松动并扭转工人阶级的认同取向。显然，周立波并不清楚，阶级认识究竟是以什么方式进入工人的身心感知，它基于什么样的实践前提，依赖什么样的意识形式，而激烈的个人复仇意识恰恰可能阻碍工人自我感的扩充。

中共在工厂的诉苦之所以能够成为工人认同感重塑的关键一环，并非从外部以阶级观念置换工人既有的身心感受，而是以政治性的理解对其自我感知的调整、扩充和提升。比如，以往工人常常将自己受到的不公正对待，看作个人能力、运气、关系等方面问题，并努力通过提高能力、搞好关系来改善自身处境。中共提供的阶级论解释，促使他们通过剥削的眼光重新看待自身在工厂中的关系性位置，但这并不只是以狭隘的政治经济眼光看待自身过去的处境。通过在此过程中的集体诉苦，纾解工人群体长久累积的郁结与失望，促使他们共感彼此的处境，重新理解劳动的意义、集体尊严感的价值，由此便可能带动工人去尝试改善彼此的关系，寻求新的日常互动方式，进而形成新的身心连接的通道。如果仅仅以阶级论意义上的觉醒来理解诉苦，那么，这些对工人的身心扩充至关重要，但又不能被直接回收到政治经济视野的心理、情感、精神问题，就无法得到正面把握和呈现。而这正是周立波以抽象的阶级原理来呈现诉苦斗争的认识限制。

事实上，周立波不仅以此来叙述诸如此类的典型事件，而且以此来塑造典型人物。不过，如前所述，离开了主题性预设的束缚，他实际上有了更多的可能去探索典型人物的塑造空间。《铁水奔流》的核心人物是工人李大贵，塑造这个人物是周立波写作的主要目标。上一章已讨论，他吸取《暴风骤雨》的“教训”，为了突出核心人物的形象，无论在篇幅还是在力度上，都有意识弱化了对其他工人的呈现。从故事的叙述来看，李大贵是唯一真正贯穿首尾的人物，而且一开始便被设定为具有阶级觉悟的理想品质。这样说并不是批评他的设定完全失真。中共接管工厂之前，这样的工人尽管很少，但真实存在，而且确实也是接管干部打开工作局面最初依靠的对象。如何与这类工人互动，调动他们的积极性，带动其他工人，中共一开始确实在这方面非常注意，而且积累了行之有效的工作经验。周立波特别重视这部分经验，在小说中安排李大贵助力骆驼山战役，向刘政委汇报工厂情况，鼓动其他工人参加生产，等等。不过，他因为过去的“教训”，在笔墨的倾向上矫枉过正。

在《铁水奔流》中，周立波在几乎所有接管事件中都安排了李大贵的叙述位置。甚至不少事件的展开方式，主要是为了他的出场。比如，在小说的第十七章，周立波不顾李大贵已有许多工作和职务，仍然让他担任安全小组的组长。为了给李大贵充分创造发挥阶级觉悟的舞台，设定“精细”的副组长伍永和在值班时酣睡不醒，而他担心特务破坏，往复冒雨检查锅炉房，巡逻途中果真遇到特务并与之搏斗。但无论如何呼救都无人听到，只好冒着生命危险去捡即将炸毁锅炉房的燃烧的手榴弹，并因此光荣负伤。这个传奇化的孤胆英雄的故事，正是因人而设，其他人物都只是故事的行动元而已。

基于这种人物与情节之间关系的设定，周立波有时为了凸显李大贵无处不在的英雄形象，甚至强使他参与非己所能的事情。在抢修锅炉的事件中，有铆工、焊工、车工、瓦工、起重工等许多工种工人的共同合作，但最终占据整个事件舞台的是李大贵这个与抢修工作并不直接相关的钳工。尤其是焊工李玉深试制焊条的过程，李大贵爱莫能助，但作者要他向领导转告之后，试制工作便获得支持。可以说，相较于这些作为行动元出现的人物，只有李大贵的工人阶级意识获得了完满的自我实现。更具体地说，他实现自我意识的方式，从表面上看是通过不断与他人互动，但实质上，这些互动的设置在很多故事情节中非常外在。周立波通常是从政治要求的阶级意识出发，规定了李大贵与他人互动的方式，而他人的形象往往只是其自我意识通向具体的现实实践的媒介。

当然，周立波很清楚，如果李大贵的形象只有阶级觉悟的普遍要求，那么，他同样会遇到郭全海、赵玉林这些典型人物被批评的概念化的问题。因此，他有意识去塑造李大贵的个性。小说一开始，他曾尝试将之塑造为一个喜欢开玩笑、性格幽默的工人大哥。但在第三章之后，随着接管后政治工作的展开，周立波逐渐不知道如何在政治给定的方向呈现中心人物的这一面向，幽默感从李大贵的性格中消失。但这并不意味着个性的消失，他决定以单独的篇幅集约化表现其性格。小说的第十章集中呈现李大贵两个面向的性格。第一是暴躁。他看不惯工场长金超群的弄虚作假，出于义愤与其争辩，引起工人的误会，后来被刘政委批评。第二是他的恋爱。他以有妇之夫的身份，在党校与范玉花不能自制地偷偷恋爱。后来听到工友谷德亮的善意提醒，及时中止了这段朦胧的感情。这种塑造典型的尝试对周立波有特别的意义。他不仅要写出《暴风骤雨》中郭全海、赵玉林这些中心人物没有的个性，而且以写普通人缺点的方式来呈现这种个性。这意味着，看似同样以政治的规定性为写作导向，但实际上他对李大贵的塑造方式，发生了微妙的变化。不过，仔细来看，周立波的尝试仍然问题重重。

如果说第一个面向的“愤怒”本身是指向正义，指向工人阶级的政治觉悟，那么为什么还要写第二个故事？从叙述层面来看，两人的恋爱故事其实脱出了政治规定的写作方向。也就是说，此时周立波尝试不以政策规定的方式来写人物的个性。尽管这个故事借用“五四”恋爱小说的俗套，缺乏内在的生活实感，但毕竟他由此开始越过政策文件对应的现实边界。不过，当时很多读者不能接受这个故事，担心这样的个性塑造会影响主人公的高尚形象。但他强调，李大贵的改变同样是“工人阶级的高贵品质的表现”。这样的回应实难让人信服，因为悬崖勒马的回头不过是普通人该有的道德自制，很难说是“高贵的品质”。而周立波的设想是写出李大贵的“性格”（个性），表明他作为英雄人物也有普通人的情感悸动，同时又不希望这种“个性”影响他所代表的工人阶级的高尚与觉悟。甚至可以说，如果不是出于表现典型之“个性”的需要，他本不愿核心人物有这样的缺点。在第十章中，这些作为“个性”出现的缺点，没有在李大贵的自我意识中激起长久的波荡，他的转变几乎是轻而易举实现的——很快反省并觉悟，摆脱了这些缺点。在此之后的章节，周立波再也不让他的主人公面对这样的“个性”考验，重新找回其承担工厂关键工作的意义形式与实践目标的意识位置——他的英雄事迹接连不断，最终完满实现了阶级自我。

很遗憾，周立波并没有意识到第十章的个性描写隐含的两难处境，更不可能沿着这个方向继续探索。究其原因，这与他理解典型的观念路径有关。他在很多场合都强调，应该首先理解人物的“一般”：“工人和工人之间，有共同的地方，也有不同的地方。工人中间，有血统工人，也有刚刚做工的，仔细观察一个类型的工人，就可以看出那个类型的工人的典型。”[1]然后将这种“一般”置于不同的具体生活情形之中，便是赋予其“个性”：“各个工种，由于工作环境和使用工具的不同，形成了各种不同的性格、习惯和心理。”[2]这种由“一般”到“个别”的观点，正是李大贵的形象诞生的认识逻辑。周立波在回顾《铁水奔流》创作过程时，特别介绍了他创作这个人物的经过：

> 我一到工厂，就注意了领导干部、工人的生活和性格。有一个钳工的性格，和小报上公布的他的经历，引起了我的注意，我觉得

[1]周立波：《怎样做个通讯员》（1952），《周立波选集》第6卷，第457页。
[2]周立波：《谈人物创造》（1953），《周立波选集》第6卷，第466页。

这就是所谓普通人的典型。我主要地根据对他的工作，在厂、在家的生活，爱军队、爱国家、爱工厂和帮助别人的热心，创造了李大贵的形象。

但是李大贵不全是我说的这个模特儿的影子。我在他身上集中了别的工人的特性。保护送风机的那个场面，就是我根据另外一个肃反英雄的事迹，加以创造的。保卫工作的知识，除了石景山钢铁厂几次运动我都目击以外，还从石景山发电厂保卫科长的一次谈话中学到了一些。[1]

不难看出，这个人物典型是性格与经历组合的产物：其性格是不同工人特性的多重组合，而其经历则全部指向工人阶级的先进性。也就是，周立波是将他所理解的工人阶级先进性的一般规定还原到具体的性格组合之中，形成了李大贵的形象。具体到小说中，性格的缺点和恋爱经历的个别性使得李大贵作为工人阶级理想的一般代表成了个别，也就是黑格尔意义上的“这一个”。可以说，周立波是从“一般”推出了“个别”的应然面貌，而不是从个别的意识状况及其关联的那些超出“个别”的经验与观念维度出发，探索“个别”对于我们构想“一般”的应然形态究竟意味着什么。也就是，他并没有在生活中与某一个李大贵的人物原型深入互动，当然不可能把握一个工人真实的意识、经验、情感状态，而仅仅借助从“一般”到“个别”的认识逻辑，将不同来源的工人性格与经历素材组合成李大贵的高大形象。

基于这样的认识逻辑，周立波在小说中并不去追问对李大贵的人物形象之成立更重要的问题：在接管之前中共力量薄弱的工厂环境中，像他这样具有阶级觉悟的工人究竟是如何出现的？他们的意识、情感、精

[1]周立波：《〈铁水奔流〉的创作》（1955），《周立波选集》第6卷，第519—520页。

神是怎样养成的？依赖哪些条件，经历过什么的精神试炼过程？事实上，中共在接管之初对工人问题的充分认识，对先进工人的有效调动，与之对这些方面状况的敏感意识和深入把握密切相关。即便是觉悟更高的工人，由于长期脱离党的领导，也不必然自动配合接管要求，而且对于接管后的新情况，他们也需要调整自己的认识感觉和经验感觉，才有可能确认自己与周围人的关系、个人工作的意义，等等。

由于周立波过度推定少数觉悟工人对中共的自动配合，以及这种配合对于接管工作的决定性意义，所以，对于其他状态不理想的工人在接管中的意义便估计不足、理解不够。在《铁水奔流》中，除了李大贵，大多数工人的形象模糊，给读者留下稍多印象的是张万财。两人是“金兰之交”，但张万财并没有李大贵那样的个人品行和阶级觉悟，他自私、圆滑、多疑、怠惰甚至偷东西，对于中共一直处于摇摆、观望甚至退缩的状态。周立波希望通过这个人物形象，集中呈现接管过程中状态不理想的工人。但一旦进入具体的叙述环节，他又不知如何准确描述他们的身心变化。一方面，他叙述张万财的视野相当有限。小说主要呈现的是他与李大贵的互动。但这种互动在很多时候只是哥们儿义气。作者不知道像李大贵这样的先进工人应该与如何张万财互动，逐步推动他向更理想的状态转变。另一方面，他不知如何准确捕捉他在中共接管工作中转变的契机。在小说的主要篇幅中，张万财一直处于意识摇摆状态，没有随着中共的工作发生转变。到了小说结尾部分，周立波以他与徒弟的矛盾为机缘呈现他的转变，但对于转变契机的叙述，仅仅只有短短几句话，而且原因被设定为他被提拔为生产小组组长。可是，张万财复杂多变的自我状态，有可能通过一次提拔得到彻底纾解和安顿吗？这样轻易的叙事安排，难以触及工人身心转变的内在逻辑。

可以说，周立波意识到张万财代表的工人的自我状态，但这种代表性的历史内涵并没有被充分打开。如前所述，中共接管之初，大多数工人的状态都不理想。也就是，张万财的自我状态在当时其实有相当广泛的代表性。事实上，这类工人的转变对于中共工厂的顺利接管至关重要。接管干部究竟是以什么工作方式与这些工人互动，并在短时间将他们的自我状态调整到中共期待的方向，其实是把握中共接管经验的关键部分。但周立波并没有把握到这一点，尤其是中共转化工作的相应环节及其细腻展开的具体过程。

《铁水奔流》对工人形象的塑造，之所以会有上述认知偏差和表现的限制，与周立波深入工厂之初接触工人的方式有关。如其所言："在工作中和星期天，我经常跟工人以及比我熟悉工人生活的同志们聊天。那时候，工厂离解放的最初日子还没有好久，工人们爱说他们过去的悲惨生活和解放时的兴奋情景，他们的这些回忆，成了我创作《铁水奔流》最初几章的源泉。"[1] 此时，他遇见的工人，已经并非 1949 年接管之初的工人，他们的身心状态经过中共两年多的持续打造——诉苦大会、劳动教育、生产竞赛、抗美援朝教育等历史环节，已在相当程度上能够与其对工厂政治的构想配合。也就是说，此时工人基于新旧对比的感恩之情对他讲述的自身经验，乃是这种打造的精神后果。而周立波直接以这种被重构的意识自觉状况，来推想中共接管之初的工人身心。

1953 年和 1954 年，他为了修改小说又两次再进钢厂，此时经过过渡时期总路线教育，中共对工人的阶级意识的界定从政治运动转向日常生产，并以此感召其投入新的国家经济规划。毫无疑问，这些观念更加强化了周立波对于工人的阶级自觉意识的确证。而他之所以相信李大贵这样的理想工人形象有其代表性意涵，正是基于这种错位的历史认识。也就是，他是以 1953 年和 1954 年工人的意识状态来追溯其在 1949 年应有的状况，尤其是李大贵的意识类型在工人群体中的统摄性位置，而

[1] 周立波：《〈铁水奔流〉的创作》（1955），《周立波选集》第 6 卷，第 518 页。

更加复杂多样的工人心态因此被归为意识不足的诸种类型。这样无意识的目的论叙事，形成倒错的历史感与故事形式：人物的意识状态不是从生活中生长出来，而是其完善的需要反过来决定着生活的故事形式。这种叙事形态看似与《暴风骤雨》相同，其实已经发生了变化。如前所述，阶级政治此时已无法提供周立波方便组织叙事的核心主题，他的自我感知不得不尝试寻找新的现实把握方式。但这种方式刚刚越出政治的视线，便被上述记忆机制很快回收到阶级政治的认识构架之中。不过，即便如此，周立波叙事意识的伸展、收缩形成的往复空间，仍然给之提供了更多的认识探索的可能。

四、浮出地表的“生活”：周立波文学感的重塑及其意义

如果我们不以典型事件的描写、典型人物的塑造作为判定周立波创作成败的唯一依据，而是在更大的叙述空间追问他的叙述感觉的变化，那么，上述叙事方式的伸展、收缩所荡开的意识涟漪便具有特别的症候意义。较之《暴风骤雨》，阶级政治并没有在《铁水奔流》中被编织成密不透风的叙事网络。一方面，周立波明白，解决工人问题并非中共接管工作的唯一任务，接管的成功同时依赖了接管干部对许多相关历史环节中其他不同行动主体的把握，比如管理干部、职员、技术人员等。如何呈现管理干部、职员、技术人员，都是周立波熟悉的阶级叙述不能直接面对的问题。另一方面，一旦周立波进入工人的日常生活，遇到具体的生活事件，便发现他们的身心状态并不像土改中的农民那样不断被阶级意识、阶级斗争调动到高度紧张的境地，在缺少斗争对象、任务的时刻，他们也会进入相对放松的自我状态。显然，这样的时刻无法被直接编织到阶级叙事之中。这意味着，一旦周立波走出被阶级政治扭结的叙事窄门，不得不以单独的个人感知直面非工人的行动主体，或者工人经

验中非阶级逻辑的时刻，便有可能从中拓展出更大的文学表现空间。

为了追溯周立波在《铁水奔流》中叙述感觉变化的线索，有必要从小说开头的写法谈起。从直观上看，小说的故事从叙述骆驼山战役开始，并无特别之处。但如果将之放在《暴风骤雨》和《山乡巨变》的开头方式之间，便会发现其特定的位置。总体而言，这三部小说讲述的都是外来者进入某一地方空间（农村或工厂）的经验，但如何进入经验、构造叙事，周立波做了不同的尝试。

《暴风骤雨》是以写景的方式直接呈现外来者进入的过程：

> 七月里的一个清早，太阳刚出来。地里，苞米和高粱的确青的叶子上，抹上了金子的颜色。豆叶和西蔓谷上的露水，好像无数银珠似的晃眼睛。道旁屯落里，做早饭的淡青色的柴烟，正从土黄屋顶上高高地飘起。一群群牛马，从屯子里出来，往草甸子走去。一个戴尖顶草帽的牛倌，骑在一匹儿马的光背上，用鞭子吆喝牲口，不让它们走近庄稼地。这时候，从县城那面，来了一挂四轱辘大车。轱辘滚动的声音，杂着赶车人的吆喝，惊动了牛倌。他望着车上的人们，忘了自己的牲口。前边一头大牤子趁着这个空，在地边上吃起苞米棵来了。[1]

对于这段环境描写，已有学者做出非常精彩的分析。如何浩所指出的，周立波将自己对革命时间的理解凝缩在几种植物的形态和色泽上，实际上仍然是以其在小说《牛》中形成的感知方式把握社会，而这恰恰表明他对地方社会的隔膜。相比之下，在《暴风骤雨》中，这种感知意识的塑造功能在弱化，变成对故事的烘托，而不是对情势的动态方向的

[1]周立波:《暴风骤雨》，人民文学出版社，2009 年版，第 3 页。

塑造和定性。[1]不过，如果我们进一步区分，还可以捕捉到他的感知位置的变化。小说《牛》以第一人称叙事，景物是“我”有限所见，即物起兴。如前所述，此时“我”是与乡村疏离的，需要借助抽象的理念和抒情，才能赋予这些景物以感知的意义方向。但到了《暴风骤雨》的开头，周立波采取了全知的第三人称叙事，“我”从故事中隐退，叙事者作为“隐蔽的上帝”掌控一切。此时周立波的写景不再是《牛》中的写实手法，而是采取了浪漫主义文学中常见的比喻手法，以“金子”“银珠”这样灿烂的物象来表现植物带给人的主观感受。

换言之，在《牛》中使用的即物起兴的表达方式，在这里转变为客观物象的象征化书写，周立波不再抽象地说理和抒情，而是力图将感知与意义合二为一。尽管小说没有将这种新的感知方式设定在某个人物的视界，但不难明白，他希望将这种宁静、灿烂的主观感受还原为农民的日常生活经验。与之相对的是，他又力图呈现外来者作为革命正义的化身，强力打破这种平静的乡村生活。从他接下来的叙述来看，闯入的革命者是高度自信的，对于翻转乡村社会的革命行动坚定不移。但平静的乡村生活必须要被打破吗？以阶级斗争重构乡村秩序顺理成章吗？不难发现，在小说的开端，周立波并没有对此做出完整的意义界定。也就是，他并没有选择现代文学式的知识分子感知模式，即将乡村的风物设定为灰暗的、压抑的，以显示乡村革命的历史正当性，反而是希望写出农民平静安稳的感知—意义状态。可以说，周立波试图既内在于乡村，同时也内在于革命的叙事构想，由此带来小说开头环境描写的内在张力。这意味着，外在的革命正义要想确立自身在乡村的正当性，必须通过对农民的自我感知重构才能展开。当然，如前述批评所言，此时周立波的叙事构想仍然是抽象的、外在的，他还不能理解政治起作用的方

[1]参见何浩：《“搅动”—“调治”——〈暴风骤雨〉的观念前提和展开路径》，载《中国现代文学研究丛刊》2021年第7期。

式，也没有找到进入乡村生活肌理的入口。但即便如此，他开始出现有意识调整《牛》中知识分子式的感知机制，并向着内在于小说人物意识的叙事方向滑动。对周立波来说，这确实是新的写作尝试。

然而，到了《铁水奔流》的小说开头，上述叙述方式意外地消失了。周立波同样是以外来者进入地方空间的叙事入手，但他不再描写环境，而是以前两章的篇幅高度抽离的全知视角讲述战斗故事。为什么会有这种变化？在我看来，周立波实际上遇到了叙述的困难。与《暴风骤雨》中土改故事的亲历者身份不同，他并没有直接参与接管工厂的战斗，缺少主观感知经验。如前所述，他非常取巧地调动了过去写作报告文学的经验，但没有克服之前遇到的叙事问题，即在缺少主题性凭借的情况下，不知道如何建立战争叙事的视点。将士是如何进入和把握战斗环境？工人是如何面对和体认战斗行动？面对这些问题，周立波显得束手无措，只得以外在的抽象方式进入叙述。

不过，周立波的叙事感觉很快就发生变化。结束小说前两章的战斗故事后，他从第三章开始进入工厂叙事，重新尝试调试个人感知环境的方式。这一章在叙述李大贵去张万财家时，插入了一段环境描写：

> 这个日本式的小巧的房子、有玄关、厨房和厕所。两间亮亮堂堂的房间，当中是六扇纸隔扇，能左右滑动。地上铺着一块一块的厚席子，日本话叫“榻榻米”。两扇大玻璃窗户朝正南开着，窗台很低矮。张万财取消了地板上的“榻榻米”。在里间，用木板和凳子搭了一铺炕，炕的南头并排放着两口黑漆木箱子，北头堆着被窝垛。在外间，靠窗摆一张方桌；桌上陈列一对白底起蓝花，印着“囍”字的花瓶；中间是一面水银褪了一小半的大镜子；镜架前放着一口永远不闹，短针老指着五点钟，就是工厂下班时刻的小闹钟。这些摆设，一看就知道是张大嫂当年的陪嫁。它们忠实地为主

人服务，有十来年了。[1]

周立波这里的环境描写不厌其详。如果说这里隐含着李大贵的视角，但他并不是第一次到张万财家，不会对家里摆设如此好奇。而他的描写方式可以说是静物画式的，“白底起蓝花”“水银褪一半”，这样的细节只有知识分子的眼光才会注意到。当然，如此呈现并不是知识分子趣味的枝蔓闲笔，仔细看周立波的叙述结构，会发现他力图突出的是这间房屋主人的更替及其对空间的重组。也就是，他希望将张万财的居住空间置于历史演进的语境中审视其变化的意义。此时，他不自觉地以知识分子的眼光来筛选这一空间中的物象，并通过有意味的组合关系将其锚定在特定的历史意义位置。但问题在于，这一空间的主人是工人张万财，这些意义必须通过他的自我感知才能在其自我理解和行动中发挥作用。那么，工人是如何感知这一空间，如何理解其历史变化的？显然，周立波并不是以对此的追问作为把握物象的中介，而是直接赋予其象征意义。如果说工人并不是以这样辨识细节的方式感知空间的话，那么，这种象征意义便是抽象的，外在于工人的身心感受。

不过，周立波很快就调整了这种环境描写的方式。在这一章后半部分，他开始尝试以工人的视角来观察接管干部的生活环境：

李大贵一边点起一支烟，一边查看房里的东西：屋子当中安着一座大火炉，炉身下半截烧得通红；炉上搁一把水壶，正滋滋地发响，壶嘴里和盖子缝里不停地冒出腾腾的白雾，浸润着屋里的空气。沙发跟前，低矮的小圆茶几上，一块圆玻璃压着一幅微微发黄的补花的白桌布。地板上铺着一块绿底起花的旧地毯。垂着疙瘩穗

[1]周立波：《铁水奔流》，作家出版社，1955年版，第38页。

子的褪了色的紫红罗缎的窗帘披在窗户的两边。屋角的花盆架子上摆着一盆小橡树。这些摆设和装饰，从古老的款式上和陈旧的颜色上，可以看出它们是日本时代，或是国民党时代的遗物，新的主人没有挪动它们，甚至没有改变它们的位置，也没有添加什么，除了屏风对面的墙壁上新挂着一帧毛主席的画像以外。[1]

建立内在于人物的感知视角，这个变化对周立波来说是前所未有的。在《暴风骤雨》中他没有这种自觉，甚至在《铁水奔流》的开篇部分也没有。在这里，他尝试进入李大贵的自我意识，贴近工人感知工厂空间的方式。李大贵是第一次进入刘政委的房间，难免会好奇地四下打量屋内摆设，注意到炉火、水壶、沙发、茶几、桌布，等等。呈现这些物象当然不是仅仅为了侧面烘托刘政委简朴的生活态度，较之此前对张万财房间的描写，他此时更明确地希望以革命的历史感来为李大贵的空间感知重新赋形。如其所述，李大贵不能辨认这些摆设究竟来自日本时代还是国民党时代，但他特别注意到墙上新挂的毛主席画像。也就是，周立波希望以空间变化的动态方向为他的自我感知赋予革命的内容。较之此前他过分依赖外在的抽象观念，此时的感知赋形变得更加谨慎。在这段景物描写中，毛泽东的画像并没有首先出现在李大贵的视野，而是在最后。这意味着，周立波有意识不以革命的主题来统摄李大贵自我感知的性质，而仅仅以此引导他感知的方向。而且，画像作为直观可感的革命视觉形象，并不超出普通工人的感知意识与能力。可以说，这种处理方式建立了工人的个人感知与革命的直观经验连接的通道。当然，此时的周立波还没有完全克服知识分子感知方式的惯性。事实上，李大贵作为普通工人，很难辨认出窗帘的“紫红罗缎”材质，更没有能力断定

[1]周立波:《铁水奔流》，第 49 页。

这些摆设应该摆放的位置。尽管如此，通过写景组织感知意识的这种新方式，对于周立波来说是决定性的变化。随后出现的《山乡巨变》中的景物描写，正处在这种变化的延长线上。

《山乡巨变》同样是从外来者进入地方空间开始叙述的。小说的开头回到了《暴风骤雨》的方式，即以景物描写进入故事：

> 节令是冬天，资江水落了。平静的河水清得发绿，清得可爱。一只横河划子装满了乘客，艄公左手挽桨，右手用篙子在水肚里一点，把船撑开，掉转船身，往对岸荡去。船头冲着河里的细浪，发出清脆的、激荡的声响，跟柔和的、节奏均匀的桨声相应和。无数木排和竹筏拥塞在江心，水流缓慢，排筏也好像没有动一样。南岸和北岸湾着千百艘木船，桅杆好像密密麻麻的、落了叶子的树林。水深船少的地方，几艘轻捷的渔船正在撒网。鸬鹚船在水上不停地划动，渔人用篙子把鸬鹚赶到水里去，停了一会，又敲着船舷，叫它们上来，缴纳嘴壳衔的俘获物：小鱼和大鱼。[1]

不过，经过《铁水奔流》的探索，此时周立波的叙述感觉与《暴风骤雨》大为不同。一方面，他力图内在于船上外来干部的空间感知来描写景物，“平静的河水清得发绿，绿得可爱”，细浪发出“清脆的，激荡的声响”，跟“柔和的、节奏均匀的桨声相应和”。这些颜色、声音、动作，映照着那些刚刚散会、无限期许未来工作的下乡干部的心象。另一方面，他希望内在于生活世界写出革命的动态形势。无数的木排和竹筏拥塞江心，千百艘木船的桅杆如密林，渔船撒网，鸬鹚捕鱼，这些生活场景隐含着船上干部的观察视点，由此展开的水上生活世界是阔大的、

[1] 周立波:《山乡巨变》，人民文学出版社，1958年版，第3页。

多层次的，而非《暴风骤雨》开头被高度拣选的物象组合。在这里，他没有像过去那样直接调动革命理念塑造自我感知—意义的方式，即将这些盛大、繁密的场面设定在冲突、激荡的处境，用以隐喻革命现实的波澜，反而将之拉回缓慢甚至看似停滞的节奏，以此表明这个阶段的合作化运动对即将入乡的干部的细腻、耐心提出的要求。

在此之后，小说的叙事视点凝注在入乡干部邓秀梅身上。不同于《暴风骤雨》中萧队长、《铁水奔流》中刘政委以阶级政治进入地方空间的自信与坚决，在去往清溪乡的路上，邓秀梅面对陌生的乡村和即将到来的工作，心里充满焦虑不安，她并不知道如何进入乡村、如何把握农民、如何进入工作："自己没有实际动手做过的事情，总觉得摸不着头路，心里没有底，不晓得会发生一些什么意料不到的事故。"[1] 为此，周立波设定了熟悉地方状况的村干部李月辉，作为邓秀梅把握乡村的自身脉络的媒介。正是通过这个看上去政治上保守的人物，她才得以突破政治的规定性，触摸到政治赖以展开的更深厚、更广阔的生活质地。

至此，我们可以说，没有经过周立波在《铁水奔流》中对个人感知—意义模式的调整与探索，他便不可能在《山乡巨变》中找到突破政治理念的眼光与力道，重建叙述主体与生活环境之间关系的视野与感觉。那么，进一步的问题是，当外来者真正进入地方空间，这种个人感知—意义模式的变化，对小说的叙事构造究竟意味着什么？

在《暴风骤雨》中，由于周立波尚未把握到中共政治起作用的方式，因此，过于强硬地将工作队置于全面掌控现实的领导位置，土改实践在紧张的斗争气氛中环环相扣地展开。由此，小说故事带给读者间不容发的阅读体验，在紧张的叙述节奏中，一切与政治无关的叙事内容都被排除在外。即便偶有生活要素浮现，也被粗暴地以政治的方式界定其

[1] 周立波：《山乡巨变》，人民文学出版社，1958 年版，第 5 页。

意义。比如，周立波多次写到白玉山与白嫂子吵架，本来这是乡村生活特别重要的经验部分，如果向生活深处展开便有可能建立进入农民身心感知的支点，但贫贱夫妻的矛盾总是被急促地回收到阶级剥削的政治构架之中，白嫂子的怨气在阶级仇恨中马上得到克服和升华。换言之，两个人的吵架故事仅仅被设定为土改必要性的例证，而非各自在生活处境中的特定意识与感觉。

然而，到了《铁水奔流》的写作，周立波的叙述感觉、叙述节奏开始出现微妙的变化。这种变化的起点同样在第三章。小说前两章叙述战争的节奏同样非常紧张，在第二章结尾，李大贵和张万财分别时，他说："我有件事，得跟你商量，明儿早晨先别出门，我找你去。"[1] 如果按照他在《暴风骤雨》的叙述节奏，下一章必定是以李大贵找到张万财说事开始叙述。但这样的叙述在《铁水奔流》的第三章，直到第七段才出现："李大贵到时，张万财刚刚起床，正在外屋方桌上吃饭。"[2] 前面的六段，周立波居然大胆地荡开一笔，放缓了叙述节奏。第三章第一段是这样写的：

> 半夜过后，寒气侵人。李大贵的残余的醉意全给冷风刮走了，只是口渴火烧。他满怀舒坦，趁着薄明的月色，回到了破烂的砖窑。一进窑门，他就摸到水缸边，用大瓢慢慢地舀一瓢凉水，咕嘟咕嘟喝了十来口。随后，他搁下水瓢，拐到床边，躺下不久就睡着了。[3]

这样松弛的笔触，在《暴风骤雨》中是没有的，但也不是回到写

[1]周立波：《铁水奔流》，第37页。
[2]周立波：《铁水奔流》，第38页。
[3]周立波：《铁水奔流》，第37页。

《牛》时候的叙述感觉。如前所述，经过《暴风骤雨》，周立波已经放弃了之前的个人感知模式，而尝试寻求感知—意义在人物身上合一的可能。而这段叙述的意义在于，他不借助政治来界定李大贵的行动，而是尝试以他的感知理解其生活的展开，由此我们看到普通工人在日常生活中舒展、洒脱的个性面向。这种面向脱离了周立波之前设定的典型人物的个性逻辑，开始显现出触动人心的生活质感。

然而，这种叙述感觉并没有连成一片，接下来的几段，周立波又回到政治逻辑，甚至是以非常观念化的方式插入对张万财、胡殿文之间关系的介绍。不过，令人惊喜的是，之后他很快又回到这种叙述感觉。在接下来大约该章一半的篇幅中，他花费许多笔墨来描写无事可做的工人们在一起闲聊的场景。如前所述，在《暴风骤雨》中，没有真正的"闲"聊，所有的对话都被赋予阶级斗争的政治指向。而在这里，尽管大家闲聊的内容仍然与工厂的处境密切相关，但周立波并不急于直接从政治写起，反而是从生活入手：

李大贵他们一群走到二高炉附近，迎面碰到一伙人，为首的是修理部的铆工赵东明，外号大洋马，约莫二十六七岁，个人比李大贵还高，身穿一件旧的灰土布棉袄，脚登一双后跟磨尽了的翻皮鞋。他的手艺不算坏，命运却不济，常常爱到城里上卦摊，问吉凶。李大贵迎上去问道：

"上哪去，大洋马？"

大洋马走拢来说道：

"哪也不去。成天晃晃悠悠的，两手快要上锈了。"

李大贵打趣道：

"快去换马掌。"

大洋马瞪他一眼，接着正经地说道：

“你们听到什么吗？”

李大贵反问他道：

“你听到了什么？能开工吗？”[1]

这段进入闲聊的简短叙述，一下子把普通工人的个人性格、关系，生活处境、认知，工作的心态、期许，生动地呈现在读者面前。两人对话的内容并不直接表征政治，而是牵引出生活的不同层次和关系。两人都关心工厂的处境，但关心的前提根植于不同的个人状态。李大贵作为更有觉悟的工人，并非从一己之私出发来面对工厂的处境，而赵东明的关心则与他在窘迫处境的生计忧虑密切有关。周立波很清楚中共接管工作的政治性，但此时他不是从这种政治性出发观察它对应的生活内容，而是试着摸索它落在具体生活处境中的工人身上引起的身心变化。这种变化正是政治与生活的连接地带，它并不是全被政治规定的，其背后绵延着更大的生活脉络、更丰富的生活质地。

在这个开端之后，周立波不断扩充闲聊的内容，尽量向生活与政治的连接地带延伸叙述的触觉。仔细看他延伸的方式，会发现李大贵被赋予的诙谐性格乃是隐含的线索，他的戏谑之词穿插在大家对工厂现状的忧虑与期待之中，形成张弛交错的叙述节奏。这是周立波从未尝试过的叙述方式，此时他还不能确知可见的连接地带背后蔓延的不可见的感觉脉络、意义形态，因此，仅仅依赖李大贵的性格因素仍然是不够的，由于缺少更内在的生活逻辑作为叙述的构架，由此建立的叙述节奏也容易陷溺于生活的表象，忘掉其本应牵挂的政治在其中的位置。

在上述闲聊中，李大贵与工友们的闲聊，勾起大家对工厂设备是否安全的关心。周立波在简短叙述大家查看设备的过程后，很快又展开新

[1]周立波:《铁水奔流》，第40页。

的闲聊场面：

> “别嚷，鱼都惊跑了。”
>
> 李大贵一看，说这话的是个瘦个子，动力部的车工伍永和。他走下堤岸，夺过老伍的鱼竿，一面换面饵，一面信口开河地笑道：
>
> “鱼不上你的钩，怎么赖我呢？昨天晚上你跟老婆亲过嘴，是吧？鱼闻出来了，鱼的鼻子可灵呢。”
>
> 伍永和笑道：
>
> “鱼有鼻子，这是头一回听说。”
>
> “鱼不光是鼻子灵，眼睛还雪亮。它们看见你的小铁钩，就合计着说：‘这是车工老伍的钩子，这瘦小子只喜欢老婆，不喜欢咱们。不行，不跟他来，别上他的钩。’就是这样，你亲了老婆，鱼就不亲你。”
>
> 站在他背后的大洋马赵东明笑道：
>
> “依你说，鱼也吃醋了？”
>
> 李大贵扭转头来，瞪大洋马一眼，随口说道：
>
> “鱼不吃醋，你怎么能吃上醋溜鱼片呀？瞧我的。”他说着，就把鱼线扔进水里去。说也奇怪，不大一会，浮标就动了，李大贵眉开眼笑地看看老伍，又回转头去，悄悄大洋马，夸口道：
>
> “怎么样？鱼就是认我亲我。”[1]

这里只截取这段闲聊的前半部分，已足见周立波机智诙谐的写作才能。他生动描绘了李大贵与伍永和、赵东明打趣逗笑的场面。但此时他从政治出走已经太远，前一场闲聊叙述中穿插交错的写法消失了，整个

[1]周立波：《铁水奔流》，第44—45页。

场面只剩下了嬉笑怒骂的内容。当然，这并不是说他只能在直观可见的连接地带尝试，不能离开政治深入生活的腹地，而是说此时当他彻底脱开政治理念与其生活感知之间的紧张感，便不知道如何掂量不同的生活内容在对象的自我感知—意义中的轻与重。对他来说，闲聊叙事是不依赖政治面对生活的尝试，是反拨自我感知惯性的努力，但这种反叛的冲动还没有转化为对生活自身脉络的内在体认，没有形成以生活自身脉络与政治认知构成对峙的着力点。因此，这段闲聊叙述得过于松弛，以至于他沉浸于反叛的冲动，忘了追问它在文学层面的意义究竟是什么。由此带来的问题是，他知道这样的闲聊不能无休无止，但又不知道应该如何结束，最终不得不强行插入政治，打断这段对话：张万财的儿子突然出现，告知李大贵，军代表找他谈话。这样的结束方式无形中带来叙述层面的断裂，闲聊成了政治叙事转换的孤立间奏，无法获得连贯、内在的历史性理解位置。

不过，尽管周立波在第三章所做的叙述调整还不够成熟、稳定——时而敏锐有力，时而分寸失当，但这种尝试对自我感知习惯的解放，为他创造了更大的叙事探索空间。在《铁水奔流》中，他没有将这种尝试局限在普通工人的日常生活，而且延伸到接管干部的自我状态。在第五章，他写了一段干部间的闲聊：

> 九点差十分，刘政委带着李大贵来了。他跟张瑞说了几句话，就走到余慧跟前，说道：
>
> “介绍一位工人同志到你们组工作。”
>
> 余慧问是谁，刘政委指指李大贵，笑道：
>
> “就是他，你看行吗？”
>
> 余慧连忙伸出手笑道：
>
> “我们见过的，李师傅。”

刘政委在旁边打趣：

"他管你叫李师傅，你该叫他张太太。"

余慧忌讳人家叫他夫人或太太，这时她笑道：

"大伙听听，我们都得跟刘政委学习，他爱人来了，别叫通知，叫她政委夫人，或是代表太太吧。"

刘政委笑笑说道：

"也行。"

余慧说：

"你们男同志，都一脑瓜子的封建思想。"

刘政委忙道：

"这算什么封建思想？你不是张忠的太太，是他什么？"

"同志。"

"和别的同志没有什么不同吗？"

"没有什么不同。"

"没有什么不同？我问你：现在想不想张忠？都是同志，干吗光想他？"

余慧红着脸，撇一撇嘴说：

"我才不想呢。"

刘政委道：

"不想，三天两头偷偷给张忠写信，这叫做不想。"

大家都笑了。余慧不好意思，却也不反驳。她实在是常写信的。刘政委看了看手表，已经到点了，人也来齐了。他叫大家停止说话，宣布开会了。[1]

[1]周立波：《铁水奔流》，第74—76页。

这段发生在开会前的闲聊，给我们展示了不一样的干部形象、干部关系。对于周立波来说，这是第一次。过去他习惯于以政治的尺度看待干部的言行，而这里呈现的是他们身上不能被政治直接解释的部分，这部分根植于他们在各自的生活脉络中养成的个性、趣味、习惯。此时，他意识到，干部推动工作的方式，未必一定是直接以政策的强度击穿对象的个性、趣味、习惯，生活包含着不能被简化为政治观念的部分，这些部分能够与政治的诉求共存，甚至能够在感知层面为政治的行动重新赋形。在这段闲聊中，刘政委本来是以领导的身份向余慧介绍李大贵，但聊天的内容很快从工作关系滑动到生活关系。两人一来一往地打趣，不仅展现了彼此的个性、趣味、习惯，而且自然延伸到各自生活轨迹的深处。仔细看他们打趣的内容：叫夫人 / 太太到底是封建思想还是亲密关系，此同志与彼同志是否有亲疏之别，看上去不过是戏谑之词，但其实是以日常生活的伦理温度融化阶级政治的刻板形象。可以说，周立波尝试以这种叙述方式重新搭建政治与生活的互动关系。政治是在生活的基地上运转，但它的运转轨道不是全新的，而是依赖了既有的生活脉络，尤其是具体的人的生命质地。在此意义上，政治的活力并不仅仅来自坚定的信念、正确的政策，而且还需要透过具体的人的个性、趣味、习惯，才有可能重新打通社会的生机脉络。

遥想周立波从20世纪30年代开始的文学探索，此时的写作进展实属来之不易。正是以他在此对刘政委的塑造为前提，《山乡巨变》中才会出现邓友梅、李月辉、刘雨生等一批更深地扎根地方社会脉络的干部形象。更具体地看，周立波甚至直接将这段闲聊的戏谑之词直接融入《山乡巨变》。小说开头，年轻后生跟邓秀梅斗嘴，就是拿“封建”说事，而第二十三章中，盛清明同样是借给爱人写信的事儿调侃邓秀梅。[1] 可以说，《铁水奔流》中这处常常不被注意，然而至关重要的叙述变化，包含着认识《山乡巨变》之所以成功的隐秘通道。

当然，这并不是说周立波由此就可以直接抵达《山乡巨变》，此时他仍然面临着尝试的不足。比如，在这段闲聊中，非常奇怪的是，最初要被介绍的人物李大贵完全没有在对话中出场。毫无疑问，刘政委和余慧打趣时，他就站在旁边。他怎么看待两人的戏谑之词？要知道，他很早就见过刘政委，但从未见过共产党的干部这一面。他应该会很惊讶吧？或者他会心一笑，甚至也想插话——毕竟他也喜欢这样打趣工友。如果他由此对中共干部加深理解，更加亲近，是不是更有可能向其他工友传递更具亲和力的干部形象，也更有条件在工作中与之建立更好的认识感觉、互动方式？

很遗憾，我们无法确知周立波为什么不写李大贵——毕竟在别的事件中他处处试图突出其个人形象，也许他进入干部之间对话叙述时已经忘了李大贵的存在，也许他还不知道如何在这样的打趣场面中安排他的位置。但不管这是他的写作无意识，还是有意识的回避，我们在这里看到了他感知生活的边界。此后，李大贵又多次与刘政委见面，但对此的叙述仍然被政治完全规定，看不到这次闲谈的场面本来有可能松动的关系层次。可以想见，如果他能进一步突破这一感知边界，《铁水奔流》中的政治叙事必然更加动人、有力。

进一步来说，如果我们从整体上解析《铁水奔流》的叙述构成，会发现在他松动政治叙事的努力中，闲谈是他特别重视的叙述因素。但有意思的是，他并不是在所有的叙事情景中都会将之具体展开。比如，在第三章中，他也曾与李大贵闲聊：

[1]参见周立波：《山乡巨变》，第 4、248—252 页。

> 谈话间，李大贵顺便说起他的大哥李大富早年参加了八路军。刘政委对这件事感到深刻的关切，详细问了他哥哥参军的地区和时间，答应替他去打听。又闲聊了一阵，刘政委才转到正题。他郑重地对这位年轻钳工说：
>
> “今天找你来，不为别事，是要请你帮助尽快恢复发电所。”[1]

在这里，周立波并没有展开两段政治性话题之间的闲聊。对他来说，闲聊是世俗人情所不能免，但在叙述层面没有正题重要。因此，他急于通过政治来塑造人物，而没有耐心展开闲谈的内容。显然，此时他尚未意识到闲谈恰恰是中共群众工作方法的重要组成部分。中共不是直接以政治要求群众，而是首先进入群众的生活脉络，体认他们的意识、情感、处境、诉求。然后在帮助他们改变生活的过程中找到转化其自我感觉、社会认识的契机。在中共接管工厂的过程中，闲谈正是干部取得工人信任，进入个体身心的重要方式。在这里，刘政委“聊了一阵”“才转到正题”，恰恰表明他非常重视闲谈的意义。

不仅于此，刘政委在改善与工程师杨子美的关系时，同样非常重视闲谈：

> 刘政委请了余慧、许文、张瑞和高俊作陪，没有请其他的工程师，杨子美心里欢喜，在技术上他是看不起厂里别的工程师们的。他觉得他和他们多少应该有一些差别。
>
> 席间，刘政委不停地闲扯、劝酒，没有客套。他随便而又亲切地说道：“都不是外人，没有好吃的，酒得多喝，尝尝这酒，这是竹叶青。”

[1]周立波:《铁水奔流》，第51页。

杨子美喝得多了，话也多起来，……[1]

在这里，周立波很清楚，中共处理技术人员改造问题时，特别注意讲究日常人情。但对于刘政委建立杨子美信任的重要环节——闲谈，他仍然一笔带过，反而把笔墨花在叙述杨子美吐露心声的具体内容。显然，他过于急迫地想借此表明刘政委的工作方法的实际效果，但如果没有对闲聊环节的展开，我们就无法充分理解杨子美的自我感受究竟经历了怎样的转变过程，为什么会很快对他吐露心声，无话不说。周立波在此叙述分寸的失衡，恰恰暗示他此时尚未清楚意识到中共政治在现实人心中起作用的具体过程，而只是在观念层面认识到政治工作各个环节的必要性。

至此，我们可以说，“闲聊”是周立波由政治叙事向生活叙事探索的重要一环。具体来看，这种探索包含两个方向。其一，通过“闲谈”尝试感知政治之外的生活脉络中具体的人的个性、趣味、习惯。但他此时还不能准确理解政治与生活连接的方式与层次，因此，“闲谈”叙事有时会失去方向感，陷入孤立的境地。其二，他意识到“闲谈”是中共政治工作展开的必要环节，但它在具体工作中究竟处在什么意义位置，政治如何通过这个生活环节发挥作用，此时仍然悬而未决。所以，对于政治之内的“闲谈”叙事，他此时还没有能力做相应的展开。更令人遗憾的是，在小说的后半部分，这样舒展的笔调逐渐消失了，周立波失去叙述的耐心，重新回到政治掌控一切的叙述轨道。

无论如何，周立波通过“闲聊”开启的探索方向，对《山乡巨变》的创作至关重要。这部作品在相当程度上克服了之前的叙述局限，将“闲谈”扩充为极具生活表现力的叙述维度。比如，刘雨生去做盛佳秀

[1]周立波:《铁水奔流》，第135—136页。

的政治工作，你来我往几个回合，谈话成为其中最动人的部分。一开始，政治工作的进展便暗暗缠绕着个人的情思：

> 盛佳秀笑道："只要你雨生个拍了胸口，我就靠实了。我晓得你的是角色，说话算话的。一言为定，这份田就算入定了。"
>
> "不退了吗？"刘雨生再紧她一句。
>
> "准定不退了。"盛佳秀说，"不管土地报酬算多少，社里一收了八月，我就晓得问你做社长的要两千斤干谷。"
>
> "我还没有做社长。"刘雨生分辩。
>
> "你不做社长，我就不入。"盛佳秀情浓意远地微笑着说道。
>
> "那是为什么？"刘雨生心里称意，装作不懂地问她。
>
> "那是因为呀，"盛佳秀的端正的黝黑的脸上又泛起了红晕，"我只晓得你。一年你不还我两千斤谷子，看你脱得我的身！"她的嘴巳微微地一嘟，做出一个淘气的、撒娇的样子。……[1]

周立波并不刻意用先进/落后的政治认知来界定两个人的意识状态，他让政治工作发生在两个情愫暗生的男女之间。盛佳秀对刘雨生的信赖不止是政治层面，更重要的是基于个人感情对具体的人信赖。也就是，政治态度的转变不再是孤立的阶级觉悟，而是与两人的暧昧情愫时而彼此牵引，时而相互交叠，最终，情感的引线将政治意识带向觉悟的高点。不仅于此，周立波此时不再将生活简单处理为政治工作的环节，他要让生活越过政治，更充分地回到自身的脉络。因此，盛佳秀答应刘雨生入社后，他并没有马上走：

[1]周立波:《山乡巨变》，第264页。

“还有什么事情吗？”刘雨生停住脚步，偷偷从侧面看了她一眼，她的端正、黝黑，稍许有点雀斑的脸上，又泛起了一层薄薄的羞臊的红晕，显出引人的风致。

“请你慢点走。我有一句话，好问不好问？请再进来坐一坐，灶屋里暖和一些。”

“不了，天色不早了。”刘雨生口里拒绝，但两脚不由自主地又进了灶屋，好像听了不可抗拒的命令一样。

“请再坐坐。”盛佳秀把自己坐的一把小竹椅子，移得靠近了门口，实际上是跟刘雨生靠得更近些，“听人说，你跟你们里头的，有点过不得，她回娘家了，有这个话啵？”[1]

周立波由此将人物从政治工作引渡到生活的深处，两个人不再以政治关系彼此面对，而是在“闲聊”中进入对方内心的柔软地带。相比《铁水奔流》中的处理方式，这样的叙事过渡不再以政治的逻辑为转移，而是顺着生活本来的流向展开。可以说，当周立波内在于生活的脉络反观政治的位置时，最终在叙述层面建立了安顿政治与生活之间关系的方式。但仔细分辨他的叙述方式，会发现，政治的运转常常是通过向生活借力才得以实现的。在刘雨生与盛佳秀的关系中，表面上看是两人在政治工作中暗送秋波，但实际上是政治态度的改变在相当程度上依赖了彼此感情的升温过程。在这里，周立波简化了政治转变的意涵，低沽了自我重构的难度。相对于作为基地的生活，中共的政治究竟新在何处？哪些实践肌理是政治开展出的新的生活轨道？在复杂的乡村社会处境中，这些轨道如何牵引主体感知的方向，重塑自我理解的内涵？对于中共政治实践实际包含的这些问题层次，周立波的体认与呈现仍然是不够的。

[1]周立波:《山乡巨变》，第 265 页。

相比之下，柳青在《创业史》对政治在生活中起作用的方式做了非常深入的探索，他更清楚地意识到政治对主体意识—行动的调试、延展、重塑的复杂过程。但周立波始终未能突破对中共政治运转机制的理解，他在充分展开政治运转的生活基地之时，并没有真正洞察政治的激荡作用于人心之形变、上升的曲折过程。[1]在这个意义上可以说，周立波并未彻底克服他在《铁水奔流》中已经正面遭遇的写作难题。

由此回到《铁水奔流》，我们仍然需要追问的是，周立波遇到的叙事难题，对于工业题材小说创作而言，究竟意味着什么？是否有更理想的通向工业叙事的创作路径？对此，特别值得提出讨论的是草明的小说《原动力》。

五、“深入生活”与工业题材小说的写作可能：以草明的《原动力》为参照

在当代作家中，草明以工业题材小说创作著称，代表性的作品有三部：《原动力》（1948）、《火车头》（1950）、《乘风破浪》（1958）。其中，创作成就最高的要数中篇小说《原动力》。以《原动力》为参照对象理解《铁水奔流》，不仅是考虑到这两部作品的题材相同，都是处理接管问题，而且也基于它们在作家创作脉络中彼此映照的关系。

1946年，周立波和草明先后进入东北。草明本来也是去参加土改，但由于参加这项工作的作家已经比较多，所以，1947年她临时被派往镜泊湖水电站。1948年，她把据此创作出版的《原动力》送给周立波，并参加了《暴风骤雨》的作品研讨会。可以想见，她当时对这部作品的

[1]对周立波写作《山乡巨变》的认识局限的精彩讨论，参见李娜：《在美学风格背后：〈山乡巨变〉的成就与成就中的问题》，载《文艺理论与批评》2021年第6期；李哲：《〈山乡巨变〉：革命“深处”的潜流》，载《中国现代文学研究丛刊》2021年第4期。

批评，包含着个人创作的认识眼光。如前所述，周立波其实并未接受草明的批评。而且，在创作《铁水奔流》前，他应当读过同题材的小说《原动力》，自己心中该有创作上的参照对象。但从最后的创作结果来看，他并没有洞悉这部小说的参照意义。因此，以《原动力》对照《铁水奔流》，在认识层面有特别的针对性。

当然，还需要区分两部作品的创作语境。它们的创作都是为了配合当时的政治需要。但语境不同，政治的要求也有区别。1948 年草明写作《原动力》时，新中国尚未成立，中共对工人阶级问题的认识还没有定型，但当周立波创作《铁水奔流》时，中共在政治层面对工人阶级有了相当多的期待和设定。如前所述，周立波此时面对的是已经多重政治实践打造、自我状态渐趋理想的工人。可以说，草明是在相对放松的状态下把握工人问题，而周立波则带着特定的后设眼光。[1] 不过，这种差别不是决定性的，草明一开始也曾被阶级论视角高度形塑。她在结束镜泊湖水电站的工作、完成写作资料收集后，有一年时间都在为如何写而苦恼。当时她的注意力特别被正在发生的东北土改运动牵动，“打敌人，打倒封建地主——写这样的主题多痛快”。而工厂的情况大为不同，没有这样激烈的阶级主题可以处理，“工厂是人民自己的，里面又没有敌人，我的笔打击谁？”不过，基于在水电站实际的工作经验，她又不断地质问自己：“不写吧？可也不行，工厂里面有问题呀。”经过一年的自我斗争，草明才最终放弃阶级论的执念，明确意识到，不写这些问题，“对不起群众和自己的艺术良心”。[2] 可以说，这些来自实际生活的感知

[1] 后来，草明在谈到《火车头》的创作时特别强调，此时自己对工人生活其实更深入，写作也更投入，但效果反而不如《原动力》。个中缘由当然也与周立波的写作处境相似。参见草明：《在生活的新问题前面——为纪念毛主席〈在延安文艺座谈会上的讲话〉发表十五周年》（1957），《草明文集》第 5 卷，中国青年出版社，2012 年版，第 328 页。

[2] 草明：《在生活的新问题前面——为纪念毛主席〈在延安文艺座谈会上的讲话〉发表十五周年》（1957），《草明文集》第 5 卷，第 327 页。

经验，最终赋予她将阶级政治相对化的认识能量。那么，她究竟是如何进入工厂、怎样把握工人的？这些感知经验又如何转化为叙述工厂、工人的文学敏感性？

草明进入水电站之初，遇到与周立波同样的问题，即如何把握大体量的工业生产。她很清楚，“工业的技术性很强，而每一种工业又各异”，不了解技术，就无法把握工业生产。而且技术问题本身又有特定性，作家不容易将之与其已有的生活认知直接结合。因此，一方面要在认识层面克服技术知识的难题，另一方面又不能在创作过程中过于依赖技术知识。在镜泊湖水电站，她花了很多时间跟技术工人认识机器，了解发电过程。但在创作时，她并不以技术叙事为中心，认为它对叙述构造并不重要，即便是自己掌握的技术语言，也未必要写在作品中。[1]相比之下，周立波的工厂经验则多被知识分子式的技术好奇心牵绊，过于繁复的技术语言往往淹没对工人主体的呈现。那么，草明为什么能够克服技术凝视带来的意识屏障，她叙述技术的分寸感从何而来？仔细看《原动力》的故事构造，会发现她实际上是以工人的感知方式作为叙述的尺度。工人是如何感知机器、技术的？这种感知意识对他们自我的意义感，究竟意味着什么？

在《原动力》中，草明特别有意识从这个角度塑造老孙头的形象。如前所述，周立波先设定了李大贵的阶级觉悟，但没有给出这种觉悟以意识前提和现实条件。草明的方式与之不同。她花不少篇幅叙述他过去的坎坷经历。老孙头出身贫苦，父亲临终告诫：“地啊，农人离不了地啊。干活……拼了命干活……老天……不负……好……好人……”[2]自耕农的正直、自尊、自强对他影响很大，后来农村没有前途，他改行做

[1]草明：《在生活的新问题前面——为纪念毛主席〈在延安文艺座谈会上的讲话〉发表十五周年》(1957)，《草明文集》第5卷，第330页。

[2]草明：《原动力》，《草明文集》第2卷，中国青年出版社，2012年版，第46页。

木匠，仍然坚持这种信念。但做手艺人仍然生计无望，便和儿子改进工厂，又遭逢悲剧，病弱的老婆被气死，儿子被日本人冤死。在通常的阶级叙述中，这样的经历往往是塑造工人阶级觉悟的经验基础。但草明并没有直接以此提升老孙头的自我意识，而是特别强调其虽经磨难但始终未变的正直、自尊、自强性格。他没有把自己的生活幻想简单地“寄托在冤死的儿子和气死的老伴那上头”，而从现实出发看重机器，看重机器所能负载的个人生活实感。老孙头无论是骗过国民党大员保住机器，还是随后引导工人除冰保护机器，都是从这种朴素的理解出发的：

> 他只幻想有一天，机器房拾掇好，再过几天，上头派人来修机器；机器修好，发出电来，大家好好干活，过几天人过的日子。
>
> ……
>
> 其实他摸不清这工厂将由谁来经管、咋样经管，他只知道厂子离不了工人，工人离不了厂子和机器。不管谁来经管，假如机器坏了，对工人都是不利的。[1]

可以说，草明放弃直接以阶级斗争来理解工厂后，找到了老孙头从中国自耕农传统中传承的自我理解，作为重新进入工人身心的入口。他并没有自发的阶级觉悟，甚至不关心政治的主导者是谁，在乎的是修好机器，凭着自己的技术，过上有尊严感的普通生活。这种手艺人的本分意识，成为老孙头看待世界的眼光。在草明的叙述中，他看不惯有辱自尊的选择，听到工友老佟的变节言论，愤而斥责：“嗤缨子，拍马，行是行呀，可不是咱手艺人干的事！中国人都像你说的，那，那还有去年的事变吗？有今天吗？”[2] 但听到李占春为工人没有成为阶级主人不

[1] 草明:《原动力》,《草明文集》第 2 卷，中国青年出版社，2012 年版，第 56 页。
[2] 草明:《原动力》,《草明文集》第 2 卷，中国青年出版社，2012 年版，第 52 页。

满时，他反而劝慰其不必生气："大树，都是在山林里悄悄地长起来的，珊瑚珍珠也是在海底里不言不语地生出来的，英雄好汉要从百般磨折里炼出来——你们嚷啥呀。"李占春看不起他的保守态度，说像他这样的老头，"活该倒霉一辈子"。而他仍然不为所动，坚持自己的手艺人态度："那我不怨，道一辈子我一点也不怨！只是，机器总得把它修起来，越快越好。你们说，咱们双手除了伺候机器，还会伺候什么？……机器是百年大业呀。"[1]这样的叙述方式，包含着草明对中国人生命价值感的特别肯定。一方面，她将老孙头的手艺人意识视为中国工人品质的底色，视为其个人意义感的根源；另一方面，她并不以阶级论的高标来界定其意识的构成方式，手艺人的品性既非革命批判的封建对象，也不是激进立场的保守反面。可以说，草明是在中国人的身心感知、伦理意识中来定位中国工人的自我感。

对于草明的理解方式，我们不妨以梁漱溟的论述作为参照。梁漱溟曾以伦理本位、职业分立来概括中国传统社会的特质。在他看来，职业和伦理对中国人来说，"交相为用，互为助益"。中国社会不是阶级社会，政治不得不伦理化，这一制度性质促使社会的职业化。反过来，职业又有助于伦理。职业不止是身份的差异，同时也包含着心性重塑的过程。[2]正是因此，草明会非常有意识地将手艺人的本分意识，叙述为老孙头的自我意义感的来源。不过，1949年之前，梁漱溟并不相信中国的社会形态会出现西方意义上的阶级革命。后来他被中共革命的成功说服，但原有的理解并没有根本变化。他以为，中共工厂管理的成功在于，以"人心换人心"，"人心自然立刻透出来"。工厂上下"都献出心

[1]草明：《原动力》，《草明文集》第2卷，中国青年出版社，2012年版，第72页。

[2]参见梁漱溟：《乡村建设理论》，《梁漱溟全集》，山东人民出版社，2005年版，第166—174页。

力，在工作上联通一气，而从生命交融上得到无上快乐”。[1]这样的论述包含着他从传统视野出发的洞见，但仍然过于直观[2]，没有更进一步追问：中共的政治实践究竟是如何展开的？它如何能够重塑工人的身心？在我看来，草明对老孙头的塑造，实际上包含着对这一关键问题的可贵探索。

在《原动力》中，草明并没有将老孙头的手艺人意识固化，她注意到工厂环境对这种意识的重塑。老孙头并不只是以此看待机器、技术，观察他人言行，他还努力以这种自我理解体贴、感通、推想他人。如果别人“和他的目的一样，他就自然地和他团结起来”，而对于“和他目的相反的，他也自然地去纠正他；他帮助懒散的人勤快；他甘于吃苦耐劳、自我牺牲。他的幻想、信念、目的，和工人们一样”。可以说，工厂重新打造了手艺人的自我意识，它以更大的组织关系重构了手艺人彼此之间的关系。在这种新的集体关系中，手艺人的本分意识不是狭隘的，工人的自我感觉包含着进一步扩充的意识空间。在小说中，老孙头带领的除冰劳动被叙述为这种自我感扩充的方式：

> 本来，大家的观念并不是那么明显，但是看见了别人的兴奋，自己便增加了一分力量，添了一分劲；反过来呢，自己的劲儿，却也增添别人的兴奋。这样相互影响着，互相鼓励着，劲儿便渐渐更大，也更加兴奋了。他们觉得这样的劲儿是新的，从来没有过的，也不知道是从哪儿来的。[3]

[1]梁漱溟：《中国建国之路》，《梁漱溟全集》第3卷，山东人民出版社，2005年版，第386—387页。

[2]对此精彩讨论，参见贺照田：《当自信的梁漱溟面对革命胜利……——梁漱溟的问题与中国现代革命再理解之一》，载《开放时代》2012年第12期。

[3]草明：《原动力》，《草明文集》第2卷，中国青年出版社，2012年版，第56页。

个人从集体劳动中获得的意义感，并不直接依赖阶级觉悟，但也不只是手艺人的本分意识，而且在新的组织位置上，被新的身体性经验带入更大的生命感知空间。在此过程中，机器作为外在的、冰冷的对象消失了，人与人被直接而紧密的感通体验连接起来。但这种感通的连带意义仍然有其限度，一方面，它过度依赖个人品质的感召，能够带动的工人的范围有限，即便是这些能够被带动的工人，各自的心态、愿望也都各不相同，这些方面的改变无法仅仅通过集体劳动实现；另一方面，在老孙头能够带动的范围之外，还有像老佟这样冷眼旁观、心思不定的工人，他们的状态应该如何调整和重塑，也并非人格感化所能解决。可以说，工厂空间的总体改变，无法仅仅依赖被生产关系重塑的手艺人意识，还需要新的政治的介入。

其实，老孙头之所以愿意带领大家维护机器，也正是希望为新的政治的可能性提供前提：“我们多干点活，免得将来有人来接收时，说我们混饭吃。让上头瞅瞅，没日本人压在头上，咱中国苦力也能自动干活！”[1]一开始，他并不在意政治由谁来主导，但青年工人吴祥泰讲述的个人经历改变了他。吴祥泰在“电建”训练班时，遇到一位八路军教员，在两人分别时，教员说了这样一番话：“我为人民办事，你不是为我姓李的。到处都是人民，到处都考验我们是不是真正为人民办事。你在这儿工作做好了也就算对得起人民，我们也不愧做一场朋友。”这番话令他感动落泪，他说自己“哭的并不是舍不得他”，而是意识到“世界上真有这样的好人”。[2]草明将这番话作为老孙头改变的媒介，包含着她对中共政治运转方式的内在理解。她没有选择直接的政治说教，而是一段富有中国人情谊的临别告白。这种方式既贴近老孙头自己对中国人心性经验的体认，同时又扩充了他对“好人”“友谊”“工作”的意

[1]草明：《原动力》，《草明文集》第2卷，中国青年出版社，2012年版，第60页。

[2]草明：《原动力》，《草明文集》第2卷，中国青年出版社，2012年版，第73页。

义的看法。事实上，中共政治之所以能够扎根普通人的身心，正是依赖其革命实践对这些道德经验范畴的顺承与转化。由此，老孙头才会被打动，并开始猜想共产党的到来也许能够改变“世道”。如果真是这样，“他可以为它赌身拼命”。

然而，草明没有像周立波那样，塑造一个代表政治正确的接管干部形象，马上能够掌握局面，呼应工人的各种诉求。她当初之所以犹豫不决，难以下笔，正是因为在实际工作中遇到不少有问题的接管干部。她最终决定把这些经验作为《原动力》的叙述内容。老孙头带领工人除冰之后，电力公司经理王永明代表专署接管发电厂，并兼任厂长，他又将工厂的人事工作委派给陈祖庭。陈祖庭虽有革命热情，但工作浮于表面。他希望通过给工人讲人生观课，启发他们的阶级觉悟，但流于套用政治论述，无法贴近工人。而王经理过于依赖陈祖庭，自己又缺少了解工人的耐心。老孙头对他们既抱有期待又保持观望。草明很清楚，干部的转变不可能一蹴而就，在王经理的转变过程中，他对工人理解的关键转变，被叙述为对老孙头自发工作之意义的发现。王经理听了他哄骗大员保护机器，以及引导工人除冰的故事，非常振奋地说：“这就是群众路线，你真正和群众结合起来；你不仅和工人弟兄团结得好，还能和农民结合，难怪，你原是庄稼人出身……”[1]这种叙述方式在两个层面呈现群众路线的意义。一方面，群众路线被看做中共干部转变工作作风的关键；另一方面，这种转变的结果又被置于对老孙头自发工作之群众路线意涵的确认之上。可以说，草明再次回到小说叙述工人方式的认识起点——老孙头的手艺人意识，强调其包含着通向中共群众路线的认识意义和实践潜能。

不过，草明并没有以此设定老孙头自我状态的自足性。在修理机器

[1]草明:《原动力》,《草明文集》第2卷，中国青年出版社，2012年版，第98页。

的问题上，老孙头相信工人都有修好机器、恢复生产和生活的愿望，所以只要把大家召集起来，一起合计商议就可以。但每个人的经历、处境、自我理解仍然有诸多差异，这种办法能如其所愿吗？王经理提醒他，要先解决组织问题："先和大家酝酿酝酿，把工会改选改选，等新的工会委员选出来，大伙不乐意的人去掉，大伙才说心里话啦。"对于中共来说，接管之后的组织重建乃是破除自我界限、重建新的人事关系的关键一环。这种组织意识中包含着深入工人的身心状态，连通彼此的分寸感。而老孙头的自发方式过于从个人信念出发，以外在的同质化眼光看待工人的状态及其潜能，反而不能细腻地通达每个人的身心。因此，王经理的提醒令他对中共干部刮目相看，"第一次感到八路军做事的方式和步骤是鲜明的、有分寸的，又是非常实在的"。[1]并在此后担任工会主任时，重新调整自己的认识感觉和工作方式。可以说，草明在此既没有把老孙头的自我感固化，也没有将接管干部的政治感定型，而是以群众路线为中介，将之视为彼此辩证构造的过程。

当然，草明并没有把叙述眼光仅仅集中在老孙头身上。她很清楚，中共政治介入工厂之后，不同状态的个人都被重新调动，自我感知也随之变化。比如，小说中参与接管的工程师吕屏珍，看到发电机快要修理完毕，恢复发电，便发自内心地高兴。但他只有"独个儿快乐"，"缺乏由于集体劳动而产生的热情"。然而，随后发电机试运行失败，参与集体抢修的工人陷入难以言喻的悲伤，这种感情将他从狭隘的自我感知中解放出来，进入他们集体劳动的共同感受：

朱自珍头俯在油压泵的粗管上，忍不住号啕起来。听见有人哭出声来，全体工友也就在不愿把心中的悲伤和痛惜掩盖，有大声哭

[1]草明:《原动力》,《草明文集》第2卷，中国青年出版社，2012年版，第90页。

的，有悄声流泪的，也有紧握住旁边同伴的臂膀来镇静自己的。即使一向保持着文雅风度的吕工程师，这时也狼狈不堪，脸上给油和烟涂抹上一块一块的黑色，袖子扯碎了。工友们的痛哭震荡着他的心：他头一次感到工人们的真诚挚意和工人对劳动的珍惜和对机器的爱护。他也流下泪来了：他一面惋惜自己三个月来心血的白费，一方面也是被工人引起了共鸣。[1]

此时工人的集体感已被重新打造，不同于老孙头最初自发组织集体除冰之时。在此前的劳动中，工人的集体感来自被新的组织扩充的手艺人意识，而现在他们在更大的生产系统中，围绕机器修理和运转的不同环节，更明确地意识到自我与他人之间协作关系的有机性。由此，个人的意义感、尊严感建立在这种新的生命有机性之上，而不再仅仅是传统心性的推展与扩充。正是因此，之前安于“独乐”的吕工程师才会被震撼、打动，才能更深地理解工人的身心，才愿意将自己投入工人的劳动共同体。

通过以上梳理，我们可以说，草明在《原动力》中敏锐地把握了中共政治在接管实践中的运转机制。一方面，这种政治对工厂的重新打造，并不是从阶级理念出发，而是充分建基于对工人的手艺人意识的内在体察，并充分开掘这种意识被进一步激发的可能性，而非简单地将之视为需要被改造和替换的对象。另一方面，中共政治的有效运转，重塑了工人的自我感通向集体感的路径，集体感不再是被生产组织扩充的手艺人意识，而是在新的集体协作中形成的生命有机感。在此意义上，工人感知自我的意义构架发生了根本改变。

由此重新回到周立波的《铁水奔流》，可以更明确地意识到这部小

[1] 草明：《原动力》，《草明文集》第 2 卷，中国青年出版社，2012 年版，第 85 页。

说的深层限制。一方面，如前所述，他对中共政治的把握，受制于对政治的观念化认知，未能洞察其内在的运转机制。但问题的另一方面在于，他在政治与生活的连接地带所做的探索，尽管已经触摸到生活世界的片段，而且有意识在个人生活脉络中呈现其个性、趣味、习惯，但这种呈现没有达到草明把握生活世界的厚度。事实上，他对个人生活中的个性、趣味、习惯的呈现，仍然受限于自我经验的表象。因为，这些个性在个人生命史中的养成不是孤立的、个别的过程，而是更深地关联着中国人的生命经验、道德情感，扎根在更深的历史传统的具体环节。这一认识维度之所以重要，是因为中国工人大多来自乡村破产的农民，他们进入工厂时并不能马上融入现代生产组织，不容易在这个新系统中形成个人的意义感。为了让他们“有效地工作，成为这新秩序的安定力量”，必须认真对待他们从中国传统传承的心性经验、道德想象，重新将个人活动、生活感知、社会运转结合起来。[1]而中共对工厂的接管要想顺利实现运转，必须充分意识到这些问题环节。实际上，中共政治的认知既不是对周立波所捕捉到的个人生活的个性、趣味、习惯的直接肯定，也不是对这些方面的简单否定，而是透过这些生活表象，直面如何认识并有效转化中国人传统心性经验的历史命题。中共政治的成功，正在于由此找到以新的集体经验重塑中国人的意义感、尊严感的实践路径。在这个意义上，草明的《原动力》提供了我们把握这一问题的文学视野，但周立波的努力并未达到这样的认识层次。那么，周立波感知生活的局限究竟从何而来？

深究起来，无论是深入生活的方式，还是深入的程度，周立波都不及草明。1942 年之前，草明与周立波的文学理解差别并不大。她也认

[1]费孝通:《中国社会变迁中的文化症结》,《乡土中国 · 生育制度 · 乡土重建》，商务印书馆，2015 年版，第 349—350 页。

为，人物典型的塑造，乃是共性和个性的结合。[1]但在“讲话”之后，草明便特别将如何“深入生活”看作自己创作突破的关键所在。从进入工厂的时间来看，草明比周立波更长、更充分。在1947年去镜泊湖水电站之前，她已有两次进入工厂的经验。1946年初，她先以《晋察冀日报》记者的身份到宣化的龙烟铁矿公司工作五个月，然后在十月份被委派参与哈尔滨邮政局的接管，历时四个月。相比之下，周立波进入石景山钢铁厂之前，完全没有工厂经验。但仔细看草明对其深入工厂经验的叙述，会发现，时间长短并不是决定性的差别，更重要的是两人深入工厂的方式。

从表面上看，周立波和草明都非常重视与工人谈话。在石景山钢铁厂，周立波与工人谈话的方式，尽管也有多种形式，比如，在工人工作的时候，或者到工人家中，但他始终带着采访的视角，始终以观察的眼光了解他们的生活和心理。但草明不同，她在龙烟职工工会工作的时候，时常把工人接到她的住处聊天，渐熟之后，就在家等工人来聊天或开会。但时间一长，她发现这样接触的工人非常有限，只有“二三十个积极分子和他们的家属”。后来她反省：“为什么不去找工人，让工人来找我？”她认为这是因为，“自己不熟悉工人的习惯，无法接近他们”：

依照知识分子的习惯，人与人之间的认识，必须有人介绍，握过手，以后感情由浅入深地做起朋友来。讲话呢，斯斯文文，拐弯抹角，这才叫有修养。然而工人不需要这些。你不认识他，你尽管上前和他说话吧，话说得越坦率越好，最好一句话就打到他心窝里去。说话切不要拐弯抹角，否则他们觉得你不诚恳，他就做起防御来。另外，他们没机会受教育，受穷，比较粗野；看见对方斯斯文

[1] 草明：《我怎样创作小说里的人物》，《草明文集》第5卷，第303—304页。

文，穿的漂漂亮亮，或者态度冷淡与傲慢，他们就会害怕，不敢接近你；新解放区的工人，还会误会你是旧社会的有钱人呢。[1]

草明经由这样的自我认知校正，开始主动到工人宿舍找他们聊天，讲故事，说笑话，诸如此类的接触使她在工作和生活上都与工人打成一片，成为工人的知心朋友。

但对草明来说，对于理解工人而言，聊天不仅不够，甚至不是最重要的。她进入工厂后，总是选择那些跟工人直接有关的工作，有条件的情况下，她就直接参与工会工作。因为，在她看来，工会工作和工人的接触多，同时工会又与工厂的各个部门都有工作上的互动。如果说工厂的时空体量是难以通过个人意识的直观把握的话，那么，通过工会工作，便有可能获得某种结构性把握工厂诸方面问题的眼光。[2] 在没有条件参与工会工作的情况下，她也经常通过文娱活动、教育工作等保持与工人频繁的日常互动。不过，这些工作对她的意义，还不只是建立结构性的眼光，更重要的是她能够通过具体工作帮助工人解决问题，深入工人的身心感受。在接管哈尔滨邮局时，她不仅为职工开办学习班，而且在发现他们午餐困难时，主动帮助他们建了食堂，解决了吃饭问题。[3] 而到镜泊湖水电站时，那里的接管工作已经安顿完毕，她在原则上只是收集资料而已。但她仍然尽力寻找能够帮助工人的事情，发现他们文化程度不高，教他们作文、算术、唱歌，讲革命故事。此后又注意到工人离家太远，吃鲜菜鲜肉困难，就动员职工家属自己动手种菜、养鸡、喂猪。[4] 正是通过具体工作，草明找到了进入工人的身心苦恼，帮助他们

[1] 草明:《我在工厂里》(1949),《草明文集》第5卷，第316页。
[2] 草明:《我在工厂里》(1949),《草明文集》第5卷，第319页。
[3] 草明:《草明回忆录》(1995),《草明文集》第6卷，第119页。
[4] 草明:《草明回忆录》(1995),《草明文集》第6卷，第123页。

化解问题的办法，得到工人的信任和亲近感。

正是基于这样深入生活的前提，她才得以在《原动力》中塑造出老孙头的形象。这个人物形象原型来自她工作期间的老工人邹师傅。在与其深入互动中，她不仅感受他“胸怀宽阔、心灵高尚”的品质，而且进一步意识到，邹师傅与她之前遇到的老邮工不同，前者在农村成长，后者在城市长大，但都有可贵的品格。由此，她试图尝试进一步找到能被农村人接受的交流方式。[1]可以想见，她对老孙头手艺人本分意识的辨识与肯定，正来自这个往复深进的互动过程。

然而，在石景山钢铁厂，周立波并没有建立这种深入生活的意识和能力。他当时也参与工会工作，但主要是报纸编辑工作，除了有限的采访之外，与工人的日常接触并不多。而他对工厂和工人问题的把握，则主要是通过工厂党政领导的讲述。当然，与普通工人相比，工厂领导具有更多全局意识，对工人的生产生活问题也更有结构性理解的可能。但这些认识意识对周立波来说是抽象的。如果不能像草明那样在具体的工作中面对工人，帮助他们解决实际问题，那么，一方面便不能理解这些认识意识对应的现实经验的具体构成，另一方面，也无法从工人的生活实感出发将这种认识意识相对化。在这个意义上，周立波的叙述意识，实际上受限于这种抽象把握的现实问题性。

如果从更长时段来看，周立波后来在《山乡巨变》出现的叙事转变，也得益于他深入生活的意识在这方面的突破。1954 年 11 月，周立波回到家乡益阳，希望深入了解农村的合作化运动。四个月后，他结合自己对农业社的了解，给刘少奇写信，反映益阳农村当时的粮食问题，以及布、油、猪、鸡、鸭、公债、肥料及生育等方面的问题，并提出自

[1] 草明:《草明回忆录》(1995),《草明文集》第 6 卷，第 122—123 页。

己的解决建议。[1]这样深入现实经验的具体问题层次，对周立波来说是前所未有的。返京半年后，他决心彻底扎根农村，带着妻女重新回到益阳，并担任大海塘乡互助合作委员会副主任，具体参与到初级农业社的办社工作之中。后来，周立波曾这样描述这种深入生活的方式对他的决定性意义：

> 一九五四年刚到乡下，觉得样样东西都新鲜。十几年来，日本鬼子和国民党反动派都打跑了，农民又经过镇反、土改等运动，有了好多变化。我的头脑里充满了印象。但等提起笔来时，却又写不出什么。道理何在呢？这是由于印象虽多，但都很表面；对于人的心理、口吻、习惯、性格和生活细节都不熟悉，提起笔来，能写什么呢？可见光是走马看花，得到一些表面的印象，是不能写小说的。后来担任了工作。记得在大海塘乡，我住在乡政府里，帮助建了一个初级社，这样一来，对各个阶层的农民对于合作化的态度，才有了比较细致的了解。[2]

可以说，正是由此，他得以在具体的工作中，通过那些关涉到每个人的生命经验的合作化实践，开始进入每个人的意识苦恼之中，由此逐渐突破之前被政治牵制的感知世界的方式，找到内在于生活自身脉络叙述农民的感觉与能力。如果他以此转变为起点，重写《铁水奔流》，该会是更加饱满的生活面貌。不过，基于他始终没有洞察并突破中共的政治认识—实践视野，因此，《原动力》以生活将政治相对化的方式，恐怕还是难以在他的叙述中出现吧。

---

[1]周立波致刘少奇信件原文，参见邹理：《周立波年谱》，上海人民出版社，2020年版，第159—161页。

[2]周立波：《谈创作》，《周立波选集》第6卷，第481页。

结　语

至此，我们重新回到《铁水奔流》作为失败之作的问题，可以说，周立波自己也没有清楚把握它的问题构成。他意识到问题在于自己深入生活不够，但究竟在哪个意义上不够，为什么不够，怎样才能充分，这些问题层次并没有得到仔细分辨和充分反思。本文的讨论实际上是希望借助工业题材小说写作的问题意识，重新回到这些关键的认识环节。周立波当时决定要写作工业问题，在配合政治的同时，其实也包含着他希望在新的领域突破自我的尝试。尽管他不太接受《暴风骤雨》受到的批评，但还是希望在新的写作尝试中调整自己的叙述感觉。不过最后的结果并不理想。据此简单地将《铁水奔流》判定为一部失败之作，实际上对周立波是不公平的，我们必须充分意识到他在此过程中艰难探索的认识意义。

具体来说，周立波在《铁水奔流》中的探索之所以并不充分，在很大程度上是因为他不知道在工业题材小说的框架中如何处理政治、生活与自我感知的关系。本文以现实主义文学的写作可能性作为进入这一问题的入口。现实主义的核心问题是，如何通过有限的个人本真感知把握世界。周立波早期通过整合巴尔扎克和苏联的现实主义理解，建立了以观察、思想、幻想为基本结构的自我感知机制。他非常信赖这一文学认识方式，并据此将 1942 年的“讲话”接受为思想改造问题，而非政治与生活的关系问题。直到 1946 年他去东北参加土改，这一感知机制才被松动，政治开始取代之前的思想及幻想的认知位置。此时他相信凭借中共提供的政治认知，便能够突破个人感知的有限性，准确地把握现实。但实际上，此时中共的政治并不成熟，其把握现实的方式本身就有偏差，但他过于信任中共的政治表述，无视实践的曲折、反复对中共干部之现实感调适的意义。最终，小说呈现的只是被他理解政策的方式高度限定的政治现实，生活现实几乎没有进入他的视野。

1951年他决心投入工业写作领域时，并没有意识到自己信赖政治之方式的片面性，更重要的是，这种方式此时无法为之提供把握工厂的方便视野。较此前中共在农村的土改实践，此时在城市的工业实践更具挑战性。工业不同于农业，它对政治的认知方式提出了新的要求。机器化大生产要求人与机器的密切配合，这实际上规定了政治必须能够内在面对人与机器的新问题，既要确保工人与机器的高度配合，同时又要避免人的机械化，构造工人的身心充实感。在相当长的时间里，中共都过于依赖过去的农村革命经验，而未能准确把握工业对政治的这种规定性。[1]实际上，中共接管之初的成功，在相当程度上是转换过去经验的成功，更多是对人与人之间关系的调整与充实，而非对这一问题的充分感知与应对。在这种情况下，周立波面临的写作挑战可想而知。一方面，此时的政治已经发生变化，他同样没有考虑到工业对政治的规定性；另一方面，中共有限的正面经验没有得到充分整理，因此，他缺少足够可靠的政治表述为把握现实的中介。这些问题尽管他并没有明确意识到，但它确实作为组织叙事的困难正面出现了。在这种情况下，一方面，他不得不重新调动被《暴风骤雨》重构的自我感知模式；另一方面，在其政治认知无法把握工业现实的方面，出现了叙述的裂隙，并为他在政治与生活的连接地带的感知探索提供了可能。正是由此，他得以初步找到在与政治的纠缠中叙述生活的分寸感，这种感觉最终通向《山乡巨变》把握生活的意识与能力。

不过，与草明相比，他在石景山钢铁厂深入生活的程度相当不够，

---

[1]对此初步讨论，参见拙文《历史激荡中的组织再造（上）:“一长制”兴替的实践构成与观念机制》，贺照田、高士明主编:《人间思想》第十一辑“作为方法的五十年代”，人间出版社，2019年版，第42—82页。

因此，他在《铁水奔流》中有限突进的生活感知也难以矫正其借助的政治认知的偏差。当然，反过来我们也不能将草明提供的认识视点绝对化。事实上，1947年她面对的镜泊湖水电站的工业体量仍然相对有限，因此，工业对政治的规定性并没有真正成为她面对的写作挑战。而到1957年草明依据在鞍钢深入生活的经验写作《乘风破浪》时，她也退回到过于依赖政治提供的认识结构的被动处境。面对此时政治更加强大的统摄力，三年的鞍钢经验并没有为之提供足以对峙政治的有效方式。

对于作家来说，要想突破中共工业政治的认识界限，特别需要他们找到深入工厂生产与生活的方式。一方面，需要在体量巨大的工业组织中找到整体把握工厂空间的结构性视点，理解机械化大生产的运转机制；另一方面，需要沿着工人的生产线索、生活脉络，进入具体个体的身心感知，并在集体经验中定位其意义感的生成机制。只有以此作为重新进入中共工业政治的前提，才能准确还原其背后对应的工业感知的构成方式，进而通过辨析其感知的洞见与局限和工业现实之间的构造关系，重新构想通过文学能否构造与之不同的感知路径，将人与机器的关系形态引向更具生命活力的局面。当然，对这些问题的全面回应，已非本文通过《铁水奔流》所能达到，这需要结合更多的工业题材文学，建立更多的参照视点。这项工作留待以后再逐步展开。

（作者简介：符鹏，文学博士，北京师范大学文学院副教授、文艺学研究中心专职研究员）

“深入生活”的苦恼
——以《徐光耀日记》为中心的考察

◎程凯

毛泽东《在延安文艺座谈会上的讲话》所奠定的文艺创作机制中，“深入生活”构成一个贯穿性原则，几乎成为每个作家必须完成的“规定动作”。然而，虽然很多当代作家有着丰富的“深入生活”经验，但由于“深入生活”通常被视为创作手段，是一种获取主题、人物、素材的途径，因此，作家很少把“深入生活”过程本身作为表现对象。而事实上，五六十年代“深入生活”之特殊在于它不以搜集素材、服务创作为首要目的，其要求中特别规定作家需在深度参与基层工作的前提下深入生活：不要固守作家、文化人身份而要把自己当作当地一个普通工作人员。要在工作中体验生活而不要抱收集材料的态度，要抱长期工作的态度而非暂时工作的态度。[1]这使得“深入生活”同时成为一种工作方式。它的实际运行结合了一系列因素——干部改造，群众路线，思想宣传和组织动员，培养模范、典型带动的工作方法等。可以说，“深入生活”在新中国成立后的社会改造实践中是作为一个系统性的群众路线工

[1]见凯丰:《关于文艺工作者下乡的问题——在党的文艺工作者会议上的讲话》(1943年3月)(《延安文艺丛书·文艺理论卷》，湖南文艺出版社，1987年版，第168页)

作方式的一部分发挥着作用。其效用不只限于作品，更体现于工作过程中。

事实上，很多经由“深入生活”创作出的作品并不成功，甚至越深入工作越写不出作品。这反映出“深入生活”的要求中对“生活”与创作关系设定所存在的某种扭曲，也取决于创作要求对写作的规范、制约，以及作家在消化这些要求时能力上的区别。然而，正因为作家往往带着创作任务参与基层工作，因此，在看待现实的方式上，在对人的理解、把握、态度上，在掌握政策和动向上均提供着不同于一般基层干部的视角。相应的，在他们提供的文学叙述中（包括虚构性创作或纪实报道），通常能够呈现出不同于一般文件记录、经验汇报的品质，更多表现与生活逻辑、与社会关系、与人的精神动能相关联的现实流变。只是，这种文学呈现通常经过了多重创作指导的折射，需要经过一番抽丝剥茧的解读才能透视出其认识价值。

而在作品之外，渗透于整个“深入生活”过程中的工作记录，与地方干部、群众的互动，寻找素材、题材的历程，培养典型模范的起伏，以及作家自己思想精神的波动则提供了更丰富、立体的认识材料。因为，无论作品也好，工作文件、经验汇报也好，大部分公开文字都会有一个配合政策方向的“应然”逻辑占据支配地位的问题。即便一些反映“落后”情况的批评性材料也常带有确定的主导方向，即，预定了某种“落后”状态可以通过特定的工作方式加以扭转，其方式往往参照着上级彼时的方针、指示。这意味着，在一般公开叙述性材料中，观察性、描述性因素通常不高，更多是把具体的人与事按经验、素材形式组织进一个指导性叙述。于是，无论表扬也好，批评也好，正面也罢，反面也罢，都服务于将运动（政策）推向某个预定方向。因此，这类材料中经常出现过于整齐的一致性，乃至为了突出政策导向而故意择取极端案例。这也造成了日后在使用这些材料时的偏听偏信。

事实上，很多五六十年代的作家都有丰富的“深入生活”经验[1]，且在“深入生活”期间有较为充分的记录——通常采取日记方式，包括工作日记和素材日记、创作笔记等。但整理出版这些记录的价值迄今尚未被充分认识。一些日记的整理、发表多采取类别摘录方式（将工作与创作分开），不能有效还原创作与工作、生活交织的完整过程。从这个角度讲，2015年出版的《徐光耀日记》有很大突破。其优点在于“全面”“完整”以及直率、深入。日记内容非常丰厚，它不间断地记录了一个部队出身的青年作家从1944年到1957年的生活、思想、工作经历。作为一个业余出身的创作者，作者有借写日记锤炼写作能力的意志。他特别注意记录自己的思想活动、精神状态和情绪变化，记录那些对自己有影响、有帮助的人与事。同时，它又是“学习笔记”，但凡作者读过的书、学习过的文章，看过的演出、电影都予以记载和评论。此外，作为写作训练和搜集素材的一部分，日记中还存有大量“生活观察”，体现着工作过程中对各色人等状态的把握、判断、评价。

作为一个部队出身的业余作者[2]，徐光耀的创作理念、写作方式完全是被根据地、解放区的文艺路线塑造出来的。解放战争时期，他曾在华北联大文学院短期学习，1950年因写出长篇小说《平原烈火》一炮打响，成了崭露头角的新秀，之后被选派进丁玲主办的中央文学研究

[1]许多作家都摸索出属于自己的“深入生活”的路径。像，赵树理的方式、周立波的方式、秦兆阳的方式、魏巍的方式、李准的方式等，各不相同。有的蹲点，有的跑面，有的去先进地区，有的在落后地区，有的在老区，有的在新区，有的跟着典型走，有的自己培养典型，包括所在的层级（县、区、乡、村），所参与的工作形式也各不相同（宣传报道、办合作社）。一些非解放区出身的作家亦有或长或短的“深入生活”经历，相关状况可参考杜英：《“深入生活”：空间转移、身份重构与文艺创作》（载《文艺理论研究》2011年4期）

[2]徐光耀1938年13岁时在老家河北雄县参加八路军，先后担任120师359旅特务营勤务员、冀中抗战民众自卫军锄奸科文书、冀中警备旅技术书记、锄奸科干事、宁晋县大队特派员等职。因爱好文艺，抗战胜利后转任军事报道参谋、政治部宣传科摄影记者、前线剧社创作组副组长。（闻章：《小兵张嘎之父——徐光耀心灵档案》，河北大学出版社，2011年版）

所，成为被重点培养、寄予厚望的工农兵作家。这一成长历程中，师友对他的教育、提点，他的自我要求都严格遵循毛泽东文艺路线在这一阶段的主导方针。因此，当 1952 年“文艺整风”中提出“深入生活”号召后，他立即响应，回到自己的老家河北雄县挂职副区长，开始为期三年多的基层蹲点，并着手创作农村题材小说。他下乡的三年（1953 年到 1955 年）正是土改结束后从“两种积极性”（农村自发势力与互助合作）相互竞争到毛泽东两次推动合作化运动高潮的大变动时期。徐光耀在基层完整经历了这一过程，参与了从“重点办社”到“统购统销”“总路线”宣传，再到全面合作化的历次工作。他一方面无保留地投入工作，一方面忠实、详细地记录工作过程与农村状况的方方面面。然而，现实与期待有着不小的落差。基层工作的烦琐、地方干部的懈怠、工作的“不展开”、群众状态的不稳定以及自己家庭的牵扯使得他希望从“火热”的现实中锻炼成长、汲取创作灵感的愿望常常落空，工作亦举步维艰。“深入工作”令他有如入泥潭之感，创作欲望几乎消磨殆尽。为摆脱工作和创作上的双重困境，他多次调整工作方式和创作方式，从“蹲点”变成“跑面”，再变成参观先进。这种调整固然使他一时摆脱了烦琐工作的纠缠，初步找回写作状态。但，其调整却与写农村新人新事的初衷背道而驰，重回写抗战生活的轨道。[1] 这实际上意味着通过深入工作来把握、表现新生活的受挫。再者，其新创作几乎都达不到自己的预期。他的本义原是希望通过“深入生活”把握一种新的生活形态和生活理解，从而产生表现新生活的新形式，在这其中完成自我的成长（改造）、工作的成就和写作的突破。然而，他最后发现，他在工

[1]他在 1955 年 4 月 17 日的日记中写道：“我的思想是奔入创作了。只是，它却不往互助合作方面溜，它只想往抗日、往武装斗争，尤其往瞪眼虎身上深入。假如我有充分的时间把瞪眼虎写一下，该是多么幸福啊！”（《徐光耀日记 · 第七卷》，河北教育出版社，2015 年版，第 199 页）

作中和在写作中所体会、表现的新生活似乎远不如他在战争年代体会和表现过的生活那么鲜活。作为一个写作者，他真正的“生活”几乎永远是那个还未进入专业写作之前的刻骨铭心的战斗与生活经历。他一生最成功的创作绝大部分是围绕那段生活书写出来的。而他费尽气力去“深入”的生活最终未能变成他可以不断汲取的创作资源。

徐光耀“深入生活”之不成功和他遭遇的种种苦恼如细究成因，与其严格遵循50年代“深入生活”要求中汇聚的各种创作要求、工作要求不无关系。事实上，无论是五十年代农村社会主义改造的政治路线还是文艺路线本身均充满矛盾、起伏、斗争。于是，愈是沉入基层工作就愈能切身感受到政策估计、工作方法、干部状况、群众觉悟之间的摩擦、龃龉，越能体会到规范性认识与实际条件、状况的落差。一方面承受这种矛盾，一方面作为下乡干部又担负着大于地方干部的、贯彻中央精神的意志，徐光耀的压力可想而知。尤其在上级方针、政策变化的情况下，基层干部如果只被动执行倒可以顺水推舟，而如果想创造性地工作，就需进一步理解政策实质，知其然知其所以然，甚至突破政策本身的矛盾，结合基层状况提出有效应对和工作方式。这需要非常强的，乃至高于决策思想的政治思考能力，否则就会被政策现实牵着鼻子转，很难创造性地工作，自然也就难以从工作中激发、体会、捕捉到创造性。同样，在创作要求上，无论是“深入生活”的路径、“及时反映现实”的原则或是表现新英雄的要求、社会主义现实主义方法等，名目繁多的指导意见细究起来也包含很多冲突与矛盾，如全盘接受不免导致作家无所适从。[1]徐光耀在“深入生活”中感受到的种种苦恼、压力、焦虑与不能有效应对这些要求有很大关系。

当然，“深入生活”并不必然失败——同样在1952年开始下乡蹲点的柳青就在长期扎根基层的基础上写出了十七年文学的代表作《创业史》。关键在于找到真正属于自己的“深入生活”方式，这不仅包含着找到自己的工作方式、写作方式，还包含着找到自己的生活方式，面对自我的方式，与地方干部、群众打交道的方式，属于自己的群众工作方法，找到理解、转化政策的方式。要具体地、创造性地，而非抽象地找到这些方式构成对作家的真正考验。“深入生活”对于五六十年代的作家来说不是一条大路，而是一道要过的关、一座要翻的山，只有过了这关，作家才不会被击垮，才能进行创作。这其中充满超出写作范围的多方位的考验，挑战着作家的思想能力、政治能力、创作能力，甚至生活能力。这种多层面的要求意味着那个时代对作家的期待恐怕超出对一般干部的标准。一个干部之合格与否或者以其能否完成交派任务衡量，或者以能否准确根据工作所在社会群众状况运用党的路线建设性地工作来衡量。而“深入生活”中包含的衡量作家的标准，除了要求其成为一个优秀干部之外，还要宏观把握生活全貌和“先进”工作的生成逻辑，并结合对革命方向的理解书写出有教育意义的“典型”。因此，一个“深入生活”的过程不是单向地从基层工作中汲取素材，而是一个革命者在工作生活中既向外拓展又向内拓展，既积累经验又提升思想，既锻造观

[1]1956年1月10日的一则日记集中反映了他进入写作构思时的苦恼：“最烦恼的是：我脑子里净是概念，各式各样的概念。一会儿要表现时代气氛，一会儿要有地方特色，一会儿要有阶级关系、贫农的优势，一会儿又要团结中农的政策，再隔一会儿又来了是否批判保守主义的问题……刚刚想到一点具体的事件或人物时，马上又被概念截断了：啊，这是个阶级力量对比的问题；啊，这是个生产力解放问题；啊，这是贫雇农的社会主义积极性的表现；啊，这一点正好表现社会主义高潮的形势和规模，如此等等，好像脑子里专为回答这类问题似的。我的脑子究竟是抽象化了呢，还是具象了呢？”（《徐光耀日记·第七卷》，第368页）

念又培养感受力的过程。可以说，它代表着革命对革命者最高标准的期待。因此，当年“深入生活”的种种努力——哪怕失败的——在今天来看依然珍贵。因为其中汇聚了革命实践中从理念运行到执行层次、基层构造、群众状态以及革命工作者思想追求、精神动能等多层面、多维度的问题。这样，对“深入生活”遭遇的种种苦恼的构成与原因加以分析，也就非常有助于我们真切地认识五十年代革命经验所具有的挑战性。

一

“深入生活”成为五六十年代文艺创作的制度性要求，其依据可追溯到毛泽东《在延安文艺座谈会上的讲话》中一段著名的话：

> 中国的革命的文学家艺术家，有出息的文学家艺术家，必须到群众中去，必须长期地无条件地全心全意地到工农兵群众中去，到火热的斗争中去，到唯一的最广大最丰富的源泉中去，观察、体验、研究、分析一切人，一切阶级，一切群众，一切生动的生活形式和斗争形式，一切文学和艺术的原始材料，然后才有可能进入创作过程。[1]

这段话是五六十年代提及《讲话》时被最频繁引用的，可以说是《讲话》的第一原则。但新时期后重申《讲话》精神时，被置于首要位置的则变成“生活是一切文学艺术的取之不尽、用之不竭的唯一的源泉”。这是一种对《讲话》文艺本体论式的改造。即，把《讲话》这一

[1]毛泽东:《在延安文艺座谈会上的讲话》,《毛泽东选集·第三卷》，人民出版社，1966年版，第817页。

应当放置在整风运动的整体结构中，针对革命政治和革命者的自我改造所提出的要求变成了专门针对文艺领域的“文艺论”。如果我们联系《讲话》发表前后毛泽东在诸如《五四运动》《青年运动的方向》等文本中反复重申的——“革命的或不革命的或反革命的知识分子最后的分界，看其是否愿意并实行和工农民众相结合”[1]——就可以看出知识分子出身的新革命者与革命政治、与群众隔膜所隐含的危机是毛泽东在整风运动中要急迫处理的问题。[2]在此意义上，“长期地无条件地全心全意地到工农兵群众中去，到火热的斗争中去”有着超出文艺目的的指向。可以说，不是生活作为创作的唯一源泉这一文艺本体论的判断自然生成了长期深入生活的必要，而是与工农兵相结合的政治要求产生了对工农兵生活与知识分子生活的对立式界定：前者是“火热的斗争”生活，后者是依赖观念形态的生活。而知识分子要摆脱、抛弃观念先行的思想与实践路径，不能止步于到一般性的“生活”中去寻找源泉，只有进入“火热的斗争”生活，进入异质的、不依赖观念而富于斗争性、创造力的工农兵革命实践中去才能实现自我的更新。

这是一种革命方法、路径的改造。其中当然包含着对工农兵群众身上蕴含的革命创造力的理想设定。但值得深究的是，如果工农兵群众身上的革命创造性是显存的，如果工农兵群众的革命性只是革命政治的工具性显现，那么，“长期地无条件地全心全意地”是否必要？既然与工农兵相结合就是与革命政治相结合，那这个结合有效与否的标准就不应该在长度而应在结合的密切程度、准确性和深度上。况且，如果“文艺为政治服务”是更基本的原则，那么，文艺工作者改造自己的方式难道

[1]毛泽东：《五四运动》，《毛泽东选集·第二卷》，人民出版社，1966年版，第523页。

[2]胡乔木论整风运动的针对性时曾提及：“到1942年初，全国党员有80万，党领导的军队有57万，大部分是抗战以后在民族浪潮高涨时加入革命的。成千上万的青年知识分子从国统区来到延安。在全党，新党员、新干部占90%。”参见胡乔木：《胡乔木回忆毛泽东》，人民出版社，1994年版，第205页。

不应该是更有效地直接与革命工作衔接？就如“文艺为政治服务”所依据的列宁的说法——党的文学应该成为“无产阶级总的事业”的“齿轮和螺丝钉”[1]。而在列宁那里并没有把与工农兵结合作为一个必要命题提出来。因此，“长期地无条件地全心全意地到工农兵群众中去”成为比“文艺为政治服务”更首要的原则，尤其对应着中国革命的特定条件、状况。

恰如毛泽东在《讲话》中讲的：“文艺为政治服务”的“政治”不是、不能是少数人的政治、贵族的政治，而是、必须是多数人的政治，是阶级的政治、群众的政治。[2]革命党只是群众的、阶级的政治意志的工具。但这是从革命政治逻辑上讲的“应然”，现实却是作为潜在革命主体的、被压迫的劳苦大众隔绝于政治，而承续了新文化运动遗产的进步知识分子、新青年从思想、心理、惯习上隔膜于乃至对立于一般大众。党与群众，革命者与群众，知识分子与群众的关系成为形成革命有机体所要迫切翻越的障碍。就此而言，之所以提出必须“长期地无条件地全心全意地到工农兵群众中去”，恰是因为群众的革命性、创造性无法通过主观估计、赋予就可获得，它们只有经由革命者耐心、细致、不厌其烦地互动、调动才能激发出来。“长期地无条件地全心全意地”中强调的“长期”不单指时间，更指一种主观意愿的强度，它意味着将要

[1]列宁：《党的组织与党的文学》，《列宁选集（第一卷）》，人民出版社，1972年版，第647页。

[2]毛泽东《在延安文艺座谈会上的讲话》：“我们所说的文艺服从于政治，这政治是指阶级的政治、群众的政治，不是所谓少数政治家的政治。政治，不论革命的和反革命的，都是阶级对阶级的斗争，不是少数个人的行为。革命的思想斗争和艺术斗争，必须服从于政治的斗争，因为只有经过政治，阶级和群众的需要才能集中地表现出来。革命的政治家们，懂得革命的政治科学或政治艺术的政治专门家们，他们只是千千万万的群众政治家的领袖，他们的任务在于把群众政治家的意见集中起来，加以提炼，再使之回到群众中去，为群众所接受，所实践，而不是闭门造车，自作聪明，只此一家，别无分店的那种贵族式的所谓‘政治家’……”（《毛泽东选集·第三卷》，第817页）

面对、改造的现实非如其表面式地存在，也不能指望其顺利地突变或一劳永逸地翻转。这个“深入”的长期性和改造中国社会的长期性相一致，因而它也有着超越具体革命阶段、革命任务的含量。由此不难理解，为什么在《讲话》指导下，很多长期扎根基层的根据地文艺工作者也要重新“深入生活”。按说，他们一直扎根农村，置身工农群众之中，做的也是面对民众的宣传工作。而《讲话》带给他们的新感觉、新觉悟是要将已经熟悉的工农兵生活重新陌生化和“再熟悉”——不是按其“生活”的本来面目（“自然主义式表现”），而是依照挖掘其创造性的要求再度把握。就此而言，“长期”“无条件”诉诸的不是直观的“久”，更是自我改造的意愿与深度。

在五六十时代，非常清楚的一点是，《讲话》表面针对文艺工作，但其阐发的核心理念不只对作家有效，更涵盖一切革命者。1952 年，为纪念《讲话》发表十周年，《人民日报》刊发社论《继续为毛泽东同志所提出的文艺方向而斗争》，就明确提出《讲话》最重要的理论贡献是：“在中国革命文艺运动上第一次明确地深刻地解决了文艺工作中的根本问题——文艺和工农兵群众结合的问题”，给“一切革命知识分子”“指出如何改造自己以求得和工农兵群众相结合，如何为工农兵群众服务的正确道路”。并进一步挑明：

> 这些问题，不仅在文艺工作中是重要的，在其他一切文化思想工作中和革命工作中同样是根本性质的问题。因此，这个讲话，不仅对于文艺工作的前进和发展，具有伟大的指导意义，而且对于一切思想工作、一切革命工作的前进和发展，都具有伟大的指导意义。这是一部关于革命文艺的，也是关于革命的思想工作的辉煌的

科学著作。[1]

事实上，通过下放、下乡，迫使干部、知识分子、知识青年离开机关、城市参加基层工作、生产劳动，尤其是农村的生产劳动，走与工农相结合的道路，成为新中国成立后解决、预防“革命变质”——由于官僚化、城市化、“资产阶级化”造成的“脱离政治、脱离群众”——所习惯采取的路径。正因为这种与工农相结合的思路中包含了越来越泛化、扭曲的改造意识——暗含着对一切城市、知识分子因素的防范、警惕和对工农群众革命性脱离实际的估计——因此新时期之后，毛泽东时代与工农相结合的要求与经验被普遍认为是失败的，至少是天真的。这也连带出对作家“深入生活”必要性、有效性的质疑。胡乔木在其回忆毛泽东的著作中就认为：“作家必须深入生活，这是普遍的规律，但要求每个作家都长期地下厂、下乡、下部队，也是不可能的。”[2]

但如前所述，在毛泽东的本义中，与革命工作结合的紧密性、有效性更为根本，在此前提下“长”和“久”才有意义，所谓“长期地无条件地全心全意地”是为了达成这一目的、效能而需要准备的决心、意志与心理条件。在毛泽东那里，创作本身的独立性、需要的条件不是一个特别值得重视的问题。[3]虽然《讲话》里也提及政治性与艺术性并

[1]1952年5月23日《人民日报》社论：《继续为毛泽东同志所提出的文艺方向而斗争——纪念毛泽东同志的〈在延安文艺座谈会上的讲话〉发表十周年》，参见吉林师范大学、吉林大学文艺学编写组：《文艺方针政策学习资料》，吉林人民出版社，1961年版，第408页。

[2]胡乔木：《胡乔木回忆毛泽东》，人民出版社，1994年版，第270页。

[3]对此，洪子诚在《中国当代文学概说》中有如下分析：“在1948年版的《讲话》中，毛泽东将‘社会生活’称为‘自然形态的文艺’，有时又称为‘原料’或‘半制品’，将创作过程称为对原料、半制品的‘加工’过程。到50年代《毛泽东选集》中，删去了这些词语，用‘创造’来取代‘加工’。但是，很难说已改变对文学创作性质的这种看法。……在多数情况下，‘加工’与艺术创作的区别，是表达一种稳定的、普遍性观念与表现不可重复的独创性的区别，是创作过程中对直觉、情感、想象和形式感的重视程度的区别。”《中国当代文学概说》，北京大学出版社，2010年版，第13页。

重，但毛泽东从政治家的角度并不认为文艺具有本源的创造性，在他看来，革命才具有本源性的创造力，文艺要获得它的创造性需特别结合到革命对现实的改造中，作为革命实践、社会改造、群众政治的一个环节发挥作用，而不是先作为一个有独立价值体系的领域在完成其作品性的前提下再与革命结合。配合这一思路，当年为落实《讲话》精神而推动的“下乡运动”（1943 年）中就特别强调：“要打破做客观念，真正参加工作，不要固守作家、文化人身份而要把自己当作当地一个普通工作人员。”[1] 这也是后来的“深入生活”中反复重申的。在此工作、结合、改造优先的框架下，能否形成创作反而变得次要。甚至，顾及创作变成阻碍工作深入、改造决心不彻底的羁绊。确切地说，构成羁绊的是那种“现代”文艺生产体制——创作主体与现实处于“观察—表现”的关系中，创作（写作）与接受（阅读）分置于不同空间，由此造成创作与接受的“个人化”，以及以印刷工业为核心的文艺生产的市场化。无论意识形态趋向如何，绝大部分现代文学都被这个生产形态无意识地支配着。而《讲话》后解放区文艺实践的要求中暗含着对“创作”的颠覆性理解：创作不再是一个独立过程和独立领域，新的“创作”一定是作为群众政治的有机组成部分并能直接、有效“嵌入”到工作过程中，作为一个环节发挥作用才有存在价值。这种文艺的“去领域化”倾向从《讲话》后采取的一系列具体措施中可以体会出来：大量解散专业文艺团体，不鼓励小说一类作品式创作，作家改写通讯报道，倡导与工作相结合的小戏、故事、快板、秧歌剧等。发展到后来，兴盛一时的“群众文艺运动”则进一步否定专业创作，认为文艺工作者的使命不是自己创作

[1]凯丰：《关于文艺工作者下乡的问题——在党的文艺工作者会议上的讲话》（1943 年 3 月），《延安文艺丛书 · 文艺理论卷》，第 168 页。

作品而是帮助群众进行创作[1]——群众既是革命的主体，也应该是文艺创作的主体。

问题是，工作的深入和群众政治的深入一定能激发出“新的人民文艺”创造力的前提是革命政治、群众政治处于一种高度有活力状态。整风运动后，群众路线的被高度肯定和充分运用一时造成了群众政治的高峰状态。但是，如果不满足于结合群众政治的创作而有着另外的抱负——那种要书写、记录、“表现”革命时代“现实”、生活和精神的全貌——也就是说，要重新进入作品性创作时，就会遭遇工作深入并不能替代文艺深入的困境。《讲话》中否定观念、书本、既有文学作品作为创作的源泉，但现实地看，文艺创作作为一种观念活动，其来源不单是“生活”，文艺借助从经典作品学习、对话、打磨而获得的创造力不是生活体验所能取代的。借助参与群众政治，借助与群众互动，文艺工作者能更新自己的政治感、社会感，由此获得对人、对生活的新体会，但要将这种感觉、体会真正赋形并“表现”出来还需另下一番功夫。况且，群众政治未必随时处于有活力的、积极的状态。尤其在基层，工作经常处于烦琐、胶着、疲沓、盲目的状态，干部、群众也是千人千面。像柳青在1943年下乡担任乡文书时遭遇的挑战就是，当“火热的斗争生活”落实于村庄中只是家长里短时，当面对群众的冷淡时，“深入”首先变成一个如何能“稳”下来的问题[2]。这绝非单凭自我改造的意志就足以

[1]朱穆之在1946年所写《谈创造新文艺》中就提出：“我们的文艺工作者的工作，应该主要的是培养群众创作才能，和群众的文艺家。而不是只专心于自己来创作什么新文艺杰作，及把自己培养成什么伟大的文艺家。”《山西革命根据地文艺资料（上）》，北岳文艺出版社，1987年版，第291页。

[2]柳青：《转弯路上》“要说为人民服务，到这里是够具体了。写介绍信，割路条，吵嘴打架，种棉花的方法，甚至于娃娃头上长了一个疮有无治疗方法，都应该找你。假使你要是厌烦，表现冷淡，老百姓就比你更冷淡，开会你说你的，他们吃他们的旱烟，你说完了，他们站起拍打了屁股上的灰尘走了，你的工作不会顺利。”《柳青专集》，福建人民出版社，1982年版，第6页。

克服，更需使自己获得自主性地提高的能力。为此，除了工作深入之外更需思想的深入、写作的深入。所以，柳青在投入工作之余，研读《斯大林选集》以期把握群众工作的原理，阅读《悲惨世界》等名著以汲取精神力量和写作能力。[1] 正是有了工作深入之外的思想深入、学习深入才令其能穿透性地感受、把握所处身的“生活”并获得表现它的能力。这个“生活”已非“原料”意义上的生活，也不是完全被革命工作规定的生活，而是经由作家的努力能够把握到其内在生成机制的生活。

事实上，创作上要“提高一步”的愿望到新中国成立前夕变得越来越强烈。一方面，过于注重实用性的创作模式渐显公式化、概念化的弊端，对群众创造能力的夸大和过高要求使得群众创作的动能衰减；另一方面，革命即将胜利，工作重心将从乡村转向城市的前景，使得文艺工作者开始考虑根据地的一套在城市能否“吃得开”；此外，新中国建设的迫近也令苏联的社会主义文艺经验成为新的学习标杆。丁玲在 1949 年访苏后就检讨了解放区文艺为政治服务的方式过于直白，而苏联诉诸“高级文化”的教育人民的方式更“高一级”：

> 我们今天的文艺工作，是停留在教科书上，总是告诉人家一定要这样做、这样做才对。在农村里的剧团演戏，像《白眼狼》描写土改斗争地主的戏。所有这样的戏一定是地主耍花样，而且一定有狗腿子，一个富农，一个中农，一个贫农，一个工作干部。这些戏是教育了群众，因为看了戏群众知道了不要上当。我们总是拿这些事情告诉人家。但在苏联看过了一个戏，人家问我怎么样，我说

[1] 柳青:《转弯路上》“我在那漫长的春夏天的白日里，读了五本斯大林选集，特别注意那些关于党的工作和农村问题的演说，……从县上中学的一个教员那里借了一本英文的《悲惨世界》，这是本写善与恶的书，Jean von Jean 的生活精神对我有很大影响，……上述这两部书和我们乡上党员对革命的热诚，无疑在精神上支持了我，使我克制住一切邪念：享受，虚荣，发表欲，爱情要求，地位观念……把我在乡下稳住了。”《柳青专集》，第 15 页。

> 很美，可是心里想这种戏和实际有什么联系呢？但后来又看了两三个戏，才明了人家比我们高一级。苏联的艺术是提高你的思想、情感，使你更爱人类，更爱人民一些。因此苏联选了很多古典的东西来上演，像《青铜骑士》《安娜·卡列尼娜》等戏都是提高人民的感情的。[1]

事实上，新中国成立初的文艺方针一直处于一种结构性矛盾中。表面上，以《讲话》为准绳的文艺方针居于无可置疑的指导位置：下厂、下乡，走与工农兵相结合的道路，不仅是改造新解放区作家的手段，也是许多老解放区作家依然自觉遵循的原则。在“不要忘了普及”的警示下，群众创作仍被大张旗鼓地提倡。但另一方面，随着新的创作标准、新的政治要求不断涌现，《讲话》的一些基本原则被微妙而决定性地重构了。像《讲话》非常强调一切书本、作品对创作而言只是“流”，不是“源”，要向生活学习，不要向书本学习。而1951年为了提高工农兵作家创作水平建立的中央文学研究所则把学习中外文学名著、文学理论、文学史置于课程核心部分，加强文学修养成为与深入生活并列的“提高”途径。更关键的是，“深入生活”本身的内涵、导向也发生了变化。1952年的“文艺整风”将公式化、概念化与“资产阶级对革命文艺的腐蚀”并列为两种主要错误倾向，号召展开“两条路线的斗争”。而从具体论述中可以看出，对公式化、概念化的克服更加急迫。因为，它代表着一种表面为政治服务，实际上脱离群众、脱离政治的效果：

> 这种倾向主要地是由于庸俗地了解文艺的政治任务而来的。这种作品，除了拾掇来一些口号和概念之外，空无所有。它的人物是

[1]丁玲：《苏联的文学与艺术》，《丁玲全集》第7卷，河北人民出版社，2001年版，第135页。

没有血肉没有性格的，它的内容是缺乏生活的。它只是把肤浅的政治概念和公式化的故事粗糙地揉合在一起。它既不是现实生活的深刻的反映，因此，也就不会对群众产生真正的教育作用。[1]

这里，与《讲话》站在政治立场破除了文艺的自主性相反，文艺重新被放置在它原有的体系中加以衡量——对“人物”是否有血肉、性格的评价，对“内容”是否有生活的衡量；文艺对现实的作用方式也回到“反映论”的基点上——作品要能“深刻”地“反映”现实才能起教育作用。《讲话》后曾一度实验的文艺实践与社会实践，生产与接受，作者与观众融合在一个过程、一个空间中亲密无间的状态再次被分离。其必然导向的逻辑是——如果作品本身不成功，它就起不了政治作用：“尽管他们的作品仿佛很强调政治，而实际上却是取消了文艺为政治服务的真正功用。”这近于鲁迅当年批评激进革命文学的立场——“一切文艺固是宣传，而一切宣传却并非全是文艺”[2]——一种文艺本位的文艺政治论。恰如鲁迅将文艺与革命在“不安于现状”的特性上等量齐观而对峙于“安于现状”的政治，可以看出，鲁迅是将文艺和革命看成两个可以产生反抗性政治的本源形态。[3]而毛泽东并不认为文艺构成一个可与革命并列的、可以产生革命性的源头。

1952 年文艺整风中标举的足以克服公式化、概念化的首要方式就是回归《讲话》的第一原则：“长期地无条件地全身心地到工农兵群众中去。”但是，与 1943 年下乡运动时侧重搁置作家身份不同，此时重申《讲话》的相同段落，重点却落在了后面一句——“观察、体验、研究、

[1]1952 年 5 月 23 日《人民日报》社论：《继续为毛泽东同志所提出的文艺方向而斗争——纪念毛泽东同志的〈在延安文艺座谈会上的讲话〉发表十周年》，吉林师范大学、吉林大学文艺学编写组：《文艺方针政策学习资料》，第 410 页。

[2]鲁迅：《文艺与革命》，《鲁迅全集·第四卷》，人民文学出版社，2005 年版，第 85 页。

[3]鲁迅：《文艺与政治的歧途》，《鲁迅全集·第七卷》，人民文学出版社，2005 年版。

分析一切人，一切阶级，一切群众，一切生动的生活形式和斗争形式，一切自然形态的文学和艺术”。于是，深入生活固然要忘我工作，但到“火热斗争生活”中去的目的是更好、更有效地“观察、体验、研究、分析”，为“进入加工过程即创作过程”做准备。之后，再进一步引用《讲话》:“文艺就把这种日常的现象组织起来，集中起来，典型化，造成文学作品或艺术作品，就能使人民群众惊醒起来，感奋起来，推动人民群众走向团结和斗争，实行改造自己的环境。”这样的讲述方式把文艺的“提高”——比生活更集中、更典型——顺理成章地树立成文艺能够起政治作用的前提。由此，文艺的提高，创造典型，培养真正的文艺家具有了优先位置:

> 而我们的公式化和概念化的作家，恰恰是没有出息的文艺家，因为他们把这些深入群众去观察、体验、研究、分析和组织、集中、典型的过程，一股脑儿都省略了。他们既没有认真去研究现实生活，也没有认真去从事艺术创造，他们只是闭着眼睛粗暴地对待现实和艺术。这应该说是文艺工作中的一种懒汉，而对于懒汉来说，是不可能要求他们对人民对政治有什么真正的服务的。[1]

这样看来，哪怕与工农兵相结合成为一个优秀的工作者，但如果在创作上是“懒汉”就依然要被淘汰出文艺工作队伍。这背后隐含一种“再领域化”的逻辑。除了文艺工作者的身份被强化、固化之外，对“深入生活”时所把握的现实方向、内容也有了更明确的规定:

> 现实生活是十分丰富十分复杂的，文艺家必须深入人民的生

[1]1952年5月23日《人民日报》社论:《继续为毛泽东同志所提出的文艺方向而斗争》,《文艺方针政策学习资料》,第411页。

> 活，认真地观察、体验、分析、研究，真实地具体地深刻地反映生活中间的最本质的东西，表现现实生活中的最根本的矛盾和这种矛盾的各方面的运动形态，刻划先进人物的精神和品质；……[1]

无论在“下乡运动”阶段、“群众文艺运动”阶段或“写政策”阶段，其实并不特别强调反映生活中“最本质的东西”“最根本的矛盾”。因为真正处于“火热的斗争生活”中，一切矛盾是流动变化，乃至瞬息万变的，一个投入的、有创造力的工作者的能力恰好体现在于流动的矛盾中把握力量的消长，因势利导。只有当斗争生活的流动性衰减时才会生出对“最本质的东西”“最根本的矛盾”的规定。相应的，对群众的理解也发生着变化。整风运动时对群众路线的理解中多将群众的创造力作为一种集体意志的产物，所谓“三个臭皮匠顶个诸葛亮”[2]。“先当群众的学生”并不特指向群众中那些有光彩的人物学习，而是要向一切群众学习，因为，即便是落后群众身上也携带着，甚至更深地体现着革命者可能隔膜而又必须突进的现实维度，不突破这些维度就不能完成革命的突进和革命者的改造。因此，在“深入生活”中对落后状态、落后现实的理解、把握至关重要。而新的“深入生活”要求中，发掘、塑造榜样人物成了首要使命：

> 在我们的许多作品中，还没有创造出真正可以被千百万人当作

[1]1952年5月23日《人民日报》社论:《继续为毛泽东同志所提出的文艺方向而斗争》,《文艺方针政策学习资料》，第411页。

[2]毛泽东在《组织起来》中讲:“‘三个臭皮匠，合成一个诸葛亮’，这就是说，群众有伟大的创造力。中国人们中间，实在有成千成万的‘诸葛亮’，每个乡村，每个市镇，都有那里的‘诸葛亮’。我们应该走到群众中间去，向群众学习，把他们的经验综合起来，成为更好的有条理的道理和办法，然后再告诉群众（宣传），并号召群众实行起来，解决群众的问题，使群众得到解放和幸福。”《毛泽东选集·第三卷》，第887页。

学习的榜样的人物；而这种人物，在现实生活中是很不缺少的，他们是推动生活前进的先进力量。艺术家的责任，就是要揭示这种力量，用最大的热情来表现这种力量，使他成为千百万人的榜样，鼓舞人们去为美好的理想而斗争。[1]

这种对模范人物带动力量的高度期许势必影响理解群众的方式。它又与文艺创作中的"提高"方向——塑造现实主义典型，参照苏联文艺经验以英雄形象教育人民——构成同构关系。这些方面使得新的"深入生活"实践中工作要求、创作要求的重心、内涵都发生了偏移、变化。

二

1952年的"文艺整风"带动了新中国成立后第一轮"深入生活"高潮。纪念《讲话》十周年社论提出的指示——"一切有创作才能、有创作经验的文艺工作者应该使他们逐步从行政工作中解脱出来，转而深入生活，从事创作"——成了这一轮"深入生活"高潮的动员令。一系列作家离开城市、机关到农村、基层去挂职，像柳青挂职陕西长安县副书记，秦兆阳挂职河北雄县宣传部部长，开始为期一两年乃至十几年的"深入生活"实践。

到1953年9月二次文代会上，丁玲做的大会报告《到群众中去落户》中进一步提出号召：

想写出几个人物或一本好书出来，就必须要长期在一定的地方生活，要落户，把户口落在群众当中，在那里要有一种安身立命

[1]1952年5月23日《人民日报》社论：《继续为毛泽东同志所提出的文艺方向而斗争》，《文艺方针政策学习资料》，第408页。

的想法，不是五日京兆，而是要长期打算，要在那里建立自己的天地，要在那里找到堂兄、堂弟、表姐、姨妹、亲戚朋友、知心知己的人，同甘苦，共患难。[1]

丁玲此时倡导到群众中落户要克服的对象已经不单是“公式化、概念化”，而尤其针对用“生活分析”和“生活研究”来取代生活体会的“提高”方式：

现在似乎有些人在过分强调对生活的分析和研究，并且把分析、研究和生活机械地分开。这种看法影响了一些青年作者。最近我听到好几个同志同我说，说他的问题主要是对生活认识和分析的能力问题，并非生活不够的问题。他们还说：别人到生活中只去了三五个月，就写出了一部好作品，我去了一两年，还是得不到东西，我看主要还是自己认识生活和分析生活的能力太低。

老实说，我不同意这种看法。对生活当然必须有分析和研究，可是以为我们生活已经够了，而问题只在于马克思列宁主义、政策思想的问题，我觉得不是这样。我甚至以为这种看法现在在传染着很多人。这样就会使许多人对于深入生活这一最主要的原则发生动摇。[2]

丁玲警惕的是一种对观念过于信任的倾向，由此会造成用观念来支配对生活的理解和表现。丁玲强调“生活”高于观念，这固然基于她的创作感觉，但更具个人色彩的是她从创作立场出发产生出一种对于“生活”的感觉路径。这种属于丁玲的“生活”感觉路径与革命政治视野下

[1]丁玲：《到群众中去落户》，《丁玲全集》第7卷，第363页。

[2]丁玲：《到群众中去落户》，《丁玲全集》第7卷，第357页。

的“现实”“生活”感觉构成某种对峙——丁玲所说的“生活”必须经过一个主体“体验”的过程，这个体验的前提是“忘我”的投入：“什么是体验呢？我的理解是：一个人生活过来了，它参加了群众的生活，忘我地和他们一块前进，和他们一块儿与旧的势力，和阻拦着新势力的发展的一切旧制度、旧思想、旧人作了斗争。”“忘我”和基于责任感的参与使得深入的主体与深入的对象（群众）融合成一种不分彼此、近于命运共同体的状态。所谓“忘我”并非“无我”，在此过程中他会刻骨铭心地“经历各种感情”，“他在生活中碰过钉子，为难过，痛苦过。他也要和自己战斗，他流过泪，他也欢笑，也感到幸福”。而且带着感情的投入一定会得到群众感情的回馈：

> 我们在那里是一个负责任的人，严肃的人，热情的人，理解人的人，而且最重要的是没有私心的人，我们慷慨地、勇敢地把力量拿出来，我们也将会得到最多的、丰富的、各种各样的情感。到那个时候，我们就不贫乏了，我们就富有了一切生活中多彩多样的人的心灵的、生动的生命的跃动，……[1]

所谓“深入生活”最终要达成一个经由感情互相激发而产生的水乳交融的状态。感情在这其中起着黏合剂的作用，没有真正感情的交流就没有真正的融合。这一定程度上也是一种政治理想。“群众路线”要着力克服的难题之一就是先锋立场的革命者与“保守”现实的对立、隔膜，只有革命者与群众达到连心、连情，心往一处想，劲往一处使，革命才有力量。因此，毛泽东也强调革命者的改造要落脚于“感情上起变化”。但是，对于感情因素在政治过程中的有机作用，一般的革命政治

[1] 丁玲：《到群众中去落户》，《丁玲全集》第7卷，第363页。

论恰好缺乏有针对的讨论与认识。丁玲从创作角度理解的感情是不断生成、彼此激荡的。它使得的人的主体改造挣脱观念化、标准化的压抑，达致“心灵的、生动的生命的跃动”。这种主体改造的理想承续着五四新文化运动对人的解放的想象——人经由自我破除、突破桎梏而最终获得解放。只是这种“革命启蒙”下的解放不是孤立地回收到个人身上，而是把自我解放融入多数人共同解放的洪流中，它才能生成真正的创作状态——“我们就会觉得写不胜写，而且写得那样顺手，那样亲切了”。

在丁玲的立场上，人对感情的需求，人与人之间的感情关系是“生活”最本质的东西，也是创作的依托，亦为革命所不可或缺。在丁玲这里，“生活”不是被革命政治全面规定、支配的，而是大于革命，并可以生成、培养真正的革命感情、革命实践和革命创作的土壤。她之所以反感用分析、研究生活取代在生活中的体验（“在生活中生活”），就是因为它们会取消感情的位置，取消产生感情的过程与效用，那就意味着取消了“生活”存在的意义，取消了革命工作的内在动力。为此，她格外强调“深入生活”要付出感情，要“爱人”，从“爱”中才能产生责任心，才能以心换心。所谓“落户”并不是直观意义上的待在基层：

> 所谓真正去“落户”，是从精神上来讲，要我们的精神、情感和群众能密切联系，同群众息息相关；并不是指我们搞创作的要永生永世住在一个村子里，把我们的户口放到一个村子里去住一辈子就算落户了。[1]

在丁玲这里，长期深入也好，参加工作也好，都是手段，并非目的。最终目的还是要打破现代自我的封闭趋向，打破只在一个环境中生

[1]丁玲：《生活、思想与人物》，《丁玲全集》第7卷，第420页。

成的“生活”，通过与群众息息相关，通过与群众的互动而创造一种新的生活感觉和生活欲望。而创作的欲望、灵感、素材正是从这种生活欲望、生活创造中生发来的。所谓“工作”的本义既包括对封闭、扭曲生活的突破又包括对更健康、更具活力、创造性的生活的打开。如果不致力于打造自身主体的深度、强度，仅“长期”“无条件”地投入工作，产生的效果通常是非但不能通过深入工作来获得生活和灵感，反而很快被事务性工作淹没。正是过于强调知识分子改造、革命工作的“非主体”一面，无形中越来越造成“工作”与“生活”的对立。特别是随着革命胜利，“工作”越来越科层化，群众运动的动能又逐渐消退。这时的改造要求就会造成一种扭曲。一方面，反复要求革命工作者“无条件”地安于事务性、烦琐的工作，似乎越是事务化、非创造性的工作越能考验自我改造和革命性的决心与纯度。所有基于自我成长要求而提出的工作考虑都是一种“自我打算”[1]。另一方面，“工作”布置的自上而下维度大大加强，自下而上因素对工作的影响越来越小。“工作”的执行性、刚性的增加削减着工作者的创造空间。在此前提下，继续强调“长期”“无条件”地深入工作而能达到深入生活的效能无异于缘木求鱼。

因此，丁玲此时对“深入生活”的阐发中特别突出“生活”的独立价值，似乎“生活”有着修复活力、产生灵感的效能。这阶段，许多下乡文艺工作者都遭遇工作和创作间的冲突，认为投入工作会破坏创作情绪。而丁玲的回答是“生活并不会消灭人的诗情诗意”，“生活本身就是创作”，融于生活的工作也就必然带着诗意，“给人以创作的欲望和材料”。

[1]五十年代《中国青年》杂志上围绕安于平凡工作和由上进心造成的“个人打算”有持续的讨论与批评。

这几天有人向我说工作太多了，忙得连创作的情绪也没有了。我想是不会的。生活，并不等于事务，并不要你事务主义。生活本身就是创作，而且作家是在任何时候也在进行创作的。一个普通人在生活和工作中，常常有所感，有种诗意，也想写点什么，有创作的冲动。[1]

丁玲的回答实际上是在工作与生活日渐分离的趋势下，试图以生活来重新界定工作。因此，她的“深入生活”就不是必经深入工作来把握生活，而是以生活的意志、欲望来工作，来突破事务主义的屏障。对生活意志、欲望的调动、培养比“长久”“无条件”更根本，更有效。

那为什么在这一时期丁玲好像又特别强调“到群众中去落户”？这与新中国成立后作家专业化、机关化引发的警惕有关。丁玲自己办中央文学研究所培养工农兵作家正是促进业余作者专业化，但她同时意识到这些基层出身的业余作者的优势全在于“有生活”，即积累了大量部队、农村、工厂经验——且这些革命生活经验正是日后文艺创作中要集中表现的。因此，就内在理解革命生活而言，这批新作家相比老作家有很大优势。而他们最初的创作动机也来自传达自身经验的强烈冲动。丁玲对徐光耀为什么能写出《平原烈火》就有这样的说明：

当徐光耀写《平原烈火》时，他的文学水平不如现在，但他在冀中平原上跟着打游击十多年，那些生活惊心动魄，那些人生龙活虎，都时时激动他，在他的脑子里挤来挤去，都要他写，他就凭着他的感受去写了。他只觉得要写的太多，他对人物和事件是不犯愁的，他努力的只是一点，如何克制自己的感情，割爱一些，多剪去

[1]丁玲：《到群众中去落户》，《丁玲全集》第7卷，第365页。

> 一些，使其精炼。徐光耀能写出《平原烈火》，主要他是从生活中来的。[1]

徐光耀这些工农兵作家的经历似乎可以印证《讲话》中暗含的意思：革命过程本身的丰富经验和创造性远大于文学想象的创造性。即便在写作能力不够强的情况下，徐光耀仍然可以凭借他丰富的生活积累和经验感触写出富于表现力的作品。相比之下，走上专业写作道路后徐光耀反而退步了：

> 徐光耀这几年来文学修养、理论水平都提高了，他也到朝鲜去了一年，也写了几个短篇，却都不及《平原烈火》，原因就是他对新的生活不如他对抗日战争那段生活熟悉。所以我劝他不要着急写，他应该再回到生活中去，……[2]

其实变化的要害不在于对生活熟悉与否，而在徐光耀有了一个前提性的“作家”身份和“写作”任务，决定性地改变了他和“生活”的关系——从不自觉的主体性“生活”变成了自觉的，但按照一系列观念设定、参照去进入、体验的客体“生活”。由此，“写作”要求中对于写什

[1]丁玲：《到群众中去落户》，《丁玲全集》第7卷，第360页。

[2]丁玲：《到群众中去落户》，《丁玲全集》第7卷，第360页。

么、怎么写的各种规定开始左右着他进入生活的角度、立场。[1]就此形成的负担、压力和无所适从，丁玲颇有洞察，所以在给他的信中直言不讳地指出：

你关心你的写作问题比关心政治生活（即生活的政治意义）多。因此你的心中是空空洞洞的，并没有使你非写不可的东西，所以你就怎么也写不出，写不好，而且觉得无什么可写。……

第一，我劝你忘记你是个作家。你曾写过一本不坏的书，你是一个文艺工作者，你忘记了，你就轻松得多。因为这就会使你觉得与人不同。这意思不是指骄傲，而是指负担太重。（读者的期待）……把那些好心思忘记掉，你专心去生活吧。当你在冀中的时候，你一定也没有想到要写小说，但当你写小说的时候，你的人物全出来了。那就是因为在那一段生活中你对生活是老实的，你与生活是一致的，你是在生活里边，在斗争里边，你不是观察生活，你不是旁观者，斗争的生活使你需要发表意见。所以你现在完全可以忘记你去生活是为了写作的，是为了你的读者朋友等等的想法。

[1]徐光耀在1949年6月的日记中曾反省自己为什么跟不上写新题材的要求：“按目前说，部队极需表现的乃是‘向前进’‘胜利’‘成长’等主题。而我脑子里偏偏没有这类题材，甚至连素材也没有，于是觉得没的可写。有的东西却是用不得的。例如，应该纠正的偏向，需要改造的人物等。而这些东西之间，又是反面的东西多（糟糕的、阴晦的、见不得人的，如官僚主义、军阀残余、主观莽撞……），而转变后新生的东西又没有了。这怎么写得？想着想着，我忽生了怀疑，为什么我脑子里净是这些呢？解放战争打得这样胜利，这样轰轰烈烈，如没有好的一面，绝做不出来的。可是，那好的一面在我脑子里简直没有印象，尤其没有活的、具体的，通过一定人物和一定事件表现出来的东西，有的只是几条干巴巴的概念，如党的正确领导，群众的拥护，人民的支援，战争的正义性等。由此联系到我过去作品中所反映的主题，也都是写人物转变的多。就是说，每篇中都有一个反面的人物首先出现，做了不少坏事，碰了很多钉子，逼着转变了。可是转变后也就完了，连人物带故事都结束了。我就从来没有解答过一个解放军为什么能打胜仗，为什么能在残酷环境里由小到大并完全战胜了有强大优势的敌人这一问题。我的作品中就没有表现过新生的、向上的、发展的东西。这是什么道理呢？”《徐光耀日记·第二卷》，第392页。

第二，你不要着急任务。我们并没有加给你什么任务，你的任务是去生活，去好好改造自己，学习生活，学习做人，学习做一个好党员，一个有知识，有学问，有见解的好党员，一个有修养的党的文艺工作者。你曾经写过一本很好的书，这是非常可喜的事，但离一个作家，一个成熟作家还很差，写作还是首先从做人做党员着手，写是第二。你不要忘记，暂时写不出不要紧，怕的是永远写不好。

第三，暂时可以不回。……如果的确不能深入下去，我以为就要回，免得在那里虚度光阴，以后再下去也是一样。生活中的方式、运动、变化是很多的，但也不是非死捏着不放，死捏着也不一定就懂了。[1]

表面看，丁玲劝诫的重心是先做好工作最重要。然究其实际，丁玲所说先去做一个好党员、先去生活的意思是要徐光耀摆脱写作观念的束缚。当“写作”越来越成为一套观念机制时，只有学到、磨炼出挣脱观念束缚的能力、途径才能找回真正意义上的“写作”。这里面暗含着丁玲自己的写作信仰：她相信写作是不能“造作”的，文学是无目的的目的，一旦“造作”“刻意”就虚伪，就丧失了动人的能力。生活之所以最重要，因为生活同样不能“造作”、无法“造作”，生活是虚构的反面（不仅是真实，而是无法刻意），而文学是虚构，但并非虚伪，只有从未经造作的生活经验中才能生成虚构而真实的文学，其间不容有虚伪、造作的余地。对丁玲而言，生活、写作的意义之一就在打破观念式的生存，如果写作反而使人套上观念枷锁，那就不如忘掉自己是个作家，去真正地生活，“学习做一个好党员”，“学习做人”——“多理解人吧，

[1]徐光耀：《昨夜西风凋敝树》，《徐光耀文集·第三卷》，河北教育出版社，2005年版，第339页。

不是为写作和人做朋友，是尊敬人、帮助人，是向党负责的去爱人、帮助人”。同样的，如果“工作”变成形式、教条，那就“不要死捏着不放”，“免得在那里虚度光阴”。

可以说，丁玲是从回到“生活”的本源意义，乃至“生活”的抵抗意义中去强调“深入生活”的必要。此外，强化了丁玲“深入生活”立场还有她对现实主义创作难度的体会。她1955年所写的《生活、思想与人物》中把从参与工作到熟悉人到形成人物的过程描述得漫长而几乎没有终点：

> 你就得长期的给她什么，给她感情，将心换心，你要找她，管她的事，给她出主意，帮她的忙，诚心诚意地对待她，直到有一天，她觉得和你是平等的，她完全信服你了，这样，你这个朋友才算交定了。交定了这一个朋友还是不行，你以为你为她花了很多工夫，她就有一篇小说交给你，哪里有那么便宜的事？或者以为她就有个人物给你，你将来可以写她，也完全不是那么回事。也许她并不是一个人物，她什么也不是，但你还是要花很多工夫对她，而且不只对她一个人，还要对这个、那个……[1]

这样一来，创作变成了一个不断延宕的过程，令“深入生活”变得不能不“长期”。但这个“长期”与《讲话》的本义已发生了偏移。可以说，丁玲是在创作问题上采取一种更激进、更严格的“现实主义”立场来重构了长期深入生活的必要。而柳青蹲点皇甫村十四年写作《创业史》是基于相似的觉悟。只是，这种重构的“深入生活”原则固然在创作上是有力的，但它却与“文艺服从于政治”所衍生出来的“及时反映

[1]丁玲：《生活、思想与人物》，《丁玲全集·第七卷》，第421、422页。

现实”的创作要求之间构成冲突。而后者正是“深入生活”要求中的另一个重要面向——既然参与的是革命工作，意味着革命工作、革命运动的变化需要及时加以表现、宣传，因此，通过创作及时反映基层动态、书写先进典型、配合宣传成了文艺工作者不可推脱的任务。所谓忘掉作家身份先深入工作，做一个好干部很多情况下只是一厢情愿。越是工作分量重、政治压力大、运动高潮频起时就会越催促作家拿出配合现实的作品。丁玲反复重申的要慢、要积累在创作任务的催逼下成了一种过于理想主义的创作态度。同样，她对“深入生活”后会遭遇的工作危机也是用了一种理想主义、浪漫化的道理加以弥合，并不能设身处地地解决下乡工作者的问题。

三

作为中央文学研究所第一批学员，1953年毕业后，徐光耀即遵照“深入生活”的指示回到老家雄县挂职、写作。毕业前夕，丁玲特别针对部队生活带给他的正负影响有一番评估：

> 你这样人的性格很单纯。有一些是像个部队出身的样子，如听说，和组织上的关系搞得比较妥帖，有一定的组织纪律观念。可也有的地方不像，不活泼、不够热情、不大开窍、太拘谨、太孤僻啦！部队上的人有他的好处，可也有他不用脑子想事情、太集体化的毛病。单纯有好处，一个革命同志总的方面应该是单纯的。就是他没有自己，对革命事业没有两个心眼儿。可他也必须复杂，人是复杂了好，关系多，知道得多，生活知识丰富，问题就看得透彻、

尖锐。[1]

少年参军的徐光耀，部队是其主要成长环境。与一般野战军不同，徐光耀所在部队经历了冀中艰苦的平原游击战，尤其是1942年“五一大扫荡”使得部队被迫长期在地下活动。徐光耀检讨自己原本“孤僻”的性格就是在这阶段恶化的：

> 我过去本来是很活泼的，并不像今天这样“老成”。然而“五一扫荡”后，部队便转入了隐蔽活动，一天价藏在屋子里，连院都很少出来。说话都用交头接耳的方式。闷，闷，闷！连闷了一年多的时间。孤僻的性情就被闷得愈厉害了。[2]

一般对于部队生活而言，尤其如徐光耀这般做“机关工作”的人，“孤僻”未必是大问题。可当“善于做群众工作”越来越成为基本要求时，徐光耀“不好接近群众”的性情，那种“不但不想接近群众，且有时要躲避群众”的态度就成了不断要检讨、纠正的缺陷。与一般战士“不用脑子想事情、太集体化”相反，徐光耀天生极有上进心，打心眼里羡慕“有才”的人，也努力要使自己成才：

> 我往往以貌取人，然而却是死命地爱才，简直是个“才迷”！……我拼命地爱着一切聪明人。我愿一切人都聪明，都成才。
>
> 正因为爱才的缘故，所以，我也很克服自己，很要求自己，唯恐自己不才，唯恐自己的落伍。于是，我便拼命地追求知识，拼命

[1]1953年5月19日日记，《徐光耀日记·第六卷》，第130页。

[2]1944年11月22日日记，《徐光耀日记·第一卷》，第31页。

学习别人之才，把自己培养成才。[1]

他的爱好文学、一门心思走写作的路正源于这种爱才、成才的自我要求。为了成才他高度自律，不断自我克服、自我提升，同时也生出好胜心、竞争心，克制不住地去和那些优秀的人比，甚至嫉妒别人的成功，激发出要较量一番的心理。这种自律进而转化成以高标准来衡量周围的人，常看到身边人的不足，总以批评眼光看待环境。这不免影响到他写作、取材的方式："在看问题的时候，就自然而然地去到处挑毛病，看一切都不顺眼，只看见落后的那一面，看不见新生的、向前发展的积极的那一面，也是光明的那一面。因之，毛病看的太多了，越滋生厌恶之感，就越影响自己的情绪，写起文章来就不能不是对某些事物表现了深恶痛绝的（这有它好的一面）态度，自然而然地跑进人物的改造方面（主题）去了。"[2]

这种脾气、秉性令他在集体生活中颇显"各色"。尤其当集体主义、群众观点成为党员基本要求时，那种"不好接近群众的性情"、自我成长式的上进心就被界定为一种值得警惕的、潜在的"小资产阶级品性"。徐光耀1953年的整党鉴定中就有如下评语：

> 搞创作有从个人名誉出发的成分。……在事业上是个人追求、个人奋斗，强调决心、毅力、有志者事竟成，比较抽象地承认党的培养教育和群众创造，具体地肯定个人的努力和功劳。……又由于个人打算多，和同志接近计算得失，帮助人感到是"支出"，与人谈话是"浪费"，所以不愿意接近人，孤僻，把自己从群众中孤立

[1] 1946年11月21日日记，《徐光耀日记·第一卷》，第227页。

[2] 1948年6月15日日记，《徐光耀日记·第二卷》，第392页。

起来，相当地脱离了群众，表现群众观点不强。[1]

而工农兵作家的“小资产阶级化”正是进城后特别被警惕、防范的。这种“小资产阶级化”与文艺体制正规化带来的“名利”也有关系。像徐光耀，由于进城后很快写出了长篇小说《平原烈火》，在大部分解放区作家还未转型的情况下弥补了大作品的空档，立刻从一个面临转行危机的军队干部成为炙手可热的青年作家。《平原烈火》在短时间内十数次重印，译成数种外文，成了解放区军事题材的代表作。随后源源而来的是荣誉、版税收入、社会活动，处处被赞扬和掌声所包围。他也如愿以偿进了中央文学研究所，成为被重点培养的青年作家、新中国文学未来的中坚力量。

然而，对写作而言，巨大成功背后往往接踵而至的就是能否继续的危机。丁玲对此心知肚明，所以跟徐光耀谈话时一针见血地指出：

有时候，头一本书很厉害。开头的总是力气很足，热情很高。以后人们要求你继续下去，你就难以为继了。一直撂下去，到老再也写不出来，勉强写又写不好。写出来也没有力量，不能动人。有很多人脱不掉空头文学家的咧！以前不干文学，干别的，还是内行。现在搞了文学，再干别的，又不是内行了。[2]

私下与别人交流意见时，丁玲说得更直白：

《平原烈火》把生活本钱花光啦，到朝鲜呆了一年，从信上就感到收获不大。回来了，总是辛苦一年，不好打击情绪。银行存

[1]1953年2月2日日记，《徐光耀日记·第六卷》，第197页。
[2]1953年5月19日日记，《徐光耀日记·第六卷》，第130页。

款，年轻的爱人，名望……害了他！应深入长期生活一下再说。[1]

而徐光耀自己，固然从道理上明白践行“深入生活”之必须，可临到付诸实践时仍不免踌躇：

我自己要求到农村中去，而且知道越长期越好。但一旦答应了这个要求时，说真心话：我又有些害怕它，尤其是害怕长期的下去。吃不了苦是次要的，真正的痛苦是舍不得长久离开我的芸！因为，她太痛苦了，她太舍不得离开我了。我做了爱情的可怜的奴隶。

……我，有些堕落了！

丁玲警告我：不要沉到个人家庭的小感情圈子中去，不要把自己的心胸、眼界都束缚、缩小拢来。我原先还以为我有信心，不至于沉入去。可是，当我真的要拔起时，我显得这样软弱无力，我甚至私心中要跌倒和屈服下来。我心灵中有一处在谨慎地却是高声地悄悄地叫喊：“留在北京吧！至少先留下半年也好吧！就是当编辑也好吧！如要下到农村去，也不要一去两年，顶多一年就算了，就回来吧！”[2]

这是一种真实的“生活”的侵蚀。这个“生活”不是革命聚光灯下的生活，而是隐身在革命之后，却决定性地左右、改写着生活面貌的“日常”：

会客室有好几起等待接见的人，大家互相闲谈着。我偶尔从旁

[1]《王林十七年文艺日记（之二）》，载《新文学史料》2013 年 3 期，第 159 页。

[2]1953 年 5 月 20 日日记，《徐光耀日记·第六卷》，第 132 页。

> 听来，实在惊讶入城以来给人们思想生活上带来的巨大变化：一个人谈着近来坐电车往返奔跑，花了多少钱，真够呛。另一个要求干部借给他一些钱，以便去治病和应付日常花销。又一个正诉搬动孩子和保姆的困难。再一个则大叫这次的调动使他遭受了很大损失，一大堆东西都给丢在另一个小城市了。
>
> 总是，钱、东西、老婆、孩子……战争、工作的题目销形敛迹了，生龙活虎、集体的意愿和志向被遗忘了，代之而起的是烦琐的生活事务及个人圈子中的得失。[1]

丁玲看来，最大的危险莫过于“热情”的丧失。一旦陷入“小日子”的枷锁就意味着心胸、眼界的缩小，随之难免的是意志消沉——“你好像力气不够，有些消沉的样子。没有以前的热情和朝气蓬勃了，好像泄了气了”，而搞文学的人“应该生龙活虎，生命力要能燃烧，燃烧得很旺才成”。要恢复“热情”就必须突破身边“小生活”的圈子，投入到另一种生活中去。虽然农村生活对于本乡本土的人也是日常，但对于带着工作任务、带着改造使命的工作者而言，那里的生活就变成了被革命所搅动的“大生活”。另一种生活的价值在于一个人不能惯性地生活，不知不觉地被周边生活的逻辑所左右，应该有勇气用“应该有的”生活的理想去改造现实，为此或者还要牺牲自己的生活。这也许是残酷的，但对于广义的创作者而言，未必不是一种必要的残酷——用打破惯性自我的方式去获得更阔大、更具创造动能的自我。

针对徐光耀的“孤僻”“单纯”，丁玲的叮嘱是通过“深入生活”学会“做复杂的人”：

[1]1953 年 5 月 20 日日记，《徐光耀日记 · 第六卷》，第 137 页。

要做复杂的人，必须自己去争取，要自觉、自动地去争取去克服。只是一个单纯的人，就到了复杂环境中也还是单纯的。因为你谁也不接近，什么都和你没有关系，你还不是单纯的？

争取不单纯，就要多管事情，多参加别人的事情。参加了别人的事情了，你就有热情了，你就能懂得多了，自己便和别人多方面搅合在一起，就成了复杂的人。[1]

对于重建创作能力、找回创作冲动而言这是治本之道。徐光耀对自己下乡预设的“成功”标准中充分吸纳了丁玲的意见：

对农村有了充分的理解，从而对一个社会的重要和广大的方面有了理解。使我的性格和才能都有了显著的变化，首先是“复杂化”起来，放开、爽朗和豪迈起来，热情和生龙活虎起来。……为能这样，我便可说是有了百分之七十的成功了。其次，不论在农业生产建设方面，或抗日及解放战争史料方面，供给我一个可资创作的题材，我必须带一个明确“轮廓”回来。[2]

徐光耀之所以选择回老家“深入生活”，一个重要原因是他一直未放弃写抗战题材的计划，尤其想以自己为原型写一个八路军干部的成长。这是陈企霞等人一再跟他建议的。但在1953年的时间点上，革命历史题材未必最急需，下乡的首要目的是写最新的现实，收集历史材料只能捎带去做。因此，他在向华北军区政治部的文艺领导侯金镜报下乡计划时，首先提到“了解农村建设的发展（或创建）过程”，其次是：“复员军人回乡生产的情况”，最后才轮到“抗日及解放战争的斗争历

[1]1953年5月19日日记，《徐光耀日记·第六卷》，第130页。
[2]1953年7月15日日记，《徐光耀日记·第六卷》，第199页。

史”。而侯金镜给他的指示是：

> 第一，他认为康濯、秦兆阳的农村小说有一个共同的弱点是没有反映现在农村中阶级关系的变化或阶级斗争，因之显得思想性薄弱、肤浅、不深厚，而且缺乏社会意义。写农村生活，只有写出阶级关系的变化，才能本质地反映农村问题，也才能有深远的社会意义。……
>
> 第二，经常写些短小的文章，至少两三个月内有一篇。其好处是经常保持对自己文学上的特殊训练，更深入地研究和观察生活，促进对生活的认识和记忆，利于生活的积累，有助于（至少是无害于）更长篇幅的创作。……
>
> 第三，三个、四个或五个月后，便回北京一趟，与人们研究念叨一番，以便不致陷入狭小的圈子中，随时跟上文艺发展的轨道前进，不致脱出这一规律。随时跟上时代思想的先进水平，保持开阔的眼界。……
>
> 第四，他认为关心复原回乡参加生产的军人生活，是与部队有直接联系的，是一重要题材。……[1]

侯金镜的指示深具“政策性”。它体现着这一阶段“深入生活”要求中几个突出规定：一是反映社会本质，写农村生活要写出阶级关系变化才算本质地反映了农村问题。其次是不能放弃“及时反映现实”，要写小文章。虽然徐光耀自己理解写小文章是为长篇做训练，但上级更在意这些文章须起到现实作用。“深入生活”不等于脱离了服务现实的创作任务，不等于和单位脱了线，“深入”中还要随时完成交派工作。此

[1]1953 年 7 月 8 日日记，《徐光耀日记·第六卷》，第 185 页。

外，“深入”要避免只“下去”不“上来”。“深入”要达至的效能不是被“下面”同化，而是不断用“上面”的新指示、新精神改造“下面”。因此，跟踪政策动向，“跟上时代思想的先进水平”不可或缺——身体扎根基层，思想却得与中央同步。这种同步不单通过读文件、读报刊等来达成，更需通过听报告、听传达等内部途径来掌握尚未公开，却具决定作用的“动向”。为此，“深入”的过程中不断“上来”充电也就成了下乡工作者必要完成的功课。[1]

四

徐光耀下乡的雄县属保定市下辖保定专区。抗战期间，此地属晋察冀边区的冀中分区。这里既是徐光耀老家也是他打游击的地方。他担任副书记的第三区更是他自己家所在地。为此，徐光耀也曾犹豫、担心是否会面临家庭、亲朋关系的种种烦扰。但其选择回乡工作的心态如晚年所述：

> 农村合作化运动是党号召的，是天大的好事。这样的好事，当然要先让我家乡的人得到。战争年代，这里属于平、津、保三角区，敌人蹂躏过久，他们太苦了，让他们早一天过上幸福日子，早一天离共产主义近一些，纵是得罪人也在所不惜。[2]

显然，他造福乡梓的心理寄托在对中央号召完全信赖的基础上。相

[1]《柳青传》中谈到柳青在选择工作基地时听取张稼夫的建议，落户靠近西安的长安县，考虑之一就是听报告、传达方便。参见刘可风:《柳青传》，人民文学出版社，2016年版，第113页。

[2]闻章:《小兵张嘎之父——徐光耀心灵档案》，河北大学出版社，2011年版，第169页。

对于乡亲们的需求，他更看重党给农村设定的道路、前景。这种责任感向下，但眼光、心理完全向中央认同的状态与一般地方干部颇有不同。因此，他落户后首先深感触目的就是基层干部的政治迟钝。

刚到区里的第一天，大家在听广播时突然收到朝鲜停战的消息，徐光耀立刻为之雀跃："多大的世界大事啊！自此我国可结束'边打边建'的处境而专心致力于建设了。……"可与之形成反差的是："这样的大事，我们县区干部（不下 14 人），对这一消息的兴趣，尚不及月食的十分之一。政治上迟钝到了什么程度！"[1]

基层干部的"迟钝"折射出来他们与"国家大事"之间的距离。在根据地时期，革命的"大事"和地方事务有着密切关联，诸如减租减息、"大生产"、互助合作等是把老百姓的生产生计直接变成革命的"大事"。而新中国成立后，朝鲜战争这类"国家大事"却很难让基层干部真切体会到那种联动性。徐光耀这种"上面"来的人可以马上意识到朝鲜停战之于国家建设的影响，可以明白它的"政治意义"，而基层干部、老百姓却没有反映或了解的欲望："报也懒得看，广播也懒得听。仿佛世界上并没有发生什么事情一样。可怕呀！"[2]

与"迟钝""迟滞"相伴的是工作上的被动："我有这样一个感觉：县区干部相当弱，政治上不敏感，缺乏活力和前进的追求力。"[3]尤其在中央已确立为农村工作方向的互助合作运动上，县区几乎无所作为："以前是不重视，未能好好搞。现在重视了，却是还不曾学会搞的方法。"[4]

事实上，同样"深入生活"，是深入"先进"地区还是深入"落后"

[1]7 月 26 日日记，《徐光耀日记 · 第六卷》，第 215 页。以下如无特别标注，日记部分均引自 1953 年日记，出自《徐光耀日记 · 第六卷》，以下仅标出日期和页码。

[2]7 月 27 日，第 217 页。

[3]7 月 26 日，第 215 页。

[4]7 月 27 日，第 215 页。

地区差别很大。“先进”地区有模范、有典型，干部能力强，有先进工作方法、新鲜事物，还有帮助工作的驻村干部，文艺工作者可以较快找到符合标准的表现对象，也能在新人新事上获取灵感。潜在危险是太容易把目光集中在典型身上，忽视造成典型的特殊条件和其他更富挑战性的现实状况。而在“落后”地区，干部、群众、工作、生产条件的不理想意味着下乡干部的工作压力会大大增加，要全力投入工作去改变现状，而且有可能投入了精力依然势单力孤不能有所成就。

问题是，“先进”和“落后”的区别是如何造成的？这不单取决于干部素质，更牵涉到方方面面的政治、经济、社会条件和历史因素。比如，一般老根据地都是共产党介入早而深的地区，在配合形势上有一定优势，干部素质应该高一些。但实际上，很多老区原有生产条件差、文化水平低，革命战争年代抽调、外调干部多。在新中国成立后转向发展生产的形势下，生产条件好，粮食产量高的地区更容易被培养成先进，于是出现老区和新区关系的倒转。此外，“先进”“落后”的标准常根据一阶段的“中心工作”来确定。像土改阶段，分田分得好、农会组织得好就是“先进”，而当1952、1953年互助合作确定为农村工作方向后，“互助合作运动”搞得怎么样——有没有成功的试办社，合作社的数量——就成了衡量“先进”“落后”的主要指标。而指标的单一化会导致其他工作的“贬值”，会无形中对干部的心态与积极性有很强的塑造作用。

因此，基层干部对国家大事的反映“迟钝”、工作被动是一个要用结构性眼光去分析的问题。为什么在同一地区，革命战争年代的基层干部可以对革命号召有内在理解、积极响应，而在新中国成立后则变得被动、疲沓？这与革命总体目标的变化，其变化落实于地方、基层带来的后果，以及相应的要求、选拔各级干部的方式都有关系。尤其是1952、1953年，土改等运动高潮已过，合作化还未全面铺开，农村工作缺乏大方向，革命年代和土改运动中入党的基层党员“退坡”思想流行，不再积极参与公共事务，老村干不工作、“躺倒不起”的情况颇为普遍；乡、区、县级的工作方式则趋于行政化、一般化、零散化，干部精力多放在应付上级上，缺少与群众互动，由此形成被动式工作和与革命、国家大方向的疏离。

这一系列变化背后的构成原因，徐光耀下乡之初并无能力深究，只是直观地感到落差、失望，捎带对自己“深入生活”的前途忧心忡忡：

> ……再也睡不着，因很多忧虑齐集心头。又担心芸在哭，她的病仍在发展；又担心两年的农村生活也许把自己搞落了后；又担心这儿的领导不是强有力的；又担心与区干部搞不来；而最担心的却是我自己的情绪不稳定。好像我自此之后，将是碌碌庸才，没有什么出息了。[1]

不过，下乡工作的目的就是要自我改造和改造现实。自我克服就包括不将干部的“落后”看死、看绝对，要努力发现干部身上可转化、可激发的优点、积极因素：“我也确实发现这帮区干部还是颇有优点的，内中有先进和追求进步的积极热情分子，直爽、坦白、单纯、肯干，只是办法少些。”[2]

像徐光耀这种下乡挂职干部不属于上级下派的工作组，其任务是参与工作而非检查、指导工作。理论上，他与地方干部属合作关系。但由于他不真正隶属地方，并且有着从中央来的作家的身份，地方干部当然会以特殊的眼光看待他。这使他的“参与”工作变得不那么自然。地方干部对他难免有一分客气，也有一分尊重、期待；另一方面，对他的

[1]7月27日，第215页。

[2]7月29日，第218页。

实际工作能力，对他能否真正融入基层工作又抱着审视态度。同样，徐光耀看待地方干部的方式也有双重性：一则，他迫切要求尽快“深入工作”，“打破做客观念”，不拿自己当外人；再则，他的“参与”工作又不是单纯融入、不分彼此，相反，他的“深入”一定要同时具备观察、评估、批评的视野，能够站在更正确、更原则的立场参与、建议、纠正、执行。

要“打破做客观念”的突破点是敢于直言不讳发表意见。可是，当自以为正确的意见超出一般干部水平时要不要把它说出来却构成考验：“我的毛病乃是：心里把这些话说过很多遍，却不曾在会上说出。”[1]他为此颇感懊恼、自责。但他的不说里其实体现着某种实在的责任感。毕竟，他对自己的期许是真正负责，不是讲道理式地负责。负责某种程度上意味着不把自己置于安全位置上，要敢于犯错误，敢于起冲突，敢于不顾情面。他的自责就是因为张不开口中包含顾及情面的“自私”性。当他开始忍不住对其他干部发火时，他才感觉到自己是真正站在了工作责任的立场上，“打破做客观念”了：“几乎对刘殿云发了一顿脾气。一方面说这是不好的，另一方面说，这正证明了我深入了工作。”[2]

随着工作深入，徐光耀日渐对地方干部的处境、困境感同身受。虽然他仍不时为身边干部的状态感到难过，甚至愤怒，但已非单纯的按照应然标准去衡量他们，而开始学会站在村乡干部的立场上观察症结：

> 我现在感到的问题有：开会多，布置多，布置不成一套，零布零开，会开得使群众发腻，连互助组都不承认了。群众和干部变得疲塌，工作效率极低。区乡干部也开会而不能深入，为搞数字及收集汇报，煞费苦心。真正的力量没有使在群众工作上，都放在了统

[1]8月3日，第222页。

[2]8月10日，第231页。

计、开会、应付上级上。[1]

在他看来，要打破自上而下的形式主义，只有调动“群众路线”，抓典型事例，以点带面：

> 脑子中再次考虑会议内容时，猛感到自己政治敏感的迟钝。我为什么不把韩全治棉虫和刘凤亭积肥的办法和精神大大在乡中宣传呢？这不是最生动的典型经验吗？天天嚷创造典型，典型就在眼前，却熟视无睹！
>
> 我跃起来赶到群众大会上，……便在王区长讲完话之后，给群众们说清了这两件事。一般说，群众是爱听的。但问题不在这儿，问题是我今天懂得了“从群众中来，到群众中去”的方法，我兴奋极了。
>
> 晚上，为了贯彻个别访问的工作方法，和小韩摸黑找到刘凤亭家，进一步了解他的互助组情况。我以为，这个互助组颇有前途，可以树立旗帜。……而刘凤亭这个人，善于思索、算账，能研究文件，勇于接受新的东西，有发展成农业互助合作运动骨干的极大可能。[2]

相对于打开工作局面，他更在意的是要确认自己真正掌握了群众路线的工作方法。他对“群众路线”的寄望使得他对于什么是好的、什么是坏的工作方式确立起一套标准。以此为衡量，他发现很多工作逻辑、状态超出他的预计，挑战他的标准。像 1953 年 10 月底，县里布置“秋耕突击”就引起他的反感，认为这种布置突击、汇报进度的方式是典型

[1]10 月 25 日，第 299 页。

[2]8 月 7 日，第 227 页。

的一般化领导，不会得到群众拥护，可结果出乎徐光耀的意料，各村干部情绪十分热烈，互相挑战把积极性一下调动起来：

段岗全体干部认为10天完成毫无问题；赵岗则下了双保险的保证；十间房也不示弱。程岗稍微有点儿问题，心中无底，不敢说硬话。邢岗干部则发觉了自己村的白地最多，任务最重。大家想办法积极行动起来，来势颇有气色。……

后来，程岗青年团自动发起向邢岗青年团挑战，邢岗青年团干部们蹦起来响应。段岗也在总支书启发下，议决11月7号前完成棉地之外的所有白地，并与程岗村提出了挑战。会上，这战一挑，挑起了火来。程岗、邢岗、赵岗、十间房，纷纷起来应战，一时情绪达到了空前的激奋热烈。李宝发当场保证三天之内，把白地耕完，并提议到8号那天，各村出一人去检查，不能光放空炮。于是，一个联合检查组也自行成立起来了——群众一旦发动起来，便立即呈现轰轰烈烈的气象！[1]

这其中，各村间的互相“较劲”起了关键的助推作用。为什么会形成这样一种态势还有待更充分的资料才能深究。而徐光耀立刻把它理解成群众、干部身上有超出预计的觉悟，自己显得过于保守了：

……我完全没有料到，今日会上会有这样的收获和这样的效果！我对群众的觉悟，是估计得低了。

会上给了我一个很大的很好的教育：我们的干部大部分是品质优良、积极肯干的，问题是要我们能不能和善不善于领导。你看他

[1]10月30日，第304页。

们是出了怎样的力气和拿出多大热情来参加工作的啊！他们一答应做，便把自己整个儿投进来了！[1]

丁玲他们对“深入生活”的阐发中一直重申要有热情，要带着热情投入工作才能在群众身上得到热情地回馈。而在现实环境中，徐光耀最不满的就是基层干部缺乏热情，不仅对群众缺乏热情也对自己的工作没热情。所以，他尤为珍视干部、群众身上迸发出来的热情，视之为对自己的教育，并由此激发出自己对干部们的热烈感情：

我对这些干部们产生一种难舍的、真心爱护和真心喜欢他们的感情。我本心眼里愿意给振舟调解离婚的事；本心眼里愿意范廷祥和潘自新之间是和睦的相亲相爱的；我一听说张桂芬有了病，便担心，便想亲自去慰问她，替她解决困难！[2]

从他日记中的叙述看，他对村干部们为什么会在一个态势中迸发出热情并未有意识地去分析，也许就错过了一种真实面对基层干部行为逻辑的契机。但由此产生的不仅从工作上，还要从生活上爱护、喜欢这些干部的激情帮助他真正走进这些人的生活，在工作之外的生活中去了解他们，和他们建立一种“难舍”的关系。对于徐光耀而言，缺乏“群众作风”一直是困扰他的瓶颈——“唯一最难的是还不善于入群，不能很快熟悉和认识人，不能一见如故，打成一片”[3]。基于高标准的意义感和价值需求，通常意义上的拉关系、交朋友为他所不屑，他所期待的连带要基于深刻的工作、成长关系：

[1]10月30日，第304页。

[2]10月30日，第304页。

[3]8月9日，第229页。

我还没有看到所培养的人迅速成长的那种喜悦。同时，我更缺乏的是我没有那样大的热心去教育自己手下的人。我必须把这些人教育培养起来，我应该有看到他们迅速成长的喜悦！[1]

扎根雄县一个月后，他在日记中写下一段既自我肯定又自我检讨，还带着自我说服意味的话：

到雄县来整整一个月时间了。

我当然还没有深入。但，我却感到很踏实，安下心来了。而且，我也隐隐感觉到，眼前有很多事情需要我做！我可以在今后大肆展开活动，我可以有很多作为！——大概说，经常有这种感觉的人，该是很幸福的！

那么，我是一个幸福的人了？

那就是一个幸福的人。我应该意识到自己的幸福！[2]

五

徐光耀下乡工作经历中最“深入”的一段是在自己老家所在的段岗村办合作社。从1953年11月布置办社开始，到1954年1月31日段岗村合作社正式获批成立，前后历时三个月。

之前，徐光耀对区里工作多在“面上”跑颇不以为然。区乡的“指导性”和上传下达功能意味着工作非常零碎，常绕着上级布置的各种任务转，不能“聚焦”“沉底”。读了其他作家的下乡经验后，徐光耀觉得

[1]8月9日，第230页。

[2]8月24日，第243页。

应改进方法：适当放松工作任务，用“大部分时间用去观察和理解人物”，由此产生的为难是“又负责又不想负责”[1]。所以，他对参与重点办社抱有很大期待：办社才是跟基层群众一起摸爬滚打，可以获得丰富的生活经验，有助于认识人、理解人；况且，合作化代表社会主义方向，对于写新人新事而言是再好不过的题材。他甚至幻想着，办社工作集中，可以摆脱杂务，匀出时间搞创作[2]。

而实际是，重点办社成了他下乡工作中最感艰难的一段经历。就在合作社正式成立前夕、胜利在望时，他还被拖得几乎精神崩溃：

> 我实在没有办法这样下去了，我要憋闷死了！不只我受不了，韩全也受不住了！我照这样下去，不得脑溢血，也要发疯！
>
> 让我自己想办法吗？我快没有办法好想了。我不能闭住眼睛，我知道，我一闭住眼睛，便会一切都能逃避开的。但，我又没有这肚量，我闭不住的。
>
> 可以改变我的工作方法吗？如，我不再兼这个职，我只是秦兆阳似的浮游着，到处访问与采访着。我愿意找人谈谈便谈谈，不愿意便去一个小屋里写我的文章。这方式倒是轻松的，且很少与人发生矛盾，也惹不着人的讨厌。倒像是十分主动似的。我不是还有一个伟大的抗日战争和解放战争的题材吗？不去了解那些，倒来陷入这样的困境中，不是自找麻烦吗？[3]

他没预料到办一个十几个人的小合作社那么复杂、曲折。在合作化已成为农村工作方向的情况下，有政策指导、领导支持，有积极分子，

[1]8月30日，第249页。8月31日，第249页。

[2]11月3日，第308页。

[3]1月26日，第396页。

有合作社的各种“优越性”，办起一个社似乎应水到渠成。但实际过程中，政策指导、上级指示、培养带头人、串联社员、找配套支持、“四评”、搞副业、写社章、订生产计划——所有这些因素、步骤落实到具体层面却产生了无穷无尽的问题、矛盾和波折。徐光耀作为办社干部全力投入每一步工作，可以说，这个社是他一手办起来的。但，由于其介入之深，反使得办社对他高度依赖——“我感到最不安的是，我太包办了。我几乎抽不出手来。韩全老说我是他的一个拐棍，这是多么可羞耻而担忧的。”[1]“包办代替”本来在“群众路线”中是大忌，但诸多不如意又造成大量工作必须靠他亲自推动。这使得一旦工作受阻，他会不断自责，将其归结为自己的能力不足、性格缺陷和政治无能：

> 我似乎永远做不成英雄。我没有英雄的才能，也没有英雄的心怀，我太爱生气、发急和犯愁了！
>
> 我竟不知道怎样才能鼓舞起社内群众的情绪，怎样才能顺利地进行政治工作，进行社会主义前途的教育。我知道这些个困难，却不能打开它。我住到乡下来了，却仍是这般的孤独，这般的势单力薄，感到这样的束缚。
>
> ……
>
> 晚上，订生产计划时，我恨不能爆炸了！我用围巾把头扎起来，我要吼叫起来了！天哪，救救我吧！[2]

身陷泥潭的状况导致他毫无创作情绪：

> 近来常逢着人问我写了些什么，预备写什么，有了哪些材料。

[1]12月21日，第356页。

[2]1月7日，第376页。

我在京时也曾下决心写些短小作品，但为什么现在竟连一点儿写作欲望也没有，一点儿创作冲动也没有呢？难道我已经不适于搞创作了吗？我的感情已经枯竭了吗？[1]

深入工作固然使得他与群众真正建立起了“血肉联系”，但从中获得的经验、体验并不能直接、顺利地转化为创作。其症结究竟何在？

其中一个值得分析的层面是他在深入工作中触碰到的许多真实问题、真实感觉不能转化为有效表述。毕竟，关于合作化工作的步骤、程序，会遭遇哪些问题、阻力，应如何处理，都有一套“正确”“标准”的政策表述。这些政策设定容纳了相当的现实经验，同时又将许多现实经验纳入到一个“理想”“规范”的解决方案中。工作者要遵循这些政策、方案去理解现实，处理实际矛盾。同样，创作者书写现实也不能突破这个框架。但，徐光耀扎根基层时，在实际工作中体会的问题面貌、框架、症结往往超出标准规范，甚至有些政策规定本身就是导致矛盾的根源，而这些感触实在、真切之处却缺乏表达途径，只能化成日记中克制不住的“牢骚”。为此，他还要三不五时地检讨、克服自己的牢骚。他之前就经常反省自己为什么在现实中老注意负面因素，少看正面因素。但或许真正的阻碍是，他缺乏将自己特别敏感的对象——那些不理想现状——有效认识、分析、表现的途径。由于其实心实意地“深入工作”令其处境、遭遇更能够切肤体验到“理想现实”与“实际现实”之间的裂痕，但他既不能在工作层面弥合这种矛盾，也难以在写作想象上至少让自己信服地处理这种裂痕。

另一方面的问题在于，新中国成立后文艺生产体制的正规化造成“深入生活”实践中“工作”（形态）与“写作”（形态）的某种分离。

[1]11 月 9 日，第 312 页。

在根据地时期，尤其《讲话》发表之后提倡创作、演出“嵌入”基层具体工作，作为其中的一个环节发挥作用，从而在专业文艺工作者与乡村群众文艺活动之间建立起紧密的互动关系。徐光耀自己在冀中前线剧社时就有很多帮助群众创作的经验。但五十年代他重新下乡时，其日记记载中却几乎看不到当地群众文艺活动的影子。他对父亲搞村剧团时常抱着反感、排斥的态度。他自己的写作形态几乎是关门式的，目标都是写出那种能够刊登在《人民文学》《解放军文艺》上的“作品”，而不是为当地工作服务、面向当地群众的“小创作”。这使得他在创作构想时设定的理想读者不是身边的村民，而指向那些城镇知识分子、干部、学生，甚至作家同行。这样一来，其创作责任的导向和选材、构思与其工作意识、生活感觉之间逐渐丧失相互的激荡和激发。换句话说，徐光耀虽置身基层工作，但其文艺创作的生产过程却在另一个轨道上运转，与地方环境是离析的——这种工作与创作的“双轨制”一定程度上限制着徐光耀把工作感觉转化成写作素材。

在四个月的办社过程中，他的写作陷入危机，建社工作也并不出色。他主抓的段岗村合作社没有进入第一批建社名单，只在1954年春节前夕才搭上末班车。他培养的带头人（韩全）能力偏弱，入党申请迟迟未获通过。如果他能碰到能力较强的培养对象或许其工作能顺利些。但另一方面说，这种“运气不好”恰好反映出更普遍、真实的状况。因此，徐光耀日记中反映的工作“不顺利”要置于更宏观的框架加以把握，即，不是按照他自己的叙述逻辑去理解，而是把他讲述的状况作为症候，进一步追溯哪些结构性矛盾造成了这些问题。由此才能看出徐光耀工作经验中呈现的“一般性”下的“特殊性”，进而将这种特殊性与其他同类经验加以比对，得出关于“深入工作”遭遇的普遍性挑战的理解。

毛泽东后来在推动合作化运动走向高潮时特别表彰河北遵化县的先

进经验是“书记动手，全党办社”——改变那种领导“绕开社走”，仅由一两个专职干部办社的方式，“从少数人会到多数人会”，“从区干部办社到群众办社”[1]。但从徐光耀的工作记录中可以感觉到，这阶段办社过程中，他没怎么得到各级干部的有效支援，大部分时间内，他是在独立甚至孤立地工作。他所在的段岗村有二十一个党员，这些党员的作用几乎看不出来，建社过程中，党员与非党员在积极性、参与程度、带头作用上也看不出多少差别。反倒是徐光耀在闷头工作一段之后，猛然反省到自己太忽略与党组织沟通：

我今天始悟到在组织路线上又犯了错误。我和一把子非党员，内中甚至有富农分子，“乱叽咕”，都没有依靠党员和通过支部。人选、组织、干部等大问题，都是自己在瞎作弄，这还叫啥群众路线吗？[2]

很多时候，上级的插手、政策性干预反对建社起到阻滞作用：

（11 月 29 日）……专职建社干部也将不让建了。因地委指示，专职建社将造成全体干部依赖心理和建社干部不关心于中心工作。

这一下使我完全发了懵。我们的重点建社计划及步骤方法等，全落了空，底下人们鼓起的热气，也将受到挫折，而消沉下去。[3]

（12 月 10 日）会上公认段岗村的建社条件薄弱、基础太差。

[1]见毛泽东《〈中国农村的社会主义高潮〉按语》，《建国以来毛泽东文稿 · 第五册》，中央文献出版社，1997 年版，第 489 页。

[2]12 月 4 日，第 334 页。

[3]11 月 29 日，第 329 页。

第一，有韩介民和王新这样的户，政治上不洁净，敌我不分。第二，有杨义文这样的无劳力剥削户。第三，没有会计。

会上又有两条对段岗社有关的规定：第一，不要不改变成分的地主分子。第二，不要无劳力只入地而主要劳力去经商的剥削者。这样便取消了韩介民和杨义文，这样便是取消了至少三个主要的户。[1]

（12月14日）省委来的郭同志，其主观、武断、包揽一切的风势，真是不可一世！他简直对什么都不耐烦，什么都只有他对。我恨不能出个题目故意跟他捣蛋。[2]

（12月31日）郭维城晚上来了，开口便想把韩介民逐出社，闭口又责备木匠铺是商业，三又打杨毓文的主意。这简直是非想把社拆掉不可！我一肚子腻歪，真想叫他们来组织一下看，我不管了。[3]

从这些例证可以看出，上级惯常采取的领导方式一是督促，再就是掌握"政策"标尺，不断用"政策"标准检查、衡量下级做的合不合规范。而其政策理解又特别集中在阶级成分、有无剥削、有无经商倾向等硬指标上，换句话说，是集中在如何保证建成的社不偏离社会主义方向上。但对于社会主义改造这样一个需要充分调动群众积极性、参与意愿的运动而言，第一位的标准显然不应是防范性的，"运用"政策的方式不是把政策变成戒尺，而首先应该把握政策中那些方向性、能动性要

[1]12月10日，第342页。
[2]第347页。
[3]第368页。

素，使之成为激发干部工作热情、指导其工作方式和调动群众积极性的燃料。因此，领导对政策理解、运用的第一步是要有能力充分宣传方针、政策。这意味着对政策的理解不能一般化，须善于把握其背后的方向、原理，才能讲出政策背后的意义、价值，找到其在革命整体进程中的位置，从而使各级干部明了为什么要执行这个政策，再由各级干部去发挥他们的主观创造性向群众宣传，组织大家展开实践，也就是说要把政策变成行动的工具。上级对方针、政策的理解越透彻，意味着工作中各级干部对政策的运用就不是死板、僵化的，有创造空间。相反，如果上级对政策背后的原理没什么内在理解，政策就变成了一系列硬邦邦的指标，非但不能调动积极性，反而起到抑制作用。带动式工作随之变成管理式工作。

就像徐光耀遭遇的状况：在大多数群众对办社持观望态度的情况下，尽快在现有条件下建起一个社才能对运动产生实质性推动；况且，这阶段强调入社自愿，如韩介民这样地主身份的人愿意入社对建社工作来说有正面作用。然而，上级仅从合作社的阶级纯洁性考虑，一再把吸收韩介民看成缺点，不考虑一旦排除他会影响其他社员入社意愿——村民之间往往有亲戚与亲疏关系，在自愿结合的条件下，很多人首先考虑的不是阶级身份，而是彼此能否合得来，像徐光耀的父亲就跟韩介民关系很好，公开声称不吸收韩介民，他也不入社。另外一家“不合格”的杨义文是因为其经营颜料店，无劳力入地，“有剥削倾向”。对此，徐光耀很有保留意见：“这事如是我做主，便无论如何都要他家参加”——“既是个劳动者的组织，既是个农民自己的生产组织，干什么要这样束手束脚、挑三拣四的呢？”[1]

各级领导不能有力带动合作化与他们缺乏对合作化的理解有直接

[1]12 月 15 日，第 350 页。

关系。1953年底正是“总路线”宣传开始大张旗鼓地展开的时候。中央希望通过总路线宣传使农村干部、农民明确农村的社会主义方向、前途，鼓起干劲儿。毕竟，土改运动过后，农村工作渐失方向感，干部思想疲软，总路线宣传相当于是一次全面的社会主义思想教育。初次听传达时，徐光耀很感兴奋：“在现今这样的县区干部中，是一件大事，是新闻，真正是开了眼界，顿开茅塞。”[1]但他很快发现，许多干部对于学习文件缺乏热情和理解力，效果大打折扣：

> ……这一传达连记录也没有对一对，文不达意，谬误不通之处很多，边听边不敢相信。像这样的报告，只是这样马马虎虎地极不严肃地传达一下，错误百出，所受损失将不可估量。[2]

而且，逐级传达后，越往下，效果越差：

> （11月13日）关于总路线的讨论，乡干部接受起来差多了。我给人们读了一番文件，连解释带说道的，收效还好。张德全一主持讨论，人们立时便闷了头，怎样费力启发，仍不能达到哪怕是形式上的热烈。[3]
>
> （11月14日）仍去程岗、双堂乡参加沉闷而费力的讨论会，令人感到痛苦而且疲惫。不说我，连县专两级也有些松懈和麻痹起来了……
>
> 关于总路线，就是区委中至今仍存有大量的糊涂观念。各执一

[1]11月6日，第311页。

[2]11月6日，第311页。

[3]11月13日，第315页。

端，乱吵乱扯，真是成问题。[1]

即便传达比较忠实，也缺乏必要的发挥，起不到鼓动效果：

（11月26日）互助合作干部会开了。董民同志（注：县委书记）去讲了几点，一般说内容还算正确，但却并不尖锐，并不新鲜，只是稍微解一点儿痒，而不能起什么推进和完成一件事业的作用。不能令人奋发，不能使人勇往迈进！[2]

赵树理曾经讲过，宣传工作和别的工作不一样，不能以主观上的“我做了宣传”来交代，而要以客观效果、以是否达到宣传目的来衡量，如果报告宣传的目的是鼓动人心，大家听了却无动于衷，那这个宣传就等于没做[3]。要达到宣传目的尤其需要对被宣传者的心思、需求有贴切体认，还要对宣传内容有自己的消化，不是照本宣科，而是针对群众心理有针对性、有发挥、有感染力地讲，才能打动人心。徐光耀自己宣传总路线时就力求讲得生动、动人：

11点多，由我报告总路线。先讲了国家工业化，又讲了对农村的社会主义改造。中间，我插上了不少例子，人们聚精会神，颇为爱听，连一些老太太也手扶门框，目不转睛看着听着。可见人们是愿意说道社会主义发展和社会前途的。

近下午一点，我把总路线和农民为什么要走社会主义道路报告完。在我宣布我的报告结束时，人们不由得伸出巴掌，大声喊着鼓掌起来。

[1]第315页。

[2]11月26日，第324页。

[3]赵树理：《“总结之外”》，《赵树理全集·第二卷》，大众文艺出版社，2006年版，第189页。

散会后，还有的老头说，回去咱们多想想，戗邦戗邦苏联的集体农庄，看咱们也怎么走。……[1]

徐光耀之所以讲得好，有激情，前提是他高度认同总路线所指示的价值、立场，对总路线能打破农村停滞局面有强烈期待。他非常积极地阅读《人民日报》《河北日报》《河北建设》《学习》等报刊上的文章，加深自己的认识。再加上他作为写作者对群众心理的熟悉、体贴，自然使得他的报告、宣传独树一帜。相形之下，许多地方干部“不敢讲或弄不通总路线”，不单受文化水平限制，更要害的是，在他们的实践逻辑中，其工作、生活不是和一个远景直接挂起钩来的，或者说不是充分的价值引导式的。根据地时期的群众教育中曾反复宣传“把眼光放远一点”，就是意图打破农民身上只从眼前考虑的惯习、限制，逐渐培养一种价值引导、理念引导的行为方式——不是把工作看成“差事”，当差式地工作，而须先掌握、明白工作的“意义”，随之发挥主观能动性去创造性地完成；对工作“意义”的理解越深刻，认同感越强，主动工作、创造性工作的可能性就越大。为什么共产党的工作方式中特别强调开会、宣传、报告、动员、教育，就是力图在进入具体工作之前先打通思想。尤其在革命战争年代，对干部“独立工作”、克服困难的要求很高，因此政策指导中除了任务、指标之外首先要包含说服教育的内容。而新中国成立后，日趋规范化的“建政”过程无形中将干部逐渐纳入一套行政、治理体系，自上而下“贯彻”的方式不断强化，工作任务日趋零散、繁重，而让干部深入了解工作“意义”，加强认识的动力却在淡化：“这里的领导是根本不考虑下面干部的学习问题的，连一些最必要的文件，都没有工夫去看，更哪里谈研究。”[2]

[1]11月28日，第328页。
[2]11月14日，第315页。

恰恰由于之前状态懈怠，雄县开展合作化很晚，是受到地委的点名批评后才真正动起来。而且，刚开始布置合作化，另一项触及农村根本的工作——“统购统销”——就压了下来。如果我们假设存在两种不能截然分立但又有区别意义的工作形态——一种是“价值导向”的，另一种是“任务导向”的。那合作化更倾向于“价值导向”，因为其出发点是对理想的生产形态、社会形态、思想形态的设想，由一套“美好蓝图”所引导。而统购统销更偏“任务导向”，它的实施是要应对突然出现的粮食危机，力求短时间内以国家接受的成本从农民手中征集到足够的余粮。[1]前者偏“软性”，代表着“先进”“光荣”，而且从试办、重点入手逐级展开，开始只涉及少数人；后者则“硬性”得多，是与民争粮，并且涉及大多数人（只有缺粮户相对不受影响）。因此，前者按理得大力发扬“价值导向”的工作方式，后者则不免采取强制手段。但在实际操作过程中，两者并非那么截然对立。首先，为了给“统购统销”赋予正当性和意义感，将其纳入了总路线宣传，视之为打击农村资本主义自发势力的一种手段。这造成总路线宣传中社会主义与资本主义两条道路对立、对决的色彩加重。其次，征购余粮给中农富农带来的冲击、关闭粮食市场、打击私人粮食交易、限制商业等都冲击着“单干户”，从而迫使单干户加入合作社寻求庇护，客观上以一种“自愿被迫”的方式推动了合作化[2]。老百姓面对这两种实质不同，但又被捏合在一起的工作很难看穿，态度也是摇摆不定，时而恐慌不安，时而积极配合。各级干部的态度也很复杂。总路线宣传本身是一次思想教育、路线教育，大家明白办好合作化是未来的工作重心，要学会走群众路线，办好社，

[1]参见薄一波：《若干重大决策与事件的回顾》中“统购统销的实行”一章，中共中央党校出版社，1991 年版。

[2]参见田锡全：《革命与乡村——国家、省、县与粮食统购统销制度（1953—1957）》中“统购统销中的农业合作组织”一节，上海社会科学院出版社，2006 年版。

可“统购统销”又如泰山压顶，靠耐心细致的群众教育、群众工作势必缓不济急，“强迫命令”几乎难以避免。因此，统购统销固然在客观上帮助了合作化，但其助力的方式却是助长了与理想合作化方式相反的工作方法，使得总路线宣传中希望通过合作化改变农村工作方式的目标大打折扣。同时，地方干部全力投入统购统销，使得同时的办社工作陷入孤军奋战状态。徐光耀之所以在办社中体会不到干部的支援，常感孤立无助，与此不无关系。

对徐光耀自己而言，统购统销工作前前后后常有许多“出人意料”之处，他自己的态度、立场亦随之转移、起伏。初闻统购统销的传达，他是完全站在党和国家立场予以认同，即便看到了农民的慌张、不安，甚至消极抵抗，他仍然一厢情愿地从正面去理解其行为、心理的“意义”：

> 早饭又去高家饭铺，粮食的猛涨，给这小铺以不少恐慌和牢骚。他们连火烧也不打了，冷着灶淡漠地迎接和应付顾客。他们说只有国家才能想出来办法。农民，在困难的时候，在没有办法的时候，他们已晓得依赖国家了，在这种时候，他们把“国家”这个字眼看得很亲切！这便是党的威信大大提高，已真正成了人民群众的依靠的表现。[1]

待到进入实际操作层面，开始自报征购数时，他的“天真”马上碰了壁：

> 陈乡长几个人叽咕了一阵，算出个程岗乡能购粮10万斤的帐

[1]11月15日，第316页。

> 来，就经我一催一问，他便当众公布了。张德全（刚被分配为程岗乡组长）立即催人吃饭，把这事压下。随后便留下乡干主要人和区干，说了说抛出“10万”之数，会影响工作，以后再不容易突突开这个圈了。张德全用了100万来压了他们一下——这个小小事件，似乎被认为很严重，又似乎与我的诱导有关。晚上区委们汇集情况时，众人皆有大惊小怪之感，这也是不必要的了！[1]

徐光耀显然缺乏操纵完成这一类征收任务的经验。正因为征收数额大、任务重，要完成任务上来就得“加码”，先用大数压下去，再讨价还价。下级自报时会尽量压低数额，以留出空间。要是像徐光耀这样一开始就接受了自报数额，公布出来，后面再加码就难了。所以地方干部赶紧叫停、纠正。而徐光耀自己却认为干部们把这个失误看得很严重未免小题大做。

进入到重点试算阶段，他越来越体察到统购工作给基层带来的压力和紧张气氛：

> 中午，县委传下命令，让重点试算。下午，程岗乡进行试算，先抓住了许宪福算，他懵里懵懂的不知底细，经一算，该卖出1400斤粮来，傻了眼！半天灰溜溜，嘬着牙花望天，眼都发直了。
>
> 在试算中，整个情绪极为紧张，真有些战斗的气氛，这便是斗争了。这斗争包括社会主义与资本主义之间，个人与国家之间及个人与党之间。很明显，非党员的反抗是最激烈的。田玉修在讨论总路线时，一言不发，张福田也是如此。但一经试算，态度立即明朗化，积极热烈地为余粮户辩护，尽力为多留一些粮食斗争。他虽然

[1]11月16日，第317页。

极力装着镇定，态度仍然愈来愈激动起来。

这种斗争是深刻的，这里面大有生活。

晚上，进一步实行了试算，各村分小组自算。这又证明党的基础好坏对于工作的顺利与否大有关系。赵岗算出13万多斤，段岗则算出12.7万多斤，而祁岗只算出5万稍多一点。许宪福大约是算怕了，只算出两万多斤。可见党的基础是何等重要！

全程岗乡现在算来，已是63.5万余斤，把人们已经吓坏了。

区的干部也很害怕，全坐着无底轿，不知此数空间是大是小。大家已出现偏高往下压的情绪。可是，县里却还在攥拳头，不表明态度，让大家扎着猛子瞎摸。

我很为"傻牛"所感动，我总想应该写点儿什么。可是，竟一点儿写作的冲动也没有，这真是危险得很的现象！[1]

在这个试算场面的记录中，徐光耀更像个观察者、评论者，而没有那么强的参与冲动。对下级干部的叫苦、辩护，上级的心中无底、不动声色，他都很难轻易认同。他觉得这场"斗争"很有意义、很深刻，是因为看到争辩中真实的触动、情绪迸发出来。但这个斗争的"意义"却并不是那么直观地对应着他概括的"社会主义与资本主义之间，个人与国家之间及个人与党之间"。他能感觉到其间有一种真实的斗争，却不能既实在又认识地把握到这个斗争。当他说"这里面大有生活"时，指向的应该正是这种不能言明的感觉。

程岗乡最后试算的结果是63.5万斤，大大超出乡干部预期，把乡长"压得灰溜溜、呆痴痴的"，但县里还不断加码：

[1]11月17日，第317—318页。

> （11月18日）黄昏，县里分配下收购粮食的数字，全区560多万斤，区又给各乡分配了一下：程岗乡和八洋庄乡各71万斤，板家窝75万斤，其余60、50、40不等。这数字分配十分草率，实是大有问题——现在区县领导对这样严重的问题，竟取这样轻举妄动的态度，真使人不寒而栗。[1]
>
> （11月20日）晚上，县里秘密分配数字表发下来，程岗摊了74万。张德全拿着表来问人家计算的数字，程岗乡共1118户，余粮户占了百分之七十多，774户。这真不是闹着玩的，他们没有估计这一带人们的吃粮水平，大约也是原因之一。[2]

尽管明知道这些征购数字不合理，尽管对上级做法颇有抱怨，徐光耀还是站在工作立场上尽力贯彻、落实：

> （11月19日）上午，去程岗乡小组看人们的情绪，一屋子纷纷算账“挤油”，情绪都不坏。只有祁岗田玉修霜打了一样，蔫头耷脑，没有一点儿精神气。据侧面了解，他有意无意对村里打掩护。我便提议在会上给他算算帐，看有多少余粮。
>
> 我的企图失败了。田玉修尽力缩小自己的实际产量，甚至有的隐藏不报，公粮除得太多，经济作物未出公粮，麦子的收成又没有计算在内。区乡干部们头脑麻痹，不对他进行必要但是明显应该的斗争。结果，算了半天，他还缺粮。李文峰还在那里大喊大叫地“给他减”，幸灾乐祸似的对人大笑。像这样根本没有立场、没有头脑的人，怎不把人气煞。
>
> ……

[1]第319页。

[2]第320页。

> 下午，到大魏庄、程岗、七米都转着看了看。前者，张允申还在帮着算，往外挤；中者已无事可做，学习干部的十项注意，党员的八条纪律；后者，已经把思想搞通，人们心情愉快，信心十足。干部也言欢色喜，不禁在手舞足蹈了。然而，不知是何缘故，我总是感到任务太重，情绪上压抑得很。有件什么东西塞在心口上一样。[1]

对比之前的“斗争”或许能看出，基层干部的“争”或“放”，“松”或“紧”都不太基于原则立场，他们有自己实用、实在的标准，有自己的认真和不当回事儿。而徐光耀这样的下乡干部则总是以立场、原则要求定位自己的工作和评价别人的工作。他其实对上级布置的征粮数有意见，但在执行中却认为必须对隐瞒不报的干部展开斗争；看到别的干部对购粮不上心，自己又忧心忡忡。相对于那些围着具体工作转的干部，徐光耀显得更“忠诚”。这个“忠诚”既体现为对国家大政方针的深信不疑，更体现为对党的工作方向、工作原则的信任。所以，他不仅对应该做什么，而且对应该怎么做，应该怎么想都随时用原则标准加以衡量。这甚至使他对现实的理解、态度很多时候是被认识意愿所主导的。像统购统销已经引起明显、普遍的不满时，他反而觉得是一种值得期待的考验，会“产生很多可描写的美妙题材”，甚至对征粮引发的恐慌感到不可理喻：“对购粮工作的惊慌万状，确实可笑至极！这也是农村工作中的方法问题，这样一件事，竟弄得这么大出妖魔似的人心不安。”[2]直到征粮全面展开后，“干部厌战，群众顶牛”，工作方式越来越恶化时，他才感到了忧虑：

[1]第319页。

[2]12月27日，第363页。

（1月20日）粮食工作的担子是沉重极了，而手段眼看是达到将违反政策边沿上了。有所谓“过三关”“锄奸科”等法，这村中虽未实行，确实看到近乎“熬鹰”的政策，据说就是连明彻夜地开会了。真是怎么好啊？[1]

由于转入重点办社，徐光耀没有参加后面的统购统销工作，但统购统销的全面铺开很快影响到办社。像合作社非常倚靠的副业油坊就一度因抑制商业有停工之虞。（徐光耀父亲对建社态度从开始积极到后来消极亦受此影响）干部精力被大量牵扯，几乎无暇顾及合作化了：“各种工作扎了堆，干部、力量全分派不开了，不要说‘突’，连摊子也收不起来了。干部们全疲惫不堪，拉了枪杆子。”[2]

六

徐光耀于1953年11月25日被任命为办社专职干部，帮助段岗村韩全互助组转社。接下来的三个月，其工作均紧紧围绕转社展开，这个社里的每一户、每个人成了他最熟悉的人，可以说是建立了“血肉联系”，“略有举动，便关心到每一个人的身上去了”[3]。社长韩全成为他全力培养的工作典型，他满心希望韩全能成长为一个优秀干部、劳动英雄，乃至“社会主义新人”的雏形。如果这个典型培养得确如徐光耀期待的那样成功，势必对调动、激发其创作欲望有很大助益。可现实是，虽然韩全也逐渐成长，却很难达到一个“新人”式的自觉、自主状态。他对工作勤恳、投入、不惜力，有责任心、有荣誉感，其组织能力亦持

[1]第390页。

[2]第392页。

[3]1954年1月12日，第382页。

续提升，但他也总表现出情绪、心理的不稳、摇摆，工作的束手无策和对徐光耀的依赖。这究竟是其本身品性、能力的缺陷，还是徐光耀过于“包办代替”所致？徐光耀自己检讨两方面的原因都有。但是，扩大来看，韩全素质、能力的缺欠和徐光耀的“包办代替”恰好呈现出合作化工作中的“常态”。毕竟，如耿长锁那样能力、品质突出的新式农民并不多见。况且，耿长锁呈现出的“理想”状态有多少源于其品质，有多少是被复杂的机制、过程“打造”出来的，本身就值得考察、分辨[1]。另一方面，即便如柳青那样的下乡干部——具有超强思想工作能力和耐心，能调动对象潜力，成功培养“新人”——其工作能力、工作方式也非一步到位，而需经长期磨合锻造出来，其起始阶段未必没有“包办代替”的成分。徐光耀培养韩全固然不那么成功，却可以真实地看出重点办社阶段的工作流程、要求是什么，依据了什么样的条件，会遭遇哪些困难，碰到什么难解的疙瘩。

重点办社中，由于意在树立标杆，因此，选准培养对象，确定带头人既是第一步，又是决定性一步。刚下乡时徐光耀就开始注意挖掘谁可作为互助合作骨干。他最早看上的是在积肥工作中表现突出的刘凤亭，觉得这个人“善于思索、算账，能研究文件，勇于接受新的东西”[2]，也有股子办社的雄心壮志。徐光耀去刘凤亭家探访，发现他家“俨然是河套一带的政治文化中心”，“老百姓们，成群搭伙聚在那儿商量事”。这显然是个乡村能人，有组织力、号召力，有魄力，还有些“先进”思想[3]。但徐光耀很快发现他有虚浮的一面：在秋耕中翻耕不及十分之一，对互助组转社没有那么大信心，有时招人反感：“我喜欢不上来这

[1]耿长锁被树立为模范过程的分析可参见（美）弗里曼、毕克伟、塞尔登著：《中国乡村，社会主义国家》，社会科学文献出版社，2002年版。

[2]8月7日，第227页。

[3]10月20日，第294页。

个人，我觉得跟他很难处。由于他的不工作，不爱开会，这使我恼上了他。”[1]——“不工作”“不爱开会”意味着他不愿意接受新政治的教育、影响。到互助合作会议前夕，徐光耀已经把刘凤亭排除出培养名单，把目光转向了韩全。

韩全是另一位互助组组长，他没有刘凤亭天生的组织力、号召力，其冒头与他在县互助合作会议上听完报告后的积极反映有关：

> 韩全已对转社中了“疯魔”！他每日缠着刘凤桥不放，问长道短，低下头来就琢磨转社的办法和步骤。他悄悄跟牛玉田说，你谁也别告诉，咱村得弄起头一个社来，报它个“头一名”！[2]

正因为韩全看上去全心投入，考虑了很多转社的具体问题，使得徐光耀感觉有信心和跟他在段岗“整整摽上他一年”[3]。一回乡，徐光耀就夜访韩全：

> 屋里灯烛通明，韩全正大嗓地叙述县中会议的情况，他自擂自吹地说着本组的优越性，说着人们给他的恭维。我诧异这样一个老实厚道的人，为什么也竟有些吹牛。后一想，也许是事业上的需要吧！不然，他用什么鼓动起人们的热情呢？[4]

徐光耀“整整摽上他一年”的估计基于之前试办社时中央强调的要耐心、长期、“稳步发展”。但县里顶了“右倾”帽子，限期一个月就

[1]10月24日，第297页；10月25日，第298页；10月31日，第305页。
[2]11月4日，第309页。
[3]11月3日，第308页。
[4]11月5日，第310页。

要建成社。徐光耀领了任务去动员韩全时，他的态度却畏缩起来："他开始打话把儿，并且说他吐血哩，要养病。"[1]徐光耀赶紧展开一对一说服，到韩全家谈了三个小时，"把总路线、社会主义前途、建设的办法、要吸收的户，都研究掂量了一阵"，"把韩全的心进一步点着了"[2]。接下来就得靠韩全他们去说服、串联其他人：

韩全的母亲之病，很有点儿意思：

她是那天晚上，听说劳五地五，韩润芳一耷拉脑袋，她一算账，也不行，心劲一窄，便病了的。那晚上之后，三妈问韩全：润芳这不是泄了气啦？

韩全：不碍，吃不了亏呀？

三妈：你光说吃不了亏，可到底有什么好处哇？

韩全：好处可多着哩，走社会主义道，光荣，全看得起……

三妈：光荣，看得起，有用吗？许给你个官做？

韩全:（玩笑）做官也容易，社成立好了，就许我个社长。

三妈:（愈气）你妈要死了呢？

韩全：那更没有什么啦！要是没有社，甭看你有这么大个儿子，你要真死了，不是卖"庄户"，就是卖地，要不得卖南边那场。不管怎么说，总得卖一样！把你发送了，你这儿子还得挨饿。要成立了社呢？大家伙你帮我助，互济互借，你三斗，他二斗，就把事办啦！也用不着卖房，也用不着卖地或场。欠着大伙儿的，碰见好年头，还了。碰不见好年头，就不用还，一个社里怎么也好说。

三妈：咳（惊异地），那可也不错。

于是，第二天便病倒了。左劝右劝的，这病好之后，她思想真

[1]11月27日，第326页。

[2]11月27日，第326页。

弄通了。怎么都行，你们办社吧，怎么办怎么好，心里一点儿隔膜也没有。

韩全的斗争也开始哩！[1]

合作社开始组织时第一步常得打通家里人的思想，尤其老人、妇女的思想。很多老人、妇女的心思窄，其所想、所在乎的与当家人有所不同。这段对话中，对韩全有说服力的“光荣”“看得起”对其母亲来说就不那么入耳，反而是社员间可以互助，发丧人不用卖地特别有吸引力。无论从自己、从家的角度，她把办后事看得很重。一开始她急病是因为算地劳比的帐，觉得会吃亏，等到韩全说从办后事上能得益，她就“弄通”了。可这个“弄通”并不是打心眼儿里认同、支持，而是不阻拦了，所谓“心里一点儿隔膜也没有”相当于这事儿与己无关，自己也搞不懂，由你们折腾去吧。从韩全“说服”的口气、先后、轻重中也能窥见在办社问题上他的“自我说服”：首先是“吃不了亏”，这很大程度上基于家庭整体利益的考虑；其次，有对他自己的意义，“光荣”“看得起”“当官”；再次，他对合作社“优越性”的认识、理解特别集中在互助性上，是把它看成庄户人之间可以互助、互济的组织，而不完全是一个发展生产的组织——“欠着大伙儿的，碰见好年头，还了。碰不见好年头，就不用还，一个社里怎么也好说”——这里面有点儿农民式的社会主义理解：你的就是我的，我的也是你的，不分彼此。

不分彼此是“理想”，其反面的实际就是大家很在乎入社时是否吃亏，焦点又集中在地劳分配是否合理。这个社的特点是地多人少。像徐光耀自己家，劳力只有老两口，如果不入社就只能雇劳力干活儿——“他说找人做活太难了，还要吃白面，和待‘戚’一样紧伺候，还得听

[1]11月27日，第326—327页。

凭他做活，爱做什么样算什么样，这个难就不用提了”[1]——因此，他父亲愿意入社。可一听说地劳比是劳五地五，地还要自己拿公粮，老汉“便有点儿‘次花’，没有先前那样上劲了”。其他家情况也类似：

> （12月1日开建社会。）集合了四五家的主人，由张清智念着合作社问答。从社员的义务到土地入股、劳力评分、农具牲口的使用、自留地，一件一件都解决得很好。但一念到分红，收益分配，劳五地五，大姨妈上“次了花”，连说了六七个“得挨饿呀”！
>
> 这一夜，杨义文家老两口和来福差不多说了一夜，来福总说他妈糊涂。可是，他自己也未必明白哩！问题就在这里：地多劳力少的，总是吃些亏；地少劳力多的总愿意把别人（地多户）拉进来。有着最根本的利益矛盾，还有着次要的人事矛盾。[2]

> （12月4日）一下子发生了很多矛盾，人事矛盾（父亲与大侉子，韩全等与韩介民），农事矛盾（伙车、伙牲口的都要揪断），经济矛盾（地五劳五，地多吃亏——这是当前最根本的）。我在这方面，也有些混乱了。[3]

由于缺乏每家每户的材料，我们很难判断韩全原来的互助组是按照什么条件组织起来的，老户、新户各自属于什么成分和经济条件。但大致可以看出一些端倪：大部分是中农以上水平，贫农较少；几家都是地多人少，觉得现有地劳比吃亏；有杨义文这样的经营户（开颜料店，没有劳力参加田间劳动，只土地入社拿分红，形成所谓“剥削”）；有韩介

[1]11月27日，第326页。

[2]第331页。

[3]第334页。

民这样地主成分户。之所以韩介民、王新这样“政治不洁净”的户也是发展对象，取决于人事关系。徐光耀的父亲和韩介民要好，他入社的条件就是得吸收韩介民，“如不要他，则他宁愿退出与他们单干”[1]。可韩全与韩介民有过节，坚决反对他入社，却一定要把王新拉进来[2]。按照办社的阶级标准，主力应该是贫下中农，尤其鼓励贫农办社，但实际上，要合作社能自愿组织、运转起来，吸收条件好的户入社和照顾人情关系都很必要。为此，徐光耀不禁反思自己是不是太迁就、温情了：

在处理这些问题上，我是寡断的。我太分不清主次，而且太迁就某些人，也太不敢斗争了。最主要的，我还缺乏明确的是非观念和坚定的立场。我用小资产阶级的温情主义，打算把社组织起来。结果，我是脆弱无力的，我在组织活动上表现为无能！我希望在这一场阶级斗争中锻炼得坚强起来。[3]

问题是，强化立场意识无助于解决组织中的具体纠葛，甚至造成更多的沟坎。他越来越体会到“建社这一工作看来是忙不得，急不得”，“一发急，便会搞得大家情绪不稳，心神分散”，必须耐心、细致地沟通、说服，想各种解决方案：通过算细账打消地多户的顾虑，吸收韩介民家入社但排除他本人等。这些说服、沟通都要徐光耀亲力亲为，作为“带头人”的韩全面对这些困难却打了蔫儿：

下午，去找韩全，他已像霜打的烟叶，根本不抬头了。我鼓励

[1]12月7日，第337页。
[2]12月11日，第344页。
[3]12月1日，第331页。

他，提示他，启示他，都不抬头，对于建社已是局外人的样子。[1]

甚至，他为了维护原互助组成员（王新）留在社里，排斥韩介民，不惜搞起了“斗争”：

> 晚上韩全召集的会，有润芳两口，振荣家里，韩全两口，如此而已。（注：都是其原互助组成员）
>
> 第一个问题是王新，三个女将全部拥护他，不忍辞出。韩全也是这样，他发动了三个女人，与我抗衡，保护王新。第二个问题是韩介民，他又发动了两位女将与我抗衡，坚决反对他进来。他自己却站在旁边敲边鼓，实际是指挥的地位。[2]

本来，从互助组到合作社，之所以要不断扩大“组织起来”的规模，从思想教育层面就是力图扩大农民“公”的意识，从眼光限于一家一户到把亲邻好友联合起来，再到把超出“朋友圈”的村民组织起来。每一步范围的扩大都是对原有连带关系的突破，也意味着克服各种经济、地位、品性差异带来的不适、障碍，扩大自己的责任连带，用提升“公”的责任心改造“小农”的狭隘、保守。因此，能否突破“小自私”（一家一户）、“大自私”（小集体、小团体）对自身的制约构成检验农民思想是否成长的主要指标。而徐光耀从韩全和其组员的“保守”、计较上特别看出其拒绝跨出前进一步的“自私”，深感这个社前途渺茫：

> 组员的狭隘、保守，是建社的最大阻力。这便是落后的根本原因，是他们贫困、不能干大事的根本原因，是他们总处于被其他阶

[1]12月11日，第343页。
[2]12月11日，第343页。

级玩弄，总处于愚昧状态的根本原因。

……

这个社的发展前途是不大的——这是可以肯定的结论。[1]

实际上，越是面对面地做群众工作，“群众”话语中那些整体、抽象的判断、理解就越变得架空，随之浮现的是层出不穷的、难以被回收到理论认识中去的琐碎矛盾。可这些矛盾背后恰好是乡村生活世界的实态，或者更准确说是乡村原有的社会、生产构成，人际关系，行为逻辑，在新政治、新事物的冲击下会产生的反应方式。因此，怎么看群众状态的种种不如意颇考验干部的修养与水平。像徐光耀面对群众的“狭隘、保守”显得如此愤恨，急于将其归结为小农的本性时，就会丧失贴切把握群众心理、行为逻辑的契机，而且这种灰心、怨念必然耗损他的耐心，令其放弃与群众一起商量的尝试，更多地靠自己想办法来解决问题，“包办代替”也就愈发难免。事实证明，所谓的积极、消极都是不能看“死”的，一度消沉的韩全在另一位积极分子的鼓动下很快又被带动了起来：

晚饭后去找韩全。王宝柱正在那儿，他是从昝岗贷款回来，不久将开油坊及豆腐坊。他来是特意拜访韩全的，看一看这里的情况怎样。他的积极热情，可能鼓励了韩全，这也是新的积极分子容易被感染的可喜之处。

韩全已能自己展开活动，昨晚便各门各户都串了一通，主动动员人们入社了。[2]

[1]12月11日，第344页。

[2]12月14日，第347页。

在集体化运动中，积极分子的激烈和保守是个很值得讨论的问题，即他们在什么形势、条件下会变得积极甚至狂热，什么时候又趋于保守。像王宝柱的“积极”就让徐光耀很惊讶：

> 给我刺激最大的是王宝柱，他简直是扬风奓毛，云山雾罩、大有不可一世的样子了。真个是救过龙架擒过番兵的气派，说话的腔调和姿势都有改变，可见是何等的短见。略有一点儿得意，便把他们放置不下了。难道为了这点儿小小成绩，也值得“烧”成这个样子吗？
>
> 当然，“烧”一下，也许新的意识在增长着。他的洋洋得意和傲视一切，或者正是宣布着新生事物的胜利吧？这也便难说了。[1]

徐光耀显然对其超常的积极有怀疑、保留——韩全一开始不也“疯魔”过，“吹牛”过？——但又不得不承认这种“烧”或许在运动中能起到正面作用：韩全不就被他重新带“热”起来？只是，这种想法实际上是一种工作立场上的实用主义态度，未能进一步深究群众身上这种忽起忽落的态度究竟基于什么逻辑。这意味着在最重视群众的工作原则中并没有建立把群众当作真正的主体去把握的认识论，而是把群众置于革命运动所需要的功能性立场去看待、运用。由此造成“实用性”贯穿于看似最讲原则的革命运动中，而对这两者的矛盾与相互侵蚀缺乏整理、认识。当徐光耀这样“忠诚”的革命者按照革命政治提供的观念、视野、方法去动员、改造农民时，时常发现他本来熟悉的农民身上有很多他“不理解”之处：

[1]12月15日，第349页。

（1月10日）我十分生气这个社里的人都干活儿不起劲儿。一切劳动条件都具备着，有牲口、有大车、有磨、有人领导、有钱、有国家支持，他们却仍是像当伕一样，像给村中“办公”一样，能擦滑蹭懒便擦便蹭，能靠别人就靠别人！明白劳动可以赚钱的，却懒得动。明明家中没得吃，也懒得动。明知道地里缺粪，却懒得积肥。谁知道这些人是抱了个什么心思呢？他们另外还有什么打算吗？社外正有大量的人羡慕我们，我们却摽着膀子不干活儿，这真是把我给气苦了。[1]

（3月8日）全社人们去挖猪圈，快活而又紧张。这是劳动人民的可爱处。可是晚上一统计全年收入和消费时，特别是粮食消耗，人们便尽量扩大开支和消费额，只嫌说得自己不穷。这种自私，又着实可恨！[2]

这种“不理解”准确地说是难以容忍，尤其针对所谓“不积极”与“落后”。这里的症结在于，他过于设定了在工作到位情况下群众就应该达到某种状态，而未意识到合作化所包含的现实设定本身存在什么问题，所以他难以把群众超出预计、不符合预计的反映（无论消极的或积极的）作为反思工作设定的契机。在“深入工作”进而“深入生活”的设想中是把群众的超出预计只限定在配合革命的方向、轨道上——所谓群众潜在的革命意愿和创造力；而实际上，群众的超出预计、不合预计是分布在各个方向上，乃至与革命目标相反的方向上。所谓不积极、落后、消极、冷淡和积极、热情、创造性一样是群众对“工作”、动员的应对方式。在有经验的群众路线工作中会同等重视这些消极、落后所传

[1]第380页。

[2]第434页。

达出的信息，并有针对性地调整。问题是，调整的主导权通常不掌握在那些直接面对群众的基层工作者手中，而一线工作者在认识不足的情况下又只按照上级指示要求群众，缺乏将群众真实反应反馈给上级的能力和渠道。即便如徐光耀这种有思想水平的干部在面对群众状态时表现出的也是要求多于理解。

在另一些工作场合，他要面对的不是群众的“落后”，而是群众的执拗：

> （12月31日）晚上，又在老德家开会，开头讨论要韩润亭的驴的问题，起始人们反对者甚多，恨得我牙痒着急。后父亲来了，对大伙儿一说，人们又转过圈来，又议决了要。最后郭维城宣传了组织起来的好处，便散了。可是，人散了，蒋振荣来又把人们都召集到一起，又讨论起来。他处处说了些泄气的话，把人们全部都说得耷拉了脑袋。
>
> 我很生气，他明明是起了破坏作用，故意刁难，且出言狡诈欺人。[1]
>
> （1954年1月1日）韩全告诉我，昨日散会之后，人们都自动地不愿走，故又由蒋振荣复召集开会，推翻了买韩润亭牲口的决议。假如有此一举，更足证明群众的不可违拗。唯蒋振荣着实可恨。[2]

这个买驴只是建社中的小环节，但从社员们自发召开“会后会”推翻原有决议能看出他们很在乎这件事。这种群众在枝节问题上的“坚持”、执拗其实很有意味，隐隐体现着群众自己的“原则”，和坚持原则

[1]第368页。

[2]第369页。

的方式。徐光耀在这件事上也最终选择了妥协:“散会后，我终于明白了众意不可违的道理。便劝父亲放弃自己的意见，任大家另外买叫驴算了。”并认为这是给自己上了一课:“我的进步，便是心眼儿活了，便是深一步懂得了依赖群众的道理！不能偏听偏信和固执己见。否则，是会把事情弄糟的。”[1]对比他在这件事上的反应，和他很多时候看到大家消极就起急的态度，可以感觉到其群众工作经验是在随着进入更多操作细节而不断积累。所谓“依赖群众”不单停留于看到、利用群众身上好的一面，也在于用群众言行的挑战性破除自己的固执己见。换句话说，就是学会真正站在群众的立场体会群众。由此，他就更能体会群众言行中难得、可贵的一面:

> 一开门便刮大风，窗纸都呼嗒嗒一派风声。父亲说要上大冻，就要封河了。我想起了韩全来，难道他就冒着这么大风奔了雄县吗?
>
> 但我，甚至母亲都相信他会去了。他说了去，便一定会去。这是韩全的特色，他的特别可爱处。[2]

随着工作的进展，在韩全身上他也逐渐看到一个“带头人”的成长:

> (1月13日)韩全也敢说敢道，把工作掌管了起来。似此，则前途大可乐观，我心安矣。[3]
>
> (1月15日)参加一个大组讨论会。韩全发言显著地特别积

[1]第369页。

[2]12月20日，第355页。

[3]第383页。

极，差不多有一半时间是他说话了。工作走在前头一点儿，果然是扬眉吐气的啊！他今日的感情我尚未全部理解，但他是令人羡慕的。[1]

（1月17日）韩全在讨论上的勇敢多话，批评人的义正词严，对建社事业的无限热诚，去找刘志彬的心气儿，都逐渐使我惊奇，使我不能理解了。思之许久，大约“光荣”这件东西是最能引诱人上进的。[2]

此时此处的“不能理解”显露出群众路线所期待的那种正面的超出预计，显示着“蜕变”的可能。而真正令徐光耀感动的是韩全在得知未进入第一批办社名单时的反应：

最使我感动的是韩全。在大会上公布已批准的新社时，由于没有出现段岗的名字，他竟出了通身的热汗。吃饭时，也少吃了三个窝头，面对徐副区长的质问时，眼里挂着泪花！——是的，荣誉，劳动的果实，这是最为人尊重至贵的。

就是我，在郭维城预先跟我说时，我尚且满不在乎。但一在众人跟前公布，虽已一再解释，我仍是心中热乎乎的，不免有些羞愧！我的自尊心矮了下去，我支不住架子了。我不能不后悔我态度的不适宜，我后悔我竟没有坚持早日批准。

我脑子里应逐渐树立起韩全的形象。[3]

之前，徐光耀一直耿耿于怀的是，包括韩全在内的很多社员并未

[1]第385页。
[2]第387页。
[3]1月19日，第389页。

充分地把办社看成自己的事，总有一种被动性，似乎这个社是为干部办的。但，没能入选名单的打击却经由“荣誉”的中介真正调动起一种内在欲望，那个未被批准的社成了韩全真正渴望、想要的对象。韩全的惭愧、羞愧中包含着一种办社中没有充分激发出来的责任感，但它可能成为接下来投入的动力。正是这个羞愧打动了徐光耀，使他从一个新的角度重新打量韩全。而他自己也感到羞愧，并且是他之前没有意识到的可能的羞愧。此刻的羞愧同样基于对那个未被批准的社所负有的责任，他尚未意识到这个责任已是那么深。这个责任不是完成任务式的责任而是带着感情的责任，羞愧让他看到了这层感情，他也感受到了韩全身上的这层感情。在这种感情的共鸣中他们结成了血肉相连的共同体。同时，也是在感情的共鸣中，他开始树立起韩全作为一个“形象”的存在。丁玲之前关于“深入生活”的论述中一再强调要建立与对象的感情，它才能变成形象，而徐光耀一直苦恼的是，他在工作中不断看到的不足、落后使得他无法真正对他们产生感情。只有当他看到韩全身上发自内心的责任意识时才有了对他产生感情的冲动。与那种基于个人、自我的感情意识连带起的共同体不同，这里感情的激发却是植根于对共同体的认同、责任，似乎是在建立集体认同的过程中，破除了原有的个人、自我，才建立了新的个人感情，在此基础上才会有“新人”的诞生。

韩全固然远未达到“新人”的程度，但徐光耀还是能体察到他的巨大进步：

> 润芳和韩全的进步是极为显著的。第一，晓得了运用组织……；第二，晓得了大家先从内部研究，心中有数后，再提交大会讨论通过（润芳）；第三，晓得了有事经过酝酿，以便在会上取得支持，不使领导陷于孤立，会场陷于“闷功”境地的艺术……；第四，掌握了多奖励，少批评，必要时一定批评，批评

后又须善后——提高情绪的领导才能！群众是在大步前进着啊！我心中甚喜。[1]

韩全和他的感情也在加深。他在回京过春节之前，韩全和润芳两个社干不约而同一大早蹲在门口送他，让他颇为感动。只是这种感情里面也含着一种让徐光耀警惕的依赖："他们说，我不在，他们便感到不踏实，没有主心骨似的。我一来，哪怕不说话，他们便把心定下来了。"[2]直到徐光耀离开段岗前夕，韩全和他的合作社依然不能使他放心、放手，以至于他对社的前途始终难以乐观："这韩全实在前途不大，骨干太软弱了，轻率地在这儿组织这个社，是一个错误。我尝够教训了！"[3]

在合作化的重点办社阶段，虽然有统购统销等运动式工作的干扰、影响，但办社工作本身是力图遵循理想的群众路线工作方式——面对面、手把手地做群众工作、培养带头人，强调入社自愿，不强迫命令。但是，从徐光耀的经验中反映出来，这样一种耐心、细致的群众工作方式对指导干部的思想素质、品格、修养、工作能力有着极高要求。即便如徐光耀这样的干部也常感力不从心，他一手扶植的合作社也难以达到独立、良好运行的状态。因此，对于重点试办、带动一般、层层铺开的理想状态，许多基层干部并不寄予太大希望，反而盼着用一种全面发动的手段，用群众运动来冲破合作化的胶着状态。所以，当1954年8月，徐光耀获悉上级将开始以分派任务的方式，采取一种"进攻"式、运动式的手段推动合作化时，他由衷为之欢呼：

[1]2月11日，第412页。
[2]第410页。
[3]第524页。

（7月30日）得悉秋前有一次大规模的发展合作社，省里要求入社户占总户数的20%，地委则要求25%。……要求党员50%以上入社，真是大规模的了。首先是党代表大会，然后是建社骨干会议。

只要采取进攻，便可解决很多问题，进攻乃是最好的防御。

只要一进攻，旧社中的问题也会随之取消。

我欢呼这个运动的到来。——柳暗花明又一村啊！[1]

运动一来，办社中的种种不如意都被归结为资本主义势力的残余、阻碍，一旦发动行政力量从上而下地解决问题，困难都将迎刃而解。以往，对于合作化运动的不断加速，一般都会归结为毛泽东个人的激进与意志贯彻，但从徐光耀此时的心情可以窥见，运动强推的方式未尝不是基层干部所翘首期待的。由此可能带来的“群众路线”的变形，即便是徐光耀这样讲原则的干部似乎也无暇深思、顾及了。这样一种“革命功利主义”的倾向是否意味着在深度融入地方工作之后，徐光耀那种基于理想、原则的政治立场已在不知不觉中被“任务导向”的现实政治逻辑所“改造”？

1954年年中，徐光耀逐渐脱离了让他深感疲惫的段岗村合作社，回到区里工作。办社的挫折使得他对深入蹲点以获得“生活”的方式产生了怀疑。为了对抗挫折带来的“虚无”，他从1954年年底开始走访河北各地的合作社，访问那些有名的劳动英雄。其中，给他印象最深的是河北赫赫有名的老劳模耿长锁：

[1]《徐光耀日记·第七卷》，第24页。

耿长锁的确是个了不起的好人，鲜明的社会主义农民的形象。尤其使我感兴趣的，是他的气质、风格和性格都地地道道是中国的，是中国农民的。禁得住万钧重负，经得住惨痛的折磨；勤奋而诚恳，踏实而谦逊；最富于同情心，又讲信义，忠实于事业，任劳任怨；绝不浮夸，始终虚心；一贯艰苦，不慕奢华。……听他上午2个小时的谈话，我几次涌上眼泪来。我惭愧为什么以往来此的艺术家竟没有把他的面貌真实地介绍给人民，我惭愧以前的中国作家们，竟没有创造出像他这样鲜明的新型农民的形象。

假如我不是背着雄县的包袱，我会长住下来，为他写一部作品，这个人本身就是多么好的一部《政治委员》啊！然而，也许正由于我有了雄县生活的基础，我才能充分地感受他和认识他。假如一下来便到五公，也许我并不能充分估价他的存在也说不定。

雄县的生活，帮助我了解饶阳和五公，五公和饶阳又帮我深化对雄县生活的认识和体会。双方的生活又互为壮大，互为组织，互为诱发。眼里看着饶阳，雄县的韩全、李秋潭、李民等，也在我头脑中生长着。今日见了耿长锁，韩全、凤仪、萧贯中，都成长了、发展了，从一种类型中分裂开来了（韩全、凤仪等死老实、死做法，耿长锁却是软中有硬）。

今日见了耿长锁的冲动，是我下乡来很少有的情形。[1]

采访耿长锁给他的激发使得他重新认识了雄县的办社生活，重新认识了韩全，也调动起久违的创作冲动。但他最终没有把构思已久的《韩全》写出来。他真正的创作冲动还是向着抗战时期他生活中积累的一个个形象，并最终在反右运动后深陷精神困境的情况下，自救式地写出了

[1]《徐光耀日记·第七卷》，第204页。

代表作《小兵张嘎》。是他的“深入生活”还不够吗？是他自身有缺陷吗？还是这一时期的“深入工作”“深入生活”本身就蕴含着诸多难解的矛盾？如何能打开这些矛盾，把它变成我们自下而上地认识这段历史的资源？这是我仔细审视其“苦恼”的动力。

表面看起来徐光耀1953年的“深入生活”是受挫的。但他的日记提供了一种既不同于官方公开宣传报道，又不同于地方档案的经验记录，它构成了一种比地方档案更丰富、更立体的自下而上的经验视角，能够和那种自上而下的革命视角、国家视角形成参照、互补、对质。使得我们不仅能从革命的主观立场去看社会的可能，还能从社会的实际运行状态去看革命的问题。尤其是他笔下那些未经规范书写整理的群众状态、干部状态真实刻画着合作化运动中基层的矛盾构成与行为轨迹、思想逻辑。同时，它也呈现了一个革命者、一个忠实按照革命要求去践行的行动者如何在现实面前遭遇认识的挑战和虚无的侵袭，他又是怎样带着这些困扰和革命意志努力前行的。因此，日记中所记录的那些接连不断、层出不穷的苦恼、挫折特别有一种认识价值，它帮助我们去看到基于理念的行动逻辑与基层现实构成、状况之间的摩擦与磨合，它们共同构成了50年代革命实践的“现实”。

新解读

重思1942—1965年的文学 思想 历史

20世纪中国文学经典新解读丛书

贺照田 何浩 ◎主编

河北出版传媒集团
河北教育出版社

从赵树理看李凖二十世纪五六十年代文学创作的观念前提和展开路径

——论另一种当代文学[1]

◎何浩

一、引言

长期以来，中国当代文学的形态多以赵树理、柳青、周立波、浩然等的具体文学特性为表征，这一表征序列构成了文学配合政治的红色经典谱系，并以其创作方式上对典型环境中典型人物的塑造，被冠以社会主义现实主义之名。文学为政治服务，社会主义现实主义，赵树理、柳青、周立波、浩然等，这三者构成了我们对革命文学的基本认知要素，并以此为基本构架来认知革命实践的文学属性。但依照这一认知脉络来理解和观照中国革命实践内在结构的丰富性和复杂性，会面临诸多挑战。

[1]说明：由于李凖晚年希望使用“李凖”一名，本文在论述时，一律使用“李凖”；但本文由于时间跨度较长，李凖早年和晚年著作署名不一致，本文涉及著作时，一律以出版时署名为准。如《李准小说选》，又如《老家旧事——李凖夫人自述》。

比如，对于作家李準（曾写出《李双双》《黄河东流去》等影响巨大的小说）来说，这种当代文学的属性特征就很难简单适用于他。李準在1981年《李准小说选》前言里谈到别人如何评价他的小说时说："有些人说，我的优点就是及时地配合政治任务；另外又有些人说，我的小说失去价值就在于太积极配合政治了。"[1]李準对此不以为然，也不辩解。李準小说与政治到底构成了什么形态？这种形态关系在历史中是如何被构建和生成的？在配合政治这一维度之外，李準的文学创作实践是否还拓展了其他维度？这种拓展对于理解革命实践来说，意味着什么？这样的创作方式还能带给我们对中国当代文学什么样的新理解？这是本文要讨论的核心问题。

李準（1928年7月4日—2000年2月2日）共出版小说集和电影剧本集23部。这23部小说集和电影剧本集中有6部是1959年出版，这一年适逢新中国成立十周年。1959年出版的《车轮的辙印》一书，收录的即是李準1949年以来的小说，共选录十篇。[2]1961年出版的《李双双小传》收录小说四篇[3]，这四篇小说都写于1959年下半年到1960年上半年的一年之内，且全都与人民公社有关。在以《李双双小传》为书名的短篇小说集出版之后，李準实际上再没有出版新的短篇小说集，只是到1977年才对《李双双小传》再版，以及1981年应四川人民出版社之邀，选编了他近三十年的小说共20篇。

在观念前提层面上说，李準文学实践形态的生成当然是以《讲话》

[1]李准：《李准小说选》，四川人民出版社，1981年版，第4页。

[2]它们是《不能走那条路》（1953年10月）、《白杨树》（1954年1月）、《孟广太老头》（1954年7月）、《雨》（1954年4月）、《小黑》（1955年2月）、《冰化雪消》（1954年6月）、《信》（1957年1月）、《"三眼铳"掉口记》（1957年9月）、《一串钥匙》（1958年12月）、《三月里的春风》（1959年8月）。

[3]它们是《李双双小传》（1959年3月）、《人比山更高》（1958年10月）、《两代人》（1959年10月）、《耕云记》（1960年4月）。小说集里的《春笋》（1961年4月）是出版时刚写完，临时补录的。

为指导原则的。但这是这一时期新中国作家们共同面临的处境，并不是李準所独有。抽象地说《讲话》作为观念前提，解释不了李準的具体创作形态，比如，为什么他与同样以《讲话》作为指导原则的赵树理在创作实践上表现出这么大的差异性？文学试图捕捉、追踪政治，共同推动、引导社会现实变化，这种实践方式从 1942 年的《讲话》以来就成为中国共产党文艺工作的方针。而且与李準新中国成立后才登上文坛不同，赵树理新中国成立前就被认为是最集中体现《讲话》创作原则的作家，“赵树理方向”也曾被作为解放区文学的成就和标志。按理说，赵树理对《讲话》的理解，以及在创作实践上的经验，都比李準更为娴熟和丰富，可新中国成立后，赵树理的创作越来越少，李準反而新作不断。[1]

至少从表面上看，并不是李準找到了另一种创作原则。李準不仅说赵树理是他一直佩服的作家，且在 1955 年创作谈里，对自己创作动机和方式的叙述，也跟赵树理的创作谈有很多类似之处。比如他们都强调工作在实践上和逻辑上先于创作（这是革命文学区别于“五四”文学的关键特征之一）；都强调文学服务于大众、服务于工农兵（这是革命文学的另一个重要特征）。[2] 在这些相同的革命文学原则指导下，却发展出差异极大的文学创作形态，个中缘由，值得重视。从革命文学内部脉络的差异性中，来考察李準的特殊性所在，也便于我们观察革命文学自身构成的丰富面向和多种可能。因此，我们在讨论李準五六十年代创作

[1]与 1949 年之前相比，赵树理在 1949—1959 年的 10 年里，发表小说仅有《登记》（1950）、《求雨》（1954）、《三里湾》（1955）、《灵泉洞 上》《锻炼锻炼》（1958）、《老定额》（1959）6 部，被文坛普遍认可的只有《三里湾》。这与 1953 年初登文坛至 1963 年的 10 年里便发表 40 多篇小说的李準差异巨大。

[2]参见李准：《我怎样学习创作》，李准、未央等编：《我是怎样学习创作的》，长江文艺出版社 1956 年版，第 1—4 页。《赵树理全集》第 3 卷，大众文艺出版社，2006 年版，第 349—350 页。《我的宗派主义——谈话摘录》，《赵树理全集》第 4 卷，大众文艺出版社，2006 年版，第 492 页。

实践背后的历史结构和观念前提时，不妨以赵树理新中国成立前后创作状态的起伏作为参照，来观察李準的特别之处，这或许可以帮助我们思考中国当代文学是否有另一种同样植根于革命实践的文学经验和形态。

二、终点与起点：从赵树理看李準1950年代的文学观念前提

赵树理曾谈道："我有意识地使通俗化为革命服务，萌芽于1934年，其后，一直坚持下来。"[1] 可见，赵树理从"五四"文学的精英化转向面对农村群众的通俗化和大众化，要远远早于1942年的《讲话》。用赵树理自己的话说：

> 我在学生时期，常把自己爱好的文艺作品（《小说月报》上的）介绍给家乡的老同学或我的父亲看，可是他们连一篇也看不下去，我自己最初也是经过王春费了很大气力才读下去的，因而使我怀疑了那种作品的群众性，同时产生了写大众化作品的想法。1933年在太原，我把我的意见向王春说了，王非常赞成，我便开始了用群众语言试写东西。先写了半部长篇，题名《盘龙峪》，发表于史纪言等编的小报副刊上，又写过一些有关这种主张的文章。但和同志们争辩的结果，我孤立了。抗日战争开始以后，我又用这种语言写作品，在太行山的文艺界一直得不到承认。后来被党的宣传部门重视了，把我调到太行新华书店当编辑。[2]

[1] 赵树理：《回忆历史，认识自己》，《赵树理全集》第6卷，大众文艺出版社，2006年版，第474页。

[2]《我的宗派主义——谈话摘录》，《赵树理全集》第4卷，大众文艺出版社，2006年版，第492页。

赵树理 1933—1934 年对大众化的理解是否直接呼应当时左翼的文艺大众化讨论，这一点可以再辨析。他先于《讲话》就自觉将文学定位为服务于政治、服务于大众，这倒是值得注意。这意味着，赵树理在进入《讲话》文学体制之前，有一个较长时间的以文学直接把握大众的实践经验过程。且不同于左翼文艺大众化的是，赵树理希望更直接、快速、有效地使文学抵达和作用于农民，这使得赵树理对文学的特定形态有着特别的要求，比如语言、形式要向大众靠拢等。[1] 赵树理越过了政治政策，直接用文学去把握农民。与赵树理不同，中国共产党的政治视野并不是一直就关注农民，新中国成立后也不只是关注农民这一个阶层。而作为新中国成立后出现的作家，李準也关注农民，但新中国成立后进入文坛的他，一开始便是运用文学去理解和把握政治的方向，再透过这个视窗去构建理解社会的框架，包括农民。从这一点来说，我们可以隐隐感到中国共产党的政治视野在新中国成立前后的变化所带来的对文学牵引力的差异，以及革命文学内在脉络的多样性构成。

赵树理先于《讲话》的倡导而转向大众化，并自己坚持摸索实践路径，这是基于中国社会结构在近代出现的形态特征和“五四”文艺脱中国化的特点。中国古代有文人文化传统和民间文化传统，二者并行不悖。在这个结构中，文人的文学和文化不需要直接作用于大众。但近代以来中国遭遇的危机，使得这一结构在新的冲击力下发生位移，使得文学以“国民”为统一对象直接承担启蒙大众的任务，尤其到五四运动前后，文学的这一重任格外突出。但五四运动以来的文学逐渐发展出赵树理所说的脱离中国大众、脱离中国实际的形态。不过，这一弊端需要放

[1]赵树理还提到，“我不想上文坛，不想做文坛文学家，我只想上‘文摊’，写些小本子夹在小唱本的摊子里去赶庙会。三两个铜板可以买一本，就这样一步一步去夺取那些封建小唱本的阵地。做一个文摊文学家就是我的志愿。”见陈为人:《插错“搭子”的一张牌——重新解读赵树理》，第 18 页。

置在中国社会结构在近代发生位移的历史特定形态中来理解。

文学要直接作用于现实，并不一定必须直接面对大众来构成自己的文学形态，不一定必须使用俚语、俗语等。它可以形成某种叙述方式，把大众的现实处境包裹进自己的叙述之中。但这意味着这种文学形态的内在视野需要对中国社会具有特别的结构性洞察力。“五四”文学的确没有发展出这么具有含摄性的形态。而赵树理针对其偏向，要直接回到农村农民，这的确也显示出了赵树理的活力，并能揭示出农民所处的苦境；可他过于集中在农民，而且是农民在特定时期表现出来的痛苦，以此作为自己文学扎根于现实的基础。这导致他过于直接地针对“五四”文学形式上脱离大众的弊端，且将着力点过于靠近他所见的特定历史时期的大众现实状况。

赵树理希望将文学直接面对现实。可面对国家的时代困境，如果要真的考虑大众的福祉，就需要将大众放置在社会结构的特定历史情境之中，如考察农民的特定困境。当然，文学并不是只有具备了这种总体性才对大众有认知和激发意义。但文学若要直接面对大众，并具有赵树理所希望的功能和意义，它需要承受和考虑的，就不能停留于某一阶层的特定历史境遇下的状态。赵树理一开始试图以文学直接抵达现实，这没问题，可这一意图过于聚焦于历史中某一阶层的特定形态。这实际上会使得可以对现实生活世界保持深入且平衡性把握（我们后文还会谈到文学如何才能尽量保持平衡），以便更好理解生存于世的农民，为他们提供如何理解自身历史处境的大众化文学，在中国社会结构内部的功能发生了倾斜。换句话说，赵树理的文学理解中，有一个核心指向是，他的文学形态是对特定时期、特定历史环境压力下中国社会形态的回应，是过于针对“五四”文学形态的直观反弹。文学直接面对现实时，它可以深度承接近代以来中国社会结构位移所要求的、更为沉重复杂的民族和时代任务，且对这一结构位移中农民状况的历史构成做出深入分析，并以此为其观念意识基础。而赵树理的文学理解虽然试图以文学直接把握现实，但他却过于直观地去把握他所见的现实。

比如赵树理在1949年的《也算经验》中强调的是，他的大众化文学基础是农村生活现实。不过，恰恰由于中国共产党政治也触及农村，这才与赵树理的经验发生颇为自然地“碰了头”。这也是赵树理认同中国共产党政治的基础。也就是说，我们可以把赵树理的文学创作与中国共产党政治实践理解为某种平行线，只不过在某一历史时刻交汇了。赵树理认同中国共产党的政治实践，可政治对于赵树理的文学内在机制而言，并不起绝对的主导作用。或者说，并不是赵树理主动去寻找中国共产党政治，而是政治在再次深入农村时，碰到了已经在山西农村驻足的赵树理。虽然中国共产党也强调政治工作要接近大众，可语言上接近大众，是否就意味着能使文学更好地为大众服务，这是需要再思考和再讨论的。但赵树理执着于此，认定于此。赵树理坚持自己所看到的农民的苦乐，以此为基础来接受政治的规划和构想。但赵树理所看到的农民的苦乐，第一，的确是苦乐，可第二，它们是否真的就是农民在历史变化中真正所愿所喜的苦乐，这是值得再讨论的。这涉及如何更深入理解农民，以及中国共产党在不同时期如何理解和处理这些苦乐的问题。同时，这就涉及中国共产党如何理解“事实”上和“现实”中的苦乐。

《讲话》虽然也强调文艺为工农兵服务，但实际上中国共产党在政治推动过程中发现，群众工作方式在不同时期的结构性关系中，需要不同的理解和设计。简单地说，1949年之前，当中国共产党尚处于争取全国胜利之时，她需要争取更多社会力量的认可和配合，这时她会更多考虑社会群体的现实需求，并设法满足。政治理解和政策制定及工作方式也会更多考虑这一层面。在这时，赵树理反映和呈现农民现实困难和中国共产党工作中的不足，是能够直接配合中国共产党此时的政治意识和社会理解的。赵树理和中国共产党的协作也表现得更恰切。“赵树理方向”的树立就表明了这一点。在1949年之前，中国共产党并没有对中国获得绝对支配性时，它对中国社会的理解层面、分寸和处理方式与1949年之后存在着差异。新中国成立后，中国共产党从抗战、解放战争时期的局部政权变为全国性政权，此时她要面临如何理解整个中国社会结构发展的问题。中国共产党的政治理解与中国社会结构发生更大规模和体量的碰撞，使得她所开展出来的政治实践形态与她作为局部政权时的政治实践形态不同，其对中国社会各阶层的调动深度也不同。

新中国成立后的政治构建实际上改写了观照现实的观念前提和基础，并要求作家按照这一政治构建来改造自己的认知构架。这也就使得《讲话》所说的文学与政治关系，实际上也需要调整。虽然同样是文学服务于政治，但新中国成立后的政治感，已经与新中国成立前的政治感不一样了。同样，政治感的变化，也导致农民在这一政治感中的位置也不一样。赵树理仍坚持以农民喜乐为准来理解文学和政治，但政治眼中所构想和所理解的农民喜乐已经不一样了。如新中国成立后，当中国共产党的政治构建要整个社会配合其合作化进程时，她被信赖的其中一个理由是能带动社会群众进入更好的状态，群众也的确在这一合作化进程中发现自己可以表现得更加精神焕发。但赵树理一直坚持自己所依凭的农民立场。

换句话说，文学可以选择任何一个切入点，无论大小、层位，它甚至可以将政治包裹在自己的视野之内。但在20世纪30年代后期，中国共产党在抗战后表现出来的活力更为充分地应对了中国社会困境。这一时期的政治比文学更好发挥出翻转中国社会的创造力。这时期的文学，特别是革命文学，开始认同和依赖中国共产党的政治实践，以政治为中介来理解中国。尤其是《讲话》式文学叙述背后的观念意识，受到中国共产党政治视野对社会时代特征的穿透性的影响。其次，即便是服务于政治的文学，也可以像赵树理那样固守自己的视角。可它的对象在不同历史时期的社会结构中的状态却不是固定的，是受制于政治对它在社会结构状况位置的不同理解和构建。坚守自身视角的文学需要伴随视角对象的起伏，以及视角对象背后的社会结构状态的起伏，来思考其命运和福祉。中国共产党的政治视野在新中国成立后更加把中国各阶层放置在整个社会结构中来理解和构想，它会在不同时刻根据它对时代任务的不同理解，来决定聚焦还是暂时推远某一个阶层的苦乐悲欢。在这种变化的政治感中，任何一个阶层都是在一个结构关系中与其他阶层形成配合。一旦对象在历史中起伏变化，文学的视角实际上需要在历史中重新校准，以确保自己的对象仍是对象自身，而不是文学视角固定化之后构造出来的对象侧面、剪影。

赵树理一开始尝试用文学直接抵达和作用于现实，但 20 世纪 30 年代后期他逐渐发展为以政治为中介来型构文学。但他在以政治为中介时，更多是以当年平行线的相交为经验和认知基础。新中国成立后，赵树理仍固守自己所见所闻之农民的喜乐，对中国共产党政治视野的历史变化心存谨慎。如他写《三里湾》，是在他多次回到农村，亲自参与创办合作社、制定合作社章程等，反复思量和积淀经验之后，才开始动笔。这之后，他对政治规划中的农村情况更加谨慎。从文学观念前提的构成机制来说，实际上赵树理的创作动力在《三里湾》之前就已经预示着他创作路程的远近了。而李凖 1953 年登上文坛时，一开始就认同于中国共产党的政治视野。虽然同处于革命文学脉络之中，同处于《讲话》的创作原则下，实际上他的内在构成机制跟赵树理迥异。李凖一定程度上是在革命文学发展至新中国成立初期，在这个特定状态和氛围中登上文坛、展开叙述的，并被这一时期的革命政治和革命文学逻辑所形塑。

虽然看起来李凖与赵树理颇有相似之处，比如一开始，他们都对农民中的“落后人物”而不是“新人”更为关注，可他们的差异点中更值得讨论的是，李準在文坛的出场时间与赵树理不同。这种不同看起来只是历史的偶然，比如他正好比赵树理年轻、没有历史负担，但实际上这与他们各自所处的历史阶段、在这一历史阶段中国共产党政治感和政治规划、中国社会的特定形态以及李準和赵树理在理解文学—社会的关系时，其背后的观念意识和时代课题已然不同。这是特别值得注意的区别。也正是这种政治感的差异、历史课题的差异，使得李準和赵树理叙述“落后人物”时的态度不一样。赵树理会坚持认为，农村中的这些人必须被充分纳入我们的政治工作视野之中，而李準后来认为，更重要的是如何理解农村中的新人。

赵树理写完《三里湾》之后，再也没有找到能够跟国家规划相一致的叙述视角、声量和频率。我们发现，赵树理正面叙述历史的创作动力源的终点，恰恰是李準文学生涯的起步之处。新中国成立后赵树理认为很难在政治展开的空间中展开文学叙述，李準恰恰在政治展开的空间中，越来越觉得另有他途。从创作上来说，赵树理和李準都感怀新中国成立初期整个社会氛围对中国共产党政治规划的普遍接受。问题在于，如何对中国共产党的政治规划展开文学叙述。赵树理逐渐放缓，李準却得心应手。其背后的历史观念机制如何生产出作家的创作状态，这是我们需要进一步分析的切入点。

三、潮来与潮去：20世纪七八十年代的李準看五六十年代的李準

李準谈自己20世纪五六十年代创作的文章中，有两个时间段值得注意，一次是1960年12月，另一次是1977年和1981年他在《李双双小传》再版和《李準小说选》后记里的回顾。这当中有一个断裂，即对“文革”的反思。李準实际上在1969年被下放到河南周口时，就已经开

始反思文学与政治的关系。他在“文革”后对自己20世纪五六十年代创作形态的反思，当然有“文革”后的时代观念意识和氛围的牵制。但他对自己曾如此深度投入的创作方式的反思视角，还是能够给我们提供一个难得的观察这一创作方式的支点，以及一些理解五六十年代李準创作状况和认知状况的不可取代的视点。

我们还是从一篇后记谈起。

1977年8月，李準应人民文学出版社邀请编自选集，他在后记里总结和回顾了自己的创作历程：

> 在我重读这些小说时，我深深感到生活对创作的重要。我读着这些旧作，好像又回到我的那些老朋友、老邻居、老大伯、老婶子、大嫂子和小侄儿们中间。……这本小说的编排，大体上是按时间的顺序。质量是不整齐的。为了节约读者同志们的时间，如果要选看，我自己认为不妨先读这几篇：《耕云记》《两匹瘦马》《李双双小传》《冰化雪消》《两代人》《野姑娘》《农忙五月天》《一串钥匙》《三月里的春风》《清明雨》等。这些小说大部分是我在一九五八年以后写的。也是我尽力克服自己的缺点——写中间人物多的毛病后创作的。写新的英雄人物力求丰满一些、生动一些、真实一些。
>
> 早期写的一些小说，象《不能走那条路》《白杨树》《冬天的故事》等，有的是在生活中提出了一个比较重要的问题，有的反映合作化中的一些问题，但是偏重于有落后一点人物的形象描写。有的立意也不够深。从今天看来，这仍然是我创作上的缺点和弱点，作为对过去那一个时期的巨大变化的记录，我还是收了进来，也是想

使读者看到一个作者自我改造和提高的过程。[1]

在“大跃进”已经从政治层面被批评之后，李準仍然坚持认为，1958年之后他写的作品比早期作品要“健康”，而早期“写中间人物多”，后期“写新的英雄人物”更丰满、生动、真实。这至少说明，李準对自己在1959年前后的转变，不是一个完全受“大跃进”时代氛围影响的叙述，而是一个在历史中摸索出来的深入他体认之内的认知。他基于早期以文学配合政治方式之后的再探索，心心念念对新人物进行塑造，如果再结合1977年前后文艺界氛围多以“伤痕”（如1977年小说《班主任》、1978年小说《伤痕》等）为主，李準此时在后记里继续肯定“新人”，这也可以看出他对1959年前后自己创作转变的认知，是相当明确且坚持的。

还有一个值得注意的地方是，李準在这里格外强调“从生活中出发，从生活中提炼”。如果我们还记得1961年李準在《李双双小传》后记中谈到，他当年的转变与对时代、阶级的热爱，对党性的责任心，向劳动人民学习，并由此与改造思想相关，“从群众那里取得力量，才能唱出具有时代感的朗朗歌声”。此时他对“生活”的单一强调，就遗漏了太多因素。1961年版《李双双小传》小说集的后记中提到，“生活”是需要被很多环节和因素结构起来，才能被捕捉和理解。而现在，这些环节和因素全都被去掉了。如果我们再结合1981年《李準小说选》后记，可以看得更清楚，李準对于文学，只保留了生活和劳动人民。其他因素和环节，完全消失了。

改变历史生成结构之后，《不能走那条路》中的落后人物宋老定，从1959年前后李準排列的新人物谱系之外，又再次因为“生活”而回

[1]李准：《李双双小传》，人民文学出版社，1977年版，第81、83页。

到李準喜欢的人物序列之中。由于去除了政治，人物也就没有了新旧之别，小说人物之间只存在是否有生活感，抑或是对政治的图解。文学现在可以撇开政治，直达生活和劳动人民。看起来，文学的生成机制似乎又回到了赵树理那种看似反对，实则深受其影响的“五四”文学形态——政治如果表现得没有创造力、没有活力，文学就自己去直接面对生活、面对现实。

从某种程度上说，生活一直是一个大于政治的领域。不过在1959年，李準认为，文学要抵达生活世界，需要政治的引领，需要党性、责任性，需要向劳动人民学习，从群众中获得活力。而到了1981年，作家只需要生活。我们不清楚，这样的文学把生活揉捏到一起，对之赋形，是不是可以完全不改变它们本身的性质。如果会改变，会朝向政治方向吗？看起来不是。李準说，他对生活的赋形，更强调它的道德性，他要“重新估量一下我们这个民族赖以生存和延续的生命力量”。[1]这当然解释不了李準自己在1959年实际创作状态的内在生成机制。不过我们倒是需要注意：“生活”对于1959年的李準而言，不同历史情境下意味着什么？他在不同阶段如何将之运用到文学之中？

比如他在1955年《我怎样学习创作》一文中讲：

> 我觉得自己能够写点东西，主要是由于群众斗争生活的教育和党的培养。我的故乡是在黄河南岸，洛阳的一个农村里，我在这个农村长大，在解放前，我的家乡在“水、旱、蝗、汤（匪患）”的各种灾情重压下，广大的农村变成了一条饥饿的走廊。农民的贫穷，在我幼小时的头脑里就留下深刻的印象。我和他们在一起滚了十多年，可是我不能理解他们。在解放后，经过学习党的理论，参

[1]李準：《黄河东流去》，《李準全集》第2卷，九州图书出版社，1998年版，第1页。

加了群众运动和斗争，逐渐懂得用阶级观点来分析研究农民问题才能比较深刻的理解他们。……在写《不能走那条路》之前，我曾经翻过一些关于农村问题的党的理论和政策，这使我深刻地认识了农民的两面性，同时也深信互助合作可以摆脱农民的贫困。因此，也想借助自己的笔帮助那些手扶犁耙赶着小牛耕种的人们迅速的走上互助合作的道路，看到他们驾驶新式的耕作机械。[1]

没有政治为中介，李凖感到即便作家深入生活十几年，也无从认识、理解它。更重要的是，生活需要政治来赋形，改变生活方式和形态，农民才能生活得更好。文学是在这个基础上才服膺于政治的规划，并愿意与之携手。实际上，如果没有政治，文学当然也会寻找别的中介来界定、理解生活。李凖这里不过是强调当时政治对于他认知、理解、判断生活的有效性。而当政治表现得不让人信服后，李凖便会在1981年去掉文学与生活之间的政治这个强中介。但去掉政治之后，文学抵达生活现实的环节和途径，以及所能抵达的生活和历史中的位置则会大为改变。

比如李凖在1955年的文章中还讲道：

作品要影响生活，指导生活。特别是在我们国家日新月异的今天，各种事物在突飞猛进中，作者能够经常保持新鲜的头脑，站在社会运动的最前列，就需要不断的学习和参加斗争，平常也要注意读报纸，作者不详细读报纸是一件很危险的事。去年有个同志对我说，在乡下不但要写文学作品，有时还可以写些理论文章。譬如说：对农村目前各阶级的分析，统购统销政策在一个乡中所起的变

[1]李准：《我怎样学习创作》，李准、未央等编：《我是怎样学习创作的》，长江文艺出版社，1956年版，第3页。

化等。我试着做了，我觉得这对我的创作也是有很大帮助的。[1]

深入农村生活的作家，在乡村要看报纸，写理论文章，分析乡村社会经济动态、阶级结构，这是人类历史上很奇特、很罕见的文学实践方式。李準认为，这不只是深入生活的需要，这些环节是能保证作家站在社会运动最前沿、保持新鲜头脑的必须途径。以这种方式创作的作家不只是一个行吟诗人，而是神灵隐退后民族命运的最高奠基人之一。文学能与政治一同参与民族命运的未来，不是抽象的命运，而是携带着民族身体的当下性的命运。如他 1953 年的小说《不能走那条路》，实际上反映的最重要的东西，不是这个生活世界，而是经由政治对生活世界赋形、使生活世界得以被看见的方式。经由我们的赋形，生活世界变得有方向感，可以被控制、被改变。当经由政治把握生活，而政治又充满活力，文学的视野可以顺应生活情理而抵达其内部，且是顺应了生活世界的天性。只是当政治对生活世界的理解和构造出现扞格，生活世界会表现出抵抗政治对它的斧削，而文学也要求自己去直接抵达生活，重新勘测、瞄准民族的生命力，以确定民族国家的未来方向。这是李準 1981 年的文学认知前提。

在《黄河东流去》这部“文革”后李準所奉献出的长篇小说中，他对于中华民族生命根基的勘测是：我们这个社会的细胞——最基层的广大劳动人民，他们身上的道德、品质、伦理、爱情、智慧和创造力，是如此光辉灿烂。这是五千年文化的结晶，这是我们古老祖国的生命活力，这是我们民族赖以生存和发展的精神支柱。[2] 李準的这一勘测某种程度上是对历史叙述的再认定。在“文革”的历史叙述中，祖国的生命

[1]李准:《我怎样学习创作》，李准、未央等编:《我是怎样学习创作的》，长江文艺出版社，1956 年版，第 4 页。

[2]《李準全集》第 2 卷，九州图书出版社，1998 年版，第 2、682 页。

活力不是最基层的广大劳动人民，而是政治，是“没有共产党，就没有新中国”。现在，李準希望通过小说叙述，“让大家热爱人，热爱人民”。“人们只有在热爱人的基础上，才能够热爱大自然，热爱祖国，热爱自己创造的社会主义制度，热爱我们的党。也就是，首先树立对人类的信心，然后才能达到对国家的信心，对革命的信心。我朦胧地感觉到，这是文学艺术的最基本的功能。”[1] 在这里，文学的基本功能直接与民族国家的活力和未来相关，且不需要与政治政策相校准。

这就是说，50年代，李準的文学观念前提是依赖政治对现实的把握、理解和推动，其具体体现为对政治方针、政策和路线的依赖，文学对现实的把握、摄取、裁剪需要不断以政治为参照来校准自身；而到了1979年，李準认为文学为了民族未来，可以自己为自己塑造观念前提，文学的洞察可以成为民族未来的认知基点，不再需要被政治规约和束缚。李準对文学功能的重新界定，内含着与政治重新争夺国家生命根基的潜在张力。李準要为文学重新夺回对民族生命力量的控制权。

这就意味着，李準“文革”后对文学功能的基本认定，不仅要能够重新发掘古老民族的生命活力，而且这种生命活力的强度和厚度要足以支撑这个民族持续生存发展下去。单纯的审美化文学显然支撑不了这一重负，也不为李準所取。甚至对于“伤痕文学”，他也认为过于侧重诉苦抱怨，而没有看到民族真正的生命活力（真正又能及时反映现实的，其实正是周克芹、张洁、刘心武、蒋子龙这些新一代作家，而李準恰恰认为，这些及时反映现实的文学，伤痕、反思、改革，都太政治了，他要开始找永恒性的因素）。李準将历史重负的重心放在了文学对人心的发现，他要依赖文学之眼重启民族活力的核心机制。

那么，首先从民族核心生命力的校准来说，李準前后两个时期

[1]《李準全集》第2卷，九州图书出版社，1998年版，第2页。

的理解差异巨大，却又形似。李準1953年登上文坛，他五六十年代的创作都自觉认同并全力投入于文学为政治服务、为工农兵服务的工作。他1956年在北大荒看到，中国人“朝气勃勃”“坚强”“勇敢”“刻苦”“坦率”“明豁”“机智”。他往往被那些生活中有毅力、坚强的人感召和触发，这些人既是政治肯定的，也是他觉得应该凸显的。奇怪的是，第一，这些和他1979年所要重新强调的中国人“黄金一样的品质和纯朴的感情”，以及在《黄河东流去》中他要呈现的中国人“既浑厚善良，又机智狡黠，看去外表笨拙，内里却精明幽默，小事吝啬，大事却非常豪爽”“患难与共、相濡以沫”“团结互助”[1]等品质，对于中华民族的生命活力来说，实在有着很难区分且同样应该被肯定的内涵。李準1969年后想重新寻找民族的力量源点，可1969年的人民和1949年的人民其实是同一批人。如果有区别，那倒是在于他现在不再强调“充满着革命乐观主义的顽强事业心”[2]。但这个顽强事业心，岂不是对于古老民族的生命活力来说，以及对其生存和发展来说，恰恰是最重要的吗？

第二，李準在五六十年代叙述他所肯定的这些人心品质时，往往是将它们放置在如何便于结构进文学来谈的，并不直接讲述这些品质如何能构成民族生命力的核心。他谈的是文学方法论，而不是文学本体论。因为“裁剪”人心之前，作家必须不断用政策来调适自己的“望远镜”和“显微镜”。在形成这一认知装置之后，人心已经是被政治之眼挑选和剪裁后的人心。李準所谈的，是这个时候作家如何将被剪裁的人心重新装入文学结构之中。他谈《李双双》时如此，谈《吉鸿昌》时亦如此。李準创作谈里，指的是这一特定状态下的创作环节。五六十年代，李準对人心的认定，总是经由了政治认知的文学剪裁。李準认为作家的

[1]《李準全集》第2卷，九州图书出版社，1998年版，第682页。

[2]《李準全集》第5卷，九州图书出版社，1998年版，第102—103、123、128、147页。

工作要求是精准和文学性。李準着意的，恰恰是文学如何才能精准地捕捉到政治构造中所呈现出的人心，并以生动有趣的文学性方式将之表现出来。

这就把问题推到了第三个层面，经由文学剪裁之后的人心，如何能精确捕捉到政治所要求的人心形状，并与民族生命力的内核呼应。换句话说，现实中的人心是混杂的，文学将之剪裁、赋形，以捕捉民族生命力的核心。五六十年代文学对生活赋形的前提，是将政治等同于民族生命力和民族未来。文学愿意在剪裁人心时，以政治所理解的民族命运为构架和标准，愿意在政治的构架下为民族的命运和未来工作。此时文学对人心的剪裁不需要直接对民族命运负责，它只需对政治负责。可文学的政治精确性与剪裁生活之间并不必然自动扣合。文学需要对现实人心剪裁，以符合政治的精确；可文学剪裁本身却不是政治所能规定的。政治抵达生活，激起生活的波澜，这个波澜是政治想不断调适但无法控制的。

恰恰是在政治所无力抵达之处，李準开始了他的文学捕捉和剪裁。这是他跟赵树理的文学方式大不同之处。赵树理过于聚焦于农民某一层面的喜乐悲苦，会牵制他过于关注政治巨石投掷入生活世界时的漩涡，漩涡之地承受着最沉重的力，如果漩涡中的农民无法承受这个沉重之力，赵树理则倾向于以批评政治政策、工作方式让文学服务于政治；或停笔，不去及时反映现实。他在政治止步之处，文学之眼也停驻于此。赵树理要直接回应政治的暴风眼。而李準的文学恰恰是顺着政治推进的步伐，在它止步之处，眼光荡开，开始看政治所激荡出来的波纹，以观测捕捉政治施力于生活世界的力道、时机、方式及效能。他整个人全身心投入于政治在生活世界的行动路线，但他文学的匠心独运则始于政治内部结构散力时在生活世界中的八方走道。

尤其是李準1962年谈及创作《李双双》时说：

在生活中汲取的这些素材毕竟是杂乱的、零碎的，把这些素材真实地、准确地、和谐统一地塑造出人物来，却需要进一步提炼……李双双和喜旺这两个形象，前后酝酿了四年多的时间……我遵循着鲁迅先生谈的‘选材要严，开掘要深’的嘱告来学习提炼。首先是李双双的性格，它的性格基调是大公无私、敢于斗争、见义勇为。为了把她这种鲜明的阶级特质比较生动地、多彩地表现出来，又研究设计了她的个性特色，那就是心直口快、泼辣大胆、纯洁乐观、天真善良等。安排这些性格特色，是根据感受到的生活素材决定的，是根据有利于突出人物的新品质、新思想决定的。[1]

李凖在这里说，素材要“真实”“准确”“和谐统一”地塑造出人物，需要提炼。也就是说，要精准地抵达政治的要求，需要对生活素材重新剪裁。就李双双而言，她在1958年“大跃进”所被要求的政治阶级特质是“大公无私、敢于斗争、见义勇为”。但李凖认为这还不够“生动和多彩”。文学需要捕捉政治的行动路线在生活世界中呈现出的生活和多彩。这就还需要“个性特色”，如“心直口快、泼辣大胆、纯洁乐观、天真善良”。问题是，这里的文学对人心的剪裁看起来不是对政治的临摹，而是对政治的补充和丰富，是政治之力在生活世界激荡出的动线。如果说躯体的元气全在于躯体的健全，那躯体健全了，躯体的元气才会舒展。那政治能量如若要在生活世界中抒发，前提是只有生活世界舒展了，政治的能量才能真正得到有效抒发。这就意味着，文学实际上是要将政治原则还原到它行动瞬间的情景之中，并将这一情景的具体构成方式和行动路线勾画出来，让“大公无私”的政治道德以“心直口

[1]《李凖全集》第5卷，九州图书出版社，1998年版，第147页。

快、泼辣大胆、纯洁乐观、天真善良”的人性方式行动起来。文学实际上需要在政治行动的瞬间停顿，将行动者放置在社会背景之中，并补画出人物在此刻条件下即有的或可能的行动方向和路线。而这些人物在生活世界中又有自身的构成逻辑，文学就需要补画出政治的社会基础和逻辑。文学的观察就有可能为政治提供它所没有细查到的生活世界活力构成的关键逻辑。这样一来，出色的文学剪裁实际上就不只是剪裁生活，而是剪裁和提炼政治得以舒展的生活空间。文学就可以顺接着政治行动路线，将之放置在生活中，再从生活结构的逻辑中化炼，使政治进一步“道成肉身”。因此李凖会说：

> 作者摆脱具体生活事情的制约，再根据生活展开丰富的想象，把大量的事实集中提炼出来。[1]
>
> 作者的头脑就好比一座小高炉，拣来的任何优质矿石，也不能叫铁，只有经过这‘小高炉’熔解冶炼后，流出的铁水才叫铁。[2]

这个能流淌的动态的铁水，就是肉身，是包裹着肉身的结构性生存环境，是不便于被直接回收到阶级政策之中的液态物。李凖以文学裁剪素材，如果革命政治无处不在，那他的文学裁剪生活之时，同时也是对政治的裁剪和规训，把在生活世界中运作不好的政治逻辑裁剪掉。文学可以在生活世界中编辑、选择、转换和重新安排，以此突出政治机制在中国社会能够运转良好的独特特征。政治的实际行动依赖于各种条件、对现实信息的准确把握、执行干部的有限能力，等等。这很可能包含很多偶然的、不适当的、受具体条件所限的情况。正是在这个意义上，小说的剪裁有时被认为比现实历史更加真实。

---

[1]《李凖全集》第5卷，九州图书出版社，1998年版，第103页。

[2]《李凖全集》第5卷，九州图书出版社，1998年版，第103页。

李凖在20世纪五六十年代认为：

作家从丰富的生活中取素材，并不等于照着生活原型那样去抄录、去照相。记得去年有一个青年，他拿了一篇小说让我看，内容是写一班学生帮助公社收麦的故事，完全是以真人真事写出的。我看后就提出可以再集中概括一下，把人物去一些，主题内容更突出一点。他说："我们不编瞎话，我们就照真正人真正事去写！"当然，就真人真事的作品来说，也有写得很成功的。同时，一个学校、一个单位，把自己单位的先进事迹、先进人物编一编、演一演，也还是有它的教育作用。可是，我们不能否认，一般经过集中概括，把素材经过选择和提炼，写出来的东西要生动得多。作者摆脱具体生活事情的制约，再根据生活展开丰富的想象，把大量的事实集中提炼出来，只能使作品的主题更突出，故事更紧凑，人物更光辉。这些人物尽管在生活中还找不到户口，但是，它会使读者感到"比真实更真实"。[1]

李凖实则认为，文学有能力创造出一个政治所展开的，却超出政治视野之外的生活情境。在这个情境中，政治运转的逻辑和途径可以得到更好的呈现、理解和把握。这是文学以政治为中介，却能够超出政治之所在。这实际上使得文学服从政治的这个抽象原则，在社会生活中有了无限的可能。所谓的社会主义现实主义文学，实际上可以有多种路径来熔炼政治。而1979年后的李凖认为，政治不再可信，文学应该收回它以政治为中介的方式，重新将民族命运掌握在自己手中。文学对人心的剪裁就必须直接面对民族命运的未来。我们毋宁说，李凖此处的价值

[1]《李凖全集》第5卷，九州图书出版社，1998年版，第102—103页。

位移，是他1966年对政治失望、对事业失望、对革命失望后的再定位。或者更准确地说，他是对由上层政治来确定民族命运的失望。

四、结语

在20世纪五六十年代，文学认同于政治打开的社会活力，文学将政治、政策、现实工作当作是作家感知人心、创作文学的必要中介，以之为镜照来校准自身，文学也由此获得为民族命运负责的意义。用李準的话说，“我感到学透了政策，特别是对你所描写的阶级人物有了认识，就像有了一架望远镜和显微镜一样，既可‘远瞻千里’又可‘明察秋毫’。”[1] 这样的文学，“对我们的革命事业有利，对党的各个时期的方针政策贯彻有利，对人的精神生活丰富提高有作用”。

可第一，文学经由对政治的熔炼，如果发现与政治的要求仍然不符，文学怎么办？政治又应该如何调整？我们看到的历史实际发生过程是，政治强行要求文学符合于它，文学批评也以政治为准则解读文学。那第二，文学如何能独自开出对现实的结构性理解？现实中人物的生命活力，文学要如何选择，捕捉哪些？文学是否可以不避开政治，同时又对政治具有内在的对峙力？从这些问题出发，我们是否可以经由李準的创作实践经验重新讨论中国当代文学，也即中国革命文学所展开的另一种思路和资源？

[1]《李準全集》第5卷，九州图书出版社，1998年版，第123页。

“新与旧、公与私、理与时、情与势”中的人

——试探李准 1953—1955 年（合作化高潮前）的小说创作[1]

◎莫艾

作为新中国五六十年代的代表性作家，李准的写作密切关联于新中国成立后互助合作运动的历史展开。1953 年秋，李准正式发表第一部小说作品《不能走那条路》，此后的写作基本限定于农村。本文所聚焦讨论的，是李准从 1953 年到 1955 年 7 月合作化高潮前的写作，即其早期创作阶段。

李准这时写作所开展出的视野、基点、面向与相关意识敏感，呈现了合作化这一新的生产、组织形态所启动的乡村社会“新”“旧”交叠、

[1] 本文的思考与写作，首先要感谢北京·当代中国史读书会有关新中国五十年代历史与文学的研读工作和周边师友的启发、帮助，尤其贺照田老师《启蒙与革命的双重变奏》《群众路线的浮沉——理解当代中国大陆历史的不可或缺视角》《如果从儒学传统和现代革命传统同时看雷锋》《当社会主义遭遇危机……——“潘晓讨论”与当代中国大陆虚无主义的历史与观念构造》诸作所给予的多方面启发；同时，特别感谢贺老师在文本的整体把握、历史语境表述、表达的分寸乃至遣词造句方面，对第一阶段写作的精心指导与修改。《汉语言文学研究》和《妇女研究论丛》杂志曾，在此表示衷心的感谢。
文章标题主干部分引自《人间思想》（简体字版）第 7 辑《新与旧 理与时 情与势》中贺照田老师撰写的“编者小引”（贺照田主编，人间出版社，2018 年版）。

转化过程，有关公—私、集体—个人关系，有关新的观念意识、家庭关系状态、情感与伦理状态等方面的重要观察。在考察合作化与农民如何发生关系、如何可能发展更好的关系时，李准的写作潜在体现出“新与旧、公与私、理与时、情与势”这些因素的交互、化合的生动样态。这些，将非常有助于我们突破过度聚焦物质生产的视点和“阶级”的视角，而将当年有关合作化、农民的历史表述予以有效相对化，从而揭开理解那段历史中真实经验的新的路径。

与此同时，新中国五六十年代农村合作化进程体现出阶段性的特点，不同阶段的推进目标、推进方式及其所牵动、引发的社会的状态都有所差别。因此尽管在基本视野、视点、意识敏感方面呈现出贯穿性，李准的创作不可避免地体现出阶段性的变化印记。文本所考察的李准此阶段写作，属于新中国成立初土改完成后农村合作化的起步与初期发展阶段。相较50年代中后期和60年代前期，李准在这一相对“平缓”的阶段对乡村社会的感受、观察和相关意识，在某些方面更为从容、展开，是后续阶段所无法替代的，而这对我们深入观察、认识不同历史条件下的乡村社会和农民，提供了重要线索。对这些状况的深入认识，是对李准创作的发展轨迹和其中他的核心观察、思考形成连贯、深入把握的基础性工作。这也将有助于我们深入思考文学与政治的复杂纠葛，以及这给作家的社会认识所带来的形塑与影响。

一

李准生于1928年，抗战结束后（1945—1948年）开始尝试写作，1953年开始发表小故事和短篇作品，《不能走那条路》为他赢得最初声誉，使他顺利走上专业写作道路。《白杨树》是紧接其后的创作。两作构思写作于1953年秋、冬，借助农村土地买卖与分家现象，来探讨土改后生产获得发展的农民如何转变独自致富思想，加入互助合作的问题。从 1952 年到 1955 年合作化高潮前，新中国互助合作运动的发展经历了反复探索与调适[1]。这两部作品的写作背景为：土改结束到 1953 年初，合作化运动在全国范围内获得推行，到 1953 年春季，合作运动初次整顿调整、放慢发展。1953 年秋，在新中国各方面取得稳步成绩、国内外形势稳定的情势下，政府确立了从新民主主义向社会主义过渡时期的总路线，制订国民经济“一五”计划。同时，在毛泽东的推动和中央的决议下，为配合农业社会主义改造，合作化进程开始提速发展。

《不能走那条路》完成于 1953 年 10 月 2 日，作品的基本情节为：主人公宋老定解放前失去土地，为地主做长工，土改后因为擅长农事，又有在外做木匠的二儿子的帮扶，很快成为“新中农”，想买年轻人张栓的地；他的大儿子共产党员东山是互助组带头人，努力劝说父亲放弃买地、帮助张栓。在东山的教育下，宋老定最终转变思想。在作品完成不久的创作谈中，李准自述，1953 年 6 月以来他通过土地买卖的活跃注意到农村贫富分化问题，邓子恢有关互助合作问题的报告[2]和他关于当时农村应该如何走社会主义道路的思考，使他决心通过农村的土地买卖现象探讨如何“引导农民走共同上升、互助合作的道路”。当年众多评论肯定作品较成功表现出“两条道路”（资本主义道路和农民共同致富的社会主义道路）和新旧社会经历对比对农民的教育作用，可说相当准确地抓住了李准这部作品所贯穿的时代政治自觉。不过，除如上时代政治自觉，李准还明确说想要通过这一写作改变自己此前“把人物变成背政策的机器”“作品里看不到人”的状况，他在写作中意识到“写作

---

[1] 这一阶段，合作互助运动经历了反“保守”、快速推进与反“冒进”、调整巩固的数轮阶段性变化。

[2] 指邓子恢发表于 1953 年的文章《农村工作的基本任务与方针政策》。李准：《我怎样写〈不能走那条路〉》（1953），原载《长江文艺》1954 年 2 月号，转引自卜仲康编：《中国当代文学研究资料 李准专集》（下简称《李准专集》），江苏人民出版社，1982 年版，第 73—74 页。

主要是研究人、观察人……也可以说是‘人学’。因为只有了解各种人的思想感情，把他们摸透，然后再通过形象把他们表现出来，才能够叫别人感到真实"[1]。确实，这部作品能够吸引人，不仅仅在于它抓住了时代政治脉搏，而更和它成功探究、表现人的意识、心理及敏锐把捉对人的意识变化发生作用的诸种因素与面向有关。而这就使得这部作品虽然不长，却有很多溢出时代政治的理解，蕴含极为丰富。

首先，作品的角色设定不简单。主人公宋老定在性格上坚韧、倔强，又有通情达理、细腻体贴的一面。这一人物具备传统自耕农的核心品质——勤劳、节俭、善良、自尊、自律，对土地与农耕劳作怀有深厚情感，劳动技能好，同时有很强的家庭责任感、对后辈有深厚的情感。[2]张栓的笔墨不多，但凝结了众多信息。李准将这一人物设计为缺乏勤俭品质和劳动观念，贪图靠“吃飞利”发家，劳动技能差同时缺乏经营能力，是乡村中的落后者和边缘人物。不过他也同时被表现为心地善良、老实、不油滑，有自尊意识和家庭观念，在意亲戚、邻里、长辈、后辈间的关系情分[3]，不同于沾染赌博、偷盗习气，缺乏家庭意识、道德品质败坏的“二流子”。作品也点出导致张栓陷入困境的因素来自他自身，也与农业的特点和社会历史条件相关（小农生产、农村民间商业与借贷的脆弱性，党员、互助组织、农村信贷系统没有予以及时

[1]李准:《我怎样写〈不能走那条路〉》,《李准专集》，第77页。

[2]李准回忆，宋老定这个人物是“合金”，融合了他的生活经验，有他舅父的影子。李准还将他“在解放前……小时候看到的情景”安排在宋老定身上：气愤于儿子儿媳不体会他买地置业的苦心，老定一气之下去镇上喝羊汤，但却舍不得买肉，就着从家带的馍来吃。（李准:《从生活中提炼》，1959年，收入《李准专集》，第17—18页）当年众多评论称赞这一刻画真实表现出农民的俭省朴实，非常感人。

[3]张栓决心卖地的动机不仅想换来继续做生意的本钱，还因“妻妹夫见天来要账，连襟亲戚，惹得脸青脸红，他也不想再说软话……”；他因为担心借钱的事使宋老定难堪而有意回避和老定照面；故事尾声，张栓在东山的引导下说老定是“直心人”，将他认作和自己父亲共患难的长辈。李准:《不能走那条路》,《不能走那条路》（短篇小说集），中国青年出版社，1955年版，第1页。

帮助)。在中国近代乡村衰败过程中，遭遇经营挫折或意外的小农，在难于获得有效扶助的情况下容易一蹶不振，是以作品中张栓成为互助合作帮助与改造的对象[1]，在中国近代以来的乡村视野中便是极端重要的。宋老定与张栓这对有着矛盾关系角色的设计，使作者将买地—卖地现象置于更为复杂的历史—现实境况中，这一设计也更利于他展开阶级视角之外的观察思考。

如何理解农民置业发家的心理动机，作者的把握也很不简单。第六节宋老定对自家过去经历的回忆，揭示出他买地置业的渴望不仅出于生存、生活的要求，还基于曾经的苦痛经历带来的精神创痛。作者描写到，多年后回忆起遭遇灾荒、老伴重病、失去土地、大女儿饿死家中、十三岁的东山被送去做学徒的往事，老定依然心怀苦痛与愧疚，“偷偷看”大儿子东山“从小受过症的脸”。过去的经历使他认定，拥有一份家业是农民根本的生活基础，更是他作为长辈对后辈应尽的责任。因此，为了买地，当女儿有喜时，重视亲情与乡村礼俗情面的老定不肯花钱给女儿买礼物；得知东山想借钱给张栓，老人极度激愤，“像发疯一样喊着：‘你咋没有把我借给他，你咋没有把你妈借给他！’”[2]这样的描写告诉我们，农民把土地看得和自己性命一般重的观念有深刻的社会历史根由，同时联系着农民的家庭意识、情感要求与伦理意识。在作品的

[1]“游民”问题产生于中国近现代史的结构性状况，为近现代乡村社会的重要现象。从1920年代末期，共产革命开始探索如何对这一群体进行有效转化。新中国后合作化的初期发展阶段再次面临如何对待这一群体的问题。1952年7月中央在回复西南局什么人群可加入互助组时，指出“过去有许多经验证明，把游民二流子放在互助合作组织中更便于改造他们，使他们迅速学会生产”，同时不应把“某些染有不良习惯或有某些缺点的劳动人民与游民混淆起来”，将之“排斥在互助组织之外”。《中共中央批转西南局关于小土地出租者等成份的人可否参加互助组的意见》(1953年7月24日)，中华人民共和国国家农业委员会办公厅编：《农业集体化重要文件汇编 上》(1949—1957)，中共中央党校出版社，1982年版，第61、62页。

[2]据李准夫人董冰回忆，这是李准母亲听到的村民的真实对话。这一表达不仅生动，还透露出农民的重要意识、心理。董冰：《老家旧事——李準夫人自述》，学林出版社，2005年版，第154页。

表现中，这也构成宋老定最终决意放弃买地，帮助张栓和互助组的重要经验基础。作品展开过程中对人物一点点累积的刻画也表明，对于宋老定这样的农民，他发家致富的方式是依靠劳动、劳动的智慧。他们对土地的渴求中，包含着在日复一日的耕作，在日日俯身向着土地、双脚立在泥土中、双手抚摸庄稼的过程中，不能自已的情感、心意赋予。[1]

作者意图呈现人物复杂的心理、意识。宋老定看不起张栓想“吃飞利”、不专心务农、糟蹋土地；知道党员干部在土改时不应和群众争好地，但认为现在买地是“两情两愿，又不是凭党员讹他的”[2]；尽管内心挣扎矛盾，老定觉得自己为了儿孙必须置业，但在想象自家好前景时，会不由自主设想张栓失去土地后孩子们“瘦得皮包骨头”的情形；他偷偷丈量张栓的地时遇到张栓爹的坟“心里噗通噗通地跳起来”，回想同辈的遗言时落泪；路上遇到借麦子给张栓的长山老头用话来“碰”自己，老定“脸红”“理屈”。这些表现同时呈现出作者的重要体察：使宋老定意识、心理发生触动的因素，有很多超出物质利益范畴的方面。

尾声部分更充分地展现出作者有关人的体察与思考。在“窗下偷听”的特定情境契机中，已经出场的因素汇聚交织，一步步加强地撞击着宋老定的内心，最终促成他思想的转变。

（张栓）“人就怕一急没了主意……

（张栓）“……人就怕遇事没有人商量。你动员长山伯先借给我五斗麦，他说：张栓！谁能没点事，我借给你！……”

……

[1]宋老定在地里看着田野里的秋庄稼，看到“跟前的一块高粱，穗子扑楞开象一篷小伞，缀满了圆饱饱的象珍珠一样的果实”。李准：《不能走那条路》，《不能走那条路》（短篇小说集），第12页。

[2]李准：《不能走那条路》，《不能走那条路》（短篇小说集），第3、4页。

（东山）“我爹总是打不通思想。他今年六十多岁了，我也不想叫他生气。他受了一辈子苦，弄几个钱自然金贵。不过你放心！有共产党领导，决不能看着叫你弃业变产……”

老定想着平常看着孩子冷冷的，却想不到他心里会想到怕自己生气。

……

（东山不想再难为宋老定，而是积极想其他办法帮助张栓摆脱困境，包括请长山老头借给张栓粮食、向信用社借贷、找互助组成员凑钱帮助张栓搞副业，托人说服张栓妻妹夫推迟还账。）

……

张栓激动地说，“……我知道咱村老少爷们儿都知道你这人，你是共产党员，不论谁提起你都说好。谁的心公道，谁见天为群众打算，村里人都知道。”接着他又轻轻地说：“谁也知道你有个糊涂爹，不会怪你。”他这句话说的特别轻，可是老定却听得特别清楚。

“我爹这二年也有转变……现在在组里，一些小事也不怕吃亏了。他干的也下劲，我就想着过去我和他硬别也不行。象这次他要买你的地，经过我劝说，昨天口气就变了。他说：‘张栓家那地咱不能买，过去我和他爹一块儿堆了几年煤，都是穷人，咱不能买他的地。’就是借钱这事他怕张风。”东山说着笑起来，张栓却接着说：“我也知道老定叔，他这人是直心人。他过去也给地主划过十字，他知道那卖地啥滋味。我爹常说：‘我和你老定叔将来死后都免不了给人家看地头！’谁想来了共产党，要是我爹活到现在……”

老定听到这里再也听不下去了，他用手使劲地捂住要流泪的

眼，走到屋里，象一捆柴倒在地下一样倒在床上……[1]

对谈由张栓反省自己、东山对他批评教育开场。其后，张栓感谢的话呈现出东山等的努力：东山动员长山老头，让张去信贷社借款，张栓的家庭关系也获得改善。接下来，东山表白自己体谅父亲、不想再难为父亲，想出其他方法：动员互助组成员凑钱帮张栓搞副业，托人说服张栓妻妹夫推迟还账。最初这部分对谈引动起老定的心理波澜。儿子的体谅使老定在父子间关系持续的对立紧张中开始变得柔软（“老定想着平常看着孩子冷冷的，却想不到他心里会想到怕自己生气”）。在这样的心理变化基础上，东山和周围人的作法对他形成正面的参照性；听到东山因“公道”“见天为群众打算”获得村民敬重，老定从乡村社会角度体会东山行为的价值、意义的意识也被唤醒。但紧接着张栓“轻轻地”“特别轻地”说“谁也知道你有个糊涂爹，不会怪你”，又对老定构成强烈刺激。儿子的体贴、自己与儿子行为的比照、村人的反应评价，会促使老定反观自身、产生比“理屈”更强的羞愧感，同时也让他感到没面子甚至隐隐的恼怒。老定本已开始松动的心再次变紧。在这段对话中，开篇出现的乡村社会空间包含的因素再次凸显。[2]

接下来东山的话使情境又是一转：东山更正张栓和大家的看法，肯定“我爹这二年有转变”，在互助组里“一些小事也不怕吃亏了”，干活“下劲”，由此检讨自己对待老人的生硬态度，告诉张栓老人经过劝说已转变态度（“……都是穷人，咱不能买他的地”），不肯借钱是因为“怕张风”。东山以这样的方式化解老定和张栓之间的紧张关系，引导他转

[1]李准:《不能走那条路》,《不能走那条路》(短篇小说集)，第 15—17 页。

[2]小说开篇生动表现出土改后生产发展、部分农民的物质生活条件获得改善后渴望置业发家，同时谨慎观望政府政策举动的乡村氛围与心理。在此氛围中，村人的焦点集中在宋老定，因为他家有条件买地，但他家又有个“公家人”：老定的大儿子东山是共产党员、互助组骨干。

变对老定的认识。东山的公道、诚恳和有效的帮助，使张栓敬服、感激。现在东山从老定和张栓爹曾同患难（这一体贴张栓的角度）说明老定转变想法（不仅基于阶级身份），对老人不想借钱的解释又合情合理（吻合农民不露富、不张扬的心理和土改后新形势下农民的心态），使得张栓相信东山的话，在引导下转变态度："我也知道老定叔，他这人是直心人……他知道那卖地啥滋味……"进而回想自己爹和老定同患难的经历，感慨自家老人没有赶上新的时代。

东山的肯定使老定再次感受到儿子的体谅，听东山从自己和张栓爹"一块儿堆了几年煤，都是穷人"的角度说自己不想买地，老人在意外的同时也受到很深的触动、引导；听到东山说自己不肯借钱是由于"怕张风"，老人该叹服儿子深明人情事理，体会到儿子维护自己在村庄中的形象、情面的苦心，他的羞愧感更为强烈。接下来张栓对东山的相信与态度的转变、视老定为父辈的尊重与亲近，必定使老人内心愈加感动、羞愧。东山和张栓的对谈将窗外的老定推向与张栓爹将心比心的情境，激发起他对张栓一家的恻隐之心与愧疚感。经过此前的挣扎和此时一浪接一浪的冲击，老定内心最后一道防堤终于被冲溃，再也无法接受张栓和他爹遭受同样命运。对他人的感同身受与恻隐之情，使老定包含着伦理性的情义感受开始突破原来的范围。

第二天，老定"大清早就去地里找东山"，准备和他商量帮互助组打井、装水车，半路遇到张栓。

> "张栓！张栓！我有话要和你说！"他大声喊着……
>
> （老定告诉张栓后晌去家里拿钱，张栓吃惊，老定回说）"不借给你难道我还想买地！你记住：以后要好好地下劲儿种地，要不，

连谁你都对不住！”[1]

“要不，连谁你都对不住！”——这言语透露出宋老定新的意识状态。他话里的“谁”，回应着（昨晚听到的）张栓和长山老头的话（“人就怕遇事没有人商量”“谁能没点儿事”“不论谁提起你都说好……谁也知道你有个糊涂爹，不会怪你”）。昨夜，“像一捆柴倒在地下一样倒在床上”的老定会不会想，今后再不能让“村老少爷们”想着共产党员东山“有个糊涂爹”，自己也要和东山一样“心公道”，要帮助儿子，教育张栓……与儿子东山、与乡村人们新的关系感受，使老定从内心郁结中走出来。“八月的清早，像秋天河里的水一样明朗、新鲜”[2]，也映照着老定舒朗开来的心。

东山这一角色不仅承载着作者有关干部问题的思考，也关联于他有关人和农民的理解。东山和老定的互动过程、互动方式值得深入分析。东山第一次试图劝说而引起老定的激烈反应后，作者让儿媳、共青团员秀兰首先去“解劝公公”，再回家做丈夫的工作。秀兰对东山说：

我也得批评批评你。平时你见他连句话也不说，亲父子爷们儿没有坐到一块儿说过话。你饭一端，上街了；衣裳一披，上乡政府了。你当你的党员，他当他的农民，遇住事你叫他照你的话办，他当然和你吵架！”东山（听了）……心里可挺服气。[3]

“饭一端，上街了；衣裳一披，上乡政府了”是当时乡村基层干部数量少，承担公务繁重，大多无暇顾及自家生产、生活的实况写照。在

[1]李准：《不能走那条路》，《不能走那条路》（短篇小说集），第 18 页。
[2]李准：《不能走那条路》，《不能走那条路》（短篇小说集），第 18 页。
[3]李准：《不能走那条路》，《不能走那条路》（短篇小说集），第 6 页。

作品中，东山因为工作勤勉、为人公道而在乡村赢得了声望。作为妻子，秀兰知道丈夫因公务无暇照顾家人，但她同时认识到，宋老定排斥东山的劝说，责任首先在东山——平时没有和老人建立起良好的沟通关系，没有及时了解老人的生活状况、思想和心理，仅想通过一次说理就让老人按照自己的想法转变观点，既不合情理，也不现实[1]。经秀兰的批评与分析，东山调整工作方式、方法，转变急躁态度与生硬做法，体贴、尊重、耐心体察老人的心理意识。宋老定不仅感受到东山是村民敬重的党员干部，还是体贴、理解自己的通达情理的儿子，即东山经过努力与他真正建立起情意相通的关系，可说这为老定转变意愿奠定了极重要的基础。窗下偷听的情境设计与父子关系的角色设定，突显出作者的理解：即便与工作对象是父子、家人关系，也不意味着干部能不经过努力就自然了解家人、与家人顺畅沟通。干部与群众建立良好关系的前提，是在沟通中充分考虑到群众的理解状况、接受程度、心理以及情绪，注意方式方法，必要时还需运用智慧创造情境契机。这有关人与人互动状态、方式的思考，还关联于作品包含的另一方面的重要体察：当“互助合作”对农民不再是抽象的观念，而是变成他们可感甚至可感同身受的具体经验时，它才更能对接受者产生触动，进而真正开启它被感知、接受的过程。

尾声部分的对谈中呈现的东山转化老定的方式发人深思。在持续努力没有达成预期目标的情况下，东山没有急于对宋老定做判断，也没有对老定继续施加压力。听到村民对宋老定的议论和态度，东山在张栓面前主动检讨自己，有分寸地维护老定并假称老定已改变主意，引导张栓

[1]当年曾有评论者指出东山起初做法存在的问题：没有经过宋老定的同意，就想做主把做木匠的弟弟汇来的钱借给张栓，显然不尊重老定、会激怒老定；东山那时也没有像后来那样发动大家一起帮忙，而是要求宋老定全部承担起帮助张栓摆脱债务的任务（借给张五十万元），也不合理。振甫：《评李准〈不能走那条路〉》，载《语文学习》1956年第3期。

转变态度。东山以“虚构”方式表达出的对老定的信任和张栓在此引导下对老定的态度转变，是促成宋老定意识转变的关键一环。[1]老定本没有表现出东山所说的转变，作者却借“偷听”形式，让情感和内心已开始活动的老定被导引出东山所期待的心思情义。东山的做法同时也在引导乡村舆论朝向更能带动老定改善的方向发展，为他今后的转变创造空间、条件。而这些描写让我们了解：农民群体中的多数都可以在适当的引导和多方因素配合作用下展现出积极面与潜能。东山不硬性要求老定而给他留下转变空间的做法，则给我们思考“如何才能更好地激发培育农民扎根于自身深切经验的伦理向上心、精神觉悟自主性”这一重要问题以关键性启迪。

与上述理解相关的一个层面，是作者有关乡村社会交往方式与社会心理的体认。这由“窗下偷听”的情境构思集中体现出来。在作品中，借助不在场的方式，宋老定听到东山想方设法帮助张栓，听到张栓平心述说困境和内心的变化，听到张栓和村里人对东山的评价，更听到东山、张栓对自己的体谅、尊重和信任。设想，如果相关几方当面交谈，因彼此关系的紧张，这些信息可能很难被平心传达、接受。对自尊心强、身为长辈却“理屈”的老定，当面说一定令他感到难堪、恼怒而更倾向排斥这些信息；“背地里”讲并配合正面引导教育的方式，反使他在不失去“情面”的前提下更易检省自我。东山、张栓不知道老定在场的前提，也更突出他们态度的坦诚，这对老定形成更加正面的效果。在日常生活中，即便交谈者关系融洽，如果没有适当的情境、契机，当事人恐怕也难以直接表达对彼此的意见和看法；即使一方提出的意见极为

[1]李准曾在1959年的一篇创作谈中说，作家从生活中汲取、提炼素材“仍然必须是以生活中的某些事实和现象作基础”，这一能力是对作家“生活观察能力的考验”。他并以《不能走那条路》《孟广泰老头》的人物塑造为例，说明作家需要对所表现的生活努力进行准确把握，在此基础上“学会虚构，善于正确虚构……使自己的丰富想象，得以舒畅如意的发挥”。李准:《从生活中提炼》，原载《奔流》1959年第5期，转录自《李准专集》第14、15、19页。

正确，在情境或时机不当的情况下，也可能因对方感觉受伤、情面过不去而难以达到预期效果。有关中国人交往互动方式、心理特点的体察，是作者有关人的理解的重要方面。[1]

作品由之也开启了一重要层次：经由互助意识引导的互动过程，参与者获得自身主体状态的变化与提升。对于宋老定，与他人、与所在乡村初步的情感、道义与责任意识的关联，使他开启了更积极帮助弱者、参与乡村公共事务的意愿，同时获得更为顺畅的家庭关系与在乡村中被提升的形象。这也使他的自我感受、他人感受和身心状态发生了变化。对于张栓，获得东山、长山伯、宋老定的帮助，被互助组接纳，决心“下劲”“正干”——这些行为的意义不仅在于摆脱经济困境，还使他在树立新的劳动、生活、价值观念的同时获得新的自我意识，实现自我身心感受的关键性更新，他也由此获得改变自身形象、位置，被村里多数人重新接纳与获得积极肯定的机会。东山在此过程中也更深理解父辈、张栓与所在村庄，工作意识、能力获得增长；对象的转变、父子关系的加深与村民的回馈也使他获得对自己工作意义、价值更为实在的感受，使他内心更感充实。

作品这些部分让我们了解，人的变化和提升，是经由人们之间不断地引动—回应，使得一方面不断深化对他人的感知，同时不断反思、调整自己实现的。东山在与对象的交往中不断省思自己每一次的态度方式、言语行为引发对方怎样的回应，引动对方呈现出哪些方面的变化，据此及时反观、调整自己已有认识和互动方式，同时积极寻找接下来的行为介入点、介入契机。人的改变、提升是以人与人之间的持续沟通感

[1]有关如何理解中国人基于深长传统形成的交往心理、行为特点，这些因素在1960年代初期社会主义集体建设经验中曾发挥的作用和它们在当代条件下的可能，贺照田老师在《如果从儒学传统和现代革命传统同时看雷锋》一文中有深刻阐发。见贺照田、陈明等著：《人文知识思想再出发是否必要？如何可能？》，台湾社会研究杂志社，2019年版。

应为必需媒介的，这是李准理解“感”“化”方式的核心关键。其中包含的一层重要意涵，是一个人的自我反思、自我调整能力，与他悉心体察他人的意识、能力有很强的内在关联。东山这样的教育者（启蒙者）抛掉自身成见，努力进入他人，才可能在互动中找到有效的行为介入点、介入方式以实现帮助他人生活状况转变的目的。即，东山工作的开展（帮助他人），是以首先努力进入他人并以此不断自我反观、自我调整为路径的。只有这样，他帮助他人的行为、推动互助合作的工作才和他自身发生正相关关系，才能帮助他自我不断打开、不断获得充实。这种情况下，自我与他人、自我与工作是相互打通的关系。

这部作品体现出作者经由深入现实，所体察感受到的人所无法被简单化约的种种细微与潜藏。[1]

二

写作《不能走那条路》后，李准紧接着在1954年元月初完成《白杨树》[2]，作品围绕董守贵老头（老中农）与儿子进明带领的互助组年轻人（贫农）的矛盾展开，表现思想固执的老中农转变成见、加入互助组的过程。

作品意图回应当时互助合作现实中的焦点问题。经历土改，新中国成立初期农村社会与生产稳定恢复、发展。地主作为阶级被取消，富农阶层受到限制，大多数农民的生产获得稳步发展。其时的互助合作运动将中农、贫农群体设定为基本参与群体。其中，中农在土改后迅速成长

[1]在“文革”刚刚结束后谈及此作时，李准肯定自己当年的作品“主题是从生活中来，人物也是从生活本身创造出来”，强调作家需要“研究社会投向每一个具体人的烙印”。李准：《从生活出发》，原载《光明日报》1978年6月17日，转引自《李准专集》，第29、31页。

[2]作者在篇末注明“一九五四年元月九日改完于洛阳”，李准：《白杨树》，《不能走那条路》（短篇小说集），第45页。

为农村数量最庞大的群体，在生产资料和生产经营能力上占有优势，被期待成为互助组织的基本构成力量；贫农群体在生产资料、财富积累和劳动技能方面不如中农群体，但被赋予政治位置的优先性，被期待成为互助合作的核心力量，并在互助组织内部的利益分配方面获得照顾。这两个群体的人员构成又具有复杂性：中农群体中有部分人在土改前就是中农，部分人土改后由贫雇农变为中农，还有一部分生产基础更好的人被划归为“富裕中农”；贫雇农群体的大部分人经过土改变为中农，也有部分人的经济情况改善不够，仍然属于贫雇农。整体而言，在上述基本组织前提、原则下，互助合作发展进程的加快极易导致两个群体间矛盾的突出。当时的主要矛盾集中于生产资料的投入（土地、牲口、重要农具的入社折价）和分配环节（土地分红与劳动报酬的比例）。两者关系不仅关乎互助合作运动，同时关乎农村社会的稳定与整体的生产状况。李准捕捉住这一现实问题，尝试思考中农、贫农群体（在作品中实际引申为相互差异的人）如何经由互助合作过程深化彼此的理解，发展出新的关系。

在把握思路上，作品配合当时国家相关扶助政策与宣传内容，点出互助组的优点：合理的群体协作使生产效率更高，可更方便配置重要生产资料（耕牛等），更利于运用新技术，能够获得借贷社、供销社的资源等。有意思的是，作者选择表现的是一个基础、条件较弱的案例：村庄规模小（34 户人家），只有两个老、弱组成的临时互助组，生产劳动能力弱；缺乏干部和组织力量。主人公董守贵是意识固执、对互助合作抱很深成见与抵触心理的老中农。这一设计以中农、贫农的矛盾为主题，同时意在突出在物质条件不足的情况下，人的因素对互助合作发展的推动作用。[1]

作品梗概为：退伍军人进明回村积极展开互助组的工作。进明、凤英、大发等年轻人主动改善老中农与守贵的关系，守贵对互助合作的成见、隔膜、抵触情绪却不断加深，导致他想出“分家”的计策，想等儿子尝到互助合作的苦果回心转意后，再与儿子一家合住。在和互助组同伴观察分析老人的意识心理状态、权衡利弊后，进明意识到目前阶段老人不可能转变，于是同意分。其后，老人与互助组年轻人在“对垒”中不断互动，逐步改善关系，最终父子“合家”。

作品一方面部分延续此前的观察、处理思路，同时在角色设定、人物塑造、主题表现、语言表达等方面呈现出问题与状况性。角色设计与塑造呈现出简单性：尽管有意将董守贵的形象塑造得更多面，但因着意表现这一人物性格、素质、意识方面的问题，刻画显出生硬；互助组年轻人则被表现得相对简单而过于理想化。在党员董进明的塑造上，作品通过更为展开的互动过程，着重表现他能够以耐心、宽厚态度对固执的守贵老头儿展开教育、引导与感化。但同时，为突出立场性、政策认识与“斗争”意识，这一角色从一出场就始终“正确”，没有经历东山那样的自我反省，刻画深度、厚度不足。

作品有关互助劳动与个体劳动的情境比照与互助劳动优势的表现，也更多从年轻人的感受视角出发，没有更真实贴合董守贵那样的乡村老辈农民的经验感受。主题表现方面，为体现出更加鲜明的政治性，作品增加了更多直接呼应、传达政策表述的言语（主要通过进明），但这些部分基本没有真正贴合人物与情节，成为浮在作品表面的附加物。作品还在分家一节安插一位富农角色（进明舅舅）突兀出场，人物形象相当

[1]主人公董进明回村后动员年轻人时，说发展互助组“什么是好条件？无非是有人、有地、有毛主席领导，再加上你们这几个青年团员”。李准：《白杨树》，《不能走那条路》（短篇小说集），第23页。

脸谱化，和作品其他部分没有关联。作品中有关人物的描写和旨在烘托、传达人物内心状态的景色描写，呈现出状态的不稳定与描写方式的不一致，有些部分精彩，有些部分分寸把握失当、不能贴合人物心理感受或过于直露。[1]

《白杨树》的写作（1953 年 10—12 月）正值国家更积极推动农村合作化运动之时，“两条路线”的表述开始发挥影响，《不能走那条路》发表后的评价也陆续反馈出来。[2] 这些因素对李准的写作构成了一定压力与影响。相较《不能走那条路》，《白杨树》显然存在“简单化”与生硬宣讲政策的问题[3]，在深入认识社会、具体地表现人的方面没有达到作者的自我要求和上一作的水准。尽管如此，这部作品在很多方面依然具有分析、思考价值。作者意图在《不能走那条路》打开的视野、视点与思考基础上，更加展开地表现互助合作引发的人与人的互动、变化。[4]

[1] 人物描写方面，开篇守贵、秀荣（媳妇）见进明的描写方式和作品其他部分不同，让人感到没有贴合农民的心理、感受与表达方式（当然，这也透露出作者尝试借鉴新的资源、手法来表现农民新的情感状态）；另有些段落的描写显得夸张、生硬，如结尾部分守贵得知进明同意与他们合住后的描写：“突然守贵老头由外头跑着回来，一进屋‘哗啦’一脚踏在洗脸盆里，盆里的水像箭一样飞溅的满屋都是”。景色描写方面，某些段落透露出精神的饱满、安实感与清新状态（如“麦苗喝足了雨水以后，太阳一晒，就像手提着一样齐忽忽地长了起来。”“南风顺着金水河岸飘荡着，河两岸的麦田象一片湖水一样翻动着金色波浪。三月黄的大麦已经熟透了。看着，看着，小麦也快该收割了。”），某些部分（如结尾）则太过观念化、意涵单薄。（上述引文见李准：《白杨树》，《不能走那条路》（短篇小说集），第 44、34、37 页。）

[2]《不能走那条路》发表后最早的评论在作品理解、评价方向上有或大或小的差别，但都认为对共产党员东山的塑造不够理想、党员和党组织的力量不够突出、对张栓的批判不够充分、矛盾斗争表现得不够尖锐等。可参 1953 年年底到 1954 年年初苏金伞、李琮、康濯等的评论和此间报刊发表的读者读后感。

[3] 冯牧在 1960 年评价《不能走那条路》和《白杨树》是李准“最初两篇产生了广泛教育作用的作品”，同时指出董守贵和进明的“个性还不是丰满的”，《白杨树》“对于集体化思想与个体农民思想之间的冲突的描写，还遗留着某种简单化的痕迹”。冯牧：《在生活的激流中前进——谈李准的短篇小说》，载《文艺报》1960 年第 3 期。

[4]《白杨树》的篇幅比《不能走那条路》长近三分之一。

我想从作品相当耐心展开的互动过程入手来具体分析。

故事前四节，进明和年轻人努力使守贵转变认识，却没有达到目的。在守贵的坚持下，进明一家与老人分开过。作品设计了“隔而不分”的情境：分家的方法不是儿子一家搬出去单过，而是在原来的院子中间打一道隔断；父子俩的地也还是紧挨着。这样，家虽然分了，但父子俩仍出入一个院门，隔着院墙能即刻听到对方声气；地虽然分了，但劳动时一抬头就看到对方。双方的劳动、生活形成对照：白天劳动时，一边是活泼热闹的气氛与高效率，一边是“一个人孤零零地像哑巴一样”；下地回家，老两口一边冷冷清清，一天辛劳后无法亲抚孙儿，只能隔着院墙听儿子一家的日常声气与欢声笑语。[1]

在此情境下，守贵老头儿展开了和年轻人的“较量”。随着情节的进展，这一人物呈现出更多面向：要强、劳作精心、技术细致、爱惜牲口，分家后依然处处替儿子着想，但对互助组的戒备心和成见也深。[2]作品的表现让我们体会到，守贵以自我为中心的意识方式与固执状态，使他更加缺乏感知他人的能力。守贵对家人的亲情因而很“硬”：自认为关心儿子，实际却无法体会儿子的感受，对家人的言行也近乎不通情理；他对他人的感受、理解和反应方式也很“硬”，以至陷入偏狭、带有扭曲感的心态。另一边，进明“不信有破不开的木头”，教育媳妇“咱爹是农民，他不是敌人，在他跟前要不得那种‘骨气’”[3]，在互动中能够不被老人的态度、言行反应所牵制，对言语行为不近情理的老人始终体贴并耐心引导。

在接下来的互动过程中，双方发生着变化（第八节）。年轻人钻研

[1]这一情境中不同劳动氛围和人物心理的比照，更多是从年轻人的心理感受出发的。

[2]看到年轻人用大车拉污泥，守贵心想他们不会照顾儿子，看到事实后又对老伴说“你等着看，秫秸一割狼就出来了”；年轻人主动帮他拉泥，老头以为他们借机把他地里的泥“糊涂”走了。李准：《白杨树》，《不能走那条路》（短篇小说集），第35页。

[3]李准：《白杨树》，《不能走那条路》（短篇小说集），第34、37页。

种植技术，学习克制情绪，避免以简单对反的方式回应老人，避免双方情绪和矛盾的激化，同时抱着体谅、耐心的态度正面思考老人意识中的合理部分，认识到他的勤俭品质、劳动态度、劳动技能值得尊重，从自身开始改变。[1] 作者特别描绘了年轻人在村庄中散发的活力与气息：他们“生龙活虎”，“车装得扬头撅尾，好像一只大狮子伏在车上一样”。守贵老头儿也在变。他说自己“一辈子不好和人拉扯”，但年轻人主动帮他拉泥后，他悄悄帮儿子割麦（不是帮互助组其他年轻人），他也注意到年轻人以新技术培育的麦子。但出于执拗和争强好胜的心理，他刻意和年轻人较劲，同时对老伴儿言语行为刻薄粗暴，使她又气又累哭倒在地头。同时，年轻人的善意劝解、帮助和他们劳动态度、劳动习惯的改变，使守贵开始改变对他们的观感。

这部分深化着上一节展开的思考：由于性格意识的封闭、执拗，守贵很难平心接受亲人和他人的善意帮助，反而产生扭曲的竞争心理。与互助组的“较劲儿”使守贵老头儿身心紧张、失衡，以至无法控制自己的言语行为，伤到多年艰辛中相互扶持的老夫妻间的情感。平日感知、沟通能力的欠缺，使得他扭曲状态下的言语行为显示出更强的伤害

[1]在作品中，“小姑娘”凤英心思细腻、善解人意，是有很好观察、理解与沟通技巧的村庄青年积极分子。她对乡村的具体情况较为熟悉，与老人有互动经验，能够尊重、体贴老人的心理，注意互动的方式方法。比如，拉麦时，凤英“悄悄”对大家说先拉老人的麦，并嘱咐“大家可得仔细点，你们看守贵伯两只眼往这里瞅着哩！”年轻人“互相使着眼色……哪怕是一个麦穗也要拾起来”。大发背后学着守贵老头的“姿势说‘我一辈子不好跟人拉扯！’”，被凤英“瞪了……一眼”。李准：《白杨树》，《不能走那条路》（短篇小说集），第40、41页。

性。[1] 从作品之前传达的信息来看，守贵土地多、劳动技能强、有强牲口农具，在这些基本条件不变的情况下，即便年纪大、“腿笨了”，也不至于在劳动方面处于太大劣势，这里的处理显得牵强。不过这样的处理意图则在于使我们清楚看到，狭隘固执的“自家”意识和对自我—他人关系成问题的理解，不仅影响到守贵与他人的关系，也对他自身和他身边的家人造成负面影响。

作品尾声（第九节），互助组的好收成，儿子的体贴、耐心，年轻人的理解、转变与帮助，老伴的哭诉，劳动、生活的孤单——在这些变化和感受中，守贵开始转变。从隔膜、戒备、较劲儿和身心紧张中解脱，他的心变得柔软。经历这一番酸涩，他与家人、他人顺畅的关系体验应该会被他格外珍惜。[2] 这一经历应该也会引动他开启自我反观的意识和更积极感知、认识他人的意愿。“哪怕是再小的风吹来，它总要向山谷发出呼啸，总要放开喉咙给白杨树村的人歌唱”[3]，映衬出人们新的自我状态与对他人的关系感受。作者同时点出，守贵更积极参与到互助合作之中，与他人形成更深的关系，还要经过很长的路——“人”就是这样的，“……再想办法打通思想。进一步总比退一步强。啥时候你想

[1]为了抢在互助组前面收割完自家的麦子，老头让老伴连夜蒸馍，第二天一早和他共同下地，催促她快干，骂说“你是死人，你就不会快一些！”“要你吃饭腾锅哩！”老婆“再也忍不住，就把镰把一扔说：‘我不是牲口！累死累活跟着你起五更爬半夜，你就不怕把人累死了！’说着就哭了起来。”“一把鼻涕一把泪地对大家说：‘他整天象吆喝牲口一样吆喝我，我也是五六十岁的人了。昨天在北地拉麦，他叫我踩车，有两杈没装好掉下来，他就拾个石头向我扔来……’守贵老头……只恨地下没有缝不能钻进去。”李准：《白杨树》，《不能走那条路》（短篇小说集），第39—40页。

[2]小说结尾，互助组大家耙地，“一下子套了四犋牛，守贵老头赶着自己和儿子的牛，心里痒痒的，跟在最后边，他看着八只牛拉着四辆马车，在黄土路上走着像赶会一样，他第一次感觉到在一块做活的愉快”。（李准：《白杨树》，《不能走那条路》（短篇小说集），第45页。）如果作品的表现更加饱满、有力，“隔而不分”的情境装置与“隔而不分”的情节，可能引动更为深远的发问：新的生活与劳动，是否、如何能够使人们之间发展出更深、更广的情感、心意连通？

[3]李准：《白杨树》，《不能走那条路》（短篇小说集），第35页。

把大家想法弄得一般齐……”[1]。

作品对于互动过程的详尽表现，显示李准在把握董守贵这样的农民意识转变的主题时，将焦点落在人与人之间的互动过程、互动方式上。他着重观察封闭的意识状态对人的自我感受、自我状态的影响，在此参照下，他意图探究以建构良性关系为指向的人们之间的互动，如何引导个人加深对他人的理解并在参照中自我反观，进而带动人们打破彼此成见、隔膜，对参与者的自我感受、主体状态产生良性引导作用。尽管表现存在简单、过于理想化的问题，但内中呈现的敏感与思路值得重视。在李准后面的写作中，这一观察视角与路径不断获得开展、深化。而如何在表现中带入现实与人的复杂性，对作者来说是具挑战性的任务。同样值得关注的，是家庭开始成为作者观察、思考互助合作问题的重要基点。这部作品中，成功的互助合作和劳动，被作者更深关联于参与者新的自我状态、家庭关系。

此外，主人公董守贵的形象塑造不尽理想，但包含值得认识的内容。守贵不像宋老定心思细腻、善于体贴人、注重人情礼俗，他固执、脾气暴躁、言语易伤人，不顾及他人情面，并且“私”意识更重、与人交往互动的能力更弱，对他人和互助合作抱着极强的防备心理与成见。这一人物同样具有传统自耕农的特点：勤劳节俭、有较强劳动技能，自尊、自立，热爱劳动、相信劳动，相信可以依靠自己的勤俭致富，有家庭责任心、注重亲情，抱有朴素的公平、公正观念。[2]作品的表现保持了重要的分寸：尽管对互助合作有明显隔膜、疑虑，守贵没有主动贪图、损害他人的利益，他的算计心理出于保护自己正当利益的逻辑，并

[1]这是凤英问互助组转社后守贵老人如果“再闹”怎么办时，进明的回答。李准:《白杨树》，《不能走那条路》(短篇小说集)，第 44 页。

[2]守贵与年轻人较劲儿的方式执拗、偏狭而朴素。他想依靠自己和老伴的加倍劳动挣得面子。

且他的意识状态与感知他人的能力不足相关。

作品同时引领读者体察，董守贵这样的农民对互助合作的强烈抵触心理是基于下列认识：互助合作难以做到公平、公正，难以合理照顾到各方利益（比如农忙时节谁家地先下种，就很难处理）；合作双方的基础、条件不同，自家在大牲口、农具等生产资料方面占优、有财富积累、劳动技能强，而互助组年轻人缺少好牲口、劳动技能差（“糊涂”组），也不懂得爱惜牲口、土地，生产技能和生产效率低，合作让条件好的一方吃亏。这些理解，加上性格执拗、缺乏感知他人的能力，更促使守贵老头儿对互助组产生很深成见。在他的感受中，互助合作既不公平，也不公正，这是他对互助组成员不信任与算计心里的感受认识基础。

贯穿在作品中的有关牲口的情节，体现出作者的人物理解。在小说中，牲口引发了老人和互助组年轻人最初的激烈冲突：为使老人感受到互助合作的益处，进明托大发给老人拉土，但当守贵看到大发赶着自己的牛上坡，“一鞭子一鞭子都打在牛的身上，也好像打在他心上一样难受”，加深了对互助组的成见。分家后，老人心里喜爱互助组贷款买来的牡牛，又担心年轻人不会喂养，糟蹋了牲口。尾声部分，老人开始转变后加入互助劳动时，既心疼自家的牛，也心疼互助组刚买的小牡牛，舍不得让小牛拉车。[1]读者至此终于明了：老人对牲口格外体贴、爱护，是出于长年劳作艰辛中和牲口结下的深厚感情。因此，守贵最初无视大发的善意动机和经验缺乏，推断对方人品恶劣，不能共处（“都没看看那都是些啥人！一个比一个的刀子还快，我一辈子就不跟他们拉扯！”[2]）。而大发因为不能体会到这一层经历、情感而直观判定老人刻

[1]老人宁愿多跑几趟，只让自家的牛拉半车土，对互助组的小牛则“不敢当大牛使唤”，舍不得让它拉车。李准:《白杨树》,《不能走那条路》(短篇小说集)，第42页。

[2]李准:《白杨树》,《不能走那条路》(短篇小说集)，第26—27页。

薄，导致彼此矛盾加重。作者体察到，农民对牲口的在意、爱惜不仅出于物质层面的考量，还包含朴素而值得珍视的情感，甚至伦理意识。

如何对待董守贵这样“小农意识”强烈、对互助合作有明显隔膜的农民？在他们对互助合作的态度、感受、作法中是否有需要认真对待的因素？他们有转变的可能么？可说这是作者通过《白杨树》提出的重要问题。

《白杨树》呈现出作者有关互助合作精神与实践展开路径的进一步感受与体察。这部作品让我们体会到，互助合作不仅在生产方面，而且在家庭关系、日常劳动、生活氛围与人的情感需要、精神感受等方面，带来了新的影响。在《不能走那条路》的基础上，作品进一步启发读者思考互助合作在乡村社会的推行过程中可能引发社会、人的哪些方面、哪些点；哪些因素会影响到农民对互助合作的感知与接受；互助组织的利益分配、生产组织管理需要把哪些因素纳入视野，可更有效调和组织内部的矛盾，引导参与者发展出良性关系。

三

将这一阶段农村互助合作的实践展开状况与李准的创作相互参看，可更多体会他思考、写作所处的张力语境，也有助于打开有关那段历史的更多思考。

两作创作于1953年秋、冬，正值总路线颁布、合作化发展提速、统购统销试行等系列重要政策、举措密集出台之际。1953年秋，互助合作运动已经历初期发展、相对快速发展、调整整顿几个阶段，1953年10月、11月，毛泽东指出为了防止农村贫富分化、帮助贫农提高生产水平和提高农民整体生活水平，应大力发展合作社，并将农村的合作化进程与国家整体发展目标、社会主义目标联系起来，强调生产关系的改变对生产力发展的意义。之后，合作化从以整顿为中心转变为提速发展。同时，统购统销在全国范围开始试行并导致 1954 年农村的紧张状态，合作化实践面临更复杂的现实状况。[1] 在李准创作这两部作品时，社会上对农民"封建小生产者"意识和"资本主义自发倾向"的批判成为主导话语，农民是否加入互助合作被归结为"走社会主义道路还是资本主义道路"的话语高度。

相比之下，李准的写作一方面敏锐配合着互助合作运动的发展状况、政策导向，另一方面体现出其相当独特的现实体察与理解。两作所探讨的，是处于起步阶段的互助组织：不仅物质条件弱，参与者合作意识的建立也非常艰难。将探讨聚焦于合作化的意识心理，方便作者呈现对合作化实践在现实中遭遇的复杂、紧张的感知。他在观察、思考——在当时历史情境和农民心理意识状况与关系状态中，互助合作下落到社会中可能引发社会哪些方面的反应、变化，农民对它的感知、认识关涉到哪些方面、因素。

互助合作在新中国成立初期的推行面临复杂的状况。社会环境由战争转向和平稳定，政府积极鼓励发展生产，生产条件好的农民普遍认为传统生产方式可以发家致富，互助合作的动力下降。过去时代条件下农民生活的不稳定性（如遭遇灾荒、重病、无法获得借贷），令农民更为渴求尽可能多地获得土地来发家致富。《不能走那条路》借张栓的经历点出小农经济的脆弱：疾病、灾荒、借贷渠道少、乡村商业不稳定等因素，在当时很容易摧垮农民。在新的社会条件下，可以通过新的发展举措有效应对这些问题，互助合作并不是有效克服这些问题、推动农村生产发展的唯一道路。从生产角度来看，互助组织生产效率的提高需要组织管理、生产技术等多方面、多环节的探索和相关资源的配合投入。互

[1] 李准此时的写作尚未涉及 1953 年底统购统销实施后农村的现实状况。

助组织在当时条件下确立自身生产优势并非易事。事实上，农民更习惯于运用传统方式和多年积累的经验从事生产，条件好又善于经营的个体农户的生产效率、收益比互助组织高，是高级社阶段前一直存在的突出现象。对于多数农民，没有明确显示出生产优势的互助组没有太大吸引力。部分农村党员在土改后也出现买地、雇长工、不愿加入合作社的现象。

合作化问题直接关联的另一个重要前提，是中共以阶级理论为社会群体认定标准。在农村生产整体上升的趋势下，依据经济条件划分社会身份的方式给农民的意识、心理带来怎样的影响，是观察思考合作化运动的必要维度。新中国成立初期，绝大多数农户在土改后处于生产上升状态——贫农获得更多土地、开始具备发展生产的新条件，部分生产经营能力强的贫农快速转变为“新中农”；中农则可进一步上升为富裕中农；富农，土改中减少土地财富的富农被“限制”发展，但依然有所发展。生产的上升意味着各阶层的人员构成与相互关系处于流动状态。同时，担心因生产发展和财富增加而导致阶级成分变化、政治上不利甚至成为被压制人群，成为农民，特别是富裕中农、老中农、新中农的普遍心理顾虑。土改过程中多数地区实际剥夺富农自耕地的做法，对中农（特别是富裕中农）和生产处于上升状况的贫农的生产热情、政治积极性也构成潜在压力。这些状况使合作化展开的现实背景更为复杂。

阶级理论也被用来规定合作组织的基本人群构成与位置关系。“依靠贫农、联合中农”“自愿互利原则”是土改完成后到高级社之前互助合作的基本政策。而如何真正做到参与者“自愿”和贫农、中农“互利”，是非常具有挑战性的任务。贫农、中农在合作组织内的关系因前提性的位置设定和分配原则易存在矛盾。从阶级理论出发，贫农因经济状况处于底层而被认定为互助合作动力最强的核心“依靠”力量，获得政治、组织方面的优先位置；中农的政治位置低于贫农，但互助组织的实际生产运行更多依靠中农的力量与资源。在资本投入方面，中农投入更多土地、牲畜、马车等生产资料，但在分配上，劳动力优于土地等生产资料的分配原则意味着中农必须出让更多利益。这不仅增加了中农加入互助组织的顾虑，也在前提上为互助组织内部中农、贫农间关系的调和增加了难度。在互助组织内部存在利益层面不够公平、公正，投入、分配等环节需要某一方做出让步的前提下，怎样有效调和各方矛盾，怎样有效调动、培养他们参与互助合作的意愿与能力，帮助参与者加深连带关系，是众多合作组织不能不处理的核心问题。

领导层在推动互助组织提高生产效率的同时，反复强调需要平衡中农、贫农关系，不应侵犯中农利益，切实做到中农与贫农“互利”，表明推行者意识到以固化的阶级观点认识农民、设定合作组织内部农民群体的政治位置带来的问题，强调需要在物质利益方面给予中农群体更多公平待遇。[1]如果互助合作实践不单纯指向经济目标而期待切实落实社会关系诉求，那在物质利益之外还需要哪些因素的配合，才更可能激发、调动农民的参与热情，更能切实朝向培养社会主义期待的主体？当时政策一再强调改变干部工作方式，树立民主作风，对农民进行集体主义、爱国主义和“前途教育”[2]。这些方面的确重要，但在实践过程中调整哪些环节、作法能有效改变干部的工作方式，有效深化干部的政策理解，同时增强他们与群众互动的能力？如何切实培养互助合作参与者的民主意识？与集体、国家目标配合的相关价值观念如何能够有效抵达人

[1]邓子恢在1953年谈不能侵犯中农利益时，指出“互助组合作社的内部关系也是农民内部的相互关系的问题”，认为可以在“今天揩中农油以满足贫雇农，那就错了。今天的贫雇农将来也要成为中农的，今天要他揩中农的油，将来就会让别人来揩他的油，这就是贫雇农对上升增加顾虑，结果两头都不讨好”。邓子恢:《在全国第一次农村工作会议上的总结报告》（1953年4月23日），《农业集体化重要文件汇编 上》（1949—1957），第135页。

[2]山西省人民政府长治专署:《山西省长治专区一九五一年试办十个农业生产合作社的成绩与经验》（1952年5月），中央人民政府农业部农政司编印《农业生产合作社参考资料》第一集，转引自《农业集体化重要文件汇编 上》（1949—1957），第91、92页。

心，促成群众更积极地接受意愿？对于这些问题的认识与处理，需要基于对农民群体、乡村社会多方面状况的深入体察。

李准的创作帮助我们开启有关这些问题的思考意识。两作让我们了解，农民的意识、心理与特定社会历史状况有很深关联，并且农民对互助合作的感知不仅仅关联于物质利益的考量，还可能与价值、情感、家庭关系、亲情、人际间交往互动方式（特别是干部与群众）、乡村公共空间的舆论和人心导向、周边人的带动、新的生活与劳动氛围等因素相关。作品引导我们观察，互助合作不仅影响到农村生产组织层面，还引动着农民家庭关系与生活、劳动氛围的变化，影响、改变着人们对自己、家人、周边人们和所在乡村社会的感受理解。

李准体察思考农民与农村社会的视角，与他和夫人的家庭经历有着深层关联。李准出生于“诗书耕读”的大家庭，虽在时代变迁中境况日渐艰辛，但家中尊卑有序、家庭关系和睦。李准的父亲是责任意识重、能够隐忍担当的家庭支柱。李准自幼接受传统教育，同时很早表现出体贴人情事理和善于社会交往的能力。他十五岁辍学后在洛阳车站盐栈做学徒，十七岁在麻屯镇邮政代办所工作，同时加入镇业余剧团编写戏曲剧本，并曾代不同身份的农民书写家信。李准夫人董冰出身乡村底层，自幼目睹、经历了种种艰辛悲苦，遭遇兄弟姊妹离世、母亲重病的经历，很小就开始帮助母亲做家务。在此境况中，她家周边的邻里善良、勤俭、坚忍、宽厚，在艰困中相互扶助，结成深厚的情意。董冰在解放前没有条件识字，极少接触新的文化与观念，李准鼓励她识字读书、多见世面，他们夫妻关系和睦。李准不少作品的语言、人物、故事来自董冰的乡村见闻与讲述。这些经历，使李准有机会较深体察时代转变过程中乡村社会、文化、习俗、道德、伦理等多方面的状况，构成他有关农村、农民的理解的重要根基。[1]

携带着这些印刻在心里的感受与经验，李准走入新中国。1948年底，新政权接管洛阳，李准在豫西中州银行（后改为人民银行）当职员，1951年任银行货币计划股股长。[2]李准“听到建立新中国的广播消息……热泪盈眶”，新的历史使他激动、兴奋。但他随后经历了一番坎坷。1952年春，李准在当时的运动中被指有贪污嫌疑，被批斗、隔离审查到同年农历六月，后被解职。据董冰回忆，“那时候，运动搞得很凶”，李准被推、打、“脸贴墙站着，不让睡觉……一直站了四天四夜”，而他一直坚持自己的清白。失去银行的工作，李准曾想“去关西拉大粪、卖大粪”，后经去市委申诉，获得了洛阳市干部学校语文教师的职位（1952年9月开始任教）。也是在那个教职上，李准开始写作、发表作品。[3]

今天确知李准这一段经历的具体情况，使我们可由此体会到，他写作起步阶段有关农民的体察与思考不仅包含对农村现实的敏感与观察，还包含对自己新中国成立初期经历的转化。了解到这些，我们更深感知到，50年代“人民共和”焕发出来的社会精神风貌与人心凝聚状态，民众参与国家、社会事务的高度热情，人与人之间深切的信任感与连带关系，成为李准此阶段现实感受与写作所依托的重要时代基本面。在这

[1]李准出身“农村教师兼小地主家庭”，全家21口人在解放前合住，家庭关系和睦，保持着传统乡村大家庭的关系。祖父辈曾作乡村私塾先生、小学校长、小学教师、商人。李准17—20岁间曾参加麻屯镇戏曲剧团，改编旧戏、编写戏曲剧本。请参卜仲康、陈一明:《李准小传》（1978年，收录于《李准专集》）与董冰:《老家旧事——李准夫人自述》。李准写作这两部作品时二十六周岁（1928年5月17日出生），但体现出很深的社会洞察、人情体贴能力，这与他的早慧和成长过程的社会历练分不开。

[2]卜仲康、陈一明:《李准小传》（1978年），《李准专集》，江苏人民出版社，1982年版，第3页。

[3]此段引文录自董冰:《老家旧事——李准夫人自述》，第144—147页。董冰在后记中说明，回忆录写于1983—1985年间。李准1952年在单位接受审查隔离时，董冰没有在现场。

一时代背景下，国家赋予农民的新的位置、价值与互助合作承载的社会理想，对李准产生很深的精神感召。两作呈现的体察农村社会和农民时的视点，对农民深切的“相信”和对有效感化农民方式的细腻探讨[1]，有关集体—个人、干部—群众关系的思考以及作品映现的精神安实感，都映照出他这一核心时代感受。

两作对于家庭的处理值得进一步思考。对家庭、亲情的关注，显示李准着意体察新的社会变革过程对乡村社会人际关系、家庭关系、伦理意识等方面带来怎样的挑战与变化，对乡村社会日常带来怎样的塑造与影响。作品也显示，他并非将乡村家庭关系、伦理意识做固化理解，而是努力在农村社会、农民生活形态与意识心理的变化过程中，看视它们在与其他因素的关联碰撞、在新结构中的状态与发展的可能。“窗下偷听”与“隔而不分”的情境设计借鉴自中国传统戏曲，家先分后合、和睦团圆的结局处理也包含呼应民间社会的文化、心理积淀与诉求。但读者不应据此认为作品是对民间心理的简单认同。在李准笔下，农民的家庭观念与情感渴求包含着感通他人、连接到“公”“义”理解的经验基础，在恰当的价值引导和情境契机下，可以成为促成主体意识变化的重要因素。[2]李准试图将家庭关系和亲情结构在互助合作引发的新的自

[1]在此意义上，《不能走那条路》中长山伯回答张栓、宋老定回答张栓话里的“谁”，在作者那时的感受中可能包含哪些群体，是值得深思的问题。在河南省戏改会根据小说改编的剧本《不能走那条路》（1953年12月第一版）结尾，小说中宋老定对张三说的“要不，连谁你都对不住！”被改成“要不，你连你死去的爹也对不起！”。李准小说表达中“谁”显然传达出更广、更深的感受与意涵。

[2]当年有评论说《不能走那条路》将“真实的人情味”和“党的原则精神”做了很好的结合：“作者既写出了真实的人情味，又写出了党的原则精神。两者的良好结合，正是这篇小说成功的地方。同时，作者也向我们指出来如何向农民进行教育的正确方法。农民虽有自发情绪，但他们是劳动人民，有阶级友爱的情感，社会主义思想他们是可以接受的，所以只要我们善于抓住农民的亲身体验，用回忆对比的方法，进行前途教育，农民是可以跟着党走共同上升、大家富裕的社会主义道路的。”（王五魁：《评不能走那一条路》，载《河南日报》1953年11月20日）

我—他人关系感受和新的生活、劳动状态中，使它们承载新的功能。[1]

《白杨树》传达出，守贵老人对家人和自己的感知，是经由与互助组的互动、参照而被重新意识、反观，并在对方的善意帮助和引导下发生变化的。老人封闭狭隘的"自家"意识不仅无助于建立更好的自我—他人关系，还影响到他与家人的关系（老人意识中最核心的关切）和他的自我状态。经由与儿子、互助组的互动，守贵老人渐渐感受到，原本自认为自己的做法是为儿子好、自己可以负起长辈的责任，但实际上自己不了解儿子，对儿子和老伴儿的态度太粗暴了；他也开始体会，互助组年轻人对自己是善意的。通过与老人的互动，互助组年轻人也获得成长、改变。这样的处理包含了作者有关互助合作问题的重要思考方向：互助合作契机可能引发参与者的自我意识、他人意识发生怎样的变化，引发参与者与家人、他人间怎样的关系变化？

作品有关家的表现包含作者更深层次的思考。在《白杨树》的尾声，进明看到时机成熟，向娘提出合住，进明娘劝说儿子，如果老头儿还不愿入组就依他，进明回答："退出来办不到！……我能不管你们吗？只是得照住我这正路走！"强调需要同时照顾自己家和互助组的理解，不应被视为对当时互助合作政策的简单应和，也不仅基于作者对农民在互助合作开展初期思想意识状态（所谓"觉悟程度"）、接受能力的判断。自家和集体应该共同发展并形成相互间的良性关系，这是李准此后探讨个人—集体关系的核心思路。在其后有关合作化题材的系列作品中（有关初级社的《孟广泰老人》、有关高级社的《冰化雪消》、有关人民公社的《冬天的故事》和《李双双》），互助合作的范围不断扩大，越来越强的集体要求也对家庭关系构成着挑战。在此形势下，家庭始终被

[1]当年有关《不能走那条路》的改编剧本多增强东山的"孝子"戏份儿，以更突出家庭的和睦氛围，但这些处理同时可能削弱作者的原初创作意图。可参看李准原著、白得易改编的鼓词剧本《不能走那条路》，新文艺出版社，1954年6月第一版。

李准作为自我与他人、个人与社会发生关系的中介，同时成为个人与他人、集体关系中具有一定自主性、可发挥调节功能的必要空间。在李准以正面方式展开的把握中，家庭和亲情成为个人与集体内具张力的关系建构中发挥建设性功能的要素。

干部问题是李准在起步阶段的另一思考重点。在上面讨论的基础上，我还想讨论两点。首先，作者借助文学的方式努力深入人的意识、心理、精神、情感状态，细腻体察人们在互动中相互触发、引动、变化的过程。这样的认知、表达努力促动我们感知：人是具体的，是在价值、观念、情感等众多层面因素的交互运动中的具体存在，在不同的社会情境、时、势中，人的表现会变化，不应以固化的阶级预设设定具体的人；政治也是具体的，政治的实践过程、观念与规划设计落到不断变动的社会现实、具体的人的过程，也必然是具体、复杂的。现实不可能依照预先的设想来发展，实践目标也无法仅通过观念灌输、政策指导、制度组织规划获得落实。其次，两作暗示互助合作需要改造的主体不仅包括农民，也包括干部。李准显然也意图使自己的作品具备“工作手册”的功能，意图引导干部思考如何在具体且不断变化的现实情境中认识农民、理解农民“小生产者”意识；引导他们思考，在物质利益之外，还有哪些价值、因素对于农民的实际生活、主体与精神构成具有重要的支撑作用。

《不能走那条路》与《白杨树》这两部李准起步阶段的作品，显示出他对合作化深入乡村过程引发的社会多方面反应及其中人们意识、心理、情感细腻变化的体察努力。两作所开掘的观察与思考的视野、意识敏感与基点，为他 50 年代中后期的写作奠定了重要基础。

四

接下来，在从1954年年初到1955年合作化高潮之前的阶段，李准作品的描写对象由互助组变为初期发展阶段的合作社[1]。在与他的写作对应的现实中，合作化运动相较此前发展明显增速。1953年底，互助合作运动由整顿进入加速发展阶段，到1954年春，全国范围内合作社从“一万四千多个发展到九万多个”[2]。在1954年春夏经历整顿后到1954年9、10月间，全国共发展10万个合作社，至1955年6月发展到65万个合作社[3]。快速发展的同时，因部分条件因素配合不足、制度规划尚待完善、统购统销存在压力等，农村与国家关系一度紧张，合作化进程也面临诸多问题，如合作社管理范围扩大、集体对农民的管理加强、农民的生产任务加重，干部权力增大但干部队伍建设严重不足，社内民主机制没有获得切实发育。在此情况下，有效调整互助合作组织内、外关系，合理调整、平衡组织内部不同农民群体的利益与关系，较此前阶段更成为实践中必需处理的工作重点。

在此背景下，在思考如何回应现实变化的同时，李准深化、拓展了《不能走那条路》与《白杨树》中已经开展的思考基点与思考视域。他此阶段作品的人物身份、性格更为丰富，包括少年、青年、老人、干部、妇女、儿童；表现范围与题材拓展到合作社的民主空间与组织管

[1]依照时间顺序，这些作品基本包括李准在1954年创作的《雨》《林业委员》《孟广泰老头》《陈桥渡口》和1955年1—7月创作的《散会路上》《在大风雪里》《摸鱼》(又名《小黑》)《冰化雪消》与《农忙五月天》。

[2]《中央批转中央农村工作部关于第二次全国农村工作会议的报告》，1954年6月3日。中华人民共和国国家农业委员会办公厅编:《农业集体化重要文件汇编 上》(1949—1957)，中共中央党校出版社，1982年版，第246页。

[3]参毛泽东:《关于农业合作化问题》，(1955年7月31日)，《农业集体化重要文件汇编 上》(1949—1957)，第362页。

理、个人与集体、先进与后进、老社与新社间的关系等，涉及的家庭关系面向也更为丰富。如何在合作化日益深入社会基层的情况下合理认识、把握公—私、个人—集体关系，干部和先进者应如何认识农民、如何在合作社和家庭空间中对待他人，家庭特别是年轻女性在合作化下落乡村过程中所能起到的作用，成为重点探讨的主题。下面，我将通过对李准《孟广泰老头》《农忙五月天》《散会路上》等作的解读，展开具体讨论。

李准完成于 1954 年 7 月的《孟广泰老头》，首先围绕公—私、个人—集体关系的调适问题展开思考。这部作品的写作过程，正值合作化加速发展与统购统销首次实施，农民与集体、国家关系相对紧张的阶段。作品梗概为：孟广泰老头解放前是贫农，给地主打过长工，给大户当过“把式”，因为懂牲口、爱护牲口、勤恳用心、特别有公心，被选为合作社牲畜队长和劳动模范。孟广泰老头在家疼爱儿子。儿子天祥也是社里的好劳动、好把式。父子俩加上精明干练的天祥娘、儿媳、孙女，一家日子和美。一天，天祥娘当着天祥的面把社里喂牲口的一小布袋草料拿回家，回来后被老头意外发现。老头以为是儿子偷的，向社里说明天祥“没资格”当劳模，回来教育儿子“只要能改”“对社里说明白”就好，“不怕丢人”。社、队干部仍然推举天祥。劳模会上，望着父亲“无限焦急而慈爱”的目光，天祥鼓起勇气坦白自己的错误，但没有说出母亲。大家原谅了天祥，拥护他当新模范。在场的天祥娘落泪，回家后向老伴儿说出实情，并主动交出自己从社里拿的镰、瓢。

作品极富思想能量的表达，首先体现在孟广泰、天祥和改变后的天祥娘对自己家和集体的交融感受。孟广泰对集体忠诚、有原则，为了集体利益敢于严格要求他人，也以同样标准要求家人。但他的“一片公心”并不影响他对家人、对儿子和老伴儿的关爱、体贴。他在社里疼牲口，在家疼儿子。[1] 因为熟悉牲口、懂牲口的秉性，也因为它们为社里运输卖力，他格外爱惜它们，不能容忍儿子把社里喂牲口的草料私拿回家。老人格外疼爱旧时代受过苦的独子，也因为儿子劳动好而更加疼爱他；因为儿子拿集体东西而恼怒伤心，心里难过仍然告诉集体；儿子“没资格”当模范，在劳模会上又“带着无限的焦急和慈爱”给儿子在大家面前承认错误的力量。孟广泰对家人和集体同样深情，并且他对这其中一方的情感“浓度”越高，对另一方的情感“浓度”也会提高。在他心目中，对家人的情感和对集体的情感相互连通，互为激发。在作者笔下，这两种感情的交融是健康的，且使老人的精神、情感状态更为饱满、发抒。[2]

其中的关键环节为，孟广泰所以能如此投入、认同集体，他对集体的投入所以能够加深他对家人的体贴、关爱能力，与他对集体的体认路径内在相关。得知儿子拿社里的草料，老人对儿子说：

> 社里东西，是咱一百多家的东西，就连这一根麦秸棍，也有大家的血汗在里面。社里的东西，不是分咱的，咱连摸都不能摸！……现在这社是咱自己的社，社就是咱的家……你偷这点料，能对起社不能？能对起你见天使的牲口不能？[3]

老人的陈说体现出，他对“集体”的认识是基于对这集体中具体

---

[1]孟广泰老头在家给儿子留好吃的：“惦记惯了，逢吃好东西就想起来他。本来么，他见天出力哩！”儿子把社里的饲料拿回家，老人问：“能对起你见天使的牲口不能？”有关这部这篇，本文所引用版本为收录于李准《不能走那条路》（短篇小说集）（中国青年出版社，1955年版）中的版本，是最为常见的版本，同时参照引用1954年的版本（此处引文出自1955年版小说集第47、55页）。

[2]相较宋老定、董守贵，孟广泰在作者笔下属于老辈农民中的“新人”。作品点出，他爽朗的性格与舒展的主体状态是在新社会参与公共事务的过程和良好的集体氛围中逐步形成的。

[3]李准：《孟广泰老头》，《不能走那条路》（短篇小说集），第54、55页。

的个人和劳作过程与牲口之间形成的真切的情意连带。天祥对集体的感受、理解、信任与忠实，他犯错误后在集体场合检讨、突破自己的勇气，同样基于对父亲和大家的信任。[1]

天祥娘的转变，也以天祥对她的方式、态度和大家对天祥的态度为中介。故事结尾，天祥娘“眼睛红红地拿着一张镰和一个铜瓢说：‘给，这也是社里的东西，你给咱社里拿去吧。另外，那点料……那点料是我拿的，不是咱天祥拿的！’她说完以后就伏在两个大麦屯上低声地哭起来。”[2]天祥娘对老伴儿柔软地说出的“咱社”“咱天祥”，朴素而值得珍视。通过儿子天祥对自己的保护，通过社干部和大家对天祥的信任、爱护，天祥娘心目中低于自己“小家”的“集体”终于开始变得亲近，被当成由自己的“小家”扩展出去的“大家”。而她此时的转变，是以亲人的感受、以大家对儿子的态度为中介的，这是她突破原有意识的开始。没有大家和社干部对天祥的宽容、肯定，就无法开启天祥娘重新感知大家、感知合作社的意愿。[3]这部作品让读者体会到，孟广泰一家对集体的认知，不是通过抽象的观念，而是由自己信赖的亲人感受，集体中其他成员对儿子的宽容、信任表现为连通媒介达成的。这之中包含着作者有关集体—个人、公—私关系的重要思考。

通过天祥这一人物，作者更进一步推进了有关公—私关系建构问题的思考。天祥也爱集体，在社里劳动勤恳踏实、任劳任怨、有责任

[1]在村劳模选举会上，天祥在没有准备的前提下向大家表白：“我对不起咱社，我也对不起咱社里老少爷们。”李准：《孟广泰老头》，《不能走那条路》（短篇小说集），第57页。

[2]李准：《孟广泰老头》，《不能走那条路》（短篇小说集），第58页。

[3]李准说孟广泰老头的原型来自他“在农村碰到过很多爱社如家、大公无私的老贫民”，其中一位是有着众多爱社事迹的单身的“老饲养员”；其他两个角色的构思来自他听到的两件事：“一个年轻的饲养员偷了一块豆饼，拿到家里喂猪，这个事情被别人揭发了”“……一个老婆私自把社里一把茶壶和一张镰藏起来，后来经过教育在大会上也坦白了出来”。（李准：《从生活中提炼》（1959），《李准专集》，江苏人民出版社，1982年版，第18页）他将这三个人物结构在家庭关系中，并为后两位人物构思了不同于人物原型现实情况的转变方式。

心（他和孟广泰老头是社里两个出名的好把式）。天祥同样爱自己的父母：因为爱父亲、敬重父亲而勇敢突破自我，当众承认错误；因为爱母亲而在众人和父亲面前独自承担责任，默默保护母亲。从“公”的角度来看，天祥还没有达到孟广泰老人的认识程度，所以虽痛苦自责但始终保护母亲；天祥在父亲面前也没有说出实情，表明他担心父亲站在新的“公”的立场对待母亲。在作品中，天祥实际瞒过了社里和父亲，而作者恰恰想要通过这一情节表明自己的理解：设想，如果天祥在压力下说出母亲的行为，当然会得到大家和社的肯定，但他也会因此对母亲深怀自责与愧疚——不仅出于亲情，也出于道义、伦理感——而与社里有所隔阂。现在这样，使得天祥在情感和心理上满足了自己保护母亲的愿望，同时又更愿意加倍报偿集体。在作者笔下，天祥勇敢突破自我的动人状态（“像忘记了自己一样，突然说起来了”）是以保有自己心底最柔软也最重的部分为依托的。天祥娘的转变同样与天祥、家、合作社保护她的自尊，以感化方式对待她有直接关系。

孟广泰老人一家的“公”意识、“公”理解被作者处理为处于不同的层次，但在他们朴素的意识、感受变化中，新的“公”和“私”最终达到了连通。对于天祥和天祥娘，集体是以亲人、大家与自己的互动为中介被感知、体认的，并且大家所组成的集体同时给予了他们必要的自主空间，使他们保有自尊，使他们自身的情感与道义诉求获得尊重。也因为此，“公”与“私”在他们的感受中变得连通不隔，“社”变得亲近、可信靠，他们更愿意接纳“社”。在作者的意识中，这有关个人与集体、公与私的新的“理”（集体所要求的公共意愿）不是依靠观念的灌输宣传和组织方面的管理要求，而是通过将心比心、感化的教育方式，伴随着情感的润泽（“情”“理”交织），唤起人的自尊、责任心与道义感的方式来对待农民的。正是经由这样的路径，原本有距离的农民一步步接近并逐渐认同新的集体，而这也是合作组织逐步建构自身凝聚力的重要过程。

天祥在众人面前勇敢开启新的自己的那一刻，还在保护着母亲——这一情节还可以开启怎样的思考？在作品中，没有坦白母亲错误的天祥，没有被父亲和集体指责。而在当时的现实中，天祥极可能因此被指责缺乏原则性、觉悟不够。作者的处理可引发我们思考，相比于依靠监管、控制来打造组织行动准则，留下适度自主空间，调动农民相互教育、自我教育的方式，或许更有助于培育农民的主体意识与自律能力，使共同体处于更具活力的状态。在其他因素的合理配合下，这样的方式也将有助于共同体成员之间建立起更为良性的关系。作品的表现实际传达出，不仅是集体，家庭也需要给成员以必要空间：家庭中最具“公”意识者的孟广泰应该为“觉悟”不如自己的儿子保留必要的空间；父子俩也需要为更“落后”的天祥娘保留自尊与自主反应空间。合作化由互助组到初级社、高级社的发展过程所引动的多方面变化，实际上越来越深地搅动乡村家庭内部关系的变化，其中不乏新的矛盾与紧张关系。而这部作品中上述这些工作环节，是孟广泰一家因集体而引发的矛盾获得调适、后进者开始转变、家庭成员相互关系更为和谐的重要前提。作者的处理让我们感受到，家庭空间的包容性、家庭成员间既追求向上又彼此宽厚体谅的对待方式与状态，对调适公—私、个人—集体间的关系状态可发挥重要作用，也更有助于带动家庭中后进者更积极的意识转变。

这样的表现，反映出李准在合作化进程深入过程中，关切有更高要求的集体如何对待、转化农民以建立更为良性的个人—集体关系，以及达致这一目标所需要的工作意识、工作方法。内中他尤为重视家庭的作用。李准起步阶段的两部作品《不能走那条路》和《白杨树》的结构，即以家庭作为个人与互助组织发生关系的媒介，且其中变化的家庭关系在新关系的建构中发挥了枢纽性作用。值得注意的是，从起步阶段到《孟广泰老头》，在李准笔下，家庭伦理和集体组织所要求的新的伦理形成彼此交融的状态。天祥对父、母，孟广泰老人对妻、子的态度与方式，既体现出乡村社会传统孝亲、公义、忠厚之理，又融入新的平等、尊重意识和新的集体、国家意识，可谓“新”“旧”混融。在这混融状态中，“旧理”因向新意识开放而变得更能回应现实和其中人们新的状态与要求。如因平等、尊重意识融入家庭，传统的孝道变得更通人情、更能促成家庭成员间相互认识的加深和相互体贴，也有助于小辈在家中更被平等对待。对“旧理”的适度、合理吸纳，也有助于“新”的意识和集体要求变得更通人情、更具现实性与社会包容力。在作品中，天祥出于孝亲和为人厚道的意识而护母，这一做法实际促成新的集体对天祥娘变得可为亲近、更可信靠；同时，大家和合作社没有因天祥护母责怪天祥，这实际护持了天祥对母亲的情感和道德感，使得天祥对集体的感受、态度更为积极；从乡村的角度看，新的公意识能否含纳既有乡村传统伦理中的合理部分并予以有效转化，这对新的“理”在乡村社会具感召力并切实落地，进而在社会改造过程中发挥更大建设性，非常关键。

这部作品也显露出作者有关个人—集体关系的深切感受与期待。孟广泰一家的状态让我体会到，集体越能够包容、培育多样的个人，集体就更富于生机、活力。能让集体中的个人获致如此感受的“公”不是不尊重“私”甚至覆盖“私”的，而是有意给“私”保留必要的自主空间，帮助、护持个人处于活泼、润泽的状态。天祥这一人物的表现让我意识到，理想的集体—个人关系状态，应该是集体能让个人保有自在而又与“公”交融不隔，让个人在宽厚的氛围中自然、健康成长，不带芥蒂地自在展现自己、打开自己，这样的气氛与关系感觉，将会同时给个人和集体带来珍贵的滋养与护持。

《孟广泰老头》和作者此阶段的其他写作，回应着那一阶段合作运动迅速发展过程中出现的新状况：相比互助组，合作社所要求的土地和牲畜等重要生产资料入社所造成的中农和贫农的矛盾加重，统购统销试行第一年造成 1954 年农村关系的紧张，使得社内外关系都更为复杂。[1] 同时，合作社的管辖范围、权力范围较互助组阶段扩大，加上统购统销政策的实施，导致农村生产、副业、商业、农民生活基本被集体、国家全面管控。在作品开篇简要介绍孟广泰老头、展现他们一家日常生活时，作者精练地点出这些变化：粮食上缴国家后由社里按季节统一分发，生产、销售、运输等由合作社统一规划，种子、牲口吃的草料和生活用的柴禾由合作社统一分配，肥料须由农户向供销社借贷，统购统销导致对农民口粮、牲畜饲料控制过严，日用品（油、糖、布、鞋）只能在供销社买。这些背景情节体现出作者的现实敏感。公的权力范围抵达农民生活基层，越来越全面地掌控社会生活，会对国家—社会、公—私关系，对农民的生活与日常感受带来怎样影响，需要在认识、实践层面做出哪些调整，以有效调试公—私关系、社会—国家关系和社会状态——这些，成为 1954 年后合作化实践展开过程中乡村各个层级的重要工作。

新形势也导致干部—群众关系的建设面临新的状况。合作化运动在 1953 年底加快发展的重要背景是，新中国成立初期政治、经济、军事方面的优异表现使党的地位迅速稳固，在社会中获得很高威望；经过土改、镇反、抗美援朝战争，国家深进社会、塑造社会的能力不断加强。相较抗战、内战时期，国家与社会的力量状况发生重大变化。在此基本形势下，干部能否切实树立群众观点，尊重、倾听群众意见，干部如何

---

[1] 如 1954 年底山西长治地区报告说，在快速建社过程出现干部利用控制生活品、农具等方式“强迫群众入社”（供销社克扣单干户的油，不卖单干户新农具等）；重社轻组（干部“只注意交流办社经验，不注意交流互助组经验，有的认为办组麻烦，不如早办社”）；老社、新社恶性竞争（“老社由于历年来积累了一部分公积金和公有财产，……怕困难户和新社员进来沾了光。有的社对互助组不是带领帮助前进的态度，而是错误的搞好自己比垮互助组的态度”）等现象。中共长治地委：《长治地委关于当前农业生产互助合作运动中存在的几个问题的报告》，1954 年 2 月 2 日，《农业集体化重要文件汇编 上》（1949—1957），第 244、245 页。

有效获取、把握民众的反馈与实际心理动态[1]，能否依据群众反馈和现实状况及时调整认识与做法，互助组织内部的民主管理、监督机制如何落实并有效运转，成为重要问题。[2]干部强迫命令、为执行上级任务损害农民利益、侵占农民私人财物等现象，从合作运动发展之初就时有发生。[3]新形势下，基层干部权力加大、工作任务加重，干部利用职权营私舞弊，克扣社员所得，压制群众（如记工不公平、不向社员售卖生活品等）等现象更加突出。[4]《孟广泰老头》以正面的方式表现了公—私冲突获得和谐圆满解决的过程。若翻转视角来思考，作品即指向下述问题：在公权力范围不断扩大的过程中，如何合理认识、把握公、私范围与界限，集体如何更好保护、培育个人的自主空间，如何使集体与个人、公与私、合作社生产管理与农民生活之间发展出更平衡、更具建设性的关系。

如何在越来越高的集体化进程中，既较好实现组织既定的生产、发展目标，又保持必要的个人自主空间，使集体对个人不是单纯的管束、

[1]长治专区1951年试办合作社的经验报告提到农民入社心理：有人抱着积极、试探、又有些盲目的心理（“人家说好，组里人都入，我也入”），有人抱着“赶时髦”心理、认为“反正要走这条路，早走早光荣”，也有农民怕被人说落后、怕被“孤立出去”。山西省人民政府长治专署：《山西省长治专区一九五一年试办十个农业生产合作社的成绩与经验》，1952年5月，《农业生产合作社参考资料》第一集，中央人民政府农业部农政司编印，转引自《农业集体化重要文件汇编 上》（1949—1957），第89页。

[2]邓子恢在1955年3月指出，农村中老中农和新中农群体在老区人口占80%，在新区中占60%—70%，再次强调公平处理土地、大牲畜、农具等生产资料的意义，指出要引导贫农、中农“根据双方互利的原则相互让步”，“向贫农讲清楚”“‘合则两利，离则两伤’的道理”，“对中农的眼前利益应主动予以照顾”，同时说明富裕中农也算新中农，可以依靠。他还指出合作社干部队伍严重短缺：1955年“……好多地方，一个区只有三五人可以办合作社，每人管三四十个，确实抓不过来。”邓子恢《在中国共产党全国代表会议上的发言》，1955年3月21日，《农业集体化重要文件汇编 上》（1949—1957），第300—307页。

[3]参《中国共产党中央委员会关于农业生产互助合作的决议》（1953年2月15日），《农业集体化重要文件汇编 上》（1949—1957），第99—103页。

[4]《孟广泰老头》没有如《不能走那条路》（1953）与《白杨树》（1953）两作，将干部设定为主要角色，但却贯穿了干部应如何看待、理解群众，干部如何做群众工作的主题思考。

压制，使集体更能助益个人的成长与发抒、个人—集体间形成更为有机、平衡的关系状态，是合作化加速推进过程在处理生产物质和组织管理方面的矛盾、问题的同时，越来越需要妥善处理的问题。作品引发我们思考，如果作品所正面呈现的公—私良性关系状态在现实中无法切实开展出来，可能产生怎样的结果？

这又核心关涉有关农民与农村社会的理解。在作品中，天祥娘在解放前“偷”地主的粮食瓜果，被叙述为农民劳动成果被地主不正当地剥夺，因此这种行为可被视为弱者为维护自身基本生活权益所进行的朴素斗争。作品同时揭示了另外一层内容：

> ……（天祥）脑子里翻来覆去，想着过去，村里谁家庄稼也被人偷过，也有不少家偷过别人庄稼。本来都是种那十亩八亩薄地，除了地主外，谁家粮食也不够吃，捞摸点儿总宽绰点儿！他想起来就连他二伯那样正派的人，解放前也偷过人家的谷子，他爹还碰见过，也没吭。可是现在他爹见这事儿却发这样大的脾气；想到这里，他脑子糊涂起来了。[1]

这段描写出现在《长江文艺》1954 年第 10 期的版本中（转载自当年《河南日报》），但在 1955 年的版本中被删去。[2] 而天祥“谁家粮食也不够吃，捞摸点儿总宽绰点儿！”的理解，天祥二伯“那样正派的人”也会偷人家东西的行为及天祥爹对兄弟的反应，显然表明李准起初意图表现过去时代村民“偷”的行为，一定程度上越出了传统“理”的

[1] 李准：《孟广泰老头》，载《长江文艺》1954 年第 10 期，第 70—71 页（原文注明“转载《河南日报》”，署名“李凖”）。

[2] 张绍武、张舒主编，九州图书出版社（北京）1998 年出版《李准全集》中所收版本，也没有这段话。

范围，显示了心理、道德感与自尊被扭曲的状态。结合其后天祥依然护母和大家对天祥的态度，这一段情节更显现出，李准试图表现天祥娘扭曲的心理行为来自过去历史的烙印，且这烙印很深，在新时代也不容易祛除。

天祥经他爹的教育[1]开始体会，新的集体果实是大家共同的心血和劳动创造的，因此，个人没有权力拿集体一分一毫。而这一环节不可忽略的一个层次是，孟广泰老人说到不能拿集体一分一毫时，不仅强调了国家，还说明新的集体是为了大家，国家、集体的要求最终是为了农民生活越来越好，这实际是构成他集体观的一个基础。这一意识也对应于作品对天祥娘的处理：一方面，天祥娘计较物质利益、偷拿合作社的东西，说明她遗留着过去扭曲的心理意识，距离新的集体意识、集体要求还有不小的距离；另一方面，作品有关公社分配、管理方面的铺叙也暗示，天祥娘生怕吃亏、担心分配不公、占社便宜的行为心理，也和国家过度控制农民生活物品、生产资料直接相关。[2]日常生活与物质方面的过度管控，可能对农民的自我感受、生活感受、集体感受造成重要影响，同时事关个体—集体关系、国家—社会关系状态。有关于此，李准完成于1957年3月的作品《冬天的故事》有正面、尖锐思考。

李准有关孟广泰老人和儿子对集体的感受、认识和情感的表现，还潜含一个作为基底的层次，即新民主主义时期深厚的“人民共和”感。在天祥内心痛苦、离家来到麦场和父子谈心这一关键段落中，对人的描

[1]在1954年的版本和1955年的版本中，孟广泰老人教育天祥的话是一样的。但在1954的年版本中，还描写了解放前普通村民彼此间也曾偷摸其他人家的东西。而孟广泰老人教育天祥时却不提这一面，只将偷摸行为归结为地主的压榨（“这不比从前，给地主顶地，黑汉白汗干一年，到末了，粮食都叫他扛走了，恨起来偷他点儿！”李准:《孟广泰老头》,《不能走那条路》(短篇小说集)，第55页）。这一处理或许体现出作者考虑到教育农民时，需要特别培养农民的自尊心。

[2]天祥娘不仅拿公家的草料，也在意孙女把粽子、糖给邻居小孩吃，抱怨供销社卖油、糖斤两不足，希望社里奖励劳动模范日常生活用品。

写笔调轻柔、和缓、蕴有朴实而深厚的情感，对景物的描写也透出令人难忘的静谧、舒展与安实感[1]。这种舒展的、个人身心在新的历史中获得安放的感受，深深植根于李准此阶段的表达（如《农忙五月天》《散会路上》等作，下文还将论及）。这样的深层意识、感受，使李准对合作化、农民、生活、集体的认识怀抱很深的信任与殷切的期待。

这部作品还触及集体和家庭如何认识、对待有所差异的个人的主题。孟广泰一家人性格、意识状态有所不同。老头在积极参与合作社事务的过程中性格变得开朗，有很强的公意识，爱社如家，是有威望的劳动模范；儿子性格内向，劳动好，但不属于政治上的“积极分子”；老伴儿思想意识落后，计较、贪图公家便宜。而在作者的表现中，孟广泰老头一家彼此关爱，家庭氛围温暖和美。“公”意识最强的孟广泰老头对儿子既严格又慈爱，向集体坦诚说出儿子过错的同时殷切鼓励儿子改过；对老伴儿既批评教育又体贴，看到老伴儿转变“又惊又喜”。儿子敬重父亲、将父亲作为自己的榜样，同时深爱母亲，不因母亲思想行为落后而嫌弃她，而是以代母亲承担错误的方式帮助她转变。

天祥这一角色值得特别分析。他不善言谈，政治意识不那么强，但忠厚善良，老实本分，劳动好，有朴素的公心（“劳动上做活儿很踏实”“叫干啥干啥，没说过一句怪话”）。天祥知道应该对社里坦白，在模范会上鼓起勇气向大家检讨自己，但不仅在社里，而且在家人（父亲、媳妇）面前也没有说出实情。作品暗示，天祥这样做不仅出于对母亲的感恩之心，更因为他很深体会到母亲曾经被羞辱的经历（被地主当众责骂惩罚），不忍心看到她再被众人指责，想在新社会里保护她的自

[1]“……这时月亮已爬过榆树梢，正是小黄昏时候。麦场上连个人影子也没有，夜色像湖里的水一样安静。”“这时麦场上有些昏暗，几片浮云飘过来，遮住了像镰刀一样的月亮。天上的星星逐渐稠了起来。”李准：《孟广泰老头》，《不能走那条路》（短篇小说集），第53、54页。（《长江文艺》1954年10月的版本，为“这时月亮已爬过榆梢头”）

尊。作者的处理让我们体会到，天祥的善良、忠厚包含的伦理、道德意识，有传统的孝亲观念，同时包含对乡村底层弱者历史创痛的理解与同情[1]。在乡村中，天祥这类性格的人可能不会对新的观念、实践迅速反应，但他们有着传统自耕农的重要品质——待人宽厚、包容、勤劳、本分。李准认识到，这样的人构成乡村社会的重要基础，经过引导、培养能够也理应成为互助合作的中坚力量。

作者为天祥和天祥娘设计的不同转变方式也值得认真思考。对天祥，作者让爱深责切的父亲教育他，鼓励他在模范会上当众坦白检讨。对意识落后、对合作社有较强防范、抵触心理的天祥娘，作者没有依照现实中的通常做法（在公共场合当众坦白），而是通过亲人和他人对之进行感化、教育。作者的处理，是将“批评和自我批评”（其中包含以身作则、互相以对方为重的方式）和感化的方式结合起来，通过亲情、带引导性的集体氛围和公共舆论，让天祥、天祥娘在感召中重新感知“公”、引导他们更积极地投入集体事务。呼应于上文有关“理与时”的关系，即理之“新”“旧”交融状态的讨论，作品意图通过耐心展开家庭成员间的互动过程，和孟广泰老人、天祥做工作的方式，来观察、表现农民在合作化过程中“公”“私”感受、心理、意识细腻的转换、变化状态，和新的“理”如何被农民切实有感，进而逐步认同的过程。这些表现也引发读者思考，如何认识农村社会、农民身上携带的历史烙印，以怎样的态度、意识、工作方法对待他们，可更成功地调动出他们的向上潜能？当年乡村基层是否有效认识、整理了有关经验？如何在此阶段社会人心凝聚的基础上，更为合理地构筑农民与集体的良性关系？

[1]这一人物的塑造接续着李准《不能走那条路》和《白杨树》所探讨的主题，即如何认识农民的意识、心理、行为习惯和他们所处身的特定历史、社会条件间的关系。这部作品中，通过呈现的天祥娘在旧时代的经历和她的转变，作品实际引导读者思考，这一人物占公家便宜和计较防备的心理、习惯是在特定社会历史条件下形成的，在新的条件和适当的工作方式下，这些心理、习惯可以获得转变。

这些，都是需要细致考察的。[1]

如何在家、合作组、合作社、乡村这些不同社会空间里，妥善对待、安置能力素质与性格、意识状态、敏感与接受程度有所差别的人，如何能够更为有效地将不同的人结构进新的共同体，怎样促成集体中人们的良性关系，是伴随合作化运动的发展越来越凸显的问题。这部作品通过家庭空间触及这些问题，同时探讨家庭如何更好应对合作化加速过程带来的新的变化和挑战。

五

关联于如何建构良性公私关系的思考，李准此阶段写作触及的重要问题还有个人与集体的连通路径与集体形成方式。

他此阶段作品有关“新人”的塑造呼应着这一主题。其中，孟广泰老头、存厚老头（《雨》）[2]、郑德明（《冰化雪消》）等角色是老年人中的新人代表。他们具有大公无私、爱社如家的品质。李准注重表现互助合作的参与经历激发起这些年长者的主人公精神，促成他们性格、精神状态的变化，也使他们的情感状态更为细腻、饱满，更善于理解、体贴他人，更加关爱年轻人。李准笔下年轻的新人富于朝气、善于学习，既有对父母家人的深情，也有对集体的强烈责任心和公心。他们善良、温

[1] 通俗读物出版社（北京）1955 年 7 月作为“语文补充读物”出版了《孟广泰老头》。该书的“内容介绍”很值得分析。介绍说明“天祥的娘看到天祥做了检讨，很受感动”，但没有指出天祥保护母亲这一关键情节。最后的总结是：“这本书告诉我们，农民兄弟在走向社会主义的道路上，不但要积极劳动，而且要大公无私，把集体的利益看得高于一切，孟广泰老头，是值得我们学习的榜样。”这在当年相当典型的总结，显然漏掉了李准有关个人—集体关系把握中非常关键的经验层次。

[2]《雨》的主人公张存厚老头在合作社负责喂牲口，对牲口非常有感情，暴雨天冲出家去半路接社里拉煤的车和牲口。存厚老头对社的责任意识和感情，也包含他和牲口结下的感情（“想着这些牲口平素闻着他的手那个亲热劲，由不得眼睛潮湿了”）。

厚、聪敏、灵透，懂得人情事理、善于洞察体贴各种人，有很强亲和力。这些年轻人还常被表现为在家庭、合作社中穿针引线、化解矛盾，发挥着增强人际间的沟通和集体凝聚力的重要作用。其中，青年女性的形象尤为突出。《婆婆与媳妇》（1953）中的媳妇、《不能走那条路》中的秀兰、《白杨树》中的凤英和此阶段作品《林业委员》中的青年劳模沈玉凤、《散会路上》的新媳妇秀芳、《农忙五月天》的周东英、《冰化雪消》中的秀芝让人印象深刻。积极投入集体事务、有高度责任心、开朗而富于朝气，是当时文学作品中新人的普遍面貌。而李准笔下新人的品质、能力不仅呼应于当时政策通常要求的方面，还特别包括如何认识乡村社会，如何与不同的人达成有效的沟通，乃至形成连带关系，以及这些能力对个人—集体关系、集体中人际关系和人们状态的作用。

完成于1955年7月的中篇小说《农忙五月天》呈现出有关上述主题的思考。政府当年鼓励合作组织兴办农忙时节托儿所，基本思路在于调动组织乡村年老力弱的妇女看护小孩，使青壮年妇女摆脱家务、加入田间劳动，增加互助组织的生产力。作品描写青年团员周东英克服种种困难，迅速成功地组织起托儿所，特别表现她在工作中与不同人互动、带动周边人们的过程。

作者赋予这位年轻姑娘相当全面的工作能力。为筹办托儿所，东英走访村里多名妇女调查情况，考察适合的办所地点与卫生条件，在大家普遍不理解托儿所这一新的组织和去年试办不那么成功的情况下，争取社干部与社员的支持，物色保育员、向大家了解已有经验和面临的问题。托儿所办起来后，东英逐家动员妈妈们打消顾虑，送孩子来，并在工作中以身作则，关心、带动其他保育员，积极探索育儿的方法，最终得到大家的认同。有高度的责任心与奉献精神，行动力和带动力强，善于了解群众的具体情况，有较好解决问题的能力——这些，是当年新闻报道、政府的经验总结和文学作品的表述中有关先进者的主要品质、能力。李准的观察与理解，呈现出更多层面。在《农忙五月天》中，东英非常突出的能力，还在这个年轻人不仅懂得合作事务所推动要求于群众的“事理”，还能够体贴她所在乡村社会的“人情”，善于感知沟通的氛围、场合、情境与契机，并在深入体察对象的基础上，努力针对不同对象运用不同的工作方法。

社长张满喜原本轻视妇女工作、认识不到农忙托儿所的意义，东英则一再努力和他沟通、寻找契机打通他的认识，在满喜转变态度后，又不失时机地敦促他落实具体的工作。又如，在社委会上，年轻的东英懂得耐心倾听大家的议论：“哪怕人家有意见，她也很高兴地听着，因为不管怎么样，总比没有人理这件事强得多”[1]；待大家的讨论出现适当契机（男社员们议论夏收劳动力紧张），东英抓住时机说农忙托儿所可对生产起到切实帮助，并例举村中妇女有劳动积极性和劳动能力，以确证计划的可行性。再如，去给比较娇气、回避劳动的吴秀梅做动员时，东英灵敏地领会到秀梅婆婆同样的意见，和老人相互帮衬着推动秀梅。这样，东英的劝说不那么生硬，又借老人的合力所形成的谈话中的“势”，使秀梅不好意思推却[2]。这些沟通过程的细节看似不起眼，但如缺乏这些层面的意识与能力，单纯依靠观念上正确的“说理”和上级的倡导，“农忙托儿所”这样一个在东英所作村子缺乏接受基础且初次尝试效果不好的新生事物，就很难获得切实的起步。这一环节的表现也显示了李准自《不能走那条路》即自觉表现的一个理解：很多情况下，农民对新事物、新的观念价值的接受，不仅关乎实际利益的考量，还与沟通互动、行动展开过程的“情”、“势”、氛围、公共舆论等因素非常相关。

托儿所这一新的社会生活组织形式要想在乡村切实落地，还核心关

[1]李准:《农忙五月天》，李准等著:《农忙五月天》（小说集），通俗读物出版社，1956年版，第121页。

[2]李准:《农忙五月天》，李准等著:《农忙五月天》（小说集），第131页。

联于组织推动者能否具体、有效地认识乡村社会和体察其中不同人的状态。在作品中，与东英互动的妇女王大凤、雷桂花、吴秀梅、华二奶和木三家的等，家庭境况、性格、意识、能力等都有所不同，东英所以能较为成功地展开沟通、组织工作，很大程度上缘于她能够针对这些妇女各自的性格、不同方面的需求和对她们在公共事务参与过程中意识、心理、情感状态的细腻体察，来一步步展开工作。比如，华二奶是乡村中的孤寡老人，劳动能力弱、生活状况比较困难，当然特别在意工分和收入；同时，寡居的经历和性格，又使她对儿童的态度比较淡漠，同时缺乏育儿的方法，又因被村人说闲话更不愿意做保育员。东英一方面针对老人在物质、生活方面的现实需求，一方面考虑让老人避免陷入村民的闲话和议论，承诺华二奶看孩子的同时可以看护自家杏树，淘气不好带的孩子不让她带，避免村人说闲话，重活儿由东英和其他年轻人做，并在后来切实遵守这些承诺。这些处理让读者看到，东英能够正视华二奶这样的乡村寡居妇女的实际生活困难，同时照顾到老人在乡村社会的自尊、脸面，依据个人的特定能力、具体情况和托儿所的工作内容，来妥善、合理安排华二奶的工作。东英的安排使老人既做托儿所的工作，又可看护自家门前的杏树，也体现出她不是以教条的方式来理解“公”和“私”。

东英和吴秀梅、王大凤的互动让读者看到，东英对人情的体察和她互动的意识、方式不仅出于使托儿所工作顺利开展的需要，还透露着她对于他人的一些感受和理解意识。比如，吴秀梅丈夫在城里百货公司当会计，生活条件优越，她的生活习惯、观念和一般农村媳妇不同，爱打扮，干活怕脏怕累。东英动员她时除了讲道理，还说到托儿所热闹，“一群小孩子闹着玩着，比你一个人在家里还强”。也即，东英从年轻姑娘待在家里心情寂寞、生活无味的角度来劝说秀梅，而不是从合作社生产需要的角度看待托儿所的工作。吴秀梅加入工作的第一天，东英没有像雷桂花那样直接批评吴秀梅不干脏活，而是在下班后主动关心她，“来来回回”地把托儿所的工作和她丈夫的工作，与合作社乃至国家的建设联系在一起，引导她体会自己工作的意义，并说“谁都是加着劲干，咱也不能落后啊”。这样的沟通过程使吴秀梅心情好转，同时开始正视自己的娇气。作品还写到，看到吴秀梅裤子弄脏了、肩头磨破了，东英“有点怜惜她，可是又觉得有点好笑”[1]。与雷桂花不同，东英没有以自己的标准看待吴秀梅，而是既从秀梅的角度体会她的感受、关心她，同时很注意照顾她的情面和自尊心，又通过她所亲近的人来引导、教育她。东英抢着干苦活，同时待人宽厚、体贴，这使缺乏与他人互动经验并对保育员工作有畏难心理的吴秀梅，在心理感受上好了许多，也使这个不习惯于从自己之外的角度来感受、考虑问题的年轻人，开启了对身边同伴的感受、参照意识。

又如，王大凤身为妇女社长却不支持托儿所的工作，为难东英，并不放心把孩子送去托儿所。东英去她家劝说，被大凤气得“忽地站起来……扭回头就走”，出门路上遇到大凤丈夫、乡长刘彦，却立即克制自己，“知道刘彦是个说话不留情面的人，对着他又不好说什么，就笑了笑说‘没有什么困难了，就是得动员妈妈们送孩子’”。在之后的对谈中，大凤的言语态度让东英更加生气。但当东英看着被丈夫批评后的大凤先是假装离家，又不忍心扔下孩子，“走到门口又拐回来”倒在床上说“头晕”——东英随即忘了自己刚才还被大凤气急，而“忍着笑出来了”[2]。这一段情节中东英心理状态的变化，生动表现出这个年轻姑娘的成熟、宽厚、爽快、善良，而这些品质又与细腻体贴对方的能力相互关联，是作品传达、揭示出的重要层次。

仔细体会，东英对待吴秀梅、王大凤的方式，不仅体现出更能从

[1]李准:《农忙五月天》，李准等著:《农忙五月天》(小说集)，第136页。

[2]李准:《农忙五月天》，李准等著:《农忙五月天》(小说集)，第127—128页。

"公"的角度出发的意识和能力，还特别包含站在对方角度来体会对方感受、心理、情感状态的意识与能力。"忍着笑出来了"的细节或许还透露出，东英对自己要求高，也努力带动周围人更积极投入集体事务，但因具备能够更深体贴、感通他人（包括落后者）意识心理的能力，她对人的认识和对待方式本身内含宽厚。李准在作品中多次描写东英的"笑"。东英在与大凤的互动中几次生气，又会因大凤自私而带着几分可爱的表现而转变情绪、由衷地笑。这之中是否包含作者潜意识中的理解：人与人一定有所不同，调动对方的前提是具体、细腻地认识对方，进而耐心寻找能具建设性调动对方的契机与方式，而不是强求他人的转变，这是先进者面对群众中的特别落后者展开工作时须具备的基本意识和须不断努力锻炼的工作能力？在李准笔下，因更加具备认识体察他人的能力和积极思考如何才能有效促成对方的转变，东英比同样工作勤恳、有责任心和公心的雷桂花更有亲和力，具备更好的群意识、群能力。

上述有关那时中国乡村农民的特点和互动过程意识、方法的体察，具有更深层的普遍性与认识价值。这也是李准从《不能走那条路》到60年代前期作品所贯穿的视点。李准体察到的当年历史中的经验，让我联想到当代学者贺照田对雷锋在20世纪60年代初期经验的细腻而深刻的揭示：

> 雷锋1961年7月2日日记中强调的"耐心说服教育"，其中的说"理"和以"理"批评，是以"对待同志要像春天般的温暖"所产生的对批评对象的体贴理解，与因这体贴理解所产生的批评方式推敲为前提的。就是，批评之前和批评中，应包括针对对象特点的批评气氛、情境的营造，批评方式的细究。而这是以细心对待中国人的"情"特点、中国人的"心"方式为前提的说"理"、批评，

而非直接只以“正误”为指针的说“理”、“批评”。[1]

李准对当时农民、农村社会的观察和贺照田研究所开显的雷锋 20 世纪 60 年代初期的经验，可帮助我们认识当代中国人在过去那段历史中所体现的一些深层特点。李准的作品显示，他观察到这些经验对集体、组织的生成和运转实际发挥着重要作用。

一方面，上面这些意识敏感与能力的培养过程，又不断锻炼、塑造着实践者的主体状态。东英与社长满喜互动过程的细节也耐人寻味。满喜转变认识，支持办托儿所，东英起初不放心，当看到满喜主动做好工作，东英转而在心里由衷夸赞：“人家当社长也只能做到这样吧！”[2] 这表明，东英的敏感灵透，也一定程度上源于她能够不持成见、积极体会他人、向他人学习，同时不断自我反观的意识与习惯。这样的感觉、意识方式很能帮助东英对他人、外界保持敏感、开放的感知状态，也使她的感受、认识能力经由与他人的互动过程，而不断获得锻炼。因而，东英的灵透和她饱满、盈润的状态，不应被视为这一人物具理想性的天然性格。这样的塑造促使我们思考：先进者该以怎样的态度面对社会？如何更好地认识社会、与社会互动？

另一方面，东英在对集体事务的热诚投入和不断遇到困难、积极克服困难的过程中，保持着健康、清新向上而平衡的状态。东英对周围

[1] 贺照田《如果从儒学传统和现代革命传统同时看雷锋》,《开放时代》, 2017 年第 6 期，后收入贺照田、陈明等著《人文知识思想在出发是否必要？如何可能？》论文集（引文在文集第 283 页）。在文章中，通过对雷锋与周边人互动方式、互动意识和彼此关系生成路径的细腻解析，作者进入当年社会基层组织建设最为基础而核心的层次，开掘出当年历史经验的真实意涵。

[2]“第二天。天刚亮，东英就去找满喜，恐怕他再把昨天说的忘了。……（按：东英走进还没有开张的托儿所，看到满喜已经把房子打扫干净，还搬来了自家的大水缸和两把新扫帚，心想：）‘人家当社长也只能做到这样吧！’东英向自己说了一句，笑了。”李准:《农忙五月天》，李准等著:《农忙五月天》（小说集），第 122 页。

人的具体认识，帮助她更加正确地认识、评估自己在工作中遭遇的困难，促使她积极向他人学习，同时不断反观、调整自己。另一方面，在对他人的体察、感通基于更好完成合作社的任务和使大家更好、真诚带动他人的意识前提下，这些努力更能帮助东英在与他人互动过程中突破自我中心的意识方式。而翻转视角感受、进入他人的努力，有助于当事人在工作情境中从更高视角看视自己和互动的对方，将自我、他人同时予以相对化的观察与认识。这些，都有助于一个人在与他人互动过程中和“为公”的投入过程中保持健康、活力状态。李准所描写的东英与周围人互动过程的上述层次与东英的主体状态，可引发读者在今天思考：携带着对他人的尊重、体贴意识展开的对他人认识的努力，是不是能相当程度上防止自己有关他人的理解走向教条化和窄化？什么样的自我意识、他人意识，可对一群体、组织和其中的个人产生更具建设性的培力效用？

在如何认识社会的问题对面，这部作品揭示出的另一问题是：一个人何以能够在为他人、集体积极付出的同时保持饱满、充实的个人状态，同时获得有效的自我成长？这又同时带出有关集体的形成路径和如何建构良性个人—集体关系问题。

在作者笔下，东英对人、自然、农事非常“灵”，这不同方面敏感、灵动、体贴并且是贯通的。[1]东英又时常“犯傻”：干活不知道惜力，为他人着想时常常顾不到自己。很多时候，这样的“傻”不仅出于责任心、集体意识，还出于“看不得”“不忍心”。看到孩子们闹成一团、拉屎撒尿，东英不向华二奶那样“老不急”，“急忙……拿起布块就去帮忙

[1]故事开篇，东英在人们劳作的田野中出场：“一顶雪白的草帽”在“金黄色的麦田上移动着”，“格外聪明和沉静”。她在麦田中掐下一粒麦籽，“用整齐的牙齿咬了一下”“听到麦籽在嘴里微微的响声就笑了”（后面交代，东英咬麦粒，是要确认麦子的生长状态，以更好筹划如何适时组建农忙托儿所）。李准：《农忙五月天》，李准等著：《农忙五月天》（小说集），第112页。

收拾”；看到孩子们衣服“脏得不像样子”，东英觉得如果不管“心里实在不对劲”，没法“叫妈妈们在地里安心”；见孩子们哭闹，东英觉得不抱哄孩子“对不起”妈妈们。这些，显露东英对身边同伴、村中妇女“将心比心”“以心换心”的工作方式。东英的敏感、体贴使她内心更自觉体会对方的境况与感受，使她常常因为“不忍心”而帮助他人、忘我投入。很大程度上，帮助他人和一心为集体的意识对东英不是“观念”上的行为准则，而是内化到她的感受、对他人的敏感之中，强化着她对人不由自主的体贴。与此同时，东英以自己的投入有效带动起身边的保育员，同时在“人心换人心”的心理行为意识下，和妈妈们形成情意连带关系[1]，促成大家对幼儿园的认可与对生产的更积极投入。

东英与周边人们的耐心互动所形成的个人—集体关系和人们之间的关系状态[2]让读者感受到，东英在互动过程中不断累积的对周边人们的意识、心理状态的认识与体贴，以及在此基础上人们之间越来越深的情感、心意的感同连带，成为召唤大家更积极的公共意愿的重要路径，同时支撑并不断充实着人们对于集体的理解与感受。在这样的路径、过程中，东英对人心、情感的敏感和对人的细心体察与认识，同时连通、加强着她为他人、公共事业投入的意愿与能量。这两方面能力形成正向关联关系且相互加强。

作品有一细节令人回味再三：东英一天忙累，心心念念要对得起地里的妈妈们，但当看到妈妈们从地里回来“欢天喜地”地抱着孩子，孩子们见到自己的妈妈不再哭闹、“跳着笑着”，东英却“心里有些别扭”。这感受里，包含着一个年轻姑娘的责任心、好强心，是不是还有——东

[1]东英心心念念要对得起下地干活的妈妈们，想尽一切办法照顾、教育孩子，妈妈们看东英“对孩子们是一百成，我去地可放心”，也觉得不好好干活“连人家保育员也对不住”。李准：《农忙五月天》，李准等著：《农忙五月天》（小说集），第 143、144 页。

[2]这部小说的内容空间，也是由作者对东英和周边人们互动过程耐心、细腻的描写撑开来的。

英虽没有做妈妈的经历，但她深深感触于孩子们与妈妈的关系状态与情感。作者似乎在向读者暗示，是东英对人的心理、情感的敏感体贴和她对世界非常灵的感知状态，使得她看到孩子们与妈妈亲近的情形，产生了非常强烈的身心感受。这样的感受、心理状态，不仅与华二奶形成对照，还与主要聚焦于自家孩子的大凤，与相对更缺乏与他人交流经验的吴秀梅，与一样付出多但对周边人的体察、感受力不足的雷桂花，都有所不同。东英对他人（包括对孩子、对自己家庭成员）的感受力与共情、体贴力，显然比她们都要宽、深。这反过来使得东英自己的情感、感受、精神的构成状态更加丰富。由此引申开来思考，如果这些素质形成于一个人具体的工作互动过程中，那也将有助于这个人的情感、感受、精神、意识更具沟通性和公共性品质。

这些促使我们思考：东英为他人、集体的投入状态是如何培养出来的？观念层面的教育引导、身边榜样的示范可能发挥重要作用，作品则更侧重表现，这样的主体状态和她经由与人互动、产生连带关系的过程中所不断增强的敏感、体贴能力，有很深关联。值得注意的是，在李准此阶段和 50 年代末、60 年代初的作品中，他在更多情况下赋予了女性角色以这样的意识、能力，有意让女性承担这一核心的功能。

这部作品还特别表现村民对托儿所和东英工作态度的变化与对她工作的肯认、回馈，构成东英继续努力工作的重要动力，并为她身心、情感的饱满提供着国家号召与观念价值引导所不能达致的支点作用。托儿所办起来的第一天，大凤来找东英探问情况，不仅不体谅东英和同伴们的辛苦，还认为托儿所活儿轻，应减少工分。东英气愤不平，和大凤说理后忍不住想去找社长满喜理论。当听到满喜和大家背地里对她工作的肯定评价时，东英“忽然觉得自己的眼睛湿了”，自问“哎呀，这是干什么？”第二天主动去大凤家动员她送孩子入托。故事尾声，经过东英和同伴们的努力，托儿所的生活对孩子们有了吸引力，孩子们对东英像对待自己的妈妈一样亲，妈妈们也深受感动，大凤改变态度，夸赞东英可以“当个总妈妈”[1]。对于有很强的人心感通能力和情感体验能力、深深触动于母子情感的东英，这无疑是甜蜜的报偿。

这样的个人—集体关系路径，会对集体中的个人产生怎样的影响？在作品中，东英以耐心互动、建立连带的方式，有效带动人们朝向她所期待的方向改变。大家的理解、肯定和情感层面的回馈，使东英在克服困难的过程中更深地确认自己投入的价值、意义，促使她更积极反思自己，并能够提升意识境界以对待工作和他人。[2]好的集体氛围和经过努力与人们搭建起来的信任、连带关系使东英的主体状态更加充实、饱满，使这个敏感灵秀的姑娘渴望触碰、感通于更多的人心。因此，她对集体的投入和对自我的要求就不是单向的付出和苦行僧式的奉献。在为大家的同时，东英也更好地安放了自己。同时，在妇女下地生产取得积极成效等背景下，经由东英的工作意识和“以心换心”所展开的互动，也使得托儿所对村民不再是来自上级的有隔膜的“任务”，而逐渐成为人们善意地观察、参与的新事物。

这样的集体形成路径和经由此路径开展出来的集体—个人关系，可促使我们进一步思考：在当年国家的宣教与先进者的经验表述中最具典型的概括便是“大公无私”[3]。但何谓“无私”？人可以真的“无私”

[1]李准:《农忙五月天》，李准等著:《农忙五月天》(小说集)，第138—139页、145页。

[2]如，大凤不解东英何以与她产生矛盾后迅速转变态度。故事结尾，大凤询问东英这样做是不是因为干部们的指派，东英先是“正经地说”是“自己想去的”“咱们俩吵嘴是为了社里工作，抱小红也是为了社里工作呀！”，明白了大凤的意思后，东英“格格地笑起来”说“谁还和你记仇呢？……”。大凤虽然转变了态度，但心里一直放不下两人之前的“别扭”；东英在听到大家对自己工作的肯定后，不再计较大凤的反应，以更坦然的态度和大凤讨论托儿所的工作和保育员的工分。李准:《农忙五月天》，李准等著:《农忙五月天》(小说集)，第145、146页。

[3]李准说孟广泰老头的原型是他在现实中遇到的“爱社如家，大公无私的老贫农”。李准:《从生活中提炼》(1959)，《李准专集》，第18页。这部作品中的东英也可说是“一心为公”的榜样。

吗？什么样的“公”能让人在“一心为公”的同时更好地安放自身？在具体的历史、社会条件下，个人为集体、组织的投入以什么因素为支点，怎样的集体形成路径和个人—集体关系，更具长久建设性效力？“公”与“私”是否需要、如何才能形成相互促进的关系，从而使个人在投入公共事务的过程中，同时获得健康、平衡的主体状态和主体的充实、成长？东英和她的同伴们经由她们的互动努力，获得大家的正向反馈，使为合作事业奉献的“应该”和抽象的“公”对她们变得具体、切实的身心愉悦与充实，进而使她们愿意更积极投入工作。试想，如果仅有相对抽象的集体观念而没有人与人的互动带来的经验感受，是否足以支撑东英和同伴们对工作的饱满投入？而对集体和身边他人感受、认识上的抽象与教条，将对个人—集体、公—私关系在认识与实践层面带来怎样的影响与后果？这是《孟广泰老头》和《农忙五月天》两部作品背后隐含的重要议题。李准创作于1957年的《冬天的故事》，则探讨在新的条件下这些关系一旦出现问题所引发的多方面现实后果。

上述观察，也帮助我们思考在阶级、经济视角之外，改造者对农民意识状态、身心感受、心理、情感、价值状态的细腻把握，改造者的实践介入、互动方式，个人与集体的形成路径等因素的社会意义。在生产、分配方面条件不变的前提下，这些因素的配合，可发挥怎样的作用？李准50年代中期文学创作围绕上述问题所打开的观察层次，为我们在今天思考如何研读当年相关历史文献、历史表述，进而重新审视当年合作化进程的真实历史经验，提供了可贵线索。

六

《农忙五月天》的另一重要主题有关于社会改造者如何认识社会、如何与社会互动。1954年初完成的《白杨树》和1955年上半年创作的

《冰化雪消》《农忙五月天》，是李准尝试直接描写更大范围乡村社会的三部中篇小说。这之中最为成功的作品，是《农忙五月天》。在从家庭内部到不同家庭、互助组和生产队，乃至合作社之间关系表现的尝试中，李准密切观察合作化不同阶段提出的新要求和随之出现的新问题，努力跟随政策要求组织写作主题，同时意图在可行范围内，在通常的阶级视角、生产、分配等视点之外，观察、表现多方面有所差别的农民和他们不易确切定位的变化状态。

《农忙五月天》以东英组建托儿所为叙述主线，勾画出鲜活的乡村妇女形象。应该说，李准有意描绘了一群处于"中间"层次的人物：华二奶这位独居老人是不那么令人喜爱的老年女性形象——性情孤僻、冷漠，又因属于乡村中的孤弱而生活境况不好，计较劳动、工分；吴秀梅嫁给城市的工人，比较娇气，不爱劳动，又因城市的生活条件、生活习惯而过不惯农村生活，同时性格较内向、不愿主动和人交往，但心地单纯；雷桂花吃苦耐劳、有责任心，但之前较少参与村子的公共事务，缺乏带动周边人的相关意识与经验方法，她的卫生习惯、育儿意识也处于原来的状态；王大凤原先是村里的妇女骨干，丈夫又是乡长，高龄生下女儿后心思全在孩子身上，不仅不顾自己村妇女主任的工作，还对托儿所这一新的育儿组织不信任，也不愿意干自家农活。作品中的男性干部、社长王满喜的形象，也值得分析——他为人诚恳、肯付出、有公心，但对青年工作、妇女工作缺乏热情，东英的参照，衬托出他在认识、调动乡村社会潜能和与人互动沟通方面意识、能力的不足。

这些人物体现出作者不同的观察点，潜在突破了主要以物质经济条件来界定的"阶级"视角和"先进""落后"的简单区分，并呈现出对社会转变过程中一些新的因素和其间人的状态的观察。作者将农村托儿所这一一般作家很少选择的题材，视为新的社会组织形式，据此观察它所引动的家庭氛围、母子关系、夫妻关系、邻里关系，特别是妇女间关系的变化状态。他没有采取以确定的标准作预先评判的态度，而是努力观察妇女在日常生活习惯、家庭关系、家务劳动等方面新的感受、要求乃至情感状态的某些微妙变化。在文本中，这些人物同时交织呈现了有着不同尖锐度和矛盾的现实因素：如合作组织如何对待乡村孤寡老人，如何对待、培养乡村社会政治上不那么积极但有潜能的妇女（如雷桂花），如何面对城乡生活的差异给农村青年带来的影响、城市生活对农村青年的吸引力，如何教育、对待合作化过程中工作、生活上同时面临着新问题、自身也发生着变化的不同干部，等等。

有意思的是，作品对这些人物的不同侧面的表现，并非基于单一的观察点与认识思路，而是基于作者对此阶段乡村社会中一些值得注意的新的因素、状态的敏感。如王大凤因溺爱孩子而对村里的妇女工作不负责任，甚至也不愿干自家的农活，这种行为可以说很超出一般农民的意识与做法，作者却在表现大凤当乡长的丈夫批评妻子，但他们的夫妻关系依旧和睦。[1]再如，大凤宠爱孩子、嘱咐保育员照护自己孩子、偷偷从地里跑回幼儿园看孩子；吴秀梅第一天当保育员后身体疲累的情形——东英对这两人的反应与作品的描写笔调显示，在作者看来，这些行为、心理不应被轻易定性。从公共意义上看，这些人物的不同侧面有的不那么理想，有的则有可能达成更具建设性的社会公共效果。作者的目光与描写始终处于一种“观察”状态，意图以宽厚、平和的笔调与态度呈现人物的特点、缺点和不同面向。

在有关“移风易俗”的主题表现上，作品不是通过观念式的说教或设置明显的情节矛盾，而是经由平淡、细小的情节来展开的。如东英教育托儿所里爱欺负小孩子的小孬的方式：给他一个责任位置并教他有效

[1]丈夫作乡长，意味着家里男人也常顾不上自家农活。李准特意描写，婆婆抱怨大凤不干农活，大凤也不管。相关情节见李准《农忙五月天》，李准等著:《农忙五月天》（小说集），第127页。

组织孩子的具体方法，在使小孬转变的同时，也让孩子们在集体生活新的组织方式中得到乐趣。再如，东英坚持给孩子们及时洗脏衣服，使得妈妈们也不好意思让自家孩子穿着脏衣服来托儿所。作品还特别传达出的一个层次是，在东英等的工作取得初步效果的同时，托儿所实际开启了一个新的乡村公共空间，围绕这一新事物、东英的努力和其中各家孩子们的表现，实际也引发乡村的公共舆论，内中乡村社会一向发挥作用的“道义”“情面”“脸面”也构成作用因素。这些，共同促动着妇女、村民对东英工作的感受、认识，进而推动乡村日常卫生习惯和育儿方式的悄然变化。

对于这些新的因素、状态及后续可能引发的问题，作者选择点到为止，没有表现这些因素更丰富的形态展开，因此表现的深度有限。但这些由不同视点观察到的因素、状态，已初步显示了作者观察社会的视点、意识，同时也构成主人公东英体察、调动、组织周边人们的工作内容。东英在这一过程中的反应、反应方式和处理方式，也可谓体现着作者对于乡村社会和这其中人的观察与理解。

这些，是李准在1954年和1955年合作化高潮前的创作中所贯穿的意识与思考。这一时期，初级社扩大并加速发展，高级社开始较快启动发展，经历了几次调整、整顿、反复过程，且全国大部分农村呈现出初级社、高级社、互助组、单干户并存的状态。在此过程的总体趋势，是合作组织的职能权力总体不断扩大，合作化对农村社会的渗透、影响程度越来越深，基层合作组织、乡村政府与乡村社会需要面对不断引发的新问题、新状况。李准努力体察这些状况，同时随着不同阶段政策的焦点与要求，在题材选择与表现上不断探索与调整。《林业委员》（1954年7月）《在大风雪里》（1955年1月）《冰化雪消》（1955年4月）《农忙五月天》（1955年7月）涉及家庭、集体中的先进与后进、先进与先进、老干部与年轻干部、老社与新社、强社与弱社、社与互助组、单干户之间等多重关系。这些探讨回应着合作社发展过程中多种合作组织形式并存、劳动竞赛的开展和集体主义精神的倡导等现实状况。

这些作品的深层显现出作者一贯的视点。《不能走那条路》和《白杨树》显示，李准在写作起步即从自我—他人的互动过程和相互关系感受的变化视角思考互助合作问题。在这一阶段，他继续这一视点，同时继续思考家庭内部在意识状态、性格、资质、能力，在乡村及合作组织中的位置上有所差异的人。他同时在合作组织内、外及乡村社会范围，探讨如何认识、安置在生产条件、阶级属性之外很多方面也都存在差别的个人、群体（《陈桥渡口》《林业委员》《在大风雪里》《冰化雪消》《农忙五月天》）。这些议题在他50年代中后期《冬天的故事》《参观》《五部水车》《李双双小传》《人比山更高》等作品中，有持续探讨。

李准此阶段写作的另一重要面向，是以家庭关系为情节结构枢纽来表现、思考变化中的个人、集体、公—私关系。

这一阶段，农村的利益分配和农民的日常生活依然以家庭为基本单位，但合作组织的生产、组织方式开始打破原有家庭界限，国家与基层政府对乡村社会群体的调动重心在不同阶段也有所变化，这些变化同时配合着观念意识层面新的要求。在50年代中期，这些变化开始越来越深地进入乡村家庭空间和农民的日常生活。在这样的背景下，乡村家庭成员在观念意识、公共事务参与状况及在合作组织、乡村社会与家庭中的位置感，日常生活、心理、感受、情感等方面的差异（如青年人和长辈之间），多数情况会加大。家庭内部差异性增大，同时集体在生产、生活层面的职权范围加强，个人与集体、家庭与集体的关系的相应要求也变得更高——这些叠加在一起，乡村现实将呈现怎样的复杂状况和新问题？这将对家庭和个人造成怎样的影响？面对这一新的状况，合作化实践想要更好落地、扎根农村，除生产、组织、管理方面，还需在哪些方面、层次展开工作？合作化干部在工作意识、工作方法和认识等方面应做哪些调整、改善？哪些工作能有效帮助农民更积极配合国家的要求，同时使乡村社会、农民更为顺畅地适应这些变化？其中，家庭可否在此剧烈的社会变动过程中，特别是在个体与集体关系的调适与建设中，在农民日常生活层面发挥更为积极的作用？《雨》《孟广泰老头》《散会路上》《冰化雪消》《农忙五月天》等作品，显示出李准的相关观察与思考。

李准似乎意在将家庭作为合作化运动扎根农村、农民的枢纽。面对合作化推进的速度和程度加强，给家庭空间造成的影响、变化越来越大的局势，李准越发突出家的作用，在他的笔下，社能促进家，家能促进社，家庭与集体形成相互促进的正向关系。这正向关系的基础，是家庭成员之间、家庭成员与集体成员之间在观念价值、行为、情感层面相互理解的加深，和情感与心意连通关系的建立。

李准意图在这一阶段作品中饱满地表现一种理想的新的家庭关系状态：新的国家意识、集体意识、男女平等、老少平等和民主意识进入家庭，物质利益的作用比重下降，妇女和年轻人的位置获得提升；年轻人与长辈彼此尊重、关爱、体贴、包容，在彼此深入认识的同时也相互教育。年轻人积极投入集体事务的经历使他们充满朝气与活力，同时年轻人没有因此看不起老人，而是在家里、社里更加尊重、体贴长辈。长辈对家人有着深厚的感情，对年轻人既严格要求又尊重、关爱。作于1955年元月的两部短篇小说《在大风雪里》《散会路上》，以凝练的短篇写法，聚焦于合作社和参军在家庭空间里对家庭成员的观念意识、情感、心理、家庭关系造成的影响。《在大风雪里》的新婚夫妇小菊和铁良心心念念想着社，并将之作为对自己同时对对方的要求。夫妻两人同时为“公”的过程，没有导致彼此关系的紧张，他们一面要求对方进取投入，一面生怕自己落后，相互体贴又相互帮助。共同克服困难的过程加深着他们的内心与情感的互感、连通。

《散会路上》描写了一个四口之家的故事。其中，公公是乡民政委员，去年就曾想给儿子报名参军，今年想在乡里的积极分子参军动员会上头一个报名。但在会上看到刚过门没两个月的儿媳低着头闷不作声，老人回想到老伴的担心，以为儿媳心里不愿儿子参军，内心焦急，却没有主动发言。在散会路上，儿子问媳妇为什么不发言，媳妇先说在生人面前害羞，犹豫了一下之后告诉丈夫，她看到公公没有表态，担心两位老人不愿意儿子离开家，因而也没有当众发言。媳妇向自己的丈夫保证，一定在家里照顾好公婆，在社里也会挣同样多的工分，可以安心去参军。两位新人商量好回家分别做父母的工作。公公半路听到小两口的对话，走近路先到家告诉了老伴儿。老两口知道儿媳的心，非常高兴。小两口回到家，发现老人已“打通”了思想，但“到底也没想出”老人“为什么转变得这样快”。这篇不到一千字的短篇小说，充满了两位老人与儿子儿媳之间、老两口之间与小两口之间温厚动人的关系与情意。其中一个非常重要的环节，是他们彼此间的相互尊重：公公和媳妇在社动员会上，因为体贴、照顾对方的心思和在这样郑重场合中的情面，而都没有公开表态；两位老人不是偏爱儿子，而是也尊重儿媳；儿媳通过告诉丈夫对公婆会像自己父母一样，打消儿子参军的顾虑。在这个故事中，情与理融合在一起，传统乡村信奉的家庭伦理、孝亲观念与平等、相互尊重体贴的意识，与对集体、国家的道义感相融通。

这些表现具有浓郁的理想化色彩。如何认识这样的处理与表现？我目前的体会与思考是：首先，作品感受的真切、饱满和公与私、情与理的交融状态，显露这些表达深切根植于新中国成立初期“人民共和”生成的深厚的社会感与现实感。这些作品呈现出《不能走那条路》以来，李准创作的基本精神质感。《孟广泰老头》的叙述间，饱满弥散出安实、温厚而可以信靠的精神感受。《农忙五月天》的情节层层展开自然、亲切、流畅，以及内含精神的舒展、充盈感；东英的灵透、通情和她经由努力开展出来的群体氛围与向上状态，不是干枯的，而是由“以心换心”、心意感通所获得的真切饱满的精神滋养来支撑的。《在大风雪里》结尾的描写：“雪越下越大，像久别的情人一样向着刚翻开的泥土身上扑去，向着年轻人们冒着热气的笑脸扑上去”，形象传达出人与人之间真切的心意感通状态。[1]这种安实、舒展感连通着普通人对人民、国家的朴素感受：“人民”包含了社会中绝大多数人（只有个别极少数人被划为“敌人”），人民和新的国家是一体的。[2]

其次，具体辨析，李准在这些作品中表达的平等、尊重意识，和乡村传统的“孝”“公”“义”，和这一阶段新的集体意识、国家意识，这些属于不同层次、萌生自不同历史时段的“理”相互融合。有时“新”的理带动着“旧”理，使这“旧”的部分更有活力，更能回应现实中人们新的状态与要求，如这些作品中有关平等意识、“以心换心”方式和有关亲人关系的处理。有时，与“旧理”的结合让“新理”更能落实到家庭成员日常生活身心感受之中，如《散会路上》后辈对老人的孝敬与老人对后辈的体贴、尊重与情意，使得为国家奉献的观念一方面更好结合于传统乡村原有的“公”“义”观，一方面成为新的国家意识更能切身于农民，因此更可真实落地、扎根乡村社会的重要中介。

并且，这些“理”能够被农民接纳和在具体行为中开展、实现，与人与人的互动交流的方式和具体的“情”“境”“势”相关联。在李准笔下，家庭空间和合作组织空间对人的自尊、情面的照顾与尊重，以对人的意识、心理、情感变化和互动契机、情势的细腻体贴为基础的互动过程，对沟通教育的方式方法的讲求，以及“以心换心”的集体形成路

[1]李准：《在大风雪里》，李准：《李双双小传》，人民文学出版社，1977年版，第135页。对这一对新婚夫妇关系的描写构成这部作品出色的部分。但从整体来看，作品的写作不够饱满。从作品内容来看，引文中“久别的情人”的表达似乎也不是最贴切的。

[2]在李准50年代末期的作品中，相关意识感受也随现实状况的变化而发生变化。

径——这些，与正确的集体观念、国家观念、公意识，与合作组织在生产、管理、分配方面的表现同样重要。很大程度上，没有这些工作为基础，没有心理、感受、意识、情感方面的相互体察与连通作为路径，而单纯依靠观念灌输和行政力量来推行新的集体强调的“理”，那么，农民的集体意识、农民对合作组织的感受和他们的日常生活感受，将会相当不同。

李准不是以固化的方式来理解、表现“理”，而是结合“时”来思考“理”，努力观察、描写特定历史时期“理”所呈现出来的具体形态。尽管李准写作的展开度不足，挖掘表现深度有限，但读者可顺着作品的描写展开思考：该如何理解合作化进程、历史变动过程中落实于社会生活层面的“理”？怎样的集体观与伦理更能连通人情，更能回应现实生活中人们新的状态，同时更具社会包容力？若想有效回应、含纳现实中新的生活形态和其中存在的问题与人们的要求，是否不应执着于“理”的既有形态，而是在深切理解现实境况、社会、历史、文化条件和其中人的状态的基础上，思考如何有效继承、转化传统的“理”的合理内涵，同时积极思考、想象、探索新的现实条件下能切实发挥建设性的

"理"的可能形态？[1]

参看新中国成立初期另一重要作家赵树理的同时期作品《三里湾》（1954 年完成），有助于加深体会李准对农村的观察视点。赵树理对作品中马多寿、袁天成这两个农民家庭内部关系、氛围与其中成员的性格、心理、意识状态的表现，虽也夹带着新的集体意识、新的文化等因素，但农民的心理、意识、家庭关系实际都受制于物质生产条件。作品中，最终促成马多寿、袁天成在初级社成立过程走向转变的关键因素，也是物质生产条件（分家、合家的举动出于生产效益、物质利益考量）。这样的处理，无疑基于赵树理对那时乡村社会和农民现实状况的认识，也特别体现出赵对合作化发展过程可能引发问题的思考。更全面认识李准和赵树理对 50 年代农业合作化进程和农村社会的理解，超出本文的考察范围。在此仅想指出，以《三里湾》为参照，李准突破以物质经济为核心指标依据的阶级视角，并更加注重从农民的精神、意识、情感、心理，从他们经过具体的互动建立起来的连带关系这样的角度来观察乡村社会，就更为清楚。这两种视角或许也体现出，面对被合作化进程所深刻牵动的中国农村社会，赵树理更偏于立足乡村社会内部展开观察，

[1] 有关这一问题极为初步的思考意识，来自贺照田老师中国近代史课程的直接启发。在课程中，贺老师对这一问题的相关观念意识在中国近现代历史的演变过程与演变逻辑及所造成的深远历史后果，进行了非常有力的把握与阐释（课程名为《历史的挫折与中国现代性的发生》，十八讲，2008 年）。如何在不同历史阶段变化的现实条件下来思考"理"，是今天社会生活多个领域依然具高度现实意义与思考挑战性的问题。贺照田在他有关今天中国乡村一个年轻媳妇欢欢的经验考察中，涉及有关今天家庭伦理问题的思考。在文中，经由对欢欢和她婆婆关系变化的原因、经验的深入辨析，贺照田打开一个重要的思考视域，启发读者思考：在今天的社会建设与改造实践中，如何在深入认识今天现实和其中人的具体状况的前提下，思考家庭关系（包括婆媳、夫妻、父母子女关系等）的改善、建设问题？应以怎样的基本意识来思考"理"和包含着合理性的传统资源？如何才能审慎、合理而富于建设性地转化、运用这些传统资源（如传统"孝亲"资源）？等重要、又非常基本的问题。（参见贺照田《来自社会的知识是否必要？如何可能？》，刊发于《文艺理论与批评》2018 年第 6 期，后收入贺照田、陈明等著《人文知识思想再出发是否必要？如何可能？》论文集）

李准则更多站在乡村社会外部，观察、期待这一历史变动中乡村社会与农民的变化与其间生成的可能性。

其三，在从互助组到高级社的发展过程中，家庭、集体、国家之间的关系在不同时期有着不同程度的紧张，如何有效调适这三者的关系，成为国家不同阶段、不同程度的关注重点。在1954年、1955年合作化高潮之前这一阶段，李准的主要思路为，表现这些因素如何克服暂时的矛盾、问题，最终取得相互加强的正向关系。在公权力不断扩大、集体要求不断提高的现实背景下，李准越发注重表现家庭成员相互尊重、体贴、彼此带动的理想关系与温暖深厚的心意感通、呼应状态，使家庭为新阶段中个人与集体形成良性关系发挥枢纽性的助推功能。对应于这一思路，作品的情节构造容易让人联想到乡村社会喜爱的传统戏曲中的“大团圆”结局，人物的“和美”关系也容易被认为回避了现实矛盾的表现。不过，若将李准予以正面处理的问题进一步明确化，同时思考作品所正面呈现的方面与相关条件如若缺失，将引发怎样的现实后果。可引发出更深的思考。

这些作品的处理促使读者思考，在职权范围越来越强、对个人要求越来越高的集体面前，如何认识李准一方面对合作化进程中农村家庭关系、农民的精神状态怀有信心、做出积极的表现，一方面特别期待新状态下的家庭可以作为农民与更高要求的集体之间发展出良性关系的必要空间。[1] 拓展这方面的思考需要做更多工作。在此，我仅初步探讨李准有关家庭—集体关系的表现中的两个重要方面。第一，在这一阶段作品中，李准探讨了家庭空间、集体空间应给个人留下自主的反应、思考空间，同时干部也应努力调动、培养农民的自尊、自律；同时，集体需要给家庭、个人留下合理空间，好的集体状态应让人们感到自在，应帮助

[1] 在李准这一阶段的作品中，家庭关系常被作为帮助化解合作运动过程很多问题、矛盾的积极因素，甚至重要因素（如《孟广泰老头》《冰化雪消》）。

个人发挥自主性。同时，家庭如何对待有所差异的家庭成员，是李准从创作起步就建立的视点。《孟广泰老头》《冰化雪消》《农忙五月天》《散会路上》这些作品显示，李准特别认识到在合作化这样的转变过程中，家庭在配合集体的同时应承担起教育、护持个人的功能，进而强调家庭对公—私关系的调适与良性发展的重要意义。某种意义上，家庭内部如何对待有所差异的人这一主题，也呼应于对更大范围互助组织如何对待合作化发展过程出现的种种矛盾因素，包括贫农与中农、单干户与合作组织、老社与新社、强社与弱社之间关系的调适等。[1]

对家庭的重点描写和对农民个人、家庭、集体间连动关系的表现，显示在李准的视野与观察中，他特别重视思考合作化这一新的社会生产、组织形态如何落实、影响到农民的精神感受与日常生活，换一个角度说，他着力观察、思考合作化进程中，乡村社会和农民日常生活处于怎样的状态。从整体来看，或许可说，从更加立足于社会的视点来观察、表现合作化进程中农村的日常生活，并由此观察农村社会与农民，在“十七年”的文学创作中是相对薄弱的。李准这一阶段作品一定程度上突破了以物质生产为核心评估指标的阶级视角，并通过对干部的工作过程和人与人之间的互动，通过家庭和集体如何对待有所差异的个人等主题，呈现出更加基于社会的视点，同时展现了农民在物质利益之外的心理、意识、精神、情感方面的状态。农民的日常生活主题在这一阶段没有被更多正面表现，但这一关切包含在对家庭、家庭成员的关系状态和生活氛围的表现中。李准着力于表现在投入集体的同时，农民日常的饱满状态，新的生活、情感要求，以及家人之间彼此更能心心连通、情

[1] 与《农忙五月天》同年（1955 年）上半年创作的另一中篇《冰化雪消》，有关集体、集体—个人关系的思考与表现相对凌乱，不像《农忙五月天》那样饱满、自在、有条不紊。当然，该作意在扩社、整社背景下探讨土地与劳动力的分配，老社与新社、强社与弱社关系的调适等问题，涉及线索、问题、方面较多，把握上的难度大。(《冰化雪消》“1955 年 1 月 15 日初稿，1955 年 4 月 15 日改完”，载《长江文艺》1955 年第 8 期）

意更加深厚的关系与氛围。[1] 这些，映照出作者那一阶段深厚的现实感与社会感，也反映他开始观察、思考合作化进程对农民日常生活的影响。读者可由此思考，如何在实现集体目标的同时，让农民获得更好的日常精神、情感状态与更好的家庭关系、家庭氛围，而不仅是物质条件的改善。

本节所讨论的两方面内容：有关社会、社会改造者如何认识社会，如何与社会互动，以及合作化过程中家庭对个人—集体、公—私关系良性建构的作用——实际构成相互承接与呼应的关系。李准当年围绕这些主题的观察与表现，促使我们思考：是否可能不过度依赖自上而下的强势观念灌输和制度、组织方式的推行，而同时通过其他方面因素的介入与配合，有效调动、激发社会内部活力与向上潜能，并使社会在历史展开过程中更能发挥主动作用？

七

李准 1957 年创作的《冬天的故事》(原名《没有拉满的弓》)[2] 可谓有力推进了他此阶段的核心思考。这部作品接续《孟广泰老头》《农忙五月天》等作的主题，但转换了表现角度，探讨管理组织者在关键环节出现致命问题导致的后果。这部作品极有助于我们深化认识李准 1953—1955 年的写作与思考，故我在此尝试展开有关探讨。

---

[1] 如，孟广泰老头心疼独子、为他留好吃的、嘱咐他置办衣服和胶鞋，自己却舍不得添置衣物（《孟广泰老头》）；存厚老头和老伴相濡以沫、情意深厚，老伴对老头爱护、疼惜，为了不让老头下雨出门，老伴偷偷藏起鞋子，见他要冲入雨中，又招呼他穿上鞋子（《雨》）；郑德明疼爱唯一的闺女，在村子遇到悄悄出门约会的闺女小心回避，回家后体贴地给闺女留门，第二天早起悄悄为闺女磨好干活的农具（《冰化雪消》）。

[2] 作品最初发表于《长江文艺》1957 年第 5 期，名为《没有拉满的弓》，篇末注明“一九五七年三月二十九日。武汉”。本文引用的是这一最初发表的版本。但因后来通行的版本名为《冬天的故事》，因此在正文表述中沿用后来通行的篇名。

《冬天的故事》的主人公陈进才是一个成立一年多的高级社的副社长，他精明能干，工作投入，不贪图个人利益，一心想着在农闲的冬天通过副业为合作社积累更多财富，但他的工作却一步步陷入困境。在作品的表现中，陈进才陷入困境的根源在不相信群众。他认定群众私心重、贪图物质利益、爱占公家便宜、没有对于“公”的自觉意识，不相信大多数群众保有这些品质，不认为可以通过思想工作、以诚相待等方式能把他们这些品质调动出来。在这样的基本认定下，他看不到觉悟高的社员的表现，也无法平心分析导致社员积极性不高的具体原因。[1]这样的群众认定使他不能不陷入对社员的各种自以为是的用心计、先入为主的防控中，造成与社员的严重隔阂，引发社员的抵触，从而造成他冬天副业计划失败。作品显然在探讨一系列重要问题：代表公权力的干部要若何行为，才能在当时的乡村社会打造出一个生产成功、社员也更愿意接受的集体？干部经由怎样的工作方式能够更深观察、认识群众，并经由与群众的良性互动而获得更具建设性的公、私理解？给予群众合理的自主空间和参与公共事务的权力，对公—私关系的建构和集体自身状态有着怎样的作用？

作品深刻表现出，陈进才虽然熟悉社员情况，也常常很能把握对方的心理，具有很强的沟通能力，但由于这些能力基于农民最在乎物质利益、惯于占公家便宜的认定，使得他缺乏对人在物质追求、心思计较之外其他面向的感受、理解力。并且，由于对群众的基本认定和他日常习惯用算计、管控、压制的方式对待他人，陈进才的感受、认知状态和主体状态变得单面，难以体会人的意识、情感、心理的细腻、丰富面向。这使他意识不到他的方式对人们日常生活感受、心理、自尊感和集体理解的负面影响。作品的表现透露出，陈进才的主体状态不仅使他隔膜于

[1]可参作品第六节相关描写。李准：《没有拉满的弓》，载《长江文艺》1957年第5期，第17页。

社员，也使他隔膜于身边对乡村和群众的理解更灵秀、更内在的妻子玉梅。进才努力体贴玉梅，鼓励玉梅参与集体事务，但却隔膜于玉梅内在的关键面向，并不自觉伤害到玉梅的自尊。[1]他不仅不能吸收玉梅有关村庄妇女和群众状况的理解和她对工作方式的意见，也不能足够有感于玉梅对家庭空间的浸润，有感于自己处身的活色生香的生活世界和村庄人们鲜活热切的群渴求，更谈不上在人们已有的人际感受和经验基础上引导他们获得更深的集体意识。

难以对周围的人获得真切、具体的感知，使陈进才和大家越来越隔膜，集体、“公”在他的意识、潜意识中也越来越与组成这集体的具体的人隔开，越来越抽象、教条。他的公意识被隔离于周边人们的生活实际、具体状况和他自己所处身的丰富的生活世界。作者犀利地描绘出，在陈进才的逻辑意识中，“公”实际变成上级的生产任务要求和生产、存款数字。建基于根本怀疑农民的意识、道德、行为和自律能力，以及工作和感受、意识层面与他人、群众的高度隔膜，导致他这时意识里实际已将“公”与“私”割裂，乃至潜在对立起来，他的公—私关系理解僵化、失衡。在作品中，妇女希望在家捡烟叶同时照顾家的想法，被进才理解为想脱离合作社的监管、趁机占公家便宜。在他的潜意识中，公、私之间已然变为矛盾的关系，因此公私兼得的想法变成对公的损害。果真如此，意味着进才这时认定的“公”实际已凌驾于集体中的个人之上。由这样的意识状态再往前推，意味着在这样僵化的感受、意识

[1]作品有关乡村民间集市的场景氛围、玉梅为家人做的早饭、玉梅和孩子们参加集市的打扮等的描写，表现出农民的生活兴味、生活情感与人的灵秀状态，这些描写也体现着作者的感受、情感与理解。作者还特别描写进才喜爱比他小十几岁的玉梅。进才穿着玉梅巧手做的“雪白的漂亮鞋子”被村人开玩笑却不生气，“到了没有人地方，总是要把鞋子上的尘土跺个干净”。他同时表现，进才不自觉以农民贪图实利的认识看待玉梅：看到玉梅往拿回家的社里的烟叶上洒水，进才立即判定玉梅和妇女们想增加烟叶的分量、占公家便宜，这让玉梅感到很伤自尊（“进才这样想，她自己就觉得害羞”）。引自李准：《没有拉满的弓》，载《长江文艺》1957年第5期，第3、15页。

状态中，陈进才难以突破原有意识来思考“公”的目的究竟是什么，难以明白社会主义集体的重要目的之一便是为了集体中成员相互帮助、走向更理想的生活与社会形态，也无法意识到，错误的群众理解、工作方式已导致自己走向自己主观意愿中“一心为公”的反面。

如何有效防止干部陷入这样危险的意识状态？作品点出两种不同的工作方式。在不信任群众的前提下，陈进才用物质利益管控、卡压、处罚等方式对待社员，带来的后果是“干部不相信社员，社员也不相信干部”[1]。由作品已展开的表现来推想，这后果不仅施加在对象（群众）方面，也会同时施加在管理者方面：陈进才的方式增加了群众的抵触心理和反弹，致使群众以同样的方式来应对他，在表现上更注重物质利益；陈进才则据此更直观确认已有认识与逻辑，更难反观检讨自己。这样的状况循环反复，导致他与群众的隔阂加剧、他的公理解与公—私关系理解越来越偏狭、失衡。作者通过银柱、玉梅，特别是炳文点出另一种工作方式：相信群众，“厚诚”对待社员[2]，耐心讲道理，告诉群众集体工作目标的意图，给予群众民主讨论、参与空间，同时采用更为体贴的劳

[1]这一句话引自李准《冬天的故事》，李准：《李双双小传》，人民文学出版社 1977 年版，第 246 页。《李准全集　一》（九州图书出版社，1998 年版）收录的版本和《李双双小传》一致（此句引文见《李准全集　一》第 176 页），而《长江文艺》1957 年第 5 期刊载的版本（作品名《没有拉满的弓》）第 12 页的对应部分没有这一句。目前无法确认这一句最早出现在哪个版本中。

[2]作者通过群众的反应点出炳文与进才两人不同的待人方式、工作方式：洪祥说“炳文有个厚诚劲儿，好说话”，吴甲寅老汉说进才的问题是他“心眼太窄了。人家都说他的‘刀子太快了’，我看他也没有把钱拿到他家里，不过他对人太不相信了”。李准：《没有拉满的弓》，载《长江文艺》1957 年第 5 期，第 4、19 页。

动方式，发放更为合理的副业酬劳和日常零用钱[1]，通过这些不同方面的工作，引导社员改善对合作社的观感、加深对干部工作的认识，调动他们更积极投入集体事业的热情。

两种思路做法引发我们思考：给予群众合理的自主空间和参与公共事务的权力，对管理组织者、对组织自身有怎样的意义与作用？陈进才对群众的预设与认定，导致他意识中“公”高于“私”，同时导致他认定有更高觉悟的自己和干部必定高于群众。[2]因此，只要自己没有私心、一心为公，那自己的行为就一定是正确的。这实际意味着，他认为无需经过群众检验，自己便可理所当然代表“公”、公正执行“公”，群众被取消参与、监督公共事物和干部管理行为的资格。通过陈进才这一人物，作品引导出一个重要问题：失去对干部和组织发挥有效反馈、监督、校正作用的必须中介——群众，将对组织的运转、干部的管理行为造成怎样的后果？

另一方面，在不信任、利益算计逻辑和压制管控手段面前，群众难以表现他们本来具有的积极的、更加正面的面向，还会增加他们对于干部、集体的负面感受。作品中，陈进才所在的高级社刚刚成立一年多，大多数社员没有达到高级社要求的“觉悟”程度，但大家并没有以同样的手段与方式回应他。他们不配合陈进才，是因为想要获得“现活”和

[1]小说结尾，进才委屈地对炳文说“这些社员们呐，他就不和你一心！有啥办法！”炳文回答说：“不一心，和他们讲么……把问题和他们摊开，咱们社里今年分红……看这是合作社优越性不是？要是大家说是，那么下边怎么搞，看大家怎么说。我敢说谁也不想叫社里穷下来。”“不要光用‘截法’去截他们，只要不影响社里大宗副业！我们搞副业目的是干什么，还不是让大家都有粮食吃，都有钱花。”“不要光去玩手段，要相信社员。落后的要教育……”作者还描写，经过在县党校的学习，炳文“开始觉得过去好多工作中，都没有对社员讲得透，讲得深切。平常不管开什么会……老是讲这一套……”李准：《没有拉满的弓》，载《长江文艺》1957年第5期，第19页。

[2]作品中，银柱批评进才：“……你太不相信群众了，你把群众当成什么了。你认为群众就不会有积极的一天了……这是合作社，有人家一份。他们是给自己干的，不是给别人干的。”李准：《没有拉满的弓》，载《长江文艺》1957年第5期，第18页。

更合理的报酬。而在现实中，如果社会、组织以利益、绩效为核心追求目标，同时设定组织成员最在乎物质利益，缺乏应有的公共意识与素质，进而忽视人们物质利益之外的价值、情感、心理需求，这将实际导引出人们怎样的应对心理、应对方式和面向，进而形塑出怎样的组织状态？如果缺乏其他的制衡因素，这种方式将极大助推，甚至压迫个人以同样的逻辑、方式对待组织和他人，促生个人的自利心而非利他心，进而导向组织成员间恶性的竞争关系。以绩效考量为核心追求目标和围绕此标准构造的组织关系，将对组织中人的自我感受、他人感受、组织感受造成怎样的影响，给个人和组织自身造成怎样的后果？这是作品所开启的，对于今天还有重要现实意义的思考。[1]

参看《冬天的故事》，李准此阶段写作中的一个核心主题——如何认识社会，如何与社会互动，如何更好激发、调动民众向上潜能，就更为凸显出来。李准的思考生发于50年代的历史经验。关于此，贺照田《启蒙与革命的双重变奏》一文借助对中国革命在20世纪四五十年代经验的认识与提炼，进行了更为深刻的阐释。他指出，在当时革命最好的状态中，革命认识到对中国社会的认识要想“不断深化、向前”，就要：

> ……学会不只从单一社会经济，而还同时从动态的政治、社会、经济、文化、心理现实去准确认识、理解、把握这些中国社会阶级。
>
> ……时时需要根据不同的历史—社会条件不断地对他们作出新

[1]有关这些问题的思考，受到贺照田老师的文章《时代的认知要求与人文知识思想的再出发》《群众路线的浮沉——理解当代中国大陆历史的不可或缺视角》与他2017年秋季在北京师范大学文学院讲授的课程《新时期文学兴起的历史、观念背景》的极大启发。但我的体会极为初步，距离能够确切把握这些学习资源还有非常远的距离。上述贺照田老师文章分别收录于贺照田、余旸等著：《人文知识思想再出发》与贺照田著：《革命—后革命》，台湾交通大学出版社，2020年版。

的政治—社会—心理分析。

……对……贫农、下中农、雇农、工人，也必须清楚他们的革命动力同样不仅仅被他们的社会经济阶级位置决定，而还和他们又流动又稳定的价值感受状态、心理感受状态紧密相关，和他们所遭遇的种种具体问题困境紧密相关。

还要：

……逐渐学会认清这些社会阶级在时代现实中所遭遇到的方方面面的问题与困扰；逐渐学会捕捉、领会、把握在特定困境中、面对具体课题时这些社会阶级的心理情感状态与价值感受状态；逐渐学会在动员和组织中准确诉诸这些社会阶级具体、真切的问题困扰、经验感受、价值感受、心理感受。

这样的认知意识、认知努力、实践意识、实践努力，可切实帮助当年的革命者：

在构想自己的介入实践、革命组织时，能真的充分根据在地资源来行动作为，并同时更多消化、吸纳、解决多方面在地问题，同时又更充分畅发本有的在地生机与活力。[1]

这些理解，对今天的社会建设、社会改善实践依然具很强指导意义。贺照田的阐发使我认识到，真正有力且效果长久的社会改造须根植于社会的内生力量，应立基于有效吸纳并妥善处理在地问题，有效发

[1]以上引文来自贺照田：《启蒙与革命的双重变奏》，贺照田著：《革命—后革命》，台湾交通大学出版社，2020年版，第52—53、61页。

掘、调动在地社会的生机、脉络与能量蕴藏。这是社会改造能否经由与在地的顺畅关系而获得持续动力，同时发挥真实建设性效用的关键。李准当年的观察远未达至这样的思考程度，但却非常有助于今天的读者参照这些经验展开进一步的思考。

将《孟广泰老头》《农忙五月天》与《冬天的故事》三作相互参看，李准有关人与制度关系的敏感更加清晰地浮现出来。事实上，从《不能走那条路》到此阶段的写作中，哪些因素的配合可能促成农民意识的转变和对集体更积极的投入，互助合作可能给人们意识、情感、精神、主体状态、自我—他人关系感受方面带来怎样的变化，和这些因素如何与探索过程中的合作社的生产、组织、管理达成更好的配合关系，是这些作品的核心体察面向。制度、组织、利益分配、技术这些“硬”的因素条件是合作化展开过程实践和认识的核心着力方面，李准却极少正面触碰它们。这样的感受体察视角不仅出于文学的特点，更基于李准有关农民、有关如何将农民更有效组织起来的观察与敏感。这些作品启发我们思考，当年历史中的相关观念、制度与其中人的真实关联关系是怎样的，通过怎样的方式、路径能够让各阶层农民在利益的矛盾和资源的限制下更积极投入互助合作实践，并发展出新的人际关系样态。

若把李准此阶段有关组织的思考关联于他对农村家庭的定位与表现，还可引动读者在今天思考，不同的组织形成方式将对组织中个人的家庭关系、家庭状态产生怎样的影响？当社会组织中的人际关系方式不以人们相互中的深入理解为基础和指向，无法有效克服人们间的隔膜，导致组织中的个人关系状态出现问题甚至产生出伤害性，并且这些经验内化到个人的感受意识深层，可能对家庭空间中人们的感受与关系状态产生怎样的影响？[1]在当代家庭关系与家庭伦理遭遇相当挑战的今天，李准当年的敏感与体察具有启发意义。

在有关集体的形成方式方面，李准认同先进带动后进、成员共同提升、成员间发展出互为对方的良性关系的集体目标，同时体察思考怎样能够实现这一目标。其中，如何理解群众、对待群众是具有结构性意义的关键环节。

在《农忙五月天》呈现的经验中，经由人与人之间真切具体的感通连带关系，可使集体意识更切实扎根人心；通过自我与他人相互参照、彼此深进、互为带动的过程，可更好培育集体成员的利他、互利意识与良性关系，促成更好的主体状态。《冬天的故事》则有力揭示出，如果干部预设群众"低于"自己，据此取消群众参与监督的权力，干部将失去检省、校正自身行为意识的必要因素。在与社员的感受认识隔膜、关系不顺畅的情况下，依靠硬性的规章制度、组织管理手段和资源渠道的把控来推行工作，能够达到约束群众、实现预期管理目的的效果[2]，但这样的方式实际将更多调动群众的利己心，导致群众与组织关系的紧张。依靠管控手段处理矛盾、推进工作，即便短时内可有效达到预期目标，却会因掩盖现实问题、矛盾而对组织中的个人与个人—组织关系的长远发展造成负面后果。这提示我们思考，如果一个组织的运转过于依靠制度与组织规划设计，而不真正建基于对群众状态、现实状况进行及时、具体地把握，如果干部失去倾听群众真实反馈的渠道，会使组织的日常运转丧失来自日常人心的滋养、护持，从而丧失对打造组织内部活

[1]李准作于1959年的《冬天的故事》《李双双小传》《两代人》等作触及这些问题。这些作品让读者感受到，在政治对人的要求更高，新的生产、生活形态对家庭生活、夫妻关系、个人状态带来更大挑战的状况下，李准试图表现，集体的更高要求更需要经过日常生活中家庭空间里人们的体贴关爱、耐心沟通和在情意连带中的共同进步，才可能更好实现。

[2]在各种其他空间被大大压缩的情况下，如发生农民不能出去做木工，不能割草卖，乃至后来没有村集体的证明农民不能住宿等状况，社员会更屈从进才这种管理。

力极具关键性的资源。

《冬天的故事》同时承接《孟广泰老头》的主题，更为展开地探讨如何更好构建集体—个人、国家—社会间的良性关系。高级社阶段，集体对农民的日常管控范围较初级社更加扩大。在作品中，群众与陈进才的主要矛盾，是群众要求在日常生活中自主支配本来属于集体，也有条件及时提供现金和在不损害集体利益的前提下获得更为合理的对待；陈进才则认定这些要求损害公家利益、妨碍社达到预期的副业生产指标，又不和社员坦诚沟通，便认为干部如答应这些要求将更为助长社员贪占公家便宜的风气。陈进才发放零用钱时的苛刻态度和讨价还价、斗心眼、哄骗手段，让社员觉得支取自己劳动所得，却被陈进才使诈对待，不仅损伤到社员的权益与自尊，也对群众对于合作社的感受和认识产生负面影响。[1]

农民从合作社支取零花钱是为了在集市购买衣服、布料、鞋子、生活用品、烟叶、给小孩子的糖果等。在陈进才眼里，这些是仅仅关乎农民的小家生活而无关集体的发展目标[2]，他还将这些生活要求联系到农民缺少集体公意识。事实上，农民的这些生活要求不仅基于物质需要，而且奠基于更为深长的乡村传统，体现出乡俗社会的风物人情与浓郁的生活兴味。这些体验很深连带到人们的生活感受、自我感受、人在社会中的自在感，并包含农民的群体感受。这对个人与社会间保有更为平衡的状态，对个人—集体、公—私良性关系的建构可以发挥辅助作用。对这一层面的过度压缩，导致“公”过度侵犯社会中人们的日常生活感受、身心维系、社会基体状态，不能不造成深远后果。

---

[1]作品描写社员不愿卖树来配合社里生产桌子，是由于进才平时苛刻发放零用钱的做法使村民担心卖树后“社里不能给现钱”。李准:《没有拉满的弓》，载《长江文艺》1957年第5期，第16页。

[2]进才在集市上主要关注与合作社的副业相关的生意信息，对乡俗社会浓郁的生活兴味与氛围缺乏兴趣。

在以 1953 年国家“一五”计划为标志的新的社会规划与历史展开过程中，农村为国家、城市建设，农业为工业发展提供了重要基础，农民群体为国家整体发展做出了巨大贡献，但在社会资源享有方面和实际生活水准方面，农村和城市形成较大差距。显然，李准认同农民应为国家建设做积极贡献，但显然，李准也同时敏感体察到农民的精神、心理状态、生活感受对于他们日常生活、主体状态维系的重要意义。而这些方面对农民有关集体、国家的感受与认识实际发挥着重要影响。他的体察引发我们思考：社会主义、国家、大历史的发展目标该如何安置农民的日常生活，如何更好平衡大历史与普通人日常生活、身心精神状态的关系，怎样才能在配合国家、社会发展目标的同时更加尊重社会、更有效调动社会的活力与能量，需要深入到哪些具体层面、环节来切实认识、改善这些关系。

深入体察政治下落过程引发的社会、人的多方面反应、状态，使得李准此阶段的写作开展出当年政策表述和写作没有正面出现，但在历史过程中真实呈现的众多面向与经验。这些视点、视野与感受体察，为他后来的写作奠定了重要基础，同时有助于我们深入认识那一段历史。

李准在 20 世纪 50 年代中期体察到中国农民、乡村社会在合作化过程显现出来的重要特质、面向、经验。其中的核心体察——农民群体不仅在乎物质实利，还在精神、情感、尊严感、伦理、价值意义感方面有重要需求与相关潜质，在适当的激发调动下，这些潜质可以被召唤出来，并在新的意识结构中发挥建设性作用——对于今天的社会理解与实践是否具有现实认知与实践启发意义？即，在中国大陆当代现实的急遽变动中，中国社会和多数人当年曾被激发而表现的这些面向、诉求，是否潜藏于今天的现实深处？在今天的现实条件下，是否有可能通过努力将其中可发挥建设性作用的因素重新召唤、调动出来？这些是值得认真思考的。

李准此阶段有关集体、家庭、先进与后进等问题的探讨也引发我们思考：以功利逻辑主导的竞争意识和以绩效追求为核心目标的组织管理方式，对于社会组织的人际关系、组织状态、组织成员所在家庭的关系状态和他们的生活、精神身心状态，将带来怎样的形塑与影响？这对于能力、价值追求与上述社会发展目标及与之相配合的评价标准不相符合的弱势者，将造成怎样的影响？一社会的规划与发展目标、路径如何能够更好包纳、安置现实中多样、相互差异的个人，同时引导人们发展出彼此间良性、有机的关系状态？

他的写作还可促动我们省思，在今天的现实条件下，社会整体发展目标与组织规划需要包含哪些必要的视野与意识，精神、伦理、价值、文化等要素如何能够与政治、经济等因素形成平衡发展关系，如何基于对人的多方面生存状态的具体认识和关怀反思调整已有规划目标、组织方式，以在追求社会经济发展的同时更好安置社会普通人的精神身心问题，使社会与人获得更为平衡的发展。

当代关于新中国合作化历史的一个不能缺少的重要研究路径，是对政治、经济、乡村社会脉络、家庭关系、农民价值、观念、心理等多个领域、层面、因素予以贯通性的考察。这些探索包含突破单一理论框架、理论视角带来的认知局限，通过纳入更多视野、经验和新的意识、方法来有效激活历史对象，达致对已有认知的深化与突破的目标。而如何有效实现这些目标，如何在历史内在展开过程把握不同领域、要素的运动、变化形态、关联状态与相互作用，以真正开放出历史对象包孕的经验，是具很大挑战性的工作。从这些角度，显然李准通过文学的方式对 50 年代农村人的意识、心理、精神具体性的开掘，他有关政治实践引发的人与社会变化的多个方面的体察，有关如何有效引导农民意识发生转变的因素、路径的体察，仍可很大程度上给今天乡村建设等深深牵涉社会的各种实践，提供工作意识、工作路径与工作方法的参照。

当然，李准当年工作对我们这些文艺研究者最直接的意义，还在于推动我们重新认识新中国五六十年代文艺实践与社会、政治的互动关系和独特的文学创作机制，并借此契机思考文学如何有力深进社会、认识社会这一对今天来说依然重要的问题。

“理想人物”的历史生成与文学生成

——“梁生宝”形象的再审视

◎程凯

在十七年文学的形象系列中，梁生宝是一个别具认识价值的人物。自诞生之初，这个“理想人物”就曾遭到是否过于“拔高”的质疑。但梁生宝的“理想性”并非“理念先行”，作者柳青是试图通过梁生宝的品质、性格、精神、素质来呈现他对于在合作化运动的“现实”中需要什么样的人的理解。这种人既是“现实”所必需的，也是“现实”所应该培养、生成的。就前一个角度而言，人物折射出的是“现实”的矛盾构造，只有理解、把握“现实”矛盾的结构性要点才能理解为什么这样的品质是可贵、必要的。就此而言，一个“新人”典型的背后对应着一套新的社会构成原理。所谓社会主义改造不仅意味着改造所有制形式，也不仅是建立、巩固一套生产关系、生产制度或政治体制，它还需确立一套社会制度，一套新的人与人的关系以及思想意识状态。这个思想意识状态包含着认识机制、道德品质和精神诉求，概言之，可称之为一种社会主义的主体形态。在这套新的社会制度中，什么样的人要被放置在结构性的、组织性的位置上决定着这套生产制度和社会制度的运行状态，最终作用于集体关系和群众日常生活中的情理、气性。从后一个角度讲，社会主义革命的落实也有待于不断发现、调动、养成、提升能够与之配合的主体。于梁生宝这样的形象中恰好可以体察出社会主义应该培养什么样的人所具有的挑战性。

事实上，在农村的社会主义改造基本完成后，“社会主义革命”的重心经历了以所有制改造为牵引转移到以政治、思想改造为牵引的变化。这一变化体现为，强调不仅在所有制层面、生产关系层面，更要从观念意识层面消除再产生资本主义的种种因素。然而，与这种“不断革命论”持续深化所同步的现实却是小农经济惯习的破坏和新的生产组织、经营管理制度弊端丛生，终于导致严重恶果。亲自目睹这些起伏波折，柳青在梁生宝身上所赋予的就不单纯是对合作化运动的信心——基于信任、积极性而投入社会主义改造大潮的英雄主义气度——而是超常的责任心、谨慎的态度、反思性、斗争意识与实践能力。以至于很多人认为梁生宝在性格上过于谨小慎微，偏于“沉重”，而在思想意识上又过于敏锐，近于成熟干部或知识分子[1]。而这与柳青要赋予主人公的“理想构成”有关。即，一方面他在意识观念上有着高度自觉，并不断培养、提升自己的意识习惯，养成一种“社会主义新人”的思想品质；另一方面，他在置身、处理错综复杂的社会关系时又是从不脱离实际、埋头实干而谨慎小心的。这折射着“大跃进”后的“调整时期”所设想的某种理想形态。就此而言，梁生宝的“觉悟”并未流于对政策的直线说明，亦难还原到“指导 / 接受”的单向关系中。他是不断将政策方针、政治理解融化、统摄到一个更混溶的精神原则层面，使之成为培育“脱俗”而“纯粹”人格的阶梯，再经由“诚意”的中介化为行动原则。这一系列养成不拘于在一个主体内部完成，而是持续将自己重置于

[1] 严家炎在《关于梁生宝形象》一文中就指出梁生宝“能够处处从小事情上看出大意义”，几乎带有思想家的面貌。《〈创业史〉评论集》，陕西人民出版社，1980年版，第264页。

乡亲、邻里、伙伴、同志的多重伦理、责任关系中加以锤炼、培养。这个理想主体的构成方式和生成过程都“层积”着作者的实际经验、现实体会与历史理解，它也蕴含着对现实和历史的机能性把握。

之所以说是“层积”着作者的理解，因为这一把握非一时产生的，它既是作者在长期扎根基层工作中渐渐摸索、体会出来的，也是经过曲折的写作探索锻造出特有表现方式才能够加以塑形与传达的。[1]梁生宝这一理想人物的诞生交融着历史生成与文学生成的双重过程，只有充分还原这一双重过程的诸多褶皱才能逼近其认识价值。再者，作者的现实把握不是只聚焦在一个主人公的身上，而是体现在一系列人物错落、交织的矛盾关系上。作者在创作上的探求也特别诉诸如何通过结构一系列人物关系和矛盾构成来折射现实问题。梁生宝作为第一主人公正是诸种矛盾的汇聚点，把握了他与作品中其他主要人物（梁三老汉、郭振山、高增福、改霞）矛盾的构成与实质，就能够相当程度上击中作者现实认识与表现的要点。因此，这篇论文的虽意在揭示梁生宝这一理想人物的历史生成与文学生成机制，激发其认识价值，但切入方法却是对梁生宝与其周边人物关系、写法、区别的逐一对比、解读。试图经由“写法”的剖析逐步还原其矛盾构造方式、指向与认识意涵。

两个“主人公”和两种“历史”

梁生宝在《创业史》中有两轮出场。正文第五章“梁生宝买稻种”

[1]与“及时反映现实”的当代创作要求有所差异，《创业史》作为一部现实题材小说却经历了一个长时段的酝酿、创作、修改过程。（关于《创业史》的修改过程，刘可风在其《柳青传》中有详细描述）从作者开始深入生活到作品最后完成，农村形势已发生一系列剧烈变化，书中对互助合作初期问题的把握也与 1953、1954 年的规范性认识拉开了距离。在此期间，文学创作的要求亦不断更新。柳青创作方式上的这个“长时段”在当代文学经验中究竟有什么样的特殊性和认识意义，当另文专述。

表现了一个“新人”的出场。他的“前史”则集中在题叙中交代。表面看，题叙历史与正文历史紧密衔接，其实，正文展开的是一种新的“历史”，题叙的“写”梁生宝与正文中的“写”梁生宝存在某种断裂。

作为主人公，梁生宝在正文中一出场就有高度的精神完整性，既有性格上的成熟，也有政治意识上的觉悟。而题叙作为“前史”概括了这个主人公之前的经历，却没有给出足够空间讲述其精神养成的内因与过程。正文中梁生宝性格的稳重与其政治觉悟互为表里，其性情的各种特点与其在工作中所受的考验、锻炼相关。如果真要追溯作为“新人”的梁生宝之“来历”的话，身世只能是背景，决定性的变化当在迎接解放、参与土改之后。因为，经由参与一系列运动、工作而产生的与新政权、共产党的互动才是使其从庄稼人变成“在党”“姓共”的枢纽。事实上，土改之后，对农村共产党员的发现、培养、教育相当具有挑战性，是一个反复筛选、互动的过程。[1]但这部分历史在题叙中几乎空缺。这造成了很大的不平衡。一方面，正文中，梁生宝对农村社会主义道路的认识已经达到了可以同最高决策者内在一致的程度，但这个认识的来源却并不清晰。另一方面，题叙中突出了他的魄力，他的爱憎分明和斗争性，可这些品格在正文中反而不那么突出。换句话说，在题叙中勾勒的一些决定性品格到正文中变得不具决定性了，正文中具有决定性的品格——沉稳、耐心、坚定、公心、敏锐等却在题叙中找不到来源。

从题叙到正文的某种断裂其实是主题、矛盾构成与写法的断裂。不难感觉到，题叙的主人公是梁三老汉而不是梁生宝。题叙中对梁生宝的描写是外在行动式的。整个创业前史是在梁三老汉的内在视野中展开的。梁生宝的行动是由梁三老汉的视角能够看到的行动，因此，对于梁生宝至关重要的转变经由梁三老汉的视角就变成了鬼迷心窍。比如，发

[1]参见拙文《典型的诞生——从蒲忠智到王家斌》中对五十年代初培养农村共产党员经验的讨论。收入贺照田主编:《人间思想·第七辑》，人间出版社，2016年版。

了土地证后，很多干部退坡，但梁生宝“比初解放的时候更积极”。这个“更积极”是梁生宝开始区别于郭振山等一般干部的一个基点。还原到历史中看，它一定不是自然发生的。但题叙中的叙述直接转入梁三老汉的诧异：

> 梁三老汉独独地站在那里，奇怪起来：为什么那样机灵的小伙子，会迷失了庄稼人过光景的正路？……他的心变了。种租地立庄稼时的那个心，好像被什么人挖去了，给他换上一个热衷于工作的心。[1]

梁三老汉眼中的“变心”捕捉到梁生宝的变化，但那个变化的内容和过程却失于抽象。《创业史》正文的一个叙述特点就是它深度进入每个角色的思想意识，构造一个内在视角，从不同人物的内在视角出发来展开叙事。因此，虽然整体的结构是按“两条道路”的矛盾关系来构造，但每个人物都有一个完整的精神世界，小说的矛盾同时借助这种精神世界的冲突展开。题叙没有采取这种充分内在化的构成方式，也没有建立差异性的内在视角，整个叙述焦点集中在梁三老汉身上。

而到了正文，梁三老汉就不再足以成为主人公，主人公变成了梁生宝。正文开头，矛盾的形式是梁三老汉对一心为公的梁生宝越来越难以抑制的不满。可这矛盾的“激化”几乎都是在梁三老汉单方面展开的，且富于喜剧色彩——老汉刻意趁着梁生宝不在时夸张地发泄自己的愤怒。这意味着他已构不成对梁生宝要走新路的阻拦。如果说，围绕社会主义的“新路”所展开的斗争是小说要表现的主要矛盾，那么，梁三老汉已不在这个矛盾的主干上。这可以从梁三老汉的缺乏行动性上看出

[1] 柳青：《柳青文集·第二卷》，人民文学出版社，2005年版，第19页。

来。事实上，梁三老汉这一人物在正文中更多表现为“内面”的，心理活动远多于行动。他看不惯梁生宝的“叱咤风云”，他纠缠、煎熬于自己的焦虑、抱怨、担心，却很少能让这些抱怨转化为对梁生宝的实质性阻碍。

这种主人公的转移与正文的矛盾结构方式有关。一定意义上，题叙是以“创业”为主题串联起来的历史，它是社会主义革命的前史。这个“历史”带有着庄稼人眼中“世事变迁”的表征，它与大历史相勾连，却更标记着家庭和个人记忆中最刻骨铭心的部分，充满了灾变、动荡，却缺乏动因和方向。越是认同于这样的“历史”的人就会越被桎梏于现实中。题叙中这样描写梁三老汉创家业梦想破灭后的状态：

> 老两口头上都增添了些白头发，他们显得更加和善、更加亲密了。他们没有什么指望，也没有什么争执，好像土拨鼠一样静悄悄地活着。生宝她妈领着闺女和童养媳妇两个十三四岁的女孩儿，春天在稻地南边的旱地里去挖野菜，夏天到北原上拣麦穗，秋天在庄稼路上扫落下的稻谷，冬天在复种了青稞的稻地里拾稻茬。人们赞美这对老夫妻，灾难把他们撮合起来，灾难使他们更和美。[1]

无论是面对灾难随遇而安，还是重燃发家梦想，其生活本质都是趋于静态的。“历史”似乎只是一种纷扰。然而，正文围绕社会主义革命展开的历史图景却不是“纷扰”，它是要将所有“生活”搅碎和重组的现实力量。这个“历史”是有方向的，它是被前进方向带动的对过去、现实、未来的本质认识。它的方向感被置于对人类历史予以整体把握的基础上，其目标不能化约为一套社会经济指标，而是导向人类解放的终

[1]柳青:《柳青文集·第二卷》，人民文学出版社，2005年版，第14页。

极目的，是对被桎梏于现实的决定论的超越。其前进动力不单来自直观的社会力量，更需诉诸历史哲学的视野，透视出历史发展的矛盾结构，并把这种认识转化为现实社会关系的斗争、改造与重组。因此，社会主义革命所诉诸的矛盾动力固然被一时概括为社会主义道路与资本主义道路的斗争，但它不是能被一次性解决的，而是不断再生产的，相应的斗争关系也是不断再生产、不断转化的。

《创业史》所要把握的就是这个农村的“社会主义革命”过程中不断再生产和转化的矛盾关系与斗争关系，而不只聚焦某个具体冲突。可以对比的是，一般的反映合作化运动的小说容易沦为“问题小说”，其矛盾设置、情节构造、叙述动力常来自一些工作问题，问题的解决就是情节高潮也是叙述终点。而《创业史》，哪怕它大量借助阶级规定性和“两条路线斗争”的框架，但没有哪对矛盾是可以完全回收到工作中“解决”掉的。小说起首，“活跃借贷”失败，显示阶级关系的再分化与发动互助合作的必要。梁生宝带队进山割竹是对这一危机的解救，形成扩大互助组的契机。但割竹的成功却并没有带来互助组的顺利发展，反而导致两户退组。直到第一部结尾，互助组的危机始终没有根本解除。与之互为表里的是郭振山与梁生宝的矛盾。正文开端，郭振山“轰炸机”式的工作方式后继乏力，梁生宝作为新带头人崭露头角，此消彼长，形成暗暗的较量。但在第一部结尾，“统购统销”再度诉诸群众运动加政治压力的途径使得郭振山又大显身手。那个从郭振山式工作向梁生宝式工作转化的“进步”过程至少是被阻滞了。这些“不理想化”的设计都超越了那种将社会改造写成自始至终朝向合理性的简单构造。

《创业史》拒绝以事件、问题来型构而一定要以“人物”完整性与内在一致性为构成基点正是要找出在表面工作问题、阶级斗争结构之下不断再生产那个表层结构的，基于人的精神、理想、品格、欲望、感情所生成的矛盾。这个“生活世界”意义上的人的矛盾性又是不断被革命的上层结构再塑形、再打造。更进一步讲，“生活世界”意义上的人只有不断突破自然决定性，不断突入到有意识的斗争性关系中才能摆脱那个桎梏性的“历史”，走向自我解放和共同解放的“历史”。在丧失乌托邦维度的认识中，“现实”只是被动的现状，但对柳青而言，“生活世界”不可缩减的复杂性与社会主义革命引导的历史方向都是“现实”，其“人物”要在这两重的聚光灯下显影。

两个“积极分子”

60年代的评论中曾批评梁生宝作为主人公“斗争性”不足。事实上，在50年代合作化运动初期，两条道路的“斗争”更多设定为一种竞争关系，即，互助组、合作社与单干户之间的生产竞赛，所谓“先进”更多体现为引导性，而非斗争意识。在梁生宝身上，对创集体之业的热衷与投入始终占据主导因素。梁生宝对这个“大业”的理解较少诉诸社会主义蓝图。如果对比同样表现合作化运动的《三里湾》就能看出来——《三里湾》中详细交代了集体化后对耕作、生活的远景规划，以直观的“前途”来调动群众积极性。而创集体之业对梁生宝的意义更基于他对穷苦乡亲的责任感以及创小家之业会导致剥削、不平等的认识。

这意味着，在柳青看来，庄稼人对社会主义能够产生认同的基础是道德和伦理性的、植根于庄稼人的“道义”感，而非只是经济社会目标的感召。经济利益可以激发一时的积极性，可一旦生产遭遇挫折或分配出现问题，这种动力也容易丧失。诉诸“利”而组合起来不免是脆弱的。共产党在解释农业合作的必要时非常强调它对有困难的劳动者、家庭的带动与救助，这在《创业史》中也有所反映。困难户确实是互助合作的主力。但，为脱困参与互助合作也难免在条件改善后变回发家创业的老路上。毕竟，互助合作哪怕成功也不足以自动产生对旧思想的替换，庄稼人原有的意识仍会固态萌生。因此，超越“利”的考虑，将对集体经济的认同植根于“义”的伦理与责任基础就至关重要。

对比梁生宝与困难户高增福这两个积极分子，可以看出梁的身上更具“义”的成分。单看对互助合作的热忱，高增福不低于梁生宝——他为加入梁生宝互助组放弃了自己在官渠岸的家。在斗争性上他似乎还胜于梁生宝：无论是对富农姚士杰还是对二流子白占魁，他都有毫不掩饰的痛恨与警惕。但这种热情和斗争性恰好与他作为蛤蟆滩困难户的代表相关。对其“单纯”“直接”“坚定”的设定对应着哪些力量构成互助合作的基本群众和政治依靠力量的估计。小说中这样描述走投无路的困难户的期待：

> 现在坐在蛤蟆滩普小教室里的、这帮从前被压在底层的庄稼人，巴不得明天早晨实行社会主义才好呢。历史如果停留在这查田定产以后的局面，停留在一九五三年的话，那么，他们将要很快倒回一九四九年前的悲惨命运里头。[1]

进一步，作者把这种基于自身处境的选择升华为一种集体意志和感情的凝聚：

> 他们坐在教室里汽灯的强光下，非常的安静。安静是内心平静的表现，因为他们不急不躁。尽管父母的血液和童年的环境，给了他们不同的气质和性格，但贫穷给了他们同一个思想、感情和气度。这使得二十几个人坐在那里，如同一个人一样，纯朴的脑里，进行同一种思索，心情上活动着同一种感受。[2]

[1]柳青:《柳青文集·第二卷》，人民文学出版社，2005 年版，第 116 页。

[2]柳青:《柳青文集·第二卷》，人民文学出版社，2005 年版，第 117 页。

这里塑造的是，共同的处境会产生共同的意志与选择，其选择固然有趋利的一面，但当它集中为意志时却具备高度的政治性——其对立面是："那些躲会的自发户庄稼人，有二三十亩地，一头大牛，两三个劳动人，就以为他们是自己过光景的主席，掌握了自己的命运！……他们希望历史永辈子停留在这里，他们希望新民主主义万岁！"[1]于是，庄稼人基于自身处境的适应性选择具有了"两条道路"框架下的政治倾向性。相比之下，困难户选择时的不得已更有凝聚为共同意志的可能，这种意志有着潜在的，具有上升为主动意识的动能。之所以说是潜在的，因为假如没有现实力量对其集中、引导，这种凝聚就只是一种可能。柳青捕捉的这个场面很富表征性：困难户们安静地坐在一起，这个无声的表象下面却是内在一致性的凝聚，这个一致无须交流而孕育着潜在的意志，其中还蕴含着等待，谁能够回应这个等待谁就能捕捉到这个力量。

随之出场的高增福正是困难户这个群体的意志、品质与感情的代表。其品质被刻画为崇高而无私的：

> 他不管光景过得怎样凄惶，精神上总是像汤河上的白杨树一般正直、白净，高出所有其他的榆树、柳树和刺槐，树梢扫着蓝天上轻柔的白云片。[2]

对高增福品质美学式的刻画是对困难户群体本质与政治可能性的进一步提升。他的日子是凄惶的，他却因此有更彻底的公心。但相对于梁生宝的"心回肠转"，他的直率与直接恰好对应于他不必担负深重的责任，不必考虑复杂的关系。而梁生宝是随时随地把对他人的责任、群众

[1]柳青:《柳青文集·第二卷》，人民文学出版社，2005年版，第116页。
[2]柳青:《柳青文集·第二卷》，人民文学出版社，2005年版，第122页。

关系、群众意见、领导意图放在心里的。

梁生宝的“觉悟”意识之锻造很大程度上与其“责任的重负”相关。这个人物具有理想性的一个基点不在于他的魄力或觉悟，而在于他超乎常人的责任承担意识。柳青曾提到过梁生宝的特点是“毫不任性”和“听话”。看起来“听话”显得被动、缺乏主体性。但“听话”的另一面连带着责任担当，置身“听话”位置的人往往成为家里的顶梁柱、当家人。所谓“听话”不能化约为“服从”，让人放心的“听话”是尽力还要尽心，鞠躬尽瘁之外还要兼顾各方。好的当家人往往能成为好的带头人，因为其在家庭中得到培养、锻炼的责任感、公心与处事能力扩大至乡里是同心同理的。当然，由家庭扩延至家族、乡里，徇小家、小宗之私难免成为侵害公心的一大阻碍，能够破小家利益的执障以谋公益尚需另一番功夫。对于梁生宝这样的“新人”，其破私立公的要害端取决于责任感的延伸：

> 他们的要求不仅引起生宝的同情，而且引起一个共产党员对群众的困难要帮助的那种责任感。他觉得从这群穿破烂衣裳的人中间悄悄地溜掉，是可耻的。[1]

这里的同情结合进了阶级意识，但仅靠同情是难以付诸行动的，只有再加上责任感才能担起这个担子。而这副担子的重量和难度是他充分意识到的：

> 吸收他们参加他的互助组吧，怕户数太多弄不好；而且新收几户没牲口的组员，畜力又成了大问题。不成，万万不成。他想起窦

[1]柳青:《柳青文集·第二卷》，人民文学出版社，2005年版，第127页。

堡区大王村的劳模王宗济在县上介绍的经验了："互助组要好，开头要小。"他不能冒冒失失，办出没底的事。[1]

因此，他调整了进山计划，想出能照顾到困难户的周全办法，由此引发了任老四的佩服和担心：

在回家的路上，任老四一路慨叹着，慨叹着。生宝问：

"老四叔，你心里思量啥呢？"

"我思量你人年轻，肚肠宽大，"任老四溅着唾沫星子说，"你揽事这么宽，心里有底吗？"

生宝显出痛苦的脸相，摊开两只手，要哭的样子说：

"有啥法子呢？眼看见那些困难户要挨饿，心里头刀绞哩！共产党员不管，谁管他们呢？"[2]

梁生宝敢于"揽事"似乎基于他的魄力，但这里刻画的恰是揽事的不得已。作者把这个不得已安排在活跃借贷失败、困难户生活没有着落的急迫形势中。这个危机同时折射了自发势力上升、政权号召力衰落的拉锯局面。作者做了充分铺垫把梁生宝置于众望所归的位置上。但作者对他"揽事"的描写却非英雄式的、果敢的，而是刻意写他的"为难"——因为他同时还要对互助组负责。此环节上的责任感又体现为谨慎、冷静。他的"揽事"是把同情心、责任感以及谨慎、周全，再加上阶级意识、政治自觉等诸多因素糅合在了一起。所谓共产党员的觉悟是要在这一系列的情感结构和意识结构的构造下才成型、表露出来的。

[1]柳青：《柳青文集·第二卷》，人民文学出版社，2005年版，第126页。

[2]柳青：《柳青文集·第二卷》，人民文学出版社，2005年版，第128页。

两种“带头人”

众所周知，梁生宝这个人物有现实原型，其原型王家斌是柳青在皇甫村扎根时重点培养的对象。也就是说，王家斌首先是柳青在实际工作中培养的工作典型，随后才成为柳青笔下的人物原型。塑造梁生宝之前，柳青已把王家斌写入了纪实散文《皇甫村的三年》。从现实的王家斌到《皇甫村的三年》中的王家斌，再到《创业史》里的梁生宝，人物经过了一个连续而有差异的作品化、典型化过程。

很多人都曾注意到《皇甫村的三年》中王家斌与梁生宝的差异，比如《灯塔，照耀着我们吧！》中记录王家斌在查田定产后也动过买地的念头。这种心思在梁生宝身上是不可能出现的。其实，实际情况更严重。1952 年的整党报告中曾反映，时任农会主任的王家斌因为晚交公粮被罚了几斗麦子，挨家里埋怨，不想再当干部，要回家生产，但不好意思辞职，辗转反侧多日，最后想到去偷人家的猪，故意让人发现，好免了自己的干部。[1] 在后来，这是明显的立场动摇，但当初大部分干部刚刚接触革命，视当干部如同当差，既然土改运动已过，形势转入生产，差事就可以卸去了。由此，形形色色的“退坡”倾向在那时相当普遍。

《创业史》第一部聚焦的正是土改过后到合作化运动之前农村基层趋于涣散的阶段。小说对干部退坡的表现集中于郭振山这个人物身上。其身上的矛盾性特别对应着共产党对农民身上两种积极性、两条道路的估计——所谓走自发道路、个体经济的积极性与走社会主义道路、劳动互助的积极性并存。小说写郭振山也会受到政治教育的感召产生走社会

[1]《长安县第二期查田定产结合整党教育的报告》(1952 年 12 月 30 日)(长安区档案馆：1-1-71)

主义道路的积极性：

> 在头年冬天整党的会上，郭振山也曾热过：
>
> ……
>
> 他和下堡乡的其他共产党员，一块走出下堡村乡政府的大门洞，脑子里充满了崇高的社会主义理想。……但是当他睡在炕上婆娘娃子们中间的时候，西厢屋郭振海强壮的鼾声，东厢屋牛棚里牛啃铡碎的玉米秆的声音，棚上头保卫粮食的猫咬住老鼠的声音，一下子就把他拉回现实世界了。……
>
> “咱当个普普通通的党员算哩！咱光把村里的行政工作办好算哩！”他想，“光荣！光荣！咱没那条件光荣啊！”[1]

小说中的郭振山不是个一般庄稼人，他争强好胜，是个能人，也是个强人。当他看到领导重视梁生宝时，好胜心激起他放弃家业、创大业的冲动：“他脑袋一热，就想豁出来不创立家业了，创国家大业吧。叫你生宝看看谁把互助组闹得更欢腾。”同时，政治教育也会调动他的“光荣”意识。本来，好胜、光荣也可以在庄稼人发家的理想中得以满足——郭世富盖屋架梁招来全村人羡慕也是争强、荣耀。但“光荣”这个新社会流行起来的词，其标准并不如庄户人所习惯的那样稳定——“光荣”的标准会随着工作要求的提升而水涨船高，当互助合作成为方向时，仅做好行政就算不上光荣了。

所谓走社会主义道路和走自发道路不仅是创大业和创家业的对立，而是两种世界观的差异：一种是配合社会主义革命的——这个革命是辩证发展的，它不能将现状固定下来，或者说它不满足于任何固化的现

[1] 柳青：《柳青文集・第二卷》，人民文学出版社，2005 年版，第 155—156 页。

状，而需不断向新的阶段迈进，不断发现现实中促成向新阶段迈进的因素，不断向参与这个革命的人提出进一步要求，不断诉诸精神的提升与超越。另一种则是被界定为庄稼人的：它是物质的、可见的，它也有自己的理想，为了这个理想庄稼人可以忍受难以想象的劳动艰苦和生活艰苦，但这个理想是稳定的、静态的。农村共产党员要接受的考验就是被置于这样一个矛盾结构中经受锤炼，其考验的核心在于能否从那个直观的庄稼人理想经由“光荣”“责任”的中介一步步实现对它的超越，产生能够配合社会主义革命的主体状态。

庄稼人的“改造”——相当程度上这是《创业史》的真正主题——不能诉诸理念化的方式进行。对于绞入其中的庄稼人来说，首要的尚非对社会主义的理解是否准确，而是对共产党每一步在农村的工作积极配合。在这个配合的内在意愿与动力上，“光荣感”和“责任感”的作用至关重要。《创业史》在刻画另一个“新人”徐改霞时就赋予她这样的意识：“对这个二十一岁的团支部书记来说，光荣就是一切。她简直不能理解，一个人在这样伟大的社会上，怎样能不光荣地活着。”[1]这种单纯的、对光荣的无条件渴望是使其成为“新人”的基础，而另一面是这种单纯缺乏具有穿透力的现实感的支持，因此，社会主义道路的复杂性造成她的选择充满波折。而对于郭振山这个已占据重要位置的党员而言，当他滋生“光荣！光荣！咱没那条件光荣啊！”的意识时就意味着其思想与行动必然蜕化。

郭振山一度对“在党”产生了犹豫。但郭振山作为蛤蟆滩的能人是有权力欲，并已置身村庄的权力关系中的。最终使他悬崖勒马的是权力意识：

[1]柳青：《柳青文集·第二卷》，人民文学出版社，2005年版，第158—159页。

> 你胡思乱想个啥？你想往绝路上走呀？放清醒点！你把眼睛睁亮！你怎敢想离开党？要在党！要在党！离开了党，蛤蟆滩的庄稼人拿眼睛能把你盯死！离开了党，仇人姚士杰会往你脸上撒尿呀！[1]

这里的“在党”不再与光荣等价值相关，而是一种现实权力。郭振山的蜕化特别体现在这一转化上。当“在党”更多地与权力欲相关时，也就意味着他会与梁生宝产生真正的、持续的矛盾。

柳青在把握郭振山这个农村干部的蜕化时是要努力揭示其精神构成的内在矛盾性与限度，以及在现实条件下，思想精神的斗争与转化路径。其不能克服的私心固然是根本，但这种私心是在好胜心、光荣感、权力欲等多重因素的拉扯下发酵、变形的。它已不像农民的自发意识那么单纯。

“新人”的发现

《创业史》的写作、修改跨越了合作化运动几轮的“发动—高潮—收缩”循环。单纯认定农民有潜在的社会主义积极性，只要领导得当就可以迎来高潮，早被证明过于乐观。“严重的问题在于教育农民”再度被置于首要位置。使社会主义思想、意识在农村现实中扎下根来成了一个长期、持久、充满起伏波折的艰苦工作。因此，相比《在田野上，前

[1]柳青:《柳青文集・第二卷》，人民文学出版社，2005年版，第157页。

进！》等合作化运动初期的小说[1]，《创业史》的矛盾构造有一个下沉的趋势。虽然小说中也设置了县乡干部不同工作作风的对比，但它们不是决定性的。矛盾是发生在梁生宝、郭振山这样的具有不同主体状态的农村基层党员身上。两条路线斗争的内涵已不再是自发道路与集体化的斗争，而是两种主体形态的斗争。《创业史》中，追索的焦点集中于社会主义、资本主义两条道路所植根的精神土壤、思想机制和主体状态。所有的现实较量由此生成亦归结到这一层次上。

郭振山的退坡首先取决于其不能消除的私心。小说把他的出身写成非本分的庄稼人（新中国成立前曾走街串巷卖瓦盆），带着小商贩的习性；写他在土改时分好地，半推半就地接受；写他对孙水嘴的恭维安之若素；写他对梁生宝的嫉妒；写他的计较、夸饰、强词夺理——这些都在表现他品质上的缺陷。正是这些缺陷——而不是工作上遭遇的困难——使他在面对新考验时一步步退缩。如果单从工作角度理解，郭振山的发家理想和他做好行政工作并不必然那么矛盾。但是，小说着力揭示的是，互助合作不是一般的行政工作，它所蕴含的社会主义精神、品质是对小农精神、思想的超越与改造。尤其是小说第一部所表现的阶段——“总路线”尚未提出之前，“社会主义觉悟”尚未成为普遍要求的状况下——哪些品质能促使庄稼人中的先进者产生坚持、发展互助合作的责任感和积极性就显得至关重要。柳青所赋予梁生宝的正是这样一些品质。而他能够塑造梁生宝这样的人物又是因为他在现实工作中看到

[1]《在田野上，前进！》是秦兆阳创作的，较早一部以合作化为题材的长篇小说。和柳青同时，秦兆阳也是1952年底开始“深入生活”，赴河北雄县挂职，蹲点试办合作社。1954年，秦兆阳开始动笔，1956年完成后即发表。这部小说描写时段与《创业史》几乎完全重合，也表现陷入危机的互助合作怎样经过整顿从低潮走向高潮。整部小说对现实矛盾的估计、把握很大程度上依据了1955年毛泽东提出“中国农村社会主义高潮”时所提出的现实判断和解决方案，并体现着“写真实”和“干预生活”的创作倾向。其基本设定是偏差、消极在基层，但根源在上级，要通过批判官僚主义、教条主义打碎干部身上的暮气与市侩气，将干部、群众的潜力和积极性调动起来。

王家斌的所作所为中蕴含着这样的品质。

柳青在《灯塔，照耀着我们吧！》称王家斌身上具备“一个具有社会主义觉悟的新人的性格”。其实，这个“性格”里囊括着品质。和一般地宣传劳模看重“事迹”不同，柳青看重的不是“事迹”的突出，而是支撑他的品性。王家斌的事迹也可以说“突出”。其突出之处在于他领导的一个并不被重视的互助组在互助普遍垮台的情况下默默坚持了下来，并取得了丰产。事实上，这一阶段互助合作工作遭遇危机与基层工作的一系列积弊和结构性矛盾相关。除了《在田野上，前进！》等小说中强调的教条主义之外，“典型带动”的工作方法也遭遇瓶颈。柳青自己刚下到长安县时一度选择在省级模范村王莽村蹲点，帮蒲忠智筹办试办社。但试办社遇到的问题是，资源过于向典型倾斜实际造成了典型的孤立，并不能自然起到带动作用。试办社自身的管理也碰到一系列问题。[1]在工作上陷于停顿的情况下，农民的自发倾向会进一步加剧。《灯塔，照耀着我们吧！》前半描述的正是这样一种令人泄气的局面——“我那时听到的尽是困难和麻烦”“夏收以后，我的劲头也不那么大了。局面并不是容易搞出的，我开始很少跑，关住门写东西了。”[2]正是在普遍倒退中，王家斌的坚持才尤为突出。

柳青特别看重的是，王家斌是在没有人注意、扶植的情况下做出的成绩。作为典型，在上级干部的指导、培养下做出成绩和在“没有人注意”的情况下凭自觉、摸索做出成绩在成色上焕然有别。因为，其间有一个如何把外在号召默默消化并转为行动的过程。这可以说是一种“觉悟”，但又与可表述、被规范化的“觉悟”不同，它需要有一系列超出

[1]参见拙文:《“社会主义高潮”之前——“稳步发展”阶段的王莽村农业合作社》，收贺照田主编:《人间思想·第九辑》，人间出版社，2018年版。

[2]柳青:《灯塔，照耀着我们吧！》，《柳青文集·第四卷》，人民文学出版社，2005年版，第117页。

"觉悟"范畴的品质来支撑。因此，柳青在听到王家斌的事迹后，惊喜之余首先关注的是他的性格：

> "家斌和梦生不一样。"区委书记给我夸耀，"他不大爱说话，只是眼睛注意盯着听人家说话，完了低下头想想，抬起头笑笑。……"[1]

"梦生"就是郭振山的原型高梦生，皇甫乡四村的代表主任，土改运动中的积极分子，查田定产后他"对一般工作还是照样积极"，就是不愿意参加互助组。《创业史》中的郭振山则被设计为能说敢干的强人，其高门大嗓联系着"轰炸机"式的工作方法。事实上，当革命诉诸群众运动时，那些能说敢干、争强好胜的"勇敢分子"一般会首先冒头，很快占据领导位置。但"勇敢分子"的成分、动机往往复杂。到了革命转向日常时，常伴随着对"勇敢分子"的筛选与剔除。与之形成对照，王家斌的不爱说话、心里有数、爱琢磨在柳青看来之所以吸引人，正是因为互助合作运动的长期性、复杂性、艰苦性决定着它所要求的群众带头人不是那种紧跟表面形势的、一呼百应的强人，而是稳重、周全、"走心"、能动脑筋的人。不爱说话，不急着表态，不突出自己，不轻易挑头，这些都会使群众带头人规避许多歧路。而郭振山"轰炸机"式的做派虽不一定必然关联着自私，但会使他在一些工作中失去耐心，而在另一些不正常的、激进的形势下反而显得特别配合，乃至受到重用，进而，容易成为激进形势的推波助澜者与牺牲品。如果这样的人果真另有私心，则会成为危害更大的投机分子。相比之下，王家斌式的不说话、实干，一方面有其弊端，比如不利于讲道理、搞宣传，往往在推动高潮

[1] 柳青：《灯塔，照耀着我们吧！》，《柳青文集·第四卷》，人民文学出版社，2005 年版，第 118 页。

时心有余力不足，但另一方面他在不张扬的情况下埋头实干其实更符合本分庄稼人的道德、行为标准，因此更具说服力和感召力。

这在强调典型示范的阶段尤有意义。因为示范阶段被树为典型、模范的很多是过去运动中表现突出者，性格强势的人占比例很大，一旦成为典型，地位迅速上升，得到各种重视和资源后容易变得霸道，由此不免造成合作社内部以及合作社与村子、邻村等方方面面的矛盾。《创业史》中劳模王宗济的原型蒲忠智就不免有这方面的问题[1]。以王家斌这样的腼腆性格是很难上升为一线劳模的，但他更踏实，更稳重，更能为大家着想、负责。如果说搞互助合作的目的不只是发展生产，也在于重组基层，在于邓子恢所说的"发现好人"，"把好人组织成领导核心"[2]；那么，王家斌这样的人才是老百姓真正欢迎、喜爱、拥护的群众带头人。

王家斌的许多性格后来被柳青原封不动地移植到梁生宝身上，成为这个人物的性格基础，同时，去除了较为腼腆的一面，增加、强化了一些新的品性，比如自觉性、坚定性、爱憎分明等。而王家斌最初的"事迹"几乎是原封不动地写进了《创业史》：

> 农业技术指导员曹大个帮他们的互助组订了水稻合理密植计划，他就自告奋勇坐火车到几百里以外的眉县去买优良稻种。他除了车票、稻种价、脚价，没多花一个钱。他用竹篮子提着干锅饼，来回吃了一路。他在眉县下车时，天下大雨，光脚片走了三十里，找到良种户。他买了二百五十斤稻种，雇毛驴驮了二百斤，自己背

[1]参见拙文：《"社会主义高潮"之前——"稳步发展"阶段的王莽村农业合作社》，收贺照田主编：《人间思想·第九辑》。

[2]邓子恢：《在中国共产党全国代表会议上的发言》（1955年3月21日），《农业集体化重要文件汇编·上册（1949—1957）》，中共中央党校出版社，1982年版，第306页。

了五十斤，赶脚的说他是傻瓜。他回来把稻种分给大家，分冒了，自己少了，他就用当地能找到的次品稻种。……他为了组织组员们进终南山搞副业生产，把他母亲喂的正下蛋的母鸡卖了，凑伙食钱。……[1]

对比小说就会发现，这里记述的几乎就是梁生宝绝大部分“事迹”的蓝本，确切地说，小说是在王家斌“事迹”的基础上做了删减而更集中于买稻种、分稻种、进山割竹三件事。如果说梁生宝是柳青创造的“社会主义新人”的典型的话，那么，它的现实基础在通讯报道的王家斌这个人物身上已经奠定了。值得注意的是，《灯塔，照耀着我们吧！》写于1954年9月，与同时期侧重通过批判教条主义来调动积极性不同（见，《在田野上，前进！》），其重心落在了挖掘王家斌这样的基层新式带头人，意在从产生了这样的人物的现实性中看社会主义在农村扎根的可能。正因为它是在政治发动处于低潮状态中产生的自觉行动，努力理解这个自觉行动的现实基础、现实条件实际上就是对规范认定的现实认知的某种突破，这种突破将有助于建立起一种较为长效、独立的把握现实的视角。它和农村社会主义革命的方向是一致的，但又能超越频繁更替的政策性认识，努力在生活世界和政治要求相交叉的层面去理解什么是农村需要的社会主义，一个更合理的社会主义以及与之相应的社会主义主体应该是什么状态，它怎样能从现实条件中产生出来。

《灯塔，照耀着我们吧！》中的王家斌既是这个新人的胚胎，又是这个新人实在的现实。因为后者，新人才是可能的、可把握的、可塑造的，因为前者，新人又不能止于此。当柳青在《创业史》中塑造梁生宝时，重点不在于写出一个比王家斌更正确、更高大的新人，恰恰具有挑

[1] 柳青：《灯塔，照耀着我们吧！》，《柳青文集·第四卷》，人民文学出版社，2005年版，第118—119页。

战性的是要挖掘出他们共享的“事迹”背后的支撑性力量——品性、觉悟、意识结构与情感结构——这个力量既可以还原到王家斌身上，又有超越王家斌特殊性的能量。

《灯塔，照耀着我们吧！》作为纪实性作品保留了很多王家斌的“原貌”以及柳青对他的培养过程。柳青开始接触王家斌的时候正是“总路线”开始宣传和统购统销开始布置的时候。陕西省已在长安县郭杜区试办粮食计划收购，国家要征购余粮的传言闹得人心惶惶，秋后粮食市场格外紧张，土地买卖频繁。此时王家斌面临的考验是丰收后要不要到市场上卖余粮，要不要买地。之前，在互助生产上，国家号召与农民利益可以取得一致，此时的统购统销则是国家与农民围绕粮食展开争夺。是否主动卖余粮给国家，是否抵制私商，是否拒绝买卖土地成为衡量“社会主义觉悟”的考验。确切地说，新考验的焦点在于农民利益与国家利益发生冲突时，能否无条件响应国家号召。面对一系列政策转弯激发的紧张局势，王家斌实际上和一般农民一样疑惑、担心。而柳青作为一个能够理解整体形势的干部并不急于在初次接触时就展开说服教育。他更着重观察他，关注他在认识上不理解的前提下的心理状态和反映方式。柳青早就听说王家斌要买地的传闻，但故意不直接问，只旁敲侧击地打听其余粮如何处理。

> 果然，他脸红了。他支支吾吾，半晌说不出个啥，只用羞怯的眼色瞅着我。……他一声没响，把我领出大门，指着和他的地毗连的一段地。他说，这是河那岸一村的一个农民的三亩地，要卖，已经上门问过他两回了；要是再过几天他还拿不定主意，人家就要另寻主了。
>
> “不买吧，这地终究是卖的货；卖给旁人，咱那牛犊、猪、鸡出来就要伤人家的庄稼，断不了是非……”他的大嘴痛苦地歪咧

着，他那略微长的下嘴唇显得更长了。

“买了呢？”我有趣地笑问。

“买下名难听得很呐！我就估量来，我连谁的面也见不得了。眼下孟书记、乡长和支部上的同志都看咱一眼着哩；组员们还都眼盯着咱，我一买全买开了……”[1]

按后来节节上升的觉悟标准，动买地心思就是立场动摇。《创业史》中只有郭振山才想买地，梁生宝是绝对不会的。但《灯塔，照耀着我们吧！》对此并不避讳，反而由此写出王家斌思想的朴实和纯正。毕竟，在“总路线”宣传铺开之前，“社会主义道路”与“资本主义道路”的对立对一般农民而言是抽象而模糊的。王家斌动买地的心思并不意味着特别的“落后”。所以，柳青尤为瞩目的是他的不好意思与不安。这个不好意思与不安是在柳青鼓励他继续进步时特别呈现出来的。这是一种农民式的思想斗争——不好意思、不安不是一种直接诉诸价值、认识、觉悟的思想提升，而是经由“良心”的中介所安置的思想基础与底色，它将外在要求不断转化为内发的“良心”加以衡量。从“不安”到“安心”就不只是一种配合意识或完全意识化的转变，而是混合着顺应、名声、信任等诸多因素。王家斌“一下子还不能理解总路线和统购统销政策的全部意义”，他对孟书记叮嘱他“粮食除了吃用，一颗也动不得了”感到神秘，但基于对区委书记的信任他会照做。他对买地根本的顾虑来自“名难听得很呐”：“眼下孟书记、乡长和支部上的同志都看咱一眼着哩；组员们还都眼盯着咱，我一买全买开了”。细看这些顾虑的构成——名声、信任、关注、示范作用——显示其意识结构中哪些成分是特别被重视的。这些成分决定着其做出判断、选择、行动的基础。正是

[1]柳青：《灯塔，照耀着我们吧！》，《柳青文集·第四卷》，人民文学出版社，2005 年版，第 120 页。

看到这些，使得柳青不急于让他表态，也对他能够成长有信心。

最终，王家斌在统购统销的宣传铺开后打消了买地念头，转而以丰产组的名义首先卖余粮给国家。这当然与大形势有关，但也和柳青不厌其烦的思想工作相关，包括通过算细账的方式帮助互助组成员理解卖余粮给国家的必要，使得组员主动自报余粮，提前、超额完成计划收购任务。在可称为“严峻”考验的统购统销工作中表现“先进”使得王家斌从一个不太被人注意的互助组长变成了新涌现的先进典型。一向不服王家斌的高梦生也服气了。之后，王家斌在柳青的帮助下牵头成立了全区第一个，也是长安县第四个农业生产合作社。从此，王家斌成为长安县有影响的劳动模范。在这一系列“进步”中，柳青的指导、督促、培养作用至关重要。王家斌在后来的回忆中曾描述过柳青紧逼盯人式的工作方式：“他在这，整天就好像有个圈圈在你头上圈着哩”——“你啥也不敢胡来，……（口＋外）把（口＋外）小小一个事，给你说的多大多大的，严重的就不得了。你一句话说不对，（口＋外）都卡住楞批评哩”[1]。严家炎当年在评论中指出梁生宝总是能从小事情上看出大意义，那并不是王家斌固有的品质，而是柳青把自己的工作意识融入梁生宝的意识描写中，写出一个理想的群众带头人应该有的思虑。

“新人”的出场

不过，在创作小说时，柳青是把自己的角色、作用全部隐去了。这导致很多评论批评其表现党组织的指导不够。梁生宝在《创业史》中的确实是一个思想认识相当高的“新人”，但柳青在作品中并未抽象地写其思想认识，他更要写出一个新人必要的自觉性转化，这个“自觉”中

[1]《王家斌谈柳青在皇甫的生活》，蒙万夫等：《柳青传略》，陕西人民出版社，1988 年版，第 235 页。

包含着外来的指导、要求，但要害在于他如何把觉悟转化成内发的、像性格一样自然的品性与行动。因此，梁生宝的正式出场（“买稻种”一章）不是从外向里写，也不是把他直接放置于村庄的矛盾关系中，而是让他单独出场，处在一种独立的状态中，这个状态看似隔离开他与群众，却是通过写他一路的惦念、通过写他的责任心更深地呈现出他与亲人、同伴的内在关联。同时，通过把他置于单独行动的场景中也便于集中表现他每个动作、意识中渗透着的“自觉”——它们因没有熟人的注视而更显得自然、内发，其自然、内在的程度映衬着主人公自觉、自律的程度。主人公的意识自觉通过一系列无声的、自然的、日常化的举手投足透露出来。这些又结合着大自然场景的衬托写出一种满怀信心的、置身于历史进程中的行动感。[1]

《梁生宝买稻种》这一章的“事迹”相比《灯塔，照耀着我们吧！》中已交代的并未增加什么，作者的用力之处在于如何穿透“工作”层面，通过写一系列日常化的举动来表现支撑主人公的精神。它完全略去买稻种的场景，着重写梁生宝一路上的吃饭、打地铺、睡觉、行走……这些举动足够平凡、简单，以至于支配这些行动的不是思想，几乎只是下意识和无意识，但作者要通过挖掘已融入下意识和无意识层面的“原则性”来彰显一个“新人”的品质和觉悟。相对这个“本源”，“买稻种”的事迹只是一个表征。“买稻种”的意义不是在这一章表现的，它是经由前四章的矛盾铺垫被定位的。当梁生宝出场时，他所作所为的外在意义已经得到充分说明，不用再过多描述。真正充分展开的是这个“人”的状态，要专注地写这个人的本质、精神，反而要脱离“事”的羁绊，不让“情节”对人的塑造造成干扰。

[1]像后面这段写到的：“一霎时后，生宝走出郭县东关，就毫不畏难地投身在春雨茫茫的大平原上了。广阔无边的平原上，只有这一个黑点在道路上挪动。”——特别有一种在历史中行进的感觉。

所以，这一章的写法一定程度上是反情节的，是充分细节化的。这个细节化并非现代主义式的“细节肥大症”。其细节充斥着意义感，而这种意义感的获得来自历史整体性与方向感的支撑。同时，写梁生宝赶路又便于展开写他的心理活动，因而，穿插于行动中有大篇幅的心理描写。这些心理是与互助合作的“内容”密切相关的回忆、估计和感想。它从梁生宝的内在视野展开一个互助合作所涉及各方面关系的评价、描述，构成对前四章内容的回应。这个充分撑开的内在视野与细节化的动作、宏阔的自然风景相交替构成富于张力而又混溶的叙述。

第五章的开头是从风景开始：

> 春雨刷刷地下着。透过外面淌着雨水的玻璃车窗，看见秦岭西部太白山的远峰、松坡，渭河上游的平原、竹林、乡村和市镇，百里烟波，都笼罩在白茫茫的春雨中。[1]

这个开头非常具有抒情性。《创业史》整部小说的情感非常淳厚、浓烈。这种感情基调不只通过对感情的直接书写来达成，也经常通过风景的穿插来烘托。自然与人的心情常构成时而呼应、时而反衬的关系。第一部正文的开端，梁三老汉出场前就有大段自然描写，当他转向独处场景时又插入一大段风景：

> 在春季漫长的白天，蛤蟆滩除了这里或那里有些挖荸荠的和掏野菜的，地里没人。雁群已经嗷嗷告别了汤河，飞过陕北的土山上空，到内蒙古去了。长腿长嘴的白鹤、青鹳和鹭鸶，由于汤河水混，都钻到稻地的水渠里和烂浆稻地里，埋头捉小鱼和虫子吃

[1]《柳青文集 · 第二卷》，人民文学出版社，2005 年版，第 71 页。

去了。

日头用温暖的光芒，照拂着稻地里复种的一片青翠的青稞。……

春天呀，春天！你给植物界和动物界都带来了繁荣、希望和快乐。你给咱梁三老汉带来了什么呢？[1]

这里，自然的恒常与阔大构成对人物心情翻腾的反衬，随时把日常近景拉到一个宏阔的远景中。而结尾处的反问则从一种全景客观视角突然下落、聚焦成一个虚拟、全知的主观视角，似乎叙事者突然现身发声。而且这个特写式的视角不是中立的，它尤其带出一种主观认同感——体现在"咱"这个用词上。这种类似画外音一样的声音在小说中曾反复出现。"买稻种"这章，勾勒出梁生宝的身影后，也立即出现了这样的声音：

……只有他——一个年轻庄稼人，头上顶着一条麻袋，背上披着一条麻袋，一只胳膊抱着用麻袋包着的被窝卷儿，黑幢幢地站在街边靠墙搭的一个破席棚底下。

你为什么不进旅馆去呢？难道所有的旅馆都客满了吗？[2]

这种"画外音"似乎是代关切的读者发出的疑问。它实际上构造的是叙述者和假定读者间的认同感。这个声音的出现意味着它所召唤的理想读者是高度认同于叙述者提供的小说陈述、价值和意义取向的。它意味着叙述者和理想读者共同构成、分享一种内发的、探寻的、关切的视角。这个想象的内在一致性是整部作品高昂基调的一个基石。它的外

[1]《柳青文集·第二卷》，人民文学出版社，2005 年版，第 29 页。

[2]《柳青文集·第二卷》，人民文学出版社，2005 年版，第 72 页。

在保证来自写作、阅读语境高度整合在一个历史认识之下。只有全然一致的、没有裂缝，或者确切说是认为不会有裂缝的读者认同期待才能使“画外音”自然地插进叙述中，变成一种对叙述的引导。

梁生宝一出场先遭遇的“难题”是要不要住店。“难题”之小几乎不足挂齿。且这里的“难”之设定并未超出王家斌的行状。就是说，作者并未在买稻种的过程上平添多少戏剧性波折与难度。相比之后梁生宝进山割竹的难，这里“难”的成色要弱得多。但作者对这些小挑战连带出的意识的浓墨重彩的描写却超出很多实际难关之处。

梁生宝舍不得住店是因为他没有预留这笔钱。他的每笔开销都是精打细算好的。其精打细算和斤斤计较并非单出于节俭，而是基于对乡亲的体贴、责任：

> 钱对于那里的贫雇农，该是多么困难啊！庄稼人们恨不得把一分钱，掰成两半使唤。他起身时收集稻种钱，可不容易来着！有些外互助组的庄稼人，一再表示，要劳驾他捎买些稻种，临了却没弄到钱。本互助组有两户，是他组长垫着。要是他不垫，嘿，就根本没可能全组实现换稻种的计划。[1]

之前提到过，责任感是梁生宝最核心的品质。这里所写的惦念、牵挂是支撑责任感的情感形式。“离乡”的孤身处境使得一系列更自然，也就是更支撑性的情感能得到有力呈现，有一种拉得越远、贴得越近的效果。这一段惦念从是否住店的犹豫中生发出来，更多带出梁生宝对互助组和村内外关系的感觉：对贫雇农的体贴、对梁生禄自私的“恨”、对富农中农的“不平服”以及组员的寄托和领导的期待。它是经由梁

[1]《柳青文集·第二卷》，人民文学出版社，2005年版，第72页。

生宝的感情意向对互助组现实处境的再整理，其出发点在于对穷人办组、办社之难的体会。在合作化运动早期，是依靠贫雇农还是依靠中农，怎样真正贯彻依靠贫雇农的原则，怎样看待中农作用，一直是争议的焦点。争议的结果是越来越强调穷人办社的意义，强调条件差的贫雇农更有走互助合作的积极性。柳青的设定当然是与阶级路线一致，但他通过梁生宝的心理是要力图写出这个规范认定的基础与后果：由于贫雇农和困难户有需求但条件差，这就特别要求带头人有一种感同身受的能力——带头人往往是能力强者，强者如何能同情弱者并带动他们，首要具备的是正义感和感同身受的能力（后来被归之于阶级感情）。贫雇农互助合作条件差则又特别要求带头人敢想敢干、以身作则，否则很难在固有条件下求得突破。梁生宝之“买稻种”正是这种魄力的表现。本来，技术改良是有冒险性的，但柳青的写法是把技术改良能彻底解决生产问题的信心放在前提性位置上——借任老四的嘴挑明：“你这回领着大伙试办成功了，可就把俺一亩地变成二亩啰！”——来说明梁生宝责任感的来源。

梁生宝对新稻种有信心和他要省下两角钱并无必然因果，甚至可以说，两者的指向有些相反。新稻种可以使穷苦人摆脱困境，是外向的、物质性的；而省下住宿钱是把对穷苦人的感同身受转向一种自律和自我牺牲，是经由自我约束而摒弃私欲，使自然、放任的自我提升为自觉的、自我克制的主体——“他觉得：照党的指示给群众办事，‘受苦’就是享乐”[1]。受苦人出身的梁生宝一向不怕吃苦，但原来的吃苦是被动的、自然的吃苦，只有它变成一种自觉的、有充沛意义感的“吃苦”，乃至乐在其中，才完成一种精神转换与升华。为了省两角钱不去住店这种“自找苦吃”的行为正是意在写出这种精神转换。

[1]《柳青文集·第二卷》，人民文学出版社，2005 年版，第 74 页。

正因为有这样充沛的意义感支持，所以接下来写梁生宝吃饭时是通过大量动作细节写他的从容不迫，写他的“坦然”和“稳”：

> 他要了五分钱的一碗汤面，喝了两碗面汤，吃了他妈给他烙的馍。他打着饱嗝，取开棉袄口袋上的锁针用嘴唇夹住，掏出一个红布小包来。他在饭桌上很仔细地打开红布小包，又打开她妹子秀兰写过大字的一层纸，才取出那些七凑八凑起来的，用指头桶鸡屁股、锥鞋底子挣来的人民币来，拣出最破的一张五分票，付了汤面钱。这五分票再装下去，就要烂在他手里了。[1]

这里描写的“细”和作者要着力表现的梁生宝心态上的“不局促”互为表里。这些动作很容易被看成乡下人的“抠门”，所以堂倌和管账先生“一直嘲笑地盯着他”。梁生宝的不为所动来自他精神上的自信与脱俗，这里面交融着政治觉悟和庄稼人的自尊：

> 他更不因为人家笑他庄稼人带钱的方式，显得匆忙。他在脑子里时刻警醒自己：出了门要拿稳，甭慌，免得差错和丢失东西。办不好事情，会失党的威信哩。[2]

这种时刻提醒自己要稳重的意识可以说是一种性格的延展。其性格中本有“稳重”“谨慎”的一面，但这里强调它们是经由自觉到政治意识层面而不断得到强化，而又因回收到性格中而显得自然、内发。更进一步，作者是把梁生宝的“稳”关联到他的政治品性：

---

[1]《柳青文集·第二卷》，人民文学出版社，2005年版，第74页。
[2]《柳青文集·第二卷》，人民文学出版社，2005年版，第74页。

即使在担任民兵队长的那二年里头，他也不是那号伸胳膊踢腿、锋芒毕露、咄咄逼人的角色。在1952年，中共全党进行社会主义思想教育的整党运动中，他被接收入党。雄心勃勃地肩负起改造世界的重任以后，这个朴实的庄稼人变得更兢兢业业了，举动言谈，看上去比他虚岁二十七的年龄更老成持重。和他同一批入党的下堡村有个党员，举行过入党仪式后从会议室出来，群众就觉得他派头大了。梁生宝相反，他因为考虑到不是个人而是党在群众里头的影响，有时候倒不免过分谨慎。[1]

这段是对梁生宝政治前史的第一次交代，弥补着题叙中对其成长过程的模糊讲述。这个交代中着意突出入党并未使他变了个人，或附加上许多东西，相反，党员所要求的觉悟和自觉性使得他把自己原有品性更加深化了——“更兢兢业业”“更老成持重”“不免过分谨慎”。也就是说，以往只是源于性格、习惯的品性有意得到护持、运用和提升。这样一种自我肯定式的提高也可以说是一种改造。本来，似乎是那种自我否定式的改造才会产生特别紧张而敏感的意识，时时审视、检讨自己。而自我肯定容易产生自满、松弛。但柳青通过梁生宝的意识状态要表现的是，入党激发的使命感、责任感可以使其有意识地发扬好的品质，在发扬正面品质的基础上不断提出更高的自我要求。当然，这里的前提是主人公的品质在作者看来是作为农村党员和群众带头人特别必要的。换句话说，“兢兢业业”“持重”“谨慎”，不“伸胳膊踢腿、锋芒毕露、咄咄逼人”在柳青看来是合作化运动在“稳步发展”阶段党员干部急需的工作作风，不仅应该选拔有这种品质的人来当带头人，还要在一切党员、干部的培养中形成这种品质。

[1]《柳青文集·第二卷》，人民文学出版社，2005年版，第74页。

这与柳青自己在工作中的体会相关。当年任皇甫乡党支书的冯继贤曾回忆，因为和社员聊天时手插在裤兜里，柳青曾对他大加批评："一个干部，最要紧的是接近群众，和群众打成一片，群众才能对你说心里话。你把手插在裤兜里，站在那，像这官僚的样子，群众就在心里和你划了个道道，在心里说，你才脱离生产几天，就摆官僚架子，比大家高一头。他有话就不想给你说了，天长日久，你不就脱离群众了？"[1]这种流于无意识的心态、行为变化在柳青看来蕴含着变质的苗头。对这种心态、行为的自审、检讨不能时时刻刻依靠组织监督而需借助党员干部自身的修养意识。从这个角度讲，梁生宝的"过于谨慎"就显得非常必要，是把自律性内化、性格化的体现。正因为柳青要写的是这个主体自觉转化的过程与程度，所以，他反而不写组织的培养，而通过理想人物的表现直接来写这个阶段的革命运动所要求的、应该的、应然的主体状态。可以这么说，通过梁生宝的"稳"，柳青是要写出他认为的合作化运动本身应该的"稳"。这里面包含着他对于合作化运动能够健康发展应诉诸的工作方式和主体状态的理解。运动要健康发展就要找到这样的人，培养、使用这样的人。

写完梁生宝在车站找到栖身地之后，叙事再次转入他的惦念。这次的惦念不是围绕互助合作的"工作"展开的，而是进一层到亲人式关系中——依次想到的是他妈、继父、妹子秀兰、互助组的基本群众（有万、欢喜、任老四），最后是改霞。这个顺序一定程度上对应着他感情的层级关系。虽然与改霞的关系是最搅动人心的，但与家人和邻里、乡亲的感情则更是底色的、支撑性的——"不管他离开家乡多远，下堡村对岸稻地里那几户人家，在精神上离他总是最近的。"[2]这个越远离越亲近、越惦念的心理意识是他的责任感的动力来源。为家人和乡亲负责，

[1]《冯继贤谈柳青在皇甫十四年》，蒙万夫等:《柳青传略》，第206页。

[2]《柳青文集·第二卷》，人民文学出版社，2005年版，第75页。

并从家人、乡亲的爱护、信任、尊敬中得到回馈，这是他获得意义感的基本方式。因此，一方面他的思想意识是指向社会主义前景的，另一方面，他的责任视野和意识结构却从没有超出村庄范畴。他似乎是没有可能在脱离自己村庄的条件下施展发挥作用的。

在梁生宝这个人物身上，在这个阶段，柳青强调的是他精神上牢牢扎根乡村的一面。与之构成对照的是改霞不那么必然扎根乡村。改霞的“进城”与她的文化水平、形势需求有关，但她与梁生宝的根本差异就在于她的惦念、情感责任只是设定在她与梁生宝一对一的、新式恋爱的关系中，而较少关涉到她与家人、邻里、乡亲的层面。相比梁生宝“泥腿庄稼人”本色所生成的一种命定式的使命感，改霞身上则带着现代的不稳定性——无论恋爱关系、朋友关系、工作、前途都是可以选择的，并由选择自由带来取舍间不断的犹豫。改霞作为另一种“新人”，其新的价值基点是“光荣感”，这意味着其意义感的来源更多地与大环境赋予和引导相关。而梁生宝与家人、同伴、乡亲难以割舍的精神关联使得他少了很多选择的自由，却多了很多天然的责任心。

相比改霞的“光荣”，梁生宝价值诉求的基点被设定为“理想”：

> 他心中燃烧着熊熊的热火——不是恋爱的热火，而是理想的热火。年轻的庄稼人啊，一旦燃起了这种内心的热火，他们就成为不顾一切的入迷人物。除了他们的理想，他们觉得人类其他的生活简直没有趣味。为了理想，他们忘记吃饭，没有瞌睡，对女性的温存淡漠，失掉吃苦的感觉，和娘老子闹翻，甚至生命本身，也不是那么值得吝惜的了。[1]

[1]《柳青文集·第二卷》，人民文学出版社，2005年版，第78页。

如果说，“光荣”较多地导向一种配合，那“理想”则突出与世俗对立的一面。理想不仅是对一种超越性状态的向往和努力，它还会导致对世俗性事物有意识地否定。在理想的照耀下，“人类其他的生活简直没有趣味”。这样一种对立与社会主义革命要扎根庄稼人的日常生活似乎存在矛盾。但它确实指向一种激进目标，就是这个革命的最终目的是要把庄稼人的日常生活、精神构成、思想意识改造成高度自觉、自律、合目的性的，在此基础上建立一种新的生活形态。那个理想生活本身或许归于自然、和谐，但达到它的每一步却是对固有现实的不断否定、检查、超越。

在梁生宝这个“理想人物”身上，柳青既要写出“理想主义”的逻辑，又要写出其现实条件与状态。因此，梁生宝既高度自律、自省，近于清教徒式地“脱俗”，但又与那些不够理想，甚至“落后”的群众有割舍不掉的体贴与亲近。“理想主义”对精神的引导和决定更多作用于梁生宝的自我要求，而他把带领群众通向理想境界的过程看成是高度政治性的，而非单纯、抽象的理想所引导。所谓政治性的意思就是充分考虑到现实条件和现实变化，根据每时、每种状况来决定应采取的方式，它有原则性，但又充分结合状况。因此，梁生宝不是一个只有理想的宗教徒，小说更多写到在每一个工作环节上、每个现实处境中他的“政策水平”。他扎根现实的能力是不断在政策的理解、运用中得到培养、深化的，只有以这种能力为前提，对日常生活的改造、翻转才是可能的。

在《创业史》第一版的出版说明中，作者陈述写这部小说的抱负是要写出中国农村社会主义革命“社会的、思想的和心理的变化过程”。落实到梁生宝这个理想人物的塑造上，柳青的意图更在于写出与中国农村的社会主义革命相配合的社会主义的主体的生成。这个主体的形态不是在现实中已经完成的、完整存在的，却是依据历史和现实条件可以设想和应该要求的。我们可以把它称之为主体的可能性。柳青一方面要写出其动力、机能扎根于传统、现实条件的依据和深度，另一方面又要写出其蕴含着超越现实条件、历史状况的潜在性和主动性。柳青在王家斌这样的人物身上看到这个主体状态的胚胎，通过自己的工作培养他、浇灌他，同时，经由塑造梁生宝这样的理想人物呈现其应该达到的状态。因此，这个“社会主义新人”身上是凝聚着柳青、王家斌以及其他实践者在共同的实践中一起去形塑、寻找的那个“新人”。问题是，这个“新人”不能只在作品中完成，其塑造的难度根本上来自农村社会主义革命本身遭遇的现实挑战和经历的起伏与顿挫。柳青不断调整写作计划，乃至最后未能如愿完成整部作品正与历史本身的加速、转弯、波折相关。当中国农村的社会主义革命已成为历史遗迹时，我们反而要借助《创业史》这样未完成的作品来把握这个革命曾经的理想主义的努力。或许如马克思主义者曾经对经典现实主义所期待的，这个融汇着深厚现实感、政治理解力、乌托邦激情和艺术创造力的文本能够提供比历史记录更多的信息与线索，促使我们进行逼近那段历史的挑战。

“生活深入作家”
——试讨论柳青的“创作过程”[1]

◎刘卓

一

2018年第1期的《长安学术》发表了柳青女儿刘可风整理的《柳青随笔录》，收录了柳青写于60年代初期前后的一些未刊发的创作笔记，其中的观点与《柳青文集》第四卷中的《美学笔记》大体一致。根据年谱记载，在1960年后的一段时间，柳青“为了解决艺术创作中的一系列疑难问题，一边写作，一边较系统地研读美学和文艺理论著作，结合自己的创作实践，写了一些美学论文和读书笔记”[2]，《随笔录》和

[1]本文由《柳青随笔录》所提供的基于创作经验之上对艺术创作问题中的理论反思路径之一“生活深入作家”，尝试指出柳青60年代的美学思考是对延安时期“作家深入生活”的提法的继承和在艺术创作规律层面的补正。这个补正并不是技法意义上的创作手法强调，而是重新锻造“创作过程”，这使得柳青在同一时期有关现实主义的系列论争中有着特殊的位置；与此相关，对柳青小说的形式分析也需要从20世纪中国社会主义实践，而非旧有理论论争路径中来获得阐发。

[2]邢小利、邢之美著:《柳青年谱》，人民文学出版社，2016年版，第60页。

《美学笔记》应是这一时期所写，收到《美学笔记》中的是一些较为成章的部分。名字《随笔录》是刊发时刘可风所取，比较而言，《随笔录》中的一些观点，确实不是“美学”笔记，表述中很少用当时常见的理论范畴，更像是创作的梳理和反思、贴着经验来谈。后来刘可风写作《柳青传》时大量使用了这些笔记，使得这部传记有半自传性质。

这些笔记不同于那个时候流行的“作家创作谈”。“创作谈”多会以回溯的方式讲一个完整的叙事，或者是一个写作者的成长经历，或者是一部作品的构思完成过程，它是在一个已被确认为“作家”或“作品”的出发点上重构创作经历，叙事的内部非常稳定。而柳青的笔记更多地保留了思考状态，有来自于自己的创作经验的确信，与之相关也有对于同一时期文学批评和文艺政策上的一些提法的不同意见。在这个层面上，这些笔记并不完全是经验形态的叙述，而是有着“美学的”，或者说是“理论的”追求，只是表述的形态不像一般意义上的文学理论有所差异。对比《随笔录》的写作时间和《创业史》的写作进程：1957 年前后《创业史》第一部的第二稿完成改订，第四稿 1959—1960 年完成修订后出版。上文中所提到的“研读美学和文艺理论著作”的时期，正是柳青有了较为坚实的基础和自信的创作经验之后。因此，这个时期的笔记并不仅仅是对于“美学和文艺理论著作”的观点的简单学习或者摘抄，而是有着自己的独特的理解，它更像是对于自身创作经验的理论化反思，特别是对一些写作上的难题克服而后产生的“理论自觉”。

《创业史》发表之后很快得到读者的喜爱，在 1963 年第三次文代会上被列为社会主义文学创作成果的第一位。这一“经典化”过程中的重要方面是将《创业史》纳入现实主义的阐释框架中。对于批评界的诸多反响，柳青很少回应，除了写于 1963 年的《提出几个问题来讨论》这一回应严家炎的文章外，柳青并没有直接参与到当时的文学批评中，《美学笔记》题名为“美学”，也并没有参与到当时的文学理论论争中，但不可否认，柳青拒绝仅仅提供“文本”《创业史》，而是将小说写成后的阐释权完全让渡给批评和理论。这一时期的柳青形成了自己的文学理念（或者用他自己的话来说：美学观念），它与文学批评、理论之间有着潜在的对话性，甚至是论辩性。在他的作品越来越被奉为现实主义创作的高峰时，柳青的独特思考和内在的紧张感就越为突出。柳青不是从某个特定的理论体系或是立场出发的，而是从写作的实践、对写法难题的克服中获得一些甘苦，就其表述方式来说，是片断的、零散的，但透过这些片断所折射出来的是一个成熟的、完成了一个创作过程的经验形态。在这个意义上，他的《随笔录》提供了一个批评和理论话语表述之外的可资讨论现实主义问题的理论文本。下面尝试以《随笔录》和《美学笔记》作为线索，将其作为相对于《创业史》文本而言更为直接的表述来尝试勾勒柳青自觉的“创作过程”。

二

“创作过程”是从柳青所期待的批评家的一段话中转化来的：

> “许多评论家不是针对作家的生活过程和艺术加工过程估价作品，而是根据主题估价作品。应该根据主题，但这并不是唯一的根据。最重要的是作家本人的生活过程和艺术加工过程。评论文章应当涉及这两方面。”（《柳青随笔录》，1963年3月25日）

这一段中所指的“主题”不是唯一的根据，一定程度上是对于稍早时期有关“题材”在创作中占首要位置的质疑，其中相对于“主题”而被提到的“作家本人的生活过程和艺术加工过程”，两者之间的区分看似近于通常所说的“写什么”和“怎么写”，不过“怎么写”更近于写作的技巧，或者作品的文本形态所呈现出来的形式构造，“作家本人的生活过程和艺术加工过程”不同于写作技巧，或者今天的“文本”概念（及其所指向的互文性、文本的动态生成等），它将重心从作品最后的完成态转移到创作过程。创作过程不再是作家个人天分和灵感的爆发意义上的、不可言说的神秘过程，而是将作家的参与实践（含生活实践和艺术实践两个方面）的过程呈现出来，并以此作为理解作品的重要根据，号召批评家加以注意。需要指出的是，这并不仅仅是柳青从身为作家的“视角”补充了一个有别于理论抽象的经验层，它是通过呈现过程将文学（艺术）—生活这个关系析出更为复杂的层面，有关什么是“作家”、什么是好的“作品”不是从确定的、形式的标准来判断，而是还原到一系列的关系之中：作家怎么深入生活，如何形成艺术的表达，不是被区分为主题与技法，而是统合在一个创作过程中。

上一段引文中所说的“作家本人的生活过程和艺术加工过程”，实际上是唯物主义视野下的文艺理论的核心命题之一，即艺术和生活的关系，不过作家面对的并不仅仅是这个抽象的关系，而是具体怎么做、怎么呈现。《随笔录》中就这个命题有过多次的笔记，柳青用了“作家本人的生活过程和艺术加工过程”这个略显烦琐的表达方式，它的意图或者说效果是在文学（艺术）—生活的这个连接中，补充进了一个被忽略的环节，即作家——他与生活是什么关系，他怎么进入到艺术的创作；特别是对于创作者个体来说，这个“在场”尤为清晰，没有一个“天生的”作家，作家是在这个处理生活与艺术创作的过程中伴随而呈现为“作家”的身份的。就柳青而言，他的笔记是贴着自己的创作经验，从反观自身看到了文艺批评和理论的旁观视角所触及不到的艰苦过程；柳青之突出作家的位置，与一般的现实主义的理论路径很不同。从创作主体入手来把握创作过程，以及在文本层面强调作者隐藏在人物后面，这两方面在柳青那里是兼容的，同时都被强调。在一定程度上，柳青的例子可以说是揭示了延安时期所形成的文艺生产机制、从欧西经验中发展出来的现实主义理论一些的不同特质。

柳青是延安时期成长起来的一代作家。他不是先成为作家而后来到延安的，而是作为革命青年奔赴延安，同时开始创作。除了来自少年时期所阅读的英文小说、传统小说等，他的文艺观点的核心部分是在延安的氛围中形成的。60年代初期写作《随笔录》时，柳青的基本表述方式仍是借助毛泽东的《在延安文艺座谈会上的讲话》(简称《讲话》)来阐发自己的看法。当然，到了60年代，特别是1962年《讲话》发表二十周年之际,《讲话》已经为批评界和理论界规定了主导性的框架和主要语汇。在1962年纪念《讲话》二十周年时，柳青写了一篇《二十年来的信仰和体会》。对于延安成长起来的一代作家而言,《讲话》不是一个外在的文艺政策或理论，而是用他自己的话来说——“信仰”。就柳青而言，这一信仰并不仅仅是情感式的回忆，而是更近于理性的认可，特别是在发展、反思的基础上得出的确信。《二十年来的信仰和体会》一文，以分析高尔基的创作道路为开端，认为高尔基的道路与《讲话》的精神是一致的，即与群众相结合。试以这一段为例：

> “在这个基础上，我们大家就可以在党的‘百花齐放、百家争鸣’的政策指导下团结起来，为社会主义文艺做出贡献。但是如果进一步要求，特别是党对革命斗争中成长起来的作家要求，那就不仅仅要求正确的政治立场，而且要求正确的美学观点。正确的政治立场和正确的美学观点，这两者的一致性，我的理解就是毛泽东文艺思想对我们的全面要求。”[1]

[1]《柳青文集·第四卷》，人民文学出版社，2005年版，第273页。

这一段中开始一句中的“百花齐放、百家争鸣”的政策指导，应是与1960—1961年的调整时期的相对平稳的氛围（同一时期也开始了“左”的反击）相关，“文艺八条”中重申了1956年“百花齐放、百家争鸣”时期的一些主张，侧重点在于作家在题材、技法上的自由度。这一时期也有从不同角度对于《讲话》精神的阐释，比如荒煤更多是从“百花齐放、百家争鸣”的意义来坚持[1]，而柳青的这一段表述中侧重点在于与群众相结合。简略地说，柳青认为创作的原动力不是有关自由，而是来自于深入群众、深入生活。在这一时期柳青对于《讲话》也有所修正，认为《讲话》中对文艺规律的部分阐释不够，这是上一段引文中“正确的政治立场”和“正确的美学观点”并举的一个思考背景。“生活深入作家”是柳青随笔录中常用的提法，如“生活深入作家没有，可以看作是作家深入了生活没有的客观标准”，大致是指人物和作品整体有生活气息，不是简单的技巧和概念化呈现。“生活深入作家”的精神线索仍是在作家深入生活、体验生活的脉络上。对于柳青来说，这个脉络也就是《讲话》的精神谱系，即延安成长起来的作家所内在化的一个确信，同时也是对延安精神的创新发展。正是在这个脉络中，柳青从《种谷记》走向了《创业史》。

1942年柳青下乡当文书，《种谷记》写的就是他这一时期参与村里变工合作的情况。《种谷记》在延安有很好的反响，1949年被收入“中国人民文艺丛书”。1950年上半年，《种谷记》的座谈会在上海举行，主要成员有周而复、冯雪峰、李健吾、许杰、巴金、以群、唐弢等，主要的批评意见是耽于细节，结构把握不足等。[2]柳青没有参加这次座谈

[1]参见严平《潮起潮落：新中国文坛沉思录》（人民文学出版社，2015年版）中对荒煤的记述。

[2]参见1950年所召开的《种谷记》座谈会中周而复、冯雪峰、巴金、李健吾等的发言。转引自山东大学中文系编:《中国当代文学研究资料柳青专集》，1979年版，第83页。

会，他得到有关《种谷记》的批评意见是在1951年左右。据《柳青传》的记载，这一次座谈会的批评意见对柳青的震动很大，“这使他对自己继续从事文学创作的能力产生了怀疑，‘文学创作是要有一些天分，我有这种天分吗？’‘是我不够刻苦，还是方法不对？’”[1]这个时期正是柳青开始《铜墙铁壁》第二稿修订的时候，也是柳青在创作上“困而知之”的时候。他在分析《铜墙铁壁》时自陈：“‘《铜墙铁壁》不像《种谷记》，一疙瘩稠，一疙瘩稀。’人物的多少也不像《种谷记》那样杂乱，但是，作品的生活气息不浓，人物的立体感不强，缺少生动的细节……经过这次反思，他明确了差距和目标，决心按照认定的方向坚持走下去，不管吃多大苦，决不回头。”[2]从柳青反思的表述来看，这一时期围绕《种谷记》的自然主义/现实主义的论争[3]并没有真正地困扰他，他所专注的是创作中一个一个的问题：人物、细节、生活气息、结构等怎么解决。换言之，这个时期柳青思考的是技术问题，是写法问题。

写法或者说创作方法问题是冯雪峰在《种谷记》座谈会上的着重点之一。对于《种谷记》，冯雪峰的看法有两个：真实、准确。作为社会学的材料，“这种材料，虽然我们可以在文学作品以外去更多地得到，但在现在，这在文学上是更可贵的。假如它能够取得文学更久的生命而留传得更久，在将来也自然还有意义。在现在，不用说，这在文学上是越丰富越可贵”；另一方面，“不够‘深刻’、不够‘动人’，不够‘典型性’，这里，我想照我的理解来谈一点这部小说的创作方法的问题。这

[1]刘可风：《柳青传》，人民文学出版社，2016年版，第104页。

[2]刘可风：《柳青传》，人民文学出版社，2016年版，第105页。

[3]座谈会上的论争焦点之一是《种谷记》是否为自然主义的写法，冯雪峰持不同意见，认为并不是自然主义，而是创作方法的问题，人物描写没有达到典型性；李健吾也认为作品的基本风格不是自然主义，而且作品行文中有着难得的朴素自然；而后同一年竹可羽发表文章也反驳自然主义的评断，认为作品深植于生活，只是人物的思想性、典型性提升尚不够。

是我刚才以为值得讨论的”。[1] 从而引入创作方法的讨论，亦即如何增强典型性。冯雪峰认为《种谷记》之所以不够动人，并不在于细节不真实，而在于没有经过“立体的加工”，“它的内容和人物，都是很真实的。但为什么不动人，给读者的影响不深刻呢？很明白，这是写法上的问题。作者只求平面的加工。重要的关系，我觉得就在这里”[2]，“问题只在‘加工’；而且，问题只在于是平面的加工呢，还是立体的雕塑式的加工。是锦上添花式的现象上的精磨细琢的加工呢，还是深掘的、推广的、概括和透视的发展的加工。我们都知道，‘典型化’绝不会失去真实和精确。并且，概括也绝不和详尽与生活上的细节相冲突。事实上，倒是相反，我们都知道，典型化是更大的真实”。[3] 如果简略地概括一下，冯雪峰的达致“典型”的方法是“概括”“立体的加工”，以避免细节的平铺直叙。在这个语境中，冯雪峰有关“典型”的问题并没有说透，反倒在一定程度上陷入理论表达的干枯和循环论证。之所以会出现这样的问题，本文尝试提出这是由于现实主义框架中世界观和创作方法的二分所带来的阐释困境。世界观和创作方法是40年代国统区左翼文艺理论阵营中的主导性理论命题之一，冯雪峰的看法是两个都要，不能只谈世界观的正确，同时也要注意创作方法。这是针对当时左翼文艺中的概念化、主题过于抽象而人物单薄等现象而提出的，在面对柳青和《种谷记》时，冯雪峰也强调提升创作方法，其基本理路是一以贯之

[1]《中国当代文学研究资料柳青专集》，山东大学中文系编，1979年，第88页。冯雪峰在座谈会上的发言后来以《柳青的〈种谷记〉》为题单篇收入在《冯雪峰论文集》中卷，第213—214页。

[2]《中国当代文学研究资料柳青专集》，山东大学中文系编，1979年，第88页。冯雪峰在座谈会上的发言后来以《柳青的〈种谷记〉》为题单篇收入在《冯雪峰论文集》中卷，第213—214页。

[3]《中国当代文学研究资料柳青专集》，山东大学中文系编，1979年，第88页。冯雪峰在座谈会上的发言后来以《柳青的〈种谷记〉》为题单篇收入在《冯雪峰论文集》中卷，第213—214页。

的，不过这次的情境不同。关于《种谷记》的讨论焦点是现实主义/自然主义辨析，《种谷记》的问题不在于概念化，而是相反，过于铺陈生活细节，没有提升。这个争论不仅是对于文艺界内部的流派、技法，而是直接涉及作者对于现实的立场问题、对现实处于被动地位还是发挥主观能动性认识到矛盾的本质等。因此，冯雪峰一开始就做了这样的区分，“作者是一个革命的人，从事着实际工作，忠诚地为人民服务的，所以从思想观点上说，我们绝对不能把他和自然主义混在一起来谈。因为自然主义主要的坏处就是对客观现实的宿命论的观点。自然主义的被奴役于现象以及烦琐的描写，是从宿命论的思想根源出发的。不过，现在我们的作者手法上的这种缺点也有近似自然主义的倾向，这都是可以说的”。[1] 这虽然可能是冯雪峰的个人看法，实际上也是受制于当时的批评环境，即将作品的主题、表现效果等，化约地和作家对现实的态度过于直接连在一起判断。特别是对从国统区走向新中国的文化工作者，世界观、政治立场的正确是被非常强调的一点。因而冯雪峰虽然也认为《种谷记》主题不够深刻，不过仍然将其“细节”、平淡与西方的细腻描写区别开来，他将问题概括为世界观正确的作者如何提高创作方法，从而归为创作方法上不够典型的问题，典型既是写作手法，也是写作手法要达到的效果。这就进入了一个讨论上的不宜转圜的死角：“这种缺点，虽只是手法上的，但也影响到作品思想内容的积极展开，这是特别值得注意的”，即一方面肯定他的真实、准确，另一方面认为作者过于服从事实，而没有积极性的展开，达到更高一层的真实，即典型的力量。这使得从创作方法推导到“典型”，又回到了政治主题的规定性轨道上来。问题的关键并不在于辩论柳青是现实主义的还是自然主义的，而是有效的创作方法从哪里来。冯雪峰对于《种谷记》的批评很具有症候性。

[1] 山东大学中文系编:《中国当代文学研究资料柳青专集》，1979年版，第88页。

他的困境在于世界观和创作方法的二分，创作方法是在区别于世界观的，同时也是脱离于现实的、技术的层面被强调。

这一时期柳青所面临的、关注的是同样的问题：写法。在当时有关《种谷记》的批评中，柳青受触动的也是写法，这不仅仅是因为他专心创作，不在意批评界的现实主义/自然主义名目之争，还有一个原因是柳青出身延安，并不像来自国统区的作家那样担心被质疑世界观问题。1949年和1951年两篇文章《转弯路上》（1949年）[1]、《毛泽东思想教导着我——〈湖南农民运动考察报告〉给我的启示》（1951年）[2]，就自己的成长历程谈思想的转变、克服自身的小资产阶级意识等，反映出相对于国统区作家柳青在新中国成立之初的语境中并不缺少安全感。这两篇文章也反映出，柳青始终坚持着延安整风的一些信条，对知识分子的改造接受上很自律，把这当作是一个共产党员应该有的自我要求，而非外在的运动规训。他所思考的“写法”并不担心世界观是否正确，而是能否更好地把握住对象。这与冯雪峰要求的写真实、写典型表面上一致，不过根底的思想方式不同，最后通向的路径也不同。1951年3月完成《铜墙铁壁》后柳青被调到《中国青年报》编辑部做副刊主编，同年9月底出访苏联，1952年5月下旬返回西安，1953年4月到皇甫村。上面所引一段话中所说的“认定了的方向”，就是这个继续深入生活的方向。他的写法的发展并没有循着冯雪峰的路（创作方法），而是他自己的提法“更加深入生活”，使得生活中的细节能够自然地成长到小说里，

[1]“1949年6月26日匆草于北京”，见《中华全国文学艺术工作者代表大会纪念文集》，转引自山东大学中文系编:《中国当代文学研究资料柳青专集》，1979年版，第7—11页。

[2]《人民日报》1951年9月10日第3版，转引自山东大学中文系编:《中国当代文学研究资料柳青专集》，1979年版，第11—21页。

并且是与思想圆融的。在一定程度上，柳青所探索的这个路径是从克服自身的创作难题出发，而在理论层面上修正了40年代现实主义讨论中所形成世界观和创作方法的讨论模式，不是二分基础上的统合，而是一个过程——继续地深入生活。这个时期柳青所指的深入生活、深入群众并不是指向延安语境中的包括作家在内的小资产阶级的思想改造、成为革命队伍的一部分，而是更多地指向对于作家的创作过程的重新锻造。他为了表述清晰，用了“生活深入作家”这样的提法。以作为克服当时所概括为“自然主义”、公式化、概念化等问题的克服方案，柳青将这些问题归结为生活与艺术的关系问题，这是1960—1962年的一系列读书笔记和美学论文中所探讨的核心。

对这一关系探讨的第一层，是将艺术和生活区分开来。对这一时期的柳青而言——他到皇甫村的下乡实践已将近十年，而《创业史》第一部的写作也已完成，他是同时进入这两个世界的人，用他自己的话来说，写小说“真像一根扁担，一头挑的生活，一头挑的技巧”。作家深入生活，与群众打成一片，感受到写作对象的所思所想，学习他们的语言、习惯，在这个过程中改造自身，这是自延安以来形成的文艺思想的重要原则，这也是新中国成立之后作家培养的重要途径。不过，什么叫深入生活呢，柳青讲过一个效果有些相反的例子，一个好的青年作家到生产队里当社员，三五年以后变成了“五好”社员，不过却写不出好的作品。对这个现象，柳青给过一个解释：

> 我认为：如果他能够把这种精神坚持到底，总结经验，改变方式方法，他比那些脱离生活的作家更有可能获得成就。但是现在，他成为了一个好社员，暂时还没有成为一个好作家。这位同志把自

己对象化了，却没有按照工作的要求保持住自己的独特性。[1]

这一段解说是在大的方向上仍坚持深入生活，但要区分生活和艺术。与在联系的而不是艺术自律性的基础上探讨写法，将讨论的重心引向深入群众、深入生活的过程中产生出作为作家的独特性，是作家区别于写作对象的不同，不过并不是作家脱离于具体生活的存在。柳青这里所指的对象化更近于一个朴素的说法，即完全变成农民不等于能够写农民，就像是基层干部要深入群众，并不是完全变成群众，而是要有党员干部的先锋模范作用。这与作家的先了解农民而后再在艺术世界中再现出来两者之间的关系近似，不过前者并没有党员 / 群众之间所隐含的先进 / 落后的关系，文学创作层面的作家与作为观察对象的农民、农村之间的关系，要更为纠结缠绕。

上文柳青所指出的好社员 / 好作家的误区与此相关，这也并不是 60 年代才出现的，在一定程度上也可以说是柳青的创作变化之路，即从《种谷记》时期的柳青到《创业史》时期的柳青。这是柳青个人的坚持，不过同一时期的大环境也是如此。1951 年《实践论》重新出版，1952—1953 年文艺系统的整风将《实践论》和《讲话》结合起来学习，这一时期的导向之一是鼓励作家下乡、下工厂。困难的是，下乡、下工厂并不见得马上会出来作品，这也是二次文代会（1953）中讨论的问题之一，创作落后于现实形势。1953 年，在下到皇甫村之前，柳青在县委工作阶段已经完成了一部反映农民出身的老干部在新时期的处境、新老干部之间矛盾的小说，约有 9.7 万千字[2]，这部书稿被废弃，直接的原因是柳青自己觉得技巧不够。需要注意的是他对于技巧不够原因的

[1]《柳青文集 · 第四卷》，《美学笔记》，第 297 页。

[2] 参见《柳青传》，第 156 页；另外，《柳青写作生涯》中所收录柳青写于 1958 年《一个总结（节录）》中提到 1953 年这部书稿约有 20 万字。

分析,《柳青传》中提到了两个事情：一个是1954年杜鹏程的《保卫延安》的出版，看完了《保卫延安》,《创业史》的第一稿暂时搁笔；还有一个是1955年因病住院，将精力相对转入文学创作上（同时相对脱离农村的具体工作），在这一时期，柳青“研究了一些现实主义、浪漫主义、批判现实主义和自然主义的代表作，将这些作品的表现手法进行对比，对它们的共同点和不同点进行总结。对不同作家、不同作品分析其优点在哪里、不足在哪里”。[1]写于1958年的《一个总结（节录）》中的一段记述，可以与《柳青传》中这一段互相参证：

“我分析杜鹏程同志写《保卫延安》成功的原因：一个是自始至终生活在战斗中，小说是自己长期感受的总结和提炼，所以有激情；另一个是写作的时间长，改写次数很多，并且读了许多许多书，使写作的过程变成提高的过程。当时我想，既然要搞创作，就要认真地搞；不苦搞的话，何不做其他工作去呢？1955年春天，我下了最大的决心，搬到村里住，把合作化运动搞到底。为了能够坚持下去，住了三个月医院，治愈拖了多年的阿米巴痢疾，戒了烟，减轻支气管喘息对我的威胁。这一年，为了长期安家落户，克服了生活上许多安新家的困难，终于稳定下来了。这时我所从事的合作化的胜利对我的鼓舞也很大。同时在医院里的时候，读了一些书，一边严格地检查了自己写作上的缺点；关于这部分，我写在中国作协二次理事会上所作的发言里。到1956年，在乡下的生活大体上有了秩序，创作和参加村内活动相结合，也大体上摸出适当的安排。这部书的二稿，主要是在1956年写的；1955年秋冬和1957年春季，只写了头尾的部分。”[2]

[1]刘可风:《柳青传》，人民文学出版社，2016年版，第165页。
[2]《柳青创作生涯》，百花文艺出版社，1985年版，第41—42页。

之所以完整引这一段，是因为这是柳青自觉地提升写作方法技巧，并且将技巧的提升与深入生活紧密连在一起的一段时期，经过了这个时期的反思和提升，酝酿了《创业史》的完成，进而成为60年代的美学笔记中一系列理论提法的经验基础。比如柳青对《保卫延安》的成功分析，“自始至终生活在战斗中，小说是自己长期感受的总结和提炼”，柳青将小说中人物的饱满、结构的精巧合理归结于对于生活的熟悉程度，基于生活经验饱满上的写作学习，而不是脱离生活经验的技巧，或者书本的知识。相比起来，柳青学识和理论修养不低，在延安时期柳青就能够阅读英文的《安娜·卡列尼娜》等19世纪现实主义小说；当然，这也并不是从题材的角度来印证“写熟悉的生活”更为得心应手，它所强调的是“自始至终”“长期感受”，即作家、作品与生活本身的血肉共生的同源的关系。因而，在60年代的读书笔记中柳青才会写下了这些看似教条的断语：

> “A：作家是怎样成长的。B：作家是生活里成长。A：难道艺术也从生活里来的？B：艺术技巧主要也是从生活里钻研出来的。脱离生活不能很好地接受前人的经验。”（《随笔录》第53条）。

这里有一个隐含的揭示，即“作家深入生活”的提法本身所含有的悖论，并不是已经成了“作家”而后去体验生活[1]，而是“作家”是从生活中生成出来。在这个关系之中生活就不仅仅是唯物意义上的物质前提、观察的一个客观对象，柳青更为常用的词汇“生活”“生活实践”侧重作家自身也在其中历练，而这个实践所带来的历练是形成独立

[1]丁玲对于“体验生活”的提法有过近似的质疑，见1955年的《生活、思想与人物——在电影剧作讲习会上的讲话》，载《人民文学》1955第3期。

的认识。只有深入生活才能了解写作对象，持续地深入生活才能够摆脱生活表象的束缚而达到艺术上再现（艺术上的真实）。“生活深入作家”实际上修正了 40 年代延安时期所侧重的作家培养之路，不能只谈思想改造，而是以基于生活深入的艺术过程的不断成熟作为作家的追求。这里的论证角度是落在作家而不是作品上，也隐约指向了另外一点，即作家的自我确证并不是从与作品完成的关系中而来，而是与作品的完成固然有关，不过作品的写作、完成是“表”，作家的思想洞察力、艺术表现力的不断成熟是“里”。柳青常用的表述方式是“反复思考”“反复体验”“不断修改”等，换言之，作家的自我确证是一个不间断的过程，它是在与生活实践的关系中形成的，这个过程也可以说是一个不断地摆脱“经过的生活”“读过的书”，也包括自己“写过的东西”“认识的人物”，不被“对象化”，保持“独特性”的过程。就这一点而言，柳青不仅仅是不同于作家擅写生活细节（有艺术天分），经历了深刻的思想改造，而是引向了对于作家与现实生活世界之间关系的重新界定，这个“作家”不是被固定在“艺术”的位置上，因而这个关系，也并不是艺术技巧与现实生活世界的或者“模拟”或者“再现”等关系，而是近似于革命者与现实世界之间的认识、改造等关系。

实际上，在柳青对上面的当上五好社员却写不出作品的例子进行分析时也推导到了作家 / 革命者的类比性关系，以切近作家在创作过程中思想认识、化用、移植生活细节等工作所内涵的激进性，如“真正的革命作家永远也不会把艺术当作目的，这就是为什么社会生活矛盾和冲突激烈的时代，产生杰出的作家和诗人，是不可避免的、无法阻挡的历史必然性……谁是杰出的作家和诗人，最终的决定于他对现实生活的态度”[1]。这一段的表述有可能被理解为“革命家 / 文学家”的提法，但沿

[1]《柳青文集·第四卷》,《美学笔记》, 第 298 页。

着柳青的论述脉络而言，这里的论述重点在将创作的本源落在“矛盾、冲突”（略不同于马克思所说的美学与历史的不同步性）上，革命家要把握住这个，才能把握住革命的可能性，对作家来说也是一样，这里所提到的“态度”不是一个外在于整个矛盾运动发展过程的旁观，而是身在其中的思考和抉择。这一段论述的启发之处并不在于反驳“把艺术当作目的”或者“为艺术而艺术”等观点，而是真正地处在矛盾之中。作家的态度应该如何形成，这应该是柳青对自我的反复拷问，不过这个拷问、思索的过程并没有见诸于《随笔录》，或许可以从他在新中国成立之后远离行政岗位、远离文坛[1]的政治斗争等选择之中感受到一些。很难把握住柳青的这个思考脉络，不过他远离行政岗位，更为深入地进入到群众政治之中，应该是农村生活、农民走向集体化的进程，而非行政体制，是柳青所认可的真正的政治空间，是在这个政治空间的介入和锤炼中产生了作为“作家”的自觉的柳青，或者说是在《创业史》中显现出“作家”，而在同一时期的《随笔录》中表现得更为显白。这个相对于远行政、近群众的概括并不能够充分、完整地概括柳青这一时期对于现实政治（社会主义中国的整体实践）的诸多思考面向，不过它能够相对有效地呈现出柳青所思考的“作家”与革命家的区别。这是从艺术特性，或者说两者的工作方式、认识和改造社会的工具、武器性质的不同

[1]这个印象从《柳青传》和1958的《一个总结（节录）》中来。1952年5月回到西安到1954年，柳青在组织上，“没有同文艺单位发生关联，也没有想过到文艺单位去”，1954年中国作协要求陕西成立作协西安分会，柳青推辞未果担任副主席，同时参与了《延河》的创刊。在这个时期，柳青的注意力是在互助组、统购和初级社的工作。到1956年，参加过作协第二次理事会，不过他自己认为，“‘百花齐放、百家争鸣’在文学界引起的波动，对我没有多大影响。我由于早晚的时间大多被农村工作占去，所以没有充裕的时间阅读报刊上的文章。许多有问题的文章，我是在被批判的时候才看。我的注意力主要集中在农业社的事情上，所以对文艺思潮方面的问题，注意也不够。有时看了一些文章有意见，很想反驳，但村里七事八事，又怕影响正常的写作，过一晌也就忘了。五七年三月完成了小说二稿，四月间就修理房子；因为破庙的屋顶大多漏雨，有一些山墙倾歪，用椽顶着。五月间支气管哮喘照例发作，住了医院。医院出来以后，我能够出大门的时候，已经开始反右斗争了。”（1958年11月9日）

而产生的区别，与“同源”是两个层面的问题。

三

这个深入生活的创作过程中产生了柳青所自觉坚持的“作家”态度，有论者指出：“对柳青而言，不能将文学者柳青与革命者柳青割裂开来，两者水乳交融地统一在一起，甚至可以干脆地说，在柳青身上并不存在文学者与革命者的矛盾，它是一个整体，它就是柳青全部的生命历程。”[1]郭春林的这段评论侧重于说明柳青的不同于纯文学作家的根本分歧，在根本分歧之上来理解《创业史》，那么作品就不是被框定到形式、流派中，而是从柳青的生命历程中来理解作品的写作历程，“‘写作历程’不仅仅指作为文本的写作过程，即从构想到实际写作直至最终完成乃至完成后的不断修改，而同时包含了作者全部的日常生活在内。”[2]把作品从静态的形式分析还原为一个过程，这个过程是从生活走向艺术的过程，通过这个还原产生的是思维方法的转变，“文学者”这些词也随之从固定的位置上动摇，即我们不是用既定的文学标签来把柳青分类，而是从柳青的创作过程、自己的表现形式中来理解的他所谓的“文学”。柳青所找到的这个特定的表现形式，用他自己的话来说叫作“带有人物特定视角的描写”。“带有人物特定视角的描写”的一层意思是作家并不直接出场，而是退隐在人物、细节的安排之后，这是现实主义写作的特征之一，下面尝试对柳青的文学与现实主义做一些辨析。

柳青写作的思想资源之一是19世纪的现实主义小说。根据《柳青传》的记载，在1955年至1957年初柳青还有一段研读作品的时期，书目有高尔基的《母亲》《福玛·高捷耶夫》、肖洛霍夫的《被开垦的处女

[1]郭春林：《柳青的意义》，载《长安学术》第12辑，2018年10月。
[2]郭春林：《柳青的意义》，载《长安学术》第12辑，2018年10月。

地》、托尔斯泰的三部长篇小说、巴尔扎克的几部作品，及《悲惨世界》《包法利夫人》《红与黑》《红楼梦》《三国演义》《水浒传》、托尔斯泰的《艺术论》、刘勰的《文心雕龙》[1]，同时也阅读了当时“内部发行”的书籍，了解西方出现的有影响的几种流派的作品[2]，“他被一些艺术技巧的创新所震动”，《柳青传》中并没有介绍这几种“内部发行”的小说，不知是否为现代主义的作品。在延安时期，柳青已经开始阅读现实主义的作品，当时他称之为“现代文学”。《柳青传》中有几处提到了柳青在 1943 年读英文版的《安娜·卡列尼娜》，他认为写得生动的部分大多是用人物的心理和眼光反映周围世界、推进情节，而较少是作者的“平面叙述”。在其中一处，这种写法被柳青认为是“现代文学”的手法，“1943 年，我已经看到现代文学中运用这种手法的不同和高明。我学习运用这种手法，但拿起来笔怎么也学不来”。[3]“学不来”是指《种谷记》写作的失败，柳青认为失败的原因是生活不足，对人物不够熟悉。换言之，要达到这种作家站在人物背后，通过人物的心理、行动来“说话”，要做到持续地、最大限度地熟悉写作对象本身。如果说延安时期的下乡是对于当时“整风”号召的呼应，50 年代决定深入皇甫村则是双重任务的叠加，包括深入写作对象之中来磨炼、提高写作的技巧，对于这一点，柳青是有着自觉的。不过对于小说中的人物、蛤蟆滩上的各阶层的精神面貌的呈现，既有从旁的描写，也有作者直接出场的评断，如上面对梁三老汉的评断，对郭世富的评断、如“富裕中农啊！富裕中农啊！原来是农村中最势利眼的一个阶层啊！……他们拼命地劳动，狠着心俭省节约，动物一般自私，比泥鳅还滑嘞”，并不是隐在人物背后，而是直接以作者的声音说话。为什么要有这样的作者声音的插话，柳青考虑

[1]刘可风:《柳青传》，人民文学出版社，2016 年版，第 179 页。

[2]刘可风:《柳青传》，人民文学出版社，2016 年版，第 181 页。

[3]刘可风:《柳青传》，人民文学出版社，2016 年版，第 180 页。

的是《创业史》中借人物角度、人物关系来传达所要表达的时代冲突太过隐晦，不够大众化，“但这种手法虽然‘对于艺术作品就愈加好些’，对一般水平较低的读者，却不大容易一下子就明白作品的全部思想内容。这就使作品的表现手法和群众化有了相当的距离。要使作品既深刻生动，又明白易懂，缩短表现手法与群众化之间的距离，就是我们艺术技巧方面一个较大的问题”。[1] 在人物语言之外增加作者的叙述与人物的内心独白就是柳青的补救办法，“内心独白未加引号，作为情节进展的行动部分；两者都力求给读者动的感觉，力戒平铺直叙、细节罗列。我想使作者叙述的文学语言和人物内心独白的群众语言，尽可能地接近和协调，但我的功夫还不到。为了使读者不至于模糊了作者的观点，只好在适当的地方加上作者的评论，使思想内容更明显、更强烈一些”[2]。从这些表述来看，《创业史》所采用的各类形式中，创作者始终有着在场的自觉，值得注意的是为什么这些以作者声音直接出现的插话并不给人主观强加的印象。本文尝试给出一个解释，《创业史》中作者柳青和描写对象之间并不是主观和客观的对立性关系，这些插话即便是主观的，但它融在了对于当时生活的感受、判断之中，它追求的不是一个纯客观呈现的效果，这或许可以作为理解柳青的写法与19世纪现实主义的不同之处的一个入口。

现实主义创作中的作家隐藏在人物之后，这是现实主义的在形式上的两个重要设定，一个是作家与对象之间，另一个是单个的文本与生活之间，这两个设定是为保证真实性的效果。现实主义的设定是作品产生于对生活的描摹，因而它不是来自此前的文本（或者叙事套路），它的期待是你的写作不是对传统文学范本的借鉴，也不依赖作家的想象力，而是写作来自生活本身（或者可以更进一步缩减为同时代的生活）。

[1]《柳青文集·第四卷》，《美学笔记》，第300页。

[2]《柳青文集·第四卷》，《美学笔记》，第300页。

镜子说是源于此，而将现实主义小说视为一种认识论实践也是源于此，它的工作是探索意识如何将现实转化为语言结构，它的对于“客观性”（对外部世界的冷静观察和非神秘化，否定写作者的主观介入，与启蒙思想所确立的批判、理性立场有关）的无限追逐和同时伴生的高度“主观化”（或者呈现为非理性化的情感，或者呈现为超越历史的洞察，比如卢卡契的“无产阶级”视点）存在着很紧张的关系。[1] 简单地讲，19 世纪现实主义作品的写作者并没有，或者说是有限度地参与到其所观察的历史进程之中，作品中的客观性是与作者的旁观视点观察相关的。不过，就中国新文学的发生而言，存在着大量的不合“现实主义”标准的写作实践，即便是不被称为现实主义的作品中也有着写真实的诉求，而被称作现实主义的作品中则能够看到作者强烈的主观意图呈现，这是安敏成所观察到的 20 世纪二三十年代的新文学文本的特征，“写作是一种简单明了、意志坚定的实践，可以受到某种明确的意图指导或操纵”，虽然在实际写作中与意图会发生背离，不过能从中观察到，“作家们一次又一次将自反性因素坦率地引入作品，这一点常常表现在作者的自我多重化形式和对作为‘现实主义’标志的特定技巧的讽刺化炫耀上”。[2] 安敏成的研究并没有推到 40 年代的小说中，在 40 年代的社会变革中，它的基础条件发生变化，其中重要的一点，写作者和写作对象（主体为农民）同时参与 / 卷入到了革命进程之中，作家隐藏在人物背后说话，不是一种模拟出来的客观性，而是分享着共同的行动者的经验，这使得“写他人”的基础不是置于想象的，或者启蒙的关系，而是书写革命经验，这个基础使得柳青能够进入同一个革命运动中的各个人群的个体“生活”之中（程度有所不同）。换个角度来说，40 年代（土地改革运

[1] 这一段的表述参考了安敏成《现实主义的限制：革命时代的中国小说》（江苏人民出版社，2001 年版，第 11—13 页）中对于西方经验中的“现实主义”小说形式及其思想渊源的理解。
[2] 安敏成:《现实主义的限制》，江苏人民出版社，2001 年版，第 7 页。

动）之后到50年代的农村叙事中围绕如何写农民的分歧和论争，是因为转换已经发生，即农民已经成为革命和社会主义建设的主体，农村问题是革命和社会主义建设的重要组成部分，这个客观环境的变化使得作品中的“人物”（写作对象）压倒作者的意图成为显性呈现，并不是指作者的意图不重要，而是指作者的意图是依托于人物（现实中的活动主体）而来，依托这样的人物描写方式才能逼近并有可能重构出今天的生活图景。

柳青所追求的“作家用人物来说话”，其作品中的“人物”[1]凸显，并不完全是出于现实主义的形式要求，而是与时代的变革和要求相关。这个时代的要求，既是新中国成立之后的客观现实，即各行各业出现了新生的人物，也有着意识形态的要求，即写出具有社会主义特征的模范人物以起到教育引领作用。[2]就柳青而言，这也并不仅仅是时代的要求，也是他感受到了一种与读者的新的关系的出现，即上文所引的，写人物

[1]人物的凸显还有另外一层意思，即人物压倒自然风景成为小说写作的规定性。比如，从沈从文50年代初对于小说的理解参照来看，这一时期沈从文的写作上的停顿，与题材无关，主要是因为只能写平静乡村中的人物，无法写计划中变动的农村。写平静的农村，其中自然景物的描写在沈从文的小说写作中有着不可替代的位置，是小说之为小说的意义来源；而对于柳青来说，如果不是人物眼中的景物，直接写景物本身是一种冗余，如他对《种谷记》的反省，“狗呀，猫呀，写了一些与人物感觉无关的景物，不但不能引起读者的共鸣，反而冲淡了作品的感染力，也使得文章变得臃肿”，这就是“用作者的感觉代替了人物的感觉”（《随笔录》第79条，《柳青传》，第179页）。

[2]在50年代初期，这个写“英雄人物”（尚不同后来的写“社会主义新人”的提法）中所包含的两层已经出现，参考《中国当代文学思潮史》中由朱寨执笔的对1952—1956年间有关“英雄人物”的梳理。此外，我在这一部分的论述过于强调了柳青的“作者通过人物来说话”的中国革命的历史语境，需要注意的是不能忽视现实主义写作技巧上，特别是契诃夫的影响，如柳青所常提及，“契诃夫是用‘人物的感觉和心理’完成情节的高手”，他指出了高尔基在早期短篇小说中的一些缺点，即“作品中罗列了一些与人物关系不大的景物描写”，高尔基在改进之后，《福玛·高捷耶夫》就有了很大的进步。这个对比并不是从高尔基之于契诃夫的时代先进性而言，而是仅从小说的技巧（契诃夫的小说是什么意义上的现实主义写作，还需要另外辨析），并且这是与柳青所追求的小说所要达到的效果——像生活一样，有生活气息，不使读者感受到技巧有关。

的“动”（而不是景物）才能引发与“读者的共鸣”，“有感染力”，这与赵树理和他的读者所分享的乡村文化、伦理秩序很不同。这种新型的作者 / 读者关系（即同为社会主义的建设者[1]）进而影响了作品内部的作者 / 写作对象的关系，换言之，“人物”身上所承担的信息是多重的。这个从“人物”通向“时代”的链接关系，并不是教条意义上的“题材决定论”（即只有工农兵题材才是重大题材、正确方向），不过它从属于一个宽泛意义上的“典型”问题（典型人物、典型环境）的问题脉络中。在这个问题上，柳青与当时的文艺政策中将“典型”归结为党性、阶级性的观点有所不同，“生活”是在这个意义上作为一个重要范畴被引入到柳青有关人物生成的相关论述中：

> “典型：第一，社会意识的特征，即阶级的特征。第二，社会生活的特征，即职业的特征。第三，个性的特征。马林科夫所说的，‘典型问题永远是政治问题’，是指第一个特征说的。高尔基说的一百个商人，一百个农民……，这两个都属于共性范畴。仅仅这两个特征，不能构成文学现象的类型，只能做社会问题的典型例子。文学现象的典型还需要个性化的特征。”（《随笔录》第 58 条）

这一段在《随笔录》中没有标明写作时间，按编排时间推断大体应该是在 1961—1962 年左右。这与收入在《美学笔记》中的有关“典型化”的段落中的观点是一致的：“先说典型性格。我理解：人物的社会意识的阶级特征、社会生活的职业特征和个性特征，互相渗透和互相交融，形成了某个人的性格，就是典型性格。三种特征不是混合起来的，而是活生生地结合起来，成为一个活的人，就是典型。没有阶级特征不

[1] 参见柳青：《皇甫村三年》，《柳青文集 · 第四卷》，139 页。

能成为典型，没有职业特征也不能成为典型，没有个性特征也不能成为典型。三种特征高度结合，就具有充分的典型性。三种特征有一种不充分，就是典型性不够；三种特征缺少一种，就不是典型了。”

“个性化”这个提法的提出，应该是在1960年前后作协二次理事会所产生的一个讨论空间。作协二次理事会批评了马林科夫在苏共十九大有关“典型性”/“政治性”的提法，这与这一时期译述赫鲁晓夫对于马林科夫的批评有关，也与“反右”到调整时期中国文坛的特殊语境相关[1]，即产生了对于“典型”的多重提法（共性、个性、代表性）。在这个语境中，柳青辨析了典型并非阶级性、代表性，是对当时的论争的一个稍微滞后的回应。不过他并没有单独突出“个性”，有关“高度结合”偏于描述，并不能说是一个具有很高理论质量的提法，它的意义还是与他对于“人物”从哪里来这个问题的思考相关，从创作过程来看，人物的来源是生活，在有关“典型”的这篇美学论文的论述中，人物来源于生活这一层观点是与另外一层历史创造英雄的观点相联系而提出，换言之，“生活”不是作为“阶级斗争”的具体的经验源泉而出现，而是与柳青的历史思考——以20世纪革命中农民英雄人物的成长历程为例——相联系，这个农民英雄身上有着阶级意识、农民意识、个性等诸多层次的统合，“在艺术上来说，英雄的血肉是逐渐丰满起来的，不是第一章就是典型的英雄形象，而是最后一章才完成了英雄形象的典型化过程。在哲学上来说，不是英雄创造历史，而是历史创造英雄，这是历史唯物主义的基本原理”。[2]换言之，柳青的“生活”范畴（作为作家参与其中的生活过程，和作为艺术加工过程的起点的生活）是与“历史”范畴相联系的，略微进一步来说，这个对于“人物”的描写（艺术

[1]参见《中国当代文学思潮史》中有关作协二次理事会一章，以及《潮起潮落》中通过对周扬、荒煤、夏衍的言论和文艺观点的梳理而勾勒的影响文坛的多种力量消长的态势。

[2]《柳青文集·第四卷》,《美学笔记》，第279页。

世界）所呈现的是对于历史（或者说革命由何发生）的认识。

在这个意义上，重新来看柳青所强调的生活世界与艺术世界的区隔。“生活”的被引入是为了反对从抽象概念、理念出发的写作和文艺观点。不过柳青的写作追求不止于此。在这个问题上，他略微转换了辩论的角度，从“典型人物”（典型性格）的构成性特征，转而辨析什么是“典型环境”来重新论述区分生活的内容和艺术的创作之不同的重要性，指出二者“有着血肉相连的关系；但是如果把二者混同起来，必然会有一些根本性的问题解释不清楚了”[1]。有关“典型环境”，柳青是通过回溯车尔尼雪夫斯基与恩格斯的不同来区分什么是写生活的细节，什么是他所追求的艺术世界：

> “譬如有人说：‘……在实际生活中，每个具体环境所包含的因素都是异常复杂的，不仅有民族的、社会的、历史的条件，阶级的关系，人与人之间的关系，还有地区的自然条件、风土人情、生活习惯等等。’（《文艺报》1961年第9期11页，《典型形象——熟悉的陌生人》）这是目前流行的关于典型环境的解释里，最具有代表性的一种解释。这显然有点离开了艺术创造，着重于从生活内容上来解释典型环境的一种论调。这种论调的实质已经接近于取消恩格斯的典型环境学说，退回到车尔尼雪夫斯基所说的论点上去了。车尔尼雪夫斯基所说的‘环境怎样影响人的’和‘人又怎样影响他周围的世界’，实际上仅仅是恩格斯所说的‘细节的真实’，而不是恩格斯所说的‘典型环境中的典型性格’。”[2]

柳青对于“生活的细节”和“典型环境”的区分，大致是对“生活

[1]《柳青文集·第四卷》，《美学笔记》，第280页。

[2]《柳青文集·第四卷》，《美学笔记》，第280页。

的环境”和“作品的环境”的区分，是否典型是一个艺术世界的问题，即艺术作品中的环境需要既有普遍性，又有特殊性，不能仅有细节意义上的特殊性。值得注意的是，柳青这里对于“生活的细节”的辨析并不是直接对于作为“形式流派”的自然主义和现实主义的意义上来说，“不管什么文艺理论，无论什么主义，现实主义、浪漫主义、自然主义、形式主义……一切文学作品，都是靠生动的细节打动人”[1]，进而他提出了一个对于“生活的细节”的不同表述：

> “艺术的永恒，是细节的永恒，那么细节就既要生动，也要丰富。生动，就是说细节要活生生的，每一个细节都合乎人物的性格和场景的内部特征，虽然这是作者经过安排、移植和改造过的生活，但读者看起来就像真的发生过一样，它要经受住最熟悉描写对象的那些人的推敲。丰富，不是作者挖空心思找细节，而是细节排着队让作者选择哪些是典型的东西，这一切都必须有作者丰富的生活积累做基础。”[2]

柳青的对于“生活的细节”的重视和他对于“人物”的多重构成理解是一致的，这看上去近似于强调“个性”，或者回到他创作初期的耽溺于“细节”的自然主义倾向，但要是联系柳青这一时期对于典型问题的把握来看，就不会发生误解，柳青的论述路径是“把典型环境解释为典型的冲突”。观察生活，即是要从事物的相互关系，从事物、现象的运动、发展和变化中去观察事物，“我们立刻就进入矛盾领域……新与旧的斗争是事物发展的客观规律”，在这个视野中，柳青认为恩格斯、列宁和毛泽东的方法论是一致的，“毛泽东同志著名的《矛盾论》详细、

[1]刘可风:《柳青传》，人民文学出版社，2016年版，第180页。
[2]刘可风:《柳青传》，人民文学出版社，2016年版，第180—181页。

准确地阐述了这个法则。社会生活的环境脱离不开这个法则，艺术作品里创造的环境也脱离不开这个法则……区别在于经过作者的头脑反映和没有经过作者的头脑反映”[1]，正是在这个思路中，柳青反驳上面所引用的从生活内容上来理解典型环境的观点，那些是创作典型性格的素材，并不是典型环境，而这个典型环境是冲突（矛盾）。什么是典型的冲突，柳青所举的例子是《白毛女》:

> 这部作品的冲突是地主催租逼债发展为霸占民女。这是在民主革命时期写农民的觉醒和反抗，是典型的冲突。如果不是由于催租逼债，而是由于地主见色引诱或设计威迫，那么乡村姑娘杨喜儿就会脱离开艺术的典型环境，就像城市姑娘海丽·阿姆布洛兹一样，变得典型性不够充分了。[2]

这个分析思路很清晰地佐证了前面柳青所提到的生活世界和艺术世界的血肉联系和根本不同，《创业史》一遍一遍的修改所调整的就是人物的细节和情节的细节，以致力于这个典型化的过程，这个过程从一面来看呈现为写作技巧，而从另一面呈现为对于农村问题的认识[3]，而这两者融合在柳青所说的“生活的细节”中。柳青在什么是艺术作品中的冲突对此做了进一步的辨析：

> 政治思想的冲突和文学作品的冲突，有很大原则性区别。政治思想的冲突在文学作品中是通过个性化的人物来进行的。如果作

[1]《柳青文集·第四卷》，《美学笔记》，第 282 页。

[2]《柳青文集·第四卷》，《美学笔记》，第 283 页。

[3] 有关《随笔录》中柳青的表述，与 1960 年前后有关农村问题、怎么写农民问题的关联，请参考孙晓忠《我们一直都是在寻找正确的路——读〈柳青随笔录〉有感》，载《长安学术》第 11 辑，2018 年第 1 期。

品没有写出个性化的人物，那么，政治思想的冲突，无论如何尖锐，都不能算是描写了冲突，只能说是说明了冲突。这是因为文学作品的政治思想冲突只能通过性格冲突来表现。(《随笔录》第四十九条)

这一段的解说可以理解为是对当时指责《创业史》没有描写正面冲突的反驳，柳青的反驳方式是确立什么是文学艺术作品中的冲突——它的表现形态需要遵循着艺术的客观规律。理解这一表述的关键在于柳青的"生活世界"和"艺术世界"的血肉相连而又区隔的关系，《创业史》中的情节设置源于柳青对于这一时期的中国农村的观察，但不直接等同。柳青曾用过要写得"像生活的本来的样子""合乎生活的逻辑"(《随笔录》八十六条）等来表述，这个表述方式与通过具象（通过生活的细节）抵达本质的路径有所差别。虽然柳青也常借用现实主义（本质）/自然主义（细节）的分析路径，不过细微的差别在于从细节到本质这个过渡过程，就认识论来说，这个"飞跃"的过程是认识深化的过程。不过柳青扣着自己的创作经验来谈，并不倾向于将作品的构成看成是一个细节和思想（比如某一特定的政策），至少是在最后的作品呈现阶段，要看不到这些构思的痕迹，而完全就是生活氛围本身。换个角度来说，生活的细节（艺术性）和冲突的实质（思想性）在创作过程中是目的和手段的合一，是形式和内容的合一，在读者那里，是两者同时抵达。[1]柳青的态度融化在小说通过人物、情节的设置而营造的生活氛围中，没有可直接叙说的主题思想，相反，主题思想是这一切带来的效能。

在这个意义上，柳青批评了郑季翘有关“形象思维”的提法。在第一百一十三条中，柳青将“美学上的形象”做了一个简单的界定，“①活生生的人物精神面貌；②构成情节的冲突；③细节——人物的行动；④场景——行动的空间和时间”，作家在构思时将这四个方面作为整体，才叫作形象思维，“郑（季翘）文写了几万字，牛头不对马嘴，无的放矢。所谈尽是逻辑学、哲学，并未谈美学”。这一条中所提的四个方面，在第八十六条“生活进入作家”中也有所提及。第一百一十三条中，柳青虽然明确地表示了与“形象思维”的分歧，不过也并没有充分展开，仅说到“作为一个整体”，结合第八十六条来看，这个“作为一个整体”最后所要达到的客观效果应该是“人物行动和场景合一”，“场合（空间和时间的特征，包括形态、音响、色彩和动态）反映在人的感觉和情绪上，而不是反映在作者的情绪上”，这里的“人”应是作品中的人物，即柳青常说的，借助人物来说话，作者不要直接出场。换个角度来说，柳青的作品中最后呈现出来的、为批评家所称道的“生活细节”并不是由第一个阶段的“社员”柳青熟知农民生活直接而来，而

[1]就读者的接受来并不完全如此，柳青考虑到了这一点，他会苦恼于《创业史》中借人物角度、人物关系来传达作者所要表达的时代主要冲突会太过隐晦，不够大众化，“但这种手法虽然‘对于艺术作品就愈加好些’，对一般水平较低的读者，却不大容易一下子就明白作品的全部思想内容。这就使作品的表现手法和群众化有了相当的距离。要使作品既深刻生动，又明白易懂，缩短表现手法与群众化之间的距离，就是我们艺术技巧方面一个较大的问题”。（《美学笔记》，第300页。）柳青采取了一些折中性的补救办法，即在人物语言外增加作者的叙述与人物的内心独白（心理描写），“内心独白未加引号，作为情节进展的行动部分；两者都力求给读者动的感觉，力戒平铺直叙、细节罗列。我想使作者叙述的文学语言和人物内心独白的群众语言，尽可能地接近和协调，但我的功夫还不到。为了使读者不至于模糊了作者的观点，只好在适当的地方加上作者的评论，使思想内容更明显、更强烈一些。”

是“作家”柳青经过深入的构思而最后选定的重又回到生活表象的表述方式。到了最后的作品呈现阶段（不是作家的构思阶段），作品的结构与细节是内在连通的，细节的整体便是结构。

四

《创业史》中从人物的特定视角来描写的这一特征，在60年代时已经为评论所注意，比如李希凡所捕捉到的，“郭世富新瓦房架梁的一节描写，实际上是通过梁三老汉的眼睛对蛤蟆滩富裕户的一次巡礼。富裕中农郭世富、富农姚士杰、中农郭二老汉、新中农郭振山都在梁三老汉特有的精神活动里，得到了生动的反映。这些富裕户暂时还是蛤蟆滩一大部分人心目中的榜样，不是吗？”[1]梁三老汉的眼睛或者说视角在《创业史》中占了不少的篇幅，小说中也采用了其他人的视角，值得注意的是李希凡的分析，其着重点并不在于柳青隐藏在梁三老汉这一人物背后，而是指出这些特定的描写背后是真实的历史生活的底蕴，“蛤蟆滩各个阶层的精神面貌都呈现在我们面前了。在这里，生活海洋里振荡出来的每一个波纹，几乎都带有鲜明的阶级烙印”，这个写法，按李希凡的分析，既是“生活的波纹”，同时也是柳青的理性认知、政治判断（写出人物的阶级性），生活细节并不是在偏离政治判断的意义上被强调，这个生活的细节更准确地说，是生活的洞察。比如小说中另一处对梁三老汉的评断，“作为小私有者的农民，他的生活愿望，是要向郭世富看齐的；作为一个勤劳朴实的农民，他的劳动者的善良、被剥削过的痛苦记忆、受压迫的心灵，又终究使他知道，他在精神上和王书记、党支部、生宝们挨近着嘞！”综合来看，这与其说是技术层面上的以某个

[1]李希凡:《漫谈〈创业史〉的思想和艺术》，1960年9月18日，《文艺报》1960年17—18合刊，转引自山东大学中文系编:《中国当代文学研究资料柳青专集》，1979年版。

特定人物为视角，不如说是对世情的熟稔、对普通人的平视，落笔时带着普通人的生活感觉，同时也有着坚定的立场，能够达到这一点，是与柳青长期以来的内心的坚守、现实的关怀和政治的敏锐密切相关，因此才能够在生活的纷繁中保持清醒的判断，又使得落笔有生活的气息。把这个写法和20世纪80年代以至今天的解读对照，80年代是在与政治相分离、对立的维度上来凸显生活之于艺术创作的意义。在60年代的批评视野中，生活细节不是空洞的具象，与此相关，政治也并不是完全抽象的、外在的概念，它不仅存在于柳青的观察中，也是内在于小说中村庄里每个人的生活之中，冲突、变动的生活场景中的人际关系，政治性、立场问题、不同的道路是一直都存在于蛤蟆滩上的。

《创业史》小说叙事的一个难点，也是它与现实的农村问题中最具紧张感的一个点，是在于用“生活的细节”的方式写成一个“新人”梁生宝。回到艺术的冲突怎么写这个节点来梳理，看上去回到写人物性格的冲突是退回了一步，即相较思想、理论的方式所表述的新旧冲突，这个“冲突”表达得不够鲜明。当时的语境中所出现的两种批评——“梁三老汉”更为真实，“梁生宝”有些拔高、虚假，是文学批评者比照自己的生活经验而得出的，在经验的层面上，可能确实是如此。问题在于柳青写“人物”的出发点并不是与现实生活被动的观察相关，他所着眼的是现实生活中的变动性、建设社会主义的主动性因素，也就是说他要的是介入的、行动者的视角。与之相关，那些认为“梁生宝”不够“新人”的高度的批评，与经验式的批评分享着同一个视角，即外自于这个行动进程，而从一个外在理想起点来看待这个人物。我尝试辨析的，并不是经验批评和抽象批评的不足，而是柳青的这种行动者的视角是如何获得的。

这需要回到这一时期的农村问题中获得理解，即从上面引文中所提到的“所从事的合作化的胜利对我的鼓舞也很大”来看，亦即梁生宝的现实依据来自柳青所观察到的合作化进程，落实到这个人物身上：

> 柳青的意图更在于写出与中国农村的社会主义革命相配合的社会主义的主体的生成。这个主体的形态不是在现实中已经完成的、完整存在的，却是依据历史和现实条件可以设想和应该要求的。我们或者可以把它称之为主体的可能性。柳青一方面要写出其动力、机能扎根于传统、现实条件的依据和深度，另一方面又要写出其蕴含着超越现实条件、历史状况的潜在性和主动性。柳青在王家斌这样的人物身上看到这个主体状态的胚胎，通过自己的工作培养他、浇灌他，同时，经由塑造梁生宝这样的理想人物呈现其应该达到的状态。因此，这个“社会主义新人”身上是凝聚着柳青、王家斌以及其他实践者在共同的实践中一起去形塑、寻找的那个“新人”。问题是，这个“新人”不能只在作品中完成，其塑造的难度根本上来自于农村社会主义革命本身遭遇的现实挑战，和经历的起伏与顿挫。[1]

这一段对于梁生宝的“理想人物”特质的表述很详尽贴切，而之所以能够做到这一点，在一定程度上是因为研究者重返了由柳青的人物所产生的那个“生活的海洋”。以一个粗略的方式来概括，“梁生宝”身上的“理想性”和他的“现实性”是合一的，但并不是静态的合一，而是在行动（主体）的逻辑上基于现实而产生未来视野，人物身上的理想性是当时出现的现实主义视野的可能性。在这个意义上，我们或许可以做出一个推论，即柳青所代表的这一时期中国的现实主义创作与19世纪的现实主义写作面对着的是不同的命题：如果说19世纪的现实主义

[1]程凯：《理想人物的表现方式和认识意义》，载《文艺理论与批评》2018年第2期。

创作追求的是“写真实”，一个尚未进入真正的行动状态的主体所尽可能要对他/她所生活的时代做出清醒的、总体性的认识，并不是指这样的认识没有意义，它的因趋近真实而产生的认识也是一种实践的、介入的知识，批判现实主义的意义也在于此；相对而言，柳青的人物有着创造历史的主体性力量，并不是指这个主体对于历史进程全知，梁生宝的成长过程，遵循的不是党的“从胜利走向胜利”的封闭逻辑，而是在实践中不断地扩展有限的认知而展开的探索之路。这是两个不同的写作状态。

从一个宽泛的意义上，我仍将柳青的这个写作状态归到现实主义的脉络中。不过，就小说的形式而言，梁生宝这个人物身上所呈现的理想/现实的聚合/裂变方式，实际上浓缩了《创业史》的“艺术冲突”所蕴含的历史叙事。也就是说，柳青所给出的“历史”，存在于人物的理想/现实的裂变之中、人物组群的力量消长中，它并不需要套在单一“英雄人物”为中心的成长过程中，如《青春之歌》等“成长小说”模式，它也并不采取拉开一个较长的事件变迁长度，如《红旗谱》中以人物镶嵌在故事进程中，柳青的人物冲突与故事性有着自觉的距离。这个有关“历史”的叙事，也是有关“革命”的叙事，即革命的可能性存在于实践中才能产生的与过去世界的决裂。《创业史》所捕捉到的“阶级斗争”或者说冲突，正是这个断裂的瞬间，也是主体行动的瞬间，舍此之外，“历史”无从发生。因而也就不难理解，在“后革命时代”的叙事中，如《白鹿原》，需要铺陈大量的历史、文化背景以凸显其历史感，这是因缺失而产生的替代性补偿。在这个意义上，不能仅仅从柳青与19世纪现实主义小说的形式渊源上来将《创业史》归为19世纪意义上的，相对于赵树理的传统、民间叙事而言的“西方”叙事，它是在20世纪中国革命意义上的现代叙事，即20世纪的小说。

回溯来看，20世纪80年代以来产生了两种截然相反的对于柳青作品的理解，一种是认为其人物太过政治化，小说的主要结构为阶级斗争；另一种则认为柳青擅长写生活，即将柳青所追求的栩栩如生的生活氛围仅仅指认为艺术表现才能。这是一个仅仅从生活世界和艺术世界的分离关系来看作家的创作过程的，而非柳青的视野。柳青视野是基于行动者的逻辑产生的“作家”视野和创作过程，借用柳青同时代人的概括而言：“柳青是一个作家，但首先是一个共产党员。他不但立志要用自己的作品来推动生活的前进，而且直接参与了改造生活的斗争，但不是什么高高在上的‘干预生活’。他关心人民的利益胜于关心自己的创作，他的作品反映的是他自己参加创造的生活。”[1]这是1982年林默涵所写的悼念柳青的文章中的一段论断，这时正是柳青的“经典”地位快要被颠覆、《创业史》被重新讲述的前夜。他肯定柳青的角度是柳青作为行动者，这也是我肯定柳青、肯定梁生宝的角度，即他们有实践的能力，是这个能力以及因此而产生的话语表达，构成了柳青的创作动力。需要指出的是，这个能力并不背离社会主义现实主义，而恰恰是社会主义现实主义富于时代创造性的实践表现。无论是柳青还是赵树理，都是这样。这个大的机制不应当仅仅被表达为“文学为政治服务”，并且这个大的机制下一直是在发生着激烈的，甚至是矛盾的、左支右绌的调整。那么，今天所形成的在将柳青剖离出社会主义时期的文艺生产机制的情况下，将其作为“极左”的批判者的意义上，并且以一个高度道德化的方式赞许他的实践能力、他的牺牲和隐忍，是否合理？上面的粗略分析是尝试从这个节点上退后一步，以柳青的创作过程为例探索社会主义时期的文艺生产方式。

[1]林默涵：《涧水尘不染，山花意自娇——忆柳青同志》，写于1982年9月末，转引自《柳青写作生涯》，百花文艺出版社，1985年版，第123页。

诗意边疆生成的情感逻辑

——论白桦小说《山间铃响马帮来》

◎李哲

导　语

中篇小说《山间铃响马帮来》取材于新中国初期云南边疆少数民族地区的部队生活，也是作家白桦在20世纪50年代最受读者欢迎和好评的作品。但在八十年代重提这部作品时，白桦却在诸多场合反思了它的“失真”问题：“我在1951年创作的《山间铃响马帮来》，1954年拍成了电影。我当时写的和生活比较起来是失真的，把消极面掩盖了起来。”[1]表面看来，白桦的反思耦合着八十年代主流文艺思潮对十七年文艺“真实性”的质疑，但两者的根本差异却有待分疏。和“现代派”文艺青年最终走向对“真实”本身全面彻底的解构不同，白桦对《山间铃响马帮来》“失真”的反思恰恰出于把握“真实”的要求，所以他才会不无遗憾地认为“如果当时能忠实地对待生活的话，这个作品就会深刻得多。

[1]白桦、郑丽虹:《文学对人性的解剖最深刻》，陶广学编著:《白桦研究》，河南大学出版社，2015年版，第145页。

但是没有这样做”。[1]事实上，身历中国革命的白桦始终处于内涵驳杂的革命现实主义传统内部，如何深入地理解生活并把握和撬动现实也构成了他对文学的期待和要求。从这个意义上说，白桦对《山间铃响马帮来》的反思需要回置到二十世纪中国革命经验的内部，尤其是回置到四五十年代之交革命和文学有关“真实”的感觉构造中，唯其如此，我们才能真正理解白桦所关切的“真实”究竟意味着什么，以及这种“真实”何以没有被《山间铃响马帮来》这类作品真正把握和充分赋形。

作为深度卷入新时期“思想解放”的作家，白桦对文学的理解却依托着“暴露 / 歌颂”这一似乎在新时期已然显得“过时”的框架，如他在反思《山间铃响马帮来》“失真”的原因时就认为：“我们当时是遵从党的教导，要歌颂，不要暴露缺点。”[2]在这种表述中，“歌颂”和“暴露”构成某种尖锐对立的结构，而其潜意识中也隐含着“歌颂—虚假”和“暴露—真实”两两对应的固化认识，由此，《山间铃响马帮来》的“失真”问题也会被非常自然地归咎于由“歌颂文学”体式规定的“虚假”政治教条和艺术公式。但如果回置到二十世纪革命经验和文学意识内部，“歌颂—暴露”框架背后纠缠的历史逻辑却复杂得多。仅就新中国成立初期的部队文艺而言，“歌颂文学”本就是为矫正“从落后到转变”的教条和概念化倾向而被提倡的。在当时很多部队文艺管理者看来，“从落后到转变”模式存在的问题在于“写落后人物比较生动，表现转变比较无力，而转变后简直有些概念化”[3]。与此相对，“歌颂文学”则聚焦于“能够真实地表现新的英雄人物”，其最终目标则是捕捉革命

[1]白桦、张鸿：《白桦座谈创作与人生》，陶广学编著：《白桦研究》，河南大学出版社，2015年版，第132页。

[2]白桦、张鸿：《白桦座谈创作与人生》，陶广学编著：《白桦研究》，河南大学出版社，2015年版，第132页。

[3]陈荒煤：《为创造新的英雄人物而努力》，《陈荒煤文集》第4卷，中国电影出版社，2013年版，第71页。

战争中正面、积极的现实经验，“掌握日新月异、飞跃向前发展的新生活、新事物、新人物”[1]。再具体到白桦所在的昆明军区，时任军区文化部副部长的冯牧即专门撰写了《更好地反映我们英雄的年代》和《关于新人物的表现问题》等导向性文章，而“写光明、写英雄”也成为对白桦这类部队作家的直接要求。不能否认，当这种“写光明、写英雄”的主张作为文艺方针和创作规范落实到作家个体层面时，确实会或多或少地构成某种压力和导向，如白桦所说：“当时虽然内心有造假的歉疚，但由于很容易发表、成名而坚定不移地写下去，严格地说，作品离开生活的真相越来越远。”[2] 但需要进一步的辨析的是，白桦所说的“作品离开生活的真相越来越远”的问题究竟能否简单归因于作家个体在政治外力作用下的“内心造假”？或者更具体地说，作品的“失真”和以“内心”表征的作家主体情感究竟有没有直接的因果关系？

事实上，对白桦等人走上专业作家道路起到重要作用的冯牧曾在文章中明确提到了“歌颂”的情感问题：“当我们表现新英雄人物时，必须在作品中表现出作者对于人物的无限热爱，以感染读者，使之也产生同样的情感。那种主张必须客观地、冷静地、不露思想痕迹地描写事物的论调早就应为我们所摈弃了。我们要热烈地歌颂，热烈地描写，必要的时候甚至可以以作者的口吻说话。”[3] 由此可见，“歌颂文学”（尤其是像《山间铃响马帮来》这类在全国文艺界反响热烈的成功作品）不可能以“内心造假”为前提，相反，“歌颂”本身蕴含的抒情机制恰恰对创作主体的真诚和热情提出了更高的要求。

具体到解放战争和新中国成立的历史情境而言，冯牧所说的“热烈

[1] 陈荒煤：《为创造新的英雄人物而努力》，《陈荒煤文集》第 4 卷，中国电影出版社，2013 年版，第 72 页。

[2] 白桦：《江湖秋水多》，《如梦岁月》，学林出版社，2002 年版，第 123 页。

[3] 冯牧：《关于新英雄人物的表现问题》，载 1951 年 6 月 1 日《文艺生活》第 1 卷第 2 期。

地歌颂，热烈地描写”更非某种刻意的政治要求。在这一方面，身历革命的文学青年白桦本人就是一个典型的例证，我们不妨参看他如下一段回忆文字：

> 1952年底，我第一次从西南进京，在火车上我竟然会请求列车广播员让我向同车的旅伴们讲话，我唯一的目的是想要让他们都像我一样感受到新时代、新中国的幸福心情。我们的新中国得到了独立，独立意味着什么？意味着自强之路就在我们的脚下。我们的人民正在走向繁荣富强，我们解放军战士愿意献出自己的青春和生命，来保卫欣欣向荣的祖国。回到故乡的第一个夜晚，我就在母校的广场上，给我的老师和同学们做了一次热情洋溢的演讲。[1]

解放战争的胜利和新中国的鼎定令年轻的白桦处于高度的亢奋中，而他“感受到新时代、新中国的幸福心情”直接构成了冯牧“热烈地歌颂，热烈地描写”，[2]主张深厚的情感依托，更成为他本人展开文学创作的基本前提。因此，像《山间铃响马帮来》这类“歌颂文学”之所以“动人”并产生巨大影响，正源于白桦在特定历史情境中激荡着某种与“歌颂”高度匹配的主体情感状态，当然，这种情感状态也在表达时获得了与之匹配的形式媒介。从这个意义上说，《山间铃响马帮来》不可能像白桦所说的那样是一篇“内心造假”的文字，而恰恰是一部真诚而充满热情的作品。

承认《山间铃响马帮来》是一部真诚而充满热情的作品，并不意味着取消白桦在新时期反思其“失真”问题的维度，而是沿着白桦自身的逻辑把这种反思向前推进一步。在这里，白桦试图反思的文学“失真”

[1]白桦：《江湖秋水多》，《如梦岁月》，学林出版社，2002年版，第123—124页。

[2]冯牧：《关于新英雄人物的表现问题》，载1951年6月1日《文艺生活》第1卷第2期。

问题将变得更具尖锐性和挑战性:《山间铃响马帮来》是一部真诚而充满热情的作品又如何?仅仅靠“真诚”和“热情”确立的文学能够理解和把握白桦所期待的“真实”吗?进而言之,所谓“真诚”和“热情”本身难道不需要反思吗?它们本身难道不会成为文学理解和把握“真实”的障碍吗?本文试图借助《山间铃响马帮来》追问这些问题,我将尝试对白桦文学中“真诚”和“热情”的情感逻辑予以分析,这种分析既要追溯情感在白桦作品中生成的历史情境,也要考察这种情感借以展开自身的文本形式媒介和它所依托的文学资源。基于这种对“情感”本身结构性限度的彰显,我将对《山间铃响马帮来》的“失真”问题重新做出解释,也将对与此相关且影响深远的“诗意边疆”想象问题予以批判。

一

对身历革命的青年白桦而言,“歌颂”所依托的情感是真诚而炽烈的,在20世纪80年代以后的回忆中,他更多是用“单纯”一词对这种情感予以表述。所谓“单纯”自然有晚年白桦对自己青年时代的珍视和感念,但也掺杂着他对自己当时政治不成熟状态的轻微自嘲。而当他在20世纪八九十年代的语境中把自己50年代的作品归之于“单纯”时,那种看似透明实则层次丰富的微妙感觉自然也会渗透其中:“那时候我的作品全都是这样的一些简单作品,包括《山间铃响马帮来》《骑车保边疆》……我便将生活看得很简化、诗意化。”[1] 那么从20世纪50年代初中国具体的历史情境来看,这种所谓“单纯”情感究竟意味着青年群体怎样的主体状态?“单纯”又呼应着什么样的时代氛围呢?

[1]朱建国:《白桦珠海说孤独》,陶广学编著:《白桦研究》,河南大学出版社,2015年版,第108页。

具体就青年白桦来说，其“单纯”情感的生成与他解放战争时期参军的经历密切相关。白桦原名陈佑华，在20世纪40年代，他先后就读于潢川中学和信阳师范，在校期间已经投身民主革命运动，是中共信阳支部的重要成员。1947年，白桦因参与响应“六二”总罢课活动而被开除，次年被信阳支部组织输送参军，隶属于中国人民解放军中原野战军第四兵团（陈谢兵团）十三旅（后为十三师），并随部队南下作战，直至云南边疆地区。在部队中，白桦曾先后担任宣传员、记者、教员等文职工作，后在昆明军区文艺领导冯牧的鼓励和扶持下转型为专业作家。在新时期文坛现代主义风行的整体氛围中，解放战争时期的从军经历仍然构成他在自我身份认同上特殊的历史连带感：“我并不是像有些人误解的那样是个现代派。不！我是个幸存者，幸存者不可能和许多战友为之付出过青春的事业割断，不可能把滋养过我的心灵的一切否定掉，特别那一切是劳动人民崇高的、美好的品性。”[1]尤其值得注意的是，白桦会用“家”的意象来比喻“战争中的军队”——“一个执行着严酷的历史使命的武装集团却是一个温暖的家，这两个概念好像不相干，但事实又的确如此，从这个意义上来说，我们的军队是举世无双的。”[2]对年轻的白桦来说，所谓“单纯”的情感正是在这个如“家”一般“理想的群体”中发生的——“1947年以前那一段时间我是孤独的，等我进了部队以后，我觉得自己又找到了一个家，找到了一个团体，找到了一个自己理想的群体，所以我就没有孤独了，我的思想也变得单纯起来了，非常之单纯。”[3]和那个在“特务暗探横行的白区”工

[1]白桦：《由衷的、有感而发的歌唱——〈今夜星光灿烂〉拍摄前和谢铁骊同志的谈话》，陶广学编著：《白桦研究》，河南大学出版社，2015年版，第53页。

[2]白桦：《由衷的、有感而发的歌唱——〈今夜星光灿烂〉拍摄前和谢铁骊同志的谈话》，陶广学编著：《白桦研究》，河南大学出版社，2015年版，第53页。

[3]白桦：《由衷的、有感而发的歌唱——〈今夜星光灿烂〉拍摄前和谢铁骊同志的谈话》，陶广学编著：《白桦研究》，河南大学出版社，2015年版，第53页。

作时时常感到“孤独”的自我相比，“单纯”则意味着白桦已经处在了由部队所营造的理想的“人和人之间的关系”中。白桦多次提到，令他深受感动且经久不忘的正是那些身处严酷战争却仍然缔结着良性关系的“人”——“印象最深的还是战争当中的人。我生活在军队的基层，我可以忘掉战争的规模和场景，那些战士和各级指挥员的形象却是永远也忘不了的。”[1] 而对 20 世纪 50 年代初期在部队从事文字工作并最终走上专业文学创作道路的白桦来说，这些“人”非常自然地成为他的书写对象和情感触媒——“我写了一群好人，互相爱着，和星光那样互相照耀着，互相影响着，互相推动着，互相震撼着各自的心灵！”[2]

需要指出的是，白桦晚年对“人和人之间的关系”的描述更多诉诸他部队情感记忆的诗意表达，但如果结合他在 20 世纪 50 年代有关军旅题材的创作来看，这种“人和人之间的关系”又可以分为三个紧密关联但又互有区别的类型，即“战友关系”“军民关系”和“民族关系”。

部队内部在战火中缔结的“战友关系”是白桦参军后最早接触和受感动最直接的关系，这种关系在转化为文学书写中的“战斗情谊”时显得颇为顺畅，白桦曾坦言：“我写他们的时候没有费多大的劲。”[3] 早在解放战争中作为随军记者南下途中，“战斗情谊”就已经在《渡江前后》《廉村战斗得炮记》等战地报道对战士的描写中自然流露出来，而从事专业文学创作后，“战斗”题材和与此相关的“战斗情谊”依然是白桦作品的常见题材，如《竹哨》中小李和老牛在丛林中的战斗协同，以及《边疆的声音》中小战士谢根生和老兵张经武的精诚合作，都写得生动

[1] 白桦：《由衷的、有感而发的歌唱——〈今夜星光灿烂〉拍摄前和谢铁骊同志的谈话》，陶广学编著：《白桦研究》，河南大学出版社，2015 年版，第 53 页。

[2] 白桦：《由衷的、有感而发的歌唱——〈今夜星光灿烂〉拍摄前和谢铁骊同志的谈话》，陶广学编著：《白桦研究》，河南大学出版社，2015 年版，第 61 页。

[3] 白桦：《由衷的、有感而发的歌唱——〈今夜星光灿烂〉拍摄前和谢铁骊同志的谈话》，陶广学编著：《白桦研究》，河南大学出版社，2015 年版，第 61 页。

饱满。

和“战友关系”密切相关但又溢出其范围的“军民关系”也是白桦这类部队文艺工作者关注的重点。在行军期间所做的报道《小港口抢险记》中，白桦即用生动的笔触表现了“四兵团十三军三十八师宣传队冒雨和老表们合作共同抢险的故事”[1]，其“雨中”的“火把”意象和《军民一家》的歌声为“军民鱼水情”赋予了颇为鲜活的意趣。伴随着部队南下途中历次战役的节节胜利和云南的和平解放，这种基于文学书写层面的“军民鱼水情”被表现得更为浓郁和热烈，尤其是在包括二野第四兵团在内的解放军入滇的历史时刻，这种情感更是得到了集中而充分的释放。在相关的文学作品中，云南民众“狂热的迎军行列”常常成为情感表达的焦点意象，如与白桦同期入滇的穆欣曾在报告文学中写道：

> 车过贵州西境的最后一线——兴义县城不久，便进入云南省境。这一点是滇桂黔边解放区所属罗（平）盘（县）分区，沿途到处都有人民的行列在公路边迎军。天虽那样冷，但他们在那里已候有一整天了。特别是罗平西边但板桥乡，有数千欢迎的人群把道路阻塞着，又是舞蹈，又是歌唱，向经过的每一辆车子献旗。[2]

白桦本人也曾经在回忆中多次提及这种盛况：

> 1950年初，滇东南温暖如春，各族人民和滇桂黔边纵的游击队员们在滇桂边境迎接我们，大军一过百色，就进入一个花朵和歌舞的世界。震耳欲聋的锣鼓，夹道欢呼的人群，使我们一路上喜泪

[1]白桦：《小港口抢险记》，杨国伟等编：《刘邓大军风云录》下，人民日报出版社，1983年版。
[2]穆欣：《南线巡回》，生活·新知·读书三联书店出版社，1951年版，第198页。

如雨。[1]

与“战友关系”“军民关系”相比，“民族关系”是白桦在从事专业文学创作后更为频繁表现的对象，而像《山间铃响马帮来》这种表现“民族关系”的“边疆文学”更是成为广受读者好评和文艺界欢迎的文艺作品。但无论是从云南边疆社会史的经验逻辑来看，还是从50年代初昆明军区的文艺脉络来看，《山间铃响马帮来》等边疆文学作品中的“民族关系”都是和“军民关系”一脉相承的。在短篇小说集《边疆的声音》的后记中，白桦非常明确地指出：

> 这些作品里的正面人物，都是我在边疆战斗中、工作中相处很久的朋友、同志和战友。我爱他们，我希望把这些曾经是“奴隶”的边疆人民解放后的新面貌描绘出来，把这些曾经被人们传说地形容为“烟瘴高原”的魅力而长春的景色描绘出来。[2]

如果考虑到传统中国视西南边地少数民族为“蛮夷”“猓猓”的“大汉族”主义倾向，或者对照民国时期诸多国内外记者、探险家和学者有关云南的调查（包括诸多作家的云南书写），就会发现白桦在50年代初期把少数民族表述为“正面人物”的逻辑并不是自然而然的。作为部队文艺工作者的白桦非常清楚地知道，边疆地区良性民族关系的建立是和解放军在边疆少数民族村寨中“做好事、交朋友”的工作经验密切相关的——只有在一系列具体群众工作展开的过程中，曾经的“奴隶”才有可能被转化为“朋友”，而只有成为“朋友”，“少数民族”才会有

[1]白桦：《英年一去不复返——悼念饶华同志》，云南省社会科学院编：《饶华诗文选集》，内部资料，2002年2月印刷，第454页。

[2]白桦：《边疆的声音·后记》，《边疆的声音》，作家出版社，1953年版，第169页。

成为“正面人物”并被作家动情“描绘”的可能。从这个意义上说，所谓“少数民族”首先就是“群众”，只有当他们被认识和理解为“军民关系”中的“民”时，一种正面的、诗意的“少数民族”书写才能在文学文本中得到显现。这实际上引申出当代文学史中一个非常特殊的现象，即在50年代文学书写中充满抒情性的“民族关系”是经由“军民关系”的媒介才被理解和赋形的，而从文学类型上来说，那个在文艺界反响强烈且影响深远的边疆文艺实际上也是由部队文艺转换而来。

在50年代初期的文字工作和各类体裁的文艺创作中，白桦始终致力于表现部队中理想的“人和人之间的关系”，而由此产生的情感也弥散于诸多作品中的整体氛围。但是，作家白桦对部队中“人与人之间关系”的理解也存在诸多限度——在那种浓郁甚至不乏热烈的“单纯”情感中，“战友关系”“军民关系”和“民族关系”之间不同的层次常常变得含混，甚至消弭掉了彼此的差异。

首先，白桦对部队中同志、战友“没有费多大的劲”的书写过程常常暗示着某种“自然”性，他往往会在不自觉中把“战友关系”和这种关系所生成的“战斗情谊”本身视为“自然”产生的历史因素，这就使他很难把握这种情感在历史中展开的现实机制。这种认识上的盲区和白桦这类知识青年在部队中所处的位置密切相关。解放战争在很短的时间即在全国范围内取得胜利，这种快速发展的情势使得解放军部队不得不同样快速地扩充自身，其中也包括在作战间歇和长途行军的过程中大量招募白桦这类沿途的知识青年入伍。这类仓促入伍的知识青年大多在部队中担任宣传员、教育干事、随军记者等文职工作，他们对老根据地的革命工作经验缺乏切身理解，而更多携带着在白区从事民主革命的身心感觉（包括和老解放区迥然有别的文艺趣味）。因此，他们更容易沉浸于战争接连“胜利”带来的兴奋感，而往往会忽视“胜利”背后的现实工作逻辑以及“胜利”本身蕴含的挑战。以白桦所属的二野第四兵团为例，其自太岳开出时就要面临晋冀鲁豫出身的士兵不愿离乡离土的问题；在历次战斗胜利后又会遭遇国军俘虏兵如何改造的问题；在胜利渡江后，诸多二野官兵也曾因中央令三野驻守上海和江南富庶地区而派遣自己远赴西南产生消极情绪；即使是在部队抵达云南边疆地区后向边防军的转型过程中，恋家、畏难的情绪依然会不时浮现。从这个意义上说，为解放战争取得胜利奠定基础的“战斗情谊”并不是自然的，而是一系列艰难、耐心、细致的“政治工作”所取得的结果。随军南下的白桦并非不明了这一点，他也深知政治工作的重要性：“这是我们军队所特有的政治工作，并不单单体现在政治工作人员身上，而且体现在每一个同志身上，体现在我们相互之间。”[1] 不过，白桦虽然在情感层面沉浸于“政治工作”所营造的部队氛围，但他对这一工作内部机制和挑战性的理解却是非常不足的，在很多时候，“政治工作”都被直接描述为一个“单纯”的精神感召过程：“中国的劳动人民非常善良诚恳，明事理、识大体，我们所需要做的工作只是把他们的奋斗目标告诉你们，把榜样（包括自己）立在他们面前就可以了。那个时候的政治工作很好做，从来没有把同志当敌人，而是当亲人。”[2]

白桦基于“单纯”情感对“同志关系”理解上的不足自然也会影响到他对“军民关系”的理解。如在前文所提到的《小港口抢险记》中，白桦很难把握和呈现双方如何“合作共同抢险”的工作逻辑，而只能从文学层面调动诗意的物象和歌声，以及传达自己能直接感触到的“军民”情感——这种过于“单纯”的情感其实含混了“军民关系”和部队内部的“战友关系”，使两种虽然连带但又有所不同的情感类型难以做

[1] 白桦：《由衷的、有感而发的歌唱——〈今夜星光灿烂〉拍摄前和谢铁骊同志的谈话》，陶广学编著：《白桦研究》，河南大学出版社，2015 年版，第 58 页。

[2] 白桦：《由衷的、有感而发的歌唱——〈今夜星光灿烂〉拍摄前和谢铁骊同志的谈话》，陶广学编著：《白桦研究》，河南大学出版社，2015 年版，第 59 页。

出有效区分。而在解放军入滇后，部队文艺工作者对“军民关系”的理解则发生了更为明显的变化，在这方面，上文提到的有关云南民众“狂热的迎军行列”的书写即表现出某种症候。对一路长途跋涉且经历战争生死考验的二野四兵团官兵而言，这种“狂热的迎军行列”给他们带来的情感冲击是可以想见的，但相比此前行军战斗阶段的书写而言，白桦等人对“军民关系”的书写实际发生了某种偏至。

例如，写于行军途中的《小港口抢险记》所呈现的乃是一种“军民合作共同抢险”的双向关系，但在书写预示和平解放的“狂热的迎军行列”时，却只呈现出“民拥军”这个单一的向度。当然，对“军民关系”的偏至理解并不局限于白桦一人，如果统观当时的宣传报道和文艺创作，会发现“民拥军”已经是颇为流行的题材，甚至得到了云南省军政首长的肯定：“进入云南以后，对于人民欢迎共产党、人民政府以及解放军的那种热情，写得多，这是好的。”[1]需要指出的是，当白桦等人开始从部队文艺工作者转向专业作家时，他们对“军民关系”理解上的偏至也沿袭下来，并滋生出某种危险的偏向：一方面，“民拥军”理解模式的泛化和固化使得那种在特定历史时刻才会产生的情感被不假思索地套用于那些并不与之匹配的历史情境，从而使得情感本身也变得空洞而不及物；另一方面，对“民拥军”偏至的理解也在有意无意地忽略和规避“军拥民”这一更为重要的维度，而缺少了这一环节，“民拥军”的文学场景和相关情感常常会落入某种夸张和造作的“歌颂文学”窠臼。在白桦等人最初转向以描写少数民族为主的“边疆文艺”的过程中，上述两个偏向都充分暴露出来，并直接构成了转型过程严峻的障碍。

如前所述，50年代初期边疆文艺中被正面呈现的“民族关系”常

---

[1]宋任穷：《做宣传工作应时时刻刻考虑到为人民服务的问题》，《宋任穷云南工作文集》，中央文献出版社，2006年版，第239页。

常是以“军民关系”为基础展开的，但这种在文艺层面表现颇为明显的延伸关系背后却有着远为复杂的历史逻辑，其延伸的过程也颇为曲折。和白桦同在云南部队的公刘曾经提到云南边疆地区在解放初期尖锐复杂的斗争形势：云南全境解放后，大兵团作战行动宣告结束。但从全国各地流窜麇集而来的恶势力，数量之多，堪称全国之冠；不少县城重新沦陷，常有敌机越境空投，有些地方居然自称‘小台湾’，气焰一时颇为嚣张。这一不曾被预料到的情况，竟使部队付出了不亚于淮海战役的惨重代价。[1] 白桦本人的回忆更为清晰地描述了新中国初期云南边疆鼎定的阶段性过程，他尤其指出由于某些政策上的失误[2]，边疆少数民族地区曾“产生了一个被敌人利用的叛乱”[3]，而此后则是在军事上“非常血腥、非常残酷”的剿匪斗争，直到“我们又进行了第二次解放，第二次重新把这些丢掉的城市和村庄夺回来”。[4] 在边疆地区激烈而严峻的“剿匪”斗争突然展开的情势下，原本那种以“迎军”场面书写为代表的“民拥军”模式马上变得突兀起来。而与此同时，曾对民主革命青年产生巨大影响的苏联卫国战争文学则一度复现，并从情感层面契合了知识青年作家面对边境战争的心态：“为了适应变局，某些人以为可以‘刀枪入库，马放南山’，从此掩卷的名著，例如苏联作家别克的《恐惧与无畏》，肖洛霍夫的《憎恨的哲学》等，就再度成了指战员们背包中

[1] 公刘：《仁人归天——冯牧他再也不能和我们中秋团圆了》，《公刘文存·杂文随笔卷》，安徽文艺出版社，2018 年版，第 470 页。

[2] 参见王海光《征粮、民间与匪乱——以中共建政初期的贵州为中心》，载《中国当代史研究》第 1 辑，九州出版社，2011 年版，第 229—266 页。

[3] 白桦、张鸿：《白桦座谈创作与人生》，陶广学编著：《白桦研究》，河南大学出版社，2015 年版，第 131 页。

[4] 白桦、张鸿：《白桦座谈创作与人生》，陶广学编著：《白桦研究》，河南大学出版社，2015 年版，第 132 页。

的珍藏。由是，形势乃赋予了文化部门一个指导阅读的重要任务。”[1] 对包括白桦在内的云南作家群体而言，确实出现了一个沿着此种维度展开的创作路径，如此，以别克、肖洛霍夫作品为代表的苏联卫国战争文学会很自然地成为他们理想中的范本，白桦晚年的回忆也佐证了这一点：“作为边防军人体验得更为复杂些，在执行重大任务时也有偏差，但我写时不敢触及，否则人性可表现得淋漓尽致。如苏联著名作家肖洛霍夫的《静静的顿河》把国内战争写得很复杂，敢揭示人性阴暗的一面。”[2]

当然，以严酷和复杂的剿匪斗争为题材、以苏联战争文学为范本的“暴露文学”并没有在白桦乃至整个云南边疆军旅作家群体这里成为现实，正如白桦在后来回忆的那样：“我最初的写作动机是希望反映真实的边疆生活，甚至写了几个提纲。后来都因为不符合党的文艺方针而被领导和同事所否定，转而写作以歌颂为主的诗歌和小说。”[3] 白桦的这一表述当然关联着他的作为历史当事人的痛切感受，但将新中国初期复杂的文学状况叙述为“暴露文学”向“歌颂文学”的瞬间转换，并将此种转换归因于作为政治外力的方针，也会遮蔽当时文学与现实之间关系的复杂性。例如白桦在提及云南边疆地区“匪乱”时，就点出一个云南“第二次解放”的阶段：“我们又进行了第二次解放，第二次重新把这些丢掉的城市和村庄夺回来。”[4] 如果考察白桦此后一系列的专业文学创作，会发现他大多数的代表作品都集中在这个阶段，包括《山间铃响马帮来》在内的众多作品也正是试图反映云南“第二次解放”的具体

[1] 公刘：《仁人归天——冯牧他再也不能和我们中秋团圆了》，《公刘文存·杂文随笔卷》，安徽文艺出版社，2018年版，第470页。

[2] 白桦、郑丽虹：《文学对人性的解剖最深刻》，陶广学编著：《白桦研究》，河南大学出版社，2015年版，第145页。

[3] 白桦：《江湖秋水多》，《如梦岁月》，学林出版社，2002年版，第123页。

[4] 白桦、张鸿：《白桦座谈创作与人生》，陶广学编著：《白桦研究》，河南大学出版社，2015年版，第132页。

过程。需要指出的是，“第二次解放”最为核心的历史经验并非军事领域的“剿匪斗争”，而是一个以解放军部队为主体展开的“做好事、交朋友”的群众工作实践，正是后者而非前者最终决定了边疆少数民族地区“匪乱”的平息和基层政权的稳固建立，如白桦本人所说的那样：“后来，再逐渐纠正已经酿成灾难的错误政策，争取少数民族对共产党的认同，组织在边防军指挥下的联防队……这是我经历的最初的边疆斗争。”[1]

不可否认，白桦等人所展开的专业文学创作当然受制于当时政治意识形态和具体文艺政策的规定性，当时昆明军区文艺界的领导冯牧明确提出了“写英雄、写光明”的主张，由此形成的“歌颂文学”套路也确实导致诸多紧张、尖锐的斗争难以得到正面和直接的表述。从这个意义上说，白桦在晚年所假设的那种以严酷和复杂的剿匪斗争为题材、以苏联战争文学为范本的“暴露文学”没有展开，确实可以有理有据地归咎于政治意识形态和具体文艺政策。[2]但如果聚焦于白桦在现实中展开的创作路径，并着眼于那些边疆文艺作品对“第二次解放”过程的表现，我们又会清晰地看到白桦自身在现实理解上的诸多限度。这其中至关重要的是，白桦对“军民关系”偏至的理解也影响了他对“民族关系”的认识和表现。当他以单向的“民拥军”来把握部队在少数民族地区“做好事、交朋友”的经验时，更多是情感性地把握“交朋友”的过程，而规避了以部队为主体的“做好事”环节。

事实上，冯牧所定的“写光明、写英雄”的大方向和“歌颂文学”的政治要求并没有从“写什么”的题材层面阻塞“做好事、交朋友”这

[1]白桦：《江湖秋水多》，《如梦岁月》，学林出版社，2002年版，第123页。

[2]这里所说的“没有展开”更多是正面、直接的“暴露文学”形态，本文第三部分将会论证，“剿匪斗争”作为题材本身还是在白桦的诸多作品中得到了呈现，尽管这种呈现是通过一种曲折的方式完成的。

一正面工作经验的表述。真正对此构成限定性的恰恰来对文学作品效果上的要求，如冯牧在诸多具有导向性的批评文章中，都把“感人”确立为衡量一部作品成败的最高的标准。在这种“感人”效果的要求下，写作重心很容易从对现实经验逻辑的叙述转向诗意人物形象的塑造，用冯牧肯定苏策的小说《生与死》时的话来说，即是“使我感动的不是故事和情节，而是人”[1]。具体到白桦这些依托“做好事、交朋友”工作实践从事创作的作家来说，也是“交朋友”的部分更容易得到诗意的表述并获得“歌颂文学”所要求的“感人”效果，而内涵着复杂现实层次的“做好事”工作却常常令他们力不从心，甚至不得不将这些现实经验的规避作为实现作品“感人”要求的条件。这里不妨把白桦和与其同时期从事创作的作家林予进行一个简单的对比。林予所创作的《勐铃河边春来早》非常正面地描写了“做好事、交朋友”的工作过程，也折射出诸多非常重要的现实经验层次，但是，林予所描写的“做好事”工作过程充满了乏味、苦闷和挫折，这种日常得近乎琐碎的现实内容似乎很难成为作家“情感”着力的界面。和林予相比，白桦在文学层面的“聪明”之处在于，他基本放弃了对“做好事”这一最具挑战性工作正面、直接和客观的表述，而将笔力聚焦在“交朋友”的维度上。在小说集《边疆的声音》的后记中，白桦写道：“这些作品里的正面人物，都是我在边疆战斗中、工作中相处很久的朋友、同志和战友。”[2]从文艺政策和写作规范的层面看，白桦所使用的“正面人物”一词与冯牧等人提倡的“新英雄人物”存在一个微妙的偏离角，正是这种偏离，使得白桦的创作最终耦合了冯牧等人在效果层面对文学“感人”的要求。如果说“新英雄人物”的塑造要求作家对现实中涌现的新的历史要素予以迅速捕捉和准确把握，那么“正面人物”所指涉的普通人却更强调“人与人之间的关

[1]冯牧：《关于新英雄人物的表现问题》，载1951年6月1日《文艺生活》第1卷第2期。

[2]白桦：《边疆的声音·后记》，《边疆的声音》，作家出版社，1953年版，第169页。

系”，尤其是其“情感”层面的连带。正是在这个意义上，白桦将边疆的少数民族称之为“朋友”，也即将他们纳入自己“朋友、同志和战友”一体连带的情感构造之中。在这里，作为“正面人物”和“朋友”的少数民族人物形象从叙述的现实客体转化为抒情的媒介。

对白桦来说，所谓抒情并不仅仅是“歌颂文学”的导向和要求，也隐含着他认识现实遭遇挫折后的策略性选择——借助这种选择，他将自己的文学创作全然置放在自己沉浸其中且最为熟悉的“单纯”情感中。基于此，白桦在诸多描写边疆“少数民族关系”的作品中顺畅地延伸了“同志关系”尤其是“军民关系”的情感逻辑。但也正如前文所论，对“军民关系”情感逻辑的偏至理解同样沿袭过来，并直接对其作品“感人”的效果产生直接的威胁。这里且以白桦后来收入短篇故事集《鹿走的路》的小故事为例。在白桦笔下，这些故事通过书写西南边疆的少数民族“在解放以后的新生活”[1]表达对“祖国和毛主席”的“热爱”，这其实已经具有了“歌颂文学”的基本体式，为了增强作品的抒情性，白桦着意采用了儿童文学体裁，即以“少数民族的小朋友们”为主人公。但就抒情的艺术效果而言，这类作品却是极其失败的，它们只是在表面上契合了“歌颂文学”的体例，但远未达到冯牧对文学的“感人”要求。其中，《毛主席像》讲述了洪林寨爱尼族（哈尼族）少年冒险潜回被匪徒洗劫的寨子抢回毛主席像的故事，不无惊险的故事情节本身实际上是为抒情服务的，其最终目的在于指向对领袖的“热爱”：

> 谁都知道，则莉的毛主席像，是她爹到昆明开会带回来的。带回来多不容易啊！用纸卷了十几层，装在粗竹筒里，怕压折了。全寨就只有这一张，平时是挂在则莉家里当门墙上；开个会就挂在会

[1] 白桦：《边疆的声音·后记》,《边疆的声音》，作家出版社，1953 年版，第 169 页。

场上。那张彩色的、和蔼可亲的毛主席像，是全寨最宝贵的东西，谁都梦想自己家里能挂一张。

按照当下对十七年文学固化的理解，这种夸张的、概念化的书写很容易被全然归之于“歌颂文学”作为文艺政策和书写规范的限定性，但结合具体的历史情境就会发现，作家对军队在少数民族地区群众工作理解上的缺失也是非常重要的原因。事实上，边疆少数民族地区对祖国和领袖的热爱本身并非夸张矫饰的虚拟文字，但这种现实性的“热爱”只能放置在云南“第二次解放”的历史过程中，放在部队“做好事、交朋友”的工作实践中才能得到贴切的理解。在“做好事、交朋友”工作中，部队与供销、贸易、救济、医疗等多个部门有深度结合，他们深入到少数民族的山寨中，为他们提供各种急需的帮助，并宣传党的方针政策。如此，我们才能理解冯牧对解放军“工作队”性质的强调——“他们要把毛主席的民族政策带进每一间兄弟民族的小竹屋，他们要帮助兄弟民族翻身当家做主人；他们要帮助兄弟民族生产、救灾、治病，帮助他们在荒僻的山野中建设自己新的生活。”[1]“做好事”的众多措施也有轻重缓急之分，《山间铃响马帮来》所反映的贸易问题和医药问题在当时是最为急迫的，宋任穷就曾指出：“在少数民族中，解决医药、贸易问题比办学校更重要，医药问题不解决就会死人的。”[2]医药、贸易的急迫性也常常带来“做好事”工作的有效性，当少数民族群众获得了他们生活急缺的物资援助（尤其是在受灾的情形之下）时，或者是生命垂危的人在部队医护人员救治下转危为安时，他们常常会用“感恩共产党”

[1]冯牧：《英雄的业绩和英雄的赞歌——略谈西南军区部队作者的一些表现“保卫边疆，建设边疆”主题思想的文学作品》，中国人民解放军西南军区政治部编印：《西南军区1953年文艺检阅大会文艺评奖得奖作品选集第1集：小说》。

[2]宋任穷：《边防的中心工作时少数民族工作》，《宋任穷云南工作文集》，中央文献出版社，2006年版，第332页。

和“感谢毛主席”这类符合宣传口径的语言表达自己的感激之情。在这种具体经验的对照下，我们能看到白桦在《毛主席像》中的情感书写是高度去历史化的。在现实工作中彼此联动“做好事、交朋友”被作家畸轻畸重的书写策略拆解了，而缺少了“做好事”这一前提性的现实理解，“交朋友”及其所连带出的情感也就成为一种空洞、抽象且令人感到夸张造作的“无缘无故的爱”。在白桦50年代初期带有试笔性质的诸多习作故事中，这类失败的表述比比皆是，对党、祖国和领袖的“爱”总会从与之配合的历史时刻和现实情境中抽离出来，粗暴地塞入由空洞抒情衍生的概念化情境中。

如果考虑到部队在少数民族地区“做好事、交朋友”本就是部队群众工作的延伸，考虑到新型“民族关系”的确立和部队良性“军民关系”的工作经验密切相关，那么白桦对边疆地区“民族关系”文学反映上的单薄正应归咎于他对“军民关系”乃至整个部队工作经验理解上的偏至。

二

如前所述，白桦边疆文艺作品中对“民族关系”的理解承接了“军民关系”的情感逻辑，其对“军民关系”背后军队群众工作经验理解上的结构性缺失也一并顺延下来，并直接构成了“歌颂文学”的情感障碍。不过，白桦在创作上对此情感障碍的克服没有从现实理解层面上对解放军“做好事、交朋友”经验的补足着手，他将更多精力聚焦于形式层面对少数民族之“民族性”的诗意呈现。这种对“民族性”之美学潜能的激活和发掘，使得“边疆”最终成为诗化的抒情场域。

在20世纪50年代初昆明军区部队文艺向边疆文艺转型的情境中来看，白桦的这种书写策略与其时部队文艺整体的工作状态和生产方式密切相关，这其中尤其需要注意的即是作家在少数民族地区的“采风”活动。1951年，白桦和苏策、林予以及电影导演严寄洲等人到滇南金平勐拉坝的太阳寨、白石崖等地采风，其中，白桦以此次采风的见闻为基础创作了成名作《竹哨》。前文曾提到，20世纪50年代军队作家和少数民族的接触都依托着以军队武装为中心的军事行动和群众工作，对他们认识少数民族至关重要的采风本就是军队“做好事、交朋友”工作的有机环节。对白桦而言，勐拉坝采风过程中的见闻体验和相关素材最终被纳入专业的文学写作，而他基于“军民关系”所结构的工作框架和情感逻辑也自然而然地成为对少数民族予以艺术呈现的依托。正是在这个意义上，《竹哨》等作品并没有从叙述层面突破“民拥军”报道的架构，其着重描写了仍是少数民族民众对解放军的热爱。《竹哨》最具突破性的地方在于，白桦将独具少数民族风情的民俗、宗教、歌舞、服饰等着意地凸显，并以具有浪漫主义气息的诗的形式将它们转化为抒情媒介。这里仍将《竹哨》与林予同时期创作的《勐铃河边春来早》做一个对比。《勐铃河边春来早》试图正面把握解放军在山寨中“做好事、交朋友”的经验，也非常细致地展现了诸多少数民族村寨中的民俗仪式，但由于作者采用了相对纪实性的笔法，这些仪式往往被指认为某种落后、迷信乃至不乏野蛮的陋习，因而很难获得审美性的呈现。而和林予小说的纪实性笔法不同，白桦的《竹哨》将写作重心却转向了一种以“感人”效果为旨归的形式营构。这主要表现在以下几个方面：第一，白桦在《竹哨》中凸显了少数民族人物的儿童身份，也用“少年”指称解放军战士，而且在整体上放弃了现实主义小说的体式，转而使用了和浪漫主义传统密切相关的童话等非现实体裁。第二，作为童话的《竹哨》把充满诸多现实张力的边疆转述为一个充满异域性的诗性审美空间，与此配合，白桦在遣词造句上调用了大量关于色彩、声音、气味的感官描写。在这样一个诗性审美的空间中，原本严酷的“剿匪”军事行动被转述为紧张刺激且不乏传奇性的冒险经历。第三，白桦着意凸显了少数民族的风俗、宗教、服装、歌舞，并用浪漫主义的笔法将这些原本被视为落后、迷信的陋习转化为极具审美性的诗意细节。在《竹哨》中给人印象最深刻的并不是“剿匪”过程，而是伴随这场军事行动展开的各种具有瑶族风味的“仪式”，如出征时刻的“献酒”，误以为战士小李阵亡时具有“招魂”意味的“祭祀”，以及在小李死而复生般归来后的“欢庆”，等等。白桦显然没有像林予那样对这些“仪式”进行自然主义的客观描述，而是用瑶族少女莎丽娅美妙的歌声贯穿其中，如此，“仪式”也就获得了一种浪漫主义的表述。对白桦而言，上述一系列形式层面的创新巧妙化解了他作品中少数民族书写和“歌颂文学”要求之间的错位。少数民族同胞对部队的歌颂依然放置在“民拥军”这一偏至的情感结构中，部队群众工作经验的现实环节也没有得到补足，但这些被赋予浪漫气息的“仪式”以及由瑶族少女吟唱的热情歌谣却使得脱榫于现实的情感获得了诗意呈现的媒介，由此，一种具有“感人”效果的“抒情”确立起来。

在《山间铃响马帮来》中，《竹哨》中的诸多“抒情”笔法被运用得更为频繁也更加纯熟。这其中尤其值得注意的是，白桦已不再像《竹哨》那样修饰性甚至点缀性地使用少数民族的风俗、宗教、服装、歌唱元素，而是利用这些元素组织出完整的情感逻辑。这其中最具特色的是，白桦尤其凸显出少数民族“歌唱”的意义，这些在小说各个段落中出现的“歌”使得情感逻辑的展开具有了音乐的韵律性，使得“歌颂文学”的写作从很容易空洞和僵化的“颂”巧妙地落在“歌”这种更为自然的情感媒介上。

当然，《山间铃响马帮来》的“歌”依然承载着意识形态的内容，但白桦会把它们安排在特定的场合里，如“大丰收”“马帮来”和“五月街”的部分即与“歌”有着紧密的联系。下文将要论及，“大丰收”“马帮来”和“五月街”各自关涉着对新中国初期云南边疆地区的重大历史事件，但在白桦的笔下，它们都被艺术地演绎为充满民族性且不乏浪漫气息的“仪式”。

（一）“大丰收”

《山间铃响马帮来》开头部分的“大丰收”关涉着非常重要的历史信息。在新中国成立初期的边疆地区，帮助少数民族群众恢复生产是解放军“做好事、交朋友”工作的重要内容，白桦用诗意的语言呈现了这一点：

> 这是边地头一年的大丰收，眼看着各族人民和解放军在春天一起栽种下的每一颗种子，都已经变成千万颗金色的果实，这些粮食就能保住来年各族人民不再吐清水；不再在青黄不接的时候，爬进雾森林里去拾菌；他们怎能不把全力投向收获呢？草舍里的纺棉车和土场上的纺麻车都停止了旋转——女人们也都下田了。坡田上像闹市，歌声不断地回荡着。

不过，白桦没有从现实层面去细致描写解放军如何帮助少数民族同胞从事耕种的过程，而是通过“边地头一年”这个有意味的时间界定，将“大丰收”确立为具有开端性的历史事件。与此配合，小说对“大丰收”场面予以写意性呈现，将其转述为充满民族风情的“欢庆仪式”，所谓“坡田上像闹市”这种奇崛的比喻也来自于此。“不断地回荡着”的“歌声”更进一步强化了“大丰收”的诗意氛围，“歌声”本身也是作为“大丰收”仪式的有机环节才出现：

> 你们的坡地一片金啊！

你们的裙子一片红啊！
我们的天上一片蓝啊！
我们的心上一片新啊！
这是为哪样哩？
是天仙保佑？还是鬼神灵？

红花怎能忍得住哩！她用大而圆的眼睛望望老木杆，就仰脸代表苗家姑娘答唱起来，这歌声婉转而高昂：

啊！哟！
蒙段啊！
我们的坡地一片金啊！
多谢瑶家大哥一片心啊！
我们的裙子一片红啊！
多谢瑶家大哥来变工啊！
我们的天上一片蓝啊！
边界地人民见青天啊！
我们的心上一片新啊！
边界地人民团结一条心啊！
不是天仙保佑，也不是鬼神灵；
毛主席的太阳照亮了边界地啊！
解放军带来了丰收的好年成啊！
啊——

在少数民族中颇为流行的“对歌”乃是恋爱或试图恋爱的青年男女传情达意的媒介。在这里，对唱的双方也正是瑶族男青年达洛和苗族少女红花，双方以“敏钗”和“蒙段”称呼彼此，似乎更加确证了这种形式的“情歌”属性。但问题在于，对唱的男女双方并不存在恋爱关系，相比性别而言，民族身份在这种对唱中更占据主导性——小说尤其强调了达洛作为“瑶族人联防队长”的身份，而红花则是“代表苗家姑娘答唱”。这种错位的关系意味着“情歌”形式其实承载了“边界地人民团结一条心”的政治内容，它的功能首先在于昭示出边疆地区新型民族关系的诞生：“几百辈子在一个山岗上居住，可谁也不爱搭理谁——除了吵架、打架。今天能够在一起你帮我、我帮你，可不是个小事体。”在瑶族青年达洛第一段歌声的结尾处，发出了“丰收”历史原因的设问：“这是为哪样哩？是天仙保佑？还是鬼神灵？”而红花在歌中的回答更是将毛主席、解放军等政治内容予以毫不含糊的确认：“不是天仙保佑，也不是鬼神灵；毛主席的太阳照亮了边界地啊！解放军带来了丰收的好年成啊！”相比白桦早期《毛主席像》等“歌颂文学”习作而言，这里对毛主席、解放军的“歌颂”的生硬度大大降低了，“歌”这一具有少数民族民俗意味的抒情形式在充满政治意涵的歌颂对象和“天仙”“神灵”之间建立了符合情感逻辑的呼应性。从历史政治层面来说，解放军和毛主席取代了少数民族原本信奉的“天仙”和“神灵”，但如果从抒情的艺术层面而言，白桦却把毛主席和解放军这类高度政治化的意象置放于“天仙”和“神灵”的位置上。就这一点来说，白桦笔下的男女“对唱”只是借用了“情歌”的媒介，它实质上已经被转化为“欢庆仪式”上的“颂神曲”，正是后者接棒了政治，并在一定程度上契合了“歌颂文学”的情感要求。

（二）“马帮来”

和“丰收”一样，“马帮”同样关涉着新中国成立初期云南边疆少数民族地区剧变的历史现实。熟悉云南历史的人都知道，“马帮”在云南与内陆和境外东南亚地区的贸易交通中发挥着极为重要的作用，也正因为此，民国时期有关云南的文学书写常常会把“马帮”描述为极富地域色彩的意象，白桦当然也沿袭了这种描写方式。不过在白桦这里，“马帮”更明确地指称着“解放军护送着的大马帮”，由此，“解放军”和“马帮”具有了某种同构性。这种同构性需要放在新中国初期云南边疆民族贸易政策中予以审视。在中央的统一部署下，民族贸易政策意在以国家力量重建边疆地区的市场网络，即以内陆主导的“民族贸易”取代该地区以法属殖民地为中心的“跨境贸易”，进而确立人民币在边境地区的主导地位。在当时特定的历史情境之下，民族贸易并不完全遵循市场法则，其中多有对边疆少数民族地区的福利性补贴，如宋任穷所说，在“搞物资交流”时“不要想赚钱，应该准备赔本。弄些他们喜欢的布、丝线、针、茶叶等等”。[1]从这个意义上说，小说中的如下叙述是有所本的：“我们来推销货物不是为了赚钱，是政府帮助兄弟民族买来便宜货，让大家都能吃得上盐，吸得上烟，穿得上布……今天国家帮助人民，给边界人民解决土产运销困难。”当然，这一国家层面的惠民政策需要通过非常具体的工作落实到边疆的各个少数民族的村寨中，也要让每个同胞从中受益，因此，它也构成了解放军“做好事、交朋友”工作的重要方面，其具体方式，即为解放军和供销社系统合作，通过“马帮”进入村寨完成贸易。

同“大丰收”部分一样，白桦没有从现实构造层面展开对“马帮”相关历史内容的直接呈现，而是从文本形式上展开诗意描绘。这其中包括以下两个方面：

第一，白桦对“马帮”的描写聚焦于“马帮来”的诗意场景，这实际上是把“马帮”及与之同构的解放军置放于哈戛克苗人充盈着浪漫主

[1]宋任穷：《开展少数民族工作要注意掌握政策》，《宋任穷云南工作文集》，中央文献出版社，2006年版，第234页。

义氤氲的期待视野。从新中国初期云南的文艺脉络来看，这种描写内嵌于“民拥军”的书写模式，也承袭了解放军入滇时那种“狂热的迎军行列”意象。在小说中，“大丰收”和“马帮来”构成了两个紧密衔接的承续性事件，两者都是因解放军到来而发生，前者已经解决了哈戛克人的生存和温饱问题，而后者将进一步解决他们生活资料的流通问题。由此，“马帮来”意味着某种更为高阶的“盼望”：“解放军护送着的大马帮也快要到了！这个消息深深地印在每一个人的心里，谁都在盘算着要买点什么——特别是买些盐，多少日子就断了盐，过着淡日子啊。”在“马帮”所运送的众多货物中，白桦准确地凸显出“盐”这一意象，并由此把“盼望”形象化为某种“有滋味的生活”。

第二，白桦正面描述“马帮来”的文字也是写意性的。他尤其注重呈现“行路难”的场景描写：“暴风雨在山谷里显得越发猛烈，森林摇摆着、呼啸着，像是一群不服气的狮子。一列长长的马帮藉着闪电的短暂光亮冒雨前进。”这种冒雨行进的场景描写和哈戛克人的“盼望”构成某种呼应，艰难的行路正是为了达成哈戛克人“盼望”的满足。这其中尤其值得注意的是有关“时间”的描写。当贸易组负责人韩欣试图避雨停歇时，解放军张长水却要求要继续赶路，他非常坚定地说：“我们先头派的友人到哈戛克，预告明早赶到，我们对兄弟民族不能失信，兄弟民族很守信用，我们更要守信用。”如果从历史层面看，白桦所把握到的“信用”问题是非常核心的，这在相当程度上决定着民族贸易政策的成败。不过，这里的“信用”问题并没有从历史现实层面呈现，而是转入某种服务于抒情机制的仪式描写。作家借小说中大黑这个人物之口说出了“马帮来”中仪式时间的属性，他提到“他们要在下半月街日以前赶到”。在这里，“马帮到来”是和“五月街”这场盛大的活动密切相关的，这里的“准时到达”并非在履行商业性的契约，而是对少数民族仪式礼节的虔诚恪守。由此，指涉解放军进入山寨过程的“马帮来”本身也成为一个充满诗意的仪式。

通过上述极具形式感的诗化表现，“马帮”连同和它同义性的“解放军”都被置放在一种神话性的位置上。在充满少数民族风情的盛大仪式中，所谓的“来”其实被表现为“神”的“降临”，由此，承载着明确政治意涵的“歌唱”也就成为极具浪漫主义气息的“降神”曲目：

> 远处那些开着鲜花的树丛传来瑶人们的歌声，歌声由远而近，瑶人们在达洛率领下也整队赶来欢迎马帮来了。
>
> 月姐儿落下山岗，
> 在云海里升上来和蔼的太阳，
> 解放军从太阳里出现了啊！
> 他们就是太阳的光芒。

（三）“五月街”

小说结尾处的“五月街”构成了最后也是最盛大的一场仪式。在这时，白桦开始用最为恣肆的笔墨将“赶街”予以诗性的表述：

> 早晨的天空明朗朗的，藤条江上的独木筏像出弦的箭，它们载着一群群花朵似的人，远远望去，又像落满花蝴蝶的树枝在浅浪上漂浮，各族人民穿着节日盛装行走在碧蓉蓉的山岭上。河坝上来的普洱族姑娘，打扮得那么动人，她们头上像一个精巧的花篮，而花篮中埋藏着一束小巧的银铃，走过来香喷喷，响叮叮。

不过，在“五月街”华彩般的仪式单元里，本应出现的“歌唱”却奇怪地缺席了，政治开始以更为明确和直白的方式出场，白桦着意提到：“街棚上高高地挂着一条大横标语：‘我们各族人民领袖毛主席万岁！'”“大横标语”和其中“毛主席万岁”的口号，都是非常明确的政治表意符码，这意味着极具民族风情的“五月街”已经成为政治宣传意义上的“群众集会”。作为组织者的张队长“站在毛主席像下，在那奇怪的麦克风下对大家说话”。这里的“说话”和“歌唱”有着本质的不同：后者带有乐音的性质，它有承载情感的形式媒介，也会生成随情感波动而自如起伏的韵律和节奏；而前者更像是噪音，它更多是通过“奇怪的麦克风”将政治意涵直接转化为巨量分贝的物理声音，这种声音无意取悦于人，其巨量分贝直接表征着可以明确量化的政治效能—“他的声音从喇叭筒里出来，比几十个合起来吆喝的声音还大”。但在这个具有群众集会性质的“仪式”上，张队长只扮演了一个主持的角色，更多且更为强劲的政治表达则通过老木杆这个哈戛克苗人之口得到淋漓尽致地表达：

> “我们的太平日子不是一天来的，是我们流血流汗，在我们大家的长者——毛主席教导下，团结一心，多少次和敌人拼才争来的！让我们的敌人看着我们的日子一天天好起来吧！祖国在支持我们，毛主席的军队在保卫我们！没办法的不是我们，是那些光想在别人土地上占便宜的帝国主义！是卖国的国民党残兵！他们好像扑灯蛾，我们就像不曾熄灭的大火，叫他们来投火吧！来多少烧死他们多少！”

无论从历史逻辑还是从文学叙事逻辑上来看，一直处于“蒙昧”状态的老木杆突然获得上述政治觉悟都会显得特别突兀，其何以在极短时间内掌握娴熟的政治宣传话语也未在小说中得到必要的交代。但从“歌颂文学”的情感逻辑来看，这种政治表达又是可以理解的。事实上，小说中的“大丰收”“马帮来”“五月街”固然可以视为三场各自独立的仪式，但也可以视为一场整体性大仪式中三个连贯性的单元。与此匹配，情感也成为一个连续进阶的叠加过程，而“五月街”居于这个情感叠加过程的高潮部分。但具体到老木杆来说，其情感发展的逻辑却与此一过程略有出入——他从最初轻信特务的蒙昧，到觉察被骗的懊悔愤怒，再到此后手戮仇人的酣畅快意，其作为边疆少数民族人物曲折复杂的情感发展逻辑已具有了诗学层面的完成性。所以在“五月街”部分试图将情感进一步提升到某种更具挑战性的政治高度时，“歌唱”这类形式媒介已经不再具有与之匹配的诗学能量。从这个意义上说，白桦借助少数民族仪式化书写生成的浪漫主义抒情策略虽然精彩，但并没有完全弥合“歌颂文学”中“情感”与“政治”的脱节问题。老木杆在“五月街”场合的政治表达暴露出白桦小说“民族性美学”的限度，这种“民族关系”描写依然处于“军民关系”的内部，也因对“军民关系”偏至理解的沿袭而落入和《毛主席像》类似的“民拥军”套路之中。

白桦并非不清楚《山间铃响马帮来》中“情感”与“政治”内蕴着充满张力的结构。化解此种张力的方法之一，可能是从他所倚重的“情感”自身层面展开反思，即将那种经由“单纯”情感把握到的抽象“政治”落实在复杂的历史经验层面，以此反向充实自身“情感”层次的不足，并通过“情感”接榫现实能力的提升真正获得对峙“政治”甚至重构“政治”的沉厚力量。但白桦的文学显然没有在此种理想的维度上展开，他更多基于“专业创作”的要求而调用自己熟知的各类文学资源，并基于此为“情感”赋予更具美学强度的形式媒介。这种维度的努力使得白桦文学中“情感”的展开逐渐脱榫于历史经验和现实构造，也就是说，“情感”开始沿着自己的逻辑展开自己，并借助各种文学资源生成了一个诗意而自足的“情感”世界。当然，这样一种“情感”不仅无法化解其与“政治”的张力，反而将两者的对峙进一步强化，最终导致他用一种表征着个人情欲的“恋爱”书写冲破了“民拥军”这一固化的模式。

这里仍以《山间铃响马帮来》中的各种仪式化场景为例。如前文曾述及，作为第一场仪式的“大丰收”把少数民族男女对唱的情歌转换为欢庆仪式上的“颂神曲”，这种“颂神曲”又指向了毛主席、解放军所表征的政治意涵。不过，政治主题在“颂神曲”中得到充分表达之后，抒情的过程并未随之终结，紧接着政治被唱出的，正是男女恋爱的内容：

> 灵巧的敏钗说的对啊！
> 年成好来谷穗儿肥，
> 你的包谷长的大哟！
> 春来酿喜酒哟！
> 你和哪个一起醉？

虽然“恋爱”内容紧密衔接着政治内容出现，但从情感逻辑上看，它并非政治的顺延，反而隐含着某种峻急的转折。如前文所述，和红花对唱的瑶族青年达洛并非红花的恋人，而他的恋人大黑本身又不是歌唱者。这种错位意味着即将出现的“恋爱”成为某种无法为政治主题统摄和笼罩的情感形态。当本应用之于“恋爱”的“情歌对唱”形式在小说中被转化为蕴含政治主题的“颂神曲”，那么“恋爱”本身就开始寻求更具美学强度的形式媒介的表述，并在这种寻求中将自身的情感从政治歌颂那里挣脱出来。基于此，后文“恋爱”描写干脆弃用了“情歌对唱”之类的媒介，而转用某种更为直露的方式予以表达。在小说第一场“恋爱”场景出现时，大黑表达爱意的语言就凸显出这种直露性：“‘你的……’大黑找不到恰当的话了，她抚摸着她的马说，‘你的马越来越胖了！‘大黑用很大的勇气小声说，‘你的脸越来越好看了！’”在这里，大黑的情感已经被表述为某种强烈的情欲冲动。和这种情欲冲动构成对应关系的则是“羞怯”的心理，如大黑直露的表白本身就是经历“小心翼翼”“找不到恰当的话”等“羞怯”的心理状态而实现的。而小说中对少女红花的“羞怯”的书写则更为频繁，早在和达洛对歌的内容从政治转向恋爱时，作者就如此写了红花的反应：“红花的脸马上泛起一阵绯红，她低下头紧张地靠着包谷穗，她的举动引起了田野间人们一阵嬉笑喧哗。”而在听到大黑直露的表白时，红花更是“涨红着脸，头紧勾着，没法答应他”。由此可见，白桦笔下的“恋爱”实质是一组由“冲动”和“羞怯”组成的、充满张力感的心理结构，而通过两人隔门互相窥视的场景，因“冲动”和“羞怯”对峙而出现的暂时均衡状态得到了某种才子佳人小说式趣味表达：

> 他绕着路经过红花的门前，他边走边看那露着一点缝的小竹门，红花一定在收拾包谷圈吧？还是正在给马饮水呢？——大黑想象着红花的行动……
>
> 其实，红花正把眼睛放在门缝上，她看见大黑走过门前那一排树荫，红花的眼睛发着爱慕的光，但她没有勇气叫他一声，一种难为情的情绪使她相反地拉紧了小竹门。

在这里，“羞怯”被形象化为“露着一点缝的小门”，它构成了对“冲动”的压抑性机制。需要指出的是，“羞怯”和“冲动”之间并不纯然是互相抵消的，恰恰相反，“羞怯”尽管在压抑“冲动”，但也在通过压抑激荡出更为强劲的“冲动”，如躲在门背后的红花“正把眼睛放在门缝上”，而其“眼睛发着爱慕的光”。此后小说有关大黑和红花恋爱场景的描写虽然是断断续续的，但能够看出其中存在一个“冲动”不断冲决“羞怯”的情感升级过程。及至小说第六段，作者白桦已经开始用近乎猛烈的语言力道去渲染“恋爱”，他形容大黑“眼睛里炽燃着一种逼人的火”，而当红花答应等待的时候，又写道他“高兴地扑过来大叫一声”。至第十段作者写到两人月下幽会的情节时，“羞怯”的束缚已经全然消失，而原本处于压抑状态的“冲动”得到了全然的释放：“大黑紧紧地抱起她，亲吻着她的眼睛、嘴及头发……”在这里，所谓的“恋爱”已经全然转换为某种诗化的情欲书写。由此我们可以看到，白桦用“冲动 / 羞怯”结构出一条强劲而充满动势的情感逻辑，这条情感逻辑始终沿着自身的轨迹发展，它有时潜隐在政治主题的内部，有时又被表达为某种与政治间离的人情之美，但它最终总会摆脱一切政治主题、文艺导向和书写规范的束缚，而在某种去政治化的“解放”话语中淋漓尽致地释放自己，并构成了小说情感逻辑真正的高潮段落。

《山间铃响马帮来》对“恋爱”部分失范的情欲书写需要放置在部队文艺向边疆文艺转型的构造中予以理解。中国近代社会的复杂性和中国革命面临的挑战性决定着，作为民族优秀分子的中国共产党组织及其干部队伍必须缔结为兼具理想性和行动力的道德团体，而在中共众多的组织形态中，被白桦称之为“理想的群体”的部队更是如此。从某种意义上说，部队用崇高的道德理想感召、体贴的政治工作和严格的纪律将自身塑造为颇具清教徒气质的团体，这当然也会塑造出部队官兵个体独特的婚恋情感形态。[1]在和地方民众之间的工作展开的过程中，官兵和地方社会中异性的情感必然会受纪律、作风等因素的严格规范，而这一点表现在文艺上，即是“军民关系”对“男女关系”或隐或显的制约。新中国初期的诸多部队文艺作品都处于此种情感结构之中，而像《百合花》和《柳堡的故事》等作品也恰恰是借助部队纪律、作风和情感的张力生发出非常独特的“爱情”书写形态。随军入滇的白桦自然也置身

[1]参见黄道炫《“二八五团”下的心灵史——战时中共干部的婚恋管控》，载《近代史研究》2019年第1期。

于这样一种情感形态之中。而在他早期的文学创作中，这种“冲动/羞怯”也是颇为普遍的。抒情诗《把边江畔的朴陶和姑娘》即写到一位傣族姑娘对解放军战士的淳朴的爱恋，但相比《山间铃响马帮来》中的大黑和红花炽烈的恋爱来说，这位傣族姑娘的情感是内敛而深沉的，这种基于“军民关系”的节制的表达使得这种情感可以顺畅地隐喻少数民族对解放军政治认同的政治主题。而在小说《竹哨》中，白桦用瑶族少女莎丽娅对解放军战士小李的情愫来表征少数民族民众对解放军官兵的情感，同样，只有在“军民关系”的框架中，这种被冯牧称之为“像恋爱一样”的民族情感才得以成立。从艺术表现方式上，我们也能够清晰看到这种“军民关系”框架如何形塑了“恋爱”的美学形态。无论是《把边江畔的朴陶和姑娘》中的傣族姑娘，还是《竹哨》中的莎丽娅，她们的所谓“恋爱”都是女性对男性英雄单方面的且带有仰视的“爱慕”。而与此相对，诗歌和小说中的解放军战士却是天真少年，这类英雄只有宏大的政治理想和崇高的道德理想，对姑娘的爱，他们却懵懂无知。只有这种设置才能够使得小说中男女的“恋爱”避开部队纪律和作风的禁忌，并在“军民关系”的隐形框架中得到含蓄蕴藉的表达。当然这种设置也沿袭了白桦对“军民关系”的偏至理解，“单恋”本身即是“民拥军”模式的特定形态，其难以遮掩的“自恋”情结也可视为那种偏至理解产生的不良后果。

和女性作家茹志鹃基于“军民”和“男女”之间充满张力的均衡情感营造“爱情牧歌”的“情愫”不同，白桦更多从“冲动/羞怯”蕴含的情感冲突着手，这在《山间铃响马帮来》中生发出对“军民关系”整体情感范式的颠覆式书写。相比此前以“男女”分别对应“军民”的书写，白桦《山间》中的“恋爱”已然抛弃了“军民关系”的架构，而是令其在少数民族内部年轻的男女之间直接展开。这种人物关系上的调整意味着白桦的“恋爱”书写开始挣脱了部队文艺的书写规范和心理束缚，当然，这种挣脱不可能像他新时期的类似书写那样以情理冲突的方式直接展开，而是别出心裁地采用了诸多有意味的形式营构。

首先，从空间层面来看，哈戛克这个边地苗寨的美学空间为他情欲化的“恋爱”书写提供了诗化的可能。在白桦这类作家的文学想象中，少数民族所在的边疆是一个礼教缺失的原始自然场域，他们有关少数民族热情奔放、能歌善舞的想象、有关“公房”“走婚”的人类学“知识”架构出一个自由而不乏美感的情欲释放空间。需要说明的是，白桦在小说开头是以充满趣味的动物描写起笔，并通过一只小猕猴的“溜圆的贼眼珠”映照出哈戛克苗寨神秘而梦幻的印象。由于白桦采用了童话体裁，也将动物书写、民间传说、神话、歌谣等非现实的形式因素杂糅其中，哈戛克苗寨也就被形塑为一个浪漫主义意义上的情迷空间，而其失范的、情欲化的“恋爱”书写就是在这个空间中得到诗化的。其次，从语言笔法层面看，《山间铃响马帮来》大量调用了颜色、声音、气味方面的语汇，这些语汇大多充满强烈的感官色彩，如“醉心”“发馋”“怎样忍得住”等等，它们非常清晰地指涉出某种难以在传统的部队文艺及其“军民关系”架构中得到体现的身体冲动。这样一种感官色彩的语言全然拉开了《山间铃响马帮来》和此前《竹哨》等作品的区别，它使得“恋爱”不再像《竹哨》中那样构成表征军民情感的喻体（“像恋爱一样”），而是直接占据了书写对象的本体位置。换言之，在《山间铃响马帮来》对“恋爱”正面、直接的表达中，那种原本处于压抑状态的感官因素被全面激活了。最后需要指出的是，对边疆“民族”的浪漫主义书写有着源远流长的传统。具体到包括白桦在内的昆明军区作家来说，有两条脉络是值得重视的。第一是俄罗斯文艺中的相关书写，白桦在晚年的回忆中曾经提到过托尔斯泰《哥萨克人》和肖洛霍夫《静静的顿河》等作品对自己的影响。更值得重视且对云南军旅作家有直接影响的则是沈从文。早在20世纪30年代，沈从文就已经在《边城》系列作品中尝试对情欲非道德化的诗意表达，而当他在40年代流亡云南时期，这种表达已经相当成熟，不少作品已经直接触碰到边地少数民族的诗化呈现。而在50年代初期的昆明军区，沈从文在三四十年代的作品依然会被偷偷阅读，而诸多部队文艺工作者在学习写作的过程中，也会偷师沈从文书写“边城”“边地”的艺术形式和文学语言。可以说，新中国部队文艺内部潜伏着一条隐秘的沈从文传统，在白桦这类作家通过文学所营造的诗意“边疆”图景中，依然能够辨识出沈从文“边城”的印记。

综上所述，白桦笔下的抒情并不是一个按照政治意识形态要求陶铸的、被动的情感格套，相反，它有着自身的情感逻辑，这种情感和政治的离合充满了张力。一方面，“抒情”在“歌颂文学”的意识形态建构中扮演了某种政治修辞术的角色，正是在情感所营造的诗意感觉中，原本抽象、生硬的政治话语呈现为某种“感人的政治”。但另一方面，“抒情”绝不会在政治表意“完成”之后停止，而是沿着脱榫于政治的逻辑继续展开自身，直到在诗化的情欲书写中抵达自己真正的高潮。在《山间铃响马帮来》中，苗族青年男女大黑和红花的“恋爱”不过是小说多重叙事中的一条辅线，但就小说的抒情机制而言，恰恰是他们的“恋爱”占据了情感的主轴。从这个意义上说，老木杆借助“铁嘴巴”宣讲的政治话语不过完成了“歌颂文学”在意识形态上的“规定动作”，而盛大的“五月街”仪式也好，乃至整部小说也好，其情感最终的落脚点实则是大黑和红花具有“大团圆”意味的“树下相会”场景。白桦几乎是在用彩笔画的技法渲染着这个的场景：“红花也跑到街旁一棵红花树下，揭开这包彩线，彩线的颜色哪只有五彩，简直有十彩。树叶子在她头上抖动，幸福的光彩笼罩着红花。”无论是“红花树”，还是“五彩线”，乃至“红花”这个名字本身，都在昭示这个鲜艳、明丽的色彩世界，情感（包括情欲）就弥散于这片令人目眩神迷的色彩之中，也在这个诗意世界中达到了最为饱满和浓烈的状态。

三

在《山间铃响马帮来》整体的抒情结构中，特务李三是一个分析和定位颇为困难的人物。在作者白桦笔下，李三公开的身份是来哈戛克寨做小生意的商人，但暗地里却是一个和帝国主义、国民党匪军勾结的大特务，并利用哈戛克苗人对自己的信任从事种种破坏活动。如果仅从形象塑造而言，这个人物是极其概念化和脸谱化的，甚至可以说是“失败”的。但从小说文本与新中国初期云南边疆地区历史现实之间的关系层面来看，这个人物又蕴含着某种张力。

如本文开头部分所说，白桦在80年代将《山间铃响马帮来》视为一部“失真”的作品——在“要歌颂，不要暴露缺点”的意识形态要求下，自己不得不“把消极面掩盖了起来”。白桦在小说中多次提到特务李三不断制造的“谣言”和暗中筹谋的“秘密”，前者包括苗族青年参与的远征队伍在猛丁受困，贸易公司要来寨里以低价驮走棉花，“解放军跟苗人近”，后者则引出了“杜尔少校”和“刀司令”这类颇凶险的反动人物。在小说中，这些内容大多被一笔带过，远远谈不上充分展开，但恰恰是它们非常直接地对应着50年代边疆地区剿匪斗争复杂的现实状况。从诸多同事、友人的回忆中可知，作为白桦文学创作起点的金平县正是20世纪50年代初期“匪患”最为严重的地区之一。与白桦同属十三军三十八师并担任一一二团副团长的张英才曾是亲自参与剿匪的军事指挥官，他在回忆中提及：“1950年4月，匪首贺光荣、刀家柱、李秉钧、唐明轩等人，勾结国民党特务和26军的散兵游勇，乘我地方政权刚刚建立、忙于征粮之机，煽动群众抗粮抗税，裹挟群众制造暴乱，抢劫仓库，破坏交通，焚烧房屋，围攻县城。匪特袭击占领猛拉、猛丁等区政府，杀害我区长、区政府人员和征粮工作队人员。”[1]由此我们看到，白桦在小说中所提到的“猛丁远征”也好，“刀司令”也好，都是在历史上有所本的。从这个意义上说，《山间铃响马帮来》并不是也不可能成为一个“纯净”的文本，严酷的“剿匪”斗争恰恰通过李三这个脸谱化的反面人物得到了曲折隐晦的表现，而丰富、复杂的历史现实也被压缩、凝集在他的“谣言”和“秘密”之中。基于此重新审视白桦“把消极面掩盖了起来”的说法，就会发现充满诗意的《山间铃响马帮来》并非“掩盖”的结果，而下文将要论证的是，这个“掩盖”过程本身非常内在地构成了小说整体的情感逻辑，并且直接参与着小说美学意蕴的最终生成。

在《山间铃响马帮来》有关“军民一家”“民族团结”的政治意识形态表述中，特务李三是被视为“敌人”的反面人物。但更值得注意的是在小说的艺术层面：李三是哈戛克苗寨这个诗意空间中令人不安乃至反感的“异物”——他是整个抒情机制展开的阻碍性因素，也是诗意情感氛围的破坏者。前文曾提到，大黑和红花的恋爱构成了小说情感逻辑的主轴，而在作者白桦的着意安排之下，李三总会在两人恋爱的时刻突兀地、破坏性地出场。李三第一次出场正是在大黑向红花吐露衷肠的时刻。红花因大黑夸自己“越来越好看”而羞涩得“无法答应”时，“一个留着小胡子的汉人走过来，他是李三”。正是由于“李三的一句话打破了这紧张的局面”，这对即将互诉衷肠的恋人才陷入由“露着一点缝的小门”隐喻的隔膜中。第七段有关红花和大黑月下幽会、拥吻的描写，则是因为李三的小伙计毕根的出场而遭到中断：“在大黑和红花站的位置往下二百步地方，正是李三的地道出口，毕根又带着李三和杜尔少校的秘密约定，乘黑用头顶起了石头，爬出地道，绕着树往下

[1]张英才:《岁月足迹》，军事谊文出版社，2014年版，第303页。

溜……”而到了小说第十段，李三更是暴露了自己的狰狞面目，他所率领的匪帮绑架了红花：“他们终于把红花的长长的青色头巾抓下来捆住了她。红花的长发盖住了脸搭在胸前。”从政治意识形态层面来看，对反面人物李三的描写发露出边疆少数民族地区尖锐、残酷的“剿匪”斗争，他是最邪恶的敌人，是小说“军民一家”和“民族团结”等政治主题最危险的破坏者。但就艺术形式层面而言，李三的种种“破坏”行为又如此频繁地并置于大黑、红花极富浪漫气息的“恋爱”场景，这其实意味着反面人物李三的“破坏”不仅指向政治主题，也构成了对小说诗意氛围和抒情美学的亵渎。

在《山间铃响马帮来》中，白桦为作为反面人物的李三安排了“商人”“匪徒”和“特务”三重身份，这些具有明确政治预设的身份关联着边疆“剿匪斗争”中的倾向和立场，但对这个人物形象的艺术塑造，白桦又采用了诸多别具匠心的语言形式，也调用了丰富的艺术资源。

就在哈戛克苗寨的公开身份而言，李三被设定为一个“厚脸皮的商人”。在中国革命政治的感觉构造中，归属于资产阶级的“商人”常常游移于革命同盟者和革命对象之间，但从未占据革命政治光谱的中心地带。具体到白桦等人从事文艺创作前后“三反五反”的政治形势，尤其是云南边疆地区民族贸易政策的推进，小说将李三这类从事跨境贸易的私商贩子视为反面人物是顺理成章的。不过，白桦对“商人李三”形象的艺术塑造并未紧扣政策和具体的现实，也没有过于直接地调用资产阶级批判的政治话语，而更多是从文学自身的领域中寻找资源。事实上，中国民间对商人本就有非常朴素的理解，而为数众多的民间故事也常常凸显他们贪婪、油滑、奸诈、虚伪、市侩的形象，正如白桦在小说中借老木杆之口所说：“从古到今，商人为了做生意，就是到处拉拢、胡言乱语、哄三骗四，他们是为了钱。”不过值得注意的是，大多数民间故事中“厚脸皮的商人”并非全然的“恶人”，而常常被表现为“丑角”。也正基于此，白桦对作为“厚脸皮的商人”的李三更多采用相对轻快的讽刺笔法，这就和政治层面严厉的资产阶级批判拉开了距离。白桦会在小说中频繁使用和“钱”相关的意象，以此凸显李三和他伙计毕根的“铜臭味”，如“他紧捏着银元口袋掖在半长褂子下头”，或“他把银元口袋狠狠地往腋下一挟”，“左手提着银元布袋，右手拿着小刺条抽打着红花”，等等。这种描述甚至也出现在李三最后毙命的时刻：“这个敌探和奸商应声随银元布袋一起，当啷一声摔下来……”这种近乎模式化的书写在艺术上并无新意，白桦只是在机械地沿袭民间故事中书写商人形象的套路而已。但如果从小说整体情感逻辑的展开过程来看，这个“厚脸皮的商人”实则扮演了一个“丑角”，他在美学上的功能在于“破坏”，即使得浪漫空间和诗意氛围的生成过程遭遇阻碍。例如，白桦在用李三出场中断大黑和红花的幽会场景时，尤其用非常直接的语言塑造了他觊觎红花的猥琐形象：“李三眯缝着眼盯着红花那摇摆着的多褶的短花裙，和她那丰满的身材。”这不仅仅是在叙事上打断了大黑和红花的爱情故事，更意味着两人的恋爱暂时丧失了从美学层面继续展开的可能。

除了“厚脸皮的商人”之外，李三的另一重身份是抢劫村寨的“匪徒”。就和历史的对应性来说，“匪徒”身份的李三关联着50年代初期云南边疆“剿匪斗争”的尖锐性和严酷性。需要指出的是，“剿匪斗争”常常是以直接的军事行动展开，所以将李三设定为“匪徒”的背后乃是一套泾渭分明、你死我活的“敌我关系”。对作为亲历者的白桦而言，这场斗争是“非常血腥、非常残酷”的，如本文第一部分所述，直接而现实性地反映这场血腥、残酷的斗争曾经构成了他们在从事专业文学创作时的一种可能，但这种可能在“歌颂文学”的要求中没有最终实现。但需要指出的是，“歌颂文学”的政治意识形态要求和文学体式并未全然阻碍现实“剿匪斗争”进入文本，而从白桦对李三“匪徒”身份的设定来看，“剿匪斗争”还是在《山间铃响马帮来》中得到了曲折的表现——当然，这种表现不可能是直接的、自然主义式的，而是依托了白桦精心营构的形式美学。一个特别值得注意的现象是，小说中李三对哈戛克苗寨的抢劫本是专门针对马帮货物的，但作家的描写却聚焦于对少女红花掳掠的场景，这显然是把抢劫纳入了以恋爱为主轴的情感逻辑内部。白桦用令人动容的笔墨描写了红花的受难：“他们终于把红花的长长的青色头巾抓下来捆住了她。红花的长发盖住了脸搭在胸前。”事实上，在诸多民间故事中，关联着“抢亲”蛮俗的“掳掠少女”是极为常见的叙事，且不必说家喻户晓的《梁山伯与祝英台》，即使白桦在云南的战友和同事公刘参与整理的民族史诗《阿诗玛》同样有“掳掠少女”的经典情节。从相关文类的母题类型比较来看，匪徒李三和马文才及热布巴拉父子之间的亲缘性很容易得到辨识。就艺术形式而言，民间故事或神话史诗中的“掳掠少女”常常是对“爱情”予以诗学表达的功能性环节，它既是男女主人公“爱情”的试金石，也是营造故事悲剧性的重要媒介。《山间铃响马帮来》的作者显然洞悉此道，因此，匪徒李三对红花的掳掠场面不仅成为整场抢劫行动的焦点，“掳掠”本身也构成了小说整体抒情乐章中的悲怆变调。也正为此，少女红花在陷入险境时的绝望呼号竟然成了对“掳掠”极具审美性的呈现：

> 小红花——被全寨人比做“红花”的姑娘——披头散发叫蟊贼绑起来了吗？你们的心不惊吗？你们的眼不跳吗？你们的小红花就要在这个夜里被蟊贼抓到外国，那是还有外国洋鬼的地方，多么可怕呀！我决不能在吃人的外国活着，我要死在金水河里，我们中国地方的藤子挂住我的头发，让失守也别冲到外国，叫各族人民能看看这个吹号角被蟊贼抓住的苗家姑娘。

红花的呼号显然不是现实性的描写，其中夹杂着颇为丰富的内容，包括对敌人“憎恨的哲学”，也包括明确而强烈的“爱国主义”意识，但这种呼号最终仍会落在作为情感逻辑主轴的“恋爱”上。因此，红花的呼号最后必然会以朝向恋人的呼救收束：“大黑……你能救救我吗？……”这声朝向恋人的呼救实际上完成了一个形式的闭环，一些与政治意识形态和现实历史相关的内容都被收拢在“掳掠少女”这种民间故事的经典情节内部。

“特务”是李三第三个也是最为重要的身份，它将“商人”和“匪徒”纽结为一个双重的表里结构。对哈戛克苗寨淳朴的老百姓而言，“厚脸皮的商人”是虽令人讨厌但尚可容受的市侩，“匪徒”则是必须与之殊死搏斗的敌人，但将两者纽结为表里结构的“特务”身份却是暧昧的、难以辨识的，它意味着“恶”将获得迷惑性的伪装，因而也有着更大的威胁性。对“特务”身份的警惕心理其实暗示出新中国成立初期某种充满张力的政治感觉层次，具体到白桦所在的云南边防部队来说，这种心理更是他们因应边疆复杂斗争形势所必需的。也正是基于此，当时主管昆明军区文艺的冯牧在谈及边防军战士时才会强调“他们没有一刻放松了警惕，他们手里的枪握得很紧”[1]。在文艺领域，与此种政治感觉层次形成对应的乃是新中国初期颇为风行的反特小说——在一个正常身份背后洞察隐秘之恶，既应和了敌我斗争的政治逻辑，也构成某种极具吸引力的文学叙事方式。在《山间铃响马帮来》中，白桦围绕特务李三展开的诸多叙述沿袭了反特小说的讨论，也在情节曲折性和惊险性的营造上取得了一定的效果。但相比这种未能脱出通俗套路的叙述，“特务”身份在小说形式层面的演绎及其在整体情感逻辑中引发的美学效应却更

[1]冯牧：《英雄的业绩和英雄的赞歌——略谈西南军区部队作者的一些表现“保卫边疆，建设边疆”主题思想的文学作品》，中国人民解放军西南军区政治部编印：《西南军区 1953 年文艺检阅大会文艺评奖得奖作品选集第 1 集：小说》。

值得辨析。小说对李三的特务身份有一个看似颇为日常化的描述："李三在这一带做过二十多年的买卖，他和这里的人混得烂熟，他能说出瑶人、苗人、彝人的历史，但瑶人、苗人、彝人谁也不知道他的过去，就连他现在人皮里裹着的是什么心还不是很清楚。"这其中有两点值得注意：第一是对李三自身而言，"特务"的身份没有从现实层面展开定义，而是被艺术性地指涉为一颗"还不是很清楚"的"心"。第二是从以老木杆为代表的哈戛克老百姓视野来看，李三的"心"及其"还不是很清楚"的状态是作为他们蒙昧视野中无法识别和洞察的盲区而显现的。在白桦笔下，《山间铃响马帮来》中的"反特"行动实则呈现为一个消除盲区的行动，即老木杆对"不是很清楚"的"心"予以辨识和洞悉的心理过程，或者说，是老木杆的"视野"朝向李三幽暗之"心"突进的过程。这样一个过程也可以从情感逻辑对诗意空间的营造上予以描述：《山间铃响马帮来》整体的抒情氛围可以比作一幅鲜艳、明丽的水彩画，老木杆连同他所"醉心"的"金黄色的收获"都是这幅水彩画中风景的一部分，而特务李三的存在则像是一抹令人不安的暗影——只有从画幅风景中将这抹暗影抹去，情感逻辑所营造的诗意风景才有可能在美学意义上最终完成。

由于李三的特务身份及其"不是很清楚"的"心"深深地潜隐在哈戛克这个浪漫诗意空间内部，使得老木杆对李三特务身份的辨识出现了一个美学层面的悖论：如果老木杆"现时只醉心于自己坡地上的金黄的收获"，那么他就无法辨识出特务李三邪恶而丑陋的"心"之本相；而如果他辨识出特务李三邪恶而丑陋的"心"之本相，那么他所"醉心"的"金黄色的收获"连同哈戛克这个美好的诗意世界整体都会遭到玷污、亵渎乃至美学意义上的颠覆。着眼于这个悖论，老木杆这个人物形象的塑造其实构成了一个难题：究竟如何做到既让这个老人的眼睛在诗意的世界中敏锐地辨识丑恶，又能够让这个在他眼中显现出丑恶的世界依然是一个诗意的世界？令人叹服的是，《山间铃响马帮来》的写作有效回应了这个难题，白桦以其高超的技艺化解了老木杆这个形象隐含的悖论。

白桦的高明之处在于，他为老木杆设置了和特务李三对应的多重身份——作为农民的老木杆对应着作为“厚脸皮的商人”的李三，而老木杆的猎人身份则对应着李三“匪徒”和“特务”的身份。

从小说开头“边地头一年的大丰收”的表述来看，“农民”对老木杆是一个刚刚获得不久的新身份，它关联着解放军部队在边疆地区帮助刀耕火种的少数民族群众提高耕作技术并解决基本生存问题的历史。正因为此，获得“大丰收”的老木杆有着对解放军高度的认同，其“醉心于自己坡地上的金黄色的收获”正是这种认同的艺术呈现。当然，也恰恰是基于这种高度认同而产生的信任，老木杆才会“醉心”并对隐藏的敌人丧失警惕。所以，当他以这样一个新获得的农民身份和作为商人的李三打交道时，自然处于非常弱势的位置。在游走四方、见多识广的商人面前，农民老木杆显然缺乏自信，而李三也正是凭借自身的见识来使后者不得不甘居下风：“我跑过十几二十年的江湖了，我懂得的事还没你这个山头上蹬一辈子的老苗人懂得多吗！”正是在这种弱势位置上，农民老木杆最多将李三识别为“厚脸皮的商人”，而无法辨识其背后的险恶。但当老木杆作为猎人出现时，情形却截然不同了。早在小说开头处，作者就写下了一个与农耕生活的“田园”美学极不和谐的场景：“小白狼就像是疯了，乌黑发光的眼睛一看见远处山岭上流窜的马鹿和黄麂，它就腾空跳起来，两只前爪在空中飞舞，咬着尾巴乱转。”和文章开头处充满童趣的小猕猴“溜圆的贼眼珠”不同，小白狼这只猎犬“乌黑发亮的眼睛”透射出凶悍的野性。由此，老木杆先于农民而存在猎手身份被悄然激活了：“我又何尝不愿意去打猎哩！”如果说作为农民的老木杆是“沉醉”“糊涂”并丧失警惕的，那么作为猎手的老木杆却内蕴着和小白狼同样凶悍的野性，也会因这种野性而变得警觉、清醒和敏锐。

当老木杆以猎人身份出现并重新展开其视野时，李三的“特务”和“匪徒”身份则相应地被转喻为猎物，而对他的辨识、围剿和最终击毙都被统合为一场声势浩大的“狩猎”行动。需要指出的是，白桦对哈戛克这个艺术世界的构造奠基于某种人性论意义上的文学政治上，其交织着文明论和阶级论的“人兽辩证法”直接构成着边地历史叙述的逻辑，也在美学上为李三这个反面人物的“猎物”化提供了可能。从猎手变为农民的老木杆正是用“人兽辩证法”表达了他对“解放”这一政治议题的理解：“这才叫真正的过日子，红花！人跟人都平等，人把人当作人看；以前边界地的人都叫官家逼得像些野物，人见人就拼，就杀。那真正的野物在一边看笑话，在一边喝人血。”不过对这个“现时只醉心于自己坡地上的金黄色的收获”的农民来说，隐含“人兽辩证法”的历史已经过去了，在由解放军缔造的“人跟人都平等，人把人当作人看”中，已经不再有危险的“野物”。也是在这个意义上，他对“商人”李三也做出了过于“人性”层面的评断：“人总还是人……有人味儿，有良心，这么多年在一起，人不亲地土亲……”但是，小说隐身的叙述者清楚地知道李三的危险，在李三的第一次出场时，即称“连他现在人皮里裹着的是什么心还清楚”，在这里，李三“特务”的政治身份转入这个蕴含着美学潜能的“人兽辩证法”之中。

在“人兽辩证法”的基础上，猎手老木杆的“狩猎”也呈现出极富浪漫主义气息的美学形式。和慈祥却糊涂的农民老木杆相比，猎手老木杆被塑造为一个战士姿态的英武形象：“老主人全副武装，火药枪上一道道的银圈发着光，没有鞘的刀别在腰带上，一把牛筋绳是准备捆野物的。”在解放军帮助下刚刚从事农耕的老木杆那里，过往的打猎生活构成“心里久抑着的念头”，而至小说第八段，这种“久抑着的念头”终于在广袤的原始森林中挥洒为酣畅自如的行动。对老木杆而言，“狩猎”的美学和政治斗争意识是交融在一起的，如他在计算自己平生猎物的数量时，也“把匪类也当野兽来计算”：

“我今天能满五百吧？”

老木杆一辈子打死过四百九十七只野兽，其中包括一只豹子，二十一只野猪，十五只岩羊……和两个蒋匪残兵。

在进入第九段以后几个段落中，白桦开始对老木杆的狩猎和李三匪帮的抢劫暴行予以穿插描写，由此，两个彼此间隔的平行空间形成了奇妙的呼应：在哈戛克寨，李三暴露出自己匪徒的身份，当然也暴露出自己“人皮”下的“兽心”；而在原始森林中，老木杆的狩猎也愈发像是敌我之间殊死搏斗的隐喻——他新发现的猎物是一只“凶狠而又狡猾的岩羊”，经过一番激烈的较量，他给予它致命的一击，“岩羊像一块石头，沉重地掉下来，小白狼飞快跑上去咬住已经死了的仇敌”。在这种描写中，“狩猎”美学和斗争逻辑更为紧密地结合在一起。衔接着猎杀岩羊而写的，正是和李三匪帮的交战，老木杆得知自己女儿被匪徒掳掠的消息时，匪徒李三在“人兽辩证法”层面的身份转换终于在老木杆这里发生了：“他悔恨自己错看了人，只认识有皮毛的野兽，不认识穿衣服的野兽。”这样一种转换其实意味着，“狩猎”并没有在打死岩羊之后结束，此后对李三的战斗恰恰成为“狩猎”行动的延续。

在第十一段，作为军事行动的“搜林”也被呈现为一场气势恢宏的“围猎”：

到处的牛角呜呜地大声鸣叫着，附近各寨都在呼应，一刹那间，遍山亮彻着火炬。

“啊！啊！”这浩大的声势震撼着山野的夜。各族人民看得很清楚，帝国主义和蒋匪残余的鬼魂就在这山上的树林子里。不管瑶人、苗人、爱尼人、彝人、沙人、傣人……不论山上的、山下的、山坡的、河坝的、十里外的、十里内的；不分男的、女的、姑娘、儿童都拥来了，要用火烧死敌人啊，人群像潮涌一样，都朝着墨似的绿林奔去。他们手里有快枪、机枪、火药枪、老弯刀、弓、弩和标枪……

可以看到，这段惊心动魄的描述将反帝、民族大团结的主题很好地编织在“围猎”这一无比浪漫的场景中。有趣的是，白桦将李三所代表的“帝国主义和蒋匪残余”称之为“鬼魂”，这实际上使得“围猎”也成为一场盛大的“驱鬼仪式”。而正是在“驱鬼仪式”的“法力”中，作为“鬼”的特务李三现出了原形：

“搜哇！把蟊贼搜干净喽！把李三那只狐狸精抓住哇！”

特务李三最终是以“狐狸精”这一颇具民间文学传统意味的身份毙命于猎手老木杆的火枪下：

“满五百！”熟练的猎手老木杆朝着李三的头举起枪，轰！一团火，这个敌探和奸商应声随银元布袋一起，当啷一声摔下来，像死了一只野狐狸，小白狼扑上去撕咬。

在“满五百！”这个“把匪类也当野兽”的“计算”中，被小白狼“撕咬”的“野狐狸”李三也像此前两个“蒋匪残兵”纳入果子狸、麂子、岩羊等猎物的行列，甚至可以说，对他的击毙构成了此前猎杀岩羊的场面的戏剧性再现。需要进一步指出的是，“野狐狸”的毙命标志着诗意边疆图景中的丑陋暗影被彻底抹除，正因为此，白桦在写李三毙命时，尤其提到了他的“回顾”：在火光下老木杆看见绝崖上正挣扎着往上爬的李三，他像只野兽似的惊慌地回顾了一下，火光一闪，照见他那副讨人厌的脸。在这最后时刻，老木杆不仅仅识别出李三的邪恶，而且也看到了“那副讨人厌的脸”所表征的“丑陋”，而在将其像污迹一般清除之后，诗意边疆图景才能光洁如新。

需要指出的是，《山间铃响马帮来》对李三这个“异物”之“丑陋”的清除并不是对“丑陋”之“异物”的清除。这其实意味着，所谓“异物”始终存在于文本之中并构成情感逻辑展开和诗意场景生成的必要介质，就像蚌珠借之为核的沙粒一样。同样，对“丑陋”的清除过程也不意味着将其在文本中抹去，而是要将“丑陋”连同消除“丑陋”的过程本身予以诗化。从这个意义上说，白桦试图以苏联战争文学为范本表现的剿匪斗争并没有在“歌颂文学”中全然成为禁忌，而只是转化为“狩猎”这个浪漫主义文学形式。白桦甚至也没有降低战争中“血腥”和“残酷”的程度，借助某些浪漫主义的文学资源和巧妙的形式技艺，肖洛霍夫式“憎恨的哲学”诗化为小说“狩猎”场景中猎犬和猎物的搏斗。如在小说第八段，白桦写到了猎犬小白狼“狂追”并“咬住了黄麂的喉管”，之后又“用左前爪擦净了自己嘴上的血迹”。而在和更为凶狠的猎物岩羊搏斗时，小白狼又被后者用“锋利的双角挑下来”且“肚子被划破了一道口子，洁白的毛染上了血”。在这里，“血腥”得到了浪漫主义而非自然主义更非现实主义地表现。而在第十三段有关“五月街”的描写中，狩猎中的“血腥”依然不得不通过对小白狼的描写再次提及：“小白狼摆着尾巴迎接着来赶街的人们，它身上的血迹已经脱了，仍然是一只洁白的狗。”这是一个极具净化意味的美学场景，在脱了“血迹”之后，这只“洁白的狗”如此自然地融入“五月街”盛大的仪式描写，也融入整部小说所营造的诗意边疆图景之中。

在《山间铃响马帮来》以诗意情境营造为导向的情感逻辑中来看，李三这个人物和新中国初期云南边疆剿匪斗争的现实对应性几乎构成了一个令人诧异的症候。问题恰恰在于，为什么李三这样一个反面人物成为整部作品中最能够反映“真实”部分？或者也可以反过来问，为什么在历史构造中最具重要性的“真实”只能聚焦于反面人物李三，即只能通过他公开散布的“谣言”和幽暗内心里不可告人的秘密予以表现？对这个症候性问题的回应当然不能回避《山间铃响马帮来》创作时所面临的意识形态要求，尤其是“歌颂文学”在文艺政策和导向上的限定作用，但作家自身在文学创作上的路径选择也是不可忽视的反思维度。就文学创作本身而言，《山间铃响马帮来》情感逻辑对李三及其“丑陋”的排异过程也无可避免地成为对现实的排异过程。这种现实排异性不仅仅来自特定意识形态下“不准写”的外在要求，也来自作者在“写”现实时所采用的非现实的创作路径。从这个意义上说，《山间铃响马帮来》以营造诗意边疆图景为旨归的情感逻辑本身就是脱现实的，这也是为什么白桦会在晚年反思时将“简化”和“诗意化”等而视之的原因。在所谓“政治”和“文学”之外，“现实排异性”产生的原因还在于白桦作为历史中人在现实理解方式的结构性限度。由于对“军民关系”和部队群众工作理解上的偏至，白桦把军事领域的剿匪斗争设定为新中国边疆生成经验的核心，而由此展开的“真实”并不就是“现实”。所以即使白桦在当时按照本心创作出了直接反映剿匪斗争的作品，也并不意味着他真正把握到最具核心性的“现实”——在那种借助苏联卫国战争文学范本烛照出的“真实”中，“做好事、交朋友”这类至关重要的现实经验仍然会因过于日常琐碎而被排斥于战争美学的视野之外。由此可见，“现实排异性”其实构成了白桦文学自身内在的机制，因此，《山间铃响马帮来》的情感逻辑只有在和现实的脱榫中才能确立和展开。也正是在由此展开的那幅诗意边疆图景中，“现实”才会被确认为暗影、污迹和美学意义上的杂质，而为了保持这幅美学图景的单纯和洁净，“绘图者”就必然会用更浓烈的笔墨来涂饰暗影、污迹和美学杂质，也即涂饰“现实”本身。

结语

综上所述，白桦在晚年所反思的“失真”问题不仅仅在于“歌颂文学”在政治意识形态上的要求，也和“歌颂”本身赖以成立的“感人”效果密切相关。如在《山间铃响马帮来》这类作品中，作家白桦真诚而炽烈的情感更多走向了形式技艺上的美学呈现，在这种情感逻辑的展开中，对“现实”的规避、过滤则构成了某种有意选择的书写策略，而由此形塑出的“诗意边疆”也具有了某种脱嵌于现实构造的形态。事实上，白桦最初的文学创作也同步于滇南地区解放军转型为边防军的历史，他也在《山间铃响马帮来》这类作品中对“边防”予以了诗意的表述：

> 张长水呼吸着清凉的夜风，一只夜鸟飞掠过去，他哪能就去睡呢，他自己也说不清这会儿是兴奋还是愉快。他用手按着冲锋枪转过身来，他看见站哨的战士正注视着前面——异国那些闪动着不安的火光的山岭。

在这里，由“那些闪动着不安的火光的山岭”所表征的“异国”并非地理意义上与滇南接壤的邻国（尽管越南民主共和国早在1945年就已经宣布独立），小说着力描绘的是金水河对面的“外国兵营”，以及兵营中和特务李三暗通款曲的“某帝国主义殖民军指挥官杜尔少校”。从这个意义上说，白桦笔下的“连续”已经脱嵌于滇南这一特定的地域，而成为新成立的中华人民共和国与帝国主义殖民者直接对峙和正面抗争的“反帝前线”。在这个抽象而更具笼罩性的“边疆”上，所谓“杜尔少校”指涉的法国殖民者仅仅被称之为“外国”，而此时尚未在滇南连续地区“动弹”的美国却更为明确地出现在帝国主义序列中，正如苗族少年小那所说的那样，“你没瞧见俘虏的土匪，那些枪都是美国造的枪”。在这里，“美国”的存在意味着滇南和万里之外的朝鲜战场已经隶属同一条战线，也意味着“边疆”地区的“剿匪”成为对抗“美蒋反动派”之解放战争的自然延伸。

在小说情感逻辑展开的过程中，这种充满政治意涵的“边疆”最终获得了某种诗意的呈现。如在上述这段文字中，“边疆”的现实状况被回收在战士“兴奋”“愉快”和“不安”混杂交织的情感之中，相比老木杆这类“醉心”于“甜日子”的普通百姓而言，白桦笔下的解放军其实是一组孤独的“独醒者”形象：“祖国甜蜜地熟睡着……而我们的前哨战士醒着！注视着那些发射冷枪的地方，静听着别人不会听到的不平静的响声，战士的心随着奇怪的响声跳动，战士的眼睛盯着那些不安定的鬼祟的火光。”因为“醉心”带来的盲视，此时的老木杆尚无法共享前哨战士们充满警惕的“边疆感”，这正是战士的“孤独”和“不安”的来源。从这个意义上说，对李三及其“丑陋”的排异过程并不意味着将其彻底抹除，而是将其从哈戛克苗寨所隐喻的“祖国”内部抉发出来，并使之成为一个隔离于“边界”之外的对立面。随着“帝国主义和蒋匪残余的鬼魂”在“边界”之内的覆灭，“帝国主义”作为一个与“祖国”毗邻、对峙的外部意象却更加清晰地昭示出来，原来只在战士视野中存在的“异国那些闪动着不安的火光的山岭”也为老木杆这类普通的苗寨民众所感知和警惕。从这个意义上说，白桦笔下的“边疆”并非现实的边疆，而毋宁说是一个情感的边界——在这个泾渭分明的边界上，“兴奋”“愉快”和“不安”混杂交织的情感被截然界分出分明的“爱”和“憎”。当然，这条情感的边界也成为美学的边界，它既将那些充满浪漫气息的意象和氛围都收束于内，也将那些严酷、晦暗和丑恶的东西阻隔于外。

历史中的“小”与“大”

——《朝阳沟》如何回应青年思想改造问题[1]

◎李娜

《朝阳沟》是豫剧现代戏的里程碑之作。这个诞生于1958年春天的“跃进戏”[2]，在几年演出中不断被打磨、修改，直至1963年拍成豫

[1]从我记事起，《朝阳沟》的唱段和人物，就是家人日常生活中自然的不需思量的存在，这几年与“北京·当代中国史读书会”朋友们对1950年代历史文学的共同研读，激发我反观这“不思量”，探索《朝阳沟》所关联的豫剧现代戏的历史经验，也在此过程中意识到，无论个体自觉不自觉，包括豫剧现代戏在内的戏改的影响，是以各种方式沉淀在几代中原人的生活和魂魄中的。本文最初草稿于2019年4月在北京举办的“作为思想资源的五十年代”研讨会上报告；第二稿于2019年6月在上海大学举办的“共和国文学七十年”研讨会上报告。感谢符鹏和妹妹付朝凤、河南豫剧三团领导和办公室、资料室诸位老师在查找档案过程中给予的支持；感谢何浩、贺照田、张伯江、董丽敏、刘卓、程凯、王东美、陈演池、薛毅、张炼红、孟登迎、李向东等师友在会议、写作过程中的讨论和批评建议。

[2]1958年3月，时任河南豫剧三团团长的杨兰春接受任务，写一出新戏，在全省文化局局长会议后演出，杨兰春与三团用了七天七夜，边写边排，直至演出拉开大幕时，才确定了戏名《朝阳沟》。见杨兰春口述，许欣、张夫力整理:《杨兰春传》，大众文艺出版社，2003年版，第58页。

剧电影，有了基本定型的戏剧剧本和电影剧本。[1]之后，虽有“文革”中被改编十余稿、一度禁演的曲折，《朝阳沟》的唱腔、人物和场景，始终活在从乡村到城市、从节庆到日常的河南人的生活中，也活在诸多在20世纪六七十年代度过青春的国人的记忆中。

这个讲“大跃进”中知识青年上山下乡的戏，迄今动人而“长青”，人们解释其原因，有两个集中的共识：一是，编导杨兰春深厚的生活基础使得人物鲜活、情感动人；二是，作为豫剧现代戏走向成熟的作品，在戏曲音乐和表演上的创造性。这两点无疑是《朝阳沟》鲜明而重要的艺术特征，但有意味的是，包含这两点共识在内的对《朝阳沟》艺术生命的讨论，往往以“虽然是配合特定的政治/时势/宣传……，但……”“艺术与政治两分来看……”作为明示或隐含的前提，也就是说，“政治”在这里是被善意地排除的。[2]的确，被认为与《朝阳沟》主要相关的“政治”——一个“大跃进”，一个“上山下乡”，都被认为是失败了的历史实践，故这一对政治的排除，似乎不必多说。但如果回到50—60年代河南现代戏探索的历史现场，深入了解《朝阳沟》从初创到定型的过程，这一对政治的排除又未必是“不必多说”的。如此

[1]豫剧电影《朝阳沟》，长春电影制片厂，曾未之导演，1963年上映。之后出版了电影文学剧本《朝阳沟》(中国电影出版社，1965)。电影改编过程中，出版了《朝阳沟》戏剧剧本(中国戏剧出版社，1964年版)。戏剧剧本和电影剧本虽不尽相同(电影剧本删去了“二大娘请银环写信”等若干场次，语言更精练)，但基本情节进展、内在逻辑相一致。“文革”过后和21世纪初，豫剧三团对《朝阳沟》有过两次大的复排，依据的基本是1964年的戏剧剧本。

[2]1992年，在北京召开了“杨兰春编导艺术研讨会”，与会发言结集为《杨兰春编导艺术论》(中国戏剧出版社，1993年版)，对《朝阳沟》的评论集中于杨兰春深厚的生活基础使得人物鲜活、情感动人，和朝阳沟作为豫剧现代戏走向成熟的作品在戏曲音乐和表演上的创造性这两个面向。其中章诒和《从宏观角度看杨兰春》提出了艺术和政治两分的观点。新世纪以来讨论“豫剧现代戏的成就与发展”，对《朝阳沟》的评价也着重其“音乐唱腔创新”与“民间文化形态”。其中有所不同的是河南艺术研究院贺宝林和豫剧三团老导演许欣等人的研究、回忆，则提出《朝阳沟》对农村现代化、城乡二元对立问题的思考至今有意义，肯定《朝阳沟》有超越了具体政治政策的“时代性”，不过这种不回避“政治”的肯定，也是以去除产生《朝阳沟》时代的大部分政治性为前提的。

说，是指这种排除政治谈《朝阳沟》成就的方式，会把杨兰春——在这部戏的发展中，所探索的非常具启发性的关于文艺与政治关系的把握方式，而这种把握方式又推动着《朝阳沟》艺术探索的走向——这样一些经验，排除出我们的认知视野。也就是，探讨《朝阳沟》艺术生命所由来——包括如上两个共识所概括的鲜明而重要的艺术特征，实不能脱离当时作为历史中人杨兰春所关切、感受的"政治"去考察。

《朝阳沟》的剧情不复杂：1958年春天，在知识青年到农村去的动员和"大跃进"形势鼓舞下，高中毕业生、城市青年王银环来到未婚夫栓保的山区老家朝阳沟，参加劳动。经历了母亲阻挠、劳动吃苦、思想动摇等困难，在栓保及家人、老支书、邻居的帮助下，银环终于在山区扎下根。从1958年到1963年间的修改，核心剧情不变，但具体情节的演进、人物的形象和银环"思想改造"的逻辑，却发生着细腻的、关键的、富含历史意涵的变化。我们对其创作、修改过程了解得越多，越可能看到，《朝阳沟》如何把时代大背景下被特别倡导的政治、文化意识——"知识青年与劳动人民结合"，逐渐地不以标语口号，而以贴近普通人的情感和经验的方式，落实在"现代戏"这一开拓性的艺术形式中。

本文从《朝阳沟》内涵的时代问题，从1958年到1963年舞台、电影版本的改编细节，以及杨兰春与"豫剧三团"在"大跃进"前后的生活、艺术经验和现实感的变化入手，探求这部戏是如何在回应50年代"青年思想改造"问题的脉络中，艺术生命也越来越笃实、深化的。

一、《朝阳沟》中的《中国青年》：思想改造如何成为问题

（一）"到农村去做有社会主义觉悟有文化的劳动者"

《朝阳沟》的开场，是在一个公园里，银环等待栓保从朝阳沟来找

她，手里拿着报刊——在 1958 年版本里，是《戏剧报》；到了 1963 年的舞台剧本和电影剧本里，成了“看看《中国青年》，翻翻《人民日报》，一会儿愁眉苦脸，一会似笑非笑，究竟为了何事？”[1]

而在拍成的电影里，银环看的是《中国青年报》，镜头拉近，可以看到头版大标题是“到农村去做有社会主义觉悟有文化的劳动者”，银环为之一振，开口唱：“祖国的大建设一日千里……”

《中国青年》则被挪后出场，出现在银环到朝阳沟一段时间后：开始的新鲜劲儿和热情过后，银环因劳动吃苦、乡村生活单调、觉得体力劳动“创造价值太小”等等，越来越感到挫折和委屈；这天，因不会挑水被村里人开玩笑，她摔了水桶回到房间，把床上的书信哗啦扫到地上，镜头拉近，她看到来自“东风剧团”的信——信的下面，有好几本杂志，中间一本《中国青年》，从封面比对查到，是 1958 年第 2 期（1958 年 1 月 16 日出版）；右边一本《中国青年》不好查对；最左边一本封面像剧照，应是戏剧杂志。

《中国青年报》和《中国青年》在电影中的出场和位置，杨兰春（或导演曾未之）当年或许没有多想，但今天看，越琢磨越有意思。《中国青年报》是共青团中央的机关报，开场读报，当是为了表现决心不定的银环（又想考剧团，又想跟栓保下乡），看到“大跃进”信息的思想情感震荡，报纸以头版的通栏标题刊出“到农村去……”，在视觉上有更强的冲击力，配合着她从矛盾到决定的过程。而《中国青年》是团刊，一期的容量比一期报纸大很多，更适合对需要花篇幅的青年思想问题加以捕捉和展开论述。《朝阳沟》是在报纸所代表的氛围中让银环下乡的，之后银环遇到挫折，把杂志“哗啦”划到地上，决心离开朝阳沟——这个细节有意无意透露了，《中国青年》对青年下乡后会遇到的

[1] 杨兰春：《朝阳沟》（豫剧），中国戏剧出版社，1964 年版，第 2 页。

问题的解释或回应，可能是不够有力的。但杂志放在床边，是她伸手可及、随时翻阅之物，又说明，这思想教育所内涵的“知识青年参加农业生产”的理想主义，仍是银环身心的底色。

50年代中期开始，一些城市青年自发赴东北、浙江大陈岛等处开荒的行动，得到共青团的鼓励。1956年1月，中共中央政治局颁布《一九五六年到一九六七年全国农业发展纲要（草案）》，第38条出现了知识青年上山下乡的概念（当时的表达是“下乡上山”）：“教育农村青年热爱祖国、热爱农村、热爱劳动和爱社如家，鼓励他们积极地学习文化和农业科学技术，学习老年和壮年农民的生产经验。农村青年应当成为农村的生产建设和科学文化事业中的突击力量。城市中、小学毕业的青年，除了能够在城市升学、就业的以外，应当积极响应国家的号召，下乡上山去参加生产，参加社会主义建设的伟大事业。我国人口百分之八十五在农村，农业如果不发展，工业不可能单独发展。到农村去工作是非常必要的和极其光荣的。”[1]

从1957年后半年开始——也就是戏中银环所说的，“去年暑假党号召同学们参加农业生产”——到《朝阳沟》写作的1958年3月，《中国青年》密集进行着有关“知识青年要进行思想改造”“知识青年为什么要经过劳动锻炼”“改造农村、改造自己”“小个人主义论”等一系列宣传和讨论。

从《中国青年》上的这些文章可以看到，“农业发展纲要”中表述为农业发展需求的“青年下乡”，在“反右”和农村合作化运动向高级社、人民公社越来越疾速的时代滚动中，在实际推行中，更多地与“青年思想改造”关联起来。1957《中国青年》不少配合“反右”的文章有一个逻辑，青年学生到农村去，通过体认农民对党的感情和信任，通过

[1]《1956—1967全国农业发展纲要（草案）》，人民出版社，1956年版。

接触合作化带来的变化和农民的积极情绪，就能认清、抵御“右派”的攻击。在这些言语、形象和逻辑都相当生硬的文章背后，却透露了另一条实则贯穿了1950—1960年代青年工作的意识脉络：1949年之后成长起来的青年，特别是接受了现代知识教育、对“新中国”有主体责任的青年，要怎么认识和理解占国家绝大多数，又被现代知识体系认为是“非现代的”农村和农民？即使不上山下乡，青年也必须对构成社会非常重要的农村和农民有相当的理解和认识。

杨兰春是真诚地相信知识分子应该与劳动人民结合的。1920年生于河北武安小山村的杨兰春，小时候为口饭吃，自己把自己卖给了武安落子戏班；青年时参加革命，中原突围时，是一边扛着重机枪行军，一边把战斗场面编成快板的宣传队员；1950年被中南局选送到中央戏剧学院学导演系，没读过几年书、在行军时靠前排战友背上贴字条学认字的他，凭着苦学以优秀毕业；1953年到河南省歌剧团任导演（1956年改为河南豫剧三团），像接受战斗任务一样，要闯出一条“用河南人民喜爱的豫剧表现当下劳动人民生活”的现代戏道路。对这样的杨兰春，表现知青下乡、“与劳动人民结合”，不只是配合由上而下的政治要求，也是从自身经历、从乡村变化着的现实出发，对新社会政治理想的自觉回应。

（二）“你少给我上政治课”

“青年思想改造”要作为一个社会工程落实下去，《中国青年》担负着政策宣导、理论推进、落实过程中问题的发现和任务的解决。具体来看1957年9月到1958年3月的《中国青年》的相关文章。

1957年9月—1958年3月《中国青年》有关青年下乡、思想改造的文章

1957年17期

《青年知识分子必须进行思想改造》/ 安子文

18期

《对清华大学迎接毕业生的讲话》/ 蒋南翔

20期

《妻子还乡劳动前后》/ 廉春融

21期

问题与讨论“知识青年为什么要经过劳动锻炼？”/ 黄玉麟

22期

“我们一定要自觉地参加劳动锻炼”专题

《劳动的第一课》/ 黄纯初

《我对农村生活习惯了》/ 曹汉初

《参加农业生产前后》/ 李树翘

问题讨论：“知识青年为什么要经过劳动锻炼”

《哪里需要，哪里就有前途》/ 渠川城

《怎样认识提高业务和劳动锻炼的矛盾》/ 吴荣立

23期

《千锤百炼，改造自己》/ 安子文

《“红”“专”还有先后的问题吗？》/ 梁思成

《要下决心作工人阶级的知识分子》/ 徐震

问题讨论：“知识青年为什么要经过劳动锻炼”

《问题在于实践》/ 徐红年

《这正是党对知识青年的最大关怀》/ 李宗杰

《最重要的是思想感情的变化》/ 谭其贤

《到农村去能使人进步》/ 缪峥

《克服困难就是胜利》/ 邵廷富

《夏青苗求师》/ 浩然

24 期

《今后知识青年锻炼改造的根本道路》/ 李丛

《知识青年为什么要参加劳动生产进行劳动锻炼》/ 邓力群

《才和用》/ 赵树理

《抛掉个人主义吧！》/ 陈庆华

《参加生产劳动是知识青年思想改造的最好方式》/ 奚杏芳

《两点体会》/ 胡睿川

小说《金海接媳妇》/ 浩然

1958 年第 1 期

《编辑部声明》

《应该怎样培养农业技术人才》/ 邓子恢

《能不能从农民身上学到好的思想？——漫谈青年知识分子的思想改造》/ 王任重

《在农业劳动中锻炼成为一个坚强的人——复焦洪瑞同志》/ 谭启龙

第 2 期

《周总理关怀着我们的劳动锻炼》/ 顾慧娟

《因丈夫下乡就想离婚对不对——复杜淑花同志》/ 陶鲁笳

《为什么团报团刊订得这么少》/ 陈公先（读者来信）

《共青团员应该积极阅读团报团刊》

第 3 期

《又红又专，全面不偏》/ 方勤

《改造自己，改造农村》/ 李纯（团中央教育处）

第 4 期

《假期回乡日记》/ 王桂芹

《在劳动锻炼中改造思想、必须有自觉、决心和毅力》/ 曹荻秋

《世界是青年的，青年应该鼓起革命干劲》/ 黄岩

《全国各省（区）农业生产大跃进形势图》

第 5 期

问题讨论“我能不能跃进”

《苹果要熟了》/ 浩然

《谈红与专和对青年的教育问题》/ 石西民

这些文章有几种类型：①具有政策指示性的文章、讲话。如时任中共中央组织部部长的安子文的《青年知识分子必须行思想改造》，为这一工作的政治意涵和思想逻辑定调：知识分子容易倾向资产阶级思想，要改造为倾向工人阶级思想。如何改造？与工农结合，向工农学习，为工农服务，才能发挥自己的作用；为了能够与工农结合，青年知识分子必须去接近、了解和熟悉工农，与工农交朋友，在思想感情上与工农打成一片。1957 年 23 期，又刊发了他在中央国家机关共产主义青年团干部会议上的讲话《千锤百炼，改造自己》，具体谈“大鸣大放反右派”中暴露的青年知识分子问题，两个根本性缺点是“轻视体力劳动”和“个人突出”，容易发展为资产阶级个人主义。“从事脑力劳动的知识分子要和体力劳动相结合，不是有了社会主义制度就可以解决的”，因此“必须痛下决心，参加到生产劳动中去”。同时针对一些青年的“思想抵触”，提出颇为严厉的批评，用的是一种正日益模式化的思想教育反问句，“钢材不是自封的，是必须经过千锤百炼，才能成功的”，“让

我们想一想老一代的革命者吧……他们为什么？还不是为了革命，为了青年一代的幸福，为了全人类的解放吗！”“愚公可以移山，难道我们就不能克服这样一个小小的困难吗”。[1]②青年来信、讨论，以及省市领导的回信。除了正面呼应的文章，有不少专门针对“思想抵触”展开的“问题与讨论”，这些青年提出的有关下乡、劳动的问题往往是具体的，涉及认识、困难、情绪等，被选登当是被认为有代表性。有些在这一时代氛围中看起来颇为严重（大胆）的“思想问题”，可能是编辑的整理和代为“暴露”。1957 年第 21 期特别编发署名黄玉麟的一封信，提出对下乡劳动、改造思想的疑虑，编者按概括为五点：在农村学不了政治理论；农民落后；知识分子屈才；今后选拔干部要考虑是否具有工农资格，违反了任人唯贤的原则；劳动吃不消。[2]有些来信，《中国青年》特别邀请一些省市领导回复，领导多为老革命，多以战争年代经验忆苦思甜，以纠正错误思想倾向为要。③政治说理、思想教育文章，有各行业有名的知识分子，如梁思成、赵树理等，围绕“红”“专”问题、为什么要思想改造、为什么要通过体力劳动改造等论述，多不脱安子文讲话的范畴。④团干部和下乡知识青年的经验讲述，“现身说法”下乡如何过关：思想关、家庭关、劳动艰苦关、感情关、社会舆论关等。⑤小说、报道、日记等文艺作品。如浩然的《夏青苗求师》《金海接媳妇》《苹果熟了》，廉春融的《妻子还乡劳动前后》和王桂芹的《假期返乡日记》。

从 1958 年第 6 期开始，这方面文章逐渐少了，增多的是关于“大跃进”的报道和“能不能跃进”的讨论——劳动锻炼作为“思想改造”的问题已经告一段落，接下来需要的是投身“跃进”、要想的是怎么才

[1]《中国青年》1957 年第 23 期，第 4—5 页。

[2]《中国青年》1957 年第 21 期，问题与讨论“知识青年为什么要经过劳动锻炼”，第 33—34 页。

能“跃进”。那么，在这个急迫的时代氛围和急切的思想政治教育之下，“青年下乡与思想改造”的实际状况究竟如何？

回到电影《朝阳沟》中，银环捡起《中国青年》杂志上面的信，看到是剧团通知她去参加复试，心情进一步动摇：

亲亲娘，祖奶奶，谁叫我到这里来！
上午挑下午抬，累得我腰疼脖子歪。
至如今想起来，一辈子干农业有点屈才。

栓保进来，捡起地上的杂志，试图劝慰银环。“吃饭去吧”，“不吃”，“我给你端去”，“不用”。“你先喝点水！”“不喝”。“那你休息吧！”“不要你管！”要走的栓保转身回来，终于忍耐不住，于是有了一场精彩的情侣吵架。

栓保：银环，两句笑话，值得这样？

银环：我把我妈的意愿、我个人的前途、远大的理想、我的一切全都放弃，一心一意来为你们服务……

栓保：那俺爹、俺娘、俺妹妹，全县、全省、全国劳动人民，又是为谁服务哩？

银环：你爹进步，你娘先进，你妹子光荣，你伟大。我和你比啥哩。

栓保：你这叫啥话呀。

银环：啥话？我想过了，我还是考剧团去！

栓保：你这是这山望着那山高。

银环：芥末拌凉菜，各人有心爱。

栓保：你到底有啥想法，咱好好说说。

银环：我不是说过了么，你伟大，我渺小，你全家都光荣，全国就属我落后。

栓保：你还叫我说话不？

银环：我又没把你嘴糊住。

栓保：银环同志！

银环：噫。真没意思。

栓保站起来，唱：

咱两个在学校整整三年，
相处之中无话不谈。
我难忘你叫我看《董存瑞》，
我记得你叫我看《刘胡兰》。
董存瑞为人民粉身碎骨，
刘胡兰为祖国把血流干。
咱看了一遍又一遍，
你蓝笔点来我红笔圈。
我也曾感动地流过眼泪，
你也曾写诗词贴在床边。
你说过党叫干啥就干啥，
决不能挑肥拣瘦讲价钱。
你说的话你讲的话，
你一字一句全忘完。
想想烈士比比咱，
有什么苦来怕什么难。
你要愿走你就走，

我坚决在农村干他一百年。

“劝人说理”是河南梆子的拿手戏，有特有的行腔声韵，而返乡青年栓保劝的是爱人同志，讲的是家国的新道理，从掏心掏肺，到意气激昂，恨铁不成钢，给河南梆子的“劝”戏添了动人的属于时代青年的新腔调；这段唱也是豫剧男声唱腔改革的范例，是攻克不用假嗓表现新时代男性的难题迈出的重要一步，此后成了学现代戏小生的必练，昵称“一百年”。至今，一个河南汉子，不管在舞台上还是在卡拉OK里唱起这段，都会焕发出一种特别的精气神儿。但是在1963年的电影中，银环在身体吃不消、劳动技能掌握不住和剧团“前途”的诱惑中，想离开朝阳沟的心思，并没有被这段唱打动，她一直气呼呼地背对、躲避着栓保，最后回以“你少给我上政治课……”[1]（舞台剧本则为：你少给我来这一套！[2]）

这场情侣吵架，把“思想改造”的难度如此生动地吵了出来。

栓保唱得动情，说得有理（使用与安子文一致的语言方式），银环无言以对，她也是要求进步的啊，在班里曾紧跟着栓保报名下乡——无言以对，但安不下心来，只好以赌气耍赖的方式顶回去，“反正我落后”。如果把银环和《中国青年》上写《假期返乡日记》的王桂芹相比，王桂芹有农村出生、生活的经验，有个父亲是革命干部的“好家庭”熏陶，身体和心灵与农村的距离很近；银环在城里长大，有个阻挠其下乡的小市民妈妈，她被下乡的光荣鼓动和栓保的爱情牵动，但面对现实是缺乏身心准备的。何况，银环不是假期返乡，而是要扎根山区，做“第一代有文化的农民”，银环要经受的考验是更大的。

按照《中国青年》上相关思想教育、问题讨论的逻辑，一个青年如

[1]杨兰春:《朝阳沟》（电影文学剧本），中国电影出版社，1965年版，第35页。

[2]杨兰春:《朝阳沟》（豫剧），北京出版社，1964年版，第33页。

果思想正确了，就什么都顺了；劳动是只要经过锻炼，坚持一段时间就好了；思想感情关，则是和农民生活在一起，就会被感化、教育，学会从农民的思想情感看待事物。表面看起来，银环遇到的种种问题，都不出《中国青年》所论几个“关”的范畴，但银环怎么过这些关，恰恰透露了，这些“关”的过法，都并非是有了“好思想”，又有了劳动、农村这些实践领域的转换，就会自然达到的。在这里，最难的不是思想，是身心。银环问题的普遍性或说代表性恰恰在于，她身心的不坚实、动摇、面对城乡差异和实现“个人价值”的困惑、患得患失，是这个阶段的普通青年层面共享的。《中国青年》“问题与讨论”中的青年来信，除了一般的“思想认识问题”（如认为农民自私、落后），还反复触及了这个特别苦恼的不容易讲清楚的身心问题。有的说，在主观上、思想上，自己都是要求上进的，在行动上也做种种努力，但总是一阵高昂一阵低落。有封信甚至说，有同学说他的情绪反复是“生理问题”，自己也不禁怀疑，难道动摇性是先天的？对这些信的回复和讨论，几乎都是用“批评教育”的方式。同龄人多有激烈的批评，领导干部则更多忆苦思甜和鼓励教导。如果结合这一阶段国家的发展计划在社会层面上的推进和波折来看，“身心”问题，内涵的既不只是青年来信中疑惑的个人精神 / 生理问题，也不只是批评者直接以大的观念逻辑覆盖的“觉悟问题”。青年在“理想”和“现实”，“理论”和“实践”中所感受的矛盾，表现为思维、情感、情绪、意识、无意识的各种问题，实则都有着要正面面对、细腻把握的现实内涵。而青年工作此时对“有问题的身心”的捕捉与应对，譬如，批判“娇气、暮气”等四气——在 1958 年版《朝阳沟》中，栓保也用这两个词批评银环——把本当从多方面状况认识、回应的青年状态，简化为个人品性评判，加以严厉地批评和嘲讽，虽则可能对部分青年起到“警诫”作用，却也可能遮蔽了对有问题的现实状况的认识和改变。

如何触及身心情感，文艺本来有其特别的优势，但与此相关的文艺也正遭逢着公式化或概念化的困扰。栓保用以开导银环的“共读董存瑞和刘胡兰”，涉及其时对革命历史的讲述方式。在五六十年代的革命历史文学中，英雄如何成为英雄，越来越固着为几个特定因素，一是党的召唤，一是阶级仇恨。英雄如何在具体的生活环境下成为那样的人——这个意义上的“成长”叙述往往是缺失的。这可能引发的一个后果是，青年容易为激越的革命故事所打动和召唤，但这个被召唤的理想性如何在平凡的生活和工作中落实、生长，缺失“成长”叙述的文学就难以提供绵延有力的护持。[1]

再以《中国青年》上配合这一思想工作的文艺作品来看。浩然的作品最多。《夏青苗求师》写专员的儿子下乡，拜老羊倌为师，学习放羊的故事。《金海接媳妇》讲述初中毕业的李桂芝，为了到城里生活，嫁给了在机关工作的金海；一年后，金海去接媳妇，但李桂芝在这一年里当上了村里的保健员，找到了自己的价值，不想进城了。《苹果熟了》以一女两男的感情故事讲知识青年要和工农结合，思想不正确的男青年被生硬地道德丑化。这几篇小说的共同点是有如一个带着任务下乡而没有深入生活的干部，急切于把人物、情节对应政治要求，对乡村生活的细节、脉络和人的风貌的描写，粗糙而隔膜。此外，《金海接媳妇》与另一篇廉春融的《妻子还乡劳动前后》，都回避了“夫妻分离”这一干部下乡、家属回乡之后的生活实际的处理，如同相关思想政治文章一样，用理想教育和宣讲形势的方式，把日常生活直接消解了。王桂芹的《假期返乡日记》有较为生动的生活观察和体验，被毛泽东批示“住半

[1]1955年杨兰春执导了从中央歌舞团移植的《刘胡兰》，从其回忆和相关回应可以看到，杨兰春对刘胡兰的呈现，很注重围绕这个十几岁的乡村姑娘的亲情、恋情对其成长的作用，这个戏对革命史的讲述方式获得了观众欢迎，却一度因为“刘胡兰谈恋爱”和叛徒的情节而被停演。

个月不够，至少住一个月”后出版并广为传播——但这个女青年如前所述，假期短时间返乡，又有支持她的革命家庭，属于一种挑战性不那么强的境况，而这个时期的“下乡青年”要面对更大考验，家庭环境也多不能如王桂芹那样理想。

回到《朝阳沟》，被银环扫落在地的《中国青年》，可以是一个有意无意的隐喻：面对这一“青年思想改造”工作，《中国青年》从思想政治教育到文艺创作，都不够做有力的支撑了。对要求进步的青年银环，连栓保这样“无话不谈”的爱人，以曾经同样感动她的革命故事激励，都没用了，“少给我上政治课”，若论上政治课，“我比你懂得多”。“你全家都光荣，全国就属我落后”，赌气的话泼出去，虽然不意味着银环真的要告别理想，却堵上了“理想教育”的口。

有意思的是，1958 年第 1 期的《中国青年》特别重申了团刊的性质和任务。

> ……
>
> “中国青年”指导团的工作，特别是团的思想教育工作。“中国青年”经常注意向青年进行革命传统的教育，随时介绍祖国各个建设战线上的先进人物和英雄模范事迹，反映祖国社会主义建设中的前进面貌，发表反映当前现实生活斗争的特写、小说、剧本等，也介绍科学知识和文学艺术知识。
>
> ……
>
> 中国青年编辑部正在努力把《中国青年》进一步办成一个既有深刻的思想内容，又生动活泼、丰富多彩，为青年十分喜爱的刊物。

做“思想教育”工作，要生动活泼，让青年喜爱和接受。这一目标的被重新强调，或反映了他们自己对现状也不满意。在1957年23期和被银环扫落在地的1958年第2期《中国青年》上，我们看到诸如《为什么团报团刊订得这样少》的读者来信和《共青团员应该积极阅读团报团刊》的短评。读者来信归因于团员自身不够重视；编辑归因于自己办得内容不够丰富充实、发行有缺点……在1958年第6期上，则借着“大跃进”氛围提出了“团报团刊的订阅也要跃进”的规划。

问题出在哪儿呢，仅仅是思想教育搞得不够“生动活泼”吗？从《中国青年》相关文章和《朝阳沟》一幕的对照，可以看到，面对青年的“思想工作”用自以为有力的理想教育回避甚至取消身心问题，愈急迫愈生硬，成了有压迫性的“政治”，或许才是更深层的因素。而不管个人订阅量如何，《中国青年》作为机关刊物对各层级青年工作的意义是不容忽视的——它的问题，折射着这一“青年工作”的问题。

在这个背景下看《朝阳沟》的成功和它引发的回响，尤其是电影放映后在全国的影响——银环和栓保每天论麻袋地收到各地来信，许多青年为之感召下了乡，农民、市民，都真挚地喜爱他们，银环、栓保和“亲家母”等唱段，几乎成了一个时代的青年流行歌曲——便有特别的分析意义。那就是，《朝阳沟》是否找到了把青年的身心问题打开的方式，不只是“生动活泼”，而是能把身心与理想更坚实地连接起来，落在激越时代的平凡的日常生活中的。

二、改造之路（1958—1963）：杨兰春与银环

（一）1958：生活、形势与杨兰春的现实感

说起《朝阳沟》当年如何“跃进”出来，多会提到它源于一位领导的要求，但在杨兰春和同事们的回忆中，在河南文联的文艺刊物《奔流》中可以看到，第一，这位领导——时任河南省文化事业管理局副局

长的冯纪汉，是杨兰春尊重的“懂行”的领导，在主管豫剧戏改、现代戏探索的工作中，他留下了诸多有史料与理论价值的文章[1]——1958年春，这样的他询问杨兰春，能否为将要召开的“全省文化局长会议”写一出戏。第二，杨兰春的答应，首先是“老冯作为我的老领导，他遇事总是那样关心、随和地跟我商量、探讨，从来不轻易下硬任务，我要是不写个剧本实在对不起人”；同时，他早就在琢磨一个新戏了。[2]

这“不写个剧本实在对不起人”，应该不只对冯纪汉。

1953年，杨兰春刚来河南省歌剧团当导演时，这个团还在寻摸方向。歌剧团的成立源于1951年河南全省文工团整合撤并，适合唱歌、跳舞的、有戏曲基础的人分到了歌剧团。歌剧团最早的方针是用“地方音调和地方艺术来创造新歌剧”，在演出和群众反应中逐渐调整、确立了“以豫剧的形式反映现代生活”，也就是现代戏（起初叫“时装豫剧”）。杨兰春与音乐搭档王基笑、梁思晖等人，苦学钻研他们原本不熟悉的豫剧，先后移植了沪剧《罗汉钱》（1953）、歌剧《小二黑结婚》（1953）、《一个志愿军的未婚妻》（1954）等戏。1955年，杨兰春和伙伴们从中央歌舞团移植《刘胡兰》，在音乐革新上“步子迈大了一点”，引发观众热烈反应的同时，也引发很大争议，甚至被指责为“豫剧的叛徒”；而戏中的叛徒角色和“刘胡兰谈恋爱”的情节，更导致了戏被停演，倾注极大心力的杨兰春气得“一头扎进水缸”，给自己降温。1956年河南豫剧院成立，以演现代戏为主的“三团”建制，而现代戏的处境却跌入低谷。此时全国性的戏曲改革提倡“翻墙倒柜挖掘遗产”，豫剧传统戏也迎来小阳春。而“现代戏”提倡的生活化的表演和变革中的唱

[1]见冯南星等主编:《冯纪汉纪念文集》，中州古籍出版社，1995年版。《奔流》（戏剧专刊）（1963—1965）。

[2]这段回忆在多处提及，互有补充，见杨兰春:《好难舍好难忘的朝阳沟》，载《大舞台》2004年第4期；以及杨兰春口述，许欣、张夫力整理:《杨兰春传》，大众文艺出版社，2003年版，第56—57页。

腔，在新鲜感过后，开始被观众嫌弃“没有味道”，特别是在农村，出现票都卖不出去的窘境，“观众说三团的戏是‘不穿箱，不化妆，唱起来都是卖红薯腔’”。[1]更根本、核心的问题是反映现实生活的好剧本的匮乏。1957年，三团在豫剧院的存活岌岌可危，杨兰春和时任副团长——《朝阳沟》中扮演栓保的王善朴，想请演传统戏为主的一团二团收留，“只要把这部分人留下来，储备了力量，一旦有机会再演现代戏，他们会发挥作用”。[2]也是这一年，倔强的杨兰春为《刘胡兰》所累，以“有反党情绪”之名，被停止工作，下放豫西山区。直至年底，“三团”在省委主管文艺的领导的力挺下，终得以保留并独立建制；杨兰春也被召回，任三团团长。在豫剧现代戏探索中，给予极重要支持的文化领导，“懂行”外，更有一种属于时代的责任感：“轰轰烈烈的社会主义建设，不能没有一个专门的艺术团体去表现它……”[3]下放归来的杨兰春，“不写个戏对不起人”，或许早就在心里了。[4]

也即，看似在“大跃进”中为具体政策、时代氛围激发的《朝阳沟》，实则酝酿于这样一个个人遭际、现代戏困境与时代风云聚合的时刻。

人们大多会说《朝阳沟》能够七天七夜“跃进出来”，有赖杨兰春“深厚的生活基础”，这“生活”，得来非易。在一篇类似讲课稿的

[1]李红艳:《忆往昔，峥嵘岁月稠——王善朴、杨华瑞访谈》,《口述三团》，河南人民出版社，2012年版。

[2]有关1956、1957年豫剧三团的危机，在杨兰春和多位三团第一代人的回忆中有动情的讲述。参见李红艳:《忆往昔，峥嵘岁月稠——王善朴、杨华瑞访谈》；赵培强:《学好民族艺术、反映戏代生活——柳兰芳访谈录》;《戏曲现代戏的旗帜永远飘扬——许欣访谈》。《口述三团》，河南人民出版社，2012年版。

[3]这段历程，结合杨兰春的口述《下令停演刘胡兰》和张迈的《三起三落终不倒——河南省豫剧三团坚持演现代戏三十年》得见。杨兰春口述，许欣、张夫力整理:《杨兰春传》，大众文艺出版社，2003年版，第52—54、239—240页。

[4]杨兰春的口述回忆中常提及《朝阳沟》来源于曹村的生活经验，但从不提是不是“下放”，不提他这一时期受到的批判。

谈“深入生活”的文章中，杨兰春提到在1957年之前，他排演的多是战争时期和新中国成立初期的农村故事，是他熟悉的生活，“在启发演员的时候，内心不虚、舌根不软……不论谈到村庄或人物、斗争故事或人情风俗，一想就是一大片，言之有物，活灵活现。就如同山沟的柴火堆，随便捞点就可以做顿饭”。但要排演“反映新农村生活”的戏时，他感觉“生活”不够用了。[1]1953—1956年农村合作化带给乡村的变动是广泛而深刻的，而这个阶段的杨兰春正在苦学豫剧传统，在移植剧作中摸索现代戏的规律。现在，在危机中得以独立建制的三团，需要一个立得住的、表现“当下生活”的创作。此前《刘胡兰》虽然引发激烈争议，但也是从这里，从导演、表演到唱腔革新已取得了相当的经验和突破；演员们，特别是原文工团的女学生们，不再疙瘩“革命工作者怎么能学旧戏”，这一思想感情的转变，也有待一场好戏、一个胜利来巩固；差点被解散的经历，更是最有效的动员：“大家都憋着一口气。”万事俱备，只欠“生活”。

1957年下乡劳动，虽然在杨兰春的讲课文章里是作为“深入生活不够，还不能真正站在农民的思想感情里面”的例子，但在事实上，却是他接触农村新生活，写出《朝阳沟》、打破现代戏胶着局面的契机。杨兰春在曹村劳动，干起活来，比得上一个壮劳力；闲来说起快板，有村民认出了他——1945年他在这儿参加了攻打大冶镇的战役——那个“瓦片书老杨”！他去拜祭埋骨此处的战友，他记下了人们从新生活中长出来的鲜活语言，他听到那位引动他构思银环故事的老农民的担忧：“老杨，你说这新社会，谁家的孩子不念两天书，谁家的姑娘不上几天学？读两天书上两天学都不想种地了，这地叫谁种呢？哪能把脖子扎起来？”

[1]杨兰春：《“浅”了不行——漫谈深入生活》，武安市政协学习文史委员会编：《武安文史资料第七辑》，《戏曲编导杨兰春》，2000年9月，第142—152页。

杨兰春说：我觉得他说出了一个真理。

老农的担忧，在当时和后来历史的开展中看，都并非“真理”，杨兰春和他共鸣的，应该说，其实是对读了书的青年会看不起乡村这一状况的担忧。他也是在这个意义上，想起了报纸上开始大力宣传的“知识青年下乡”。无论如何，1958年豫剧现代戏的翻身之作，是这样碰撞上了时代主旋律。村子里一个叫银环的下乡知青，遂成了杨兰春构思故事的起点。此时三十八岁的杨兰春，如何看待这些和平年代的年轻人？在戏中，他借二大娘之口，说如今的年轻人“没有吃过旧社会的苦，坐到了蜜罐中还嫌不甜”，这是当时很流行的一个说法，或许是“忆苦思甜”被过度使用的一个结果。[1]

因此，在1958年的三月，他写这个戏时，站在国家和乡村的立场上，一方面塑造了一个热情、纯真的知识青年银环，一方面，对银环的患得患失、“娇气”的批评是直接而简单的。对银环娘这样看不起农村的城里人，调用了传统戏曲里丑角的方式刻画；而山沟里的人，栓保责怪银环也好，栓保娘与银环娘的“交锋”也好，都是出于自己“在理儿”而针锋相对，流露了一种强烈的维护乡村的执拗，却缺少了对（即将成为的）亲人的包容情感。杨兰春此时的现实感，似乎是对城乡差异的忧心和不平，使他更自然地接受大形势对“两条路线”斗争的强调，在处理人物的矛盾时，不只栓保、栓保娘，银环对自己落后的娘，同样要毫不留情地批评和斗争。也就是说，剧中人的相互关系，都首先被身份、政治上的“进步”和“两条路线的斗争”所规定。而银环娘的丑角化，虽然便于从传统戏借力，也更有喜剧效果，但却带来一个问题：把有着此一时期社会结构原因的城里人歧视乡下人，简单归给了阶级身份和个人道德。虽然，杨兰春依照他在中央戏剧学院所学斯坦尼斯拉夫斯

[1]在浩然的小说《夏青苗求师》中，老羊倌也如此揣度来拜师的年轻人，“这时的年轻人，就是太娇嫩了”。载《中国青年》1957年第23期，第37页。

基的“体验”理论，要求每个演员为自己的角色写出“小传”，1958 年的唱词中，他也为银环娘写了大段讲述旧社会受苦、拉扯银环长大的经历，但在“两条路线斗争”的紧箍咒下，“小市民”银环娘近于“敌对者”。这相应影响了山里人的形象：银环娘第一次到朝阳沟、和众人吵架的场景里，栓保娘用了传统戏曲里泼妇擅长的指桑骂槐的方式来回击。[1]

但即使这样被“斗争”规定关系的角色，由于有了杨兰春的生活基础和表现天赋，很多部分仍是鲜活和亲切的。当年有北京来的兄弟艺术团体观看，也惊喜于它浓厚的农村生活气息。不过，有些有生活基础的情节，却不一定能和主题配合好。比如，栓保娘对银环的百般呵护，如当年评论者所指出的，有“乡下人高攀了一个城里女学生做媳妇，因而喜出望外的成分”[2]——比起 1963 年版更有觉悟的栓保娘，这可能是更普遍的真实，但不只是如论者所遗憾的，这有点损害劳动人民的形象，让人不舒服，而更是，1963 年版的栓保娘又呵护银环、又能不失客观地看待银环的弱点，能为“知识青年如何扎根乡村”带来更多的内涵和层次。

也就是说，1958 年版《朝阳沟》中的现实主义，一方面被强调斗争的逻辑所规定限制，一方面，对“生活基础”的挪用和剧本核心要处理的问题之间，也缺少一种有机的配合。因此，对最关键的问题“银环的思想转变”，拿不出更有说服力的情节展开，只能硬生生地系于社长（1958 年春，朝阳沟当是成立了高级社的阶段）一大段“思想教育”，而教育方式，是拿别的社有下乡知青逃跑了的事情，来敲山震虎，同时像《中国青年》一样“忆苦思甜”和“指出光明前途”——只不过，与戏的整体风格相应，社长大段独白的“忆苦思甜”，用的是合辙押韵的

[1]杨兰春:《朝阳沟》(豫剧)，河南人民出版社，1958 年版，第 17—19 页。

[2]沈峣:《一出社会主义的新戏曲》，载《戏剧报》1964 年第 1 期。

小戏道白。

不管怎样，这个被杨兰春在回忆中称作“有些地方差三隔四”，还很“粗糙”的1958版《朝阳沟》，获得了其时看戏的文化干部们热烈的笑声和肯定，4月来到郑州的周恩来看了之后，建议进京演出。

之后，《朝阳沟》开始在城里和乡村的频繁演出中收获意见。杨兰春有个习惯，剧团演出时他就坐在观众中间观察反应，散场时便听人们的议论。首先被提出的是：银环娘的转变缺乏铺垫，不大合理。银环娘在开头追着银环到山沟吵闹一通后，中间并无环节再现身，就直接在末场来朝阳沟和解、落户了。她的台词是：“城里头现在多少干部都下乡啦，就是在城里上学的学生每天也得参加劳动，街道上也是辩论、学习、开会，我还参加种树啦！这会儿谁害怕下乡啊。”[1]

杨兰春曾说这个戏的目的是“反映人们的社会主义思想不断提高”，但如果用他爱用的民间俗话描述1958年版《朝阳沟》的基调，可以说是“得理不饶人”和“形势比人强”的综合，人物“社会主义思想的提高”，交织着“落后”的人们在大的形势中不得不跟上，为形势所迫之感。银环娘如此，银环也是。银环带着那么多没有解决的小情绪、实际问题和思想包袱，只需社长一番新旧社会的对比就“恍然大悟”，并且痛骂自己“白披了一张人皮”——这在《中国青年》的思想教育文章中也许行得通，但在从生活和情感经验出发看戏的观众这里，就会觉得不满足。从这里也可以看到正在创造中的豫剧现代戏，在观众接受层面上，不同于传统戏的一个处境：人们对传统戏曲的欣赏，具有对特定艺术形式和演员技艺、风格的依赖，一些不合情理的地方往往可以不计较，而对于直接表现当下生活的现代戏，合不合情理，变得突出了。这对于现代戏这一新艺术形式的探索，无疑是重要的推动力；而现代戏在

[1]杨兰春:《朝阳沟》(豫剧)，河南人民出版社，1958年版，第54页。

很多时候，也确实比传统戏更直接也更具能动性地介入了国家政策与社会人心的沟通。

这年夏天,《朝阳沟》进京了。

随着 1958 年“大跃进”形势的发展，负有表现“轰轰烈烈的社会主义建设”责任的“现代戏”受到更多重视。文化部为“多演现代戏，推广现代戏”，自 1958 年 6 月 13 日起举行为期约一个月的戏曲表现现代生活座谈会，同时组织全国有现代戏经验的戏曲剧团在京联合公演。[1]《人民日报》还为此专门开辟了“推荐现代题材戏曲剧目”的专栏，6 月 19 日，发表了一篇林涵表写的《豫剧跃进好戏“朝阳沟”》，除了肯定《朝阳沟》表现青年下乡后的思想变化，以及“也在一定程度上反映出社会主义农村劳动群众的新风格新面貌”，突出的是对《朝阳沟》的“生动”和喜剧性的赞美。

> 作者充分地发挥了豫剧善唱的特点，剧中有优美而能表现性格的唱腔，唱词也很生动形象。导演是有才能的，他运用了闹剧的手法把整个戏搞得有声有色，使人物在许多喜剧性的表演当中突出了。像栓保娘，一唱一白、一举一动都能深刻地表现她的性格特征。银环和栓保的妹妹有几段戏也很巧妙。例如银环转变后和栓保妹妹睡在一个被窝里谈心，两个人轮流着一起一卧，抒情对唱，生动地表现了年轻姑娘的精神状貌。田间识字一场，也处理得很好。通过优美的问答式的领唱和合唱，通过舞蹈，鲜明地表现了社会主义新农村劳动群众朝气勃勃的精神面貌，表现了农民的跃进气概。

[1]1958 年 6 月 11 日《人民日报》本报讯：“……自 6 月 13 日起举行为期约一个月的戏曲表现现代生活座谈会，为了有助于这个座谈会的讨论和研究，文化部组织了上海市人民沪剧团、武汉市楚剧团、河南豫剧院三团、湖南省花鼓戏剧团、福建省闽剧实验剧团以及北京演出现代戏的京剧、评剧、曲剧等单位举行现代题材戏曲联合公演。”

林文提出的不足之处是：

> 主要是缺少真正的生活冲突的描写，人物性格不能在真正的矛盾冲突中充分展示出来。银环与栓保之间的矛盾是存在的，但我们很少看到栓保对银环的斗争与帮助。下乡前栓保显得太暴躁，下乡后栓保对银环也缺乏真诚的帮助。矛盾展不开，银环的转变就有点轻飘，栓保的性格也因此显得不鲜明，后半部的戏主线也就模糊了。[1]

杨兰春在“戏曲表现现代生活座谈会”上的发言，却并没有多介绍《朝阳沟》，而是历数了1953年以来学习吸收传统遗产中犯的错误，以及为了表现现代生活，在唱腔上面对的各种困难和突破。可以看到，杨兰春对《刘胡兰》的“变革”有细致的反省，用建设性转化的方式吸收了对它的批评意见。[2]他所讲的唱腔变化等细节，不是河南人的观众，或者不了解豫剧的观众，其实很难体察的，而林涵表对唱腔的称赞，特别是举栓保娘的例子，敏锐感知到了豫剧现代戏探索中至为关键的问题：如何为现代人物创造出符合他们性格的唱腔？的确，这是以往的豫剧艺术中所没有的，一个相对容易表述的问题是男声不能再用假嗓来表现农民、战士，不容易表述的，是对像银环、栓保、栓保娘这样的“新人”“青年思想改造”这样的新事物，如何能用戏曲贴近，甚而创造出新的情感和审美经验。

[1]林涵表：《豫剧跃进好戏“朝阳沟”》，载《人民日报》1958年6月19日第8版。
[2]杨兰春：《以河南梆子反映现代生活的几点体会——在全国戏曲现代题材联合公演座谈会上的发言》，见杨兰春口述，许欣、张夫力整理：《杨兰春传》，大众文艺出版社，2003年版，第254—273页。

《朝阳沟》出名了，不少地方剧团要求搬演这出戏，剧本很快出版，杨兰春特地写了如下排演提示：

> 这个剧本虽然表现了人物之间的尖锐斗争和新旧思想的冲突，但它是在“大跃进”的情况下发生的，而且也是在全面“大跃进”的感召下解决了矛盾，因此全剧要放在“大跃进”的气氛中去处理。就拿银环上场唱的一段来说，虽然她很烦闷、消极、犹豫，没有决心去参加农业劳动，但她却不由自主地受着“大跃进”这个客观现实的影响，激起内心的自我矛盾。[1]

综上来看，无论杨兰春的创作，还是从城乡观众到戏曲专家再到国家领导层对 1958 年版《朝阳沟》的接受，都有着特定的“大跃进”社会心理氛围，但与这个特定氛围相关，让《朝阳沟》被肯定、被欢迎，且蕴含了进一步发展、完善潜力的，更可能是，它展现出来的艺术形式的新颖（特别是唱腔的创新）和生活化的喜剧风格，以及政治表达的活泼和亲切。1956 年李准写过一篇小说《灰色的帆蓬》，涉及当时为配合农村合作化具体政策、工作的推行，要求戏剧团和曲艺艺人“硬创造”；[2]“反右”“大跃进”前后《中国青年》上刊登的相关文艺作品，可以说许多也是“硬创造”，和这些“硬创造”作品相比，更可以看到，《朝阳沟》这一从日常生活细节中出来的喜剧性和不以标语口号表现政

[1]杨兰春：《朝阳沟》（豫剧），河南人民出版社，1958 年版，封底。

[2]李准这篇小说的风格，与差不多同一时期写农村新人的小说颇为不同，既含蓄，又尖锐。“硬凑”的戏群众不喜欢，这种不顾艺术规律的创造方式，也让老艺人对艺术和观众的忠实情感受伤害，同时，更为严重的，是管文化工作的基层干部为迎合上级，由此滋生的欺上瞒下、如同能趁八面风的帆蓬一样的人格与工作方式。小说发表不久即在反右的氛围下受到严厉批判。收入《中国新文艺大系短篇小说集（1949—1966）上卷》，中国文联出版公司，1989 年版，第 605—608 页。

治的难得。至于它的不合情理之处——银环娘转变的缺乏铺垫，则很快就通过增加银环娘写信、送手电筒、银环回家探病等情节来弥补了。银环转变的问题，则需要更多的时间。

如何使银环的转变更合理、不轻飘？1963年修订的《朝阳沟》对“银环如何转变”，有了让这个戏最终成为经典的变化，但其变化方向，并非沿着《人民日报》上的评论所建议的，加强栓保对银环的帮助和斗争，却是沿着银环的“自我冲突”的更细腻的表达，以及周遭人与环境对她的体谅、召唤和容纳来展开的。

那么，不同于《人民日报》评论建议的1963年版银环“思想转变”，到底是怎么发生的？是否有着特别的理解价值呢？

（二）银环是个什么姑娘：恁娘愁俺娘也愁

银环首先是一个新社会寄予期望、有理想的知识女青年；其次是一个没有过什么风雨历练，身心还不坚实的知识女青年。从1958到1963年，银环的基本形象是稳定的，变的是认识：杨兰春和戏中人对她的认识更细了，帮助她的办法也更尽情尽理。

在第一场“公园里”，银环迟迟没有动身到朝阳沟去，按照她说的，是娘的阻拦，一提下乡就暴怒，“脚踩门台骂到天明，她一直骂我到七点钟”。而栓保问：“你自己到底有没有决心？”

“没有决心，为啥一次一次给你去信。”

“去信还不是光听雷不下雨。”[1]

……

“到农村去是光荣的”，这个国家、社会的大形势和同学们的激励，让银环毫不犹豫报名下乡；母亲的反对和剧团的诱惑又让她下不定决

[1]杨兰春：《朝阳沟》（豫剧），中国戏剧出版社，1964年版，第4页。

心；栓保用撕掉两人的合影激将她（实则偷偷藏起照片，撕了信封），银环伤心懊恼；和即将下乡的女同学们话别后，栓保回来了，合影也回来了——银环破涕为笑，给栓保的眼神，含着娇嗔，却一下子踏实了，明朗了，“走就走”。这个“下决心”的波折，说明了志同道合的爱情于银环的重要。第一场银环的性格是这样在恋爱关系中展现的：当她心思不定、患得患失时，面对安抚，掉眼泪，面对责备，则牙尖嘴利、胡搅蛮缠。但这里仍有一种富含时代气息的纯真、飒爽的任性。杨兰春对情侣拌嘴的语言和节奏把握得异常生动，据他说，这来自对公园花丛中一对恋人吵架的观察。他又给了银环一个“娇气”的标志，每在意志动摇时出现台词：“我真后悔。”而栓保的回应“你又后悔啥哩”，有点无奈，说明这是她的某种惯常心理反应机制，有时用于自责（我没有早跟你下乡，导致现在为难），有时用于怨叹（我咋没有去考剧团！就不用在这山沟受苦了）。这细腻的心理、性格塑造，透露了银环下乡遭遇困难后会有的动摇。

但这样的银环仍然是可爱的。与接受现代教育、拥有一定社会资源有关的“患得患失”之类的弱点，没有掩盖她作为新时代知识青年的朝气。当银环与栓保终于拉着手奔赴朝阳沟，1963 年的电影多了一场繁花似锦的“双上山”。在明媚又深远的山中风景里，看什么都新鲜的银环雀跃不已，舞蹈动作借鉴了很多戏曲程式，优美而不夸张；栓保则以生活化的身体姿态和朴素诙谐的唱腔回应。这个场景使人觉得既熟悉，又陌生。它与传统戏曲里经典的“生旦同游”有相似的青春情致，构成生机勃勃的春天的一部分，但又不同，这对情侣与梯田、油菜花、果树、庄稼的关系包含了即将面对的生产劳动，“改天换地”“改变穷山沟面貌”的创造性的劳动。

这个“双上山”，此后成了脍炙人口的唱段。看起来，暂时放下了思想包袱、闯过“家庭阻拦关”的银环，要开始全心全意拥抱新生活了，但此时的土地对她而言，尚不是一种“劳动”关系，只是寄寓希望的对象，这同样为她之后遭遇的挫折埋下伏笔。同时，电影蒙太奇让开场银环坐在公园里掉泪时，就切换进来村子里栓保娘看着银环照片笑、邻居二大娘来串门的一幕。二大娘说：

> 我说那城里的学生呀，你算摸不透她的脾气。要是叫她来咱这游山逛景啊，她看见这儿说美极啦，看见那儿说的好的了不得！拾个石头蛋儿也装起来，见个黄蒿叶叶夹到本子里，说这个可以做纪念、那个可以送朋友。要真叫她在这儿长住啊，又嫌山高啦，路远啦，这儿脏啦，那儿臭啦，到处都成了毛病啦！[1]

这使得“上山”时一一对应了这些描述的银环，有了一种喜剧性，但歌舞的优美和银环的热情，减弱了其中的讽刺，银环的“五谷不分”在栓保的诙谐中，透出娇憨。接下来一家人相见的场景里，银环又害羞，又大方。没过门的媳妇自己跑到婆家，自然会害羞，但这是打破旧风俗，又是知青下乡，内心又是骄傲的，自然又是大大方方的。

当1963年电影版和戏剧版的银环娘追来，哭闹着要银环跟她回去时，坚决“不回去”的银环，虽生气，但克制，“妈呀妈呀你消消气”的娓娓劝说，不再如1958年版那样板着脸批判。银环娘的语言设置则“干净”了许多，这个落后角色身上的喜剧性，由类型化向生活化倾斜，让人想起身边人物而忍俊不禁。而栓保、栓保娘对银环娘的态度，殷切而大度，没有了那些严厉的、指桑骂槐式的词句。这个变化是重要的。当银环娘撇下5块钱离开，说“你就是死了，我也不来看你了”，银环坐在椅子上，再一次眼角含泪：“家庭关”对于银环而言，并不只是和

[1]杨兰春：《朝阳沟》（豫剧），中国戏剧出版社，1964年版，第13页。

落后保守的娘“斗争胜利”，而还包含着亲情、孝道要得以安顿的需求。银环娘落后，但不是敌人；她的为何落后需要被理解；她不愿“母女两分隔”，因为她无依靠，如果要想让她愿意到山沟里来落户，那么山沟里的人，特别是栓保和栓保娘，就不能再像1958年剧中那样对待她。从这里透露了杨兰春现实感的一层变化。在乡村合作化和人民公社经历了极大困难、1962年开始“调整”，城乡差异的残酷性不能无视的现实中，银环娘的落后，或许可以被更结构性地看待和接受了。与此同时默默改变的意识还有：养老、孝亲，同样是青年应该承担的。“社会主义觉悟”不是由“进步思想”概念性地造就，它需要首先落实在切近的伦理关系和日常生活中。

在这个过程中，栓保一家的形象，开始从特别强调其淳朴的山里人，向更有觉悟的新农民发展。栓保娘依然“忠厚善良”，但不再只是1958年那个满足于吃饱穿暖、对党感恩的大娘，更是一个惦记着“一家人拧成一股绳，为改变穷山沟各显本领”的、更有主体责任意识的社会主义“新人”。如果说，1958年版里，栓保家人迎接银环，栓保娘对银环的百般呵护，有高攀了城里女学生的一面，而1963年版一家人的欢喜，更为了一个和有文化有志向的栓保相知相爱的儿媳妇，那么这个变化也为婆媳关系带来了一重新色彩：在以建设新农村为共同目标的生活里，她们平等了。当银环的心“乱成一窝蜂”的时候，不只是二大娘，栓保娘也敢于批评了。

栓保娘的变化是“拔高”吗？姑且不论。这是一个引人注目的变化，在1963年的政治氛围中这是被特别肯定、期许的人民性、革命性所鼓励的；21世纪重看《朝阳沟》，有不少人会以此为据说这是写给农民的童话，或一个梦。但如果我们再回到1958—1963年之间杨兰春和三团的具体经验中，栓保娘的形象变化，或许有着比“拔高”或“真实虚假”之类的判断更有意味的历史内涵。

1958年下半年，在“跃进”浪潮的推涌中，杨兰春收到下面剧团作者挑战的信，“我一年超过杨兰春，两年超过鲁迅。”豫剧院领导随团下乡，要求除了炊事员和舞美，每个人都要连夜写一个剧本。豫剧院去文化局报演出指标，一路敲锣打鼓扛着牌子，出发时写的“一年800场”，到达后一看别的剧团的数字，不能落后，报成了2000场。

杨兰春像《朝阳沟》中的二大娘一样不会“卷着舌头说话”：“烧得不知道自己姓啥叫啥了？”“还兴这样乱搞？”“哪能不说实话呢？”这样“反对革命”的杨兰春，成了“右倾机会主义分子”。1960年刚过了春节，就被下放方城县石窝子村劳动，同去的还有激励他写出《朝阳沟》的文化局局长冯纪汉，还有和他一起为唱腔改革奋战的老伙计音乐家王基笑。在口述回忆中，他说：

> 到了村里一连两天都没有饭吃，只得在开水里放点酱油来充饥……一次我得了急病，多亏基笑同志用架子车拉我到离村15里地的县医院抢救……我的房东老大娘自己忍饥挨饿，偷偷送给我几片红薯干和从麦地里捡来的大雁屎，让我填肚子。大娘为人正直，办事公道，是村民们信得过的人，被大家推选到食堂里监督打饭。每次开饭时，群众眼巴巴地看着她手里握的饭勺，因为这把勺系着全村百十来口人的生命。她顿顿饭都要亲自到厨房，稀的稠的均来匀去，对谁都一样看待。她从不多吃一口，还常从自己的碗里捞出几片红薯干、野菜叶倒给病弱老人或消瘦的孩子吃。[1]

从春到秋，杨兰春和饥荒中的友人、村民相依为命。此后他自称方城的“半拉社员”。这个山沟里走出的农家子、部队里成长的新文艺干

[1]杨兰春口述，许欣、张夫力执笔：《我是山沟里走出来的文艺兵》，政协河南省委员会学习和文史资料委员会：《河南文史资料》2000年第2辑，第53页。

部，再次经历了“知识分子和农民结合”的思想情感改造。

在另一篇讲述如何深入生活的发言稿中，杨兰春以自己1957下乡参加抗旱、1960年下乡参加抗旱的不同心态，剖析能不能对农民的所思所忧感同身受，检验着“深入生活的程度”，以及这对一个戏曲工作者的重要性。[1]这篇文章是一般性地依照“深入生活”的观念来举例阐发，并未涉及这两次下乡的具体情境，以及他何以产生了这样不同的思想情感状态，我们却可以结合前面的“方城回忆”来细究。1957年，为什么他觉得自己进入乡村没有那么深呢？可以设想，在农村合作化进程顺利、农民积极性高涨的情况下，知识分子进入乡村深入生活，更可能在实际任务和心理上没有特别的负担。如杨兰春所说，1957年抗旱，下雨了他高兴，更多是因为抗旱任务完成了可以回去了。而1960年他的高兴就不同了。或因为，此时来到方城劳动的他是“右倾机会主义者”却受到村民的呵护照顾；但更因为，在“大跃进”激进发展造成的严重问题和灾荒的交困下，和村民一起抗旱的杨兰春，不能不对每一片叶子的荣枯都有感受；和村民一起吃大雁屎充饥的杨兰春，对房东大娘的善良和公道之于乡村社会根本性的意义，有了至深的体会。

因此，1957年的下乡生活，体现在1958年的《朝阳沟》中，是只要跟着时代、跟着党走就对了；而1960年的下乡生活，体现在剧本的修改中，更曲折地投射着杨兰春应对现实的身心——对农村刚刚经历的“大跃进”、人民公社的挫败的身心反应，以不直接表现，却在艺术形象、情感基调上发生着的微妙变化，透露了出来。《朝阳沟》1963版相对于1958年版最明显的变化，其实是通过栓保一家和二大娘、支书等人对银环的接纳，把一个正创造着既传统又现代的生活伦理的乡村，细描出来了。这固然与1962年之后政策的调整、形势的好转带来的信心

[1]杨兰春：《“浅了不行”——漫谈深入生活》，武安市政协学习文史委员会编：《武安文史资料第七辑》，《戏曲编导杨兰春》，2000年9月，第142页。

有关，但更重要的，当是他在石窝子村“半拉社员”的经历。栓保娘和支书，是不是“拔高”？毋宁说，杨兰春所熟悉的乡村好人，比如房东大娘，还有偷偷为老百姓分救命粮、坐牢杀头都认了的支书——让他没有对1959—1961年遭遇巨大灾难的乡村丧失信心，而是相信这些乡村好人在调整好的政策环境下，会更自在也更觉悟，引领村庄走向更好生活的可能。

另一个或许相关的背景是，1960—1963年间，杨兰春带着豫剧三团把李准的小说《一串钥匙》《耕云记》《李双双》先后搬上戏台，[1]这一系列以乡村女性讲述乡村变迁的小说，同样有有着鲜活、热情、纯真特质的人物，而李准正如卢卡奇所说的，致力于“从内部去塑造那些正在建设未来且其心理和道德代表了未来的人们的那种动力”。这系列农村“新人”多是年轻人，最易被时代召唤和塑造的年轻人。栓保娘，则打开另一个维度：乡村里好的传统、文化、伦理，在新的时代条件下的焕发和转化。扮演栓保娘的高洁谈到对角色的理解：“栓保娘的性格是多重的，贯穿其中的主线是她的善良，这是深埋于中国文化深层中永远令人敬畏的东西。”[2]她用了敬畏一词。“善良”令人敬畏，有如信仰，其中蕴含着创造新文化的能量；在合作化的农村，在新的社会关系中，栓保娘的善良导向一种改变穷山沟环境的强烈愿望；讲老理、讲公道、通情达理之人，更会接受一个好的社会蓝图的导引，新农民的主体意识也由此生长。

重要的是这样生长着的主体如何用舞台艺术呈现？《朝阳沟》里，没有通过栓保娘如何为社里做贡献、做斗争等来表现（这一时期的文艺，有一种概念化倾向是用高级社、公社发展中的阶级斗争来表现），

[1]豫剧三团艺术档案保存有排演剧本和曲谱，没有录像。《李双双》有多个唱段流传。

[2]贺宝林：《我与豫剧现代戏一起成长——高洁访谈》，《口述三团》，河南人民出版社，2012年版，第85页。

而是通过和银环的关系来传达的。银环下乡前，栓保娘梦见银环来家，“慌得我两手没处搁，喜得我心里没法说”。听说“城里人好喝水”，她暖壶准备了俩仨，把家里的小柜子弄得“瓷器店杂货铺”一样。银环意乱心慌时，栓保娘送上鸡蛋水，默默拿起她的衣服去缝补——但此时，与婆媳关系相交织的对合作社的责任感，让她和二大娘原本可能是家长里短的对话，有了新的方向和意涵：“墙上画马不能骑……好牛不调不能拉犁”，要怎么帮这“心里乱成了一窝蜂”的年轻人，拨出头绪来？

从盼银环，爱银环，劝银环，到了她“把心尽到了”而银环仍然要走、相对无语告别时，经过层层铺垫的情感波澜推动的栓保娘，说出了“银环，孩子，你好好想想，走遍全国千家万户，谁不吃谁不喝，谁不穿谁不戴。天大的本事，地大的能耐，他也不能把脖子扎起来……孩子，你说说，啥叫光荣？啥叫屈才？我实说一句话吧，你年轻轻地拿错了主意！”这番显然内涵了杨兰春的政治、思想意识的话，从栓保娘厚实的情感、价值感出发，又建立在对银环的理解和爱护之上，对银环形成强烈的情感冲击。听到“你等等，我给你烙点干粮带着”，愧疚的银环没有等，冲出了院门，却在下山的路上走不动了。

回想第一场，栓保如何着急劝银环下乡。

> 栓保：银环，你不去就把俺娘急死了。
>
> 银环：你明白，我要去了就把俺妈愁死了。
>
> 栓保：俺娘跟你娘不一样啊！
>
> 银环：咋，恁娘是娘，俺娘就不是娘？
>
> 栓保：银环！（唱）
>
> 恁娘愁俺娘也愁，两个娘愁的不相投
>
> ……

两个娘愁得不相投——1958年的栓保和1963年的栓保都说这背后是"两条道路"，但在杨兰春几年生活磨砺后的社会、政治感的观照下，两个娘的矛盾不管是什么，它的解决，都不是只能被"形势"带着走了，而有了以"银环"为中介的，建立在各自的情感、意识提升基础之上的体谅，和亲密的团结——即便银环娘还保留着讲"名利"的思想意识。1964年，冯纪汉在总结现代戏经验时，在其时政治越来越强调现代戏的"革命性"的压力中，仍讲完"斗争"不忘"团结"：对落后的人，如何"通过艺术创造来帮助他们打扫掉思想上的灰尘，好和大家一起前进"[1]。作为文化领导的冯纪汉，对现代戏如何不只是"配合"，而是更有效参与现实工作的思考自觉，应当不但支持了《朝阳沟》的"跃进"出来，也支持了它向社会、人心深处不断探进的打磨。

（三）支书统筹下的村庄："咱是叫人来参加劳动哩，还是叫人来哭哩？"

在1958年版本里，银环一样是受不了劳动吃苦、觉得"屈材料"因而动了下山的心思，不过还没下山，就被发现苗头的栓保娘和社长教育过来了，之后就是银环转变后如何教村民识字、如何和栓保、栓保娘沟通晚婚晚育等情节，对戏曲呈现乡村新生活做了许多很有情味儿戏味儿的探索。到了1963年，上述情节几乎都被去掉了（舞台版保留了栓保娘和银环谈心，同意她晚婚的情节），却增加了银环下山、看望母亲等情节。整出戏的重心、结构因而发生了变化，银环的思想转变不再是一蹴而就，而是一唱三叹，真正成为一个不断延宕、加厚的核心故事。银环产生思想动摇，进而在"担水"一场中矛盾爆发，如石子激起重重涟漪，周围的人以不同的方式劝慰、帮助、挽留。第一重是本文开头

[1]冯纪汉:《进一步提高现代戏的创作》，载《奔流》（戏剧专刊）1964年第2期。

所叙述的，栓保好听但失败了的“政治课”。第二重是二大娘来致歉和“团结”银环，请她帮忙给外甥写信报告朝阳沟的新变化（电影中删去了这个情节）。第三重是栓保娘在院中送别银环。第四重，是银环自己在下山路上的徘徊反顾。第五重，从公社开会回来的支书带着“本地发现的催肥新材料”，要山路上碰到的银环好好“研究研究”，说出了“实现四化，哪一样不需要你们识字的人研究研究？”第六重，是银环带着大家的关心和嘱托下山探母，又和母亲大吵一架，这次的吵架铺垫了银环娘的转变，也让银环从另一面确认了自己和朝阳沟的情感连接，“山沟里的亲人可爱”。第七重，银环娘上山落户，“亲家母对唱”增加了二大娘的戏份，电影版增加了银环和栓保爹嫁接的苹果让农业社大丰收的场景。

表面看，社长 / 支书在银环思想转变中作用的重要性削减了，在银环下山这场戏中，他主要的功能似乎是用农村现代化需要知识这一前景来激励银环。这固然是很重要的，但事实上，这个承诺，后来成为很多知青的失落感的由来。农业现代化不容易，杨兰春对此也估计不足。尽管如此，唱词和出场都不多的支书，成了定海神针一样的角色，因为，如前所述，《朝阳沟》1963 版相对于 1958 年版最明显的变化，是栓保一家和二大娘、支书等人，代表了一个正创造着既传统又现代的生活伦理的乡村，而支书，是国家政策和乡村建设之间的桥梁，是村庄的总统筹。

支书的这一重要功能，早在上述重重涟漪之前，就有所展开了。

银环第一次参加劳动，把麦苗当草锄了还不自知，回到屋里边哼歌边拿出笔记本写：“难忘我今日里初次上阵，战场上分不出新兵老兵。有文化能劳动人人尊敬，一滴汗能换来一份光荣。”栓保来了递给他：“提提意见吧。”笑意盈盈，忽闪着大眼睛。这时她的眉眼之间，既铺展着有点好笑的自得，又英气勃勃。但接下来就听到窗外栓保爹的话

（虽顾忌银环面子却又心疼社里的麦苗），知道自己刚刚得意的"初次上阵"，竟锄死了麦苗，就跟栓保要求学习。院子里、月光下，栓保教银环锄草的一幕，是个"经典折子"："那个前腿弓，那个后腿蹬，把脚步放稳劲儿使匀。得儿呦得儿呦，那个草死苗好土发松。""锄草"的戏曲化，是豫剧表现现代生活，特别是"劳动"的舞台美学的一个创造；以劳动为纽带的爱情，温暖又有生气。电影里特别利用空间，多了栓保爹和栓保娘从窗口看银环学除草的镜头：随着银环动作起伏，老夫妻跟着笑眯眯、跟着紧张。当银环又把苗"判了死刑"，叹口气相视而笑的老夫妻，又与在院门口悄悄探看的支书，相视而笑。支书的这一出场虽然一言不发，却确证他作为乡村共同体的带头人，与每一成员、家庭之间的亲密关系，也预示着新的建立在共同劳动之上的伦理，将如何穿透、重构传统的家庭关系。

劳动并不尽是美好，劳动给银环带来的身体之苦和挫折感，很快转移到了思想上，她觉得"屈才"："一个高中生干这个创造的价值太小了。"相关情绪也顾不得自我检查了："这个时候，在城里该看第二场电影了"。

"有文化能劳动"是激发银环下乡的理想，"劳动"连着光荣和理想，"劳动"也带来了身体的挑战，"劳动"如何与知识、文化结合，则是更大的挑战。"好思想"能使银环跟嫌到农村丢人的母亲坚决说"不回去"，但却不能安定她去剧团工作可能更能实现价值的心思。这个挑战，要放在乡村共同体中乃至更大的文化理想中来应对。"农村的现代化发展需要有知识的青年"这一在党和国家的宣传中特别强调的"政治"，在1958年和1963年的版本中都很突出；但1963年版本真正突破的，是杨兰春不只用乡村的发展需求给予银环这样的知识分子以位置，更用乡村在情感、伦理上的力量及其在体谅、接纳银环的过程中的动人的文化提升，来落实这个政治。

这体现在从“中国文化的深层”接续新生活的栓保娘身上，体现在特别热情和直率，把邻居家、社里的事都当成自己的事的二大娘身上，更体现在既统筹劳动与生产、又统筹人们的思想生活的村支书身上：他如何做银环在内的全村人的思想工作？朝阳沟这个新农村，更展开地看，是一个怎样的所在？

“担水”是一个上述诸层面集中交汇的场景。

愈来愈觉得身体吃不消的银环，带着情绪参加担水劳动，长辫子碍事，她盘起来，村里的姑娘便开玩笑：“快来看，银环想上头啦。”二大娘说：“担不动就少担点，别看你的个子大，担起水来，腰板可没有巧真硬。”银环又急又气，偏偏担子翻了，水桶摔掉了底，她哭着跑回家。村民们议论纷纷，不满了，“那是摔谁哩？”这个误以为的“摔”触犯了乡村的人情伦理，银环的思想矛盾由内而外发散，把她推向更不利的处境。

这时，支书来了，说：“看看，叫五里八乡的人知道了，朝阳沟的人说跑了个女学生！就算银环不光荣，咱们老体面？”年轻人还是鲁莽调笑、不以为然，老人们却挨个开口了：“人家的脾气咱摸不着，咱的脾气人家也摸不透。”“人家识字人，能下来就不赖。”“也许咱这儿的好处，人家一时看不出来。也许人家真有本事，一时还用不上。”关键时刻，还是要老辈人的通达和宽厚来做底。

支书又说二大娘：“老嫂子，你是哪把壶不开偏提哪壶啊。人家就怕说劳动不好，你偏说还没巧真的腰板硬哩。”

二大娘回：“是啥就是啥，我不能卷着舌头说假话。”

支书说：“不怕百样会，万事起头难，人家刚下来不满三个月，放下笔杆拿起锄杆，一心一意地建设社会主义的新农村，我看这就不赖啦。……以后到机械化电器化，哪一样能少了识字人，山沟里量不住来多少学生哩，说话也得看看茬口，讲讲方式，你那脾气也得改改。”

二大娘的热情、直率、爱社如家，正是50年代乡村合作化运动中，群众和领导最期盼起作用的人，正如李准笔下的李双双。[1]二大娘也像李双双一样，虽然是心底无私敢言语，在发生冲突后，也会很快意识到，为了前所未有的乡村合作化的远景，要更耐心、有责任感地面对对象——对不同生活环境中来的银环，更体谅，更“讲方式”，甚至于“改改脾气”。

这样两个明白人的沟通，是爽快的：

> 二大娘：“不用说，这是我错了。”
>
> 支书：“事不大，你看着办呗。”
>
> 支书又让栓保去劝银环，栓保赌气，说：“让她哭吧。太娇气了。”支书说：“看看，是让人家来劳动哩，是让人家来哭哩？”[2]

与1958年版相比，支书工作方式的转变是巨大的，好像柳青《创业史》中从“直杠子”的干部到“心回肠转”的干部的转变，不再只是忆苦思甜，召唤感恩，而是将心比心，把情理理顺。[3]回顾杨兰春最初被老农的话触动，写知青下乡，在根本上其实有个（当时未必自觉的）任务，他得回答，新社会的农村，为什么可以是读了书的年轻人呆得住的地方？

---

[1]1963年，杨兰春与李准、赵籍身（执笔）合作，将李准的电影文学剧本《李双双》改编为同名豫剧剧本，三团排演时，二大娘的扮演者马琳、栓保娘的扮演者高洁，同演李双双。

[2]这段的剧本、舞台、电影表现，略有变化。参见杨兰春：《朝阳沟》（豫剧），中国戏剧出版社，1964年版，第35—38页。杨兰春：《朝阳沟》（电影文学剧本），中国电影出版社，1965年版，第30—32页。

[3]我曾就《创业史》中各级农村干部角色，分析“心回肠转”与“直杠子”的两种工作方式在合作化运动中的冲突和转化，在相关合作化的文艺中，这是一组能涵括、打开诸多问题的概念。参见《“心回肠转”与“直杠子”——〈创业史〉视域中的干部、群众与国家》，载《文艺理论与批评》2018年第3期。

银环在矛盾的情感波澜中“下山”，在下山路上自我斗争，在相当意义上，正是和与支书这些工作贯通的朝阳沟人的一重一重挽留、帮助紧密相关的。

重重的延宕，给了银环不断回头、叩问自我的机会。最终，她不能再对栓保撒娇地说，“我真后悔”，而必须直面问题了。就是说，栓保的“政治课”虽然没能处理银环的身心问题，被她“反正我落后”地拒绝了，但使她认识了问题的严重性，不面对是不行的。山路上的银环越走越慢，把朝阳沟的人和地看过来、想过去：

> 这是咱手拉手走过的路，在这里学锄地我把师投。
> 这是咱挑水载上的红薯，这是我亲手锄过的早秋。
> 这是你嫁接的苹果梨树，一转眼它变得枝肥叶稠。
> 刚下乡庄稼苗才出土不久，到秋后大囤尖来小囤流。
> 社员们发奋图强乘风破浪，我好比失舵的船儿顺水漂流。
> 走一步退两步我不如不走，千层山遮不住我满面羞……

“人也留来地也留；好难舍好难忘的朝阳沟。”被土地和人不断激荡的心灵情感，让银环重新调整了自己的思想，用栓保娘的话，“孩子想过来了。”对银环来说，如果上山时山的美丽是直接的，现在山的美丽，则因在这一方水土中产生的情感和劳动，而与她有了更多层次的对话、会心和回报。经历过这一思想历程的银环，感受和理解生活的方式已经不同，生活不只是城市里“一晚上看两场电影”那样一种丰富，而可以是在田间地头教公公婆婆和乡亲们认字、在夜晚的“乡村俱乐部”和大家唱歌这样一种丰富；人生的价值实现不只是登上舞台有人喝彩，更可以是“亲手嫁接”的苹果推广丰产这样一种光荣。其中有一种更为厚实的身心在成长、累积，能让她在她所处身的世界中，更好地找到自己，改变自己，进而回馈和她有着很深情感牵连关系的人和土地。

三、以情通理顺的集体为径，连接历史中的“小”与“大”

《朝阳沟》处理有理想的青年进入乡村劳动后身心遭遇的问题，经过从1958到1963年的修改打磨，初心未变，而把握和回应青年问题的层次越来越细腻，越来越厚实，此中“政治”的意涵也因此得到了丰富和延展：对银环来说，是知识青年和“土地—乡村”的坚实关系怎么建立起来；而对朝阳沟来说，如何接纳银环，则意味着乡村如何走向更大的格局，不仅是科学技术层面的，也是文化、伦理、精神层面的。

也就是说，《朝阳沟》的乡村呈现不是现成的、静态的，而是透过知识青年下乡这一“新事物”，探索着村庄成为一个劳动和伦理关系更紧密的“集体”的可能。在《朝阳沟》创作、演出到拍成电影的几年间，现实中的乡村经历了从高级社向人民公社“跃进”，再从激进的“大跃进”到“调整”的曲折，而《朝阳沟》则始终关切一个更紧密的劳动和伦理关如何在集体中结实地生长。在这样一种“集体”烟消云散、与其相关的观念成为压抑符号的今天，说起当年这一新农村的理想和实践，似乎有如说梦——《朝阳沟》被说是“给农民的一个梦”的另一层内涵，大约在此。但《朝阳沟》的探索过程和作为探索结果的1963年《朝阳沟》的深入人心，又有如一个印记，记录了这样一个“集体”的理想和实践，是可以在怎样的条件下生成、生长，并和中国人某些内在生命感受相契合的。

从当年杨兰春带领三团探索现代戏的做法来看，对他而言，集体不是一个绝对正确、意志强硬的产物，而是面对青年在内的集体中每个人的困难和缺点时既包容，又调整；集体以情通理顺而巩固，同时集体所连在其中的每个人，也在这过程中得到充实和锻造。这个经验，既在

《朝阳沟》戏中，也在戏外三团的工作与生活中：围绕着《朝阳沟》这一现代戏“翻身”之作，“豫剧三团”形成了一个愈来愈结实的集体。戏里戏外，相互为喻。[1]

豫剧三团成立的50年代中后期，“农业发展四十条纲要”推出，河南文联最重要的文艺杂志《奔流》上的时代之声是：“文艺工作者应该怎样为农业发展出一份力量？”甚至提出文艺工作者应“到农村去安家立业，取得一个社会主义制度下的新型农民的资格”。[2]杨兰春是一个从内到外都不脱其“农民本色”的革命文艺工作者，是文艺为农民服务的自觉实践者，《朝阳沟》创作的动力由此而来，但同时，杨兰春“有个坚定不移的思想：讨厌那种标语口号式的语言，因为他不是舞台人物要说的话”，他追求“活生生的性格和灵魂”，希望让农民“喜欢看，听着美，哼着唱”，[3]以此“政治上起作用”，才是把政治落实到了人们的生活中、身心上。在这个意义上，他所追求的成功的文艺当然不只是“宣传”，不只是“配合政治”，也是在让政治与社会人心深入有效的对话。

在这样的集体形成和艺术探索中，三团迎来了生命力蓬勃的成熟期。《朝阳沟》前后，三团改编排演的《耕云记》(1961)、《李双双》(1963)，一方面充分调动、发挥戏曲表现手段的优势，一方面在“新人如何带动他人、带动集体”的思想意识层面上，做了甚至比李准原作更细腻地贴合乡村社会肌理的探索。但随之而来的是大环境对现代戏“革命性”的高度要求，强调表现“英雄人物”、批判表现“中间人物”。很

[1]目前有河南人民出版社出版的《口述三团》(2012)一书，提供了1950至新世纪三团经验的诸多鲜活记忆和线索。三团当年的活力是如何承接和转化的，是个非常值得探究的课题。希望将来能专文讨论“三团”和“三团人”的经验。

[2]《文艺工作者应该怎样为发展农业出一份力量》(社论)，载《奔流》1957年第12期，第1—2页。

[3]杨兰春口述，许欣、张夫力整理：《杨兰春传》，大众文艺出版社，2003年版，第61页。

快，“银环”也被看作“中间人物”，杨兰春与三团的命运随之起伏。

1969 年 8 月，江青批示“《朝阳沟》是个写‘中间人物’的戏，实际上写落后，但还不很反动下流”，有修改成样板戏的基础，于是组织了上百人参加的班子，前后修改了十余稿。主导方向的改动在于：银环退于次要角色，主角改为栓保，栓保的名字也被改为高山宝，成为高、大、全的角色。[1] 这一改动内含的逻辑，是不愿意正面面对“中间人物”所对应的现实问题和人的身心问题的复杂性和挑战性，而以两条路线斗争构造出的政治—社会意识，试图让大多数“中间人物”在这种构造中被改造。但实际上，人的身心问题并不因这样一种二元对立的斗争构造就被消化，而是不断挑战着时代说服力。就是，有关“阶级斗争、路线斗争”这类“大”的政治框架，实际上不能解决这些具真实性和挑战性的身心问题，却认为自己是可以有效解决的，相关的思想教育就会越变越强硬，越变为压迫性的“异物”。而与此同时，历史中个人身心情感的“小”，比如下乡青年意义感的失落问题等，若一直得不到很好的处理，也会演变成为不容易消化的、会影响社会人心状态的“结”。事实上，“小”与“大”如何连接，始终是毛泽东时代处理得不够的非常核心的问题。

在这样的视野中看《朝阳沟》，就会看到这样的文艺实践和探索，实际是在连接当时历史中的“小”与“大”。《朝阳沟》创作的 50、60 年代之交，国家在政治、经济上的激进推进，如一场连一场的暴风骤雨，时代对青年提出了高度的主体责任要求，与此同时，国家对青年思想问题的解决、控制，越来越倾向诉诸崇高的理想道德教育，青年的日常身心问题得不到细致、有效的面对。《朝阳沟》在当时的流行，有多方面的社会历史因素，也和它实际是在努力补这一连接的缺失有关。

[1]这十几稿保存在豫剧三团的艺术档案中。

《朝阳沟》恰恰是在处理：怎么让响应“下乡”号召的青年获得一个日常身心安顿的形式。起初杨兰春处理青年下乡问题，更多依托了“大跃进”的政治背景和时代有关通行论述的逻辑，但在1958年到1963年不断演出和修改的过程中，《朝阳沟》对银环的身心问题的理解和表现，愈来愈细腻、厚实，其间包含着杨兰春对国家和乡村几年间遭遇的挫折的认识、反省和回应。舞台和社会生活中的经验往复辩证，让他调动起能对银环的转变发挥作用的人、环境、文化、伦理的因素，给这样一个带着“时代问题”的青年的转变以温暖而有力的护持。银环有许多缺点，但当她被组织劳动和伦理关系都越来越紧密且不断提升的朝阳沟时，一个越来越结实的青年主体的形成，是可能的：不仅是思想觉悟的提高，也是感受世界的身心的充实，可触可及，让人动情，让人在动情时内心有东西在结实地生长。正因此，看这个戏，即使是对上山下乡政策不以为然的人，也能从中感受到相当亲切的召唤。

也就是说，在其时的革命史讲述和思想教育都越来越抽象化、模式化的情况下，《朝阳沟》则在探索以情通理顺的集体为径，把看起来“小”的身心问题，和时代政治要求之“大”相连接。如果透过《朝阳沟》这样的文艺来反观其时的政治，一个最理想的状况当然是：政治通过《朝阳沟》所连接的“小”，看到这“小”的实际重要性，并把这个“小”变为政治要认真处理的内容。也就是，透过杨兰春和《朝阳沟》反观政治，会让我们明白：即使“大”的政治设想是对的，这个“大”也要和“小”有机关联，在社会人心中结出实在而饱满的形态；如果“大”的政治设想不能开展出这样具体的形态，本身就有必要做调整。

而就“知识青年与劳动人民结合”来说，《朝阳沟》所努力探索的，如何让这一政治理想从“应该”转化成“实然”，如何把政治理想根植于生活和工作中，赋予它一个自然的生机和脉络，则清楚告诉我们：银环转变的不只是对农村的思想情感，她工作、生活的世界也能更充分打开了。《朝阳沟》提供的经验视域，不只是在关怀银环这样的青年怎么真正克服困难、响应党的号召这样的“政治课题”，它还提示着：如何找到呵护个体的精神、情感的方式，应该同样成为政治思考的目标。在“有社会主义觉悟有文化的劳动者”的提法中，“社会主义觉悟”并不只意味个体的“大公无私”，而同时也应该包括主体意义上的“私”的充实和滋养。所以，从《朝阳沟》回到 1958 年《中国青年》上反复宣讲的“青年为什么要进行思想改造”，“思想改造”就应该更明确包含日常生活中的身心问题。显然，对银环这样思想进步但需要落实为一个身心形态的青年，如果不经历这样的“身心改造”，她的观念和身心就始终是两截。

银环、《朝阳沟》和“三团”在这一层面上参与了时代进程，其间形成的，有机关联政治、文艺与社会的舞台艺术和思想意识，即使在今天也是有意义的。仍活跃在舞台上的《朝阳沟》提示着我们：历史中的“小”和“大”之间，其实始终存在着连接的契机，而如何把这一契机实现出来，也是一种能够为社会变革、生活充实“出一份力量”的文艺得以产生的契机。

如何让历史文献更充分向我们敞开……[1]

——从雷锋一则日记的读解说起

◎贺照田

一

很多有志于共和国历史研究，特别是有志于共和国历史1950—1970年时段研究的年轻学人，都有过抱着满腔热情去阅读这一时期的历史文献，但常常在这一时期很多历史文献面前不知所措的经验。

特别强调20世纪50—70年代，是因为尤其从1958、1959年前后到1977年前后，有过时代意识形态语言以一种相当刚性的状态极度扩展其使用范围的时期。就是，不仅仅在大型、高级别或具有政治仪式性

[1]本文系由今年5月13日在重庆大学高研院的同名演讲修订而成。感谢郭春林教授邀请我做这次演讲，没有他的推动，我很怀疑我会把这篇扔弃在电脑中很久的“毛坯”发展为可跟朋友们展开交流的半成品。感谢讲后李放春教授等重庆朋友们的鼓励，使得我比较清楚了解，这一由我一篇待出版文章的一个注解发展出的写作，有它的用处，没有他们传达给我的这些信息，我会缺少动力把半成品修订为可以出版的成品。

在准备演讲和讲后修订过程中，李晨、李哲、赵春灿等朋友帮我查找了资料，修订初稿完成后经陈明、莫艾、赵春灿几位朋友阅读和提供修改意见，感谢他们。当然，文章的所有不足由我本人负责。

意味的场合，也越来越在日常行政、日常工作场合，乃至在过去与80年代后纯属私人空间的方面，比如私人通信、日记书写，人们也纷纷使用具有高度原则性、标准性，出自时代政治推广的很意识形态的语言。

对历史研究、历史认知来说，历史文献直接正面呈现我们所需要的信息当然是最好的，否则我们就会碰到——要从不那么就手的文献中，努力把对我们重要的历史信息可信赖地读解出来——这一问题。而从1958、1959年前后到1977年前后留下的很多如上所述表达状态的文献，正属于这类要从其中读出我们需要的历史经验事实信息充满了挑战的文献类型。

在如何面对这样一些看起来缺少历史经验事实信息文献的认识上，一种想当然的看法是，这些文献没有历史认知价值，除非我们用它来研究有关时代政治过度扩张、侵犯其他本不该属于它的语言空间问题。也就是这种看法认为，除了用来揭示那个时代政治过度扩张在语言表达上所带来的结果，也即揭示了那个时代政治存在及其政治传播方式语言方面的特点外，这些文献没有更多的历史经验内容，不值得研究其他历史课题的研究者关注。

第二种很有代表性的理解则比以上理解进了一步，就是进一步指出，人们在有着上述语言表达特点的时代状况面前，并不是所有运用这类表达的人都只是被动接受、被迫采用这些表达，也有很多人是积极利用这些语言表达来达到自己的目的。比如，当在一般公共性场合大部分人都已经学会具有原则性和标准性的意识形态语言作对党和毛泽东的忠诚表达时，一些人就会想到在可能被上级看到的通常被视为更有私人性特征的日记和书信中，来用符合时代倡导的语言与内容表达自己的积极与忠诚，以证明自己的积极与忠诚是真实地发自内心的，并不是时代氛围下的随大流、行礼如仪。

以上两种很有代表性的理解，第一种理解可以说揭示了从1958、

1959年前后到1977年前后二十年诸多有关表达现象、有关文献的根本特征，只具有这种特征的历史文献，确实除在少数历史课题方面之外的大部分历史课题方面都没有历史认知价值。这第二种更进一步的理解，则让我们在有关历史文献外，更积极注意给出这些看起来很标准化的意识形态的表达后面的给出者这个人，从而可让我们对有关表达的实际历史承载有更多的认识、体会。

相比上述这两种很有代表性的理解，本文则想通过对雷锋1959年一则日记的读解为例子，对50年代末至70年代末的这些看起来缺少历史经验事实信息的文献的问题读解，给出进一步的讨论。会特别选择雷锋日记做例子，一方面因为《雷锋日记》的出版与宣传，是60年代、70年代国家政治认可的那种标准表达进一步进入日记、书信等通常被认为私人性领域的重要契机，因此讨论雷锋日记的读解对我们认识有关历史现象有着特别的象征意义；另一方面选择一则看上去内容和经验事实信息极为无缘的雷锋日记做分析，很方便我借此和上述两种理解对话，以进一步打开——我们若要更有历史认知建设性地读解这些看起来没有直接历史经验事实信息的历史文献，我们需要在读解心态和读解意识方面做哪些调整——这一问题的讨论空间。

二

本文要特别讨论的这则雷锋日记，就是在各种单行本《雷锋日记》

和2012年出版的《雷锋全集》[1]中，被标识为“一九五九年十二月二十日”的那一则，内容如下：

> 一个人出生在世界上以后，除了早夭的以外，总要活上几十年。每个人从成年一直到停止呼吸的几十年的生活，就构成各人自己的历史。至于各人自己的历史画面上所涂的颜色是白的、灰的、粉红的或者鲜红的，虽然客观因素起一定作用，但主观因素起决定性的作用。每个人每时每刻都在写自己的历史，每个共产党员和共青团员都应该好好地想一想，怎样来写自己的历史。每个共产党员和共青团员时时刻刻都要以马克思列宁主义、毛泽东思想来作你自己的思想行动的指导，真正做到言行一致。我要永远保持自己历史鲜红的颜色。[2]

上面表达强调是在“各种单行本《雷锋日记》和2012年出版的《雷锋全集》中”，是因为这则日记刊登在《中国青年》（那时是半月刊）1963年5—6期合刊第31页时，文字和标点有不同，日期署写有不同。文字为：

> 一个人出生到世界上来以后，除了早夭的以外，总要活上几十

[1]由邢华琪主持整理编纂的《雷锋全集》（华文出版社，2012年第1版），虽然有问题，比如编者应该和我一样没有见过完整的雷锋日记手稿或手稿影印，但有些天的雷锋日记，比如1961年4月30日的日记（《雷锋全集》，第43—44页）和1962年5月2日的日记（《雷锋全集》，第44—45页）、5月20日的日记（《雷锋全集》，第46—47页）、6月29日的日记，其中被节略掉的部分，编者若充分利用之前“一律按照原文，只能删节，不能改动”（详后）原则编选的各种《雷锋日记》《雷锋日记选》（比如解放军文艺社1963年版的《雷锋日记》、1973年版的《雷锋日记选》），就可对这几则日记被节略掉的部分作相当补入，但总起来看还是一个作研究用非常方便、有用的版本。

[2]《雷锋全集》，第11页。

年。每个人从成年一直到停止呼吸的几十年的生活，就构成各人自己的历史。至于各人自己的历史画面上所涂的颜色是白的，灰的，粉红的，或者是鲜红的，虽然客观因素也起一定作用，但主观因素起决定性的作用。每个人每时每刻都在写自己的历史。每个共产党员和共青团员都应当好好的想一想，怎样来写自己的历史。每个共产党员和共青团员，时时刻刻都要以马克思列宁主义、毛泽东思想来作自己的思想行动的指导，真正做到言行一致。我要永远保持自己历史鲜红的颜色。

时间则署写为“一九五九年十二月十二日”。[1]

要首先说明的是，《中国青年》1963 年 5—6 期合刊向雷锋学习专号所刊登的《雷锋日记摘抄》，有把雷锋非日记的文字算作日记的问题，也有对雷锋日记原文在意思不变的情况下做文字、标点改动的情况，还有日记写作时间出错的问题。1963 年 4 月解放军文艺社出版第一本《雷锋日记》单行本时，据该书署有“解放军文艺社，一九六三年三月”的前言中“现在本社依据中国革命军事博物馆保存的雷锋遗留下来的九本日记，把《人民日报》《解放军报》《中国青年报》《中国青年》已发表

[1]《中国青年》1963 年 5—6 期合刊（1963 年 3 月 2 日出版），第 31 页。

过的日记摘抄与原文进行了详细校对，又另外增抄了一部分”[1]之说明，和参与编选、编辑的当事人董祖修见证，已经除1960年10月21日一则日记外，对选用的其他日记确定了“一律按照原文，只能删节，不能改动”的原则，但把雷锋非日记的文字算作日记的问题，日记写作时间出错的问题仍然存在。[2]后面出版的各种《雷锋日记》《雷锋日记选》，据我用能见到的雷锋日记手稿影印和排印本对照，确实这些排印本也都努力贯彻“一律按照原文，只能删节，不能改动”的原则，并在把雷锋非日记的文字剔除出日记和写作时间的准确方面都很有进步。但很可惜的是，我没有能见到雷锋1959年12月20日这则日记的影印版，现在只能根据雷锋日记编辑和出版的如上情况，把后来排印本《雷锋日记》和《雷锋全集》对雷锋1959年12月20日这则日记的呈现，作为我讨论这一天雷锋日记的依据。

对雷锋关注多些的人都知道，雷锋日记不仅写自己的工作、思考、对领袖著作的学习，也常常抄写他读到的，认为对自己有教育、警策作用，很能调动、激发他身心感觉状态的文字。雷锋“一九五九年十二月二十日”这篇日记便来自杨献珍《个人历史是由自己的言行写成的》这

[1]解放军文艺社1963年4月1版1刷《雷锋日记》前言。需要进一步说明的是，解放军文艺社《雷锋日记》第一版不同的印次在个别方面颇有变化。比如，以我手里所有的1版1刷本（1964年4月印刷，印数1—400000册）和1版6刷本（1965年3月印刷，印数831600—981600）相对照，我就发现两者除版权页等通常会变化的那些信息不同之外，还有如下变化：6刷增加了陈云的题词（1刷原有毛泽东、刘少奇、周恩来、朱德、林彪、邓小平的题词，6刷增加的陈云题词列在朱德题词之后，林彪题词之前）；并把1刷作为前言的关于《雷锋日记》的编辑说明（列在罗瑞卿〈学习雷锋——写给《中国青年》〉后，《雷锋日记》正文前）改题为后记，附在正文之后；同时在罗瑞卿文之后，正文之前，用两页篇幅添加了雷锋一张照片和雷锋1962年3月9日日记的照相版；此外还通过重排1刷时4—9页这6页篇幅的雷锋日记文字为6刷的5—9页的5页篇幅，以空出1页署写大字号的“雷锋日记”四个字。当然，以6刷和1刷对比的这些变化，是在6刷时发生的还是在之前2—5刷中发生的？还要等疫情结束图书馆开放后进一步查正才能确定。

[2]比如，解放军文艺社1963年版的《雷锋日记》中的1960年1月18日日记和紧接着标写为“1960年×月×日”日记，便都是把雷锋并非为日记写的文字算作了日记。

篇短文。杨的这篇短文最早刊出时全文如下：

一个人出生到世界上来以后，除了早夭的以外，总要活上几十年。每个人在成年以后一直到停止呼吸的几十年的生活，就构成各人自己的历史（这是把各人的历史从成年以后算起，是因为成年以前还是小孩子，而小孩子说胡话、犯错误，连上帝也是要原谅的）。至于各人自己的历史画面上所涂的颜色是白的、灰的、粉红的或者鲜红的，虽然客观因素也起作用，但主观因素起决定性的作用，则是可以断言的。

党外的右派分子不必说了。党内的右派分子，由于中国革命浪潮把他们卷入到革命队伍中来，因而使得他们的历史过程中的某一章节曾经一度涂上了红颜色；但是，又由于他们被卷入革命队伍以后，没有决心按照共产主义原则来改造自己的思想，而还是死死地抱着个人主义不放，于是他们的历史又逐渐由红色的变成粉红色的、灰色的，最后变成了白色的，或者黑色的。所有这一切，都是由他们自己在日常生活中一言一行、一举一动具体地体现出来的。而这就构成各人自己的历史。每个人的日常生活的表现也就是每个人自己的历史表演。

有人说，“你要想打倒我，你一辈子也莫想！”

的确，一个人如果是走得端，行得正，别人是无法打倒他的。

就连蒋介石，如果他不反革命，也没有谁能够把他打倒。

坏人都是自己打倒自己。他自己每天在那里作着否定自己的事，自己在那里给自己的历史抹黑。例如右派分子并不是在组织上给他作结论的时候才成为右派的，事实上他的右派历史早已由他自己一笔一笔地写成了，结论不过是他的历史的反映。

右派分子是每个党员和青年团员的反面教员。

鉴于右派分子是怎样写他们自己的历史的，每个党员和青年团员都应当好好地想一想怎样来写自己的历史。

每个人每天每时每刻都在写自己的历史。在写自己的历史的时候，要记住不要自己给自己的历史抹黑。

我们幸运地生活在已经有了马克思列宁主义的时代，每个党员和青年团员时时刻刻都要记住要以马克思列宁主义来作自己的思想行动的指导，要真正作到言行一致，自觉地来写自己的历史，永远保持自己历史的鲜红颜色。

《个人历史是由自己的言行写成的》最早发表于《人民日报》1958年4月3日第7版，此处的引用与分段完全据《人民日报》。文章发表后很受欢迎，很快被收入《谈共产主义风格——思想杂谈》[1]，作为该书的第一篇；还被选入高等教育出版社出版的《中等专业学校教材 语文（上册）》[2]和中国人民解放军总政治部宣传部编《中国人民解放军中学课本 语文（下册）》。[3]也因为杨文被收入教材，卫丁还特别在《语文学习》上撰文《谈〈个人历史是由自己的言行写成的〉》[4]赏析这篇文章。考虑到雷锋1959年12月20日写这则日记时在鞍钢弓长岭矿焦化厂工作，而这个厂是一个建得很快的新厂，很难有已经过去了一年多的《人民日报》，故只有小学毕业并一直热爱学习的雷锋最有可能是在收录杨文的书中读到杨文的。

我仔细比较了上述三种书里的杨文和《人民日报》上的杨文，发

[1]天津人民出版社，1958年版，第1—2页。据该书版权页，该书第一次印刷就达到17万册。

[2]1959年版，杨文在，第26—28页。该书第一次印刷就有43万册。

[3]第113—114页。该教材没有经出版社正式出版，故没有版权页可确定1版1刷时间和了解印数情况。不过，该课本前有〈编辑说明〉，署有时间“1959年10月”。根据当时情况，该课本应该为中国人民解放军总政治部宣传部自印，后又被解放军武汉军区等翻印，故一定印量可观。

[4]载《语文学习》1960年4月号。

现这三种书中的杨文都和《人民日报》上的杨文有细微出入。《中等专业学校教材 语文（上册）》的出入应该是校对问题；《中国人民解放军中学课本 语文（下册）》中的出入有的应该是校对问题，三处“青年团员”改为“共青团员”则是有意识调整（1957 年中国新民主主义青年团改名为中国共产主义青年团）；《谈共产主义风格——思想杂谈》中的杨文把三处“每个党员和青年团员”都改为“每个党员，共青团员和革命干部”，更是有意识的改动。当然，这篇杨文在雷锋写这篇日记时是否还有其他版本？雷锋读的是不是上举四个版本之外的版本？我还不能确定。但即使还有另外的版本，而且雷锋读的就是这另外版本，若以上述三种书中的杨文版本情况推测这个版本，也应该和上引版本杨文差别很小。

关于杨文版本问题谈了这许多，是要说明，除非有特别例外的情况，我通过把上引《人民日报》杨文和雷锋这则日记作对比，来讨论雷锋在日记中抄写他阅读中触动他的文字时，常常出现的很能反映雷锋一些内在特点的表现，就其文献基础言，应该不算冒险。

雷锋在日记本中会抄写马克思、恩格斯、列宁、斯大林[1]，特别是毛泽东的文字。这种对革命导师文字的抄写雷锋当然是认真、忠实的。但他在抄写阅读中读到的像杨献珍这种——他觉得对他有教育、警策意义，能调动、激发他身心感觉状态的——文字时，他却常常在抄写中改动。通过我们现在可以确知原文的雷锋改写，比如非常有名的他对蕉萍《唱支山歌给党听》诗的改写（讨论详后），这里他对杨献珍文章的改写等，我们会发现，雷锋的改写是有其很强个人特点的。

雷锋 1956 年小学毕业后在湖南工作的两年多里就很努力、在各个

[1]1973 年解放军文艺社出版的《雷锋日记选》、1977 年人民出版社在 1973 年这个版本基础上增订出版的《雷锋日记选》，在日记正文前附有他抄写的四则马、恩、列、斯语录和一则毛泽东语录的手迹。

方面很要求向上，1958年11月他到鞍山钢铁厂工作后，特别是他1960年初参加解放军后，他更是按照时代主流对青年期待中的高标准要求自己。而要达到这种高标准，就要求雷锋不仅要有很高的为国家、为集体不计较个人得失的奉献精神，还要求他自己的身心状况始终有很强的饱满度。

而雷锋的阅读方式很能帮助我们理解为什么他会成为时代要召唤、塑造的青年类型的代表。综合雷锋自己留下的文字材料和同时代人的见证，雷锋特别喜欢阅读，他的阅读除时代特别号召学习的马列著作、毛泽东著作和与他工作直接有关的专业著作、工作中被指定的政治学习材料外，他最喜欢阅读的是时代写给党员、团员、青年的如何加强思想、政治、精神觉悟与修养类书籍，英雄、模范人物的传记，和非常能调动、激发他精神感受性、向上心的文学作品《钢铁是怎样炼成的》《沉浮》等。他这样的阅读取向，也体现在他的报、刊、书的阅读方式上，就是他关心政治，但对时事细致状况并不特别留心；他关心社会，但并没有特别花时间以求深入理解社会；他读毛泽东的著作，但对毛更具思想、理论意义的文字却很不容易进去[1]；相比这些，他更有反应、也更能马上落实到他自己身心、行为上的还是能有效激发、调动他向上心与身心饱满度，更有助于他精神人格、行为修养成长的文字[2]。

[1]比如，陈广生、崔家骏合著的影响广泛的《共产主义战士——雷锋》第六节“新的起点”便写到雷锋认真读《实践论》多遍仍有一些不懂而向他人请教的事（《中国青年》1963年5—6期合刊，第21页）。

[2]比如，相比掌握《实践论》的艰难，雷锋对他在日记、讲话、文章中多次提到的《纪念白求恩》则很容易相契。像他一次介绍自己如何学习毛泽东著作时劈头就说：“我想，学习毛主席著作，是为了改造思想，不断地提高共产主义觉悟。我学习了《纪念白求恩》那篇著作，给我的印象最深刻，到现在我一共学习了二十多遍，看一遍有一遍的体会、有一遍的心得。毛主席热情地赞扬了白求恩同志专门利人、毫不利己的精神，我就按照毛主席这些话来鞭策自己，检查自己。毛主席说，我们要学习白求恩同志那种毫无自私自利之心的精神，从这一点出发，就可以变为有利于人民的人。无论什么工作，只要是党的需要，革命的需要，只要是对人民有利的，我就要做好。”（《雷锋全集》，第193页。）

雷锋这样一种期待被教育警策、被强烈触动乃至被点燃的阅读状态，特别体现于他在马、恩、列、斯、毛这些当时被当作崇高无比革命导师的文字外，会选择什么样的文字来抄写，并在抄写中进行什么样的改动上。就是他会特别选择那种阅读时让他有一下被打中感觉的文字来抄，并在抄写中常常通过删节、改动，来进一步加强——原文中已经有的，对他已经有很强调动、激发作用的文字的——表达强度，和更明确确立这些文字所具有的警策、教育内涵和自己的相关关系。

当然，在雷锋，这种寻求调动、激发的阅读、抄写指向并不仅仅因为兴趣，而还在这样的阅读指向和他核心关怀的如下这些目标有关：如何更饱满地工作与生活，以在个人被分配的位置、个人力所能及的范围，符合时代对理想青年的勾画、期待，并以这样切实的方式对自己的政治、社会关怀作承担。

就是在雷锋的意识中，他会觉得他这两种阅读、抄写是完全正面相互配合的关系。就是他之所以喜欢这些不以思想观念深刻性为特点，但非常有助于他调动、激动自己的文字，是为了自己状态更饱满地去学习革命导师们的思想观念教导，更饱满地把这些教导落实到他自己的实践、生活行动上。就像本文讨论的他这则一九五九年日记，他一方面很自然地写上只要“时时刻刻都要以马克思列宁主义、毛泽东思想来作……思想行动的指导，真正做到言行一致”，就可以做到“永远保持自己历史鲜红的颜色”，却不会去想，要很深地理解马克思列宁主义、毛泽东思想本身就是很有挑战性的问题，要用之时时刻刻指导自己的行为又有很多挑战。也就是，现实中雷锋的状态实际是在把上级的指示、要求等同为符合马克思列宁主义、毛泽东思想，而自己总是身心饱满地去实践这些指示、要求，便实际上被他感觉和理解为“时时刻刻都以马克思列宁主义、毛泽东思想来作自己的思想行动的指导，真正做到言行一致”。

雷锋当然更不会去想，能很好激发他的感受性的文字与他当然崇敬的革命导师思想和党的指示、要求这两者之间的关系，并不总是他以为的百分百正相关关系。就像我在另一篇文章对他1959年10月25日日记中抄写的“一滴水，只有放进大海里，才永远不会干涸；一个人，只有当他把自己和集体事业融合一起的时候才能最有力量”[1]这一表达时所分析的[2]，这一表达所包含的意蕴在雷锋自己，他觉得是完全可以被他该年该月的另一则日记中很符合时代主流号召的“我决心……为党和人民的事业贡献自己的一切，做一个毫无利己之心的人”[3]这一明晰观念性表述所解释。但我们若细究“滴水—大海”表达中“滴水……永远不会干涸”所对应的感觉，我们就会在体味出这里包含着滴水一定要融入大海的认识之外，还包含着“大海”是“滴水”获得生命实在感、充实感、意义感条件的意味。而这则日记紧接“滴水—大海”的“一个人，只有当他把自己和集体事业融合一起的时候才能最有力量”，我们若细味其实也有同样的意涵，就是，个人当然应该融入集体，反过来只有如此个人也“才能最有力量”。就是，个人生命实在感、充实感、意义感获得不只来自强大论述和对论述的信仰，更来自集体生活、工作本身。

也就是，当个人所信奉的事业和个人之间相当程度上实现了这种个人与事业正相关关系时，确实，一个人越是“毫无利己之心”投入事业，他也就越能从对事业的投入中获得支撑、滋养。但若个人只是被关于事业的强大论述所说服而产生信仰和对这信仰的投入，却实际不能从这事业的日常工作、生活存在中有效获得身心充实感、行为意义

[1]《雷锋全集》，第7页。

[2]我对雷锋1959年10月25日日记的完整分析，请见我即将出版的《如果从儒学传统和现代革命传统同时看雷锋》文章的完整版。刊于《开放时代》2017年6期的同题文章，是这篇文章的删节版，不包括这些分析。

[3]《雷锋全集》，第7页。

感、生命实现感，那真诚投入事业“大海”的个人“滴水”还是有“干涸”“没有力量”或趋于“干涸”“没有力量”的危险的。

就此而言，“滴水—大海”表达实际包含的并不仅仅是要求个人“为党和人民的事业贡献自己的一切”，而还从个人生命充实感、意义感角度对这“事业”有更多期待和要求。而一旦事业相当充分实现着对投入和信仰它的生命的这一期待的有效回应，“做一个毫无利己之心的人”也就不能从字面上直接去理解。因为，这种事业状态使得“做一个毫无利己之心的人”，反能非常有效获得身心充实感、行为意义感、生命实现感，这时个人自我生命、生活、工作问题的解决和投入事业已经极大程度变成一体两面，这时再用“利己”话语，便成了“毫不利己”实际上就是在“利己”[1]。

这种情况的存在，使我们必须面对如下问题：就是当出现——雷锋在感受上非常被调动、非常接受的形象性、感受性表达内涵的理解和雷锋用时代明确思想观念语言表达的理解——不一致情况时，我们应该怎么对待这种不一致？是不面对这种不一致，认为无关大体，而直接用雷

[1]就像写有“我决心……为党和人民的事业贡献自己的一切，做一个毫无利己之心的人”这句话的这则日记，其完整版为：

“昨天我听到一位从北京开积极分子代表大会回来的同志作报告。他说，毛主席在北京接见了他们，毛主席的身体很健康，对我们青年一代无比的关怀和爱护……当时我的心高兴得要蹦出来。我想，有一天我能和他一样，见到我日夜想念的毛主席该有多好，多幸福啊！可巧，我在昨天晚上做梦就梦见了毛主席。他老人家像慈父般的抚摸着我的头，微笑地对我说：‘好好学习，永远忠于党，忠于人民！’我高兴得说不出话来了，只是流着感激的热泪。早上醒来，我真像见到了毛主席一样，浑身是劲，总觉得这股劲，用也用不完。

“我决心听党的话，听毛主席的话，永远忠于党，忠于毛主席，好好地学习，顽强地工作，为党和人民的事业贡献自己的一切，做一个毫无利己之心的人，我一定争取实现自己最美好的愿望，真正见到我们最伟大的领袖毛主席。”（《雷锋全集》，第6—7页。）

而这完整版告诉我们，在这时的雷锋感觉中，他之“为党和人民的事业贡献自己的一切，做一个毫无利己之心的人”，其实连带了——他这样的努力，一定会受到组织上的充分承认，以致能不是梦中，而是“真正见到我们最伟大的领袖毛主席”——这样的对组织很有期待与要求的意识。

锋给出的用时代明确思想观念语言表达的理解来回收这种不一致？还是认真对待这种不一致，耐心去把握形象性、感受性表达所具有的思想意涵和实践意涵，并进一步追问没有注意到这种不一致可能带给时代的思想、实践问题是什么？在相当的意义上，我所以认真研究雷锋的目标之一便在摸索——当雷锋所接受的形象性、感受性表达，与雷锋所接受的思想观念明确的时代有关理解间存在张力时——我们应该如何对待，我们才能切实进到这张力背后的意识世界、历史世界中去。

三

对雷锋的阅读、抄写有了上述认识，我们再回到“一九五九年十二月二十日”这则因雷锋阅读《个人历史是由自己的言行写成的》文章而形成的日记，并反复体味、细思雷锋对杨文的节录、改写中所透露出的种种颇堪琢磨的信息，我发现，若想对雷锋这些相当让人惊讶的节录与改写给出充分理解，我们实需要对雷锋这则日记的形成过程做如下推想，才能通过这些拟推的分析、想象，对这些其实相当让人惊讶的节录、改写给出充分解释。

首先我们马上可以想到的是，期待在阅读中被打中、点燃的雷锋第一遍读杨文一定是非常激动的，而且是从文章开始“一个人出生到世界上来以后，除了早夭的以外，总要活上几十年。每个人在成年以后一直到停止呼吸的几十年的生活，就构成各人自己的历史”，就被强烈抓住，并在读完第一段时被充分点燃，然后一直燃到结尾的。

这种让雷锋燃到爆的感觉，使他要想办法平息一会自己，才能第二遍读这文章。可以想见，他第二遍的阅读感觉仍然非常好，仍然让他非常激动，只是这时的火势虽然依旧猛烈，但相比第一遍猝不及防的爆燃，已经是火势本身相对平稳的猛烈，这样雷锋的脑思维也就可从第一遍阅读时因身心反应过强大脑停止思维的状况中稍稍脱身。不过，这身心强烈激动中微弱的意识活动的恢复，已经能让他开始有所意识：这篇第一遍阅读时让他身、心、脑从头到尾爆燃的短文，为什么他会强烈感觉和他相关，并开始模糊意识这强烈感觉和他相关的短文中，哪些段落和他不那么相关。

而第二遍读时这种很有强度的意犹未尽，让雷锋不能不有紧接着的第三遍阅读。相比第二遍阅读时的状态，第三遍阅读时的雷锋身心被点燃火苗的上方已经有更清楚明晰的思维活动浮现。于是第三次阅读的雷锋会相当明确意识哪些段落更跟他相关，并在他认为跟他更相关的杨文部分多停留，并开始明了为什么有些段落在第一遍读时他身心爆燃，但在他第二遍阅读时已经感觉和自己不那么相关。而也正是理性在身心火苗上方的清楚浮现，让第一遍、第二遍大脑都还过度沉落于心、身强烈反应、激动感受的雷锋，这时从之前更偏于身心的激动中清晰凝聚出“我要永远保持自己历史鲜红的颜色”的明确意识。只是雷锋这时虽然得以从先前强烈但相当混沌的感觉中明确凝结出“我要永远保持自己历史鲜红的颜色”句子，而这表明他这时的大脑已经相当程度脱出先前被身心激动左右的状态，开始有明确意识活动出现，但我们仍然需要明了，这时雷锋的状态仍是一种从身心激动主导到理性思维主导的过渡状态，而非理性思维主导的状态。

也就是，雷锋将“我要永远保持自己历史鲜红的颜色”句子从先前更偏于身心激动状态凝聚出的时刻，所对应的他的意识—感觉状态、他这种状态所处身的位置，仍是从身心激动主导状态往明晰观念主导状态过渡的中间状态、中间位置。在这种状态、位置中，意识这时虽然明确浮现，但这时的意识并不主要服务于理性认识，而更是对他第一、二次阅读时强烈感受经验的明确意识与高度认可。而这种对阅读中如此强烈经验的及时承认，又让雷锋不能不开始期待，他如何能常常回复这样一种又纯洁又崇高的身心反应状态。而只有明了“我要永远保持自己历史鲜红的颜色”所处的如上特殊位置，我们才能明白这一直观看上去主要部分均直接来自杨文的句子，对雷锋这则日记的形成所具有的关键性意义。因为正是通过这一句子所伴随的感觉与意识，它一方面赋予雷锋之前的强烈激动以明确的观念方向，另一方面它导引的又是对这种身心激动感受的珍视，与对不断回复这种饱满感受状态的渴望。而正是这两个朝向，从根本处决定着雷锋对杨文的节录与改写。

讨论完上面因为“我要永远保持自己历史鲜红的颜色”而不得不辞费岔出去的问题，再回到我根据雷锋日记对杨文的节录与改写所作的对雷锋阅读、接受杨文过程的认真推想。我们自然会接着想到，随着第三遍阅读让他明晰杨文对他的调动、警策非常有助于他自己“永远保持自己历史鲜红的颜色”，他至此当然也就会决定：一定要把这篇文章中最能激动他迈向“永远保持自己历史鲜红的颜色”目标的文字部分抄下来，以便通过自己随时可翻看日记中的这些文字，可随时回复这种激动，随时再从中汲取力量。

仔细比对“一九五九年十二月二十日”这则雷锋日记和杨文，日记对杨文干净利落的再组织，几处对所选抄杨文句子的精准再调整，让我不能不推测雷锋为抄杨文而作的第四次阅读是花了非常仔细、认真斟酌功夫的，而且极有可能是在花了一些时间让前三次阅读带给他的激动基本平息后，才开始这第四遍阅读的。这样，他为了决定如何抄写而作的这第四次阅读，才可能围绕他脑海中盘旋不去的“我要永远保持自己历史鲜红的颜色”这句话，充分启动他的大脑分析、判断、推敲功能。

在这种认真的分析、判断、推敲中，杨文第一段括号中的补充说理，当然会因使雷锋的激动感受被干扰而被他马上决定删掉；中间因“右派”特别是共产党内“右派”问题生发出的几段，虽然这些表达所讨论的“右派”问题是当时时代重要问题，但因为雷锋阅读主要关怀在正面调动自己，而“右派”问题显然和雷锋这一主要关怀配合不够强，本来他可以很快决定不抄。不过若考虑雷锋很喜欢格言警语的阅读习惯，杨文这几段文字中的“他们的历史又逐渐由红色的变成粉红色的，……每个人的日常生活的表现也就是每个人自己的历史表演”，“坏人都是自己打倒自己。……自己在那里给自己的历史抹黑”等极类格言警语的表达，他一定觉得很精彩，觉得舍掉可惜。只是当他再进一步斟酌，他会因发现，不仅把这些表达从“右派”话题中剥离出来费力，而且这些表达对加强他从杨文开头与结尾接收到的触发、推动强度帮助不像他开始感觉的那样大，是以他几经考虑后，还是决心全部放弃杨文中间这几段文字，而把自己的注意力专注于斟酌改写杨文的开头和结尾。

仔细对照雷锋这则日记和杨文的第一段与后三段，我们首先会特别注意的一定是日记对杨文这四段特别是结尾三段的重新组织。杨文这四段文字、标点加起来是 369 个字符，雷锋的日记则是 235 个字符，去掉了三分之一强的篇幅。但在这二百多字中，不仅雷锋脑海中一直盘旋的“我要永远保持自己历史鲜红的颜色”被自然组织进来了；而且杨文最能带动他饱满、向上的意思和句子也都——被以极能切近他自己的目标，不受游离意思、句子干扰的方式——保留了下来；并且因为日记对删改、重组很大的杨文后三段，是以精心重组后的“每个……，每个……，每个……”句式为中心，每个“每个”后面的表达又相当完整，因此我们又不会觉得雷锋日记的表达给人匆促感。

其次，我们若足够细心，我们还会注意到雷锋这则日记对他选抄杨文语句的多处细部调整。细细审视这些细部调整，不仅可以让我们对这些调整的得失给予分析、对所以进行这些调整的原因有所认识，而且这些看起来陷进细枝末节的考察，对我们体察、思考本文一再触及的如下重要问题有用。就是雷锋通常被作为时代主流理解、召唤充分塑造的产物。雷锋积极响应党和国家的时代号召，努力以时代的主流理解为自己的理解，努力按照党和国家对青年的要求、期待去要求自己，就这些而言，认为雷锋是时代主流理解、召唤充分塑造的产物当然是不错的。问题是如果就停留于这样的理解，并以为这是雷锋所以成为雷锋的全部或全部关键性所在，便不能看到，即使是雷锋这样一个积极接受党和国家号召与塑造的人，他能成为我们所见的雷锋（在热心工作、热心助人方面“永不生锈”），其实还由于另外一些很值得探讨的原因。[1]

具体到雷锋对杨献珍这篇很代表时代主流有关感觉与理解状态的反应[2]，我上面的讨论已经可以让我们清楚地看到，雷锋之对杨文的正面反应和顺利接受，背后当然是雷锋已经被有关历史、政治、思想教育相当充分塑造，不过我们也同时可以清楚看到，雷锋所以对杨文如此强烈反应、反应的重点和重组杨文的方式，背后又是有强烈雷锋个人能动性特点的，并且这些能动性不能直接回收到时代政治教育、意识形态灌输中给以解释。

明瞭了这些，再审视雷锋选抄杨文语句时的修改，我们就会更有意识去体察，雷锋所以对杨文有这样一些节略、改写，与其背后雷锋这个人是怎样一种关系；就会更有意识去注意雷锋的这些节略、修改对雷锋所以成为雷锋的意义问题。

雷锋这则日记对所选抄杨文语句的细部修改，有减字、加字（包括加标点）、改字三种情况。其中，“每个人在成年以后一直到停止呼吸的几十年的生活，就构成各人自己的历史”，被改成“每个人从成年一直到停止呼吸的几十年的生活，就构成各人自己的历史”；“虽然客观因素也起作用，但主观因素起决定性的作用，则是可以断言的”，被改

[1]我在刊发于《开放时代》2017年6期的《如果从儒学传统和现代革命传统同时看雷锋》一文中曾对雷锋何以能“永不生锈”从四个方面做过讨论，本文的撰写，则可说特别处理了雷锋的阅读方式对他“永不生锈”的意义问题。

[2]杨献珍后来被批判是在后来的历史脉络中针对他另一些理解、论点。

成“虽然客观因素起一定作用，但主观因素起决定性的作用”；“每个人每天每时每刻都在写自己的历史”，被改成“每个人每时每刻都在写自己的历史”，这三个都是减字的例子，和对个别字词的微调。从这三个减字例子中，我们可以看到，雷锋为了从他有感觉的文字中更多汲取能量，已经到了锱铢必较的程度，任何多余字、句带来的迂缓、迂缓带来的感受削弱他都不能容忍。同样，他把杨文第一句“一个人出生到世界上来以后”改为“一个人出生在世界上以后”，“到”变为“在”我现在还不能推知雷锋的原因何在[1]，但减掉一个“来”字，则可说是非常雷锋式的反应，因为多了一个“来”，句子语感变迂缓了。至于“在成年以后一直到”变为“从成年一直到”，“也起”变为“起一定”，我们若认真注意它们在句子中带给整个句子的语感，我们也都会发现雷锋这些改变因字音声调和字音长短的变化，整个句子更有铿锵感了。

相比减字，“永远保持自己历史的鲜红颜色”，被改成“我要永远保持自己历史鲜红的颜色”；“每个党员和青年团员都应当好好地想一想怎样来写自己的历史”，被改成“每个共产党员和共青团员都应该好好地想一想，怎样来写自己的历史”，则是加字加标点和对个别字词微调的典型例子。前一例的加“我要”，比较清楚，会使改造后的文字意思更直指自己，并且在语感上也更郑重其事；至于“的”的移动位置，就整个句子的语感而言，反有点造成原来更为平衡的句子变得有些失衡，就是作为这个句子语感上突出节奏点的“的”，原来后边有四个字，现在因为变为两个字，前后从长短较为平衡变得失衡。不过若考虑到“的”移动是在“鲜红颜色”中通过加“的”，来阻断因“鲜红”“颜色”连读可能出现的语感上对“鲜红”的重视不够，现在通过“的”移动带

[1] 问湖南籍的朋友，他们说“到”改为“在”，可能和雷锋作为湖南人带给他的对这两个字的语感有关。如果确实是，那就表明，雷锋此处“到”变为“在”，是有意识的改，不是无意识误写。

来的这明确语感上的一顿，就不用再担心有“鲜红”在语感上被重视不够的问题，同时“颜色”两个字单独一顿，也使“颜色”二字更被突出了。而通过这些看起来不关紧要地改动，我们更可从雷锋此处对“鲜红”“颜色”语感的孜孜以求，对他是多么渴望自己“鲜红”，多么希望每次读到“鲜红”“颜色”都强烈打进自己的心与情感深处，多了具体、实在体会。后一例加“,”，当然也是通过制造停顿，让“,”前的“想一想”和“,”后的“怎样来写”，都在语感上被加强，而这显然有助于修改者雷锋自己再读时，更容易被“应当好好地想一想”和“怎样来写”这样的要求强烈打到。至于这一例子中“党员”被改为“共产党员”，则是另一个需要解析的问题。就是在多一个“来”字、多两个“每天”字都不被忍受的这则雷锋日记中，杨文的“党员”却被增字改成内涵、外延完全一样的“共产党员”，其追求也和语感非常相关。也就是，不是从内容，而是从语感的角度，我们才能体会雷锋为什么要把“每个党员”增字改为“每个共产党员”。因为“党员”变为“共产党员”，不仅语感上更郑重其事，而且“共产党员”与“共青团员”合读相比“党员”与“共青团员”合读，语感上也铿锵了许多。[1]

显然，杨文用白、灰、粉红、鲜红、黑来讲个人历史，呼唤人们写鲜红的历史，这是这篇杨文最强烈吸引雷锋之处。除此之外，杨文关于党内有些人为什么会成为右派，这一在杨文中占比很大的非常有时代性

[1]至于这里的“青年团员”被改为“共青团员”，一个直接的背景是1957年初雷锋入团后，他所加入的“中国新民主主义青年团”很快被改名为“中国共产主义青年团”，“中国新民主主义青年团”简称“青年团”，“中国共产主义青年团”简称“共青团”，这样对团员习称“青年团员”也开始改为“共青团员”。写〈个人历史是由自己的言行写成的〉时的杨献珍其时是中共中央高级党校校长、党委书记，关心从思想的高度上为时代提供最有建设助益的理解，他的“青年团员”表达没有特别注意有关表达正在发生的变化是不奇怪的，而距离加入共产党还有将近一年的1959年底的雷锋，“团员”是他意识中自己最重要的政治身份，他当然对有关表达是不是更贴合自己的有关意识感觉非常看重。同时，“共青团员”语感上更配“共产党员”，也会使他更有动力把“青年团员”改为“共青团员”。

的分析思考部分，则被雷锋完全舍去，从而使雷锋这一则日记虽然指向的是革命，却主要由杨文更具感受性、召唤性的部分构成。而雷锋主要着重在感受强度、被召唤强度，则使得在杨文中不需要特别推敲的语感问题，在雷锋这里被突出出来。明白了这些，也就可以明白“党员”改为“共产党员”，“来”字一定要去掉，等等，在雷锋这里是有其很强内在自我逻辑的：更注意身心感受的强度和纯度，核心注意力实际不在和他工作、品格、身心饱满不切身相关的思想、知识能力积累，也不在深究时代现实政治。

从雷锋这则日记对杨文改写在声音上的精妙，我们也可看到雷锋对文字中的声音方面是极为敏感的。比如大家都熟悉的《唱支山歌给党听》，原诗是：

唱支山歌给党听，
我把党来比母亲；
母亲只能生我身，
党的光辉照我心。
旧社会鞭子抽我身，
母亲只会泪淋淋；
党号召我们闹革命，
夺过鞭子揍敌人！
母亲给我一颗心，
好像浮萍没有根；
亿万红心跟着党，
乘风破浪齐跃进。

雷锋则改为：

唱支山歌给党听，
我把党来比母亲；
母亲只生了我的身，
党的光辉照我心。
旧社会鞭子抽我身，
母亲只会泪淋淋；
共产党号召我闹革命，
夺过鞭子揍敌人！

很清楚，雷锋摘抄时，将原诗删掉了一段，同时对其中的两句诗作了修改，雷锋的这些删改同样值得玩味。

第一句“母亲只能生我身”雷锋改为“母亲只生了我的身”。我想大家只要多念几遍原诗和雷锋的修改，就会发现“只能生”变为“只生了”，语感改善很多。至于在“我身”中间加“的”，变为“我的身”，则不仅和语感有关，而且加了这一看起来只有语感意义的助词，“我”和“身”都更被突出了。而突出了“身”，实际上有助于让读者更注意“身”和下一句“心”的意义关系，会更注意“我身”和“我心”的相对，而这些当然也就更有助于突出此诗要突出的“党”—“母亲”意义呈现结构。

第二句雷锋将“党号召我们闹革命”改为“共产党号召我闹革命”，把“党”改为读起来有铿锵感“共产党”从语感、节奏的角度改善太多，不仅直接有助于这句诗语感的改善，而且经此一改，原来的 *–****–*** 节奏变为 ***–***–*** 节奏，跟这一段同样位置的“旧社会鞭子抽我身（***–**–***）”在语感节奏上也更为配合了。至于“我们”改为“我”，则不仅有语感改善之用，而且“我”直指自己，“我们”则虽然也包含了“我”，但“我”既在“我们”之中，就削弱了直指自己的意味，并且改后的“我”也跟前面诗句中的“我”表达更配合。

至于将直接配合时代政治运动核心焦点的“齐跃进”第三段删掉，则这一删，一是解决了——原诗这一段第一句“母亲给我一颗心”的表达，实际上把前两段表达的“身”归“母亲”、“心”归“党”的表述结构给搞乱了——这一问题，二是这一段内容虽然更配合时代政治主题，但有前面带动起的情感至此不仅没有加强，反被削弱的问题，而雷锋删节带来的戛然而止，则既避免了这一问题，又带给诗相当余味。

据我长期研读雷锋有关材料，知道他所以对声音有特别的敏感和他爱读书、朗诵、唱歌、吹口琴等肯定有关，但应该也和他特别注意自己身心和情感的起伏、律动状态有关。而相比对声音的敏感，他文学写作上的乏善可陈，我觉得也不仅仅和他的成长环境、他自己的天生才能不足有关，而还和他工作中过于注意自己心的纯度、强度，与人互动时也非常注意自己善意的纯度和强度，所带来的注意力内指有关。因为这种内指无疑会影响雷锋对世界作细心观察与思考，而这再加上他读书时除领袖著作、工作用书、政治学习用书外，主要注意力在当时指导青年成长的修养类书籍等，无疑都会影响他对世界、对世界中人有比较深刻地观察、理解。

四

到此，我想我通过上述对雷锋这则日记的解读，已足以说明，雷锋这则看起来不过是时代意识形态回声的日记，其实是在扎根雷锋内在核心深处的那个“雷锋”能动参与后才得以形成的，没有雷锋能动的节录、改写便没有我们现在看到的这则雷锋日记。也正是通过这些节录、改写，这篇雷锋感兴趣的时代文献得以更好地服务于他自己所追求的人生目标。

而这就让我们了解，雷锋这则日记在某种意义上确实是时代主流逻辑的产物，但同时它也是雷锋内在自我的产物。就是，雷锋这则日记不完全是时代政治推动与意识形态灌输的被动产物，因此它不是本文开头所介绍的第一种理解所说的那种类型文献；而雷锋形成这则日记时的发自内心，也使得它不能归为本文开头介绍的第二种理解所说的那种文献，即我们不能说这则日记是雷锋自觉、能动地把时代政治、意识形态条件作为追求自己利益目标的工具。也就是，产生出这则日记的雷锋既不是第一种解释所指的完全被动地被塑造类型，也不是第二种解释所指的那种自觉能动类型，他其实是上述两种理解之外的第三种类型。而这也便意味着我们在研究50年代末至70年代末雷锋日记这种类型文献时，必须有比本文开头所讲的那两种解读意识更为复杂的解读意识。

当然，雷锋被很多人认为没有“自我”，和他显在意识中由于把利人与利己、个人追求与集体事业对立起来，是以常常在没有条件脉络给出的情况下便绝对化地强调“无私”“舍己”“献身”等言论表达有关。雷锋不会想，他之希望自己成为“永不生锈的螺丝钉”，成为“螺丝钉”可以说是“无私”“舍己”、认真听党的话，但一个人要想在非常长时间内“不生锈”，他就必须在告诫自己时时刻刻都要听党、听组织的话之外，还要找到对自己非常有效的方法，可让自己的身心、情感、意志总是处于能积极响应党的号召、积极听从组织指示，自然地就以他人、集体利益为重的状态。也就是，雷锋要做到“永不生锈”，必须找到一些有效的让自己不会远离积极、饱满状态的不生锈的方法，而这是必须有雷锋“自我”深度参与的。

在刊于《开放时代》2017年6期的文章《如果从儒学传统和现代革命传统同时看雷锋》中，我曾对雷锋之所以能做到永不生锈，从四个方面做了扼要说明。[1]本文对1959年年底雷锋这则日记的展开解读，则让我进一步了解，雷锋之所以能永不生锈，还和他积极、富有成效地从阅读中寻求对自己身心、情感、意志的激荡和净化有关。而这五种路径、方法所以对雷锋的“永不生锈”都有切实贡献，正在这些路径、方式，或根植雷锋生命内在经验、内在情感（因为自己苦出身经历和被新的国家、集体照看、培养而对党和国家心怀“感恩”），或根植雷锋生命的核心向上冲动（“思想和眼界变得更加开朗和远大”带给他的身心充实、生命境界感；和要成为新时代“士君子”的冲动），或根植总能有力激发、调动他的身心、情感的努力（对他人进入到“知心”层次对他自己情感和心的有效触动；对他特别有感发、激动作用的阅读）。显然，这五种对雷锋“永不生锈”非常重要的路径、方法，都离不开雷锋“自我”的深度参与。

同样，很多人也因为雷锋太多“时时刻刻都要以马克思列宁主义、毛泽东思想来作自己的思想行动的指导”这样类型的言论，认为雷锋没有独立思考的意识自觉。在某种意义上，这么认为是可以的，但问题是许多人会紧接着认为雷锋没有思想。显然这样认为的这些人，多数犯有如下两种错误，一是没有真的注意到——一个人没有明晰的独立思考意识自觉不等于这个人不做思考、没有能力思考——这一问题分际，对认识、把握雷锋所具有的重要意义；二是这些人看雷锋时，实际上没有看到我文章《如果从儒学传统和现代革命传统同时看雷锋》中特别讨论的如下雷锋面向：

> “对待同志要像春天般的温暖”这一雷锋所践履的“仁”，一方面是和时代所强调的“道”（强调“全心全意为人民服务”等）

[1]载《开放时代》2017年6期，第139页。

> 紧密配合的，另一方面雷锋所践履的这“仁”，实际上对他所服膺的“道”也有发展，从而可使关于这“道”的理解变得更为饱满。比如，雷锋最喜欢的毛泽东《纪念白求恩》便写到：“白求恩同志毫不利己专门利人的精神，表现在他对工作的极端的负责任，对同志对人民的极端的热忱”。显然，“对待同志要像夏天一样的火热”是不违背“对同志对人民的极端的热忱”的。而雷锋“对待同志要像春天般的温暖”，本身便以雷锋对“对待同志要像春天般的温暖”和“对待同志要像夏天一样的火热”有所区分为前提，而这也就意味着雷锋对他极为服膺的毛泽东《纪念白求恩》有了发展。同样，雷锋在他极为看重与服膺的群众路线方面，也加了“知心”这一当时经典的群众路线阐述中没有的意识。[1]

便对雷锋下了没有思想的结论。

确实，雷锋没有独立思考的自觉，使得他若听到我在讲他“对他极为服膺的毛泽东《纪念白求恩》有了发展”，“在他极为看重与服膺的群众路线方面，也加了‘知心’这一当时经典的群众路线阐述中没有的意识”，他一定会大吃一惊；但他之有关认识实际上所具有的重要思想意义，又使得我们除非界定一个人没有明晰的独立思考意识自觉这个人就不能算作有思想，否则我们在雷锋这些表现面前，是不能认定雷锋不思考的，更不能也不该认定他没有思考能力的。

而如果雷锋这样一个通常被认为一览无余、透明见底的人，我们若找到合适的方法，都能从他身上发现很多能帮助我们突破既有认知的有价值信息，那对1950—1970年代那些不像雷锋那样透明的人们来说，若我们在和他们有关的、本应作为我们抵达历史经验桥梁的历史文献不

[1]载《开放时代》2017年6期，第140页。

那么就手时，有耐心去寻找把有关历史文献充分打开的方法，而非对它们的研究价值作出过于匆忙的否定性判定，那我们应该更能通过找到读解——该时期诸多看起来像雷锋日记一样很少历史经验事实记载，但实际有着丰富历史经验信息承载文献的——方法，进而发现 1950—1970 年代其实是经验的沃土，值得历史研究者和其他学科的有志之士特别深耕的。而只有如此，我们关于这过去不算太久历史的认识，才能在前人止步或者没有意识的地方，继续前进，继续开掘，继续发前人所未发；也只有如此，我们才会有因——这些继续前进、继续开掘而产生的对有关经验、教训之深耕——而带给我们知识、思考的切实、有力的成长。

对此，我有这样的信心，你呢?！